U0651326

克里斯汀 _{修订新版}

Stephen King

[美] 斯蒂芬·金 著

种衍伦 程道民 译

CHRISTINE

湖南文艺出版社
HUNAN LITERATURE AND ART PUBLISHING HOUSE

博集天卷
CS-BOOKY

献给
乔治·罗梅罗与克里斯·福里斯特·罗梅罗
以及匹兹堡。

编注：乔治·罗梅罗和克里斯·福里斯特·罗梅罗是影坛夫妻档。乔治是集编剧、导演、制片于一身的电影人，为当代恐怖电影大师，其代表作为一九六八年《活死人之夜》开始的一连串活尸恐怖片。他更于一九九三年执导由斯蒂芬·金小说《黑暗之半》改编的电影《人鬼双胞胎》。克里斯·福里斯特·罗梅罗则是女演员出身，两人因拍摄乔治的电影而相识并结婚。克里斯已退出幕前，改从事电影幕后工作。

前　言

　　我想你一定会说这是个三角恋爱故事——阿尼·坎宁安、利·卡伯特，当然还有克里斯汀。但我要声明的是，克里斯汀才是阿尼的初恋。不过我虽然已拥有二十二年的智慧，但还是不敢肯定地说，他真正爱过的只有克里斯汀。也正因如此，我才会把这件事称为大悲剧。

　　阿尼和我在同一条街上长大，我们从欧文·安德鲁小学、达比中学到自由高中一路都是同学，可说是形影不离。我想因为有了我，阿尼在学校里才能活下去。我在学校算得上风云人物，这可不是自己说了算，身为毕业五年的橄榄球队队长、棒球队队长再加上本区游泳代表队选手，要是连回学校喝杯免费啤酒都办不到的话，那就太罩不住了。总之，因为有了我，阿尼才没被宰得太难看。当然他受了不少屈辱，不过至少他活下来了。

　　你知道，他是个窝囊废。像他这种人每个学校至少都有两个，一男一女，这似乎已经成了国际法规。他们是别人欺侮的对象。心情不好？考砸了？跟家人吵架了？被老师罚了？没关系，找个倒霉的家伙出出气。那些上课铃响前像罪犯逃命一样急急忙忙穿过走廊的家伙，朝着他们走过去就对了。有时候那些不幸的人可以找到救星，而阿尼的救星就是我。后来他又找到了克里斯汀，利是最后才加入的。

　　我只是希望你能把顺序搞清楚。

　　阿尼做什么都不如意，没办法，这是天生的。他骨瘦如柴，当不了运动员——五英尺①十英寸②的身高，就算穿了浸水的大衣，外加打了铁钉的大皮靴，体重也才一百四十磅③。阿尼很聪明，但他在学校那些聪明小孩里依然是边缘人（他们那伙人即使在自由镇这种小地方也还是边缘得不行的小团体），他的智慧只有碰到引擎机械之类的东西才能发挥。他是天生的汽车专家，只要一碰到车，他就成了不得了的天才。但他那都在霍利克大学教书的父母，可受不了看着他们智力测验成绩排名全校前百分之五的儿子变成修车工人。阿尼能选修汽车修护实习课算是走运，为了这件事，他和父母吵翻了天。但他不沾大麻，也不和那些穿破牛仔裤，抽 Lucky Strike 香烟④的混混打交道。他也不会打架，如果你打他，他甚至会哭。

此外他也跟女孩无缘，因为他有个疯狂的内分泌系统，简单地说，他就是青春痘的大本营。他每天洗五次脸，一周冲二十几次澡，也试遍所有现代医学研发出的治疗青春痘的药方，但没一样有用，阿尼的脸还是像张配料丰富的比萨。看来他这辈子都要和那些痘为伍了。

但我并不因此而不喜欢他。阿尼很有幽默感，他有问不完的问题，也有你死都想不到的妙点子，还会跳各种稀奇古怪的健美操。七岁的时候，他教我如何开"蚂蚁农场"。我们花了一整个暑假观察蚂蚁的习性，为了这些小东西的运作系统和严肃的模样着迷不已。十岁那年他带我在某个晚上偷溜出来，偷了一筐干掉的马食苹果，放在自由镇汽车旅馆门口的塑胶马前面。阿尼比我先学会下棋，也比我先学会打扑克牌，教我如何在拼字游戏中拿高分的也是他。直到我开始交女朋友为止（她是身材火辣的啦啦队队员，当时阿尼指出她的心智程度大概

---

① 英尺，英美制长度单位，1 英尺等于 12 英寸，合 0.3048 米，0.9144 市尺。
② 英寸，英美制长度单位，1 英寸等于 1 英尺的 1/12。
③ 磅，英美制质量或重量单位，符号 lb。1 磅等于 16 盎司，合 0.4536 千克。
④ 好彩香烟。

只听得懂肖恩·卡西迪的流行歌，但坠入爱河的我还是没骂他鬼扯淡，因为我知道他说得对），每逢下雨天时，我最先想起的都是阿尼，因为教我如何预测天气的也是他。也许只有下雨天时你才更了解孤独的人，因为他们得自己想出打发时间的方法。你随时可以打电话给他们，因为他们永远在家，妈的，永远都在。

至于我呢，他的游泳是我教的，多吃青菜才能长高长壮的理论也是我告诉他的。高中毕业的前一年暑假，我替他在铁路工程处找了个临时工的活儿——为了这件事，我跟阿尼和他父母又差点吵翻了天。他们自认是被剥削的加州农民与匹兹堡钢铁工人的支持者，却怕他们的宝贝天才儿子（别忘了，他的智力测验成绩排名全校前百分之五）去做个会把手弄脏，在太阳下把脖子晒红的工作。

那年暑假快结束时，阿尼第一次见到克里斯汀，当下就爱上了它。那天我跟他在一起——我们下了工回家，在路上遇见它。我愿意当着全能上帝的面发誓，那真是一见钟情。老天，他真的就那么深深爱上了它。如果这件事的结局没那么糟，或者没那么恐怖的话，或许看起来还有趣点。真的，假如不那么糟，这本来应该是件趣事的。

到底有多糟？

一开始就很糟，然后越来越糟。

目录 *Contents*

1

第二部分

阿尼

第三部分

克里斯汀
少年的死亡之歌
————————

第一部分

丹尼斯
少年的汽车之歌

1
一见钟情

嘿,照过来!
看那边,
我和那车天生一对,
要是能有这辆车我会乐翻天……
兄弟,你瞧它多帅,
这绝对不是凡间之物!

——埃迪·科克伦

"哦,天哪!"我的好友阿尼·坎宁安突然大叫出声。

我问他:"怎么啦?"他的眼珠从金属框眼镜后方鼓了出来,一只手捂着嘴,脑袋转到肩膀后方,好像脖子装了轴承似的。

"停车,丹尼斯!倒回去!"

"你干吗啦——"

"倒回去,我要再看她一眼。"

我突然懂了。"老兄,算了吧,"我说,"如果你指的是……刚刚我们经过的那玩意儿——"

"倒回去！"他几乎是用吼的。

我照做了，心想那也许只是阿尼的另一个玩笑。但他不是在开玩笑。阿尼坠入爱河了。

它可不是什么好货。我永远搞不懂阿尼那天到底看上它哪一点。它的风挡玻璃左侧有一大片蛛网状裂痕，右后车厢被撞凹了一大块，油漆被剐掉的地方爬满一层丑陋的铁锈，后避震器是歪的，后备厢盖不拢，前后座的沙发全是裂痕，好像有人拿刀故意破坏过。它有个轮胎是瘪的，另外三个秃得看得到里面的帆布纹。最糟的是引擎下方还积了摊黑油。

阿尼爱上了一辆一九五八年份的普利茅斯复仇女神，车尾还有两片大大的尾翼。一块被太阳晒得褪色的"出售"字牌挂在它的风挡玻璃右侧——这一半是没有裂纹的。

"你瞧她的曲线，丹尼斯！"阿尼喃喃说着。他像中了邪似的，一直围着那辆车打转，一头湿答答的头发跟着飞舞跳动。他拉开后座车门，我随即听到尖叫声。

"阿尼，你是不是在开玩笑？"我说，"这根本是堆废铁，是不是？跟我说它是废铁，然后我送你回家吹吹冷气，忘掉这件事好不好？"不过我心底可没抱什么希望。他知道怎么开玩笑，可是当时他脸上找不出一丝玩笑的痕迹。相反，我看到的是种可笑的疯狂，我很不喜欢那种表情。

而他甚至懒得回答我，一股长年混合着灼热、郁闷、汽油与腐败的怪味从打开的车门里冲出来，阿尼却好像没闻到似的，他钻进去坐在布满裂痕的座位上。我猜那张沙发在二十年前大概是红色的，现在已成了淡淡的桃红色。

我探进半个身子，扯下坐垫里的一块棉絮，看了看说："看起来好像第二次世界大战时，苏联大军行进到柏林时从上面践踏过一样。"

他总算注意到我还在旁边："是啊……是啊，不过她可以修复。她也许……也许性能很好，跑起来很猛。丹尼斯，她很美，她真的——"

"你们两个小鬼要干什么？"

一个老头走了过来，他好像正在享受他的第七十个夏天，也许他没那么老，但这种人看起来就是一副很难取悦的样子。他仅存的一点头发长而干枯，脑袋上光秃的部分正扩散着标准的牛皮癣。

他穿了一条绿色老人裤、一双平口帆布鞋，打着赤膊，腰上扎着个怪东西，看起来有点像女人的束腹。等他走近，我才看出那是脊椎撑架。看那撑架老旧的程度，我猜他从约翰逊总统死时就开始用那玩意儿了。

"你们两个小鬼要干什么？"他的声音尖锐而严厉。

"先生，这是你的车吗？"阿尼问他。这根本不算个问题。那辆普利茅斯停在一间小屋门口的草地上，而老人就是从小屋里走出来的。草地上一片凄凉荒芜，不过跟那辆摆在最前面展示的破车比起来已经好得多了。

"是又怎样？"老头回问。

"我——"阿尼得咽咽口水才说得下去，"我想买她。"

老头的眼睛闪烁着光芒，脸上愤怒的表情立刻被狡猾的笑容取代，嘴角还渗出贪婪的口水。那一刻——只有那一刻——我觉得阴冷、可怕。我只想偷偷把阿尼拉跑。那老头的眼神有问题。那光芒总有点什么不对劲。

"那你就该早说，"老头对阿尼说道，他伸出手，阿尼也伸出手，"我叫李勃，罗兰·李勃（Roland D. LeBay），退伍军人。"

"阿尼·坎宁安。"

那糟老头把手收回时，顺便向我挥了挥。我决定退出这场游戏。那老小子已经钓到他的大鱼。阿尼也许会把整个皮夹都交给他。

"多少钱？"阿尼问道，接着他又往陷阱里多踏一步，"不管你开价多少我都不嫌多。"

我在喉咙里咕哝一声。他的皮夹里只剩支票簿了。

李勃的笑容停顿了一下，两眼诡诈地眯在一起。我想他是在估量这条大鱼上钩的可能性。他先打量阿尼那张坦然企盼的脸孔，目的是判断对手是不是够蠢，然后他问出那杀人不见血而又无懈可击的问题："孩子，你有过车吗？"

"他有辆野马跑车马赫二代，"我赶紧说，"家里买的。自动排挡，马力超强，前进一挡就能把马路都烧化。还有——"

"没有，"阿尼静静地说，"我今年春天才考了驾照。"

李勃瞟我一眼，然后立刻把目光移回他的一号目标。他用双手撑着后脊扭扭腰。我浑身上下都冒出酸汗。

"当兵把背搞坏的，"他说，"成了半个废人。医生拿它一点办法也没有。"

他以充满关爱的老手抚摩那辆普利茅斯的车顶。

"这是我开过的最好的车，一九五七年九月买的，当时是新推出的车型。那年一整个夏天他们都在到处展示新车照片，你到死都会记得那些车的样子。现在可不同了。"他的音调因为提到今昔相比而带着鄙视，"当时她是全新的，充满新车的味道。那可是世界上最好闻的。"

然后他想了一会儿。

"也许除了女人那里的味道之外。"

我看着阿尼并吸紧自己的双颊，免得忍不住笑出来。阿尼也看着我，满脸吃惊的表情。但老头显然没注意到我们俩，好像还沉醉在自己的世界里。

"我穿军服穿了三十四年，"李勃说，手指还不停地抚摩着车顶，"一九二三——十六岁那年——入伍。我在得州吃过泥土，见过跟龙虾一样大的螃蟹。第二次世界大战时，我见过内脏从人的耳朵里流出来，在法国。你相信吗，孩子？"

"是的，先生。"阿尼说。但我想他一个字也没听进去。他拼命搓脚，好像急着要上厕所。"关于这辆车——"

"你在念大学吧？"李勃突然问道，"念这儿的霍利克大学？"

"不，先生。我念高中。自由高中。"

"好，"李勃冷酷地说，"别念大学。那里面都是极端的家伙，老是吵着要放弃巴拿马运河。他们叫那些人'思想坦克'，但我叫他们'狗粪坦克'。"

他以爱不释手的目光打量着那辆铁锈在午后阳光下闪烁的老爷车。

"我的背是一九五七年春天弄伤的，"他说，"离开军队后我来到自由镇。那年秋天我要找辆新车，时机刚好，我就去诺曼·科布开的普利茅斯经销处——就是现在缅因街的保龄球馆——订了这辆车。白色车壳，红色沙发——红得跟消防车一样。我拿到手的时候，里程表上只跑了六英里①。"

他吐了口痰。

我掠过阿尼肩头瞥了里程表一眼。玻璃罩已几乎完全不透明，不过还看得出上面的数字：九万七千四百三十二点六英里。天哪！

"既然你这么喜欢这辆车，为什么还要卖它？"我问。

他用相当可怕的眼神瞪着我："孩子，你在跟我耍嘴皮子吗？"

我没回答，但也没把目光移开。

经过几秒的大眼瞪小眼后（不过阿尼完全没注意这一幕，他正在抚摸车子的尾翼），他说："我不能再开车了，背不好，视力也越来越糟。"

这时我突然懂了——或者我猜我大概懂了。如果他刚才说的年代没骗人的话，今年他应该是七十一岁。超过七十岁的人若想继续保有驾照，就得每年做一次视力检查。李勃怕自己通不过，不然就是他曾经检查但没通过……反正两者结果一样。他不愿受这种屈辱，所以把车子搁着不用。但这么一来，那辆车就会老化得更快。

"你想卖多少钱？"阿尼又问了，老天，他好像很期待被人痛宰一顿。

---

① 英里，英美制长度单位，1 英里等于 5280 英尺，合 16093 公里。

李勃仰头看天，似乎在祈雨，然后把视线移回阿尼身上，向他露出仁慈、宽容，而又急于吃屎的笑容。

"之前我都开价三百块，"他说，"可是我看你好像真的很喜欢她，我愿意少五十块——两百五十块就好。"

"哦，老天！"我说。

但他知道他要钓的大鱼是谁，也知道该怎么分化我们俩。要我爷爷来说，他一定会说这老头玩弄这招从来没失手过。

"好吧，"他突然说，"既然你们不愿意，我想进屋看四点半的《午夜边缘》去了，我从不错过这节目。很高兴跟你们聊天，孩子们，再见。"

阿尼用痛苦而气愤的目光回瞪我，把我吓退了好几步。他追上去抓住老头的胳膊肘，两人交谈了一阵。我听不见他们说些什么，但我看得比听得清楚。老头做出一副爱莫能助的遗憾表情；阿尼则是满脸哀求与急切。老头希望阿尼能了解他的苦衷——他不能看着这辆曾经让他风光一时的车子遭到贱价出售的侮辱，阿尼频频点头表示同意。接着，老头渐渐允许自己被阿尼拖着往回走。这时我又开始有种阴冷的感觉……就像十一月的风吹在身上。我实在找不出更贴切的形容了。

"如果他再说一个字，多少钱我都不卖！"李勃说着用那根弯曲起茧的拇指向我这边戳了戳。

"他不会，他不会的，"阿尼急着说，"刚刚你说三百块？"

"是啊，我相信这价钱——"

"他刚才说两百五十块。"我大声说。

阿尼全身僵住，深恐那老头又掉头走开。可是李勃才不干这种笨事，他的鱼已经上钩了。

"好吧，两百五十块。"李勃说道。他又往我这儿瞄了一眼。我看出我们有了共识——他不喜欢我，我也不喜欢他。

于是在我惊恐的目光下，阿尼终于掏出他的皮夹。这一刻，三个人都静悄悄的。李勃盯着阿尼，我撇头看着别的地方。有个小鬼在滑板上玩命，远处有只狗在吠。两个看起来像八年级或九年级的女孩咯咯谈笑着走过，隆起的胸前各抱了一摞图书馆的书。我知道要解救阿尼只剩一线希望，明天才是发薪日。只要给他一点时间——二十四小时就够了——这股狂热就会过去。而阿尼现在的样子让我想起《蟾宫之蟾》里的蟾蜍先生[①]。

我回过头时，阿尼和李勃正看着两张五块钱和六张一块钱的钞票——很显然这是阿尼皮夹里仅有的财产。

"开支票怎么样？"阿尼问道。

李勃苦笑一下，没表示意见。

阿尼又说："我开支票信用很好。"这点我并不担心。我们一整个暑假都在卡森兄弟铁路公司的I-376支线上做工。匹兹堡当地居民都深信这条线永远不会完工。阿尼也常说从南北战争结束后I-376支线就开始招标了。我俩实在没什么好抱怨的，那个暑假有很多工读生以奴隶般的待遇替人工作，有些甚至连工作都找不着。而我们的收入不错，加班钱也照算，工头布拉德·杰佛瑞当初对雇用阿尼这样的孩子有点担心。可是最后他还是答应让阿尼当旗手，原先他打算雇用的女孩突然怀孕了，只好忙着赶紧办婚事，因此六月开始阿尼当上了旗手。这是他第一份真正的工作，他不想搞砸了。布拉德也很满意他卖力苦干的精神。那个夏天，太阳总算对阿尼那易出痘的皮肤有了点帮助，也许这都是紫外线的功劳。

"我相信你的信用，孩子，"李勃说，"可是我只做现金交易，这点你一定要谅解。"

我不晓得阿尼谅不谅解，但我的确很谅解李勃的处境。因为只要回家路上这堆废铁折了轮轴或掉了个活塞，阿尼就能轻易让银行止付。

"你可以打电话去银行查证。"阿尼简直有点不顾死活了。

[①] 蟾蜍先生是 A. A. Milne 所著的童话故事《蟾宫之蟾》中的主角，是个出身贵族的世家子弟，对火车与汽车十分着迷，同时个性天真易受人欺。

"不成，"李勃说，他伸手搔搔腋窝，"快五点半了，银行早就下班了。"

"那我先付订金。"阿尼说着拿出他的十六块钱。他百分之百疯了，真难相信，一个马上就要有投票权的孩子，竟在十五分钟内被一个素不相识的糟老头拐得完全没了自我，连我自己都开始迷糊了。现场只有李勃像是清醒得很，毕竟到了这年纪，什么场面没见过，就算他的血管里还有一滴人奶，现在也一定早就酸臭了。不过我还是觉得，他的神态这么笃定，其中一定有什么鬼。

"我至少要收一成押金，"李勃说，他的鱼已上钩，马上就能撒网去捞了，"一成押金，我就为你保留二十四小时。"

"丹尼斯，"阿尼说，"可不可以借我九块钱？明天就还你。"

我的皮夹里有十二块，而且也不急着用。除了做工挖水沟和练练橄榄球外，我几乎没有社交生活。而且最近我也很久没侵犯我那啦啦队女友防卫森严的身体了。是的，我寂寞但我有钱。

"你过来，我数数看。"我说。

李勃的眉头皱成一团。不管他愿不愿意，这件事势必得跟我扯上关系了。微风吹着他那稀稀疏疏的枯发。他把手搭在那辆普利茅斯的车顶，表示他仍占有它。

阿尼和我走到我停在路边的一九七五年德斯特车旁。我搭着他的肩，心里不知怎么竟回想起六岁时某个秋日雨天，我们一起在他家看着黑白电视卡通片，然后从咖啡罐里拿出彩色蜡笔想帮卡通着色的情景。这景象让我既伤感又有点害怕，因为那时候，我以为六岁就算是大孩子了。而这段耗时七点二秒的遐想被阿尼打断。

"你到底有没有钱，丹尼斯？我明天下午就还你。"

"有是有，"我说，"可是看在老天的分上，你为什么要这么做，阿尼？那老屁股有伤残给付，他根本不需要钱，而你也不是开救济院的。"

"我不懂你在说些什么。"

"他在诈你。那辆车拖到威尔·达内尔（Will Darnell）那边连五十块都卖不到，它连堆屎都不如。"

"不，不，她没那么糟。"除了皮肤之外，我的朋友阿尼跟一般人完全没两样。可是上帝至少会赋予每个人一项特色。我想阿尼最特殊的地方就是他的眼睛。它们深藏在眼镜后方，是那种善良聪慧的灰、秋日阴霾的灰。当他碰至感兴趣的事情时，两颗眼珠就会凸出来。可是现在它们好像迷失在遥不可及的美梦中。他又说："不，她比屎强多了。"

这时我才真正了解，阿尼并不是因为需要一辆车而买它。他甚至从来不曾对车子表示过兴趣，他很满足于分摊油钱搭我的便车，不然就是骑他的三段变速自行车。他也根本不是为了需要车子好往外跑，而且据我所知，阿尼这辈子还没跟女孩约会过。这件事和那些完全不同，他是为了爱或其他某种莫名的东西而买它。

我说："至少你也该叫他发动看看，或者打开引擎盖瞧瞧。车头下面有一大摊油，我想传动轴可能已经断了。我真的认为——"

"你能不能借我九块钱？"他两眼紧盯着我。

我放弃。我掏出皮夹，拿出九块钱给他。

"谢了，丹尼斯。"他说。

"这是你不幸的开始，老兄。"

他没注意我说的话，只拿了我的九块和他的十六块走向李勃。李勃接过钞票，用拇指蘸点口水，很仔细地数了一遍。

"你要晓得，我只替你保留二十四小时哦。"李勃说。

"是的，没问题，先生。"阿尼说。

"我回屋里去写张收据给你，"他说，"大兵，刚刚你说你叫什么名字来着？"

阿尼咧嘴笑了。"坎宁安。阿诺德[①]·坎宁安。"

---

① 前文出现的阿尼（Arnie）是阿诺德（Arnold）的昵称。

李勃咕哝一声，走过那片不茂盛的草地，进了后门。那扇门是用铁皮拼凑成的，上面刻了个很大的字母"L"。

他用力把门带上。

"阿尼，那老小子很古怪。他真他妈——"

但阿尼不见了。他已经坐到驾驶座，脸上仍是一副痴迷的表情。

我走到前面拉开引擎盖，随即听到锈铁摩擦的尖叫声。这让我想起电影中鬼屋里的声音。有几片铁锈从盖子上掉了下来。古老的全效牌电瓶上凝满绿色溶蚀物，根本分不出哪端是正极或负极。我再拉开四行程化油器，发现里面的滤网黑得跟木炭一样。

我把引擎盖放回去，走到阿尼旁边。他正抚摩着仪表板上的速度表。它的最大刻度达到荒唐可笑的一百二十英里。哪种车能开到那种速度？

"阿尼，我想引擎箱已经裂了。这辆车根本不能用。如果你真要买车，花两百五十块我们可以买到比它强十倍的车，真的。"

"它已经二十年了，"他说，"你晓不晓得车龄二十年就有资格称为古董车？"

"是啊，"我说，"达内尔那边的废车堆置场上也全是古董。你懂我的意思吗？"

"丹尼斯——"

门砰的一声开了。李勃走了出来，大势已定，再争论也没意义了。我不是世上最敏感的人，但也知道怎么察言观色。这是阿尼觉得一定要弄到手的东西，我阻止不了他，我想世上也没任何人阻止得了他。

李勃挥挥手把收据递给他。那只是张便条纸，上面写了潦草的几行字：兹收到阿诺德·坎宁安现金二十五块，为购买一九五八年份普利茅斯汽车克里斯汀之订金。下面是他的签名。

"这克里斯汀是什么意思？"我问道，心想是我看错，还是他拼错了。

他紧抿嘴唇，肩膀微微耸起，好像等着被人嘲笑……不然就是想看我是不是敢笑他。"克里斯汀，"他说，"我总是这么叫她。"

"克里斯汀，"阿尼说，"我喜欢这名字。你呢，丹尼斯？"

哦，他已经开始替这鬼东西想名字，这真的太过头了。

"你觉得怎样，丹尼斯？你喜欢吗？"

"不喜欢，"我说，"如果你一定要给它取名字，何不干脆叫它'麻烦'？"

他一副受伤的样子，但我一点也不在乎。我回到车上等他，心想今天真该绕另一条路回家的。

2
首度争执

跟你的流氓朋友说，

你没空出去兜风。

不准顶嘴！

——海岸人合唱团

我送阿尼回家，和他一起进屋吃了块蛋糕，喝了杯牛奶后才回我自己的家。但我很快就后悔这么做了。

阿尼住在月桂街，那是自由镇西边一块安静的住宅区。但其实自由镇大部分地区都很安静而适于居家。这儿的住宅不像邻近的福克斯教堂那么豪华（那儿的房子就像每周在电影《神探可伦坡》里会出现的房子），但比起工商业发达的门罗镇又好得多。这里没有重工业，沿路只有购物中心、轮胎量贩店和破旧的书店，只能算是大学附近的小社区。算不上高级地段，不过颇有文化风气。

在回家的路上，阿尼一直默默不语，心事重重，我想逗他说话，但他就不上钩。我问他打算怎么处理那辆车。"修好再说。"他心不在焉地说完，又跌进沉默的死谷。

提到修车这件事，我不怀疑他的能力。他对工具很有一套。他不太说话，朋友也很少，可是一碰到机械，他的手指就灵活起来，反而面对人——尤其是女孩——的时候，他就变得笨拙、不安，拼命捏手指，或者干脆把手插进裤袋。更糟的是，他喜欢抚摩他那月球表面般的脸颊。

他可以修好那辆车。只是那个暑假他赚的钱是要用来念大学的。他没养过车，我想他一定不知道那辆老爷车吸钞票的能力可以媲美吸血鬼吸血。他可以靠自己动手来减轻负担，但在他修好前，光是零件的花费就足以逼死他。

我也把这些情况提出来告诉他，但他一句也没听进去。他的眼神飘荡在远方，就像在做梦一样。我真的不知道他在想些什么。

迈克尔和雷吉娜都在家——雷吉娜·坎宁安又在玩她那永无止境的拼图游戏（一块白色底板上有六千片不同的卡榫和齿轮形碎片，这种游戏只要玩上十五分钟，我的脑袋就会爆炸），迈克尔·坎宁安正在客厅听他的录音机。

没过多久，我就开始后悔来吃这块蛋糕。阿尼告诉他们他做的事，并拿出收据，结果两人诧异得差点飞上天花板。

首先，你必须了解迈克尔和雷吉娜都是大学里的核心人物。他们的人生目标就是做好事，而做好事的具体行动对他们来说就是示威游行。从二十世纪六十年代初期的种族问题、越战问题，到后来的尼克松水门案，以及校园种族平衡问题（他们可以跟你从头讲述艾伦·巴基案[①]的所有细节，直到你合眼为止）、警察暴力问题和家庭暴力问

---

① 一名白人男子 Alan Bakke 于一九七三年与一九七四年报考加州大学戴维斯分校医学院，他的成绩超过标准，但因该校的少数民族保留名额政策使 Bakke 未能被录取，而成绩比他差的少数民族考生却得以录取。因此 Bakke 对加州大学提出控告，一九七八年，联邦最高法院判决加州大学的保留名额政策违宪。此为美国司法史上针对逆向歧视做出的重要判例。

题……他们都曾参加示威游行。他们的另一个爱好就是聊天——夜以继日地聊。他们除了示威就是聊天，从太空计划到核武到石油替代能源他们都能聊。他们在学校不知接过多少"热线电话"——让那些被强暴的、吸毒的、逃家的、想自杀的都有倾诉心声的机会。在大学里教了二三十年书后，可能就像巴甫洛夫的狗一听到铃声就会条件反射地流口水一样，他们一听到电话铃声，一样会不由自主地嚼起舌根，我想，到最后你甚至会爱上这种感觉。

雷吉娜（他们坚持要我以名字相称）今年四十五岁，随时带着贵族般的冷漠。即使穿的是牛仔裤，她也会设法让自己看起来像个贵族。她学的是英文，可是一旦进了大学教书，你的程度永远会嫌不够。她精通早期英诗，论文研究对象是罗伯特·赫里克[①]。

迈克尔念的是历史，他的外表和他听的音乐一样充满哀愁。有时他会让我想起披头士第一次访美时，有位记者问鼓手林戈·斯塔尔是不是真的像他的外表一样忧郁。"没有的事，"林戈答道，"那只是因为我长了张苦脸。"我想迈克尔也是这样。此外，他那张单薄的脸再配上厚厚的镜片，实在像极了漫画里的教授造型。他留着一小撮山羊胡，脑门上的头发渐渐后撤。

"嘿，阿尼，"我们进门时雷吉娜说，"哈喽，丹尼斯。"这是那个下午她对我们说的最后一句亲切的话。

我们打了个招呼后就去拿蛋糕和牛奶。我们坐在角落的早餐桌旁。炉子上正炖着晚餐。我必须抱歉地说，那气味实在腥臭难闻。雷吉娜和迈克尔改吃素已经好一阵子了，今晚的味道闻起来像是雷吉娜下班后又带了什么怪异的海草回来。我诚挚地希望他们不要留我吃晚餐。

录音机的音乐停了，迈克尔慢慢逛进厨房。他穿着牛仔裤，面容之悲哀宛如最好的朋友刚去世。

"孩子，你们回来晚了，"他说，"什么事耽搁了吗？"他打开冰箱，

---

① Robert Herrick，十七世纪英国诗人。

在里面搜索着。也许炉上的"海草"对他也没什么吸引力。

"我买了辆车。"阿尼说着又为自己切了块蛋糕。

"你什么？"他的母亲在另一个房间大叫，她猛地站起来，大腿碰到放拼图的小桌，紧接着是一阵碎片落地的声音。我就是从那一刻开始后悔送阿尼回家的。

迈克尔·坎宁安从冰箱前面转过身来瞪着他的儿子，他一只手拿着苹果，另一只手拿着一瓶原味优格。

"你在开玩笑，"他说，不晓得出于什么荒诞的原因，我这才头一次发现，他从二十世纪七十年代就开始蓄的山羊胡已变成了灰色，"阿尼，你在开玩笑，是不是？告诉我你在开玩笑。"

雷吉娜走进来，一半的她仍保持着贵族仪态，另一半则被狂怒取代。她很仔细地凝视儿子的脸，心里明白他不是开玩笑。"你不能买车，"她说，"你在胡说什么？你才刚满十七岁。"

阿尼把视线从冰箱旁的父亲那儿转移到厨房门口的母亲身上。他的脸上有种我从没见过的固执和强硬。如果他在学校里能多露几次这种脸色，至少汽车实习课上的那些混混就不敢那样常来惹他了。

"你错了，"他说，"我可以买车。当然我还不能贷款，但用现金买就没问题。十七岁的人要登记车籍是另一回事，因为车管所一定要父母同意才会发驾照。"

他们两人都一动也不动地瞪着阿尼，脸上除了惊讶、焦虑，还有——这是我最后才察觉出来的——气愤。他们虽然思想开通，支持农场工人、家暴受虐妇女、未婚妈妈和其他对象，但他们管教起阿尼来还是十分严格，另外，这也是因为阿尼是个很听话的孩子。

"我想你不该对你妈那样说话，"迈克尔说道，他把优格放回去，一只手还抓着苹果，慢慢把冰箱门关上，"你太年轻了，不该有自己的车。"

"丹尼斯就有。"阿尼紧接着说。

"哇！好晚了！"我说，"我得回去了！我——"

"丹尼斯父母的抉择和你的情形不能相提并论，"雷吉娜说，我发誓从没听过那么冷的声音，"而且你没有权利不先跟父母商量就这么做——"

"跟你们商量！"阿尼突然开始大吼，他的牛奶泼了出来，脖子上也浮出青筋。

雷吉娜倒退一步，吓得嘴都合不拢。我敢打赌，直到刚才为止，她还从来没被她的丑小鸭儿子给吼过。迈克尔也是目瞪口呆，他们现在感受到的，正是我稍早前的经历：在一种无法解释的状况下，阿尼突然发现了自己真正想要的东西。而我现在只能说，愿上帝保佑任何挡在阿尼面前的人。

"跟你们商量！我这辈子每件屁事都跟你们商量。每次换来的都是一场家庭会议，投票表决结果二比一——不通过。这次我才不来什么开会表决那一套。我买了辆车，就这么回事！"

"当然不是这么回事。"雷吉娜说。她的嘴唇变得好薄，而奇怪的是，她不再只有一半的贵族气质，现在的她看起来就像英国或其他某个地方的女王，只不过穿的是牛仔裤。这段时间，迈克尔好像完全消失了，他好像着了魔，而且感觉很不快乐。我真的很同情他，他不能借着回家吃饭来避开这些，因为他已经在家里了。在他眼前的是场新旧势力活生生的争斗，而且在一番苦涩辛辣言语的激烈厮杀后，这件事必须做个定论。再说不管迈克尔是否参战，雷吉娜都已决定拼战到底了。但我不愿牵扯进去，于是站起来走向门口。

"你竟然让他这么做？"雷吉娜问道，她狠狠盯着我，好像过去我们从来没有一起笑过，一起烘烤派饼或一起参加家庭露营似的，"丹尼斯，你太让我意外了。"

这话刺痛了我。我一直很喜欢阿尼的母亲，但我从来不曾完全信任她——至少在我八岁那年发生了那件事之后。

阿尼和我在周六下午骑自行车到城里看电影。回来时，阿尼为了闪避一条狗而摔倒，小腿上划了道很漂亮的伤口。我用我的车载他回家，然后雷吉娜把阿尼送到医院急诊处缝了六针。手术完毕后，阿尼看起来也平安无事了，但不知为什么，雷吉娜转向我，开始对我冷言冷语。她说了我一顿，那口气就像士官长臭骂小兵。她骂完后，我浑身颤抖，差点哭了出来。老天，我才八岁，而且才刚看到那么多血。我已经不记得她骂我的那些精彩内容，只知道一开始她先怪我没有好好照顾阿尼——好像他比我小好几岁一样——最后又说什么跌伤的应该是我。

这次她的口气又跟那次一样——丹尼斯，你没照顾好阿尼——这下我可真的气极了。因为当别人还把一个十七岁的人当小孩看时，你就该拆掉几面墙、打倒几扇门，让他们知道你已经不是小孩了，否则，他们会很乐意永远把你划在小孩的圈子里。

我气得要命，但还是尽量忍住。

"我并没有'让'他做任何事，"我说，"是他自己要的，自己买的。"如果再早一点，我也许会告诉他们阿尼其实只付了订金，但我现在决定不这么做了，"事实上，我甚至还劝他不要买。"

"那我怀疑你是不是尽力了。"雷吉娜对我反击。她几乎就要喊出"别唬我，丹尼斯，我知道你们是一伙的"。她那高耸的颧骨开始充血，眼中就要冒出火花。她想让我觉得自己又回到了八岁，而且她做得很成功。但我要反击。

"如果你知道一个事实的话，也许就不会那么气了。他买那辆车只花了两百五十块——"

"两百五十块！"迈克尔插了进来，"两百五十块能买到什么样的车？"他先前漠不关心的疏离态度——如果不是单纯被他儿子的高声抗议给震住的话——已经完全消失，他现在只关心车子的价钱。他用轻蔑的目光看着他儿子——这点令我作呕。我希望将来也能有个儿子，而且如果真有的话，我希望自己永远不会露出那种眼神。

我告诉自己保持冷静，这不关我的事，也不是我该加入的战争，别冲昏了头……但我刚才吃下的那块蛋糕现在沉甸甸地压在胃里，而且我觉得浑身发热。从我很小的时候起，我就把坎宁安家当作第二个家，而眼前正在上演的这场家变，让我有着感同身受的痛苦。

"修理一辆旧车可以让你学到很多关于车子的知识，"我突然发现自己的口气很像李勃，"在它能真正开上路前，阿尼可能要花上很大的功夫。（但我想，或许它永远都无法发动。）你们不妨把它当成一个……嗜好……"

"我看是失心风。"雷吉娜冷冷回道。

突然我真的想走了。如果这屋里的气氛不这么沉重，也许我还会觉得这件事有点可笑。因为阿尼买那辆破车根本就是件荒谬到家的事，但我不知不觉跟他站到了同一边。

"不管你们怎么说，"我咕哝着，"让我退出这件事。我要回家了。"

"很好。"雷吉娜瞪了我一眼。

"我受够了，"阿尼语调平板地说，然后站了起来，"我也要离开这狗屎地方。"

雷吉娜惊讶得倒抽一口气，迈克尔则是猛眨眼，好像刚被掴了一巴掌。

"你说什么？"雷吉娜厉声问，"刚刚你——"

"我真不懂你们在气什么，"阿尼用一种奇怪而压抑的声音说，"我不要再待在这边被你们吼了。"

"你要我预修大学课程，我去了，"他又看着母亲说，"你要我参加棋艺社，不准我加入乐团，我也照办，然后又是加入桥牌社，不然就禁足。十七年来，为了你的面子我处处都依着你！"

他们两人都盯着阿尼，眼睛瞪得好大，就像厨房的一面墙突然长了嘴开始说话。

阿尼用怪异而恶毒的目光轮番看着他们俩。"我要告诉你们，我要买这辆车，这就是我要的。"

"阿尼，车子的保险——"迈克尔开口了。

"住嘴！"雷吉娜怒吼。她不想谈跟车子有关的任何问题，因为那就表示他们已经同意买车这件事，她只想快速有效地把叛乱踩在脚下。有时大人会做出让人作呕到极点的事，但他们毫不自知。当雷吉娜向她丈夫叫嚣的那一瞬间，我看到她最卑劣丑陋的一面。但因为我爱她，我实在宁愿没看到那画面。

我仍旧戳在门口，一心只想离开，却又为坎宁安家发生这样的争执而难过——这是我见过的最严重的一次。我想用里氏震级表示，它的强度应该已达十级。

"丹尼斯，在我们解决这件事之前，你最好先离开。"雷吉娜冷酷地说。

"我是要走，"我说，"可是你们难道不觉得这是小题大做吗？那辆车——雷吉娜……迈克尔——如果你们能看它一眼……它从零加速到三十英里可能就要二十分钟，我是说如果它真能发动……"

"走！丹尼斯！"

我走了。

我坐进我的德斯特时，阿尼从后门出来，一副要离家出走的样子。他的家人跟在后头，担忧与不悦同时挂在脸上。我了解他们的感受，这就好像万里晴空中突然出现了龙卷风。

我发动车子，倒入安静的街道。从我们俩四点钟打卡下班到现在，竟发生了这么多事。这中间一共不过才两小时。刚才我还饿得可以吃下任何东西（当然除了"海草"之外），但现在我的肠胃翻腾，我想里面只要还有一点点东西，一定都会给吐出来。

我离开时，他们三人正站在车库前的车道上。车库里停了两辆车（迈克尔的保时捷和雷吉娜的沃尔沃旅行车——我微带恶意地想，他们都有自己的车，他们还在乎什么），我看见他们还在吵。

事情就这样了，我想，他们会击败阿尼，然后李勃平白赚了二十五块钱，而那辆破车还可以在那里再摆上个大概一千年。我不禁为阿尼感到悲哀与不平。他永远是个输家，这点连他父母都知道。他很聪明，一旦你和他的交情突破了那害羞谨慎的防线，你就会发现他很幽默、很富有想象力、很……可爱，我想这个词很贴切。

很可爱，但仍旧是个输家。

他的家人知道他这个弱点，机械工厂里那些专门对他咆哮、专门欺负他的家伙也知道他这个弱点。

他们知道他永远是个输家，所以大家都欺负他。

我是这么想的，但这次我错了。

3
翌日清晨

我老爸说：儿子，
我们去喝一杯，
就开你那辆改装的林肯。

——查理·莱恩

　　第二天早上六点半，我开车来到阿尼家门口，把车停在路边。虽然他父母一定都还在床上，但我还是不愿进屋去。昨晚那间厨房里的回声依旧荡漾——这让我今早的咖啡和甜甜圈显得分外美味。

　　过了五分钟，阿尼还没出来，我开始担心他是不是真的离家出走了。接着，我看见后门被推开，阿尼沿着车道走出来，午餐盒一路上拍打着他的腿。

　　他坐进车里，用力把门关上，对我说："机师，起飞！"这就是阿尼心情好时的典型小幽默。

　　我驶上大路，谨慎地看了他一眼。我很想开口说话，但最后还是决定让他先开口，如果他真有话要说的话。

有好一阵子他好像都无话可说。一路上我们没有交谈，只有本地专播摇滚与灵魂乐的电台 WMDY 送出的音乐声。阿尼心不在焉地用脚打着节拍。

最后他总算开口了："很抱歉昨晚把你卷进来，老兄。"

"没关系，阿尼。"

"你有没有过这种感觉——"他突然改变，"在子女让父母长大之前，父母也不过就是长得太大的孩子，而且在长大过程中他们也是会乱踢乱叫的？"

我摇摇头。

"告诉你我怎么想，"他一边说着，我们也慢慢接近工地，卡森兄弟铁路公司的工地办公室就在两个山坡外，一大清早，交通非常顺畅，天空还有层淡淡的桃红色，"我在想，当父母的人在潜意识里都想杀掉子女。"

"听起来非常合理，"我说，"我爸妈就常想谋杀我。昨晚我妈偷溜到我房间，想拿枕头捂住我的脸。前天晚上，我爸拿着螺丝刀追杀我和我妹。"我是在开玩笑，但我又想，不知道迈克尔和雷吉娜听了这些鬼扯会做何感想。

"我知道这听起来很疯，"阿尼镇定地说，"可是有些事情你要是不仔细想想，也不会发现有多疯狂。像阳具钦羡理论、伊底帕斯情结、都灵裹尸布什么的。"

"我觉得这都是狗屎，"我说，"你不过跟家人吵了一架而已，别乱想。"

"但我真的相信自己说的，"阿尼焦虑地说，"我不认为他们不晓得自己在做些什么，你知道原因吗？"

"说来听听。"我说。

"因为一旦你有了孩子，你就知道自己快死了。从有孩子的那天起，你就能看到自己的墓碑了。"

"阿尼，你猜怎么着？"

"怎么？"

"我觉得这他妈有点恐怖。"等我说完，我俩同时爆笑出声。

"我不是那意思。"他说。

我们停好车，我熄掉引擎。两人在车里坐了好几分钟。

"我跟他们说，我决定退掉大学预修课程，"他说，"我说我要参加职业训练。"

职业训练的课程跟少年管教所大同小异。不同之处当然是管教所的学生晚上不能回家，而且没有出入自由。

"阿尼，"我不知道该怎么说下去，事情变化太快，这让我心里有点发毛，"阿尼，你还没成年，得家长签字才行。"

"当然，当然。"阿尼说，他不带幽默地对我笑笑，在那冷冷的清晨天光下，有一瞬间他看起来似乎变老了，然后又突然变得好年轻……简直就像长了张刻薄脸的小婴孩，"这一年内他们还有权利打消我的任何计划。只要他们想，他们也可以签字让我去念家政学校或服饰学校。法律准许他们这么做，不过法律可不能强迫我考试一定得过。"

阿尼这段话让我大感震惊，我指的是，他竟为此下了这么大的决心并付诸行动。一辆老爷车怎么可能天杀的在这么短的时间内引出这么大的风波？直到很久之后，这个问题仍以各种方式在我脑中不断出现，而每次出现时总会让我再度感到悲伤。当阿尼向迈克尔和雷吉娜提出这个要求时，他绝对不是在开玩笑。他找到了父母对他期望甚高这个要害，然后无情地加以打击，这实在太让我惊讶了。先不管这招对雷吉娜管不管用，让我意外的是，阿尼竟然真的采取了行动。事实上，我吓得都快尿裤子了。我不知道如果阿尼真把高中最后一年花在职业训练班，而让念大学的机会随风而逝的话，这事情会闹得多大，但我知道这是迈克尔和雷吉娜绝对不可能接受的状况。

"车子呢？他们……放弃了？"打卡时间快到了，可是没把事情弄清楚时我不想走。

"也不尽然。我告诉他们我会找地方放车，而且未得他们许可，我不会把车子送检申请驾照。"

"你觉得找得到放车的地方吗？"

笑容在他脸上一闪而过，充满自信又隐隐透着恐怖，仿佛一个刚放下车斗，卸下一大铲难搞重物的 D-9 山猫型推土机操作员。

"我会办到的，"他说，"等我准备妥当，我就会办到。"

你猜怎么着？我真的相信他办得到。

4
阿尼结婚

我还记得

在废车堆见到它的那天，

当时我就知道，

它不是破烂，

锈蚀外衣下它有着闪亮的金身。

——海滩男孩

那个周五下午本来可以加两小时班，但我们回绝了。在办公室领了支票后，我们就赶到自由镇的匹兹堡储蓄银行兑现。我把薪水大半存入户头，五十元拨入可开支票的活期存款（这样会让我觉得自己像个大人），另外还在手边留了二十元。

阿尼把他的所有收入都兑成现金。

"还你。"他拿出一张十元钞票。

"不，"我说，"留着吧，修好那堆废铁前你会很需要钱。"

"拿去吧，丹尼斯，"他说，"我是有借有还的人。"

"留着吧，真的。"

"拿去。"他冷冷地把钱递给我。

我收下那张钞票，然后也要他收下我找给他，但他不肯收的一元钞票。

开车路过镇上驶向李勃的小屋时，阿尼越来越神经质。他把收音机开得好大声，先是在大腿上打起蓝调的拍子，一会儿又在仪表板上敲敲打打。收音机里播的是外国人合唱团的《肮脏白小孩》。

我说："阿尼，这首歌讲的就是我的故事。"这实在不怎么好笑，但他笑得前仰后合，而且笑了很久。

总之，他就像个在产房外等消息的准爸爸。我想他是怕李勃不守信用把车子给卖了。

"阿尼，"我说，"别紧张，它会在那儿的。"

"我没事，没事。"他回我一个巨大灿烂，但一望即知是装出来的笑容。他那天的皮肤是我见过的最糟的一次。我在想（这不是第一次，也不会是最后一次），被困在阿尼·坎宁安这张脓包脸后面度过每一分每一秒，不知会是什么感觉。

"嘿，拜托别流汗了好不好？看你那样子，好像我们开到前你就能从裤管里挤出一杯柠檬汁一样。"

"我没流汗。"才说着，他又在仪表板上打出一阵紧凑的节拍以示冷静。收音机里，FM104的《点唱机英雄》节目还在播着"外国人"的《肮脏白小孩》，而下个节目《周末派对》马上就要开始。现在回想起那年——我在高中的最后一年——我还是觉得所有事情依旧历历在目……同时又恐怖得像个噩梦。

"那到底怎么回事？"我问，"那车到底是怎么一回事？"

他看着窗外的自由大道，好一阵子不发一语，然后突然关掉收音机，切断了"外国人"的歌声。

"我也不晓得，"他说，"也许是因为我从十一岁长痘开始，头一次看见比我丑的东西。你是不是想要我这么说？这样你是不是就能把它归类，觉得合理了？"

"嘿，阿尼，别这样，"我说，"我是丹尼斯，还记得吧？"

"我记得，"他说，"我们是朋友，对不对？"

"当然，关于这点我才刚确认过。"

"这就表示我们说话不用互相隐瞒，或者至少我相信好朋友就该这样。所以我得告诉你——这不是随便说说，我知道自己是什么样子。我很丑，也交不到朋友。我……有时候会很孤僻，我不是故意的，只是有时候就会这个样子，你懂吗？"

我勉强点点头。诚如他所说，我们是朋友，这就表示我不能敷衍鬼扯。

他也点点头，一副理所当然的样子。"其他人——"他停下来，又谨慎地加上一句，"就拿你来说好了，丹尼斯。你很难想象长相对一个人有多大影响，那甚至会改变你对世界的看法。如果你长得丑又常被人笑，你就会发现要保持幽默感是件很难的事，有时甚至连保持理智都很难。"

"这心情我了解，可是——"

"不，"他静静地说，"你不了解。或许你以为自己很了解，但事实上并不是——你没办法真正了解。可是我知道你喜欢我，丹尼斯——"

"我爱你，兄弟，"我说，"你知道的。"

"也许这是真的，"他说，"我很感激。如果你爱我这个朋友，那是因为你知道我有别的特质——在这些痘疤和这张丑脸之外有某种特质……"

"阿尼，你的脸一点也不丑，"我说，"也许怪了点，可是一点也不丑。"

"总之那辆车也是。她的外表下有某种东西，某种更好的东西，我看得出来。就是这样。"

"真的吗？"

"是的，丹尼斯。"他冷静地说，"我感觉得到。"

我转入主街，我们现在离李勃那儿很近了。这时我心里突然涌出个醍醐的想法。如果阿尼他爸叫他的朋友或学生赶在他儿子之前偷偷把那辆车买走……你也许会说这样想会不会太小人了。不过迈克尔这人可不只是小奸小诈，他可是战争史专家。

"我一看见那辆车，就发现了她对我的吸引力。我连对自己都没办法解释，只是……"

他没把话说完，他的灰色眼睛又迷茫地望向远方。

"只是我知道自己可以让她变得更好。"他说。

"你是指把它修好？"

"可以这么说……不，这样说太没人情味了。对桌子、椅子那种东西可以这么说，对发动不了的割草机和普通汽车你也可以这么说。"

也许他看到我挑起的眉毛，所以笑了笑，那是略带防卫心的笑容。

"我知道这听起来有多怪，"他说，"我很不想说出来，因为我知道听起来很怪。可是你是我朋友，丹尼斯，我不用对你隐瞒。我不认为她是辆普通的车。我不晓得为什么会这么想……可是就是这样。"

我张嘴打算说句日后也许会后悔的话——这句话或许可以稍微让他清醒一点。可是就在这时，我们已经转入李勃住的那条街。

阿尼用力地、深深地把气吸进肺里。

李勃门前的草地仿佛比昨天更黄、更秃，也更丑。草地末端有摊看了会让人生病的污油——那摊油杀死了原本应该长在四周的东西。因为它实在太丑陋，我甚至觉得要是往那地方看久一点，眼睛都有可能瞎掉。

那儿正是昨天那辆一九五八年普利茅斯停放的地方。

油污还在，车子却不见了。

"阿尼，冷静点，"我把车停在路边说，"看在老天的分上，先别抓狂。"

我怀疑他有没有听到我说的话。他脸色发白，脸上的痘疤却变成深紫色，两相对比下格外分明。车还没停稳，他就已推开门跳了下去。

"阿尼——"

"是我爸,"他气冲冲地说,"那杂种干的好事!"

他冲到李勃门前。

我追了过去,心想这麻烦到底何时才会结束。真不敢相信刚才竟听到阿尼说他爸是杂种。

阿尼举拳正要捶门时,门开了。罗兰·李勃就站在门口,今天他在脊椎撑架外穿了件衬衫。面对阿尼的怒容,他看起来好整以暇,报以贪婪的微笑。

"孩子,你好。"他说。

"她上哪儿去了?"阿尼当头就问,"我们讲好的!我这儿还有收据!"

"冷静下来,"李勃说,他见我站在台阶下,两手插着口袋,"孩子,你朋友怎么啦?"

"车不见了,"我说,"你还敢问他怎么啦!"

"谁买走的?"阿尼大吼着。我从没见他这么气愤过,我想如果当时他手上有枪,一定会毫不犹豫指向李勃的太阳穴。我吓呆了,那情景就像有只小白兔一瞬间变成了肉食动物。老天帮忙,我真担心他会当场脑出血。

"谁买走的?"李勃温和地学他说,"孩子,谁也没买,她注定是你的了。我只不过是把她倒进车库,为她换上备胎和机油。"然后他对着我们露出神秘的笑容。

"你真会逗人。"我说。

阿尼不信任地瞄了他一眼,立刻把头撇向旁边那间朴素的车库。车库与房舍间有条走廊连着,它就像这里的一切事物一样,往昔光辉早已消逝。

"另外,既然你已经付了钱,我就不想再让她待在外面。"他说,"这条街上有一两个人找过她麻烦,有天晚上有个小鬼拿石头扔她。这条街上住了不少浑球。"

他以狙击手般的威胁眼神往街上扫了一眼。刚下班的通勤者开着他们吃油凶猛的车通过门前的街道，小孩在门前玩着捉人游戏或跳绳，有些人坐在门廊下，趁着傍晚微凉的时刻喝着饮料。

"我很想知道到底是谁丢的石头，"他轻轻说道，"我真的很想知道。"

阿尼清清喉咙说："很抱歉，刚才对你那么凶。"

"别放心上，"李勃轻松地说，"我喜欢看到有人为了自己拥有或即将拥有的东西挺身而出。钱带来了吗，孩子？"

"带来了。"

"那进来吧，你和你朋友都请进。我签份证明把车转让给你，然后我们喝杯啤酒庆祝一下。"

"不，谢了，"我说，"不介意的话我在外面等就行了。"

"随你的便，孩子。"李勃说完，然后向我眨了个眼。直到今天，我还是不明白那到底是什么意思。他们进屋去了，门砰的一声带上。鱼已入网，现在可以刮鳞剖肚了。

我怀着沮丧的心情穿过走廊来到车库前。门很好开，只是一拉开我就闻到一股怪味。就像昨天拉开那辆普利茅斯的门时闻到的一样——油味、霉味，还有一整个夏天的闷臭。

墙上靠着一些锄头之类的园艺工具。另一面墙边摆着一条老旧的橡皮管、一个脚踏车打气筒和一个高尔夫球袋——里面还装了几支生锈的球杆。车库正中央停着阿尼的车——克里斯汀。它的车身看起来足有一英里长，摆到今天这时代，就算凯迪拉克跟它比都显得娇小玲珑。门外的光线刚好照在风挡玻璃的裂纹上，形成钝重的水银光泽。李勃说是小孩用石头砸的，但也许是某天晚上他在海外退伍军人协会和昔日战友喝醉酒后，边开车边聊第二次世界大战阿登战役或朝鲜战争猪排山战役时出车祸撞坏的。通过火箭筒看遍了欧洲、太平洋和神秘的东方，真是美好的旧日时光啊。不过谁知道究竟是怎么打破的……谁又在乎？但不管怎么说，现在要找块同样尺寸的风挡玻璃，就算是有瑕疵的旧货也不容易了。

阿尼，你实在陷得太深。

李勃换下的那个旧车胎靠在墙角。我趴在地上查看车子底盘。一摊新渗出的黑色机油就漏在那块已渗入水泥地面，并褪成褐色的陈年机油污迹上，引擎箱百分之百破了。而这景象完全无助于缓和我的沮丧情绪。

我绕到驾驶座旁抓着方向盘时，看见遥远的角落里有个空罐，是个开口已被捅破的塑胶罐。罐身上明显可见蓝宝石（SAPPHIRE）机油的 SAPPH 字样。

我咕哝一声。好吧，他真换过机油了，算他行。他先放掉原来的机油——如果还有的话——再换上几夸脱①蓝宝石机油——这种你只要花三块五就可以在猛玛量贩店买到五加仑②一大桶的货色。所以说，我错怪他了，好吧，罗兰·李勃果然心地高贵，而且古道热肠，行了吧！

我拉开车门坐进驾驶座。现在那股霉味已经没那么重了，我想这是因为我太沮丧的关系。它的红色方向盘很大，看来气势十足。我又瞥了那疯狂的秒表一眼。最高时速一百二十英里，而不是一般的七十英里或八十英里，下面没有公里数的对照刻度，或许当它离开装配线时，华盛顿特区的人还没想到要实施公制，五十五英里的危险限速以上也没用红线标示。那时候一加仑汽油只要两块九角九分，如果你住的城里碰上油价战，那就更便宜了。至于阿拉伯国家发动石油禁运和高速公路五十五英里限速规定，那是十五年后的事了。

我想着"美好旧时光"，不自觉笑了出来。我在坐垫左下方摸到操

---

① 夸脱，英文 quart 的音译，英、美计量体积、容积的单位。1 英夸脱等于 1.137 升。在美国，1 液量夸脱等于 0.9464 升，1 干量夸脱等于 1.101 升。
② 加仑，英文 gallon 的音译，英美制容量单位，英制 1 加仑等于 4.546 升，美制 1 加仑等于 3.785 升。

纵椅背高低的按钮（如果还管用的话）。前面还有部冷气（当然不可能运转了）、定速控制器和一台布满铁锈的笨重按键式收音机——当然只有调幅（AM）电台。在一九五八年，还没人听过调频（FM）这字眼。

我把手放在方向盘上时，奇怪的事发生了。

即使现在回想起来，我还是不敢确定到底发生了什么事。也许那是幻象——如果是我也不奇怪。只是一度，那破烂的坐垫似乎消失了。代之浮现的是焕然一新的完整皮垫，我甚至还闻到塑胶套和真皮的气味。方向盘上的疤痕不见了，而布满铁锈的金属竟在透过车库门照进来的傍晚斜阳下闪闪发亮。

然后，我仿佛听到克里斯汀在炎夏的沉寂中，在李勃的车库里喃喃对我说：老兄，咱们兜风去吧……走吧。

刹那，一切都变了。风挡玻璃上的蛛网状裂痕不见了，或者说似乎不见了；李勃门口的草坪不再枯黄光秃，不再杂草丛生，我仿佛看见新割的整齐绿嫩的草皮。那条走廊像刚刷过油漆一样，所有风雨斑痕全都消失无踪。我看见（或许是梦见）一辆一九五七年凯迪拉克停在路边，车身是深薄荷绿，黑帮风格的镶白边轮胎，外表没一丝铁锈，轮胎上的铁盖如镜子般光亮。那是辆大得像条船的凯迪拉克。有什么不可能？那时候汽油便宜得跟自来水一样。

老兄，咱们兜风去吧……走吧。

当然，有何不可？我可以开到镇上，到那所古老的高中去——它还会在那儿屹立六年，直到一九六四年才烧毁。我可以打开收音机，听听查克·贝瑞的《梅贝林》，或埃弗利兄弟的《苏茜，醒醒！》，或是罗宾·卢克的《苏茜宝贝》，然后我可以……

我用最快的速度逃了出来。那扇生锈的烂车门打开时伴着一声尖叫。我的胳膊肘用力撞在车库墙上。我用力把车门关上（说实话，我真不愿再碰它一下），然后站在那儿凝视这辆即将属于我朋友阿尼的怪车。我揉搓着胳膊肘，心脏不断猛跳。

一切又恢复原状。闪闪发亮的金属不见了，新沙发不见了，车子外表的凹痕、铁锈依旧。其中一个车头大灯不见了（昨天我没注意到），巨大的收音机歪歪斜斜挂在那儿。那股长年的脏臭霉味又飘了出来。

我当下便做出决定，我非常不喜欢阿尼的这辆车。

走出车库时，我频频回头——也不知道为什么，我就是不喜欢它在我背后的感觉。我知道这听起来很蠢，但我真有这种感觉。那辆遍体鳞伤的老普利茅斯现在停在车库中央，没有一丝邪气，也看不出任何怪异，我看见车牌上贴了张一九七六年六月一日就已失效的检验标签。

阿尼和李勃刚从屋里出来。阿尼手上拿了张单据——我猜是转让证明之类的。李勃两手空空，他已经把钱藏好了。

李勃说："希望你喜欢她。"不知为何，我感觉到那种老皮条客拐年轻男孩的口气。我真的很讨厌他——他的牛皮癣和臭汗淋漓的脊椎撑架。"我想你很快就会喜欢上她。"

他那凝满黏液的眼睛转向我，停了一下，然后又转回阿尼身上。

"很快。"他重复道。

"我相信。"阿尼心不在焉地说。他梦游般走向车库，然后停下来看着他的车。

"钥匙在里面，"李勃说，"我要你好好照顾她，知道吗？"

"她能发动吗？"

"至少昨晚还能发动，"但李勃边说边把视线转向远方的地平线，等了一会儿，他又用无辜的口气说，"我想你朋友的后备厢里一定有电瓶跨接线。"

事实上，我的确有电瓶跨接线，但不喜欢李勃这样擅自猜测，而我不喜欢是因为……我轻轻叹了口气，因为我根本不想被扯进阿尼和他这堆废铁之间，却又发现自己正一步步被拖下去。

阿尼压根儿没听到我们的对话。他走进车库直接钻进他的车。黄昏的斜阳照着那辆普利茅斯。我看见阿尼坐下去时沙发上扬起一阵灰尘，于是我也不自觉地拍拍屁股。他在驾驶座上呆坐了好一阵子，两手轻轻扶着方向盘。我又开始觉得不安了，那辆车好像用某种方法吞噬了他，而我告诉自己，必须阻止这件事情发生，但又实在没理由像个七年级小女生那样跑过去把阿尼拉出来。

接着阿尼向前倾身，他在发动车子。我回过头愤怒地瞪着李勃，他又仰头看天，一副正在祈雨的样子。

它发动不起来，绝对发动不起来。我的德斯特车况非常好，可是在它之前的两辆车都是废铁（不过都是堪用的废铁，绝对没有烂到克里斯汀这种程度）。我非常熟悉那种不可能起动的发动声。我相信它的电瓶已经快从底盘下掉出来了。

嘎……嘎……嘎……嘎……嘎……嘎……嘎……

"别费力气了，阿尼，"我说，"发动不起来的。"

他连头都不抬，只是不断转动钥匙。起动机的曲柄缓慢痛苦地扭转呻吟。

我走向李勃。"你连多充点电好让我们开到车厂修理都不肯，是吧？"

李勃隔着金黄的眼屎瞄我，一句话也没说，然后又抬头查看下雨的可能。

"也许这车根本就发动不了。昨晚你大概是找了几个朋友把它推进了车库——如果你这种糟老头也有朋友的话。"

他转过头来看我。"孩子，"他说，"你什么都不懂，乳臭未干的小鬼，等你像我一样打过几场仗——"

"去你的打仗！"我说完后走向车库，阿尼还在试着发动他的车。我想这难度大概跟用吸管吸光大西洋的水，或者搭热气球到火星去差不多。

嘎……嘎……嘎……

再这样下去，等那积满凝垢的电瓶中最后一丝电力都被吸光时，就连曲柄扭动的发动声都听不到了，到时就只剩雨天乡间小路或偏僻公路上的弃置车辆最常发出的声音，也就是钝重、了无生气、宛如死亡般的寂静。

我拉开驾驶座车门说："我去拿电瓶线。"

阿尼抬头看我。"我想她会为我发动的。"

我感觉自己的嘴唇咧出不信任的微笑。"我还是去拿好了，以防万一。"

"当然，你坚持的话。"他敷衍地答道。然后我听到他用低得几乎听不见的声音自言自语："来吧，克里斯汀，给点面子？"

几乎同时，我的脑中又浮现出那句话——老兄，咱们兜风去吧……走吧。我不禁打起哆嗦。

他再次转动钥匙，我等待着一片死寂，可是这次听到了引擎转动声。它转了几下，又停了下来。阿尼继续转动钥匙，这次曲柄越转越快，然后引擎突然逆火，砰的一声巨响，仿佛有人在这密闭车库里点玩具炸药。我吓得跳起来，但阿尼无动于衷。他已迷醉在自己的世界之中。

当我的车发生这种情况时，我会臭骂几声。臭婊子是永远的经典骂词；贱货也不错；要不然至少也会说，真是狗屎！我认识的每个人都这么做，而且我想这些都是从大人，尤其是父亲那边学来的。

做母亲的通常会留给子女比较实际的建议，比如：如果一个月剪两次脚指甲，袜子就不会破那么多洞；来路不明的东西不要乱捡；多吃胡萝卜对你有好处；等等。可是从父亲那儿学到的东西感觉就像魔术、护身符，或是具有特殊力量的词。比如说，当你的车发动不了，那就骂它……而且千万记得把它当女人骂。如果追溯到七代前，你说不定会发现你的某个祖先也在英国萨塞克斯郡或捷克布拉格的窄桥上骂他那头死不肯动的驴，而且骂的不外乎天杀的婊子之类的。

可是阿尼没骂他的车。他只是很有耐心地低声劝着："动一动嘛，娃娃，帮个忙好不好？"

他再转动钥匙。车子颤抖两下，然后又一次逆火，接着就真的发动了。那声音真吓人，听起来八只活塞里只有四只还能运作，不过毕竟是发动了。我几乎不敢相信这是事实，但我没有站在原地或冲上去和阿尼讨论，因为车库里很快就弥漫着青烟和火星。我立刻躲到外面去。

"她发动得好好的，是不是？"李勃说，"也不必动用你宝贵的电瓶线了。"

我不晓得该怎么回答。说实话，我还真有点不好意思。

车子慢慢滑出车库。那场面实在荒谬得让你想笑想哭或至少做出点反应。我几乎不敢相信它有那么长，简直就像个视觉幻象。而坐在方向盘后的阿尼小得快看不见了。

他摇下窗向我挥手，我们都得提高嗓门才能让对方听到自己说的话。我发现阿尼的女友克里斯汀还有个新的致命伤——它的声音简直就像雷鸣，看来阿尼非得尽快给它换个消声器不可。从阿尼坐进那辆车后，我脑中账本的汽车栏上，数字已经跳到了六百多块——这还不包括换那面风挡玻璃的钱。天晓得那样一块玻璃要多少钱！

"我要把她停到达内尔那里去！"阿尼大吼着，"他在报上的广告说，在那里租个车位一周只要二十块钱。"

"阿尼，那种地方付二十块停一周太贵了！"我吼着回答。

达内尔自助修车厂坐落在一片四英亩①大的废车堆置场旁。那可真是个童叟必欺的地方，我去过那儿几次，一次是替我的德斯特买个起动器，另一次是替我的第一辆车——一台福特水星换化油器。达内尔是头肥猪，他以严重的气喘闻名镇上，却仍旧烟酒不离口。他痛恨自由镇上每一个青少年车主，但这并不能使他免于奉承并欺骗他们。

"我知道，"阿尼在引擎怒吼声中大叫，"我只停一两周，到我找到更便宜的地方为止。丹尼斯，我总不能这样把她开回去，我爸妈会昏倒的！"

---

① 英亩，英美制地积单位，1 英亩等于 4840 平方码，合 4046.86 平方米。

这倒是实话。我开口还想劝他点什么——也许叫他在事情不可收拾之前赶紧停止这疯狂举动，但还是闭上了嘴。这笔交易已经完成，我还能说什么？况且我也不想跟那消声器坏掉的引擎较量嗓门，我已吸够了它排的废气。

"好吧，"我说，"我跟你走。"

"好极了，"他笑着说，"我要绕胡桃树街和洼地街，避开主要街道。"

"好吧。"

"谢了，丹尼斯。"

阿尼挂上前进挡，这辆普利茅斯跟跄地往前爬了两英尺，然后差点熄火。阿尼轻踩油门，克里斯汀顿时排出一堆黑烟。这辆普利茅斯慢慢从李勃的车道爬上马路。他踩刹车时，只有一边刹车灯会亮。我脑中的修车账本上又加了五块钱。

他向左打方向盘，驶入正路。消声器的残体几乎磨到柏油路面，它一路走还一路掉铁锈。阿尼再催油，引擎咆哮得更嚣张了，那声势简直就像示威的难民群众一样。对街邻居都来到门廊上或走到门口，看看外面到底发生了什么大事。

克里斯汀带着怒吼狂吠，以时速大约十英里向前推进。它排出带着油臭的青烟，在低空聚成小小的云朵，在八月柔和的黄昏中飘荡着。

又走了四十码①遇上红灯后，它熄火了。一个小鬼骑着兰令牌自行车超过阿尼的车。只听远处飘来一句无礼的吼叫："把它扔进垃圾处理机吧，老哥！"

阿尼握拳伸出窗外向那小鬼挥舞，并向他比画中指。又是第一次——我没见过阿尼对别人做这个动作。

车子再发动时，引擎一连猛咳几声，并连连逆火放黑屁。听起来仿佛有人在自由镇上刚引发一场枪战，我拼命咽口水。

---

① 码，英美制长度单位，符号 yd。1 码等于 3 英尺，合 0.9144 米。

马上就会有人报警，那些惹人厌的公仆会以驾驶未注册车籍以及车辆未经检验为由把阿尼带回局里——或许再加上妨害安宁和污染空气的罪名。

克里斯汀又爆了最响的一声——几秒钟后那声响还回荡在街头，仿佛有人引爆了一颗迫击炮弹——然后慢慢向左转入马丁街，这儿离胡桃树街大概还有一英里。金色斜阳渐渐转红，慢慢消失在地平线。我看见阿尼把胳膊肘架出车窗外。

我怀着满腔怨气，回过头看李勃，一心想诅咒他下地狱。我说过打一开始就对他没好印象。可是我看见的景象令我全身僵冷。

李勃在哭。

那光景真是既奇怪又恐怖又令人怜悯。我九岁时，家里有只名叫"牛心上尉"的猫被 UPS 快递货车撞伤了。我们送它到兽医那儿去——我妈没办法开快车，因为她满眼都是泪水，我和牛心上尉坐在后面。它躺在纸箱里，我不断告诉它，到了兽医那里就会没事了，可是即使像我这么笨的九岁小孩也知道它永远不会没事，因为它肠子都露出来了，肛门不停流出的血和屎弄脏了它的毛。它就要死了。我轻轻抚摩它，它则轻咬我的虎口最敏感的地方。痛苦是很不幸的，可是绝望的同情更糟。从那之后，我就很少再有那种感觉了，我想那是世上最不人道的心灵折磨。

李勃站在他那秃黄的草地上，距离普利茅斯留下的油污不远。他拿出一条老人用的那种大手帕，低着头慢慢擦眼泪，泪水在他脸颊上闪闪发亮，乍看之下会让人误以为是汗水。他的喉结上下动个不停。

我把头撇开，假装看他那空洞的车库，我实在不愿看到老人哭泣的样子。很久之前，他的车库里一定堆满了东西——当然墙角那些杂物是一部分，最主要的就是他那辆占满空间的大车。而现在墙角的杂物将车库反衬得更显空洞，空得就像掉光牙齿的口腔。

李勃的情形就跟他的车库一样糟。我再回头时，他已几乎恢复自制。他的眼角不再渗出眼泪，手帕也塞回老人裤的口袋。但他的脸还是那么苍白——非常非常苍白。

"终于走了，"他用沙哑的声音说，"总算了了一件事。"

"李勃先生，"我说，"我希望我朋友也能说出一样的话。你大概不知道这辆车给我朋友和他家人带来多少麻烦——"

"滚吧，"他说，"你像只喋喋不休的绵羊，只会咩咩咩。我想你朋友比你懂事多了。快滚吧，或许他会需要你帮忙。"

我走向我的车。我也不想在李勃面前再多待一秒钟。

"你只会咩咩乱叫！"他在我背后追着骂，这让我想起热血青年合唱团的一首歌——我是一曲歌手，一曲走遍天下，"你还没有你外表一半成熟。你屁也不懂！"

我钻进车里开车走了。转入马丁街时，我又回头望了一眼。李勃还站在他的草地上，秃溜溜的脑袋反射着斜阳。

事情后来的演变证实他说的是对的。

我真是屁也不懂。

5
前往达内尔车厂

我有辆一九三四年老福斯，我们都叫它老骨头，
车身早已不再鲜红，
不过它可是老当益壮。

——简与迪安

我沿马丁街一直开到胡桃树街才右转，再下去就是洼地街，没过多久就追上了阿尼。他把车停在路边，后备厢盖开着，克里斯汀的屁股旁边靠着一个古老的千斤顶，那千斤顶老得我看搞不好连马车的轮子都换过。它的右后轮胎爆了。

我把车停在阿尼后面，还没打开车门，就看见有个妇人从她家里走出来。她门口的草坪是一片奇景，只不过全是塑胶制品（上面有两只火烈鸟，一只塑胶母鸭身后跟着一列四五只塑胶小鸭，旁边还有一口塑胶许愿井和塑胶水桶）。她的体形看起来急需减肥。

"你们不能把那堆垃圾丢在这里，"她嚼着满嘴的口香糖说，"你们不能把那种垃圾丢在我家门口。"

"太太，"阿尼说，"我的车胎爆了，如此而已。我换好轮胎马上——"

"你们不能把它丢在那里，"她有点神经质地不断重复，"我先生马上就回来。他不喜欢有辆烂车停在门口。"

"她不是垃圾！"阿尼说道，他语调中的某种东西逼得她退了一步。

"孩子，别用那种口气跟我说话，"这位过重的妇人骄傲地说，"我先生脾气可不大好。"

"你听着——"阿尼语带威胁地说，昨天他和迈克尔与雷吉娜吵架时就是这种语气。我一把抓住他的肩膀，我们不能再惹麻烦了。

"对不起，这位太太，"我说，"我们马上就把它弄走——快得会让你以为只是幻觉。"

"这样最好，"她说着用拇指指向我的德斯特，"还有，你的车正好停在我的车道出入口。"

我把车向后倒了一段距离，她才摇晃着那圆桶状的身躯慢慢走回家。她要进门时，屋里又出来两个小孩，一男一女，浑圆得像小猪崽，两人手里都拿着营养丰富的奶油巧克力蛋糕。

"什么事，妈咪？"小男孩问，"那个人的车怎么了，妈咪？发生什么事了？"

"少啰唆！""大猪后"一只手抓着一个孩子往屋里拖。我最喜欢看到这种开明的父母了，那总会让我对未来充满希望。

我走向阿尼。

"怎么？"我试着说出此时唯一想得到的俏皮话，"不过爆胎而已嘛，阿尼。"

他勉强笑笑说："丹尼斯，我有点小麻烦。"

我知道他的麻烦是什么，他没备胎。

阿尼又掏出皮夹查看里面的存量，看着他这么做实在让我心疼。"我得买个新胎。"他说。

"是啊，我也这么想。一个补过的——"

"我不买补过的胎。我不想这样开始。"

我没说什么，只回头瞥了我的德斯特一眼。我有两个轮胎也是补过的，我觉得它们用起来没什么不好。

"丹尼斯，你说一个全新的固特异或费尔斯通轮胎要多少钱？"

我耸耸肩。脑袋里的汽车账目告诉我一个没边纹的新胎至少要三十五块。

他拿出两张二十元钞票给我。"如果超过这个价——加上税什么的——我会还你。"

我悲哀地看看他。"阿尼，你这周薪水还剩多少？"

他眯起眼睛把视线移开。"够用了。"他说。

我决定再试一次——别忘了我才十七岁，总以为别人会听从对自己有利的劝告。"你不能一毛都不留，"我说，"为了这辆车，你的皮夹已经空了，以后你会更习惯掏钱的动作。阿尼，拜托你仔细考虑一下。"

他的目光突然变得冷峻起来，我从没在他的脸上看过那种表情。也许你认为我是个土生土长的美国男孩，可是我也没在任何人脸上看过那种表情。我既惊讶又发慌——我突然发现我是在设法跟一个疯狂的人做理性交谈。他完全拒人于千里之外，我想当你跟某个人说，他心爱的女孩背着他和别人胡来时，你也会见到同样的表情。

"别说这种话，丹尼斯！"他说。

我摊开双手。"好！好！"

"还有，如果你不想管轮胎这件事，你可以不必管。"那冷峻、固执、无情的表情仍冻结在他脸上，"我自己会解决。"

我想开口回他一句也许很冲的话，可是我碰巧往旁边瞥了一眼，看见那两个"小猪崽"在草坪边缘，两人分别骑在同款的小三轮车上。他们满手都是巧克力，四只眼睛很正经地盯着这里。

"别多说了，"我说，"我这就去弄轮胎来。"

"如果你真的愿意，"他说，"我知道现在已经很晚了。"

"也转凉了。"我说。

"先生？"小男孩舔着手上的巧克力说。

"怎样？"阿尼问。

"我妈咪说你的车是烂嘟嘟。"

"对，"小女孩口径一致地说，"烂嘟嘟的车车。"

"烂嘟嘟，"阿尼说，"形容得很好。你妈是做什么的？哲学家？"

"不是，"小男孩说，"她是摩羯座，我是天秤座，我妹妹是——"

"我尽快回来。"我有点尴尬地说。

"当然。"

"冷静点。"

"别担心，我不会揍任何人。"

我走向我的车。坐进车里时，我听到小女孩大声问阿尼："先生，你的脸为什么乱七八糟的？"

我开了一英里半，驶入肯尼迪大道。我那从小在自由镇长大的母亲说，当年肯尼迪在达拉斯遇刺时，这条街算是镇上的闹区。可是由于总统被刺而将街名改为燕子大道大概是个错误的决定，因为从二十世纪六十年代初，这里便渐渐衰退为镇上的郊区。现在沿街有家露天汽车电影院、一家麦当劳、一家汉堡王、一家阿比快餐店，而从肯尼迪大道到宾州高速公路这一路上有八到十家汽车服务站。

买阿尼的轮胎应该不是难事，但我去的头两家服务站都是自助式的，他们甚至连机油都不卖，那儿只有一台加油机和一个低能的服务小姐坐在防弹玻璃亭里，手里拿着《国家询问报》[1]，嘴里嚼的口香糖大得可以噎死密苏里州的长耳鹿。

第三家是德士古石油连锁店，里面总算有轮胎。我只花了二十八

---

[1] *National Enquirer*，美国著名八卦小报。

块五加税就替阿尼的普利茅斯（我实在不愿叫她——它——克里斯汀，连想都不愿这么想）买到一个轮胎。可是这里只有一个员工，他必须把轮胎装在阿尼的钢圈上再把气灌满。他一共花了四十五分钟，我实在很想帮忙，但他说要是老板知道的话会宰了他。

我把充好气的轮胎放进后备厢，并给那家伙两块钱小费。天色暗了下来，日落余晖也变成了深紫色，树丛的影子又柔又长，我慢慢沿着原路驶回。夕阳最后一抹余晖几近水平地穿过阿比快餐店与保龄球馆之间堆置的杂物，此时这如洪水般流泻的金光，在我眼中竟美丽、奇异得有点吓人。

我很诧异喉咙里有种呛人的恐慌，像干火般慢慢往上爬。在那漫长而怪异的一年中，这是我头一次，但绝不是最后一次有这种感觉。然而当时我很难明确地解释或界定这种感受，我只以为这是因为当时已是一九七八年八月十一日——再过一个月我就要升上高中最后一年。而这学期的开始也代表生命中这漫长安逸的片段即将结束，我马上就是个成年人了。就在这片从保龄球馆与小吃店之间的巷弄穿过的金光中，我第一次有了这种感觉。我想人们会害怕长大，那是因为你必须终止某个阶段的生命并展开另一段生命。换句话说，如果小孩要学的是如何认识生命，那大人要学的便是如何认识死亡。

这种奇怪的感觉很快就过去了，可是它的余波仍让我震惊，让我悲怆。而这两种情绪对我来说都很不寻常。

回到洼地街时，我突然从阿尼的困扰中解脱出来，想到了自己的问题——想到长大成人，自然就会联想到某些很伟大（至少对我来说很伟大）却又不太愉快的想法。我想到念大学，搬出家里，和六十个人在全州橄榄球代表队中竞争同一个位置，而不像现在这样只有十到十二个人和你竞争。也许你会说，丹尼斯，我有个大新闻要告诉你：中国的十几亿人民根本不在乎你能不能以大学新鲜人的身份跻身大学橄榄球校队第一队。完全没错。但我只是认为这些事情对我来说真的很重要，而且令我害怕。人的心思常会带你来到一些不愿思考的事情上，而你对此全无抗拒能力。

那个"猪后"的火暴老公真的回来了，而且他和阿尼正鼻尖对着鼻尖，情况每一秒都有可能恶化，这幅画面当然更不能改善我的情绪。

两个"小猪崽"坐在他们的小三轮车上，视线左右轮番游移，一会儿看着阿尼，一会儿看着他们的爹地，就像一场一面倒的网球赛中的观众。他们似乎在期待爆炸性的一刻快点来临，这样他们就能分享爹地摆平瘦阿尼的快感。

我把车停好，飞快冲出来跑到他们面前。

"我在跟你讲话！"拉尔夫吼道，"我要你马上把它弄走！"他有个筋脉毕露的蒜头鼻，两颊红得像刚洗过的砖，而那件灰色工作服的领口以上全是一条条青色的血管。

"我不能没有轮胎就把她开走，"阿尼说，"我跟你说过。如果这是你的车，你也不会这么做。"

"你当然可以没轮胎就把它开走，比萨脸，"拉尔夫说，他显然在表现给小孩看，真实世界里大人是如何解决问题的，"你不能把那堆垃圾摆在我的门口，你要把我惹毛了，臭小子，你就等着挂彩吧。"

"这里没人会挂彩，"我说，"先生，别发火，给我们几分钟就好。"

阿尼感激地望了我一眼，我看得出刚才他有多害怕，而现在也一样。永远是个输家的他，知道自己有种让人想欺负的特质。而且天知道这世上就是有某些人总想生生地砸出他的屎来。他也一定知道，这种事又要发生了——只是这一次，他不会再退却。

拉尔夫转向我。"又来一个，"他说，那口气好像很奇怪这世上哪儿来这么多浑蛋，"你们要我一次修理两个？相信我，我办得到。"

我知道这种人。如果再年轻十岁，他就是那种在学校以欺负阿尼为乐的人。他会一把打掉他手上的书，或者上完体育课时把他推到水龙头下淋个湿透。这些人永远不变。他们只会越来越老，然后在五十三岁左右因为抽了太多 Lucky Strike 而得肺癌或因中风死去。

"我们不想惹麻烦，"我说，"他的车爆胎了。难道你的车没爆过胎吗？"

"我要他们马上滚开！"那个"猪后"站在走廊上大叫，她的声音又尖又兴奋。这么一叫引得不少邻居出来看热闹，显然这比菲尔·唐纳修的谈话节目有看头多了。我越来越担心了，就算刚才没人报警，我看现在也会有了。

"我从来不会因为爆胎，而把一堆烂铁搁在别人门口三小时那么久。"拉尔夫大吼。我看见他的嘴巴大开，齿缝间的唾液在夕阳下闪闪发亮。

"只不过停了一小时左右，"我说，"别那么夸张好不好？"

"少跟我耍小聪明，小鬼，"拉尔夫说，"我不喜欢来这套。我也不喜欢你们这些毛孩子。我出去做工养家，下了班只想好好休息，没心思跟你斗嘴。我要你们把它弄走，就是现在！"

"我已经带了个备胎来，"我说，"把它装上去只要——"

"你这个人为什么那么不讲理——"阿尼气愤地说。

这就够了，如果这位拉尔夫老兄有什么最不能忍受的事，那就是在他孩子面前骂他不讲理。他向阿尼挥拳。而我真不晓得这事将如何收场——阿尼也许会入狱，他宝贵的车也许会被扣押——我本能地伸手抓住拉尔夫的手腕，夕阳下发出响亮的啪的一声。

两个"小猪崽"哭了。

那骑在三轮车上的男孩垂下头，下颌顶着胸口。

平常在学校，阿尼经过吸烟区时总是像只被追猎的动物飞快跑过。但这次他竟毫不畏缩，甚至期待好好干上一架。

拉尔夫转向我，愤怒的双眼鼓得都快掉出来了。

"很好，小王八蛋，"他说，"你先动手的。"

我用力抓着他的手。"大哥，"我压低声音说，"备胎在我后备厢里。给我们五分钟，弄好了立刻离开你的视线。拜托。"

我的指关节渐渐施压，他回头瞥了孩子一眼。小女孩在抽泣，小男孩吓得睁大眼睛。这一幕似乎使他做出让步的决定。

"五分钟，"他说完看看阿尼，"我没叫警察算你们他妈走运。这辆车逾期未检——牌照上连标签都没有——"

我以为阿尼会回句很冲的话，让我们再来场延长赛。但毕竟他还是个谨慎的人。

"谢谢你，"他说，"我为刚才的冲动抱歉。"

拉尔夫咕哝一声，把他的衬衫下摆粗鲁地塞回裤子里。他回头看看他的孩子。"进屋去！"他吼道，"在外面干什么？是不是要我揍得你们乒乓叫？"

老天，这家人可真会用拟声词！我想说，这位老爹，你可别真揍得他们乒乓叫，不然他们可就要拉得一裤子烂嘟嘟了。

两个小孩立刻逃向母亲，把小三轮车留在草坪上。

"五分钟。"他又说了一遍，并恶狠狠地盯着我们。今晚他跟孩子说故事的时候也许会跟他们说，自己是怎么修理两个嗑药又滥交的小混混的。可不是吗？孩子，我叫那两个小子在我揍得他们乒乓叫前，赶快把那垃圾从我们家门口弄走，结果他们像屁股着火一样逃了。然后，他会得意地点上一根 Lucky Strike，或是骆驼牌香烟。

我们把阿尼的千斤顶撑在保险杠下方。结果阿尼在杠杆上才踩了三脚，千斤顶的柱子就裂成两半，发出一记巨大声响，并激起一阵灰尘。阿尼看看我，一副不知所措的样子。

"没关系，"我说，"用我的。"

夕阳已几乎完全隐没，天色也开始转暗，我的心还在扑腾跳个不停，喉咙则因和洼地街一一九号的恶霸屋主争吵而干疼。

"实在很对不起，丹尼斯，"他低声说，"我不会再把你扯进这麻烦里了。"

"别说了，快换轮胎吧。"

我们用我的千斤顶把这辆普利茅斯的屁股顶起来（好几次我都害怕那根锈蚀的后保险杠就要脱离车体，因为我们每顶上一英寸，它都会发出一声尖叫），取下那个瘪胎。我们把新胎装上，拧紧螺丝，再把车子放下来。看着这辆大车重新落在地上，心里总算松了口气。刚刚千斤顶断裂和保险杠尖叫时真把我吓坏了。

"好了。"阿尼把那块上古时代的轮胎盖敲进去。

我站在那儿看着这辆普利茅斯，早先在李勃车库里的感觉又回来了。我觉得它仿佛在看着自己右后轮新换上的费尔斯通轮胎——上面还贴着标签和厂商用黄色粉笔写上的库存编号。

我不禁打了个哆嗦——我实在无法说明那种感觉的恐怖程度。就好像你亲眼看见一条蛇从它已经蜕掉的老皮里爬出来，身上还闪着湿湿滑滑的新皮一样。

拉尔夫在他的门廊前监视我们，一只手拿着个巨无霸汉堡，另一只手拿着罐啤酒。

"看他帅气的。"我把阿尼破裂的千斤顶扔进他的后备厢时低声说道。

"好个老伯·累福①。"阿尼也低声回我。我们俩都笑了——当一个漫长的紧张情势结束时，听到什么都会令你忍不住莞尔。

阿尼把废车胎放在千斤顶上时还在捂着嘴笑，那样子就像个偷吃果酱却被逮个正着的小孩。一想到这里，我就忍不住放声笑了出来。

"你们两个杂碎笑什么？"拉尔夫吼着从门廊走出来，"嗯？你们笑我是不是？再笑嘛，没关系，马上我就要你们哭！"

"快走吧。"我对阿尼说，并赶紧溜回我的德斯特里。现在我们已经笑得不可收拾，好像笑神经已完全失去控制。我发动引擎时连眼泪都笑出来了。我前面的普利茅斯夹着怒吼，放了一连串黑屁后也跟着发动了。在引擎咆哮声中，我仍能听到阿尼那无法自抑、近乎歇斯底里的狂笑。

拉尔夫已经冲过草坪，手上还抓着他的啤酒罐跟汉堡。

<hr>

① 原文为 Robert Deadford，为影星劳勃·瑞福的谐音。

"你们这两个杂碎，笑什么？嗯？"

"笑你，笑你个蠢蛋！"阿尼胜利地叫道。接着他的车放出一阵遮天蔽日的油烟。我用力踩下油门，并猛打方向盘免得撞上拉尔夫，他现在已经气得要杀人了。我还在笑，一开始也许是真的很乐，但我现在其实已经完全不是在笑了。我发现自己的笑声尖得可怕，简直像在尖叫。

"老子宰了你们这些杂碎！"拉尔夫在后面大吼。

我又用力踩下油门，这回险些撞上阿尼的车屁股。

"干！"我回头对拉尔夫比出中指并大叫。

他想追我们，而且真的沿着人行道追了一段距离。但几秒钟后，他气喘吁吁地停了下来。

"真疯的一天，"我大声说，几乎被自己破裂尖噪的声音吓着，"真他妈疯狂的一天。"我觉得喉咙酸痛。

位于汉普顿街的达内尔旧车厂是栋锈铁皮搭的屋子。厂房外面有块油腻的木牌，上面写的是：你出本事，我出工具，让你省更多。下面有块小牌子，写着：车位出租，周、月、年均可。

废车堆置场就在达内尔车厂的后面，所占的空间足足有一个街区大小，四周用五英尺高的铁皮墙围起来。达内尔认识自由镇上每个有头有脸的人，镇公所里三分之二的官员都跟他有交情，每个大城市或小镇都有达内尔这种人，我想这也是他获准在这里设厂的缘故。

我听说他私下卖毒品给自由高中和达比中学的少年，也听说他跟匹兹堡以及费城的黑道角头都有点交情。这些我都不信。不过我确知如果你想在七月四日国庆那天买点鞭炮、冲天炮或土制炸弹的话，达内尔那儿是买得到的。另外还听我爸说过达内尔曾经差点被判十二年有期徒刑。在我五岁那年，他涉入一桩庞大的连锁窃车案。那个窃车集团的势力东起纽约，北至缅因州班戈城。当然，有关他的控诉后来因为罪证不足撤销了。我爸还说，凡是不法之事——从抢劫货车到仿制古董——达内尔样样干过。

"丹尼斯，没事最好离他远点。"一年前我爸曾这么对我说过。那时我刚拿到我的第一辆烂车，投资了二十块钱在达内尔那儿租了个自助车位，试验自行换化油器，结果以失败告终。

没事最好离他远点——而现在我却跟在阿尼车后头驶入他的大门。西边的最后一点点光线已全部消失，我的车头灯照着堆积如山的汽车旧零件和烂躯壳。这幅景象只让我更沮丧、更疲惫。我知道我还没打电话回家，爸妈一定已经急得半死。

阿尼把车驶到一个巨大的车库门口。旁边有块牌子写着：入内请先鸣喇叭。门边有扇沾满油污的窗子，里面透出微弱的灯光——屋里有人——我怀着一股冲动，真想下车告诉阿尼，今晚干脆把车停在我家算了。我有种预感，如果我们现在闯进去，一定会发现达内尔跟他那伙人正在清点抢劫货车得来的彩色电视，或是替偷来的凯迪拉克重新喷漆。

但阿尼只是坐在那儿，不按喇叭，也不做任何打算。我正想下车问他要怎样时，他倒先下车向我走来。虽然大地已是一片昏暗，但我还是看得出他一脸尴尬。

"丹尼斯，你帮我按喇叭好吗？"他卑微地说，"克里斯汀的喇叭不会响。"

"当然。"

"谢谢。"

我连按两声。过了一会儿，那扇巨大的车库门慢慢打开。达内尔出现在门口，他挺着摇摇欲坠的大肚皮不耐烦地向阿尼挥手要他把车开进去。

我把我的车掉个头朝外停好，也跟着走进车库。

墓穴般的车库又大又静，里面划了六十来个车位，每个车位前都摆了个固定住的工具箱给那些自己动手修车的人用。屋顶很高，上面全是赤裸裸的横梁。

这里面到处都是告示牌：离去前先清点工具；租升降机请先洽知；本厂提供技术服务；本人难以容忍脏话与咒骂。另外还有其他几十种告示，反正无论你转往哪个方向都看得到。达内尔真是个怪人。

"停二十号！二十号！"达内尔对阿尼大声说，"快停好了熄火，你想把我们都呛死不成？"

"我们"似乎是指角落牌桌上的那伙人。桌上散着扑克牌、筹码和啤酒罐。他们都以厌恶中带着好奇的表情看着阿尼那辆怪车。

阿尼驶入二十号车位，把引擎熄掉。可是青蓝色的废气已经弥漫整个车库。

达内尔转向我。他穿了一件帆布料白衬衫和一条褐色卡其裤。脖子上堆着一环环肥肉。

"小鬼，"他喘着气说，"如果那堆屎是你卖给他的，那你真该觉得羞耻。"

"我可没卖给他，"出于某种荒谬的原因，我觉得自己得向这头肥猪解释清楚我的立场——而通常即使面对我爸我都不会这么做，"我还劝他别买呢。"

"那你应该更努力劝他。"他走向阿尼停车的地方。阿尼用力关上车门，红色的锈铁片像雪花般落下。

不管达内尔有没有气喘，长年肥胖且与高脂食物为伍的他，现在却以优雅得近乎猫科动物般的姿态走向阿尼，并在阿尼还来不及转身前便对着他大吼起来。所以我想，你可以说他是个不轻易被自己的缺陷打倒的人。

跟学校那些抽烟的孩子一样，跟洼地街的拉尔夫一样，也跟赖普顿一样（我们接下来很快就会提到他），达内尔本能地打第一眼起就不喜欢阿尼。

"小子，在你把它的排气管装上屁眼之前，我不准你再发动它！"达内尔喘着气吼道，"要被我逮着了，你就永远不准再进来！知道了吗？"

"知道，"阿尼看起来是那么屡弱又憔悴，即使是今天这一路下来支撑着他的疯狂能量，现在也都消耗光了，那模样真叫我从心底为他难过，"我——"

达内尔不给他再开口的机会："租升降机要先预约，每小时两块五。我跟你说话，你最好乖乖听清楚。我不吃你们小鬼那套。这儿是给上班的人停车用的，那些人开车忙碌为了养家糊口。我不喜欢为了兜风买车的有钱大学生来这里占车位。还有，车库里不准抽烟，想嚼烟屁股，最好到外面的废车场。"

"我不抽——"

"别打断我，孩子，也别想跟我耍嘴皮子。"达内尔说。现在他逼近阿尼。他的身影完全遮住我的朋友。

我又开始愤怒了。今天下午稍早刚到李勃家，发现车子不见时的那种怒气又回到我身上。

小孩是种弱势族群，在经过多年训练后，每个小孩都能学会如何和达内尔这种讨厌小孩的人进行应对：是，先生；不，先生；是的；没问题。不过，达内尔实在玩得太过火了。

我突然抓住达内尔的手臂。"先生？"

他转身看着我。我发现，碰到越不喜欢的成年人，我就越喜欢叫他们先生。

"干吗？"

"牌桌上那些人也在抽烟，你最好叫他们把烟熄掉。"我指指牌桌。那儿正烟雾缭绕。

达内尔瞥了他们一眼，又转回来看我。他的脸色突然变得很凝重。"小鬼，你是不是想让你朋友被撵出去？"

"不是，"我说，"先生。"

"那就闭上你的鸟嘴！"

他转向阿尼，把他那肥厚的双手插在屁股的口袋里。

"我知道什么样的人算是废物，"他说，"我想现在我面前就有这么一个。小子，你被判缓刑了——如果你敢给我乱来，不管付多少钱，我都要让你飞出车库，屁股着地。"

我的怒气从胃里直冲上头。我在内心祈求阿尼跟那老肥猪说少来这套，然后甩他两巴掌，再狠狠踹他几脚，越快越用力越好。当然达内尔那桌牌友一定会冲上来修理我们。也许当这诡异的一天结束时，我们会躺在自由社区医院的急诊室里等着医生缝头皮……不过就算这样也值得了。

阿尼，我在心里默想，告诉他别来这套，然后我们离开这里，挺胸站在他面前，别被他吓住，别再当输家——如果你可以挺胸站在你妈面前，你就可以站在那肥猪面前。阿尼，就这一次，别当输家。

阿尼一直没吭声。最后他低头说："遵命！"他的声音几乎低不可闻，好像被呛住了。

"你说什么？"

阿尼抬起头。他的脸色惨白，眼中闪着泪光。我不敢看他，这会让我心酸。我转身看着别处。桌上的牌局停了下来，所有人都看向二十号车位。

"我说'遵命'。"阿尼的声音在颤抖，好像他刚在一份可怕的自白书上签了字。我又看了那辆一九五八年的普利茅斯一眼。它不该在这座车库里，它应该在后面的废车场跟那些废铁摆在一起。我不由得又从内心开始痛恨这辆车和它带来的麻烦。

"好了，出去吧，"达内尔说，"我们打烊了。"

阿尼像瞎了一样，跟跟跄跄地往前走。如果不是我一把抓住他，他早就撞上一堆磨秃的旧胎。达内尔又绕回牌桌。他回到座位向同桌牌友说了些什么，然后全桌人同时爆笑出声。

"我没事，丹尼斯。"阿尼说道，好像我刚问了他什么。他咬紧牙关，胸口快速一张一收，鼻孔呼呼冲出热气。"放开我吧，我没事，我真的没事。"

我放开手。走到车库门口时，达内尔又对我们吼道："别把你们那些流氓朋友带来这里，否则你们就永远别进我的车库！"

他们中间有个人还加上一句："来的时候把大麻留在家里！"

阿尼在发抖。他是我朋友，可是我实在不喜欢看他抖成这样。

我们逃入清凉的黑夜中，车库大门在我们身后砰然关上，这就是我们把克里斯汀弄到达内尔修车厂的经过，可真大费周章，不是吗？

6
走出车厂

我弄了辆车我加足了油，
然后告诉每个人，准备来吃我的
油屁……

——格列·弗雷

我们回到我的车里，我把车开了出去。这时居然已经过了九点钟了，一忙起来时间过得可真快。天上悬着半个月亮，门罗镇公所旁那好几英亩大的停车场上，零零落落的橘红色照明灯遮住了天上的星光。

我们沉默地驶过两三条街，然后阿尼突然哭了起来。我早就料到他会哭，只是他这次哭泣的气势吓了我一大跳，我立刻把车停在路边。

"阿尼——"

我放弃了，没哭个过瘾他是不会停的。他的眼泪和鼻涕洪水般泛滥而出，我相信他一点抑制的能力都没有了。阿尼已经积压了一整天，而我这一整天的闷气则已像牙疼般冲上头部，胃也整个紧缩起来。

我想这些都是必然的反应，也是自然的发泄，而也许一开始的确是这样没错，所以起初我并不十分在意。可是过了一两分钟后，我发现情况比我想的严重。阿尼在哭泣中发出一种很奇怪的声音，有点像在说什么，起初我只听懂几个字，渐渐地，我听懂了一整句。

"我要宰掉他们！"他含含糊糊地哭叫着，"我要宰掉那些龟孙子，丹尼斯，我要宰掉他们，我要他们后悔！我要那些龟孙子把这些狗屎全吃下去……吃下去……吃下去！"

"别这样，"我有点害怕，"阿尼，算了吧——"

但阿尼不肯停。他开始握起拳头，用力捶打我那辆德斯特的前座置物箱，用力之大几乎可在上面留下拳印。

"我要宰了他们，你看我做不做得到！"

在淡淡的月光和远处的街灯照射下，他的面孔变得憔悴却又带着邪气，我好像不认识他了。他仿佛神游在某个那可爱又搞笑的上帝专门保留给他这种人的阴冷空间里。我不认识他，也不想认识他。我只能无助地坐在那儿，希望我认识的那个阿尼能够回来。然后过了一会儿，他真的回来了。

他不再说些歇斯底里的话，脸上也不再愤怒。现在的他只是深陷在昏乱的啜泣中。

我坐在方向盘后，不太确定自己该怎么做。我只希望自己不在场——在鞋店试鞋，在折扣商店填信用卡申请表，或者因为肚子痛在付费厕所前忙着找零钱都行，也不用到蒙地卡罗那么远，只要不在这里就好。我坐在那里，只希望自己的年纪能再大点，希望我们俩的年纪都能再大一点。

但这么想只是逃避现实，其实我知道该怎么做。我不太情愿地移坐过去，伸手搂着他。我可以感觉到他的脸在发烫，泪水沾湿了我的胸膛。我们保持那样的姿势差不多有五分钟之久，然后我开车送他回家，看着他进门后，我自己才回家。事后我们对我那样搂他的事绝口不提。那晚没人从旁边的人行道走过，也因此没被人看到。我想如果有人看到，一定会以为我们是同志。我搂着他，尽我所能地爱他，但同时心里也在嘀咕，为什么自己是阿尼·坎宁安唯一的朋友。因为在当时，说句真心话，我真不想当他的朋友。

然而，另一方面我知道——也许不是很明确地知道——或许克里斯汀会成为他的另一个好朋友。而我不晓得，在经过一整天因为它而惹来的狗屎麻烦后，自己喜不喜欢让这件事情发生。

那晚送他到家门口时我说："你没事了吧，老哥？"

他勉强一笑。"嗯，我没事了。"他用哀伤的目光看着我说，"知道吗？你应该加入慈善机构——爱心基金会或癌症协会之类的。"

"少来这套。"

"你懂我的意思。"

"如果你是在说自己是个爱哭鬼，那我的确懂你的意思。"

走廊灯亮了，迈克尔和雷吉娜冲了出来，也许他们是要确认是我们回来了，还是州警来向他们报告说他们的独子在公路上被车撞死了。

"阿尼？"雷吉娜尖叫道。

"快闪吧，丹尼斯，"阿尼向我笑笑——这次坦诚多了，"你不用见到这种场面。"他走出车外用公事化的语气说："爸，妈。"

"你上哪儿去了？"迈克尔问，"年轻人，你可把你妈急死了！"

阿尼说得对，我不需要见到他们重逢的场面，我从后视镜里看见他孤单脆弱地站在原地，然后他爸妈拥着他走向那栋价值六万元的窝巢。毫无疑问，他们这是在把最近欠他的关爱一瞬间全付给他，这是极有效率的做法。他们是很理性的父母，但也许太理性了，所以才会这样 × 他妈（还有 × 他爸）眼睁睁看着阿尼被塑造成今天这个样子。

我打开收音机，转到FM104。《周末派对》的节目还在进行。鲍勃·西格和银弹合唱团正在演唱《依旧如故》。鲍勃·西格的才华太完美了，完美得简直有点可怕，因此我转台去听费城人队的比赛转播。

费城人队正落后，没什么，这很正常。

7
噩梦

我是飙车高手，甜心，
你逮不着我。
没错，我是飙车高手，宝贝，
你追不上我。
来吧，咱们比画一下，
然后宝贝宝贝你会发现。
小甜心，让开退后点！
小心吃上满脸灰！

——鲍·迪德利

回到家时，我爸和我妹正在厨房吃三明治。我这下才觉得肚子饿
了，而且这才想到自己还没吃晚饭。

"老板，你到哪儿去了？"伊莱恩两眼继续盯着她的不知道是《16

岁》、Creem 还是 Tiger Beat ① 之类的鬼杂志，头都不抬地问我。"老板"是从我去年开始听布鲁斯·斯普林斯汀 ② 并成为歌迷后，她为了糗我而帮我取的外号。

伊莱恩才十四岁，但外形早已脱离儿童期的稚气，正往黑发、蓝眼、高个子的典型美式美女方向前进。但在一九七八年夏天这当下，她仍是个典型的大众型少女。她九岁开始迷唐尼和玛丽·奥斯蒙，十一岁开始迷约翰·特拉沃尔塔（有天我把特拉沃尔塔念成雷沃尔塔 ③，结果她在我脸上狠狠抓了一把，害我差点去医院缝上几针，但我想自己是罪有应得），十二岁时是肖恩，接着又迷上了安迪·吉布 ④。最近她的品位则偏向更激烈的重金属摇滚，她爱上了深紫色合唱团和当红的新乐团冥河。

"我帮阿尼租车位去了。"我对着伊莱恩，但实际上是说给我爸听。

"那个废物。"伊莱恩叹了口气，继续翻她的杂志。

我很想冲过去把杂志抢来撕成两半扔回她脸上。她这句话比这天发生的任何事情带给我的冲击都大。伊莱恩并不真的认为阿尼是个废物，她只是想用一切机会让我难受。但也许是前几个小时里我已看见阿尼被骂太多次废物，加上他留在我衣襟上的眼泪也还没干，所以说实话，他还真让我有点这种感觉。

"吻合唱团最近在忙些什么？"我用亲切可爱的口吻问她，"还是这两天又写情书给埃里克·埃斯特拉达 ⑤ 了？'噢，埃里克，我愿为你而死，每次想起你厚嘟嘟的嘴唇向我靠近，我的心脏就要停止……'"

---

① 《16 岁》与 Tiger Beat 是以青少年为读者对象的时尚与明星八卦杂志，Creem 则是美国以批判主流乐坛闻名的摇滚杂志。

② Bruce Springsteen，被视为蓝领阶级代言者的美国摇滚歌手，歌迷对他的昵称就是 Boss。

③ Revolta，字根 revolt 有令人作呕的意思。

④ Andy Gibb，比吉斯合唱团成员。

⑤ Erik Estrada，二十世纪七十年代美国著名警探电影性格演员。

"禽兽，"她冷冷地说，"你真是只禽兽。"

"这点我比你清楚。"

"承认就好。"她拿起杂志和三明治走进客厅。

"别把面包屑弄到地毯上了。"爸开口警告她。

我打开冰箱搜出一根波隆那香肠和一个西红柿，不过这些好像不够填肚子。另外还有块半熟的奶酪，可是那玩意儿味道太怪，一点也提不起我的食欲。最后我拿出鲜奶，又开了个牛肉汤罐头来配三明治当晚餐。

"他成功了吗？"我爸问我。我爸是 H&R 财税事务所的税务顾问。早先他曾在匹兹堡最大的建筑公司当过会计，后来因为心脏病发而离职，他是个好爸爸。

"可以算成功了。"

"情况还是像你讲的那么糟？"

"更糟。妈上哪儿去了？"

"上课。"他说。

我们的目光交会，两人几乎同时笑了出来。然后我们又很快把视线各自移开，心里带着一丝羞愧，可是这点坦诚的羞愧对事情并没有什么帮助。我妈今年四十三岁，是个牙科助理。她有很长一段时间不曾从事本业，直到爸得了心脏病后，她才又回去工作。

四年前她突然觉得自己有成为作家的潜力，于是开始写些有关花草的小诗和以可爱老人为主角的故事。偶尔她也会写些较写实的故事，比方说有个年轻女孩被引诱得差点去"冒个险"，但最后还是决定留到新婚之夜再享用之类的。今年夏天她在霍利克大学——也许你还记得，迈克尔和雷吉娜就在这所学校教书——选修了一门写作课程。而她正把手上的写作主题都收在一本被她命名为《爱与美的速写》的书中。

也许你会说，一个要工作养家的女人同时还想尝试新东西并扩展生活领域实在有点不理智。（如果你就是这样的女人，也许更会觉得理所当然。）一点也不错，而且若你觉得我和爸要为了身为只会待在厨房找东西吃的男性沙猪①而羞愧的话，我想你也是对的，我不会为此争辩。但你若知道我们——我、爸和伊莱恩——常被迫听妈朗读《爱与美的速写》中的内容的话，也许就不难了解刚才我们为什么差点笑出来了。

总之，她是个好母亲，我想也是爸的好妻子——至少我从来没听他抱怨过，也从没看过他酗酒不归。不过我还是要小小辩护一下，关于她写作的这件事，我们三个从未当她的面嘲笑过她。这没什么，我知道，但总比什么都没做好，而且我们绝对不可能用这种方式伤害她。

我用手捂着嘴免得自己笑出来。爸好像也因此被面包屑呛到了。我不知道他此刻想到什么，不过我脑中浮现的是她最近一篇名为《耶稣有养狗吗？》的文章。

我走向洗碗槽，从上方的碗柜里拿了个杯子倒牛奶。回过头时，爸已经控制住了，这也帮助我恢复了镇静。

"丹尼斯，刚进门时你有点不高兴，"他说，"阿尼还好吗？"

"还好，"我把罐头倒进汤锅，放在炉座上，"他新买的车一团糟，不过阿尼还好。"阿尼当然一点也不好。但是有些事你就是没办法告诉爸妈——不管他们是不是全美国最好的爸妈都一样。

"有时候你永远无法了解当事人的想法。"他说。

"是啊，"我说，"我只希望他快点清醒。他家人不准他把车停回家，他只好在达内尔那儿租了个车位，一周二十块钱。"

"一周二十块？只是停车，还是包括工具使用？"

"光是停车。"

"简直是拦路打劫。"

"说得也是。"我注意到爸并没暗示阿尼可以把车停到我们家来。

"要不要打牌？"

"好吧。"我说。

---

① 男性沙文主义，是一种认为男性必定优于女性的理念。男性沙文主义者俗称沙猪。

"高兴点，丹尼斯，别太自责，人会犯错都是因为自己的选择。"

"这倒是。"

我们打了三四盘克里比奇①，每盘都是他赢——除非他太累或喝醉，否则我永远不可能赢他。不过我无所谓，而且这样得来的胜利对我更是别具意义。我们又玩了一会儿，然后妈回来了。她看起来容光焕发，眼睛闪闪发亮，实在年轻得不像我妈。她捧着一摞书和一沓稿纸，进门头一件事就是和爸接吻——不是那种敷衍的吻，而是真正的吻，叫我看了都会希望自己不在现场。

她也问了一大堆阿尼买车的问题，这件事在我家已成为锡德舅舅因为破产而向爸贷款以来最热门的话题，我又回答一次同样的答案。我拖着沉重的步子上楼时，爸妈还在厨房谈话，他们可能有自己的事要聊，而我对他们的话题从来不感兴趣，关于这点我想你一定能理解。

伊莱恩躺在床上听唱片，我说我要睡了，叫她关小声点。结果她向我吐了个舌头。于是我走进去搔她的痒，一直搔到她说她要吐了。我说尽管吐，反正这是你的床，然后继续搔她。最后她做出"真的，丹尼斯，别闹，不然要出人命了"的表情，然后一本正经地问我屁是不是真的可以用火点着。她有个朋友卡罗琳·沈柏利说可以，可是卡罗琳是学校里最厉害的吹牛大王。

我叫她去问她的呆瓜男友米尔顿·多德。结果伊莱恩真的生气了，她用枕头打我，还说："丹尼斯你这个人为什么老是这么烂？"于是我跟她说："真的，屁可以用火点着，所以你千万别试。"我抱了抱她（最近我很少这么做——自从她乳房开始发育后我就有点不好意思。而坦白说搔痒也一样），然后回房上床。

脱衣服上床时我在想，这一天也未必那么糟。还是有很多人把我跟阿尼当大人看待。明天或周日我要找阿尼来，我们可以一起看费城人队的球赛，打打无聊的扑克牌或什么的，忘掉这种种怪事，重新找

---

① 一种纸牌游戏。

回自己的尊严。

所以我心满意足地上床。照理说我应该很快睡着，可是没有。因为我心里有事，而且自己心知肚明。有时候事情就这么发生了，但你就是不会晓得那到底是什么事。

就像引擎。当个少年就这么回事。生命中有一大堆引擎，他们会给你某几把钥匙让你发动它们，你却永远搞不懂哪把钥匙配哪个引擎，完全搞不懂是怎么回事。你会看到某些蛛丝马迹，不过除此之外什么都没有。就像嗑药、喝酒，还有性爱都是这样，而有时候暑假打工、旅行和学校课程也差不多如此。他们会给你钥匙，教你简单的步骤，然后告诉你试试看会发生什么事。有时候引擎会带你步入美好充实的人生，但有时它也会带你冲出公路撞得头破血流。

引擎。

大号的引擎，就像克里斯汀那种老车才用的玩意儿。

我在床上左翻右转，搞得床单滑到地上，被子乱成一团。我想到李勃说它叫克里斯汀，而阿尼不知怎么竟爱上了这名字。从小到大，我们有过滑板车和各式各样的自行车。我会为我的车取名字，但阿尼从不干这种事——他说只有猫、狗和热带鱼才取名字。可是这次他是怎么回事？他把那辆普利茅斯叫作克里斯汀。而且更糟的是，他老是说"她"而不是"它"。

我不喜欢这样，但我也不知道是为什么。

就连我爸也说阿尼不是买了辆破车，而是讨了个老婆。不过这次不是这样，完全不是的，不是吗？

停车，丹尼斯！倒回去……我要再看她一眼。

就这么简单。

毫不考虑……这点实在不像阿尼。他是个谨慎的人，做事总是考虑再三——像他这种易受冷落的人是很不容易冲动的。可是这回他像突然爱上一个歌舞女郎，经过短暂热恋后，周一一早带着宿醉头痛醒来时发现自己已经结婚了。

这就是所谓……一见钟情。

没关系，我还有机会和他沟通，明天再说，明天还可以跟他谈谈。

最后我终于睡着，而且还做了个梦。

起动机在黑暗中转动。

寂静。

再度转动。

引擎点燃，熄火，再点燃。

引擎在黑暗中转动。

大灯亮了，是远光灯，而且是老式的两组对灯，把我像瓶中的小虫似的困住。

我站在李勃敞开的车库门口，克里斯汀静静待在里面——那是全新的克里斯汀，没有凹痕没有铁锈，风挡玻璃上没有蛛网裂痕。收音机里播的是戴尔·霍金斯节拍清晰强硬的《苏茜Q》——那是已逝年代里的声音，充满令人惊惧的生命力。

引擎隔着排气管的消声器呢喃着，我知道它装有赫斯特变速器，刚换过桂冠达机油——那琥珀色的液体就是汽车的鲜血。

雨刮器开始摇摆，可是车里没人。驾驶座是空的。

"老兄，咱们兜风去吧！"

我摇摇头。我不愿走进去，我害怕走进去。我不要兜风。但引擎竟开始空转，速度一下快一下慢，那是饥渴的声音。每次转速一加快，克里斯汀好像就向前跨了一步，就像一头被铁链拴住的恶犬……我要逃走……可是我的双脚粘在柏油上。

"给你最后一次机会，老兄。"

在我回答之前——甚至在我想到要回答前——轮胎发出可怕的摩擦声，克里斯汀向我扑来，它夹着怒吼，张开嘴，亮出闪亮的利齿，车头灯封住我的视线——

我在半夜两点惊叫醒来。屋里一片漆黑。我被自己尖锐的回声吓着了，紧接而来的砰砰脚步声更吓得我全身僵直。我发现自己两手紧握着被单。睡着时我盖得好好的，现在却在床中央皱成一团。我身上全是冷汗。

走廊末端的伊莱恩大叫："那是什么声音？"

房间灯亮了，妈穿了件短睡袍走进来，除非十万火急，否则她绝不可能穿成这样出现在我们面前，跟在后面的是爸，他的浴袍底下什么都没穿。

"什么事，亲爱的？"妈问我。她的眼睛睁得很大并充满惊恐。我不记得上次她叫我"亲爱的"是多久以前的事了——十四岁、十二岁，还是十岁？我也不知道。

"丹尼斯？"爸也问道。

伊莱恩也出现了，她夹在他们俩中间打着哆嗦。

"回去睡吧，"我说，"只是做梦，没事的。"

"哇，"伊莱恩惊恐的声音中夹着些许钦佩，"那一定是很逼真的恐怖电影。你梦到什么，丹尼斯？"

"我梦到你嫁给米尔顿·多德，还搬来跟我住。"我说。

"别逗你妹了，"母亲说，"到底什么事，丹尼斯？"

"我也不记得了。"我说。

这时我突然发现床单乱成一团，而且上面还有几根阴毛，我赶紧把床弄好，想到他们或许会以为我在床上自慰或做春梦，我就觉得羞愧。但只有上帝才知道我梦到了什么。起初我也不清楚自己见到的是什么，只听到引擎的空转声。然后我隐约看见汽车的轮廓，每当引擎加速旋转，它就向我又靠近一步。我还看见引擎盖在震动，以及那钢牙般的车头铁栅。

给你最后一次机会，老兄。

然后我感觉到妈又冷又干的手摆在我额头上，摸我有没有发烧。

"没事啦，妈，"我说，"不过是场噩梦。"

"可是刚刚你说不记得——"

"没关系，我没事。"

"我被吓坏了，"她说，然后歪着脸苦笑，"我看只有等以后你的小孩在黑暗中惊叫，你才会晓得我有多害怕。"

"呃，不要讲这么恶心的事啦！"伊莱恩说。

"你回房睡觉去吧。"爸在她屁股上拍了一下。

她转身走了，看起来不是那么高兴。不过我猜也许她真的克服了恐惧。她大概想看到我崩溃或歇斯底里的样子，这样明天就有独家八卦可以和那伙刚开始穿胸罩的小女生讲了。

"你真的没事吗，"妈问我，"亲爱的？"

这个称呼使我的记忆又回到我从婴儿车里跌下来擦破膝盖的那件事，她那张脸出现在床的上空——就像我出疹子或发烧时一样——让我觉得想哭。

"当然，我没事。"我说。

"好吧，"她说，"把灯开着，有时候这样可以防止做噩梦。"

最后她看了爸两眼才走出去。有件事我觉得很有趣——不知道妈到底有没有做过噩梦。我想你大概从来不会去想这些事。但不管她的噩梦是什么样子，至少我从来没在《爱与美的速写》中发现任何蛛丝马迹。

爸在我床边坐下："你真的不记得自己梦到什么了？"

我摇摇头。

"一定是很糟的梦才会把你吓成这样，丹尼斯。"他直直看入我的瞳孔，仿佛在严肃地问我是不是有什么事该告诉他。

我几乎说出来了——那辆车，一切都是阿尼那辆破烂狗屎车——克里斯汀，铁锈女王，二十年的老妖精，丑到家的烂货。我几乎说出口。可是有样东西卡住我的喉咙，仿佛只要说出来就背叛了我最好的朋友——那个老被爱搞笑的上帝捉弄的老好人阿尼。

"好吧，睡吧。"他在我的脸颊上吻了一下。我可以感觉到他的胡茬——那玩意儿每天晚上长得最快——还可以闻到他的汗臭，并感受到他的爱。我紧紧拥抱他，他也紧紧回抱我。

他们都走了，我躺在床上不敢再睡。床头灯亮着，我拿了本书靠在床头，心想爸妈在楼下一定也睡不着，他们也许在担心我是不是惹了什么麻烦，或是害了别人，比如那个身材火辣的啦啦队队员。

我知道要睡着是不可能的了。我决定看书看到天亮，也许明天下午在球赛不够精彩的时候会打个盹。想到这里，我已经不知不觉睡着了。第二天早上醒来时，我看见书掉在床边地板上，而且根本没打开过。

8
第一个变化

我说，等我有钱要干啥，

我要进城去，

买他几辆福特水星，

给自己买辆福特水星，

一路奔驰到底。

——史蒂夫·米勒乐队

我以为阿尼会到我家来，因此周六一直待在家里——剪草、整理车库，甚至把家里的三辆车都洗了。看到我这么勤劳，妈满脸惊讶。在吃热狗加生菜沙拉的午餐时，她还说以后我应该多做噩梦。

我不愿打电话给阿尼，至少经历了那天和他家人的不愉快事件后，我暂时不想打电话过去。可是球赛的片头开始时他还没过来，于是我鼓足勇气拿起话筒。是雷吉娜接的，尽管她想表现得一切如常，可我还是感觉到她声音中的冷漠。我觉得很难过。她的独子被一个名叫克里斯汀的老娼妇拐走了，而他的兄弟丹尼斯竟是从犯，说不定我在这

69

件事里还扮演了皮条客的角色。

"阿尼不在家。他到达内尔修车厂去了，今早九点就出门了。"

"哦，"我说，"哦，这我倒不晓得。"这口气听起来像是在骗人，不过不管我怎么回答，她都会以为我在说谎。

"他没跟你说吗？"雷吉娜以惯有的冷漠口吻问道，"再见了，丹尼斯。"

电话在我手上被切断。我看看话筒，把它放回去。

爸穿着他的紫色百慕大短裤，提了一打啤酒在电视机前坐下。今天费城人队和亚特兰大勇士队将有场激战。母亲和她的同学讨论功课去了（我想她们只是交换文章或诗集，相互激励一番）。伊莱恩去她朋友德拉家了。屋里静悄悄的，外面是灿烂的阳光和朵朵白云。爸递给我一罐啤酒，他只有很高兴的时候才会这么做。

可是我心里一点也感觉不到周末的气氛。我在担心阿尼。他不在家看球赛，不沐浴在光线中，也不在院子里割草，而是在油腻、阴暗的达内尔自助修车厂里和那堆沉默而巨大的生锈烂铁玩游戏。充斥在他耳边的是铿锵的工具声和如同机枪般的气压钻声，说不定还有达内尔的气喘和咳嗽声。

所以说，天杀的，我是在嫉妒吗？就这么回事吗？

球赛进行到第七局时，我站起来往外走。

"你上哪儿去？"我爸问我。

是啊，我上哪儿去？去达内尔车厂？去陪他享受修车厂那些噪声和达内尔那头老肥猪的咒骂？去自讨没趣？去他的，阿尼也不是小孩了。

"哪儿也不去。"我说，这时我发现面包盒后面塞了盒奶油甜点，心头一阵窃喜，等今晚《周末夜现场》的广告时间，伊莱恩起身到杂物架前发现她的甜点不见时，不知会气成怎样。"哪儿也不去。"

我回到座位上，又开了罐啤酒，嘴里嚼着伊莱恩的甜点，连沾到奶油的纸盒都舔得一干二净。我们看见费城人队痛宰勇士队，（我仿佛又听到已去世五年的爷爷用那老人特有的咯咯声说："杀得他们片甲不留！"）不知不觉间把阿尼的事忘得干干净净。

真难得。

第二天下午伊莱恩和我在后院玩槌球时，阿尼骑着那辆俗不可耐的三段变速自行车来了。伊莱恩一直说我作弊，今天她脾气很不好，每次她月经来时脾气都不好。伊莱恩颇以她的月经为荣，因为过去十四个月中只有一次按时来。

"嘿，"阿尼从房子外面绕过来，"是黑湖怪物对科学怪人的新娘，还是丹尼斯对伊莱恩？"

"你说什么，老兄？"我说，"抓根球槌吧。"

"我不玩了，"伊莱恩扔下她的球槌说，"兄弟，他比你还会赖皮。"

她走了以后，阿尼说："这是她头一次这样叫我。"

他跪在地上，脸上散发着光芒。我笑了。他想高兴的时候就能高兴，阿尼就有这长处，而这也是我喜欢他的原因之一。我想除了我之外，知道他这个长处的人并不多。我听过有些百万富翁会在黑市买偷来的伦勃朗真迹画作，然后放在只有自己看得到的地下室里。我不是说阿尼可以跟伦勃朗相比，而是说我知道那种能让某种好东西保持秘密不为人知的吸引力。

我们打了几分钟槌球。其实也不是真的在打，只是随便玩玩。最后有颗球滚进灌木丛，两人就借机不玩了，我们坐在草坪的椅子上。稍后我家的猫"尖叫的杰伊·霍金斯"（它是牛心上尉的替代品）[1] 从走廊下贼头贼脑地潜行过来，也许又想找只可爱的小花栗鼠来先折磨一番，最后再谋杀它。它的淡绿色眼珠在午后的阳光下闪闪发亮。

"昨天我以为你会过来看球赛的，"我说，"相当精彩呢。"

---

[1] 这两只猫都是以美国传奇音乐人物命名。Screaming Jay Hawkins 是黑人传奇蓝调歌手，而 Captain Beefheart 则是前卫摇滚歌手。

"我在达内尔车厂，"他说，"不过我也听收音机转播了。"他模仿我爷爷的声音说："杀得他们片甲不留！"

我笑着点点头。今天的他真的有点奇怪——也许是因为阳光的关系。可是就是有点不一样，就像晴空中不免飘着些云朵。比如说他看起来很疲倦——他的眼睛下方有黑眼圈，不过皮肤比平常好了三倍。他在工作时难免拼命喝可乐，当然他知道不该这样，可是往往无法抗拒诱惑。他的皮肤问题跟大多数青少年一样，往往随情绪而呈周期性变化。

也许这一切都是阳光的关系。

"你去达内尔车厂修车了？"我问。

"也没修什么。只是换机油，检查引擎箱——它没有裂，丹尼斯。不知道是李勃还是谁没把机油箱螺丝拧好，所以油漏了一大半。周五晚上我没把活塞烧掉还真是奇迹。"

"你怎么弄到升降机的？达内尔不是说要预约吗？"

他把视线移开。"那不成问题，"他说，"我替他打了些杂工。"但他的声音中带着欺骗。

我想问他都是些什么杂工，但最后还是决定不要知道比较好。他所谓"杂工"大概不外乎替达内尔端咖啡或搬搬汽车零件。但我不想再扯入克里斯汀和阿尼之间，更不想知道他在修车厂那段时间过得如何。

另外我还有种感觉，那就是：随他去吧。这种感觉不是很明显。我想我可以举个例子说明：你的好朋友不幸爱上一个十足的婊子，而且娶了她，而你不喜欢她，她也不喜欢你，于是你只好关上跟你朋友之间的那扇门。关门之后，你不再管那朋友的事，他也不管你的事。而通常这种结果都是她极力赞成的。

"要不要去看电影？"阿尼说。

"在演什么？"

"双子星影院演的是中国功夫片。怎么样？咦——哈！"他假装向

"尖叫的杰伊·霍金斯"踢出一脚，把那只猫吓得像子弹般飞出去。

"听起来不错。谁演的？李小龙？"

"不是，是另一个家伙。"

"片名叫什么？"

"我也不知道。夺命亡拳、死亡飞爪之类的吧。谁知道？怎样？看完以后我们可以讲给伊莱恩听，说不定她会上吐下泻。"

"走吧，"我说，"不知道能不能赶上一张票一块钱那场。"

"没问题。三点以前都可以。"

"走吧。"

结果那是查克·诺里斯 [①] 的片子，还算不错。周一我们又回到州内铁路支线工作，我也把我的噩梦忘得一干二净。渐渐地，我发现我见到阿尼的机会没有以前多了，这就像当你有个好朋友结婚后，你会慢慢和他失去联络一样。另一部分原因是那一阵子我和那个啦啦队队员之间也越来越火热。总之，我好像也陷入热恋了。

至于阿尼，他当然是每晚都待在达内尔的旧车厂里。

---

① Chuck Norris，美国动作片影星。

9
鲍迪·赖普顿

不管要花多少钱，
那对双排气管，
它让我的爱车哭泣，
我的宝贝凯迪拉克。

——"月亮"·马丁

劳工节的前一周是我们学期开始前的最后一个工作周。那天早上我把车停在阿尼家门口准备接他上班时，看见他垂头丧气地走出来，脸上带着黑眼圈和一道伤痕。

"发生什么事了？"

"我不想谈，"他闷闷不乐地说，"要不是我爸妈逼我，我也不会跟他们说。"他把午餐盒往背后一甩，一路上没再吭声。工地的伙伴都围过来逗他，问那黑眼圈怎么来的，但他只是用肩膀把他们顶开。

回家路上我也没说什么。我打开收音机，尽量假装他不在旁边。如果不是转入缅因街时又被吉诺那意大利杂种打劫的话，我大概永远不会知道阿尼发生了什么事。

过去我常被吉诺抢劫——它隔着车窗就能抢到你的钱。吉诺比萨店位于洼地街和缅因街的交叉口。每次看到那块广告牌，我就忍不住停下来，这就是我所谓抢劫。广告牌上的比萨飞在半空中，Pizza这个词的"i"上那点在晚上还会闪闪发亮。你说我能不上钩吗？我知道今天又被抢定了。因为今晚我妈要上课，晚餐八成是外带熟食，而且我跟爸都不是下厨的料，伊莱恩只会烧开水。

"我们进去吃比萨吧，"我把车转入吉诺的停车场说，"怎么样？叫一大张闻起来有腋窝味的比萨。"

"老天，丹尼斯，你真恶心！"

"干净的腋窝，"我补充说明，"走吧。"

"算了吧，我身上没多少钱。"阿尼没精打采地说。

"我请客，你甚至可以叫一客你最喜欢的鳀鱼，怎么样？"

"丹尼斯，我真的不想——"

"再加杯百事可乐。"我说。

"你知道可乐会弄糟我的皮肤。"

"是啊，我知道。大杯百事可乐，阿尼。"

那天阿尼的眼睛头一次闪出光芒。"好吧，大杯百事，"他附和着说，"如果你当真的话，丹尼斯。"

"两杯好了，怎么样？"我说。这手段实在卑鄙——就像拿巧克力喂胖女人一样。

"两杯，"他拍拍我肩膀说，"两杯百事，丹尼斯！"他拼命跺脚，还捏着喉咙尖叫，"两杯！快！两大杯！快！"

我笑得差点把车开进店里。下车时我心想，他为什么不能来杯可乐？这阵子他一定很久没敢喝了。相比两周前的周日下午，现在看来他的皮肤状况的确有改善。当然他脸上还有很多痘和凹凹凸凸的疤痕，可是比起以前是少多了——对不起，但我实在不能不这么说——此外，他的肤色也健康多了。一整个夏天的户外工作把他晒得黝黑。我想他可以喝杯百事可乐。胜利者有权放纵一番。

　　吉诺的老板是个名叫帕特·多纳休，脑袋上经常斜斜扣着顶黑礼帽的意大利人，他的收款机上有张写着"爱尔兰黑帮"的贴纸，圣帕特里克节那天他甚至供应绿啤酒（所以三月十七日那天，你根本很难走进吉诺比萨店，而且它的点唱机里还有罗丝玛丽·克鲁尼唱的《微笑的爱尔兰眼眸》这首曲子）。

　　这里点唱机的唱片都是二十世纪四十年代末的曲子。我想全美国再也找不到两毛五可以点三首歌的地方了。当我抽了点大麻，吉诺就是我最好的幻想场景——走进来点上三份配料丰富的比萨、一夸脱百事可乐、六七块多纳休自己做的坚果巧克力，然后我就能把那台烂点唱机里放的古董歌，全幻想成滚石合唱团或海滩男孩的曲子。

　　我们进去点了东西以后，就坐在那儿看三位大厨把面团甩入空中又接住。顾客不断进进出出，很多是刚放学的小鬼。这让我想到自己马上也要开学了。我不禁又惆怅起来，课堂钟声在我耳朵里回荡不绝，仿佛在说：丹尼斯，又开学了，这是你最后一次开学了，过了这一年你就算是大人了。我仿佛能听到置物柜的铁门乒乒乓乓关上，二楼秘书室的打字机响个不停，教学大楼的教室里弥漫着干干的粉笔味，校长米查姆先生在办公室通过广播宣布事情，还有天气好时在球场看台上享用午餐，以及一群表情呆滞迷惘的新生。你的高中生活就要结束了，你即将进入一个无法预料的新世界。

　　"丹尼斯，你认不认识鲍迪·赖普顿？"阿尼扯扯我的衣袖问。我们的比萨已经送来了，我却完全不知道。

　　"赖什么？"

　　"赖普顿。"

　　这个名字很熟悉。我拿起一块比萨，努力回想这人是谁。过了一会儿我终于想起来了。我还是新生的时候曾经和他吵过架。那是在迎新舞会上，中场乐队休息时间，我排队领冷饮时，赖普顿用胳膊肘把我挤开，并告诉我新生要让学长插队。他比我高一年级，块头很大，一脸卑鄙相。他的下巴是方形的，头发又黑又油，两只小眼睛挤在一块儿。从那对邪气的眼睛里我可以猜出他主修的是大麻和烟草。

我告诉他学长制在排队时并不适用，赖普顿约我到外面谈判。这时四周的人围了上来，队伍也乱成一团，仿佛意味着一场混战就要爆发。结果舞会的监督人把我们拉开。赖普顿发誓说要我好看，可是他一直没再找我。我们只接触过那一次，不过后来我常在留校名单上看见他的名字。我不知道后来他是不是退学了，如果这种人没拿到文凭那可真是社会的福音。

我把这段经历告诉阿尼，他若有所思地点着头，手指轻轻触摸那已经变成柠檬色的黑眼圈。"就是他。"他说。

"你说打你的人就是赖普顿？"

"不错。"

阿尼告诉我他在工厂实习的时候认识了赖普顿。阿尼不幸的学校生活中，最嘲讽的一件事就是在他选修的课堂上一定会有全校最爱欺负人的大恶棍，而那些人天生的职责就是踹出阿尼这种人的内脏。

阿尼高二那年选了一门叫基础引擎的课（那时候联邦政府教育经费不足，我们只能学到工厂"实习一"的初级课程），有个跟他同堂的贱坯把他打得屎都出来了——我知道这种形容很粗俗，但我实在想不出什么高级字眼。那个贱坯叫罗杰·吉尔曼。阿尼被揍之后好几天不能上学，吉尔曼则避了一周的风头。现在吉尔曼因为抢劫罪正在监狱服刑。赖普顿也曾是吉尔曼那伙人之一，而现在他已成了他们的头头。

对阿尼来说，到实习工厂上堂课就像去一趟非军事区一样。如果第七堂下课时他还活着，他就会挟着棋盘飞快逃到棋艺社去跟人下棋。

当然并不是所有人都欺负他，他在棋艺社也交了些朋友，可是大多数人都有自己的一群朋友。我发现爱聚成紧密团体的人通常来自自由镇较贫穷的地区（如果有谁跟你说高中生不会以家境分阶级，千万别相信他），而且他们总是沉默寡言、面容严肃，以致你常会误以为他们脑子不好使。他们大多就像一九六八年的嬉皮余党——把长发扎成马尾，穿烂牛仔裤、扎染 T 恤。只是一九七八年时嬉皮已不再想推翻政府，现在他们只想当好好先生。

实习机械工厂到现在仍是那些逃课的狐群狗党聚集的地方。直到阿尼提起赖普顿这个名字，我才想起有几个小子经常跟行星绕着太阳似的围在他身边。他们都二十岁了却还毕不了业。他们分别是唐·范登堡、桑迪·高尔顿、穆奇·威尔奇。威尔奇的本名是彼得，他们会叫他穆奇[①]，是因为他老在匹兹堡的摇滚演唱会场外闲晃。

赖普顿有辆蓝色的科迈罗，在四十六号公路上翻倒过好几次——阿尼说那辆车是他跟达内尔那些牌友买来的。它的引擎还不赖，钣金却因为常常撞车、翻倒而凹凸不平。阿尼把克里斯汀停进达内尔车厂一周后，赖普顿也在那儿租了个车位——过去他也断断续续在达内尔那儿租过好几次。

于是赖普顿和阿尼又碰上了。他买可乐或上厕所回来时总是故意绕经阿尼的车位，假装不小心踢散他放在地上的工具。如果阿尼在架子上搁了杯咖啡，赖普顿就用胳膊肘把它撞翻，然后用怪腔怪调的声音说："噢——真是对——不——起！"而且脸上必定是带着那副急于吃屎的笑容。达内尔看到工具踢散了往往会吆喝阿尼，说要是工具掉进排水沟里他就得当心。

过一会儿，赖普顿又会绕过来，重重在阿尼肩上拍一下说："近来如何，疮疤脸？"

阿尼受过太多这种侮辱，所以他也颇能忍受。他只希望一件事——这些骚扰能止于这种程度，或者是赖普顿又找到另一个倒霉的戏弄对象。当然他还有个几乎不可能的期望，那就是赖普顿能受到法律制裁之类的，反正只要能像吉尔曼那样在自由镇上消失就好。

上周六下午他们终于打了起来。阿尼正修得满手油垢时——在他还没存够修车基金时，他一切都得靠自己来——赖普顿又来了。他吹

[①]　Moochie 一词有闲晃之意。

着口哨，一只手拿着可乐和花生，另一只手拿着螺丝扳手。经过二十号车位时，他顺势一挥扳手，砸烂了克里斯汀的前灯。

"碎得像粉末一样。"阿尼边嚼着比萨边对我说。

"噢，老天，看我多粗心！"赖普顿马上以夸张的抱歉表情对阿尼说，"实在是对——不——起！"

他的忍受到此为止。对阿尼来说，打克里斯汀就跟打他自己一样，他紧握拳头冲上去拼命地乱打。如果在电影或小说里，他一定会把赖普顿打倒在地上十秒钟内都爬不起来。

可在真实生活中完全不是这么回事。阿尼压根儿够不到赖普顿的下巴，只是打翻了他手上的可乐和花生，溅得他一身脏。

"好吧，你先动手的！"赖普顿吼道，"老子要你下地狱！"他说着就拿起扳手打向阿尼。

旁边几个修车的人立刻冲上来。有人叫赖普顿扔掉扳手打场公平的架。于是赖普顿很潇洒地把扳手扔在地上并卷起袖子。

"达内尔不阻止你们吗？"我问阿尼。

"他不在场，丹尼斯。事情发生前十五分钟还是半个钟头他就出去了，好像他知道有事会发生一样。"阿尼说赖普顿的破坏力可真是强。首先是黑眼圈，接着是脸上的剐痕（那是赖普顿的戒指剐的——不知道是在第几年念高二的时候买的扳戒），"外加其他一大堆瘀伤。"他说。

"还有哪些瘀伤？"

我们坐在靠后面的雅座。阿尼环顾四周，确定没人往这儿看后，才撩起他的运动衫。我看了差点岔气。他的胸口到腹部真是五颜六色，比夕阳还壮观——黄的、红的、褐的、紫的。我实在不理解被打成这样他怎么还能上工。

"老哥，你确定他没打断你的肋骨吧？"我问他。我真的吓坏了。那个黑眼圈和剐痕跟这些比起来真是小巫见大巫。我见过很多高中生打群架，当然我自己也参加过，可这是我见过被打得最惨的。

"很确定，"他说，"我很幸运。"

"我相信。"

阿尼没有透露很多，可是我知道当时有个叫兰迪·特纳的同学也在场。开学后，那位目击者把事情的详细经过都告诉了我，他说阿尼没有伤得很惨是因为他的反击力比赖普顿想象中强得多。

兰迪说，事实上阿尼像吃了兴奋剂一样。他的胳膊像风车般飞转，到处都看得到他的拳头，他狂叫、咒骂、吐口水，简直像个疯婆娘。我试着想象那画面，可是想不出个所以然来。我的脑中只是不断浮现一个画面：阿尼对着我车上的置物箱重重敲击，啜泣着说要宰了他们。

阿尼把赖普顿打退了半个车库的距离，打得他鼻孔冒血（是运气好，而不是瞄得准）。另外还有一拳落在他的喉结上，使他拼命咳嗽、喘气，同时对这场拳赛渐渐不感兴趣。

赖普顿转身要逃，一只手捂着喉咙想要呕吐。阿尼追过去用他那钢头工作靴狠狠踹他的胫骨，把他放倒在地。赖普顿不停呕吐，鼻血也泛滥不止。当阿尼打算踹死那狗杂种时，达内尔神奇地出现了，他咆哮着叫阿尼住手。

"阿尼早就料到会这样，"我对兰迪说，"他认为这是预先安排好的。"

兰迪耸耸肩。"也许吧，巧得令人难以置信。阿尼刚要赢，达内尔就出现了。"

事后六七个人把阿尼拖开。刚开始他还像个疯子一样抗拒他们，叫他们放开他，还嚷嚷着如果赖普顿不赔他车灯就要宰了他，最后他安静了下来。看那表情好像还不知道刚才发生了什么事，还有赖普顿为什么会躺在地上。

赖普顿终于慢慢爬起来。他的白T恤上全是泥土和油渍。他擦擦鼻孔的血，还想再冲向阿尼。但兰迪说那一看就知道是做戏，表示他还敢再战。其他几个人架住他，把他拖到一边。达内尔走到阿尼那儿，叫他把工具箱钥匙还给他。

"老天，阿尼！周六下午你为什么不打电话给我？"

他叹口气："太累了，没力气。"

我们吃完比萨，我又买了第三杯百事给阿尼。那玩意儿是皮肤的头号杀手，但对情绪低落很有效果。

"我不晓得他只是暂时叫我出去，还是以后都这样，"回家路上阿尼对我说，"你想是怎么样，丹尼斯？你想他是永远把我踢出他的车厂了吗？"

"你说他跟你要工具箱钥匙。"

"是啊。以前我从没被人踢出任何地方过。"他好像要哭了。

"那儿也不是什么好地方。达内尔又是个浑蛋。"

"我想继续把车留在那儿也很糟，"他说，"就算达内尔愿意让我回去，有赖普顿在我还是会跟他干起来——"

我开始哼电影《洛基》的主题曲。

"你他妈少来！"他说，脸上带着一点点微笑，"我真的会再跟他干起来。现在我只担心我不在的时候，赖普顿会用他的扳手收拾我的车。我想达内尔一定不会阻止他的。"

我没回答，也许阿尼以为我是同意他的看法。其实我不这么想。我不认为那堆普利茅斯的锈铁是主要目标。此外，如果赖普顿觉得无法靠自己摧毁主要目标的话，他就会召集那群朋友——范登堡、威尔奇等等。兄弟，穿上皮靴，今晚我们好好跳场舞去！

我相信他们真的会宰掉阿尼。不只是打死，而是真的要杀了他。他们那种人干得出这种事。听起来也许有点离谱，可是这种寻仇杀人的案子也不是没有过，报上天天都看得到。

"把她停到哪里？"

"呃？"我没跟上他的话，前面不远就是阿尼家了。

"我问你，觉得应该把车停到哪里？"

那辆车，那辆车，那辆车！他只知道谈这些。我觉得他有点像跳针的唱片。更糟的是他永远都是她、她、她。他是个聪明人，应该知道自己被她——该死，我也这么说！它！它！它！——搞得走火入魔了。可是他真的一点都没有警觉。一点都没有。

"阿尼，"我说，"兄弟，你有很多远比那辆车更值得担心的事。我在担心该把'你'放在哪里才安全。"

"呃？你说什么？"

"我在问你，如果赖普顿找他那伙人来对付你怎么办？"

这时他脸上突然充满智慧——突然地叫人看了心里有点发毛。那是种聪明、坚毅与孤军奋战的表情。八九岁时，我在电视新闻里见过那种表情——很多落后地区的人就是靠那种表情打败了全世界装备最精良的军队。

"丹尼斯，"他说，"我会尽我所能的。"

10
李勃离世

没车开我好神伤，

但有司机也不差……

——约翰·列侬与保罗·麦卡特尼

电影《油脂》刚上映，我带我那啦啦队女友去看。我觉得那部片子很幼稚。我那啦啦队女友却爱得如痴如醉。我坐在那儿看着那群完全不写实的少年唱歌跳舞（如果我要看写实的青少年电影，那我宁愿去看偶尔重映的《黑板丛林》），心思不知不觉溜出了电影院。突然我灵机一动，迸出一个很好的构想。当你脑子里没什么特别的事好想时，你常会有突发的灵感。

我向那女孩道歉后，走到大厅找到一个公用电话。我拨的是阿尼的号码，从八岁起我就记得他家的电话。其实我可以等到电影演完再打的，只是这个构想实在好得让我无法忍受。

是阿尼接的电话："哈喽？"

"阿尼，是我——丹尼斯。"

"哦，丹尼斯。"

他的声调平稳得令我害怕。"阿尼，你没事吧？"

"呃？当然。你不是带罗珊看电影去了吗？"

"我在电影院打的。"

"电影还不至于那么无趣吧？"阿尼说道，声音依旧平板单调。

"罗珊看得正过瘾。"

我以为这句话可以逗他笑的，可是话筒里只有耐心等待的寂静。

"你听我说，"我说，"我想到解决的方法了。"

"解决的方法？"

"是啊，"我说，"李勃。李勃就是我们解决的方法。"

"李——"他用很高、很怪的声音说，然后又是更长的寂静。我更发毛了。他从来没有这样过。

"当然，"我说，"李勃。李勃有车库，我打赌如果价钱合适的话，叫他吃老鼠他都愿意。你可以从一周十六块或十七块的价钱出起——"

"真好笑，丹尼斯。"他带着怨恨冷漠的语调说。

"阿尼，怎么——"

他挂断了。

我站在那儿看着电话，一头雾水。是他爸妈又采取新行动了，还是他回到达内尔那儿发现车子被破坏了？要不然——

一种直觉——我几乎当下便完全确定——冲击着我。我把电话挂回，快步走到贩卖亭问他们有没有今天的报纸。那位卖爆米花的胖小姐嚼着口香糖，慢吞吞地从报架上取下一份报纸。我急忙翻到最后一页的讣闻栏。我想那位小姐一定以为我要表演吞报纸的特技。

上面什么也没有——至少一开始我这么认为。然后我翻过一页，看见那则标题：《退伍军人享年七十一岁》。旁边还附了张李勃穿军服的照片。照片上的他看起来年轻了二十岁，眼睛也明亮得多。讣闻非常简短——李勃于周六下午突然死亡，身后留有一位叫乔治的弟弟和一位叫马西娅的妹妹，葬礼将于周二下午两点举行。

突然死亡。

通常讣闻上都是"因病去世"。"突然"的解释有很多种——从脑血管破裂到浴室触电都行。我想起伊莱恩很小的时候——也许只有三岁吧——有一次差点被我吓死。小伊莱恩看见哥哥丹尼斯手上拿了个发出音乐声的盒子。不错，蛮有趣的。可是盒盖一开——唰！冲出一个弹簧头，咧着嘴、挂着丑陋的尖鼻子，差点撞到伊莱恩的眼睛。她哭着跑去找妈妈，我坐着看弹簧头在那儿前后摇晃，心里明白待会儿免不了要挨顿骂。我是罪有应得，因为我明知她会被吓到。人就是常会被突然发生的事吓到。

突然发生的事……

我把报纸还给贩卖亭，站在大厅里看新片预告。

周六下午。

突然死亡。

事情就这么奇怪。我的灵感告诉我阿尼可以把克里斯汀停在李勃那里，只要他付点钱，李勃一定愿意。而现在我却因为这件事得知李勃已经死了。事实上，他死时阿尼正好在和赖普顿打架——也许就是赖普顿敲碎克里斯汀前灯的同时。

我脑海中浮现出一个不合理的画面。赖普顿敲碎车灯的同时，李勃眼睛冒血，倒在地上死了……

别胡思乱想，丹尼斯，我对自己说，别胡思乱想——

接着，在我的意识深处，脑海中心，我又听到那句：老兄，咱们兜风去吧……走吧。

贩卖亭那女孩吹了个泡泡说："你错过了结尾，这部片子结尾最精彩呢。"

"我知道，谢谢你。"

我往影院里走了几步，又折回来找饮水机。我的喉咙好干。

在我还没喝够时，放映厅的门开了，人群如潮水般涌出。罗珊也在人群中，踮着脚在找我。许多自作多情的人向她微笑、点头，也有人回瞟她一眼。

"丹尼斯——丹尼斯,"她看到我立刻挤过来一把抓住我的手臂,在那么多人面前被人叫丹尼斯并不是世上最糟的事——我想总比被挖眼睛或锯断四肢好一点,但是我实在很不愿意让全世界都知道我叫丹尼斯,"你到哪儿去了?你没看到结尾好可惜,结尾是——"

"最精彩的,"我替她说完,"对不起,我得打个电话,突然想起一件很急的事。"

"如果你带我去吃点心的话,我就把你漏看的部分都说给你听,"她勾住我的手,胸部侧面最柔软的部分贴着我的胳膊,"我是说如果你想知道结局的话。"

"是喜剧收场吗?"

她笑着抬头看我,眼睛又大又甜而且带着点傻气。她的眼睛一向如此,我把胳膊紧贴在她的胸部上。

"大喜剧,"她说,"我喜欢喜剧收场,你呢,丹尼斯?"

"我也很喜欢。"我这时应该满脑子想的都是她的胸部,可是我发现我想着阿尼。

那晚我又做梦了,只不过在这个梦里克里斯汀变得很老——不对,不只是很老,而是古老。古老得有点可怕。那模样会让你相信它比金字塔还要久远。引擎咆哮着,喷出一股青色的油烟。

这回车里不是空的。李勃坐在驾驶座上悠然自在地转着方向盘。他睁着眼,但目光像死鱼,一动也不动。引擎在运转,克里斯汀全身跟着颤抖,并一路掉铁锈。李勃在摇晃,脑袋像打瞌睡似的前后来回晃动。

然后轮胎突然发出可怕的摩擦声,那辆普利茅斯从车库里向我冲来。与此同时,它的铁锈消失了,模糊不清的旧玻璃又清澈起来,褪色的破沙发散发出新皮的气味,光秃秃的轮胎又出现新胎的花纹——每一道纹路都比大峡谷还深。

它向我尖叫,车头灯闪着仇恨。我举起手以笨拙、徒然、可笑的姿势遮住它的强光。我心想：天哪，它的愤怒永远不会结束——

　　我醒了。

　　我没有尖叫，这次我把尖叫锁在喉咙里。

　　但我几乎挡不住它。

　　我从床上坐起来。一道月光照着我的床单。我又想到那句话：突然死亡。

　　这次我没有那么快就睡着了。

11
葬礼

火箭尾翼镶白轮胎加扰流板，
一路飞奔如上天堂，
当我死去请丢我进后车厢，
把这黄金国^①直接开往垃圾场。

——布鲁斯·斯普林斯汀

我们的工头布拉德四十多岁，秃顶，身体健壮，皮肤永远被太阳晒成褐色。他很爱唠叨——尤其是我们进度落后时。可是他的心地相当不错。喝咖啡休息时我去见他，为的是想知道阿尼是整个下午都请假，还是只请几小时。

"他请了两小时说要参加葬礼，"布拉德说，他摘下金边眼镜，揉揉鼻梁上压红的印子，"你可别也请假——已经最后一周了，一连两个人向我请假，不怕上面说闲话？"

---

① El Dorado，凯迪拉克一九五九年车款。

88

"工头，我一定要请。"

"为什么？死的是什么人？阿尼说那人卖他一辆车，如此而已。老天，我从没听过买二手车的还要参加原车主的葬礼。又不是他的亲人！"

"他不只卖车给阿尼而已。我也很难解释。总之阿尼心理很不平衡，我觉得我应该陪他去。"

布拉德叹了口气。

"好吧，好吧，一点到三点——你跟他一块儿去吧。但中午不能休息，周四下午还要加班到六点。"

"当然。谢了，工头。"

"中午我帮你们打卡，"布拉德说，"要是匹兹堡那边的人发现了，我要被炒鱿鱼的。"

"他们不会发现的。"

"我也不愿失去你们这两个好帮手。"他说。这话出自布拉德的口中可算得上是最高的夸赞。

"这也是我们最愉快的一个暑假。"

"很高兴你有这种感觉，丹尼斯。快滚吧，让我好好看报。"

我赶紧走出他的办公室。

一点钟时我搭辆车到主工程区的铁棚下。阿尼正在那儿换衣服。他把安全盔挂在棚架的钩子上，换了件干净的衬衫。看到我来，他大吃一惊。

"丹尼斯！你来这里干什么？"

"准备参加葬礼，"我说，"跟你一样。"

"不。"他立刻说道。那个字是那么强烈，我真的有种他要把他的生命和我隔绝开来的感觉——就像我从电影院打电话给他那次一样。又一个突然。李勃突然死去，阿尼突然开始排斥我。

"阿尼，我梦到了他。你也听我提过。我真的梦到过他，所以我也要去。你不想跟我一起走的话，我们可以分头去，反正我要去就是了。"

"你不是开玩笑吧？"

"嗯？"

"你从电影院打电话给我的时候，真的不知道他已经死了？"

"老天！你以为我会拿这种事开玩笑？"

"不。"他说，可是已经没有刚才那样迅速了。在他仔细考虑之前，他不会再轻易说出这个字。他也看得出每个人现在都在跟他唱反调。达内尔、赖普顿，也许还有他爸妈。但主要的影响不是来自他们，事情的源头还是那辆车。

"你梦见他了？"

"一点不假。"

他拿着换下的衣服站在那儿考虑了很久。

"报上说在自由高地墓园，"最后我终于说，"你是要搭公交车还是搭我的便车？"

"搭你的便车。"

"好主意。"

我们站在附近一座小丘上，两人都不敢也不想下去加入那一小伙哀悼的人。他们全部加起来不到一打，而且半数是穿军服的老家伙——他们的军服一看就知道保存了很久，甚至还带着樟脑味。李勃的棺材停放在墓穴里，上面铺了国旗。牧师的祷词在八月末的热气中飘到我们这儿来：人就像草，长长了又被剪掉；人就像花，春开秋谢。只有人的爱长留于世。

祷词念完后，国旗被收走，一个六十多岁的人抓了把泥土撒在棺材上。报上说他身后留有两位亲人——一个弟弟、一个妹妹。这人一定是他弟弟，他们长得不是很像，但那形象很相似。很显然那位妹妹没能赶来，围在墓穴旁的都是男人。

两个退伍军人协会之类的人把国旗折成船形帽交给李勃的弟弟。牧师在祈求上帝让那些死去的人安息时，人们已渐渐离去。我转头找阿尼，发现他不在我身边。他站在远处一棵树下，两颊都是眼泪。

　　"你还好吧，阿尼？"我问道，装作没看到他的眼泪。如果李勃知道阿尼是他那简短冷清的葬礼上唯一哭泣的人，当初他一定愿意再少五十块钱把车卖给他。但就算如此，他还是多赚了阿尼差不多一百五十块。

　　"我很好，"他用掌根擦掉眼泪，动作中充满愤恨，"走吧。"

　　"好。"

　　我以为他要走，因此想过去把车开来。可是他往山坡下走。我追上去想问他要干什么，然后又决定闭嘴。我当然知道他要干什么，他要跟李勃的弟弟谈话。

　　那位弟弟腋下夹着国旗，正在跟那两个协会的人站在一起悄悄讨论着什么事。从他的衣着可以判断出他的收入可能很有问题，他的领带底部皱巴巴的，白衬衫的领子泛黄。

　　他瞥了我们一眼。

　　"对不起，"阿尼说，"请问您是李勃的弟弟吗？"

　　"是的，我是。"他奇怪地看着我和阿尼——我想那目光中带着忧虑。

　　阿尼伸出手说："我叫阿诺德·坎宁安。我算是认识你哥哥，不久前我向他买了辆车。"

　　当阿尼伸出手时，李勃的弟弟也很自然地伸出手——对美国男人而言，唯一比握手还自然的反应就是从公厕出来后摸摸下面，看看拉链是不是拉好了。可是当阿尼说到他向李勃买了辆车时，那只刚伸出的手又犹豫了一下。有一瞬间我甚至以为他要把手抽回去。而我想那样的场面对阿尼来说一定尴尬到极点。

　　还好他没这么做，至少没有做得很明显。他很简洁地握过手后就立刻收了回去。

"克里斯汀，"他用干哑的声音说，一点没错，他们是兄弟，那淡蓝的眼珠，弧度相同的下巴，还有皱眉的方式都一模一样，只不过他的表情比较柔和、仁慈，我想他大概永远做不出李勃那副奸诈的表情，"他写信跟我提过，说他把她卖了。"

老天，他也用女性代词来叫那辆破车。只是我听得出那语调中并不带感情。

他接着说："我哥哥不常写信，他有点势利——我实在想不出更温和的字眼。在信中，他说把车卖给了一个大傻瓜。"

我张着嘴转头看阿尼，我真希望他生气，可是他的表情一点都没变。

"那要看你从什么角度去看，是不是，李勃先生？"他心平气和地说。

李勃的弟弟笑了笑……我想他笑得有点不情愿。

"这位是我朋友。买车那天他也陪着我。"

于是我和乔治·李勃握了握手。

参加葬礼的人都走了，只剩我、阿尼和乔治·李勃三人很难受地对看着。李勃把他哥哥的国旗从一只手换到另一只手，然后又换回来。

"坎宁安先生，有什么我能替你效劳的吗？"最后李勃终于问道。

阿尼清清喉咙："我在想有关你哥哥车库的事。在车子可以正式开上路前，我需要一段时间把她修好，我家人不让我停回家。我在想——"

"不可能。"

"我是说——用租的。"

"不可能，真的不——"

"我愿意一周付你二十块，"阿尼说，"二十五也行，只要你同意。"我不禁打了个寒战。阿尼像陷入了流沙中，只要能讨好对方，叫他吃砒霜他也干。

"不可能。"李勃一副压力很大的样子。

"只是车库而已，"阿尼说，他已不再像先前那么冷静，"不用也是空着……"

"不可能，"李勃说，"我今早才去镇上的二十一世纪房地产公司登记出售。他们要把房子空出来展示给买主……"

"当然我知道，可是在正式出售前……"

"你不能在那附近游荡，懂我的意思吗？"他稍稍倾向阿尼，"请别误会，我对青少年没有成见，因为我在俄亥俄州天堂瀑布镇的高中教了近四十年的书。我一看就知道你很聪明、很善良。我来自由镇是卖房子。我要结束这一切，坎宁安先生，我要结束我哥哥的一生。"

"我懂，"阿尼说，"但让我替你照顾房子有什么不好吗？我可以除草、重新粉刷墙面、修补坏掉的地方。我随时可以做这些工作。"

"他对修东西很有一手。"我插话说，我想这样也没害处。将来阿尼会记得我跟他站在同一边，当然这并不是我真正的意思。

"我已经请人帮忙照顾房子了。"他说。可是我知道他在说谎。我想阿尼也知道。

"那就算了。我为你哥哥感到难过。他像是个……意志很坚强的人。"阿尼说道。这时候我仿佛又看到李勃油腻腻的脸颊流下斗大的泪珠。终于走了，我总算了了一件事。

"意志坚强？"乔治·李勃嘲讽地说，"是的，他是个意志坚强的杂种。"他假装没看到阿尼那惊讶的表情，"对不起，两位先生。我被太阳晒得有点反胃。"

说完他就转身走了。我们站在离墓穴不远处看着他离去。突然他又停下来，阿尼的脸上闪过一阵光芒，他以为李勃改变了主意。李勃站在草地上低着头，像是在沉思，然后他转身向我们走来。

"我劝你忘了那辆车，"他对阿尼说，"把她卖了。如果没人买，就把她拆了当零件卖。如果连零件都没人要，就把她当废铁卖了。而且要快、要彻底，就像你改掉坏习惯一样。我想，这样你会快乐一点。"

他看着阿尼等他回答，可是阿尼一直没吭声。两人只是对望着。

阿尼那蓝灰色的眸子紧抓住李勃的视线，两只脚像扎了根似的。李勃看出他的意思，因此不高兴地点点头。

"两位，再见了。"

阿尼叹口气说："我想只好这样了。"他用愤恨的目光看着李勃的背影渐渐远离。

"是啊。"我想到我的梦，所以我不想让克里斯汀回到那个车库里，那样就应验了我的梦。

我们朝停车的地方走去，两人都没说话。突然，我做了个冲动的决定——如果不是这么冲动的话，也许后来事情也不会发生那么大的变化。

"嘿，兄弟，"我说，"我想撒个尿，等我几分钟好吗？"

"去吧！"他头也不抬地说。他手插口袋，低头看着草地继续往前走。

我沿着左边指向公厕的箭头走去。在越过头一个草坡，脱离阿尼的视线后，我立刻奔向停车场，在一辆迷你雪佛兰前面叫住正要发动车子的李勃。

"李勃先生！"我喘着气大叫，"李勃先生！"他好奇地抬头。

"对不起，"我说，"请原谅我再次打扰你。"

"没关系，"他说，"可是我不会改变我对你朋友说过的话，我不能让他把车停在那个车库里。"

"我知道。"我说。

他那毛刷似的眉毛立刻扬了起来。

"那辆车——克里斯汀，"我说，"我不喜欢它。"

他看着我，还是没说话。

"我想那辆车对他没好处。也许我说这话是出于……我也不知道……"

"嫉妒？"他低声问我，"因为有了车，他就不常和你在一起了？"

"呃……可以这么说，"我说，"我们是多年老友了。可是我——我想这不是全部的原因。"

"不是？"

"不是。"我回头看阿尼是不是过来了——结果没有，于是我继续把话说完，"你为什么叫他忘掉那辆车？你为什么叫他像改掉坏习惯一样忘掉它？"

他没吭声。我很怕他不愿说，或者不愿对我说。过了好几秒，我终于听到他小声回答："孩子，你确定要管这件事？"

"我不知道，"突然，对上他的眼神对我来说似乎很重要，"可是我很关心阿尼，我想你也知道，我不愿看他受伤。那辆车已经给他带来很多麻烦。我不想看他越陷越深。"

"今晚到我住的旅馆来，就在三七六铁路支线和西方大道交叉口附近，你找得到吗？"

"那条铁路是我铺的，"说着我伸出手，"你瞧这些水疱。"

我笑了，可是他没笑。"彩虹旅社，路口有两家，我住的是便宜的那家。"

"谢谢，"我笨拙地说，"真的很——"

"这件事也许不是你或任何人该插手的。"李勃用他那高中教师训诫学生的口气说，听起来跟他死去的哥哥说话的口吻完全不同（可是在某些方面又像得令人觉得可怕）。

（那可是世界上最好闻的……也许除了女人那里的味道之外。）

"有一点我现在就可以告诉你。我哥不是个好人。我相信他这一生唯一爱过的就是你朋友买的那辆普利茅斯。所以无论我告诉你什么，这件事只跟他们两个有关。"

他向我笑笑，不过那不是愉快的笑容，而且在他笑的一瞬间，我仿佛又看到死去的李勃。我不禁打了个寒战。

"孩子，也许你太年轻，还不太懂我的话。我这样说吧，爱就是敌人。"他缓缓向我点头，"诗人在这方面常常犯错。爱是刽子手。爱是食人族。它并不盲目，相反，它的目光锐利得很。它总是饥饿的。"

"它会吃什么？"我问。我不晓得问这话的目的。我觉得跑来找他根本就是个荒谬的决定。

"友谊，"乔治·李勃说，"它会吞噬友谊。丹尼斯，如果我是你，我会做好心理准备，更糟的事即将发生。"

他关上车门，发动那声音比缝纫机声还小的雪佛兰引擎，连个招呼也不打就把车开走了，留下我站在路边。我突然想起阿尼也许会看到我，于是又拼命加速跑回厕所。

我边跑边想，墓园工人现在也许正用泥土填满李勃的墓穴。那一铲铲的泥土像魔爪似的趴在他的棺木上。我强迫自己不要胡思乱想，可是更恐怖的画面接二连三出现：罗兰·李勃躺在布满丝缎的棺木里，身上穿的是最好的西装，甚至最好的内衣——当然腰部还架着黄色的脊椎撑架。

李勃被埋在地下，躺在棺木里，双手交叉摆在胸口……不知道为什么，我竟又看到他脸上那急于吃屎的笑容。

12

家族故事

你在尼达姆可曾听过，

一二八号公路上的风驰电掣，

黑暗中如此寒冷，

黑暗中如此疯狂……

——乔纳森·里士满与摩登情人

彩虹旅社实在相当破烂，门口的停车场都是坑洞，招牌上的霓虹灯也缺了两个字母。一位高中教员也只能住得起这种地方，我知道这话听起来令人沮丧，但这是事实。明天他就要开着那辆雪佛兰到机场还给赫兹租车公司，然后搭飞机赶回俄亥俄州天堂瀑布镇去了。

彩虹旅社看起来像是养老院。房间外的草地边上都是老人坐在那儿乘凉。他们跷着腿，露出骨瘦如柴的膝盖，白袜子拉高到毛茸茸的小腿上。大多数女人都已呈现出五十岁后的那种肥胖和绝望。从那时起我就常注意到有些旅社里什么都没有，有的只是成群的老人——这些地方都是他们口耳相传的——带着你肿胀的前列腺到设备落后的彩虹旅社来，我们没有有线电视，但我们这里喝一杯只要两毛五。我在旅社周围没看到一个年轻人，活动场的一边生锈的游乐设备都空在那儿，秋千的影子在草地上拉得很长。我头顶上有道霓虹灯管做的彩虹正在嗡嗡叫个不停，听起来就像一群苍蝇被关在瓶子里。

李勃坐在十四号房门口，手里拿着杯子，我过去和他握手。

"要不要来杯饮料？"他问，"旅社里有贩卖机。"

"不用了，谢谢。"我说。然后我从空房间里搬出一把凉椅坐在他旁边。

"那我就尽可能地把我知道的事说出来，"他用柔和而颇有教养的语调说，"我比罗兰年轻十一岁，我想我还不算真正步入老年。"

我在椅子上挪了挪身子，没说什么。

"我们家有四个孩子，"他说，"罗兰是老大，我是老幺。我有个叫德鲁的哥哥一九四四年在法国阵亡，他和罗兰都是职业军人。我们从小在自由镇长大——只是那时候的自由镇比现在小得多，只能算是个村庄。村民移入移出，人口一直没有增加——当然我们是移出的。可怜哪，说句俗话，这叫选错了路。"

他呵呵笑了几声，又在杯子里倒了些七喜。

"对于罗兰的童年，我永远只记得一件事——毕竟我出生时，他已经念五年级了——可是那件事我记得非常清楚。"

"什么事？"

"他的脾气，"李勃说，"罗兰火气很大。他很气自己穿破衣服上学，气自己的爸爸是个酒鬼，他气我妈拿我爸一点办法也没有。他讨厌他的三个弟弟妹妹——德鲁、马西娅和我，他觉得是我们让家里变得更穷。"

他卷起袖子，露出老人那种皱缩干枯的皮肤，以及一道从胳膊肘延伸到腕口的疤痕。

"这是罗兰送给我的礼物，"他说，"他十四岁那年送我的，当时我才三岁。我在门口地上玩积木，他匆匆从家里出来，赶着要上学。我想我大概是挡了他的路，所以他才把我推开，又把我拎起来扔到旁边。我摔在花园边的矮篱笆上，手臂剐了很长一条伤痕。我流了很多血，把哥哥、姐姐都吓哭了——除了罗兰。他对我怒吼着：'以后少挡我的路，你这天杀的臭小孩，听到没！'"

我看着那道雪橇形疤痕。一个三岁小孩肥嘟嘟的手臂如今枯缩得又瘦又干。一九二一年那条喷血的裂口现在延长扩张成银色的阶梯式痕迹。伤口是愈合了，可是疤永远在那儿。

我不禁绝望地打了个寒战。我想起那天阿尼用力捶着我车子的置物箱，用沙哑的声音哭喊着说要宰掉他们，宰掉他们，宰掉他们……

乔治·李勃盯着我看。我不知道他在我脸上看到了什么，可是他慢慢把衣袖放下，直到完全遮住疤痕为止，仿佛拉上了一道隔开往事的窗帘。

他又啜了口七喜。

"那天晚上我爸回来，知道了罗兰做的事，他几乎把罗兰的耳朵拧了下来。可是罗兰不肯认错。他哭了，可就是不肯认错。"李勃笑了笑，"我爸踢他、打他，把我妈都吓哭了。她求他住手，否则会把孩子打死。罗兰哭着说：'是他挡了我的路，所以我要把他扔开。如果下次他再挡我，我还要这么做。你不可能阻止我，老醉鬼！'紧接着我爸一拳砸在他脸上，把他鼻子打出了血。罗兰从地上爬起来，鲜血汩汩从指缝间渗出。我妈在尖叫，马西娅和德鲁都在哭，我吓得躲在角落。而罗兰只是一个劲地说：'我还要这么做，你不可能阻止我，老醉鬼，老醉鬼，老醉鬼！'"

头顶的星星渐渐露脸了，一个老太太把她的皮箱从一辆福特车里提出来走向订房处。某处有人在听收音机，不过当然不是调频台的热门音乐。

"他的脾气是我永远忘不了的，"李勃轻声感叹地说，"在学校里要是有谁取笑他的衣服或头发，他就用拳头对付他们——就算只是怀疑别人想取笑他，他也会这么做。由于一再留级，最后他只好离开学校，自愿去从军。"

"在二十世纪二十年代，当兵很不好过。那时的士兵没有尊严，也没有升官的机会。他换遍每一个基地，从南方到东部，都有他的足迹。我们每隔几个月才收到一封信。他对世事还是那么愤愤不平。他痛恨所谓'狗屎不如的上级'——那些人没一个对得起他。他们不给他升迁的机会，取消他的休假，甚至关他禁闭。

"军中想尽办法要留住他，因为他是杰出的机械工——他能修好报废的车辆。"

我发现我又不知不觉想到阿尼——他也是个对修车颇有一手的人。

李勃靠上前说："可是他那一身技艺成了火暴脾气的另一个源头，而且他对世事的愤恨一直到买了你朋友的那辆车才消除。"

"我不太懂你的意思。"

李勃干笑一声："他能修好军中的各型车辆。他甚至会修推土机。有一次，有位议员参观他们的基地时，车子出了问题。罗兰的指挥官一心想求表现，就命令他去替议员修车。后来我们收到一封长达四页的信——里面全部是罗兰咒骂那位指挥官的词句，每一个字都像火焰和硫酸一样炙烫。真奇怪那些字竟然没在白纸上烧起来。

"他很能修车……就这样，一直到第二次世界大战结束他才有了自己的车。但即使如此，他买得起的也不过是辆灰头土脸的旧雪佛兰。在那个时代钱永远不够花，而且大战期间，谁也没有能力存钱。

"他在修车厂里待了好几年，为长官修过上千辆车，却没有一辆是自己的。不过那辆雪佛兰并不能缓和他的愤恨，他结婚后第二年换的那辆哈德森大黄蜂也一样。"

"结婚？"

"他从没告诉过你们吧？"李勃说，"他可以痛快地谈他的军旅生活，告诉你他的战场经验，向你抱怨他的上级，而且你跟你朋友也会听得不想睡觉……说不定他还可以借机把手伸进口袋摸你的皮夹。可是他永远不会跟你提到薇洛妮卡和丽塔的事。"

"她们是谁？"

"薇洛妮卡是他太太，"李勃说，"他们一九五一年结婚，之后罗兰立刻就到韩国去了。你知道，他可以留在国内的——他已婚，妻子又怀孕，自己也已步入中年，可是他偏偏选择海外。"

李勃若有所思地看着死寂的游乐场。

"这算是重婚。一九五一年他四十四岁结婚时已经算是第二次了。他老早就跟军队和那些'狗屎不如'的上级结婚了。"

他又陷入沉默，那种沉默中好像带着些病态。"你还好吧？"我终于忍不住开口。

"没事，"他说，"只是在想事情。想那些死去的人。"他平静地转向我——那对带着创伤的眼睛除外，"年轻人，想到这些事就让我难过……你说你叫什么名字？我可不愿跟你谈上一整晚却还不知道你的名字。你叫丹诺吧？"

"丹尼斯，"我说，"李勃先生，如果——"

"这件事比我想象的还令我难过，"他接着说，"可是既然说了，就让我说完，是不是？我只见过薇洛妮卡两次。她是西弗吉尼亚人，也就是我们所谓南方土包子。她很笨，罗兰轻而易举地就能控制她。可是她很爱他——我猜至少在丽塔那件事之前她都很爱他。至于罗兰，我想他不算真的结了婚，他只是娶了……一道哭墙。"

"他寄给我们的信……我想你一定也记得他没念几天书。那些信花了他很大的功夫。信是他的吊桥、他的小说、他的交响曲，他写信是因为心中有着积愤。

"自从娶了薇洛妮卡后，信就停了。我想在韩国服役的两年间，他还是不断写信给她。那段时间，我一共只收到他一封信，马西娅也只有两封。一九五二年初他女儿诞生时，他好像并不高兴，只是抱怨家里又多了张嘴吃饭。"

"他一直没晋升吗？"我问。几年前我在电视上看过一部叫《铁鹰部队》的战争电影，后来在书店看见那本同名小说，就立刻买了下来。

我希望那是个引人入胜的战争故事，可是我看到的有战争也有和平，此外我还对军中的事情有了新的了解。其中之一就是战争期间，晋升的列车永远在向前开。我实在很难了解李勃二十世纪二十年代初期就从军，而且参加过两次世界大战，但最后仍是小兵一个，而艾森豪威尔却当了总统。

李勃笑了。"他就像《乱世忠魂》里的普鲁伊特一样，有一次几乎可以晋升了，可都毁于他酒后犯上。我不是说他常被关禁闭吗？有一次就是在迪克斯堡的军官俱乐部辱骂一位长官被关了十天——这算是法外开恩。我想他们一定是把事情看作酒后失礼，觉得没什么大不了。事实上，那些军官喝醉了也常拿小兵来寻开心。他们一定没想到他是真的痛恨他们。可是我相信薇洛妮卡看得出来。"

我瞥了手表一眼。九点一刻，李勃已经说了快一个钟头。

"我哥哥一九五三年从韩国回来才第一次见到他女儿。据我所知，他抱着女儿看了一两分钟就把她还给太太，然后到车库里修那辆雪佛兰去了……听烦了吗，丹尼斯？"

"没有。"我真诚地说。

"那些年里，罗兰真正想要的就是一辆车。不是凯迪拉克或林肯，他不想加入那些有钱人的行列。他只想要一辆崭新的普利茅斯、福特，或是道奇。

"薇洛妮卡偶尔会写信给我，说他们每个周末都到车商那里看车。后来她会坐在那辆大黄蜂的后座讲故事给孩子听，好让罗兰一家又一家地询问。他和推销员谈马力、齿轮转速、压缩比……他为了找辆好车就这样到处跑。"

我又想到阿尼。

"你是说他对车子已经爱得走火入魔了？"

"可以这么说，他是走火入魔了。他把钱交给薇洛妮卡存起来。我哥这一生最困扰的不在于他不能升军士长，而是始终戒不了酒。他不是酒鬼，可是每隔六到八个月他就会痛饮一次。酒瘾过足之后，钱也飞了。连他自己也不晓得钱是怎么不见的。

"薇洛妮卡试着阻止他。她嫁给他的责任之一就是拯救他，可是罗兰酒瘾一发作就伸手跟她要钱。有次他还拿刀对着她的喉咙威胁她。这件事是我姐姐告诉我的，她常跟薇洛妮卡通电话。那次薇洛妮卡坚持不肯把存下来的八百多块给他。她提醒他说：'别忘了那辆车，亲爱的，如果你这样糟蹋钱就永远也买不到车。'当时刀口就架在她脖子上。"

"她一定很爱他。"我说。

"也许是吧。可是别以为她的爱可以改变罗兰分毫。滴水可以穿石，但是那也得几百年的时间。人的生命是有尽头的。"

他好像在跟自己辩论。先是赞成自己的看法，接着又反对。

"但他永远不可能改变，"他说，"别忘了他把刀架在她脖子上时根本已经神志不清了。这年头很多人都在疾呼要杜绝校园毒品。我不反对他们，只是我认为酒比毒品更可怕，因为它是合法的。"

"一九五七年我哥终于退伍时，薇洛妮卡已经替他存了一千两百多块，另外还有他脊椎受伤的抚恤金——他说只有在争取这件事情上他算是赢了。

"这笔钱终于凑足了。他们买了你和你朋友看到的那栋房子。当然，在还没买房子时，车子先进了门。反正车子总是优先。他拜访了无数车商，最后才选中克里斯汀。我收过他的一封长信，说她是一九五八年份的车，并且告诉我一切关于她的数字。我不记得细节了，可是我打赌你朋友一定可以一条条地列出来。"

"你说她的规格？"我说。

李勃毫无幽默感地说："是的，她的规格。我还记得他在信上说车子原价三千，但他'杀'到两千一。他付了十分之一的订金，尾款全是用十块和二十块钞票付的。

"第二年，他六岁的女儿丽塔就因为窒息而死。"

我从椅子上跳起来，差点摔倒在地。他那教师式的说话声具有催眠作用，本来我已经快睡着了，但刚才那句话就像盆冷水浇在我身上。

"就是那样，"他迎上我那吃惊且带着疑问的眼神，"那天他们去'游车河'，这个活动取代了之前跑汽车经销商的行程，这个词是从他听的那些摇滚乐里学来的。每个周末，他们三个都开车出去玩。他不准孩子在车上扔任何东西，所以前后座都摆了垃圾袋。孩子也很听话，她知道弄脏车子会有什么后果……"

他陷入沉思。再开口时，他换了种口气。

"罗兰要烟灰缸保持绝对干净。他是个老烟枪，可是他会把烟头扔出窗外而从不塞进烟灰缸里。如果别人在他车上抽了烟，那天回到家后他一定拿纸巾把烟灰缸擦得干干净净。他一周洗两次车，一年送检两次。他在修车厂租了个修车位，一切都自己动手。"

我在想那会不会是达内尔修车厂。

"就在那个周末，他回家时经过一个卖汉堡的路边摊——你也知道那年头没麦当劳之类的玩意儿。所以他们就在路边摊那儿买汉堡……我想这也许就是事情发生的原因……"

又是一阵沉默，好像他在考虑到底要告诉我多少似的。

"她是被一块肉噎死的，"最后他说，"她突然噎住，不能呼吸。罗兰停车，把她拖出车外，拼命捶她的背，想让她喘上一口气。当然现在再碰到这种情形可以用一种海姆里克腹部冲击法让孩子脱险。去年我教书的学校就有个年轻女老师，用这方法在自助餐厅里救活一个小男孩，可是从前……"

"我的侄女就这么死在路边，我想这种死法实在太震撼人心。"

他的声音仍旧有高中老师的那种催眠功效，可是我已经不想睡了——真的是一点也不想。

"我相信他尽了最大努力要救她，而且我相信会被一块肉噎死只能说是倒霉到了极点。他一向是个冷酷的人，我想他并不十分爱他女儿。不过人世间的事有时冷酷一点倒也好。"

"可是这件事不同。"我说。

"最后他倒提她的脚，用力打她的腹部希望她能呕吐。我相信如果他懂得如何下手，他甚至会拿随身携带的小刀在她的喉管上凿个洞。可是当然他没这么做。无论如何最后她死了。

"我和马西娅以及她的家人都参加了侄女的葬礼。那是我们家族最后一次重聚。当时我以为他一定会换辆车。可是他没有，甚至在他简短的来信中我还发现它成了他们家的一分子。葬礼那天他们开车到自由镇上的卫理教堂。我看见那辆车在阳光下闪闪发亮，而且带着愤恨。它带着愤恨。"他转过来看着我，"你相信吗，丹尼斯？"

我必须咽口口水才能回答。"是的，"我说，"我相信。"

李勃冷沉地点点头："薇洛妮卡像个蜡人似的坐在车里。从前的她已经完全不存在了。车子是罗兰的一切，而她的一切则是女儿。她不只是悲伤，她死了。"

我坐在那里试着想象——我在想如果是我的话会怎么办。我女儿在我的车子后座被一块肉噎死，我会把车卖了吗？为什么要卖它？它没有害死她，而是一小块汉堡肉堵住了她的气管。为什么要卖车？除了它会勾起我的痛苦回忆之外，我会卖掉它吗？熊会在森林里拉屎吗？

"你有没有问过他？"

"问了。马西娅也在我旁边。那是葬礼之后，薇洛妮卡的哥哥从西弗吉尼亚的光荣镇过来，葬礼结束后就送她回家，因为她就像喝醉了一样，连站都站不稳。

"我们逮到单独和他相处的机会，我和马西娅，这才算是真正的全家团圆。我问他打不打算卖车。当时车子停在墓园的停车场上——今天下午罗兰也葬在同一块墓地。你也知道那辆车是红白相间——一九五八年的普利茅斯并没有这种颜色，那是罗兰特别定做的，我们站在离车子五十英尺外，我有种很奇怪的感觉……我想离它远点，好像担心它会偷听我们说话。"

"你说了些什么？"

"我问他打不打算卖车。他的脸上立刻挂出僵硬冷酷的表情。我记得小时候他把我提起来扔在篱笆上那次，他流着鼻血骂我爸是老醉鬼那次，也是这种表情。他说：'乔治，我疯了才会想卖它。它才用了一年，只跑了一万一千英里。车子用不到三年卖起来绝对不划算。'

"我说：'罗兰，如果你在乎的只是钱，那你的心肠真是铁做的。你愿意让你老婆每天看着它，坐在它里面吗？'

"他的表情一直没变……一直到回头看他的车子为止。那辆车就停在灵车后面，那是那天我唯——次看到他脸部表情变得柔和的时刻，我记得当时我还想，他有用这种表情看过丽塔吗？我不这么认为，我想他心里根本不存在这种感情。"

他停了一会儿，然后接着说："马西娅也对他说了同样的话。她一向很怕罗兰，可是那天她的气愤胜过了害怕——别忘了她也收过薇洛妮卡的信，她知道薇洛妮卡有多爱孩子。她说人死了就该烧掉他的床单，并把衣服送给救世军。你要处理掉一切和死者有关的事物。她告诉他，如果那辆车继续停在车库里，薇洛妮卡就永远无法忘记死去的女儿。

"罗兰用卑劣、嘲讽的口吻问她，是不是因为女儿噎死在车上，他就该泼汽油点根火柴把车烧了。我姐姐哭着回答说这是个好主意。最后我拉着她离开了。从那天起，我们不再提起罗兰。车是他的，就算这种时候，他也还是会告诉你车子才跑一年就卖掉不划算，还可以跟你说这车子跑了多少里程，事情很简单，他会留着那辆车，因为他就是会这么做。

"马西娅和她的家人搭灰狗巴士回丹佛去了。据我所知，她一直没有再和罗兰见面或通信。就连薇洛妮卡死时她都没去参加葬礼。"

这回是他太太。先是孩子，接着是太太。就像接连两声枪响——乓！乓！我从腹部到双脚都开始发麻了。

"六个月后她死了，那是一九五九年一月。"

"可是跟车子一点关系也没有，"我说，"和车子一点关系也没有，对不对？"

我想我不太愿意继续下去。可是我当然得听。因为这辆车现在正在我朋友手上，因为它在他的生命里占据了超过一辆车该有的地位。

"丽塔死后，薇洛妮卡成天忧郁不振。她在自由镇也交了些好友，他们都想帮她……帮她找到自我。可是他们一直没有成功。

"除此之外，其他都还不错。我哥这一生第一次过着比较宽裕的生活。他拿了退休金、伤残抚恤金，而且在城西一家轮胎工厂找到夜间警卫的工作。下午参加他的葬礼后我去了那儿一趟，可是工厂已经不见了。"

"十二年前破产了，"我说，"那是我小时候的事。现在有人在那儿开了家中国快餐馆。"

"他们生活充裕的另一个理由是，他们不用再养孩子了。可是对薇洛妮卡来说，她的心理康复也就从此遥遥无期了。

"她用了我从来没想过的自杀法。如果有什么书是介绍自杀方式的话，她的方法一定会被列在书中，而且会有很多人效仿。她到城西我很多很多年前买第一辆自行车的那家自助商店，买了二十英尺长的橡皮管，一端装在克里斯汀的排气管上，另一端接到车里。她没有驾照，可是知道如何发动车子。她也只需要知道这么多。"

我舔湿嘴唇，听到自己生锈般的沙哑嗓音："我想我该喝瓶汽水了。"

"那就麻烦你帮我带一瓶，"他说，"汽水能让我清醒，不过我想今晚我可能要清醒一整夜了。"

我想我也是。我到大厅的贩卖机去买汽水。回来时，我在老远停下来看他那孤坐的身影。我想，也许那辆车被诅咒了，也许这就是原因。这实在像极了鬼故事，不是吗？路标上写着：下一站，阴阳魔界……

可是我又觉得这样的想法太荒唐。

当然太荒唐。我继续朝他那儿走去。车子没有生命，更不会附魔，那是恐怖片里的唬人玩意儿，让你在周六晚上带女孩坐在露天电影院里刺激一下用的。现实生活里根本没这回事。

我把易拉罐七喜递给他，然后听完剩下的故事，那可以简单地用一句话说完：薇洛妮卡死后，罗兰·李勃再也没快乐过。他只留下他的房子和那辆一九五八年的普利茅斯，一九六五年他辞去工厂守夜的工作，而且不再开车，甚至不再保养。

"你说车子从那时候起，就一直摆在那里？"我问，"从一九六五年起？整整十四年？"

"当然它是放在车库里，"李勃说，"邻居可不会容忍他把车经年累月停在草坪上。乡下也许可以，可是在城里免谈。"

"可是我们买车的时候，它是停在草地上——"

"我知道。他把车停在草地上，风挡玻璃上还挂了个'出售'的牌子。我也问过他，我实在太好奇了。他今年五月才把车停在草坪上的。"

我想开口说话，却又说不出来。我想到的画面是：克里斯汀在漆黑的车库里静待多年——四年、八年、十二年，或者更久。然后——在我跟阿尼看见它的前几个月——罗兰·李勃突然把它拖出车库，挂上"出售"的牌子。

稍后我查过匹兹堡所有报纸。他从来没为那辆复仇女神登过报。通常要卖车的人都会在报上固定的地方登广告，但他只是把它摆在草地上，等着买主自己上门。

我想不出这其中有什么逻辑，我只感觉到那阴沉忧郁的恐怖。他好像知道有个买主一定会找上门，如果不是五月，就是六月、七月，或八月，总之很快就是了。

这种事不需要逻辑。就像蜘蛛结网等虫子飞进来一样。

总有只小命该绝的虫子会落网。

"我还以为他是怕通不过驾驶人体检才决定卖车，"最后我说，"像他那种年纪的人每隔一年都要接受一次体检。"

乔治·李勃点点头。"这是原因之一，"他说，"可是……"

"可是什么？"

"我记得在哪儿见过这样的句子——我不记得是谁说的或谁写的——人类历史上有很多不同的'必然时刻'。当'蒸汽机时代'来临时，十几个人同时发明了蒸汽机。但也许只有一人得到专利，可是这十几个人却同时有了蒸汽机的构想。这点你要如何解释？只能说蒸汽机的时代来了。"

李勃看看他的汽水，又抬头看看天空。

"内战结束之后，突然是钢铁时代，然后是机枪时代、电气时代、无线电时代，最后到了原子时代。这些演变在冥冥之中老早就安排好了。到了哪个时代，该发明的都会被发明。"

他看着我。

"丹尼斯，这种事想多了，心里会有点害怕。很多事的发生都是注定的。"

"对你哥来说，你会称之为'到了该卖克里斯汀的时刻'？"

"也许吧。无论播种、收获、战争、和平都有必然的时刻。在罗兰的生命中早就注定有'卖克里斯汀的时刻'。于是他就把它卖了。

"如果真是这样，他会知道时候到了。他是头野兽，而野兽总是遵从自己的本能。

"也或许，是他终于对那辆车感到厌倦了。"李勃做了总结。

我点点头，但只是因为这解释能让我不那么焦虑，而不是因为这个解释能让我满意。乔治·李勃没看过阿尼第一天看到那辆普利茅斯时那车的样子，而我看过。它不只是安安静静地在车库里待了许多年而已，它又脏又锈，风挡玻璃也裂了，其中一个保险杠几乎就要脱落。它就像是刚从地底挖出来，然后摆在草地上在阳光下渐渐腐烂。

我想起薇洛妮卡，忍不住又打了个冷战。

李勃仿佛读出我的思绪，虽然只是部分思绪，他又说："丹尼斯，虽然我对我哥生命中的最后几年不太了解，但有件事我可以确定，当一九六五年或不管什么时候，他感觉时候到了，他就把那辆车收了起来，然后当他觉得时候到了，他就又把车子拿出来卖了。"

他暂停了一下。

"除此之外，我实在想不出还有什么其他事能告诉你了。我想如果你朋友把车卖了的话，他会过得更快乐点。我仔细观察过你那位朋友，他现在看起来不像是个特别快乐的年轻人。我没猜错吧？"

我仔细咀嚼他的话。的确，快乐距离阿尼总是那么遥远。可是自从有了那辆普利茅斯后，他似乎稍稍有了点满足感，而这的确不失为使他获得快乐的方法。

"是，"我说，"你猜得没错。"

"我不认为我哥的车能带给他快乐，相反或许还会带给他烦恼。"他好像看出我几分钟前的心思，因此接着说，"我是个不信邪的人，你知道，更不用说那些鬼神或超自然的事。但我相信情感和所发生的事件常有某种程度的……共鸣。在某些特殊情况下，情感与情感间似乎具有相通的能力……就像一盒敞开的牛奶在冰箱里会沾到其他食物的味道一样，也许这只是我自己荒谬的看法。我想我说这些话或许只是出于一种心理，那就是希望看到那辆我嫂子和侄女都死在上面的车被压成一堆废铁。"

"李勃先生，你说你雇了人照看那栋房子，这话是真的吗？"

他在椅子上挪了挪屁股。"不，不是真的。我临时撒了个谎。我不希望看到那辆车又回到车库里……好像又回到家一样。如果说那辆车有什么情感的话，那是存在车库里和她身上，"他很快地又更正说，"它身上。"

稍后，我道过晚安，在车头灯的指引下奔上回家的路。四周一片漆黑，我满脑子回荡着李勃的故事。我不知道如果我告诉阿尼他的车里曾经死过两个人，对他的决定会不会产生影响。我想是不会的。阿尼跟罗兰·李勃一样固执，这点可以从他为了那辆车和父母争吵的过程看出来。

我想到李勃的那句：我不希望看到那辆车又回到车库里……好像又回到家一样。

他还提到他哥在某个地方租了个修车位。自由镇现在唯一的自助修车厂只有达内尔车厂。当然二十世纪五十年代或许别人也曾开过，可是我不太相信有这种可能。我只相信阿尼修理克里斯汀的地方正是以前她停过的地方。

不过这只能算过去式。因为和赖普顿打了那一架，阿尼已经不敢再把车留在那里。连接克里斯汀过去的大门也许因此被关上。

此外汽车当然也不会有诅咒之类的邪事。虽然李勃提到情感和非生物之间也会发生共鸣，但我怀疑他自己相信多少。他把一道老疤展示给我看，而且用到"报仇"这个词。我想这些总比骗人的超自然学说更接近事实吧。

我已经十七岁，明年就要进大学了。我不相信诅咒、邪说或什么非生物也有感情的事。我也不相信已逝去的世界会向当下的世界伸出死亡利爪。

只是我好像又长大了一点。

13
是日深夜

当我飙上山峰顶，

梅贝林坐进凯迪（拉克）里，

一路奔向大路去，

不敌我的福特八缸引擎……

——查克·贝瑞

我妈和伊莱恩都上床了，可是爸还在看十一点的新闻。"你上哪儿去了，丹尼斯？"他问。

"打保龄球。"我说。这是我说过的最自然的谎话。我可不希望爸知道任何一点关于这方面的事，再说这件事也不至于特殊得能引起他的兴趣。

"阿尼打过电话来，"他说，"他说如果你在十一点半前回来，就回他个电话。"

我看看手表，才十一点二十，可是难道这一整天烦阿尼的事情还不够吗？

"怎样？"

"什么怎样？"

"你要回他电话吗？"

我叹口气："好吧。"

我走进厨房弄了份冰冷的鸡肉三明治，又倒了杯夏威夷综合果汁，这东西很恶心，不过我喜欢。然后才拨电话给阿尼。铃声响了第二声阿尼就接了。他好像很兴奋的样子。

"丹尼斯！你到哪儿去了？"

"打保龄球。"我说。

"你听我说，今晚我去达内尔车厂了。你猜怎么着，丹尼斯——他把赖普顿撵走了！他说我可以留下来！"

我的肚子里有种莫名的恐惧扭曲着。我把三明治放下，突然我什么也不想吃了。

"阿尼，你觉得把车子留在那里真是这么值得高兴的事吗？"

"这话什么意思？赖普顿滚了，这难道不是好消息？"

我想到达内尔对阿尼说不换排气管的话他就要赶阿尼出去，以及他不喜欢阿尼那种调调的青少年。我又想到阿尼说他替达内尔打零工达内尔才答应把升降机借给他换机油。我想达内尔是以欺负阿尼为乐，那伙牌友和熟客也会因此乐得把屎都笑出来。阿尼去买咖啡，阿尼去买甜甜圈，阿尼去换厕所卫生纸，他们大概还会闲聊：嘿，威尔，厕所外面那四眼怪胎是谁？……他，姓坎宁安，他爸妈在大学教书，他也在那儿预修大学课程。我想阿尼很快就会成为达内尔修车厂及汉普顿街的笑柄。

我想到这些，可是没有说出来。我知道他自有决定。阿尼是个聪明人。他虽然长得丑，但一点都不蠢。

"赖普顿滚蛋固然是件好事，"我说，"只是我想车放在达内尔车厂只是暂时的。我的意思是二十块一周还要加上工具费和升降机费，实在太贵了点。"

"所以我才想要租李勃的车库，"阿尼说，"我想就算一周二十五块也划得来。"

"那你为什么不在报上登广告征求停车位，我敢说——"

"不，不，让我说完，"阿尼说，他还是很兴奋，"今天下午我去达内尔那里，他立刻把我拉到一边。他说他很清楚那天是赖普顿不对，他很抱歉错怪了我。"

"他真的这么说吗？"我不太相信他的话。

"是啊。他还问我愿不愿意在他那儿打工，一周十或二十小时。反正就是帮他收收工具、保养机器之类的。这样的话，他每周就只收我十块钱，工具和升降机半价。怎样？还不错吧？"

我想这条件好得不像真的。

"你得当心点，阿尼。"

"为什么？"

"我爸说他是个骗子。"

"我倒看不出任何迹象。我想这只是谣言而已，丹尼斯。他是个大嘴巴，如此而已。"

"我也只不过是叫你当心点，如此而已。"我把听筒换到另一只手上，喝了口夏威夷综合果汁，"睁大眼睛，如果有事情发生立刻离开。"

"你是不是在指某件特定的事？"

我隐约想到关于达内尔贩毒的传闻，还有他卖赃车的事。

"没事，"我说，"我只是不太信任他。"

"这个嘛……"他疑惑地说，声音渐小而至消失，然后他又回到最初的话题——克里斯汀，反正总离不开这几个字，"无论如何，丹尼斯，这对我来说是很好的机会。克里斯汀……她伤得很严重。我已经做了点整修，可是我发现永远有做不完的事。有些部分我不知道怎么下手，不过我会慢慢学的。"

"可不是吗？"我咬了口三明治。自从听了乔治·李勃的故事后，我对阿尼的女友克里斯汀的兴趣已经从零降到负点。

"她需要做前轮定位——也许整个前轮轴都要换，还有新的刹车片……可能还要镗缸……可是这些光靠我那个价值五十四块的工具箱是没办法的。你懂我的意思吗，丹尼斯？"

他的口气像在征询我的同意。我的胃往下一沉，突然想起有个叫达林顿的同学的遭遇。那小子不是什么了不起的人物，除了有点幽默感之外什么也没有。他认识了个骚货——真正的骚货，会抛媚眼、讲脏话的那种。她的长相蠢得就像大卡车的屁股，嘴里永远不停嚼着口香糖。达林顿刚认识她，她就怀孕了。我想达林顿被那骚货钓上是因为她是第一个任他摆布的女孩。因此他的下场是休学做工养她，让她把孩子生下来。去年十二月学校办舞会，他还带那骚货回来。她又在向所有男孩抛媚眼，下巴一上一下地摇，就像一头沉醉于反刍的老牛。之后我们又听说她在达林顿出去做工时到街上到处钓男人。我再碰到达林顿时，他看起来好像老了十岁。我真想替他大哭一场。而他提到那女孩的口气就像刚刚阿尼那样：她不错，对吧？你们都觉得她不错吧？我的下场也不太惨，对不对？好吧，就算是场噩梦，我也总有清醒的一天是不是？是不是？是不是？

"当然，"我对着话筒说，达林顿的整件蠢事只不过花了两秒在我脑海中闪过，"我懂你的意思，阿尼。"

"那就好。"他放心地说。

"反正你小心点就是了。开了学更得注意赖普顿那小子。"

"你放心好了。"

"阿尼——"

"怎样？"

我停下来。我想问他达内尔有没有提过以前见过克里斯汀。此外，我更想告诉他李勃太太和她女儿丽塔发生的事，可是我不能说。我一说他就会知道今晚我和乔治·李勃见过面。而敏感的他一定会以为我背地里做了什么。我想那也将是我们友谊的终结。

我受够了那辆克里斯汀，可是我依然在乎阿尼。为了这份友谊，

115

有些话永远不能问。

"没什么，"我说，"我只想说你总算为你的破车找到了家。恭喜。"

"丹尼斯，你在吃什么东西吗？"

"是啊。鸡肉三明治。怎样？"

"我满耳朵都是你嚼东西的声音，难听死了。"

我故意大声嚼了起来。阿尼笑了，我也跟着笑。这样真不错——就像以前他还没娶那辆狗屎车时一样。

"丹尼斯，你真是个浑蛋。"

"都是跟你学的。"

"拜。"他说完就把电话挂了。

我吃了三明治，喝光夏威夷综合果汁，顺手把盘子冲干净。我回到客厅，一心只想上楼洗个澡睡觉，我真是累惨了。

刚刚打电话时我好像听到爸关掉电视上楼的声音。可是他没有。他敞着衬衫坐在他的躺椅上。我突然发现他的胸毛都变灰了。旁边的台灯透过头发照到他粉红色的头皮，我觉得很不安，再过五年，等我大学毕业时，他整个脑袋都要秃光了。那时候他就五十岁了——如果他不会因为心脏病突发而死的话。他发作过一次，不过那次并不太糟。他告诉过我下次再发作也许就不会那么幸运了。这点我知道，我妈也知道，只有伊莱恩以为她老爸是打不倒的铁人。

突然死亡。

我感到寒毛直竖。突然，他倒在书桌前，双手抓着胸口。突然，他丢掉手里的球拍，倒在网球场上。你不会假设这些不幸的事发生在自己的父亲身上，可是有时候，你就是会不知不觉地这么想，我猜只有上帝知道为什么。

"我听到你们的谈话，不是故意的。"他说。

"哦？"我很担心。

"阿尼是不是一脚踩进了水肥桶——惹了麻烦，丹尼斯？"

"我……我也不知道能不能这么说。"我慢慢地说，毕竟我能怎样，我有的只是满脑子幻想。

"你想不想谈谈这件事？"

"爸，如果你不介意，现在我还不想谈。"

"没关系，"他说，"可是如果……真像你在电话里说的……如果事态严重……你难道不能告诉我到底有什么事会发生吗？"

"可以。"

我往楼梯走去，又听到我爸说："我曾替达内尔处理过十五年税务。"

我很诧异地回头。

"我完全不知道这件事。"

爸笑了笑。我从没见过那种笑容，我想妈应该也只见过几次。你也许以为那是困倦的笑容，可是细看之下，你会发现他的微笑中带着几分嘲意和冷峻。

"你能保证你不会说出去吗，丹尼斯？"

"是的，"我说，"我想可以。"

"不要说你'想'可以。"

"好吧，我可以。"

"这样才对。一九七五年以前他的账都是我做的。后来他才交给门罗镇的比尔·亚休。"

爸靠得很近地看着我。

"我不愿说亚休是个骗子，可是他的确是个道德感很差的人。去年他才买了一栋三十万元的房子。"他用右手往我们自己屋里比画一圈。我爸妈在我出生前一年才以六万两千元买下这栋房子——现在也许增值到了十五万——而且一直到最近才付清银行贷款，取得所有权。为了庆祝，去年夏天我们还在后院举行了一场烤肉派对。

"我们的房子可不能跟他的比吧，嗯，丹尼斯？"他说。

"我喜欢这里。"我回到客厅坐下。

"我和达内尔散伙是因为我觉得他很卑劣。"爸接着说。

我微微点头，因为我喜欢听到他这样形容达内尔。这些字眼比任何骂人的话都中肯。

"事业上的伙伴跟真实生活中的伙伴往往有很大的差异。等你进了社会你很快就会了解这点。我跟他是事业上的好伙伴，可是私下……不提也罢。"

"怎样？"

"他要我帮他搞假账，赚非法的钱。他先从我的家庭负担着手：问我想不想买房子、换车子、筹子女念大学的教育费……太太是不是喜欢名牌服装……反正就是这类的。"

"他想收买你？"

"当然这些步骤是慢慢来的。他先了解你经济的困难处，然后再从你最想要的来下手。比如说一辆凯迪拉克、一栋别墅，甚至一艘游艇。"

我渐渐懂了。爸一直想要艘游艇。有好几年夏天我们去乔治湖度假，他都会盯着那些游艇发愣。我知道他的感受，那些都是他得不到的。如果他没这么多负担——比方说不需要为子女筹大学教育费——他或许就可以得到他想要的。

"你拒绝了？"我问他。

他耸耸肩："我表示得很清楚，我不可能干那种事。我的原因有两点：第一，我不愿跟他越搞越深，因为我知道他是个小人；第二，他们那伙人都是傻子，总有一天一定会被国税局逮到。"他笑了笑，"他们都有种侥幸的想法，以为非法的钱可以永远赚个不停。"

"就这两点原因？"

"还有一点，"他直直盯着我的眼睛说，"我不是那种人。"

就在那一刻，我们之间好像有心电感应——即使是四年后的现在回想起来，我全身还是会起鸡皮疙瘩。那是他头一次没把我当儿子看，我也没把他想成我爸。即使我想到他和妈做爱时，两人为了配合对方折腾得汗流浃背，我也不会感到尴尬。

他放低视线咧嘴笑笑，接着他用那类似尼克松的声音说："很多人的父亲是小人，可是我绝不是。我有很多机会可以发财，但我不愿意。"

"你知道他都在搞些什么勾当吗？我说达内尔。"

"当时不知道，我也不想知道，因为那样的话，我就变成他们一伙的了。不过我听到些风声，我想不外是偷车——他当然不会偷汉普顿街上的车，只有傻子才会在吃饭的地方拉屎——另外还抢点东西。"

"还走私军火之类的？"我问。我发现我的声音有点沙哑。

"没那么有情调。我想他一定也卖私烟和大麻，还有烟火之类的违禁品。也有几次我看到他卖微波炉和彩色电视机，只是不知道从哪儿弄来的。"

他冷静地看着我。

"反正犯法的生意他都做，而且有好长一阵子都很幸运，丹尼斯。也许在自由镇他不需要运气，他可以摆平一切，永远这样做下去，直到他得心脏病死掉为止。可是国税局的人是鲨鱼，联邦调查局更是大白鲨。他是很幸运，然而总有一天他会倒下来。"

"你有听到什么风声吗？"

"完全没有，我也不想去打听有关他的事。可是我很关心阿尼，我知道你在为他的车子烦恼。"

"是啊。他有点……有点不正常。开口闭口都是车、车、车。"

"没自信的人都有这种倾向，"他说，"有人迷车，有人迷女人，有人迷某种乐器或疯狂崇拜某个人。我在大学时有个同班同学叫斯托克，竟然迷上玩具火车。他从小学三年级开始就喜欢上那玩意儿，对他来说电动火车组合是世界第八奇景。他进布朗大学的第二学期就退学了，他的成绩低到谷底，但当他面临学业和电动火车的选择时，他选了后者。"

"结果呢？"

"他在一九六一年自杀了，"爸说着站起来，"我的意思是，人有时候会盲目热爱一样东西，但那不是他们的错。我只怕达内尔会利用阿尼那孩子，阿尼也许昏了头，可是丹尼斯，你一定要做他的耳目，别让他跌入陷阱。"

　　"我会的，可是我可能没这能力阻止他。"

　　"这我很了解。要上楼去吗？"

　　"当然。"

　　我们一块儿上楼回房。我虽然筋疲力尽，却还是躺在床上睡不着，这真是多事的一天。外面的凉风吹得树枝在房檐上刮出吱吱响声，老远还传来类似婴儿哭喊的猫叫声。

14
克里斯汀与达内尔

听说有对美国夫妇，
拿了小孩换了雪佛（兰），
我们开始计划未来，
把过去所有全都抛开……

——埃尔维斯·科斯特洛

　　阿尼白天上工，晚上忙着修克里斯汀，很少有机会跟家人在一起。他和父母的关系也越来越恶化。过去一向充满欢笑的坎宁安家现在像是全面戒备的军营。我想很多人在十六七岁时都有这种经历，或许会比阿尼的情形还要糟糕。十七八岁的少年（或少女）常以为自己成熟了，到了该独立的时候，而做父母的却又不肯松手。我想两边都不对。有时气氛会变得很火爆——世上再也没有比内战更肮脏可鄙的事了。在阿尼这里尤其令人痛苦，因为它爆发得很晚，他父母也太习惯于完全照自己的意思行事，我想他们几乎已经把他的一生照着自己的理想先画好蓝图了。

于是当学期开始的那周，迈克尔和雷吉娜提出要去纽约一处湖滨度假时，阿尼也就答应了。当然他并不真的想去，他只想利用这四天时间好好整修克里斯汀。他常对我说是要"做给他们看"，他要让克里斯汀像新车一样在街上跑，"好让他们瞧瞧"。他已经决定把车体整修好后，就立刻恢复它原有的朱红和象牙白。

可是他决定和家人去度四天假。他们出发的前一天晚上我去了他们家，心里总算松了口气。他们已经不再为阿尼的车子争吵（阿尼的爸妈到现在还没看过他的车）。显然他们已经认定这是个人的狂热问题，这使我好过不少。

雷吉娜忙着打包行李，阿尼、迈克尔和我把他们的老独木舟搬上车顶用绳索捆牢。事情都忙完了，迈克尔建议阿尼回屋里拿几瓶啤酒——这对阿尼来说的确是不可多得的恩赐。

阿尼带着满脸惊喜，连声说这是个好主意。与我擦身而过时，他还向我挤了下眼睛。

迈克尔靠在车上，点了根烟。

"他对他的车还没厌烦吗，丹尼斯？"

"我不知道。"我说。

"你愿不愿意帮我个忙？"

"当然，只要我做得到。"我小心地说。我很肯定他是要我去劝阿尼"别那么疯"。

可是他没那么说。"如果有机会的话，你不妨趁我们不在的时候到达内尔车厂去看看。我很想知道他进展如何。"他说。

"为什么？"我刚问出口就觉得这问题太鲁莽，可是话已脱口而出了。

"因为我要他成功，"他简简单单地回答，并瞥了我一眼，"雷吉娜还是死命反对这件事。因为如果他有辆车，那就表示他已经长大了。这也就意味着……很多很多事。"他没精打采地说，"可是我不是那种死命反对某件事的人。至少以后不会。我承认刚开始时是有点惊讶，那是因为……我常看见他被废气呛死在车里的幻象。"

我立刻想到薇洛妮卡用橡皮管自杀的事。

"可是现在……"他耸耸肩，朝厨房那儿看了一眼，然后把香烟扔在地上用脚跟踩熄，"他有他的自尊，有自己的想法，我倒很希望看到他把那辆车修好正式上路。"

也许他在我脸上看出了什么，于是他用防卫式的语气接着说："我没忘记年轻时候的事，我知道汽车对阿尼的重要性。雷吉娜就没这么开明，所以她永远解决不了问题，我知道车对年轻人有多重要……尤其是开始要跟女孩约会的时候。"

原来他是这么看这件事的，他把克里斯汀看成达到某种目的的工具。我在想，如果我告诉他，那辆车永远不可能在街上跑，不知道他会不会更安心点。

厨房那儿传来关门声。

"那就麻烦你过去看看了。"

"我会的。"我说。

"谢谢。"

阿尼拿着啤酒回来。"谢什么？"他问迈克尔。他的语调轻松幽默，可是他的眼睛在我们两人间转来转去。我再次发现他的皮肤真的清爽多了，他的脸上好像充满了活力。我第一次能把"阿尼"和"约会"联想在一起。我觉得他突然变得很帅——不是舞会之王那种帅，而是他特有的逗趣、成熟所表现出的潇洒，虽然他永远不会是罗珊喜欢的那种型。

"谢谢他帮我们绑独木舟。"迈克尔轻松地说。

"哦。"

喝了啤酒我就回家了。第二天，这快乐的一家三口高高兴兴地朝纽约出发。或许他们都拾回了过去一个月来失去的和睦。

在他们回来的前一天，我去了达内尔车厂一趟，我这么做是为了满足迈克尔和我自己的好奇心。

那个坐落在废车场门口的车厂即使在大白天也跟我们把克里斯汀弄去那晚一样"迷人"，就跟死老鼠一样魅力十足。

我把车停在达内尔经营的材料行门口的空位上。他的店里堆满各种零件（这些零件都是为了供应给那些请不起工人，必须自己动手修车的人），从材料行的窗口向里看，简直就像是汽车迪士尼乐园。

我下了车，走进修车厂，听到的全是铿锵的工具声和叫喊声。一个穿着破皮衣，看起来弱不禁风的瘦小子缩在车库角落，不知在拆还是在装他机车的排气管。他的皮夹克背后是个飞车党的骷髅头，上面写着：宰了他们，让上帝审判他们。

他抬头，那布满红血丝的眼睛瞄了我一下，然后又埋头干他的活儿。他身边散了一地工具，每个上面都烙着"达内尔车厂"几个丑陋的字。

我绕了一圈都没看到达内尔的影子。在厂里工作的人都没注意到我，只是乒乒乓乓地使用他们的工具。于是我走到克里斯汀停的二十号车位。现在它车鼻向着外面，好像在告诉别人：我有权利停在这儿。右边的车位上有两个大胖子正忙着把车篷装回一辆老旧的小卡车上。左边的车位空着。

我靠近克里斯汀，心底一阵发冷。这件事没道理，而且我似乎无法阻止它。我向左绕到那处空车位上。我不想站在它前面。

我的第一个感觉是阿尼皮肤的改善是与克里斯汀的整修同步进行的。第二个感觉是阿尼修起车来似乎随兴所至，毫无系统……但过去他一直是个做事有条理的人。

原来扭曲折断的天线，已经换成了新的，并在日光灯管下闪闪发亮。车头的铁格换了一半，另一半还是沾满铁锈。还有些别的……

我沿着它的右侧一直走到车尾，不禁皱起眉头。

我心想：也许在另一边吧。

于是我绕到另一边。那儿也没有。

我站在后面的墙边，一边皱着眉头一边回想。我十分肯定第一次在李勃的草坪上看到它时（当时它的风挡玻璃上还挂着块"出售"的牌子），靠近车尾的左侧还是右侧有一大块生锈的凹痕。

我猜我一定眼花了，所以我摇摇头。我记得更清楚了，我的确见过那凹痕。现在不在并不表示它不曾存在过。显然阿尼处理过钣金，把凹痕敲得不露痕迹。

只是……

我实在看不出一点痕迹。没有红丹、底漆，或填补剂。只是跟原来一样的深红和光泽尽褪的白色。

可是它该死的的确存在过！很大的凹痕，上面是擦伤和铁锈，不在左边就在右边。

可是现在它也的确不见了。

我站在这个充满工具敲打声和试车引擎声的厂房中，却仍觉得孤独恐怖。这件事不对劲到了极点。排气管快拖到地上了，阿尼却先换天线。他换了车头铁格，却只换了一半。他说要先美化外表，可是他先换了后座椅套，而前座却仍破烂不堪，连弹簧都快进出来了。

我不喜欢这调调。这太疯狂，而且不像阿尼。

我又想到了什么，于是立刻后退，好观察整辆车。我不禁毛骨悚然。这辆车从头到尾都不对劲。

我决定打开引擎盖瞧瞧。

我突然觉得这点变得非常重要。

我走到车头侧面，（不知为什么，我不想站在它正前方，我真的不知道为什么。）我摸了半天，找不到打开引擎盖的拉柄，然后才想到那玩意儿也许要从车里开。

我绕了一圈，又发现一件差点把我的屎吓出来的事。我想关于凹痕的事或许可以算我错了——其实我知道我绝对没错……只是至少在技术上，阿尼可以改变它……

但这件事真的是不可能的。

风挡玻璃上的蛛网状裂纹变小了。

我确定它绝对变小了。

我的心思又回到一个月前我走进李勃的车库那天，当时阿尼正在跟李勃谈交易的事，整个左半边的风挡玻璃都布满了放射状裂纹，我猜那也许是被石头打的。

现在蛛网裂纹显然小了，也少了。因为现在你可以从左边看清车里，之前是不行的，这点我很肯定。（我在心底对自己说，会不会只是光线造成的差别？）

然而看来我还是错了，因为这种事根本不可能，真的没有道理。你可以换掉一块风挡玻璃，只要有钱一定办得到，可是让一块玻璃的裂纹变小……

我笑了，那声音颤抖得有点恐怖。在旁边露营车上工作的大胖子奇怪地转过来看我一眼，然后对他的伙伴说了些什么。我知道我发出的声音很怪，不过总比一点声音都发不出来的好。当然是光线的关系，不会是别的原因。头一次我是夕阳西下时在草坪上看见这辆车，第二次是在李勃阴暗的车库里，现在是在明亮的日光灯下。三种不同的光线，当然有可能造成错觉。

这么一来，我更想打开引擎盖了。

我走到驾驶座旁拉车门。可是它并没有开，车门上锁了。当然锁上了，四扇门内的锁钮都是压下去的。阿尼不会不锁门就把车留在这里，好让任何人都能进去胡搞。不错，赖普顿是走了，可是像他那样的小混混多得像杂草。我又笑了——笨丹尼斯——可是这次我的声音抖得更厉害。我觉得喉咙有点酸痛，就像抽多了烟。

车门上锁很自然，只是我记得第一次绕着车子走时我看到锁钮都是拉上来的。

我慢慢向后退，两眼凝视着车子。它雄踞在那儿，像一大块静止的锈铁。我脑子里没有在想什么特定的事，但它好像知道我想打开它的引擎盖瞧个究竟。

是不是因为它为了不让我这么做，所以自己把门锁起来了？

这倒真是幽默，幽默得让我不得不再次发笑。（这次很多人往我这儿看，就像在看神经病一样。）

有只大手落在我肩上，那是达内尔，嘴里塞了个烟屁股。他戴着一副很小的眼镜，两只阴冷深沉的眼睛躲在镜片后面。

"你在干什么，小鬼？"他问，"这玩意儿可不是你的财产。"

修理露营车的人回过头来看我们，仿佛期待着发生什么事。其中一个人还用胳膊肘顶顶他的伙伴，叽叽喳喳说了些什么。

"这车是我朋友的，"我说，"我跟他一起弄过来的。也许你还记得我，那天我鼻头上长了个很大的青春痘，而且——"

"我才不管你是不是用滑板把车子推进来的，"他说，"这不是你的车，快滚吧，小鬼。"

我爸说得没错——他是个卑劣的人，我正迫不及待地想走。暑假只剩两天，这世上有几千个地方比这里值得待。我想黑洞或加尔各答都很好。可是那辆车让我心烦，加上其他琐碎的事，让我觉得背上好像有块急待搔抓的痒处。爸叫我做阿尼的耳目，多替他留意。问题是我不愿意相信自己看到的。

"我叫丹尼斯·季德，"我说，"我父亲以前替你处理过账目。"

他看着我，有好一阵子那对眼睛里都没有任何表示，我猜他是想对我说他才不管我爸是谁。然后让我最好赶快离开这儿，让那些修车的人安心工作。

最后他笑了——可是他的眼睛完全没有笑意。"你是肯尼·季德的儿子？"

"是啊。"

他用白皙肥厚的手掌拍拍阿尼车子的车篷——他的手上套了两枚戒指，我注意到有一枚是真的钻戒，不过像我这样的孩子哪儿分得出真假。

"如果你真是肯尼的孩子，我想你一定是个正直的人。"他停了一会儿。有一度我以为他会要我拿出证件证明。

隔壁车位的两个胖子又埋头干他们的活儿，显然他们发觉不会有什么大不了的事。

"到办公室去，咱们聊聊。"他说，然后转身就走，头也不回好像确定我一定会跟上一样。他走动时就像巨舰出航，衬衫像鼓满风的帆，那对巨大的屁股实在庞大得有碍观瞻。过胖的人常给我一种不实际的感觉。

他回办公室的路上走走又停停，一会儿向一个发动引擎的修车者吼道，如果再不熄火就把他扔出去，一会儿又弯腰拾起地上的可乐空罐，并咒骂一阵子。

我犹豫了一下，终究还是跟着他走，好奇心害死猫。

他的办公室是典型的美国早期修车厂办公室，墙上挂的是油腻腻的金发美女月历，黑板上歪歪斜斜写着材料供应商的店名。桌上摆了摞厚厚的账册和一台古老的计算机。上帝保佑，达内尔居然还挂了张他骑迷你机车的照片，那可怜的玩意儿几乎就要被他压垮了。一走进这房间，我就闻到了积年的雪茄味和汗臭味。

达内尔一屁股坐在他的旋转椅上，坐垫被挤到一边。他向后靠，拿出一根火柴在桌边的砂纸上磨燃，然后慢条斯理点燃他的雪茄。他费劲地咳了几声，胸口随之一上一下。他背后的墙上有张加菲猫的画像，旁边写了句话：要不要来落齿市一游？

"要不要来杯可乐，孩子？"

"不，谢了。"我在他对面的椅子坐下。

他看看我——又是那种冷眼打量——然后点点头。"你爸怎样，丹尼斯？他心脏还好吗？"

"他很好。我告诉他阿尼把车停在你这儿，他立刻就想起你。他说比尔·亚休现在是你的税务顾问。"

"是啊。他是个好人，可是比不上你爸。"

我点头。随之而来的是一阵沉默，我觉得很不自在，达内尔却一副怡然自得的样子，他的视线在我身上片刻不离，好像无论怎么打量都嫌不够似的。

"是不是你的伙伴，叫你来看看赖普顿是不是真的走了？"他问我。由于问得太突然，我差点跳了起来。

"不是，"我说，"完全不是这么回事。"

"去告诉他赖普顿真的滚了。"达内尔只管说他的，好像根本没听到我刚才的话，"他们打完架我就对他们说：不和好就得有个人要滚。赖普顿替我打过杂，什么活儿都干一点，我猜他一定以为自己在这儿很罩得住，自以为聪明的小杂碎。"

他又开始咳嗽，这次咳了很久才停下来。那声音听了真叫人难受，虽然从窗子看出去就是车厂，但是感觉在这间办公室里待久了我还是会得幽闭恐惧症。

"阿尼是个好孩子，"达内尔边说还边打量我，刚才他咳嗽时那表情也丝毫不变，"他是个好帮手。"

都干些什么活儿？我很想问，但没敢问出口。

达内尔却主动说了。除了那阴冷的表情不谈，他显然有点趾高气扬。"拖地啦，搬东西啦，擦拭工具啦。丹尼斯，这儿的工具若不小心看管很快就会丢的。"他笑起来，但那笑声很快就变成喘气声，"他是个修车好手，只是对车子的品位很糟。一九五八年的车，他还拿它当宝！"

"我想他把它当成嗜好。"我说。

"当然，"达内尔说，"当然是嗜好。只是他最好别像赖普顿那小子一样在外面横冲直撞。不过我看这机会也不大，嗯？"

"我想是不会。那辆车不行了。"

"他到底在忙些什么鬼？"达内尔问，他突然向前靠，两道眉毛皱在一起，"他到底打算做什么？我做了一辈子汽车生意，没见过一个人像他那样修车的。他是为了好玩吗？"

"我不懂你的意思。"我说，但其实我完全懂。

"那就让我慢慢告诉你，"达内尔说，"他把车弄来，刚开始他做的都是我能想象的。我想他口袋里一定没几个钱，不然干吗还来这里，是不是？他先换机油、换滤网，然后是润滑油。有天我看他弄了两个全新的费尔斯通轮胎装在前轮上——跟后面两个一样。"

两个？我愣了一下，然后才想到他一定买了三个新胎来配那晚我为他换的新轮胎。

"又有一天，我看他在换雨刮器，"达内尔接着说，"这不奇怪，只是无论下不下雨，这辆车很长一段时间内都不可能开出去。然后是根崭新的收音机天线——好吧，就当他想在工作时听听音乐来消耗他的电瓶吧。可是现在他又换了后座的椅套和半个铁格网，这该怎么说呢？也是为了好玩？"

"我不知道，"我说，"那些零件是不是向你买的？"

"不是，"达内尔带着一丝恼怒的口吻说，"我不晓得他都从哪儿弄来的。那块铁格网——上面没一点锈蚀，一定是他在哪儿定做的。可是为什么只换一半？我没听过铁格网可以分成两半的。"

"说实话，我也不知道。"

他把雪茄捏熄。"别跟我说你不好奇。刚刚我还看到你在打量那辆车。"

我耸耸肩。"阿尼不常提起他的车。"我说。

"是啊，我打赌他不会提。那小子守口如瓶。不过他是个斗士。那个赖普顿找他的碴儿也实在是找错人了。如果今年秋天他一直表现良好，年底前我也许会找个稳定的工作给他做。吉米·赛克斯是个好孩子，就是做事不肯用脑。"他又打量着我，"你想他会是个好帮手吗，丹尼斯？"

"大概吧。"

"我投资很大，"他说，"我有平底拖车可以租给那些想把车弄到费城的人。每次赛车结束我就到比赛场里去拖废车。我很需要个可靠的帮手。"

我开始担心他是不是要诱我跟他合伙。我赶紧站起来，差点撞翻了椅子。"我真的该走了，"我说，"还有……达内尔先生，希望你别跟阿尼说我来过这儿。对于这辆车的事，他有点……敏感。坦白说，他爸对他在这儿的进展很好奇。"

"他在家里遇到阻力了？"达内尔闭上右眼，有点像在跟我眨眼，"父母干涉他是不是？"

"可想而知。"

"当然，"他站起来拍我的背，拍得我一个趔趄，不管他的气喘多严重，他还是强壮得很，"我不会提的。"他说着陪我走到门口，手还是扣在我肩上，这让我又紧张又觉得恶心。

"还有件让我心烦的事情是……"他说，"我每年在这儿见过不下上万辆车——也许没那么多，但你知道我的意思——每一辆我都有点印象。你知道吗，我总觉得从前见过这辆车。只不过那时候不是这德行。他从哪儿弄来这辆车的？"

"跟一个叫罗兰·李勃的人买的，"我想到李勃的弟弟跟我说李勃曾在一家自助修车厂租过车位，自己动手修车，"他已经死了。"

达内尔愣了一下。"李勃？罗兰·李勃？"

"是的。"

"退伍军人？"

"是的。"

"老天，当然是他！很久以前，有六年或八年，他每天定时把车停进来，准得像时钟一样。但从某天起突然就再也不见他的踪影。那小子是个大浑蛋，如果你把滚烫的开水倒进他喉咙，他也能尿出冰块来。这世上没一个人跟他处得来。"他抓我肩膀抓得更紧了，"你朋友知道李勃的太太在那车里自杀了吗？"

"什么？"我装作吃惊地说——我不愿让他知道葬礼结束后我还和李勃的弟弟长聊过。我怕达内尔会把这件事告诉阿尼。

达内尔把整个故事告诉了我，先是女儿，接着是母亲。

"不，"他说完后我说，"我很肯定阿尼不知道这件事，你打算告诉他全部经过吗？"

那对眼睛又开始上下打量我。"你呢？"他问。

"不，我不会说，"我说，"我想没必要告诉他这些。"

"那我也不说，"他开门，在他办公室里闻了那么久的雪茄味，现在再闻到车厂的油渍味几乎算是香的，"就算我会被上帝诅咒，我还是要说：希望那狗儿子李勃在地狱里永不翻身。"他的嘴角垂下，表情显得万般邪恶。不过这表情维持得不久，很快，他朝二十号车位瞥了一眼。锈烂的克里斯汀停在那儿，崭新的天线和半张铁格网还在闪闪发亮。"那只老母狗又回来了，"他说，然后斜眼看着我，"人家常说，烂货总是爱露脸，嗯？"

"是啊，"我说，"我想是这么说的。"

"再见了，孩子，"他说着又塞了根新雪茄在嘴里，"替我向你爸问声好，嗯？"

"我知道。"

"还有，告诉坎宁安那孩子小心赖普顿。我有预感他是会记仇的人。"

"我也是。"我说。

我走出车厂，并在途中停下回头瞥了一眼——在炫目的强光下往里看，克里斯汀也不过是阴影中的阴影。烂货总是爱露脸——这是达内尔说的。回家的路上我都在想这句话。

15
灾难球季

开始学吹萨克斯风，

我只跟我感觉走，

整夜痛饮威士忌，

方向盘后把命丢。

　　　　　　　　　　　　——史提利·丹

　　开学了，头一两周没什么新鲜事。阿尼没发现我去过修车厂，这点让我颇为沾沾自喜。我想他要知道的话非生气不可。达内尔很能守口如瓶（他这么做也许不是因为答应过我，而是为了他自己）。有天下午我知道阿尼在车厂，于是拨了通电话给迈克尔。我告诉他阿尼在车子身上动了些手术，可是无论如何它还是不可能上街跑。我说阿尼也许只是为了好玩。迈克尔有点惊讶，但还是松了口气。这通电话就这么结束了……不过这只是暂时的。

　　阿尼则像个幽灵似的，刚进入我的视线立刻就消失了，我想我只能算是用眼睛的余光看到他。我们只有三节课同堂，有时他会在放学后到我家来，也有时候是在周末来。有一阵子一切真的都跟从前一样，只是他去车厂的次数比来我家多得多。每周五晚上他都和达内尔的帮手吉米，到费城平原赛车场去把一些撞坏的赛车——多半是野马或科迈罗——用拖车拉回废车场。

那阵子阿尼弄伤了他的背。伤得不重——他是这么说的——可是我妈一眼就看出他不太对劲。那天是周末，他到我们家看球赛。妈坐在爸旁边看小说，当阿尼站起来到厨房拿果汁时，她瞥了他一眼。回来后，她问他："阿尼，你走路怎么一瘸一拐的？"

阿尼有点吃惊，表情僵住了好几秒钟。然后又显得很歉疚，我想我不会看错。

"我想是昨晚在赛车场扭伤了背，"他把果汁递给我说，"我和吉米刚把那些废车弄上拖车，就看到一辆车在往后滑。于是我冲上去推住它，一直等到吉米过来帮忙。我想大概就是那时候把背扭伤的。"

这解释对这么一个小伤来说似乎太详细了，但也可能是我想错了。

"以后你得当心点，"妈带着斥责的口吻说，"老天——"

"妈，让我们看球赛好吗？"我说。

"只给你一次机会。"她硬是把她的话说完。

"我知道，季德太太。"阿尼履行义务似的说。

这时候伊莱恩逛进客厅。"还有没有果汁？还是都被你们两个吸血虫喝光了？"

"别烦我好不好！"我吼道。这种精彩的比赛错过几秒钟就等于错过全场。

"别对你妹那么凶，丹尼斯！"爸边看他的"嗜好"杂志边对我说。

"还剩很多，伊莱恩。"阿尼说。

"阿尼，"伊莱恩对他说，"有时候我真觉得你还蛮像个人的。"说完她就走到厨房去了。

"她说我蛮像个人的，丹尼斯！"阿尼悄悄对我说，好像就要流出感激的眼泪，"你听到了吗？她说我蛮像个人的！"

现在回想起来，我觉得他的幽默是强装出来的——虚假得只有一层表面。不管我的回忆正不正确，他没再提起他的背伤问题，但那一整个秋天他走路都一瘸一拐的。

我因为太忙，很少和啦啦队女友见面，两人不知不觉也就吹了。不过周六晚上若想散散心我也不难找个伴……如果练完球我还有精力的话。

普飞教练不像达内尔那么卑鄙，但他也不是什么好东西，我想全美国半数以上的高中球队教练都是这样。他的信念是只许成功不许失败，而令人惊讶的是居然有很多人相信这种狗屎论调。

在卡森兄弟铁路公司打了一暑假的工，我想我的体能已经足够冲刺完这一季。可是种种迹象显示，这一季我们很可能会败多于胜。普飞教练当然无法容忍这种事情。他在自由高中教了十年，从来没有一季打输过，但看来今年普飞教练非得学点谦虚不行了。他固然不好受……可是我们也没好日子过。

我们的第一场是对抗纽伦堡之虎队，我还记得那天是九月九日。纽伦堡高中——听听这名字，不过是个村而已——是我们这个分区最西边的乡下中学。二十年来，他们没赢过自由中学一场。可是那年他们杀得我们片甲不留，我打的是左后卫，还不到半场我已满背都是可以留作终生纪念的疤痕了。上半场比分是十七比三，结束的时候是三十比十。纽伦堡的球迷全部像精神错乱一样，他们撕毁加油标语，把他们的球员举起来向空中扔，好像赢了分区冠军一样。

我们的球迷大老远包了游览车过来，散场时却坐在九月的艳阳下发愣。普飞教练在更衣室里气得脸色一阵青一阵白。他要我们全体跪下，祈祷上帝在之后的几周保佑我们。当时我就知道我的伤痕不但不会消失，而且这只是个开始。

我们带着一身疼痛、臭汗和瘀伤跪在那儿，听着普飞教练发表那长达十分钟的祷词，说什么上帝应该尽他的职责保佑我们……但我们心里只想赶快冲个澡，洗去一身输气。

从第二周起，我们每天练三小时球（过去是九十分钟到两小时），而且都是在大太阳底下。每晚一上床就会在梦中听到那恐怖的吼叫声："撞！撞倒那狗儿子！撞！"听到这种声音，我就会不要命地往前冲。我两腿发软，肺部热得像火烧。我们队的后卫有个叫蓝尼的因为中暑——他真幸运——教练特准他休息一周。

我偶尔还能和阿尼见面。他每周四或周五晚上总会到我家来吃晚饭。周末下午他也会过来打几盘槌球，可是除此之外，我几乎完全见不到他的踪影。我忙着练球、养伤，每天上课都带着一身酸痛，回了家就拼命赶功课。

谈到练球的痛苦，我想最糟的就是别人看你的眼神。学校教务处的人想出什么"恢复传统精神"的口号来激励我们。我觉得这真是狗屎不如，他们只记得自己年轻时代在球场上的冲劲，而忘了喝酒、泡妞才真能激励士气。如果你搞个"大麻合法化"的活动，保证你能看到所谓精神，可是对橄榄球、篮球和田径之类的东西，大多数学生丝毫不感兴趣。他们都忙着进大学或交异性朋友。谁理他们那一套？

一个人若是习惯了当胜利者，就会把胜利看成理所当然。自由高中扬威橄榄球场已经好长一段时间了，上一次胜率低于五成——至少到我毕业这年为止——是十二年前的事了。因此输给纽伦堡高中后，没有咒骂或哭声，只有呆滞、伤心的表情，以及每周五下午第七节周会时的嘘声。那些嘘声使得普飞教练的脸变成深紫色。为了争回面子，他邀了一支实力不堪一击的球队来校比赛。

我不知道他请来的是不是真的不堪一击的球队，我们的对手是脊石之熊。脊石是个鸟不拉屎的小矿村，那儿的人全是土头土脑的乡巴佬。可是他们个个粗壮凶蛮得可怕。去年自由队击败过他们，但一位本地的体育记者说，那不是因为自由队比较强，而是因为我们有足够的人可以派上场送死。

很不幸，这年是熊年。他们把我们踹得跟纸一样扁。弗莱德第一节结束时就因为脑震荡被抬了出去。第二节诺曼断了只手被送进医院急救。最后一节脊石之熊连续三次达阵得分，终场比分是四十比六。让我臭屁一下：那六分是我得的。不过我也得承认一个事实，那是因为我够幸运。

于是……紧接而来的就是地狱般的练习。普飞教练继续喊着："撞！撞！撞死他们！"有一天我们几乎练足了四小时。蓝尼向教练建议应该给我们留点写作业的时间，那一刻我真担心教练会把他撕成两半。而他把钥匙在两手间不断抛来抛去的样子，让我想起电影《凯恩舰事变》里那个神经质的奎格舰长。我想输球会比赢球时更能看出真正的人性，从没有过零胜二败经历的普飞，现在就颇有虎落平阳之感。

下周五的比赛——我想那该是九月二十二日——不知为何取消了，不过我想球员也都不在乎这些。那晚普飞教练要我们留在体育馆里看我们被纽伦堡之虎和脊石之熊打败的影片。他也许是想激励我们，可是这么一来使我们更加沮丧。

那天回家我做了个怪梦——倒也不能算噩梦，因为我没有从睡梦中尖叫醒来，可是那个梦……让人很不舒服。梦中我们正在和费城之龙比赛，天空刮起一阵大风。啦啦队的欢呼声和扩音器播报推进码数的声音交织成一片，我甚至可以听到球员推撞的声音，而这些声音在风中全都听起来空洞而怪异。

看台上观众的面孔好像都变成了黄色，而且布着一层奇怪的阴影，看起来有点像中国京剧脸谱。啦啦队的跳跃欢呼就像木偶般呆板，天空变成怪异的灰色，不时有浮云掠过。我们又落得大败，普飞教练在场外大叫，可是没人听得到他。球好像永远在敌方手里，蓝尼似乎带着极大的痛苦应战，他的嘴角下垂，活像悲剧中的苦脸。

我被撞倒、践踏，躺在地上无法呼吸。我看见客队观众席后方的跑道上停了辆车——那是克里斯汀，看起来崭新发亮，仿佛刚从浴室洗了澡出来。

阿尼坐在车顶，双脚盘坐像个菩萨，面无表情地看着我。他对我吼了几句话，可是声音立刻被风吞噬。我只觉得他好像在说：别担心，丹尼斯，一切交给我们。别担心，冷静下来就好。

一切交给我们？我躺在那儿纳闷，同时挣扎着想喘口气。我的护膝顶住了大腿，腹部也在隐隐作痛。一切交给我们？

交什么给你们？

没有答案。只有克里斯汀耀眼的车头灯和盘足坐在车顶上的阿尼。除此之外就是呼呼的风声。

第二天，我们真的和费城之龙交手了。不过情况并不像我梦的那么糟——这场战役没人受伤，而且在第三节结束前，我们甚至一度有扳平的机会——可是紧接着费城之龙队借着四分卫几次幸运的长传又遥遥领先。球赛就是这么回事，兵败如山倒。我们当然又输了。

比赛结束后，普飞教练坐在长凳上，不想看我们任何人一眼。这一季的赛程表里还有十一场球要打，可是他已经筋疲力尽了。

16

利进场，赖普顿退场

宝贝别笑，没盖你，

这是全镇第一快车，

谁都别想跟我比，

如果它有翅膀，

就能飞上天，

我的小小双人跑车，

它有多好你不知道。

——海滩男孩

我十分确定事情开始变化，是在我们输给费城之龙后的那个周二，算算那该是九月二十六日。

阿尼和我只有三门课同堂，其中之一就是第四节的美国历史。学期前九周由汤普森先生教授，内容是美国战争史。阿尼称那门课为"肚皮战史"，因为第四节课是在午餐前，每个人的肚子都已经在表示抗议了。

那天下课后，有个女孩跑去问阿尼英文课的作业。阿尼拿出笔记本来，小心地翻到她要问的部分。这期间，那女孩一直用那对深蓝色的眼睛一本正经地看着他。她留着一头深棕色的头发，色泽有点像新鲜蜂蜜——而且绝不是冒牌的假货——上面系了条跟她眸子同一色系的蓝丝带。我看着她，不知不觉忘却了饥饿。她抄笔记的时候，阿尼也一直盯着她看。

　　这当然不是我第一次遇见利·卡伯特，她三周前才从马萨诸塞州一个小镇转来自由中学，有人告诉我她爸在做胶带的3 M公司上班。

　　这当然也不是我第一次注意到她，因为——简单地说——利·卡伯特是个很漂亮的女孩。我知道写小说的都喜欢在他们的女性角色身上制造一点瑕疵，因为他们相信真正的美是种刻板印象，或者要带点缺憾才会显得更真实。因此他们创造的美女不是下唇稍长，就是鼻子太尖了点，要不就是胸部太平，反正就是诸如此类的。

　　可是利·卡伯特的美毫无缺陷。她的皮肤自然、完美得无可指摘，五英尺八英寸的身高就女孩来说够高又不会太高。还有她的身材——坚实、高耸的胸部，纤细的柳腰，看上去总觉得一手就能搂她一圈（至少你会想试试），翘臀、修长的腿，性感、成熟、具有艺术美，而不像小说中那些长嘴唇、尖鼻子、平胸脯或歪屁股的大美人（她甚至连牙齿都很完美，我想她一定做过矫正了），但也不会因此看起来就没有特色。

　　有几个小子曾经约过她，但是都被她委婉拒绝了。于是有人在猜，也许她在她来的地方已经有个男朋友了。我和阿尼同堂的课程中，利也选了两门，而我早就在打她的主意了。

　　现在看到他们两个互相偷瞄，我竟开始怀疑我是不是还有机会。我忍不住要对自己苦笑。阿尼·坎宁安——这张比萨脸——居然和利·卡伯特配成一对。这真是太荒谬了——

　　这是我第三次发现阿尼的皮肤有了起色，而这一次好转的速度更是惊人。这些斑斑点点消退了，当然难免留下一些坑疤，可是如果一个男孩的面孔线条有力的话，一点坑坑疤疤也算不了什么。说得疯狂一点，这样搞不好还更有性格。

利和阿尼不停相互偷瞄，我也频频偷瞄阿尼，我不晓得这个奇迹是怎么发生的。阳光斜射进教室的玻璃窗，刻画出阿尼脸部的线条。他看起来老了很多，好像他战胜脸上的痘不是靠勤洗脸或是抹药膏，而是把时钟拨快了三年。他的头发也不一样了——他刚剪过头，耳边那两撮辛苦栽培的鬓毛也剃掉了（我想他大概从一年半以前才开始长那玩意儿）。

回想我们一起去看功夫片的那个下午，那是我第一次发现他的皮肤有显著的改善。我想这和买车总有点关系。年轻人嘛，一点点欢乐就能消除脸上的困扰。买辆二手车就能——

就能怎样？改变你的思想？改变新陈代谢？解放真正的自我？

"谢谢你，阿尼。"利用清脆细柔的声音说，她把笔记本还给阿尼。

"不客气。"他说。

这时他们两人的目光又交会了——这次是坦荡荡地对看而不是偷瞄——我甚至可以感觉到火花在两人之间跳跃。

"第六节课见。"她说着转身走了。绿裙子下的臀部一摆一摇，遮住半个背的长发也跟着左摇右晃。

"你们俩第六节是什么课？"我问。那堂我是自习课，指导老师是凶悍的雷帕克小姐——同学都管她叫"母老鼠"①……当然不是当着她面就是了。

"微积分。"他用着了迷的声音说道，我忍不住笑了出来，他看着我，眉头皱成一团，"你笑什么，丹尼斯？"

"微——积——分。"我眯着眼睛学他说，然后捧着肚子大笑。

他做出要揍我的样子。"你等着瞧好了，丹尼斯。"他说。

"尽管来啊，马铃薯头。"

---

① 取自 Raypach 与 Rat-Pack 的谐音。

"哪天看我打烂你的鸟。"

这时候教高一文法的哈德先生刚好从走廊经过。他绷着脸对阿尼说："怎么可以说脏话！"说完他就走了。我看他一只手提着公文包，另一只手提着一袋汉堡之类的东西。

这么一来阿尼的脸红透了，每次师长跟他讲话他都会这样（从前在小学时他就这样了）。我想这一定和迈克尔及雷吉娜的教育方式有关。

"怎么可以说脏话，"我模仿哈德先生的口气说，"再犯你就会有一箩筐的麻烦。"

他也笑了。我们一起走进回声荡漾的走廊。到处都是人，有些乒乒乓乓跑来跑去，也有些靠着他们的置物柜吃午餐。走廊里是不准吃东西的，可是很多人根本不理这套。

"你带午餐了吗？"我问。

"带了。"

"拿了咱们到球场看台吃。"

"你对橄榄球场还不烦啊？"阿尼问，"你在那里吃得下饭吗？"

"我不管，我只想离开这儿。"

"好吧，直接在那儿见。"

他走了以后，我到我的柜子拿午餐盒。我带了四份三明治。自从普飞教练展开马拉松练习，我好像永远都处于饥饿状态。

我顺着走廊往前走，我在想如果利和阿尼正式开始交往的话，别人会怎么说。高中学生非常保守，这是真的。不错，女孩在学校都穿最时髦的衣服，男孩的头发常常拖到屁股，每个人都难免抽抽烟或大麻，可是这些都只是表面。是你为了对抗生命中的某些现象而故意做出来的样子。你就像一面镜子，一心只想把阳光反射到师长、父母的眼睛里，因为你要在他们使你昏头之前先下手。而内心，其实大多数高中生都保守得像共和党银行家或宗教领袖。有些女孩也许会有"黑色安息日"的所有专辑，但就算主唱奥兹·奥斯本和她们在同一所学校，要约她们出去，一样会被她们笑得无地自容。

阿尼满脸的脓包和痘消失了，看起来不错——也许比不错还强一点。可是我想只要见过他从前脸部最糟情况的女孩，没有一个会想跟他出去。她们看见的并不是他现在的样子，而是过去的记忆。可是利不同，因为她是转学生，她不知道过去三年的阿尼看起来是什么样子。当然她要想知道也很容易，棋艺社公告栏上就有阿尼从前的照片。但高中女生的保守心理会使她们忽略这些。正好就跟共和党的银行家一样，他们会告诉你，现在就是永恒，世界就是这样运转的——她们不会打听过去。

当你还是小孩子时，你以为每件事都会维持不变，但当你长大后就会发现无论如何努力维持现状，事情总是在变。少年时虽然知道这点，但心里还是相信有些事情永远不会改变。

我拿着巨大的午餐盒穿过停车场走向实习工厂。那是座类似谷仓的建筑，外面裹着蓝色铁皮——在外形上和达内尔车厂没什么不同。工厂里有木工部、汽车修理部以及制图工艺部。工厂的吸烟区在靠近后门的地方，可是在这样的好天气里，那些烟鬼都穿了他们的越野车长靴，把摩托车靠在墙边，一伙人窝在屋外的阴影下，边抽烟边和女朋友闲扯，或者动手动脚。

今天工厂墙边没有一个人，这应该意味着发生了什么事。可是我没费神去想那些，我满脑子想的只是阿尼、利和现代美国高中生的心理现象。

真正的"吸烟区"在实习工厂后门，那是学校指定的吸烟区。过了实习工厂五十码就是橄榄球场。一眼望去最醒目的就是那块写着"打败他们"的电子记分牌。

有一群人聚在吸烟区门口，大约二十个，紧紧聚成一个小圈圈。通常这种情形就是有人在单挑，或是阿尼说的"推推乐"——两个没有真要打架的人，为了维护自己的男子气概，就在那里互相推来推去或是用肩膀互顶。

我往那儿瞥了一眼，但对那种场面并没有多大兴趣。我不喜欢看人打架，我只想吃我的午餐或是问阿尼对利·卡伯特到底印象如何。如果他们两人能擦出爱情火花的话，或许阿尼会转移他对车子的狂热。但有一点可以确定：利身上绝对不会有铁锈。

　　接着我听到女孩尖叫，同时有个人叫道："嘿，老兄，不可以！把那玩意儿收起来！"这话听起来不太妙，于是我掉头赶过去看看发生了什么事。

　　我挤进人群，看见阿尼站在中间，两手握拳护着前胸。他脸色苍白，面带惊恐。在他左边地上是被踩扁的午餐盒，上面印着球鞋的大脚印。站在他对面的是身穿牛仔裤和T恤的赖普顿。他右手握了把弹簧刀，并慢慢地在阿尼眼前翻转，就像魔术师挥舞魔棒似的。

　　赖普顿肩宽体壮，头发长得扎成马尾。他的表情笨拙而又卑贱，可以称得上是满脸横肉。他勉强挂着一丝笑容。可是我只觉得那是恐慌的表现。他看起来不但笨拙、卑贱，而且近乎疯狂。

　　"我说过我要宰了你。"他轻声细气地说，对着阿尼朝空中试探性地刺了刺，阿尼向后缩了一下。那把刀配有象牙柄，刀刃长约八英寸，上面还有血槽——这种刀除了杀人，我不晓得它还能拿来干吗。

　　"嘿，赖普顿，割他一块肉！"范登堡在一旁兴奋地起哄，我只觉得喉咙干涩。

　　我看着站在我旁边的小子，他是新面孔，很可能是新生。他两眼像是被催眠了一样。"喂，"我叫他，发现他没反应，于是用胳膊肘顶他一下，"喂！"

　　他满脸惊恐地跳起来。

　　"去叫凯西先生来，他在木工部办公室吃饭，叫他马上来。"

　　赖普顿看我一眼，又回头看阿尼。"来吧，坎宁安，"他说，"你觉得怎样，咱们是不是要干一场？"

　　"如果你放下刀我就奉陪，狗屎。"阿尼口气十分冷静。狗屎，我在哪儿听过这个词，是乔治·李勃，是吗？当然了，那是他老哥的台词。

"狗屎"这两个字赖普顿当然无法忍受。他面红耳赤地逼向阿尼，阿尼退着绕圈子。我担心几秒钟内就要出事了——这次阿尼也许会缝上几针甚至留下一道疤。

"现在就去叫凯西先生！"我对那个新生说。他恍然大悟，掉头就走。可是我担心在凯西先生还没来时，事情可能就已不可收拾了……除非我先把局面缓和下来。

"把刀放下，赖普顿。"我说。

他又向我瞥一眼。"少管闲事，芝麻脸的朋友，你要我把刀放下吗？"

"你有刀，他没有，这不公平，"我说，"只有懦夫才做这种事。"

他的脸更红了，现在他的注意力已被分散，他看看阿尼又看看我。阿尼很快向我递个眼神表示感激——然后靠近赖普顿，我不喜欢他这么做。

"放下刀。"另外有人对赖普顿叫道。然后其他人也跟着说："放下刀！"最后大家齐声叫道："放下刀，放下刀，放下刀！"

赖普顿更火了。他不怕成为群众的注目焦点，但他害怕注意力被分散。他不断回顾后面的人，显得很紧张。一小撮头发掉在前额，他立刻把它们甩到后面。

他又看我时，我做出要扑过去的样子。他那把刀立刻转向我这边，同时阿尼也采取行动——他的动作快得令人难以想象。他用空手道的砍劈攻击赖普顿的手腕，把刀打落在地，发出清脆的响声。赖普顿弯腰去抢刀。阿尼选了最恰当的时机——在他手指刚接触地面的时候——跳上去踩他的手。这下踩得真够狠，赖普顿惨叫一声。

这时范登堡也沉不住气了，他冲进去把阿尼推倒在地。我不晓得该怎么办，但我本能地冲过去用最大的力气踹范登堡的屁股，我不是由下往上踢，而是水平地踹，就当在踢球一样。

范登堡十九岁或二十岁，个子比我高，他捂着屁股惨叫。这时他已完全忘记要帮他的伙伴赖普顿了。他没倒下还真奇怪，我从来没有那么狠地踢过一个人，不过感觉还真好。

就在这时，有只手臂勒住我的脖子，另一只伸向我胯下。那一瞬间我已知道会发生什么事，可是一切都太迟了。我被狠狠地捏了一把。这一下可真结实，我痛得整个下半身都麻了。因此当勒住脖子的那只手松开时，我立刻栽倒在地。

"滋味怎样，驴子脸？"一个方脸缺牙的小子问我。他戴着超小型金边眼镜。那么大的脸，这样搭配实在难看到家。他是威尔奇，赖普顿的另一个伙伴。

围观群众突然让开，同时我听到有个大男人的声音叫道："住手！立刻住手，旁边的人让开！没你们的事！"

是凯西先生，他终于来了。

赖普顿赶忙抢到刀子塞进牛仔裤后口袋里。他的手在流血，看来马上就会肿起来。卑贱的狗儿子，真希望他的手肿得跟棒球手套一样大。

威尔奇朝凯西走来的方向瞄了一眼，然后退到一边，用拇指搓搓嘴角对我说："晚点再教训你，驴子脸。"

范登堡还在捂着屁股跳，只是速度比刚刚慢了很多，他痛得眼泪都流出来了。

阿尼过来扶我起来，他被范登堡推倒的时候弄脏了衣服，牛仔裤膝盖的部位沾了几个烟屁股。

"你还好吧，丹尼斯？他怎么把你弄成这样？"

"捏了我一把，不过没事。"

我希望我没事，如果你是男的，而且胯下曾经受过撞击的话，就晓得那种滋味了。如果你是女的，当然就无法体会，也不可能体会得到。你最初的痛楚只是个开端，痛感消退以后，继之而起的是缩进腹腔里的悸动。除此之外，你还得当心你的未来。不过我想，攻击下体还算不上对生命的最大威胁。

凯西挤了过来。他的块头不像普飞教练那么大，看起来也不怎么壮。他中等身材，而且已接近秃发的年龄。宽宽的框架眼镜、洁白的衬衫、从不打领带，看起来一点也不凶恶……可是凯西先生很受学生敬畏。从来没人敢在他面前吊儿郎当，因为他不理那一套。赖普顿那帮臭小子非常清楚这点，所以他们低着头在地上猛搓脚。

"快走吧。"凯西对仍徘徊在那儿的围观者说。人群渐渐散开的时候，威尔奇也混在其中想跟着一起走。"你留下来，威尔奇。"凯西先生说。

"嘿，凯西先生，我可是什么也没做哦。"威尔奇说。

"我也是，"范登堡说，"你为什么老盯着我们？"

凯西先生走到我这边来，阿尼仍旧扶着我。"你还好吧，丹尼斯？"

我总算渐渐恢复了——如果不是当时我用大腿用力夹紧，现在可能还躺在地上。我点点头。

凯西先生走向赖普顿、威尔奇和范登堡三个人，他们三个很不服气地站成一列。

"你们很勇敢吗，嗯？"凯西先生打量他们一阵才说，"三个打两个。赖普顿，你是不是一向这样？还是你希望你们这边的人再多一点？"

赖普顿抬头很不服气地看他一眼，又低头看自己的脚。"他们两个先动手的。"他说。

"他骗人——"阿尼也开腔了。

"闭嘴，芝麻脸。"赖普顿说。他还想再说下去，但还没说出口就被凯西先生推了一把，撞到后面的墙上。在他头上刚好有块"只准在此吸烟"的牌子。凯西先生不停推他撞墙，他每做一次，那块木牌就跟着晃一下，就像自动计数器一样。他驾驭赖普顿就像在耍木偶似的。我想他的力气一定很大。

"你最好闭上那张大嘴，"他边推赖普顿边说，"我不准你再那样说人家，赖普顿。"

他终于放开赖普顿，他的 T 恤露到牛仔裤外，露出了苍白的肚皮。凯西先生转向阿尼问道："这是怎么回事？"

"我路过这里要到球场去吃午餐，"阿尼说，"赖普顿和他的朋友挤在门口抽烟。他叫我过去，打掉我的餐盒，用脚踩得扁扁的。"他似乎还想再说什么，但又有点困难的样子。最后他咽了咽口水说："然后就打了起来。"

但我可不许他留着另一半的事实不说。我不是爱搬弄是非的人，但显然赖普顿报复的方式不会是将他海扁一顿就算了，他很可能会捅阿尼一刀，甚至杀了他。

"凯西先生。"我说。

他转过头看我。赖普顿那对绿色的眼珠在他背后警告我：这是我们的事，你最好闭嘴！如果是一年前，我也许会被他吓着而妥协，但现在不会了。

"怎么，丹尼斯？"

"他从暑假就在找机会欺负阿尼，他身上带着刀，他刚刚想捅阿尼。"

阿尼看着我，那灰色眸子有点令人不解。我想到刚才他骂赖普顿狗屎，背上不禁起了阵鸡皮疙瘩。

"你他妈说谎！"赖普顿演戏说，"我没有！"

凯西看着他，什么也不说。现在范登堡和威尔奇越发觉得不自在了——我想那是恐惧的反应。他们因为打架已经被留校或停学过无数次，再犯的话距离开除就不远了。

我必须再说句话。刚才我差点忘了。阿尼是我的好朋友，而我知道赖普顿真的想用刀捅他。所以我得把话说出来。

"他带了把弹簧刀。"

现在赖普顿的眼睛开始冒火了。"别听他放狗屁，凯西先生，"他用沙哑的声音说，"他胡扯，我可以在上帝面前发誓。"

凯西先生还是没说话。他慢慢转过去看阿尼。

"坎宁安，"他说，"赖普顿有没有对你亮刀子？"

起初阿尼不愿回答，然后他用低沉的声音，几乎叹气似的说："有。"

现在赖普顿的怒火燃烧得更炽烈了。

凯西又转向威尔奇和范登堡。我忽然发现他改变了策略，他决定谨慎地处理这件事，步步为营。但我想他已经掌握了整个局面。

"他有没有拿刀？"他问他们。

威尔奇和范登堡都低头看着脚不愿回答。不过这就够了。

"翻开你的口袋，赖普顿。"凯西先生说。

"我不翻！"赖普顿说，"你不能强迫我！"

"如果你以为我没这个权力你就错了，"凯西先生说，"如果你以为我不能动手翻你的口袋，那你更错了。可是——"

"你试试看，"赖普顿对他大吼，"看我不打扁你，老秃头！"

我的胃缩在一起。我不喜欢这样。他太恶劣了，我没碰过这么紧张的场面。

可是凯西先生已经掌握大局，他只要把持住原则就绝不改变。

"我不会这么做，"他把刚刚的话接着说完，"我要你自己翻开口袋。"

"翻你娘啦！"赖普顿说。他背靠着墙，这样他那鼓起的口袋就不会被发现。另一方面他的T恤下摆也遮住了刀柄。他的眼睛瞄来瞄去，就像被人围观的动物。

凯西先生对威尔奇和范登堡说："你们两个到办公室等我，别溜到其他地方，你们的麻烦已经够多了。"

两人紧靠在一起慢慢离开，好像在互相保护一样。走了几步，威尔奇还回头看了一眼。外面钟声响了，有人陆续走进实习工厂。每个进来的人都好奇地往这里看。我们没吃午餐。不过没关系，反正我一点都不饿。

凯西先生又把注意力转回赖普顿身上。

"你现在是在学校里,"他说,"你该为这点感到庆幸。因为在外面携带凶器是要被关起来的。"

"拿出证据来!拿出证据来!"赖普顿吼着说,他两颊发红,呼吸急促。

"如果你不自己翻开口袋,我就写张退学签条,然后打电话给警察。你一踏出校门他们就会逮捕你,你了解自己的处境吧?"他很严肃地看着赖普顿,"这里还有你的位置,可是一旦我写了退学签条,你就是他们的人了。当然,如果你身上没带刀的话就没事,可是如果相反……"

接着是一片死寂,四个人木头般地站在那儿。我想赖普顿不会翻他的口袋,他会拿了退学签条,然后找个机会把刀藏起来。可是他一定晓得警察不好惹——他们会把藏在海底的东西都给捞出来——因为他终于把刀从后口袋抽出来扔在地上。刀柄首先着地,发出清脆的响声,八英寸长的刀刃在阳光下闪闪发亮。

阿尼看见地上的刀,用手背抹着嘴角。

"到我办公室去,赖普顿,"凯西先生不动声色地说,"在那儿等我。"

"× 你妈的办公室!"赖普顿叫道,他已经近乎歇斯底里,他的头发又掉向前额,他用力往后一甩说,"我要离开这鸟学校。"

"那也可以,很好。"凯西先生带着几分兴奋说,仿佛赖普顿端了杯咖啡给他。我知道赖普顿在自由高中的生涯到此为止了。这回不会是留校或停学,他的父母会立刻收到蓝色的开除通知书——那张纸会对他们的孩子被开除一事解释得非常详细,末尾还会加上一句话提醒他们有权请律师提出辩驳。

赖普顿看着我和阿尼,笑了笑说:"我会修理你们,我要你们后悔为什么生在这个世上。"他踢开刀子,脚步咔咔作响地走了。刀子撞到墙边停下,依旧闪着光亮。

凯西先生看看我和阿尼。他看起来悲伤而又疲倦。"我很遗憾,"

他说，"也很抱歉。"

"没关系。"阿尼回答。

"你们要不要回家休息？我可以准你们半天假。"

我瞥阿尼一眼，他拍着身上的尘土摇摇头。

"不用了，我们没事。"我说。

"好吧，那我写张条子向你们老师解释这堂课迟到的原因好了。"

我们走到凯西先生的小房间里，等他替我们开证明。下一节是体育课，我刚好跟阿尼同堂。稍后走进体育馆时，很多人都在看我们，还有人叽叽喳喳、指指点点。

我看见证明单开到第六节，上面提到了赖普顿、威尔奇和范登堡几个人。我本来以为体育老师洛桑先生一定会找我跟阿尼问话，可是并没有。

放学后我去找阿尼，想跟他一起回家，顺便谈谈这件事。可是他已经离开学校，到达内尔车厂修他的克里斯汀去了。

17
克里斯汀重新上路

我的六六福特樱桃红野马，

超强马力三百八，

它一上路威力无穷，

州际公路任我游。

——查克·贝瑞

　　我一直到了下周末比完球赛才有机会和阿尼真正说上话，那天也是他第一次把克里斯汀开上路。

　　那场球是到十六英里外的隐山镇比赛，一路上游览车里死气沉沉——过去从来没有这种现象。那光景就好像我们是要上断头台而不是去比赛。隐山队的战绩只比我们好那么一丁点，可是我们并没有因此而欢欣鼓舞。普飞教练坐在司机后面，脸色苍白，一声不吭，仿佛马上就要上绞刑台。

　　过去我们的出征车队就像马戏团一样浩浩荡荡。第二辆游览车上是啦啦队、乐队和"后援会"。游览车后面通常还会跟着十五到二十辆车，上面全是青少年，身上贴着"痛宰他们"的贴纸，另外还有标语、彩带之类的玩意儿。

可是这次啦啦队和乐队的巴士上还空了一大堆位子——如果是连战皆捷的球季，巴士座位早在几分钟内就抢购一空了——而后面随行的车子也只有三四辆。我和蓝尼坐在一起，一心只担心今天下午会不会被抬着出场，完全没注意到克里斯汀也跟在游览车后头。

到了隐山高中停车场，走出巴士时，我才看到克里斯汀。他们的乐队在门口迎接我们，砰砰的大鼓声在阴霾的天气里显得格外震撼。这种阴凉的周六正是比赛的好日子。

当我猛然转头发现克里斯汀就停在游览车旁时，我惊讶得几乎不能动弹。然后我看到阿尼和利·卡伯特各从车子两边出来——当然这时我还带着几分嫉妒。她穿的是宽松的裙子和白色套头衫，深棕色秀发铺满双肩。

"嘿，阿尼！"我说，"是你！"

"嘿，丹尼斯。"他略带羞怯地说。

我注意到其他刚走出巴士的队友也惊讶万分，比萨脸坎宁安居然和马萨诸塞州来的美女在一起！这世上还有没有天理？

"你还好吧？"

"很好，"他说，"你认识利·卡伯特吧？"

"见过，"我说，"你好，利。"

"你好，丹尼斯。今天你们会赢吗？"

我故意压低声音说："没有用，裁判都被买通了。"

利捂着嘴咯咯笑了两声。

"我们会尽力就是了，我也不知道。"我说。

"我们会为你加油，"阿尼说，"我已经可以看到明天报纸的标题——丹尼斯·季德，空中飞人，改写联盟达阵纪录。"

"我看'丹尼斯·季德颅骨裂伤入院治疗'还比较有可能，"我说，"今天来了多少帮手？十个？十五个？"

"填不满座位就是了。"利说。她伸手勾着阿尼，这么一来阿尼可是又惊又乐。我蛮喜欢她的。她很可能是个风骚或没内涵的女孩——我觉得很多漂亮女孩难免具备其中一项特质，但她两样都没有。

"你那堆铁还能走吗？"我说着朝他的车子走去。

"还可以。"他跟着我，尽量压抑着不咧出太明显的笑容。

他的进展不错，现在那辆普利茅斯已经不像原先那么惨不忍睹了，前面另一半锈烂的铁格网也换了，风挡玻璃上的裂纹也完全消失。

"你换了风挡玻璃？"我说。

阿尼点点头。

"还有车篷？"

车篷是崭新的，跟两侧锈迹斑驳的车体形成强烈对比。它那消防车般的鲜红非常抢眼。阿尼像抚摩宠物似的摸着他的新车篷，好像恨不得能拥抱它似的。

"是啊，我自己装的。"

我有点不太敢相信。他自己一个人完成的？这可能吗？

"你说过要把它变得有头有脸，"我说，"我想我快相信你了。"我走到驾驶座旁。车子内饰还是很糟，但前座椅套也换过了。

"以后它会很漂亮的。"利说。只是她的语调很平淡——完全不像刚刚谈球赛时那么明亮有劲。我看了她一眼，而这一眼就够了。她不喜欢克里斯汀，我完全了解她的心思，仿佛她的脑波能够传到我心里一样。或许她会因为喜欢阿尼而设法喜欢克里斯汀，可是……她永远不会真的喜欢它。

"你已经申请到驾照了？"我问。

"呃……"阿尼一副不自在的样子，"可以这么说。"

"什么意思？"

"喇叭不响，有时候刹车灯也不亮。我想一定是哪里短路了，到目前为止还没找出毛病。"

我往风挡玻璃上瞟了一眼——那上面贴了张检验合格的贴纸。阿尼顺着我的目光望去，立刻变得有点不好意思。"老达内尔给的贴纸，他晓得我已经弄得差不多了。"他解释道。

"它一点都不危险，对吧？"利问。这句话不晓得是问我还是阿尼。她的眉毛稍稍由两侧往外坠——我想她大概意识到了我和阿尼之间突然出现的一股冷风。

"不会的，"我说，"不会有危险的，坐上阿尼的车，保你一路平安。"

这句话多少打破了我和阿尼间略嫌紧张的情势。空地上突然响起了我们乐队的吹奏声。

我们三人相互看来看去。阿尼和我先开始笑，过了一会儿利也加进来。现在看着她，我不禁又起了短暂的嫉妒之心。我当然希望阿尼能够拥有最好的，可是她实在太动人了——十七八岁的俏女孩，美丽、健康、活泼，简直无懈可击。罗珊固然漂亮，可是和利比起来，她就像只正在打瞌睡的树懒。

我是不是从那一刻起就决定要她了？我是不是从那一刻起就决定要我最好朋友的女友？我想可以这么说。可是我能发誓，如果不是事情的演变出人意料，我是绝对不会动她脑筋的。我从未想过事情会演变成后来的样子，但也可能这只是我的一厢情愿。

"我们最好进场吧，阿尼，否则会抢不到好位子。"利说。

阿尼笑笑。她仍旧勾着他，阿尼也满心欢喜的样子。这有什么不对？如果是我——有这么个漂亮女孩挽着我——我早就坠入爱河了。我只希望他们两个能在一起。这点你们一定要相信。不过如果从现在起你们都不相信我说的话，我也不怪你们。我只是觉得，倘若这世上有谁该得到一点点快乐的话，那就是阿尼了。

队友都走进了体育场更衣室，普飞教练探出脑袋来。

"季德先生，是不是要全队等你一个人？"他朝我这边叫道，"请原谅我，这边的事比你那边的更重要。如果你有空的话，是不是能请你把尾巴伸过来一下？"

我匆匆和阿尼与利打了个招呼，就朝更衣室跑去，现在普飞教练已经把脑袋缩回去了。阿尼和利也走向看台。我跑到更衣室门口，又掉头走向克里斯汀。我兜着圈子接近它，不知为什么，那种不敢走向它正面的荒谬心理一直无法从我心中消除。

我看到车尾牌照上也贴着一张检验合格的贴纸。都是达内尔给他的——而到目前为止，他的车还不能合法地开上马路。达内尔给他弄了两张贴纸，不仅如此，阿尼还叫他"老达内尔"。实在有趣，但也实在不是好现象。

我怀疑阿尼会不会笨得以为达内尔那些人是发自内心地对他好。我希望他不至于那么笨，但我也实在不敢肯定。关于阿尼的任何事我都不敢肯定，过去几周他改变了太多太多。

球赛结果真是让我们惊讶得一塌糊涂。我们居然赢了——那一季的比赛我们一共只赢了两场，而那场球就是其中之一。

我们实在没资格赢的，进场时我们就像是斗败的公鸡，而全场的欢呼几乎都冲着隐山队（这名字实在很蠢，不过要是你听说过"狻犬队"的话，你会觉得它还不错）。他们一开场就冲过两次四十码，瓦解我们的防线如同刀切奶油一样。到了第三节，他们四分卫的一次失误，让我们的盖瑞抄到球后直闯六十码线。终于得分了，那小子笑得嘴都合不拢。

隐山队教练抗议，说那球是死球不能算分，可是裁判不同意他的看法。于是我们以六比零领先。我坐在长板凳上往看台瞧，自由镇的球迷全都疯了。我想他们的确有理由这么做，因为这是本季以来我们头一次在球赛中领先。阿尼和利在挥小旗子，我向他们挥手。利看到我，先向前回个手势，然后用胳膊肘撞撞阿尼，接着阿尼也向我挥手。他们好像一对夫妇，我看了不禁莞尔。

我们领先之后就不曾让比分拉近，今天气势全在我们这边，而这可能也是本季仅有的一次。这场比赛我不像阿尼预言的那么神勇，打破联盟达阵纪录，不过我也有三次得分，而且其中一次还跑了九十码——那可是我个人的最佳纪录。半场结束时比分是十七比零，教练像完全变了个人。他以为我们就要缔造联盟最大胜差逆转纪录，当然事实证明他只是痴人说梦，不过那天他的确很兴奋就是了。我为他高兴，同样也为阿尼和利高兴。

下半场就没那么好了，我们的防线出现大漏洞，他们又像刚开场那样刀切奶油似的频频进攻。可是比分一直没能拉近。最后是二十七比十八，我们获胜。

教练在第四节中段把我换下场，由麦勒尼来接替我——明年我毕业后他就要接替我的位置，结果事实是他比我预期的还早取代我。我冲了澡换好衣服走出体育场时，最后两分钟的笛声刚响。

停车场上摆满了车，却没一个人影。隐山队的球迷发出狂野的喊叫，试图激励他们在最后两分钟内达成不可能的任务。可是在场外听起来，一切都显得没那么重要了。

我向克里斯汀走去。

它静坐在那里，锈迹斑斑的车体，崭新的车篷，看起来有一千英里长的尾翼。二十世纪五十年代当美元把日元踩在脚下，当得州的油商个个都成了百万暴发户时，它就已经出厂了。那个年代你打开收音机听到的都是卡尔·珀金斯和强尼·霍顿的歌，而当时最红的偶像就是艾德·库奇·拜恩斯。

我伸手触摸克里斯汀。我想学阿尼那样拥抱它、爱抚它，或者像利那样，为了阿尼而去喜欢它。如果这世上有谁该强迫自己去喜欢那辆车的话，那当然是我。利认识阿尼才一个月，我却已经认识了他半辈子。

我沿着车篷抚摩而过，同时心中想到了乔治·李勃、丽塔和薇洛妮卡。然后我那只原本抚摩它的手突然紧握成拳，狠狠在它身上敲了一下。我使的劲大得把手都敲痛了，我傻笑一声，不晓得自己为什么这么做。

车上的铁锈如下雪般飘落地面，并发出沙沙声响。

球场上乐队的大鼓声就像巨人的心跳。

还有我自己的心跳。

我伸手拉前门。

锁上了。

我不停舔着嘴唇，因为我实在好害怕。

我觉得——我知道这种感觉很可笑也很微妙——这辆车好像不喜欢我，它怀疑我会介入它和阿尼之间，而我不愿走在它前面是因为——

我又笑了。可是一想起我的梦我就再也笑不出声。引擎尖叫，车灯照向我，轮胎发出嘎嘎的摩擦声，它就要向我冲来——

我甩掉这些不愉快的思绪。我不能再胡思乱想了，我必须控制自己的幻想……它不过是辆车——是"它"而不是"她"——一九五八年的普利茅斯，它根本不叫什么克里斯汀。二十年前底特律的汽车装配线上滚出几千几万辆同型汽车，它不过是其中之一而已。

这招蛮管用的，至少暂时还管用。为了证实我并不怕它，我趴下来观察它的底盘。我看到的景象比它外表那些像是随兴所至的"复健"工作更令人惊讶，有三个避震器都是全新的，第四个却满布尘垢、油污，显然二十年来没人动过它。排气管尾端还新得发亮，消声器却像中世纪的产物。排气管前半段更是惨不忍睹。看那上面百孔千疮，我不免担心废气会从那儿漏进车里。那一瞬间，我又想到薇洛妮卡，废气能致人死亡，它能——

"丹尼斯，你在干什么？"

我表现得比我自己想象的还窘，因为我从地上跪着站起来时，心脏吓得几乎跳到嘴边。是阿尼，他气得脸色发青。

就因为我趴下去看他的车？这有什么值得生气的？问得好。可是事实摆在眼前。

"我在检查你的破机器，"我装出平淡无奇的语气，"利呢？"

"上厕所去了，"他的灰眼珠停留在我脸上，"丹尼斯，你是我最好的朋友。那天要不是你，我可能就被赖普顿捅伤送进医院了。可是你不该这样背着我鬼鬼祟祟的，以后最好不要再这样了。"

场内传来如雷的叫喊声——隐山队扳平的机会只剩三十秒了。

"阿尼，我不知道你在说些什么。"虽然嘴上这么说，但我心里还是很愧疚。早先他向我介绍利时我也有这种感觉，因为我喜欢上他喜欢的女孩。可是……背着他鬼鬼祟祟？我真的是这样吗？

我知道他有理由这么想，我早就觉得他对那辆车已经狂热得失去理性。我们的友谊被他锁进衣柜里，只要我介入他跟他的车子之间，就会惹上一大堆麻烦。

"我想你非常清楚我在说什么。"他说，我看得出他不是有点气，而是非常生气，"你跟我爸和我妈都在监视我，美其名曰'为了我好'，对不对？他们还派你到达内尔车厂去刺探，不是吗？"

"阿尼，等等——"

"你以为我不知道这件事吗？我当时不说是因为我们是朋友。丹尼斯，你为什么不能不管我的车？这件事根本与你无关。"

"第一，"我说，"你爸跟你妈没有站在同一边，是你爸单独叫我到达内尔车厂了解你修车的情况。我答应他是因为我自己也很好奇，再说，我又怎么能拒绝你爸？"

"你该拒绝他的。"

"你不了解情况，他跟你站在同一边。你妈还在反对你——我想是这样——可是迈克尔真的希望你能把车修好开上路，他亲口对我说的。"

"算了吧，"他冷笑一声，"他只是想确定我是不是搞得一团糟，你也是。他们臭味相投，他们不希望我长大，因为他们不想面对衰老。"

"老兄，这样说太不公平了。"

"丹尼斯，也许你这么想。但你大概不晓得他们答应给我的毕业礼物是辆新车，可条件是我得放弃克里斯汀，而且成绩必须全部甲等，毕业后一定要念霍利克大学……这样他们好就近再监视我四年。"

我不晓得该说什么。

"所以你最好别管这件事，丹尼斯，这样对我们两个都有好处。"

"可是我什么都没告诉他，"我说，"只说你换修了些东西。他好像很放心的样子。"

"是啊，我敢说一定是这样。"

"我没想到你的车这么快就可以上路。我看了底盘，发现排气管前半截都穿孔了，希望你开车的时候把窗子打开。"

"别教我怎么开车，我对车懂得比你多得多！"

这句话可真惹毛我了。我不喜欢跟阿尼吵，尤其是现在——利每一秒钟都可能过来——我却感觉脑袋的控制室里有个人刚打开了愤怒的开关。

"是啊，没错，"我压住怒气说，"可是我不晓得你对人了解多少。达内尔给你一张检验合格的贴纸——如果你被抓到了，他有可能被吊销营业执照的。阿尼，为什么他要为你冒这种险？"

阿尼的语气稍微收敛了些："我说过，我替他工作。"

"别傻了，那家伙只有想利用你的时候才会给你甜头，你又不是不知道他的为人。"

"丹尼斯，看在老天的分上，能不能拜托你不要管这件事？"

"兄弟，"我向前跨了一步说，"我才不在乎你是不是买了辆车。说句实话，我只是不想看你陷得太深。"

他莫名其妙地看着我。

"我说，我们干吗要这样吼来吼去的？就因为我趴下去看你车子的排气管？"

但我做的其实不止这些，我想这点我们俩心里都有数。

球场上响起结束的枪声。空中飘下细细雨丝，天气也转凉了。我们转向枪响处，正好看到利往这儿走来。她挥了挥手，我们也向她挥手。

"丹尼斯，我会好好照顾我自己的。"他说。

"好吧，"我直截了当地说，"但愿如此。"这时我突然想问他到底和达内尔搅和得有多深，可是这个问题永远问不出口，因为我知道这一定会引来一场激战，很多话只要说出口就没办法补救了。

"我能照顾自己。"他重复说道，当他又伸手抚摩车篷时，我发现那原本充满敌意的目光变得柔和些了。

我既安心又惶恐——安心的是我们毕竟没有吵起来，而且两人都忍住没说出不可收拾的话；惶恐的是我们的友谊之门已渐渐关上，他拒绝了我的建议，而且显然不愿解决我们友谊的危机。

利走了过来，雨珠在她头发上闪闪发光。她的气色很好，从她的眼神可以看出她很健康也很愉快，她浑身散发着令我心醉的少女芬芳。只可惜她这一路走来都像没看到我似的，她看的是阿尼。

"结局如何？"阿尼问。

"二十七比十八，"她说完又俏皮地加上一句，"我们痛宰了他们。你们刚刚跑哪儿去了？"

"聊车子。"我说。阿尼逗趣地瞄我一眼——至少他的幽默感不像理智消失得那么快。我想这跟利也不无关系，从他看着她的期待眼神就看得出来，他已经被她迷得晕头转向了。虽然目前步调进行得很缓慢，但时机成熟时，速度可就快了。我对他们两个怎么会在一起还是很好奇。不错，阿尼的皮肤改善了，人也看起来比从前顺眼一点，可是他还是摆脱不了四眼书虫的味道。你绝不会相信利·卡伯特这种女孩会跟他在一起，你会以为她的对象一定是学校里的大帅哥。

散场人潮慢慢涌出，双方球员和啦啦队都夹杂在人群中。

"聊车子。"利学我的语气说，她仰头笑着看阿尼，阿尼也回她一笑，仿佛世上只有他们两个人而已。从他的眼神中我看得出，当利向他微笑时，克里斯汀已经被他抛得远远的，就在那一刻，它在他心目中的地位再度降为了普通的交通工具。

我喜欢他这么想。

18

球场看台

神啊，请你赐我辆奔驰，
我的朋友都开保时捷，
我要比他们更好……

——贾尼斯·乔普林

十月的前两周我常在学校走廊上碰到阿尼和利。起初他们只是靠着置物柜聊天，然后是手牵手，最后连放学都牵着手一起回家。我想他们不只是"在一起"而已，他们已陷入热恋。

从打败隐山队那天后，我就再也没见过克里斯汀，显然它又回到了达内尔车厂去接受更大的手术。我看不到它的影子，却经常看到阿尼和利……而且还听到很多有关他们的传言。学生说起闲话来是最有效率的。女孩都奇怪她怎么会看上他；男孩则比较现实一点，他们只想知道他扒过她的内裤了没。我不在乎他们怎么想，我只是好奇雷吉娜和迈克尔对他们宝贝儿子谈恋爱的事有何感想。

十月中旬的一个周一，阿尼和我一起在球场看台上吃午餐。这让我想起上一次我们约在球场吃午餐，结果撞上了赖普顿和他的刀——赖普顿因为这件事而被退学。他的两个伙伴被勒令停学三天，不过现在他们都变乖了。在这段不怎么令人愉快的日子里，我们的球队又被痛宰了两次，现在的战绩是一胜五负，普飞教练因此终日沉默寡言。

我的午餐盒不像我们撞见赖普顿那天那么丰富，一胜五负的好处就是你也不必练球了（脊石之熊现在是五胜一负）。谁都知道我们这一季已经没指望——除非别队的巴士通通翻到山崖下去了。

我们沐浴在十月的和煦阳光下，现在离那些小鬼披着床单，戴着星球大战黑武士面具在街上到处跑的日子也不远了。阿尼带了个芥末烤蛋，却跟我交换冷肉三明治。我猜大多数父母一定很不了解孩子的心理，从高一开始，每周一阿尼的饭盒里一定会有芥末烤蛋。而我们家只要吃过冷肉（通常是周末下午），第二天中午我的午餐里就会出现冷肉三明治。所以我恨透了冷肉三明治，阿尼也恨透了芥末烤蛋。要是我们的母亲知道她们准备的烤蛋和冷肉三明治都被别人家的孩子吃了，心里不知会做何感想。

我吃着我的饼干，阿尼吃他的煎饼条。他瞥了我一眼，确定我在看他后，一次塞了六根煎饼条在嘴里，把两颊塞得鼓鼓的。

我趁机搔他的痒，他鼓着满嘴食物向我求饶。最后他用力吞下煎饼，狠狠打了几个嗝。

"阿尼，这种吃法太恶心了！"我说。

"我知道。"他一副真的很开心的样子。我想那不是装出来的，据我所知，他从来没在任何人面前表演过这种无聊事。如果他在他爸妈面前一口气吞下六条煎饼，迈克尔和雷吉娜一定会当场心脏病发或脑中风。

"你一次最多吞过几条？"我问他。

"十二条，"他说，"可是那次我差点噎死。"

我笑了出来。"有没有在利面前表演过？"

"我要留到舞会的时候才表演给她看，"他说，"然后我也要在她嘴里塞上六条。"这句话把我俩都逗笑了。我这才发觉有时候我是多么想念阿尼——我有我的球队，也有新的女友，我希望能在露天电影院开放的季节结束前牵到她的手，或者再过分点也行。

但就算有了这一切，我还是很想念阿尼。至于阿尼，他是先有了克里斯汀，利才加入，所以现在他同时有了利和克里斯汀，而这也是我希望他生活中的理想顺序。

"她呢？今天没来？"我问。

"病了，"他说，"周期性的妇女病，我想她一定很不舒服。"

我疑惑地挑起眉毛。如果他会知道她的那些事，那他们一定已经很熟了。

"那天你是怎么把她邀去看球赛的，"我问，"我是说我们出战隐山队那天？"

他笑了。"那是两年来我看的头一场球，丹尼斯，看样子我是你的福星。"

"你就这么打电话约她去？"

"我差点就不敢打电话了，那是我第一次约女孩子。"他有点羞涩地抬头看看我，"前一天晚上我睡了不到两个小时。她答应要跟我出去的时候，我吓得尿都要流出来了。我想那时候不管发生什么事我都不在乎了——哪怕赖普顿要拿刀子跟我单挑也行。"

"那天我看你倒蛮冷静的。"

"哦，是吗？"他显然有点高兴，"那就好。可是当时我紧张得要命。她喜欢在走廊跟我说话，跟我谈功课什么的。她居然还加入棋艺社——天晓得她根本不会下棋……不过有我这个老师，她慢慢也下得不错了。"

我心想：我就知道，你这家伙。不过我没说出来。我还记得出战隐山队那天他对我发脾气的情景。可是另一方面我又好奇万分，很想知道阿尼到底是怎么追到利这样的女孩的。

164

"过了一段时间后我才意识到她对我有意思，"阿尼接着说，"也许你就不像我这么笨，丹尼斯。"

"当然，我可内行了，"我说，"就像詹姆斯·布朗唱的一样：'我是性机器！'"

"不，你不是性机器，你只是比较了解女孩的心理。"他一本正经地说，"你了解她们，但我怕她们。"我想他指的是不敢和女孩说话，而且一直到现在都一样。

"我不敢约她出来，"他仿佛知道我在想什么，"我是说，她是个很漂亮的女孩——不是一般漂亮，而是非常漂亮。你不这么觉得吗，丹尼？"

"是啊，我想她是全校最漂亮的女孩。"

他笑了，真的很高兴。"我也这么想……可是我以为这是因为我喜欢她，才会这么觉得。"

我凝视着他的眼睛，希望他别惹上太多的麻烦，当然现在这时候我也还说不上来他到底会有什么麻烦。

"有一天，我在化学实验室听到两个家伙在聊天——尼德告诉蓝尼他约过利，但是被她委婉地拒绝了……那口气说得好像只要再约一次，她就一定会答应的样子。我只要一想到利跟尼德出去的画面，就一肚子妒火。我知道这有点莫名其妙——她都拒绝他了，可是我竟然还是会吃醋。你知道我在说什么吗？"

我笑着点点头。啦啦队正在球场上编排新队形。我想她们对我们的胜败没有多大帮助，可是看她们表演倒也是件乐事。

"另一个刺激到我的原因就是，尼德一点都不畏缩或觉得不好意思。他想约利，结果被拒绝了，就这样。所以我觉得我也可以试试。可是打电话给她的时候我还是全身冒汗，一点办法也没有，我总会幻想她笑着对我说：'要我跟你出去，窝囊废？你一定在做梦！我可没那么好追！'"

"是啊，"我说，"真想不通她为什么不这样对你说。"

他用拇指戳我肚皮一下。"贫嘴，看我不戳死你！"

"说正经的，"我说，"快把故事讲完。"

他耸耸肩："也没什么好说的了。我打过去时是她妈接的，她妈说去叫她。我听到电话搁在桌上的声音。等了好久，我差点就挂了。"阿尼用两根手指比了四分之三英寸的长度，"不骗你，只差这么一点我就挂了。"

"我知道那种感觉。"我说。我真的没骗他——第一次打电话给女孩的时候，你一定会怕对方笑你是傻子，不管你是校球队队员还是长满痘的四眼田鸡，反正你一定会紧张就是了。可是我想我没办法知道阿尼到底紧张到什么程度，他敢打电话已经是鼓足了勇气。其实约会是件小事，但在学生中多的是到毕业都没跟女孩约过会的人——真的是一次也没有。我说的不是一两个特例，而是一大堆人，当然也有很多可悲的女孩从来没被约过。所以我能想到阿尼等利来接电话时心里有多紧张，而且他约的还不是普通女孩，而是自由高中的校花。

"最后她来了，"阿尼接着说，"她说'喂？'，老天，我居然吓得说不出话来。我张开嘴，可是只有喘气声。所以她说'喂？哪位？'，我想她一定以为有人在开玩笑。这实在太荒谬了，既然我敢在走廊上跟她讲话，为什么在他妈的电话里反而不敢？大不了就是她对我说声不。我是说反正我只是约她出去，她总不至于开枪打我或怎样。于是我说'嘿，我是阿尼·坎宁安'。她也说'嘿'……然后就巴拉巴拉巴拉……鬼扯鬼扯鬼扯……我们就这么聊下去。接着我突然想到我还没想好该约她去什么地方，而我们已经快聊完了，她马上就会挂电话。所以我只好说出我能想到的第一件事，那就是周六去看球。结果她一口就答应了——毫不犹豫，好像就在等我约她一样。你能想象吗？"

"看来她的确对你有意思。"

"我也这么想。"阿尼陶醉地说。

铃响了，还有五分钟就是下午第一堂课。阿尼和我站起来。啦啦队也离开球场开始往教室走，她们的短裙被风吹得上下飘荡，怪好看的。

我们走下看台，把纸盒扔进漆成校徽的橘黑两色的垃圾桶里，然后往回走。

阿尼还在笑。我猜他还在回想第一次和利约会的情景。"居然约她去看球，"他说，"我实在是不要命了。"

"多谢你，"我说，"我们就因为你才赢了那场球。"

"她答应我后，我立刻打电话给你——还记得吗？"

我这才想起来，他打电话来问我这场球赛是主场还是客场，当我告诉他在隐山镇的时候，他差点晕过去。

"就这么回事。我约了全校最漂亮的女孩，我为她疯狂，但我约她去遥远的小镇看球，而我的车还在老达内尔的车厂里。"

"你们可以搭巴士的。"

"我现在才知道，可是当时不晓得，以前每次比赛前一周，巴士座位就被预订光了。没想到连输几场球，出去比赛就没人看了。"

"别提我的伤心事了。"我说。

"所以我到达内尔车厂去。我知道克里斯汀能派上用场，不过她没办法马上通过检验，所以我才说自己好像不要命一样。"

不要命到什么程度？我不禁打个哆嗦。

"是达内尔主动来找我的，还对我说他知道这件事对我有多重要，如果……"阿尼停下来想了一会儿，然后接着说，"那次约会的经过就是这样。"他草草结束这个话题。

如果什么？

这不关我的事。

可是爸交代我做阿尼的耳目。

结果我推得一干二净。

我们经过实习工厂旁的吸烟区，看见三男两女在那里匆匆抢着吸一根大麻烟。那味道飘进鼻孔，让我想起秋天树叶燃烧的气味。

"后来还有没有再见到赖普顿？"我问他。

"没有，"他说，"也不想……你呢？"

我在范登堡快乐加油站见过他一次——顾名思义，那一定是范登堡他老爸开的，就在二十二号公路往门罗镇的路上。自从一九七三年阿拉伯石油禁运以来，他们的生意一落千丈，已濒临破产。那次赖普顿没看到我，因为我是开车经过。

"没跟他讲上话。"

"你还想跟他讲话？"阿尼轻蔑地说，"那坨狗屎。"

我被吓到了。我想道，他又来了，真是见鬼。于是我问他到底从哪儿学来这么说话的。

阿尼若有所思地看着我，第二声铃响了。照这速度，我们一定会比老师晚进教室，可是现在我什么都不在乎了。

"你还记得我买车那天吗？"他说，"不是付订金那天，是我真正把她买回去那天。"

"当然。"

"我跟李勃进屋，你在外面等我。他有间小小的厨房，里面有张铺了红格子桌布的餐桌。我们坐下来，他递了罐啤酒给我，我知道我最好听他的话把酒喝了。我一心只想要那辆车，所以绝对不能得罪他。我们各拿了罐啤酒，然后他开始……该怎么说？就算咒骂好了……他向我发牢骚，咒骂那些碍着他的狗屎。丹尼斯，他就是这么说的，他说都是那些狗屎逼他不得不把车卖掉。"

"这话什么意思？"

"我想他是指他太老不能开车，而他又不服输。管理局那些狗屎要他每两年路考一次，每年还要做一次视力检查。他说他们想尽办法不让他开车上街，所以还找人用石头砸他的车窗。

"我懂他的意思，只是不晓得为什么……"阿尼在走廊入口停下，好像一点也不在乎他已经迟到了，他把双手插在牛仔裤后口袋，眉头紧锁着，"我只是不晓得为什么他要让克里斯汀在那里烂成一堆废铁，丹尼斯。想想看我买她那天的惨样。他口口声声说有多疼她——我知道你一定觉得他这么说是为了赶快脱手，其实不是——可是收了我的钱以后，他却说：'孩子，我真不懂你为什么愿意买这狗屎不如的破车！'我告诉他我想我可以把她修好。他又说：'也许事情没那么简单，如果那些狗屎没碍着你的话。'"

我们走进走廊，刚好碰到法文老师卢洛匆匆走过。他的秃头在日光灯下闪闪发亮。"你们两个迟到了。"他匆匆说道，有点像《爱丽丝梦游仙境》里那只白兔的声音。我们赶紧加快脚步，脱离他的视线后，我们又慢了下来。

阿尼说："当赖普顿那样恶整我的时候，我是真的吓坏了。"他放低声音，露出微笑，但表情依旧严肃，"说实话，那时候我真的差点吓得尿裤子。反正我就不自觉地把李勃的话拿出来用了，不过用在赖普顿身上倒很贴切，你不觉得吗？"

"是啊。"

"我得走了，"阿尼说，"微积分，然后是工厂实习。我想过去两个月我在克里斯汀身上学到的已经够多了。"

他加快脚步走了。我呆站着看他离去，在走廊上又多站了一会儿。我一点也不急，这节是"母老鼠"的课，我可以偷偷从后面溜进去……以前我也干过这种事，这是从前跟高年级学长学的。

我站在那里，一心只想甩掉恐惧感。我总觉得不对劲，就像什么事脱节或出轨了一样。十月的阳光透过窗子照进来，却驱散不了那股寒气。

我告诉自己，我是担忧自己的未来所以才会觉得冷，是因为世事多变而感到不安，也许这只是部分原因。孩子，我真不懂你为什么愿意买这狗屎不如的破车！我看见卢洛先生又快步走回来，于是赶紧走开。

我想每个人的脑袋都有扇后门，一旦麻烦出现的时候，你就会把其他所有事情通通扫进思想空隙中。抛开一切，把它们埋藏起来。只是这些空隙往往会通往你的下意识或梦境。那天晚上我又梦到克里斯汀。这次是阿尼坐在车上，李勃的尸体坐在阿尼旁边，已经呈半腐烂状态，克里斯汀亮着大灯向我冲过来。

我惊醒时嘴里塞着床单，所以才没尖叫出来。

19
球场意外

赶上去，赶上去，
兄弟，我要超过你。

——海滩男孩

　　从那天起一直到感恩节我都没再跟阿尼说话——我是指真的好好说话——因为紧接着那个周六我就受了伤。那场球又是对抗脊石之熊。这次我们输得真够彻底，终场比分是四十六比三。不过我没有待到比赛结束，第三节七分钟后，我持球往敌方空隙切入。三名脊石之熊的防守队员同时冲上来撞倒我，这真是疯狂到家了。我只感到一阵剧痛，眼前一片火花——我想核爆的场面也不过如此——然后陷入一片黑暗。

　　这场黑暗持续了很久，不过我感觉上一点也不久。我一共昏迷了五十五个小时，醒来时已是十月二十三日周一傍晚。当然我是躺在自由镇社区医院的病床上，爸妈及伊莱恩都在旁边。他们的气色都很糟，

171

眼里全是血丝，伊莱恩好像刚刚哭过，这点真令我感动，尽管我常在她上床后偷吃她的零食，过去我也常对她恶作剧，但到了危急关头她还是会为我流泪。

我醒来时阿尼不在场，可是他刚来过——利跟他一起来的。那天晚上我姑妈和伯父都来了，那周所有亲朋好友像阅兵似的经过我床前，球队的所有队友和普飞教练也都来了。普飞教练好像老了二十岁，我想他总算发现世上还有比输赢更重要的事。他对我说了我永远不可能再打球的事，我不晓得他预期中的反应是什么——痛哭失声，还是歇斯底里？可是无论表面或内心我对此都毫无反应。我只是感激我还活着，而且还能下床走路。

如果我是被一个人撞上，我想打个滚爬起来就没事了。但是上帝设计人体的时候，绝对不会考虑要让它可以同时承受来自三个不同方向的力量。我两条腿都断了，左腿有两处断裂，我落地时右手被折到背后，前臂全是擦伤，可是这些不过是蛋糕上的装饰品，真正严重的是头骨挫伤。医生说我下半身差点就残废了。

来看我的人很多，我也收到很多鲜花和卡片。这种重获新生的感觉，实在值得欣慰。

可是我也有好几晚因为疼痛而睡不着。我的右手吊着绷带，两腿上了石膏（这种时候它们总是特别痒），背脊也撑了支架，这么一来我当然得在医院躺上好一阵子，而且在医院里行动全都要靠轮椅。

对了，还有一点——我有太多太多的时间。

我看报纸，向探病的人问问题，但随着某些事情发生，我发现自己开始疑虑，我一度怀疑自己是不是得了精神病。

我一直在医院住到圣诞节。回到家后我发现我的疑虑变得更重——它就像个怪物在我心中逐渐成形，而我越来越难否认它的存在。我知道我没疯，有时候却想如果我能相信自己真的疯了，也许会好过得多。也就是此时，我陷入极度恐慌，我发现自己爱上了最要好朋友的女朋友。

我有太多时间可以想……

我想的都是利。我有太多时间可以盯着天花板，想着如果我从不认识阿尼·坎宁安和利·卡伯特该有多好……当然还有克里斯汀。

第二部分

阿尼
少年情歌

Christine

20

二度争执

车商走来对我说：
"卖了你的福特，
换辆拉风帅车，
看看你要什么，
签下你的大名，
不用一小时就有新车可上路。"
我要换辆新车，痛痛快快上路，
再也不要去管那辆破烂老福特。

——查克·贝瑞

一九七八年十一月一日，阿尼的一九五八年普利茅斯，终于通过检验可以开上路了，这段艰辛又漫长的历程始于他和丹尼斯·季德为这辆车换轮胎那天。他付了八块五的驾照费、两块的道路税（这表示以后他可以在路边设有停车计时表的地方停车），以及十五块的牌照税。他的牌照号码是 HY–6241–J，发牌单位是门罗镇的机动车管理局。

他领了车牌，开着达内尔借他的车回到修车厂，然后把克里斯汀开回家。

一小时后，他的父母从霍利克大学下班回到家，于是一场战争就此展开。

"你们看到我的车了吗？"阿尼问，他是同时问他们两人，不过那口气比较像在问他爸，"我今天下午才拿到牌照。"

他觉得很骄傲，理由十分充分，因为克里斯汀刚洗过，而且上了蜡，在秋末的阳光下闪闪发亮，当然她身上免不了还有铁锈，可是看起来比阿尼买她那天好上一千多倍，车篷、后厢盖都是新的，车窗和金属部分光芒闪耀，里面的坐垫也一尘不染。

"看到了，我——"迈克尔先搭腔。

"我们当然看到了，"雷吉娜抢答道，她正在调酒，调酒棒在杯子里转得又猛又快，"我们还差点撞上去。我不准你把它停在家门口，我们这里不是废车场。"

"妈！"阿尼既惊讶又难过，他看看迈克尔。可是迈克尔转身走开，去弄他自己的酒，也许他是想备着等一下用来稳定情绪。

"就这么决定了，"雷吉娜说，她的脸色比平常更白，因此两颊上的腮红反而有点像小丑妆，她一口喝了半杯金汤力，脸上露出吃药时的痛苦表情，"把它开回原来的地方。我不允许你停在这里，现在以后都一样。这就是最后决定。"

"开回去？"阿尼现在既难过又气愤，"这主意倒好，是不是？你不晓得在那里停车每周要二十块！"

"你花在那辆车上的钱远比二十块多得多，"雷吉娜说，她喝光她的酒，把杯子放在桌上，转过头看着他，"那天我看了你的存款簿——"

"你看我的存款簿？"阿尼瞪大了眼睛。

她的脸微微泛红，但没有因此移开视线。迈克尔回来站在门口，愁眉苦脸地看看太太又看看儿子。

"我只是想知道那辆鬼车糟蹋了你多少钱，"她说，"明年你就要进大学了，据我所知，宾州的大学教育可不是免费的。"

"所以你就进我房间搜我的存款簿？"阿尼说道，他的灰色眼珠充满怒气，"也许你还想顺便搜搜色情书刊，或查看床单上有没有可疑的污点，或者用过的卫生纸。"

雷吉娜张着嘴站在原地，她本来期望阿尼会因此难过或羞怒，但没想到他会如此猛烈地反击。

"阿尼！"迈克尔吼叫说。

"怎样？不行吗？"阿尼也回吼道，"这不都是我的事吗？你们不也告诉过我这些都是我自己的事吗？"

雷吉娜说："我对你非常失望，阿尼。你的行为实在太——"

"别对我说我的行为太怎样！你们了解我的感受吗？我为了让那辆车能上路，忙得屁股都冒烟了。忙了两个月，第一次把她开回家你们却叫我开回去。我该有什么感觉？开心吗？"

"你不可以用这种口气跟你母亲说话，"迈克尔说，"更不能用那种字眼。"

雷吉娜把杯子交给丈夫。"再给我一杯。酒柜里还有一瓶没开封的金酒。"

"爸，留下来不要走，"阿尼说，"让我们把事情解决掉。"

迈克尔看看妻子，又看看儿子，两张脸都硬邦邦的，他接过妻子手中的杯子往厨房走。

雷吉娜冷眼瞪她儿子。"今年七月你的存款簿里还有四千多块，"她说，"你从九年级存到现在的，连本带利——"

"你一直在偷看我的存款簿是不是？"阿尼说，他猛然坐下来凝视着母亲，"妈——你为什么不把钱过到自己的户头里？"

"因为，"她说，"你好像直到最近才知道那些钱是干什么用的。过去两个月你不是车子、车子、车子，就是女朋友、女朋友、女朋友，这两样已经让你疯狂了。"

"这点你放心，我还能控制自己的行为。"

"七月的时候你还有四千块，阿尼，那些都是你的教育费——你自己的教育。现在你剩两千八百块，两个月内你花掉了一千二百块。你可以继续糟蹋，没关系，我一点也不心疼，只是我不想再看到那辆车。在我看来，它只是——"

"听我说——"

"——只是个金钱永远填不满的无底洞。"

"能不能听我说几句？"

"我想没这个必要，阿尼。"她用结束争论的语气说，"真的没必要。"

迈克尔带着半杯金酒回来。他在吧台上加了半杯汤力水，再把杯子交给雷吉娜。她喝了一口，又露出一脸苦相。阿尼坐在电视旁的椅子上看着她，表情若有所思。

"你在大学教书？"他说，"你在大学教书，而你跟人这样说话？——我说完了，你们其他人都可以闭嘴了。我真同情你的学生。"

"你当心点，阿尼，"她指着他鼻子说，"你当心点。"

"我能不能说几句话？"

"说吧，反正你说跟没说都是一样。"

迈克尔清了清喉咙说："雷吉娜，我想阿尼说得对。你这样的态度不利于——"

她像恶猫似的突然转向他。"没你说话的份！"

迈克尔有如抽筋般向后退了一步。

"第一点，"阿尼说，"就算你是匆匆偷看我的存款簿，你也会发现我的存款是突然减少的——那是九月第一周的事。因为我要给克里斯汀换个新车篷。"

"你的口气好像很光荣的样子。"她气愤地说。

"我是很光荣，"他平视着她，"是我自己把车篷换上去的，没有任何人帮我。我做得很好，你绝对看不出是我自己换的。"他的声音颤抖了一下，然后再度变得坚决，"跟原厂的一模一样。我要说的是我的存款从那时候到现在又增加了六百块，那是达内尔雇我打工的工钱。如果我的存款簿能保持每两个月增加六百块——事实上如果我帮他卖旧车，收入可能还会更多——到了毕业时我就可以存进四千六百多块，再加上暑假打工，明年秋天我就有近七千块可以念大学。"

"进不了好大学，钱存得再多也没用。"她把话题转往别的方向，仿佛在表示她的立足点非常雄厚，"你的成绩正节节落后。"

"还没严重到要你担心的程度。"阿尼说。

"这话什么意思？——还没严重到要我担心的程度？你的微积分不及格，一周以前我们才收到红单通知！"（红单通知都在开学五周后寄出，寄发对象是某科成绩低于七十五分的学生。）

"红单上的成绩只是某次考试的分数，"阿尼冷静地说，"范德森先生一向喜欢在前几周给你很低的分数吓吓你，学期结束时再给你个A。我早就准备好了，只要你问我，我就会告诉你，可是你没问。而且这只是我进高中以来收到的第三张红单，我的总平均分目前还高达九十三分，你也知道这种成绩有多好——"

"可是你会慢慢退步！"她向他逼近一步说，"都是因为那辆车和你女朋友。后者我无话可说，可是那辆破车实在没道理！就连丹尼斯也认为——"

阿尼突然站起来。由于两人距离太近，她被吓得后退一步。"少把丹尼斯扯进来，"他轻声说，"这是我们之间的事。"

"好吧，"她再次改变立足点，"最简单的事实就是你的成绩一直在退步，我知道，你爸也知道。那张红单就是最明显的迹象。"

阿尼很自信地笑了笑，雷吉娜提高了警惕。

"那好，"他说，"这样吧，让我把车暂时保留到这学期结束。如果我有任何一科低于C，我就把车卖给达内尔。他一定会买，他知道照她现在的样子可以卖个好价钱，他会赚上一笔。"

阿尼停下来观望雷吉娜的反应。

"再加一项，如果我没上荣誉榜，我也把车卖掉。也就是说，我用车来赌我的微积分在学期结束时至少是 B，你怎么说？"

"不行。"雷吉娜赶紧回答。她向丈夫递了个警告的眼色，叫他不要开口。迈克尔正准备发表意见，这么一来只好闭上嘴巴。

"为什么？"阿尼假装心平气和地问。

"因为这是陷阱——你布置的陷阱！"雷吉娜对他吼道，她的怒火好像突然挣脱了束缚，"我替你换了多少年臭尿片，现在我不必站在这里跟你谈条件。我要你把它弄走，我不想看到它，就是这么回事！到此为止，我不想再多谈了！"

"爸，你觉得如何？"阿尼转移视线问道。

迈克尔张嘴准备回答。

"他的想法跟我一样。"雷吉娜说。

阿尼回头看她。四只同样色调的灰色眸子对视着。

"反正我说什么都不算数就是了。"

"我想这件事已经——"

她没说完就转身离去。阿尼一把抓住她的胳膊肘。

"是不是？当你决定一件事的时候，别人说的都不算数，是不是？"

"阿尼，够了！"迈克尔终于开腔了。

阿尼仍旧看着雷吉娜，她也回头盯着他。两人的目光仿佛冻结在一起。

"我知道你为什么不想见到那辆车——要不要我告诉你？"他还是用刚才那轻柔的声音说，"你不是为了钱，而是怕我因为对车子的兴趣找到相关工作，那样我就不会走上你安排的路，我想你明白得很。还有我的成绩，你明知道我没有退步，但你就是想用各种方法来控制我，因为你不能忍受我不像你的学生或'他'那样服从你。"——他用拇指指了一下迈克尔，他的脸上露出混着愤怒、内疚与哀伤的表情，"我跟他们不一样。"

现在阿尼两颊充血，双手紧握成拳。

"说得好听，什么全家共同决定、共同讨论、共同解决，其实你才是王。我上学穿什么衣服、穿什么鞋子、交什么朋友、去哪里度假、什么时候换车、换什么车……样样都得依你。可是这件事你管不了，所以你他妈的恨我，对不对？"

她甩了他一耳光，声音顿时在客厅里回荡。外面天色已经转暗，路上的车子亮着灯从门口掠过，克里斯汀停在坎宁安家门口的车道上，就像它停在李勃门口的草坪上一样，只是现在的样子比那时候好看得多。它仿佛在冷眼旁观这场丑恶的家庭纠纷，或许它已经走进了这个世界。

雷吉娜·坎宁安出人意料地突然大哭起来，就像沙漠里突然下起倾盆大雨一样。阿尼一生中只看母亲哭过四五次，可是没有一次这么激动。

稍后他告诉丹尼斯，她的泪水中带着恐惧，让她看起来好像老了好多。几秒钟内，她从四十五岁跳到六十岁。她本来犀利的灰色眼眸，变得模糊无力，夺眶而出的泪水把脸上的妆粉冲出一道道痕迹。

她摇摇晃晃走到壁炉前，想把杯子搁在炉台上，但杯子从指间滑落，掉在炉台前摔得粉碎。这一家人全都笼罩在可怕的沉默与惊骇之中。

最后她在抽泣声中虚弱地说："阿尼，我不准它停在我们家门口或车库里。"

他冷冷地回答："我不会让她出现在这里的，妈。"

他走到门口，突然转身，回头看着他们俩说道："谢谢你们这么体谅我，真的非常感谢。"

说完他便走出门外。

21
阿尼与迈克尔

自你离开以后，
墨镜不离我身，
但我终会度过，
因为有闪亮的黑凯迪（拉克）陪着我。

——"月亮"·马丁

阿尼走向克里斯汀时被迈克尔追上，他一把抓住阿尼的肩膀。阿尼打掉他的手，边走边继续在口袋里找车钥匙。

"阿尼，听我说。"

阿尼猛然转身，在微暗的夜色中，看起来似乎要攻击他的父亲。然后他放松下来，靠着车子，左手搭在车篷上轻轻抚摩，仿佛能从中得到力量。

"好吧，"他说，"你想说什么？"

迈克尔张嘴却又不知该说什么，脸上的表情十分无助，如果不是因为气氛这么严肃，那表情几乎可说有点滑稽。突然，他也变得又老又憔悴。

"阿尼，"迈克尔仿佛克服了重重阻力才把声音勉强挤出喉咙，"阿尼，我很抱歉。"

"我知道，"阿尼转身拉开车门，车里飘出一股高级内饰的蜡香味，"刚才你帮我说话的时候，我就知道了。"

"请原谅我，"他说，"我很难表明立场——这比你想象中更难。"

他声音中的某种情绪让阿尼回过头来，看到他沮丧而郁郁寡欢的眼神。

"我也得考虑她的立场，尤其当我看到你这样不计代价地反抗她——"

阿尼冷笑一声。"总之你跟她立场一致就是了。"

"你妈正要进入更年期，"迈克尔说，"这对她来说也不太好过。"

阿尼眨了眨眼，不太确定自己刚才听到的话。这句话似乎不会比棒球比分跟他们正在谈的事有更密切的关系。

"什么？"

"更年期。她很害怕，所以她喝很多酒，她有时候生理上也会觉得痛苦，不过只是偶尔，"他说，"她看过医生，可是这种病医生哪儿能治？她的情绪很不稳定。你是她的独子，她所做的一切都是为了你好，不管要付出多少代价。"

"她只是想要每个人都听她的——一直都是这样。"

"她要你做的对你总有好处，"迈克尔说，"可是我不知道你为什么老是要唱反调。"

"是她先开始的——"

"不对，是你开始的，你把车买回来那天就开始跟她作对。你知道她的感受，你也知道有件事她没说错——你变了。从你和丹尼斯买回那辆车开始你就变了，你以为我跟她都没注意到？"

"嘿，爸！这样说太——"

"我们根本没机会跟你谈，你不是忙着弄车子就是和利在一起。"

"你的口气开始变得跟她一模一样了。"

迈克尔突然笑了，不过是悲哀的笑容。"你错了，而且错得一塌糊涂。我倒觉得你的口气才是跟她一样。我就像联合国维和部队一样，是两边不讨好的和事佬。"

阿尼两肩向下一沉，搭在车篷上的手又开始爱抚她。

"好吧，"他说，"我想我懂你的意思。只是我不懂你为什么让她那样摆布你。"

迈克尔那张悲伤而略带羞耻的笑脸僵在那里，有点像一只狗刚追到土拨鼠时咧着嘴笑的样子。"也许生命总有些固定的形式，也许上帝对你不了解或我不能解释的事总会有些补偿。比方说……我想你也知道……我爱她。"

阿尼耸耸肩。"那……现在怎样？"

"我们出去兜个风如何？"

阿尼有点惊讶，但马上高兴起来。"好啊，上车吧。上哪儿去？"

"机场。"

阿尼挑起眉毛问："去机场？为什么？"

"上了路再告诉你。"

"雷吉娜呢？"

"你妈上床了。"迈克尔压低了声音说。

阿尼开得很稳很慢，克里斯汀新换的大灯射出的光束，在黑夜中形成两道光痕。他经过季德家，然后向左转入榆树街，又转往肯尼迪大道，再下去就可以接二七八州道直接通往机场。路上车辆很少，引擎从新换的排气管中发出低沉的声音，仪表板散发着神奇的绿色光芒。

阿尼打开收音机找到了专播老歌的调幅电台，吉恩·钱德勒正唱着《厄尔公爵》。

"这车跑起来真顺。"迈克尔的语气中颇有敬畏之意。

"谢谢。"阿尼笑了笑。

迈克尔深吸一口气，说："连闻起来都像新车。"

"很多部分的确是新的，我换这副椅套就花了八十块。雷吉娜就会为这些事鬼吼鬼叫。我为这辆车不知到图书馆查了多少资料，我把相关资料都打印了一份。可是很多事情不像想象中那么容易。"

"怎么说？"

"举个例子，一九五八年份的普利茅斯复仇女神并不被认为是古董车，因此很少有人在文献上提到她。那些汽车相关文献，比如《美国车回顾》《美国经典车款》《二十世纪五十年代汽车特辑》之类的书上都只提到一九五八年的庞蒂克和雷鸟，我认为那是雷鸟的最后一组经典车款，可是——"

"没想到你对老车懂得这么多，"迈克尔说，"你什么时候开始对车感兴趣的，阿尼？"

他稍稍耸了下肩。"另一个问题是，李勃这辆车是定做的，跟底特律原厂出产的不太一样——普利茅斯从不出红白两色的车——我要把她修复成李勃买来时的样子，这点就相当困难。"

"你为什么一定要恢复成李勃买它时的样子？"

他又耸耸肩。"我不知道。我只觉得应该这么做。"

"我觉得你做得很成功。"

"谢谢。"

他的父亲靠向驾驶座，双眼盯着仪表板。

"你在看什么？"阿尼有点不高兴地问。

"真不敢相信我的眼睛，"迈克尔说，"我从没有见过这种事。"

"什么事？"阿尼也低头看仪表板，"哦，你是说里程表？"

"它在向后跑，是不是？"

里程表的确在向后跑，在那个十一月的晚上，表上的数字是七万九千五百英里。迈克尔盯着十分之一英里的表格看，发现它从二倒转回一，又倒转回零、九……接着个位数的表格也跳回一个数字。

迈克尔笑了。"孩子，你的秒表大概出问题了。"

阿尼也笑了——非常小的微笑。"也许吧,"他说,"达内尔说一定是哪根线搭错地方了,不过我没那个工夫去找出来。再说有个会倒退的秒表,不也挺新鲜的吗?"

"它准吗?"

"呃?"

"如果从我们家到车站广场,总里程数会减少五英里吗?"

"哦,"阿尼说,"我懂你的意思了。不准,她一点都不准。你每跑一英里路,她就退回三英里左右,有时候还更多。总有一天连接线会断掉,到时我再换个新的。"

迈克尔注视速度表,看见指针平稳地停在四十,看来它是好的,但里程计数器是坏的,这实在少见。阿尼真的认为是搭错了线吗?当然不可能。

他笑了笑说:"这事实在很古怪,孩子。"

"为什么要去机场?"阿尼问。

"我要送你一张停车月票,"迈克尔说,"就在机场的停车场,比达内尔车厂便宜,任何时候都可以取车。镇上的公交车可以直达机场,而且是终点。"

"老天,这太疯狂了,我没听过这种事。"阿尼叫着说,"难道我要用车的时候还得搭二十英里的公交车去取自己的车?不成!"他把车转向一家干洗店前的回转道。

他还想开口再说什么,却突然被迈克尔掐住脖子。

"阿尼,你听着,"迈克尔说,"我是你爸,你给我听好。你妈说得没错——这几个月来你变得越来越不理性了。"

"放开我。"阿尼说着开始挣扎。

迈克尔没有放手,只是放松了点。"我分析给你听,"他说,"不错,机场是很远,可是你所花的时间也跟到达内尔车厂差不多。镇上有很多车位出租,可是车子遭窃或被破坏的也很多,相比之下机场是最安全的地方。"

"没一个公共停车场是安全的。"

"第二点，那里比城里其他任何一个车库都便宜——尤其是达内尔车厂。"

"你明知这不是重点！"

"你说的也许有道理，"迈克尔说，"可是你也忽略了一个重点，阿尼——真正的重点。"

"是吗，那就请你告诉我吧。"

"没错，我会。"迈克尔停了下来，盯着他儿子看，等到再度开口时，他的声音低沉而平稳，几乎就像他的录音机中传出的音乐，"你已经完全失去判断事情的能力。你即将十八岁，明年就高中毕业了。我猜你已经决定不念霍利克大学，我看到你收集了很多其他大学的资料——"

"我不会念霍利克的，"阿尼说，现在他已经冷静下来，"经过今天这件事之后更不会。你不晓得我有多想逃离这里，也许你根本就知道。"

"是的，我知道。也许这样最好——总比这样跟你妈吵架要好。不过我只求你别告诉她，等到你要交申请表的时候再说。"

阿尼不置可否地耸耸肩。

"你可以开车上学，不过只希望到时候它还能跑。"

"她当然能跑。"

"而且如果那个大学准许新生开车进校园的话。"

阿尼突然转向他父亲，表情变得又惊又怒。他没想过还有这种可能。

"我不会申请不准学生开车的学校。"他的声音充满耐心，仿佛在教导一群低能儿童。

"你瞧！"迈克尔说，"她说得一点都没错。选择学校的标准竟然是准不准大一新生在校内开车——这样还算有理性吗？你已经为这辆车疯狂了。"

"我也不期望你能了解。"

迈克尔紧抿嘴唇，好一阵子没有吭声。

"再说搭公交车去机场取车有什么不好？不错，是很不方便，我承认，可是这个问题并不严重。它的好处是非必要时你就不会去取车，这样正好可以节省油钱，此外还可以堵住你妈的嘴，看不到这辆车她就不会唠叨。"迈克尔又停下来，再次露出他那悲哀的笑容，"你我都知道她不是在乎车子需要花钱养，她只是不能忍受你违抗她……"

他又停下来注视着儿子。阿尼也凝视着他。

"带着这辆车进大学吧，如果你选了个不准新生在校内开车的学校，总可以在外面找个停车的地方吧？"

"比方说，停在机场？"

"是的，类似这样的地方。等你回家度周末时可以把车开回家，你妈会因为高兴而不再提车子的事。说不定她还会帮你洗车上蜡，她就会知道你在车子身上下了多大的功夫。再等十个月，一切都会过去！我们就又可以享受平静的家庭生活了。阿尼，继续往前开吧。"

阿尼把车转入车道，加入车流中。

"这辆车有没有保险？"迈克尔突然问道。

阿尼笑着说："别开玩笑好吗？这种车如果你还不投保责任险，要是出了车祸的话，警察一定会宰了你。不投保责任险的话，就算天上掉下一辆车砸在你车顶上也还是你的错。宾州政府那些狗屎这样规定就是为了防止小鬼乱开车。"

迈克尔想要告诉阿尼，在宾州的交通意外死亡统计数字中，有百分之四十一是青少年（阿尼买车不久后，雷吉娜在报上看到这则统计时还用冷冰冰的声音念道，"百分之四十一"），可是他马上又想到阿尼一定不想听……至少在目前的情绪下他不会想听。

"只投保责任险？"

他们通过一块指示牌，上面写着"机场靠左线"。阿尼先打方向灯才向左靠，迈克尔看到后稍微松了口气。

"不满二十一岁不能保意外险，那些有钱的狗屎保险公司绝对不会做对他们不利的事。"阿尼的声音中有种迈克尔从未听过的苦涩与些许戾气，同时他虽一言不发，却为儿子的用词感到震惊和些微不悦——他以为也许阿尼和朋友之间都是这样说话（直到不久后与丹尼斯谈过，他才知道一个极为明显的事实，那就是直到高中最后一年，阿尼仍然只有丹尼斯这一个朋友），只是不会在他和雷吉娜面前表现出来。

前方夜空中闪着机场的灯光，跑道上浮现着两道神秘的蓝色灯光。

"如果有人问我世上最低等的是什么人，我一定会说是保险业务员。"

"显然你接触了很多这种人。"迈克尔说道，他不敢再多说什么，阿尼似乎正在等待另一次发怒的机会。

"我跑了五家公司，我并不像妈说的那样急着把钱糟蹋完。"

"所以你只能投保第三责任险？"

"一年六百五十块。"

迈克尔吹了声口哨。

"是很惊人。"阿尼同意道。

阿尼又打方向灯，左转是停车场，向右则是机场大厅。到了停车场门口，车道又岔为两条。右边通往短期停车购票亭，左边是间玻璃亭，停车场管理员坐在里面边抽烟边看着黑白电视。

阿尼叹口气，说："也许你说得对，这里是解决问题的最好方法。"

"当然，"迈克尔松了口气，阿尼的语气很沧桑，同时他眼中的火光也渐渐平息了，"十个月后一切就没事了。"

"当然。"

他把车开到售票亭边，管理员很年轻，穿着橘黑两色、胸口有着自由高中校徽的运动衫。他推开窗子探出头问："要寄车吗？"

"我要买张月票。"阿尼掏出皮夹。

迈克尔拦着他说："说好算我的。"

阿尼轻轻把他的手推开，坚决地掏出皮夹。"这是我的车，"他说，"我自己付。"

"我只是想——"迈克尔说。

"我知道，"阿尼说，"我是说真的。"

迈克尔叹了口气，说："我知道你是说真的，你和你妈一样倔强。反正照我的方法做，一切都会没事。"

阿尼先是撇着嘴，然后咧嘴一笑。"可不是吗？"他说。

两人不觉相视而笑。

这时克里斯汀突然无缘无故地熄火了。油表和电路指示灯都正常，在这之前，点火系统也没有任何不顺畅。

迈克尔扬起眉毛问："怎么了？"

"我也不知道，"阿尼皱着眉说，"以前从来没有过这种现象。"

他转动钥匙，引擎又重新发动。

"没事。"迈克尔说。

"这周有空我要检查一下点火正时。"阿尼以埋怨的口吻说。他踩油门让引擎空转，然后仔细听它的声音。在那一刻，迈克尔觉得阿尼完全不像他的儿子，他看起来像比实际年龄大，而且坚强多了。然而这时他心中却闪过一丝极度强烈的恐惧。

"嘿，你是要买月票，还是要在这里坐上一整晚想你的点火正时问题？"停车场管理员问道。阿尼觉得他很面熟——也许他们在学校走廊见过，但没有说过话。

"哦，对不起。"阿尼从窗口递给他五块钱，并从那人手里接过一张票卡。

"停最后一排，"管理员说，"下个月若要续租，别忘了在月初前五天预订车位。"

"好。"

阿尼把车开到停车场最后一排，克里斯汀的影子在水银灯下拉长又缩短，最后停在一个空位前面，慢慢倒了进去。阿尼熄掉引擎，整张脸一皱，一手撑在背部下方。

"背还在痛？"迈克尔问。

"有一点，"阿尼说，"本来差不多快好了，大概昨天搬东西姿势不对。别忘了锁门。"

两人一起出来并把门锁按下。出了车子，迈克尔觉得开朗多了——他觉得和儿子更亲近了，他感觉今晚自己似乎解除了一场重大危机。

"我们可以算算搭公交车回去要多少时间。"阿尼说。于是两人穿过停车场朝机场公交车站走去，水银灯下只见两个紧紧靠在一起的身影。

迈克尔在来机场的途中，总算对克里斯汀的情况有了些了解。他很佩服阿尼修车的功夫，但他不喜欢这辆车，非常不喜欢。他知道对一个没有生命的东西有这种感觉实在很可笑，可是它就像喉咙里的一个肿块，迈克尔永远不会喜欢它。

如果一定要推究原因，他知道那是由于克里斯汀在他们家引发了一连串不算小的纷争，这是主要原因，但不是全部原因。他不喜欢阿尼坐在方向盘后的样子，那时他总是变得骄狂暴躁，活像个生病的国王。他不喜欢阿尼咒骂那些保险公司的样子，他动不动就脱口而出的"狗屎"……还有当他们父子同时笑出声时克里斯汀莫名其妙熄火的那件事。

此外，那辆车有股味道，你也许不会马上察觉，可是慢慢就会闻到。也不全是新椅垫的味道，那种味道很好闻，而克里斯汀的味道却带着老旧、苦涩和几分神秘。迈克尔对自己说：它是辆老古董车，难道你期望它闻起来像新车？它已经用了二十年了，也许那股怪味是来自后备厢的地毯，或新地毯下的脚垫……也许是来自椅垫。总之，那是种古老的味道。

然而，那股味道使他心烦。它会一波波传出来，有时气味非常明显，过了一会儿却又完全消失。它似乎没有固定的出处，而且最糟的是，有时候，它竟有点像小动物的腐尸味——也许是只猫、土拨鼠，或松鼠曾经钻进后备厢，或挤进车缝，然后闷死在里面。

迈克尔对他儿子完成的工作感到骄傲……而且很高兴走出他儿子的车。

22
桑迪

头一次我走过便利商店，
下一次我开过便利商店，
我喜欢开车经过的感觉，
因为有收音机陪着我。

——乔纳森·里士满与摩登情人

那晚的停车场管理员名叫桑迪·高尔顿，是赖普顿狐群狗党中的一员。赖普顿向阿尼亮刀子那天他不在场，所以阿尼不认得他，但他认得阿尼，他在机场停车场的值班时间是每晚六点至十点。

赖普顿被退学后再也无心念书，于是就到范登堡父亲开的加油站打工。他才干了几周就学会了几套传统的诈财把戏——碰到匆忙而不可能有时间点钱的顾客，就故意少找他们钱，另一招是用翻修过的轮胎骗顾客说是新胎，而十五块和六十块之间的差额自然都跑进了他的口袋。其他类似的零件也是如法炮制，不然就是卖检验合格贴纸给附近的高中生或霍利克大学的学生。

加油站是二十四小时营业，赖普顿轮值晚上九点到第二天凌晨五点的班。晚上十一点左右，威尔奇和桑迪常会开着桑迪那辆伤痕累累的福特野马，瑞奇·崔洛尼则开他的庞蒂克火鸟过来闲聊，至于范登堡更是一周之中总有五六天都耗在这里。周一到周五任何一天，办公室里总会窝着六到八个人在那儿喝啤酒或"得州司机"（威士忌）、吸大麻、讲黄色笑话，或跟同伴胡诌些搞女孩的经验，不然就是帮赖普顿干他那些偷鸡摸狗的勾当。

十一月初某天晚上，桑迪刚好向他们提起阿尼·坎宁安买了张停车月票，把他那辆老爷车停在机场的事。

在夜半时分精神一向涣散消沉的赖普顿这时候突然把椅子向后一顶，站了起来。

"你说什么？"他问，"坎宁安？那个老芝麻脸？"

"是啊，"桑迪略带惊讶与不安地说，"正是他。"

"你确定？就是那个害我被踢出校门的家伙？"

桑迪看着他，脸上的警觉性越来越明显。"就是他，怎样？"

"他买了一张三十天的停车票——这不就表示他会长期把车停在你那里？"

"没错。也许他家人不准他停在……"

桑迪没把话说完，而赖普顿却先笑了。那是令人不快的笑容，部分原因是他的牙齿又黄又丑，而主要原因是它使人觉得好像是一台恐怖的机器突然有了生命，而且正准备开始运转。

赖普顿把视线从桑迪转到范登堡，又转到威尔奇，再转到崔洛尼身上。这期间他们好奇又害怕地看着他。

"芝麻脸，"他故意用带着惊讶的柔和声调说，"老芝麻脸的车居然上了路，而且还把它停在机场。"

说完他开始大笑。

威尔奇和范登堡交换了一个有着几分担忧同时又带着饥渴的眼神。

赖普顿靠向他们，双肘撑在膝上。

"听我说……"他说。

23
阿尼与利

开车上场一路游，
宝贝佳人伴身旁，
趁着弯道偷一吻，
好奇心起四处走，
电台频道尽情溜，
天下任我走透透。

——查克·贝瑞

车上的收音机，WDIL 调幅电台正播着狄昂以粗犷沧桑的嗓音演唱的《放浪的苏》，可是他们俩都没在听。

他把手伸进她的运动衫里，找到了她柔软的胸部，她的呼吸急促微喘。接着，她第一次把手伸向他最希望她抚摩的地方。他没有经验，因此现在他急着弥补这个缺憾。

他吻着她时，她的嘴张得很大。他找到她的舌根，狠狠吸啜她口中雨后森林的清香。他可以感受到她的兴奋。

他靠向她，把全身顶着她，那一刹她也报以热情的回应。

然后她突然推开他走了。

阿尼愣坐在方向盘后，过了半天才伸手打开车顶灯。他没搞错，利刚推开门走出去，他还听到砰的关门声。

他又坐了一会儿，为的是要弄清到底发生了什么事。他甚至不太清楚自己身在何处，他觉得浑身燥热，那种神奇的生理反应既奇妙又有点可怕。他的下体坚硬，他觉得肾上腺里有东西上上下下跑来跑去，有点像是血流高速通过一样。

他把裤子整理好，推开车门出去找利。

利站在堤防边缘，目光投向下方的漆黑之中。阿尼觉得自己仿佛正处在梦境之中，而这场梦随时可能变成噩梦……也或许可怕的事情已经发生了。

她离边缘太近，因此他伸手把她拉回来。这儿的土又松又软，边上没有栏杆，如果塌方了，利也会跟着摔下去。

堤防是情侣谈情说爱的地方，它始于史丹森路末端，一直往山边高地延伸过去，几乎绕过大半个自由镇，终止于自由高地。

这天是十一月四日，周六。黄昏时就开始下的小雨现在已成了雨雪。他把她拉回车里——她毫不反抗地跟他回去，或许是被雨雪淋湿的缘故。起初他以为她脸颊上的水珠是雨水，进了车子在仪表板幽青的光芒照射下，他才看出那是眼泪。

"怎么回事？"他问，"发生了什么事？"

她摇摇头，哭得更厉害了。

"是不是我……是不是你不想做那件事？"他拼命吞口水，强迫自己鼓足勇气说，"你不喜欢像那样摸我？"

她又摇头，但他不太了解她的意思。阿尼搂着她，担心得不知如何是好，可是他心里想的是：居然下雪了，克里斯汀没套雪链。

"我从来没对男生做过那种事，"她把头伏在他肩上说，"这是我第一次摸男生的……我这么做只是因为我想。"

"那到底是为什么？"

"我不能在这里跟你……"她说得很慢很吃力，一次一个字，好像有点不情愿说出来。

"在堤防上？"阿尼往四周看看，他在想她会不会以为他带她到这里是想偷看别人亲热。

"我是说车子！"她突然大声说出来，"我不能跟你在车里做爱！"

"呃？"他仿佛遭到雷击般瞪着她，"你说什么？为什么这么说？"

"因为……因为……我也不知道！"她想说出来，却换来更多眼泪。阿尼搂着她，一直到她安静下来。

"我只是不知道你比较爱谁。"利冷静下来后说。

"这简直……"阿尼停了停，然后摇头笑道，"利，这真是太疯狂了。"

"是吗？"她打量着他的表情说，"你陪谁的时间多？我……还是它？"

"你是指克里斯汀？"他看看四周，回她一个困惑的苦笑。这一笑对她来说不知是可爱还是可恨，或者两者皆有。

"对，我是指克里斯汀，"她靠回椅背上，低头看着自己的手，"说这种话大概很蠢。"

"当然是陪你的时间多，"阿尼摇摇头说，"这真是太疯了。可是应该还算正常——我觉得疯狂大概是因为我从来没交过女朋友。"他伸手抚着她的头发，她的外套敞着，运动衫上印着一行字：不自由毋宁死。她突起的乳头明显印在薄薄的棉衫上，看得阿尼心神荡漾。

"我以为女生只会对其他女生吃醋，而不是一辆车。"

利笑了。"你说得对，一定是因为你从来没交过女朋友。汽车就是男人的女友，难道你不知道吗？"

"哦，拜托——"

"那你为什么不叫它克里斯托弗？"她突然用力在坐垫上拍了一掌，阿尼吓得往后一退。

"利，不要这样。"

"不喜欢我打你女朋友？"她以满是恶意的口气问道，但她看到阿尼受伤的眼神后又说，"阿尼，对不起。"

"你是真的感到抱歉吗？"他换上冷漠的表情问道，"全世界好像没人喜欢我的车——你、我爸、我妈，还有丹尼斯。我辛苦的结果对你们来说什么都不是。"

"我不这么想，"她轻声安慰道，"我觉得你做得很好。"

"走吧，"他有气无力地说，他的兴致已消，现在只觉得浑身发冷，"我们走吧，我没加雪链，回去的路又都是下坡。别忘了你跟家人说我们是去打保龄球，待会儿困在史丹森路上就糗了。"

她笑着说："他们可不知道史丹森路可以通堤防。"

他对她挤个眼色，幽默地说："只有你不知道。"

他慢慢驶向回镇上的路。克里斯汀在险降坡上也能平稳地徐徐下滑。地面上两大片闪亮的星光越来越近——那是自由镇和门罗镇的灯火。利满怀惆怅地看着那一片闪烁，不晓得这美好的夜晚为什么就这样溜走了。她很懊恼也很沮丧，好像有什么重要的事没有完成。她的乳头有点痛，她不晓得自己会不会"随他怎样"……只是当时那个节骨眼上，一切都跟她想的不一样了，都怪她那时为什么要乱说话。

她的身体和思绪都是一片纷乱，在回家的寂静路上，她很想对他说出心中的感受……只是她张了嘴又闭上。她怕被误解，而且其实她不知道自己真正的感受是什么。

她不嫉妒克里斯汀，但也并不是完全不在乎这件事。阿尼说了句谎言，那就是他花在车子上的时间远比跟她在一起的时间要多得多，可是这又有什么不对？他是个巧匠，他喜欢机械。他把它修复得跟新的一样……只是那个往回跑的秒表实在有点古怪。

她对他说：汽车就是男人的女友——当时她没细想自己在说什么。她只是脱口而出。这句话当然只是随便说说，她从来没去想她家那辆车是男是女，它不过是辆福特车罢了。

可是——

算了，别再钻牛角尖了。有件事比什么都重要，那就是她不能和他在车里亲热，不能和他做爱——

绝不能在车里。

因为她一直有种感觉，那就是克里斯汀在偷看他们。克里斯汀不容许这种事发生，它充满嫉妒，甚至带着恨意。每次坐进克里斯汀和阿尼出去兜风，她都觉得他们被那辆怪车吞噬了。和阿尼在车里接吻和做爱就好像在别人面前表演一样——或许更像是在情敌的身体里做爱。

而更疯狂的是，她恨克里斯汀。

她是发自内心地讨厌并害怕克里斯汀，她不喜欢走在它前面，或太接近它的后备厢。她惧怕克里斯汀的程度，就像她从来没见过汽车似的。

她不愿在那辆车里做任何事，甚至不愿乘坐它。而且阿尼进了车就好像变了个人——变成一个她不认识的人。她喜欢让他抚摩——胸部或大腿内侧，他的手指能为她带来感官上最大的刺激，只是在车里，所有感觉都变得那么鲁钝……或许阿尼在车里表现出的是色情而不是热情。

车子转进她家所在的街上时，她又开口想跟阿尼解释自己的感觉，可是她还是发不出声音。何必呢？根本也没什么好解释的——这一切的感觉都那么虚无缥缈，就像一团蒸气。不……有一点例外。可是她不能对他说，那样会伤到他，她不想伤害他是因为她发觉自己刚开始爱上他。

可是事实摆在眼前。

车里除了新换沙发套和清洗剂的味道外，还有种轻微的腐败臭味，让人闻之欲呕。

她怀疑是不是有什么小动物死在车上某个地方。

他在门前台阶上吻她，两人的身影在车道路灯下拖得很长，她的深棕色头发被水银灯照得宛如珠宝。他很想好好吻她一次，可是她父母可能会在客厅里看到——说不定他们现在正在看。所以他只象征性地吻了她一下，就像在吻表妹一样。

"很抱歉，"她说，"今晚我表现得很笨拙。"

"不，别这么说。"阿尼很正经地看着她。

"我只是觉得——"她不晓得自己是不是在说谎，"在车里做那件事不太好，任何车都一样。我想跟你在一起，只是不想躲在路边黑漆漆的车里。"

"我知道。"他说，刚才在堤防上他有点生气，可是现在站在她家门前的台阶上，他可以谅解她的感受，"我知道你的意思。"

她抱住他，双手锁着他的脖子。她的外衣还是敞着，他可以感觉到她柔软双峰的重量。

"我爱你。"她第一次对他这么说，然后一溜烟地跑进屋里，留下阿尼一人愣在门口，不过这么一句话为停留在晚秋寒风中的他带来一身温暖。

阿尼呆站了好一阵子才想到，再站下去也许她家的人会觉得奇怪，于是他打着拍子，傻笑着走出院子。他像在坐云霄飞车——全世界最带劲的云霄飞车，而且只准坐一次。但才走到路边，他突然停下来，脸上的笑容也随之消失。克里斯汀停在路边，车窗上的融雪遮住了车里的灯光。刚才离开时他没熄火，可是现在车子死寂地停在那里，这种事已是第二次发生了。

"电路潮湿，"他喃喃自语，"小毛病！"不可能是因为火星塞，前天他才在达内尔车厂把整组八个火星塞都换了，而且还是香槟牌的——

你陪谁的时间多？我……还是它？

他又笑了，只是这回笑得很勉强。他当然是陪车子的时间多，因为这牵涉到为达内尔打工的问题，而且……

那么你是在对她说谎了？这是事实，对吧？！

不对，他对自己答道。不对，你不能说这是欺骗……

你没骗她？那这是什么？

从他带她去看球赛起，这是他对她说过的唯一的谎话。因为事实上他花在克里斯汀身上的时间远比跟她在一起的时间要多得多。他不喜欢把车停在机场，让她在那里吹风淋雨，马上还要淋雪——

所以他骗她。

他大部分时间都在陪克里斯汀。

不过这样做是——

是——

"不对的。"他对自己说，但几乎听不到自己的声音。

他站在人行道上打量他的车。隔着雨雪淋湿的玻璃，里面那盏橄榄球形的红色灯仿佛在嘲笑他。

他走过去拉开车门坐进驾驶座，然后把门拉上。他闭上眼睛，平和宁静之余，他又想起了一些事。不错，他是说了谎，可是那只是小谎，再说这件事也不重要。

他闭着眼伸手去摸钥匙——附在上面的皱皮套还烙着"罗兰·李勃"的字样。他觉得没必要换个烙着自己名字的皮套。

而且这串钥匙和皮套不也很特别吗？是啊，挺特别的。

他在李勃的厨房里把现金点给他时，李勃把钥匙串滑过红白格桌布给他。那块长方形皮套已经变成黑褐色，上面的字母因为长年在口袋里和硬币摩擦，也已模糊不清。

可是现在字母看起来那么突出，就像新烙上去的一样。

然而这件事跟他说谎的事一样，一点都不重要。一旦坐进克里斯汀，他就感觉什么都变得不重要了。

对，什么都不重要。

他转动钥匙。起动机开始震动，可是引擎就是点不着。电路潮湿，还是那小毛病。

"帮帮忙，"他喃喃自语，"我保证一切都会没事，放心吧。"

引擎点燃又熄火，起动机继续发出哀鸣。雨雪从窗前掠过。只要发动得起来，坐在车里真是又干又暖又安全。

"帮个忙吧，"阿尼轻声说，"帮个忙吧，克里斯汀，小甜心。"

引擎再度点燃，并断断续续咳嗽着。车里的小灯闪了几下。引擎经过一番挣扎后，才渐渐恢复正常的吼声。

暖气对着他的膝盖呼呼直吹，外面的冷风对他再也起不了作用。

有些事利似乎不能了解，而且她永远无法了解，因为她才来到自由高中。芝麻脸、比萨脸！她无法了解他有多想和人聊天和人接近。她甚至不了解一个最简单的事实：如果不是克里斯汀，就算她在额头上刺了"我愿意跟阿尼·坎宁安约会"，他还是永远不敢打电话约她。当然她更不晓得，有时候他会觉得自己老了三十岁——不！是五十岁——好像他突然从少年变成从战场负伤回乡的老兵。

他摸着方向盘，仪表板上猫眼般的绿光照亮了他的脸。

"上路吧。"他带着叹息的口气说。

他挂上了挡再开收音机，黑暗中立刻传出一首叫《马铃薯泥》的曲子。

他开车上路，他打算开到机场，把车停好，再搭十一点的公交车回家。他照计划做了，可是最后他搭的是午夜的班车，而不是预计的十一点那班。他一直到那晚上了床回想利温柔的香吻时，才想到在离开利家到抵达机场之间，他少了一个小时。他觉得这有点像有个人翻箱倒柜地找寻一封重要文件，最后却发现要找的东西始终在他手上。这种感觉有点吓人。

那一个小时他到哪儿去了？

他隐隐记得离开利家以后就……

……就开着车兜风。

对，兜风。如此而已。

在滂沱大雨中兜风，驶过空荡的街道。满地都是霜雪，但克里斯汀没有加雪链（她似乎很懂得保护自己，所以走得又直又稳，即使转弯也不打滑），开着收音机兜风，听着《佩姬·苏》《卡萝》《芭芭拉·安》和《苏茜宝贝》[①]。

那些老歌让阿尼心里发毛，于是他把频率调到 FM104 想听《周末派对》，却听到一个声音酷似艾伦·弗里德[②]的 DJ，接着又听到"尖叫的"杰伊·霍金斯唱着："我已对你下了咒……因为你是我的……"

最后他终于见到机场水银灯出现在迷茫的雨雾中，收音机的歌声也化为沙沙的电波干扰声，所以他把它关掉。走出车子时他竟然全身都是汗水，心底却莫名地松了口气。

现在他躺在床上想睡而睡不着。雨变大了，棉花般的雪片也夹杂着飘落。

事情不对劲。

一定发生了什么事，他无法骗自己说完全不知道。那辆车——克里斯汀，有不少人赞赏过他修复得跟新车一样。他开到学校过一次，实习工厂那些同学都围着打量她，还有人趴下去看新的排气管和车身钣金的接缝。他们打开引擎盖，查看散热器、起动机、发电机，和结构紧密、闪闪发光的汽缸及活塞，就连空气滤清器也新得一尘不染。

他在实习工厂中成了英雄。他回答一切评语和赞赏的方式就是微笑，可是在他笑的时候他的心里不曾感到疑惑吗？当然会。

因为他不记得自己对克里斯汀做了哪些修复工作。

现在回想起在达内尔车厂修车的那段日子，只有一片模糊——今晚他开车到机场途中发生的事也是如此。他只记得第一项工作是敲打尾部撞凹的钣金，可是他不知道自己什么时候完工的。他只记得在车

---

① 上述歌曲都是二十世纪五十年代的摇滚老歌。

② Alan Freed，二十世纪五十年代著名广播 DJ，据传他是最早使用"摇滚乐"一词的人，于一九六五年过世。

篷上喷漆，在锈蚀的地方涂底漆，可是他不知道避震器是什么时候换上去的，他更不记得四个避震器是哪儿来的。他记得他常一个人坐在方向盘后，沉浸在莫名的快乐中……那种感觉就像利吻他时一样。当其他在达内尔车厂修车的人都回家吃晚饭了，他就时常这么坐在车里听收音机播的怀旧老歌。

风挡玻璃的事最叫他费解。

他从来没替克里斯汀换过风挡玻璃，这点他非常确定。因为如果他买了块这么大的风挡玻璃，他的银行存折一定会更加枯竭，而且买东西会没有收据吗？他曾在房间里翻箱倒柜找寻一张这样的收据，可是什么都没发现。而且事实上，他觉得自己似乎有点神志恍惚。

丹尼斯说过——他发现风挡玻璃上的裂纹越来越小。然后到了去隐山镇看球赛那天，它竟然完全消失了，偌大的风挡玻璃上竟然没有一丝痕迹。

为什么会发生这种事？什么时候发生的？

他完全不知道。

他睡着后做了场可怕的梦。窗外的雨停了，秋夜的星星在云缝间露脸。阿尼在被窝里扭成一团。

24
现身夜幕

上我车车来兜风吧，

上我车车来兜风吧，

来去兜风，

来去兜风，

上我车车来兜风吧！

——伍迪·格思里

利一直到了结尾才确定那是一场梦。

她从梦中醒来，在梦中——这场梦是她和阿尼在做爱……不是在车里，而是在一个没有家具，只有蓝地毯、蓝窗帘、蓝枕头的蓝色房间里。她醒来时发现自己是躺在家里，时间是周末凌晨。

她听到外面有车声，于是走到窗边往下看。

克里斯汀停在人行道旁，引擎还发动着——利可以看到排气管不断冒出废气——可是车里没人。虽然没听到敲门声，但是她知道阿尼就站在门边。她得赶紧下去开门，如果她爸醒来发现阿尼一大早跑来找她，后果一定不堪设想。

可是她没有下去，只是站在窗口看着那辆车，心想它有多可恨、多可怕。

而且她知道那辆车也讨厌她。

情敌，她心想。即使在梦中她也感觉得出嫉妒心带来的灼热感。那辆车在凌晨时分停在路口等她——利，下来吧，利，下来吧，我们兜风去。让我们好好谈谈谁需要他，谁关怀他……下来吧，你不是怕我吧，嗯？

她吓得毛骨悚然。

这不公平，克里斯汀太老了，它知道如何骗取他的心——

"滚开！"利在梦中狠狠地低语，并且用指节敲着窗户。玻璃是冰凉的，她看见上面还留下了指印。有时梦里的感觉竟真实得让人惊讶。

可是她知道这一定是梦，因为那辆车可以听到她的声音。她话才刚说出口，克里斯汀就转动它的——或说"她"的——雨刮器把积雪刷下风挡玻璃，然后转出人行道，慢慢驶上马路走了。

然而车里还是没有人。

这点她十分肯定……在梦里你对任何事情都会很肯定。驾驶座窗户沾了很多雪花，可是还不至于看不到里面。她看见方向盘后是空的，所以她知道这当然是场梦。

她回到床上（她从没带男朋友上过这张床——其实除了阿尼，她根本也没有过男朋友），想起十四年前克里斯汀正年轻时，她才四五岁……母亲带她逛波士顿的百货公司。

她把头埋在枕头下，睡意逐渐降临，然后，（在梦中）她睁开眼——在梦里任何事都有可能——她看见百货公司里金光闪闪的玩具部门。

他们正在找礼物送给表弟布鲁斯。百货公司的扩音器里突然传出圣诞老人的呵呵笑声。可是那声音一点都不欢乐，反而有种不祥的感觉，有点像个手持屠刀的神经病正在傻笑。

她指着展示台上某样东西，告诉母亲叫圣诞老人把它送给她。

不行，乖孩子，圣诞老人不会把它送给你，那是男生的玩具。
可是我要！
圣诞老人会送你个芭比娃娃——
我要那个！
那是男生玩的，乖宝宝。女生要玩娃娃。
我不要娃娃，我不要芭比，我只要那个……
利，再不听话，下次我就不带你出来了。

她只好听话了。那年圣诞节她不但收到马里布海滩版芭比，也收到了马里布海滩版的肯尼，她也蛮喜欢这些东西的（大人觉得她应该喜欢），可是她还是忘不了那辆红色赛车。它没有电线操纵，却能在模型公路上来回奔驰。她记得模型板上有翠绿的假山、灰色的环形公路。那辆车跑得好快，在记忆中它是神奇的亮红色，造型也很特别……最特别的是它自己会跑。她知道后面一定有个店员从柜台那里用无线电遥控。妈妈是这么说的，所以事实一定是这样，可是她从心底不肯相信。

她就是不肯相信。

她站在那里看傻了眼，戴着手套的小手扶在展示台围栏上。那辆车不停地绕圈，跑得好快，而且自己在跑，没人操纵它。她站着不肯走，一直到最后，妈妈才不得不把她抱走。

离去时她印象最深的就是百货公司扩音器里传出的可怕的圣诞老人的笑声。她总觉得那是不祥的征兆，她抬头，看见垂挂在屋顶上的装饰小亮片都被笑声震得摇摇晃晃的。

利越睡越沉，到了最后梦境和记忆都从脑海中逐渐退却，随之而来的是窗外耀眼的阳光像冰冻鲜奶般洒了进来。外面呈现的是周末早晨宁静、空旷的街巷。今年冬天的第一场雪铺满一地，洁净柔白的街道上没有任何痕迹——除了人行道旁靠近卡伯特家门口有两道车轮印，它从这里一直划向通往郊区公路的尽头。

那天早上她一直到十点多才起床（她的母亲不喜欢看人睡懒觉，所以最后终于叫她下楼吃早餐，免得跟午餐挤在一起），她下楼时气温已经回升到六十华氏度①——在宾州西部，十一月的天气跟四月一样反复无常。

因此十一点不到，地上薄薄的积雪全都融化了，当然那两道车轮印也跟着消失了。

---

① 华氏温标的标度，用符号"F"表示，当 x 华氏度换算为以开尔文或摄氏度表示时，则为（5/9）（x+459.67）开或（5/9）（x-32）摄氏度。

25
赖普顿夜访机场

让他们闭嘴，然后出手摆平。

——布鲁斯·斯普林斯汀

十天后的晚上，一辆蓝色福特科迈罗悄悄驶进机场长期停车区。它的屁股翘得老高，车鼻几乎磨到地面。

桑迪从管理亭里紧张地探出头来，福特驾驶座也露出一张嬉笑的脸。那是赖普顿，他留了一周的胡须，眼神涣散，一看就晓得刚吸了可卡因。那晚他们几个兄弟先吸了个过瘾才过来的。除此之外，赖普顿的外形还真像堕落版的克林·伊斯威特。

"干得还愉快吧，桑迪？"赖普顿嬉皮笑脸地问。

科迈罗里挤了赖普顿、范登堡、威尔奇和崔洛尼四个人。在一堆可卡因加上六瓶得州司机后，他们兴致正高，打算好好"修理"阿尼那辆普利茅斯。

"你们几个要是被逮到，我的工作就砸了。"桑迪紧张兮兮地说。他是在场唯一清醒的人，现在他很后悔告诉他们坎宁安把车寄在这里，

210

不过他还没想过自己可能会因为这件事和他们一起坐牢。

"如果我们这趟他妈的不可能的任务失败了，你这群勇敢的朋友会否认你跟我们的关系，你会他妈的活得好好的。"威尔奇在后座说道，这段话免不了引来一阵哄笑。

桑迪回头看有没有别人在往这儿看，下班飞机还要一小时才到，因此停车场就像荒无人烟的沙漠。天变冷了，利刃般的寒风从跑道上刮来，穿过停车场上一排排的车子，一直吹向公路。

"你们尽管笑吧，低能儿，"桑迪说，"我根本没看见你们。如果你们被逮了，我就说我撒大条去了。"

"嘿嘿，瞧这老小子多胆小，"赖普顿故意装出惋惜的表情说，"我没想到你是这么胆小的人，圣人桑迪。"

"汪！汪！"崔洛尼学狗叫，引来了更多笑声，"快闪到一边趴着装死吧，不然我老狗要咬人了！汪！"

桑迪的脸变得好红。"随你们，"他说，"反正当心点就是了。"

"会的，老弟，"赖普顿诚挚地说，他拿了一瓶得州司机交给桑迪，"给你，好好喝个痛快。"

桑迪勉强咧嘴笑了一下。"好吧，"他说，"要干就好好干一场。"

赖普顿的笑容变得像金属般坚硬。他眼中的光芒退去，乍看有如一对义眼。"哦，当然，"他说，"这点你可以放心。"

福特科迈罗悄悄滑进停车场。起初桑迪还可以从尾灯看出他们滑到什么地方，可是后来赖普顿把灯关了。有一阵子引擎声跟着寒风一起飘过来，稍后就什么也听不到了。

桑迪把可卡因放到柜台下方电视旁边，然后把酒打开。他知道工作时喝酒会被开除，可是他也管不了那么多了，喝醉总比坐在那里看乏味的黑白电视要好。

一阵风吹向他，隐隐约约可以听到一些声音。

有人在砸玻璃，用金属敲打金属，还有隐约的笑声。

接着又是一阵玻璃破碎的声音。

然后是一片寂静。

风声中夹杂着交谈声，他听不清楚他们在说些什么。

突然他又听到一连串撞击声，桑迪不禁打了个哆嗦。玻璃跟着碎裂，某部分零件也掉在柏油路上——听起来有点像散热器前面的隔板之类的东西。他真希望赖普顿能多带些可卡因给他，好让他暂时忘记这些不愉快的事。

接着是急躁的说话声，没错，那准是赖普顿。

"弄这里！"

有人不同意。

又是赖普顿的声音："别管那么多！砸它的仪表板。"

仍旧有人不同意。

"我才不在乎！"赖普顿说。

然后响起一阵压抑的笑声。

尽管寒风刺骨，桑迪还是满头汗水。他把窗户关上，扭开电视机，开始一个劲地灌酒，果汁混着廉价劣酒的味道让他的脸皱了起来。他不在乎这些，平常他们在一起不喝冰啤酒的时候就喝这种得州司机。现在他该做何感想，觉得自己比他们高级吗？不过反正他早晚都会被炒，但赖普顿可不喜欢胆小鬼。

几口酒下肚，他觉得舒服多了——至少有点头昏眼花了。稍后一辆机场安全巡逻车经过时，他也面不改色。那个警察跟桑迪挥挥手，桑迪回了个招呼，冷静得就跟平常一样。

蓝色福特科迈罗进去十五分钟后，终于出现在出口车道上。赖普顿若无其事地把车停在管理亭门口，仪表板上还放着四分之一瓶得州司机。赖普顿虽然在笑，但桑迪看出他的眼神有点不自在。赖普顿什么事都敢干，阿尼·坎宁安一定会想到这件事是他干的。

"都处理好了，老弟。"赖普顿说。

"很好。"桑迪说。他勉强一笑，但又觉得自己这么做很恶心。他跟坎宁安一点交情也没有。他也不是个想象力丰富的人，可是他实在不难想象明天坎宁安看到自己的车后会有什么感受，不过这是赖普顿的事，跟他无关。

"很好。"他又说了一遍。

"你继续开心吧。"崔洛尼嘻嘻哈哈地边笑边说。

"当然。"桑迪说。他很高兴他们终于要走了。也许经过这件事后，他不会像以前那样常去范登堡他爸的加油站了，或许根本不会再去了。这次玩笑开得太大，实在有点过头了。他会丢了这工作……想开点，这工作本来就没什么意思。也许去夜校修几门课好了。

赖普顿一个劲地对他笑，桑迪很不自在，只好连灌几口酒，还差点呛到了。有一瞬间，他甚至想把酒喷在赖普顿的脸上。然后，他的不自在变成了恐惧。

"如果条子来了，就说你什么都不知道，什么都没看到。就像你说的，九点半左右你撒大条去了。"

"我知道，赖普顿。"

"我们都戴了手套，所以没留指纹。"

"那很好。"

"冷静点，桑迪。"赖普顿安慰他。

"是啊，我知道。"

科迈罗重新发动，桑迪按按钮升起栅栏，科迈罗稳稳地驶向机场的出口。

车里有人在学狗叫。桑迪听到汪汪的叫声越来越小，最后消失在寒风中。

麻烦大了，他坐回去继续看电视。

十点四十由克利夫兰飞来的班机马上要降落了。他把剩下的酒倒在窗外地上，他不想再喝了。

26
克里斯汀惨遭海扁

点滴、点滴，

哦，我以后绝对绝对不再开快车。

那包血拿过来吧，巴德。

——"小神经"·诺瓦斯

第二天放学后阿尼和利搭公交车到机场取车，他们打算开到匹兹堡买点圣诞用品——这很像是大人才会做的事。

在公交车上阿尼心情好极了。他随口编起邻座乘客的有趣小故事，逗得利频频捂着嘴笑：那个穿男用工作鞋的胖女人一定是个还俗修女，那个戴牛仔帽的是个骗子……她看事物的目光就不像阿尼这么透彻，而且没想到阿尼走出自己的封闭世界时，竟然这么活泼……而且多才多艺。她爱他，并深信自己绝对没爱错人。

两人在机场终点站下了车，手牵着手走人行道去停车场。

"这方法倒也不错，"利说，这是她头一次和他到机场来取车，"这里到学校只要二十五分钟。"

"地点不是很理想，"阿尼说，"不过为了能让家里安宁，我也只有认了。告诉你，那天晚上我妈下班回家看到克里斯汀，那张脸马上臭得跟狗屎一样。"

利笑了，风把她的头发由后吹向前。温度从昨晚到现在已经回升许多，不过寒风刮在脸上依然生疼，对于这点她倒是很高兴，因为天气如果不冷一点，就没有圣诞节的气氛了。这时候匹兹堡的圣诞饰物恐怕还没有上市，不过没关系，他们上街也并不是真的为了买东西。突然，她变得好高兴，能够活着并沉醉在恋爱中就是两件最幸福的事。

她曾经自问是不是真的爱上了他，结果答案非常肯定。以前在马萨诸塞州她好像也恋爱过，但绝不像对阿尼这么肯定。他固然带给她一些困扰——比如对车子过于偏执这件事——可是偶尔的不安也在恋爱的感觉上扮演着一部分角色，这是她从未有过的感觉。而且说起来她也承认自己有时是有点自私。

他们穿过车阵，朝长期停车区走去。头上有架美国航空班机刚起飞，聒噪的引擎声波浪般打在脸上，阿尼在说话，但除了头两个字外，其他都被引擎声吞噬了——他好像在说感恩节大餐的事——她偏头看着他的脸，欣赏他那光开口但听不到声音的滑稽样子。

接着，他的嘴唇停下，两脚突然冻僵在地上，眼睛越瞪越大，好像眼珠马上就要胀破。他的嘴角渐渐扭曲，握着利的手拼命收紧，捏痛了利的手指。

"阿尼——"

飞机声越来越小，但阿尼好像什么都没听到。他的手像抽筋一样紧捏着不放，脸上的表情冻结在惊讶与恐惧之间。她想，他一定是心脏病突发还是怎么了……

"阿尼，怎么回事？"她问，"阿尼……你捏得我好痛。"

他还在继续加压，而她已经痛得仿佛骨头都要被捏碎了。他的脸上不见血色，整张脸如同白蜡。

他只说了一句："克里斯汀！"然后松手跑开。他往前跑，先是撞到一辆凯迪拉克的保险杠，接着又差点跌了一跤。可是他没有因此停下，只是不要命地往前冲。

她这才明白又是车子——车、车、车，每次都是那辆天杀的车。她又气又失望。这时候她第一次怀疑，自己怎么会爱上阿尼。

可是当她真正看清那辆车时，她的怒气马上又消了。

阿尼奔向他的车子残骸，双手摊开，猛然在车前面停下，那光景有点像是动作片中车子撞到人之前那一刹那的画面。

他以这个奇怪的姿势站了好一阵子，仿佛想阻止那辆车前进，又仿佛想要阻止整个世界，不让时间前进。接着他慢慢放下双手，喉结上下移动两次，咽下什么东西——也许是一声怒吼或一声尖叫——然后喉结锁住，身上每一块肌肉渐渐隆起，每根血管、每根筋都鼓了出来。那股力量说不定能举起一架钢琴。

利慢慢走向他。她的手指还是痛得不能弯，等到明天就会肿起来，甚至可能就此废了。可是现在她已忘掉这一切。她的心飘出体外追上阿尼，和他一起分担那份痛苦。事后她才知道那天阿尼隐藏了多少痛苦和愤恨不愿和她分担。

"阿尼，是谁干的？"她问。她的声音划过空中，带来更多悲愤。她不喜欢那辆车，可是看到它遭到这种伤害，她才真正了解阿尼有多爱它。也许她再也不会讨厌它了。

阿尼没有回答。他站着凝视克里斯汀，眼里燃着怒火。

风挡玻璃被砸了两个大洞，碎裂的玻璃碴儿像钻石般撒满前座。前保险杠几乎脱离车身，拖在柏油路上，四扇车门的窗子被砸了三块，由玻璃裂痕可以判断那是用坚硬的重型铁器干的——很可能是修车工具。有扇车门被撬开，利看见仪表板上的玻璃全都碎了，车里一片狼藉，速度表的指针掉在脚垫上。

阿尼慢慢绕着车子走了一圈，注意每一个细节，利问了他两次他都没回答。现在他那张白蜡脸上出现燃烧的火红色。他走到车头前面，拾起地上一个八角形的东西，上面还连着黑色电线。她知道那是分电器盖——以前修车时父亲曾经指给她看过。

他把分电器盖拿在手上看了很久，好像在研究一种稀有动物的标本，然后扔在地上。她踩着满地碎玻璃走过去跟他讲话，他还是不回答。现在除了同情之外，她甚至开始怕他了。事后她把当时的情况告诉丹尼斯·季德，他认为当时阿尼就已失去了理智。

他一脚踢开挡住他去路的铁格板，那玩意儿撞上后面的铁栏杆，发出很大的响声。尾灯也被砸了，地上散落着一些碎片。

"阿尼——"她又试了一次。

他停下来，从驾驶座旁车窗上的破洞往里看。他的胸口发出很奇怪的声音。她越过他的肩头往里看，突然觉得想笑、想尖叫，也想昏倒。在仪表板上……起先她没注意到……在这么一片狼藉中，她也不可能注意到仪表板上的东西。她忍不住吐了出来。有谁会下流、卑鄙到这种程度，竟然在仪表板上……

"猪！"阿尼叫道。那根本不是他的声音。

利转身伏在旁边的车上。她闭着眼睛，却看到满天飘浮的小白点。她想到郡里一年一度的拆车比赛。人们把一辆破车放在台上，由比赛者拿一个大铁锤在最短时间内把它砸得稀烂。他们是在拆车，破坏车子，而不是……

"你们这些猪！"阿尼吼叫道，"我要逮到你们，我性命不要了也要逮到你们。"

利又呕吐了，她发现自己有点希望当初没有认识阿尼。

27

阿尼与雷吉娜

要不要坐我的一九五九年别克出去兜风？
要不要坐我的一九五九年别克出去兜风？
它有双化油器，
外加改装增压引擎。

——勋章合唱团

那天晚上阿尼十二点多才回家，衣服上都是油斑和汗水，手上油污更多，左手背还有一道伤痕。他看起来好憔悴，眼睛下边也出现两个黑眼圈。

他的母亲在饭厅等他，桌上摆了一份拼图游戏板。她已经焦心等了一晚上。利已经先打过电话告诉她发生了什么事。雷吉娜很喜欢这女孩（却又嫌她没有好到足以配得上她儿子），在电话里她听出利刚哭过。

雷吉娜心里明白事态严重，所以挂了电话后立刻拨到达内尔车厂。利告诉她阿尼向达内尔租了辆吊车把克里斯汀拖回厂里去了。在这之前，他叫了辆出租车要利先回家。铃声响了两次，然后她听到一个沙哑的声音说："达内尔车厂，找谁？"

她赶紧挂上电话。她知道这时候跟阿尼通话是不对的。在阿尼和他的车子这件事上，她跟迈克尔已经犯了很多错误。她宁愿等他回来，先看他的脸色再决定要说什么。

因此现在她说："阿尼，我很难过。"

如果迈克尔在的话，情况也许会好一点。可是他在堪萨斯城参加中世纪欧洲自由贸易研讨会，要周末才能回来——除非他会因为这件事提前回家。

"难过？"阿尼平淡而不带感情地说。

"真的，我——我们……"她无法继续说下去。他的眼神呆滞，表情仿佛木雕。她只能看着他，摇了摇头。她的眼角都是泪水，但她不想哭，她痛恨哭泣。她出身自七男两女，九个兄弟姐妹的蓝领天主教家庭，在那个父亲认为女孩只能跟人上床然后嫁人的环境中，靠着自己的力量上了大学，所以如果她的家人认为她太强硬，那是因为他们不了解待在地狱被地狱之火炙烤的滋味。

"你知道吗？"阿尼问道。

她摇摇头，眼泪灼伤了她的眼睑。

"你的话让我想笑。如果不是这么累，我一定会笑得站不起来。搞不好你还会跟那些人一起用铁锤砸我的车，搞不好你比他们还高兴看到这件事。"

"阿尼，这样说太不公平！"

"公平得很！"他吼了回去，眼中同时冒出火光。她平生第一次害怕自己的儿子。"是你叫我把车放到你看不见的地方！是他叫我停在机场！现在我该怪谁？你说！你觉得如果我把车停在家门口，这种事会发生吗？嗯？"

他向她逼近一步，两手紧握着拳头，她尽量稳住不让自己后退。

"阿尼，难道我们不能理智地谈谈？"

"他们当中有个人在我的仪表板上拉屎，"他冷冷地说，"妈，你叫我怎么理智？"

她以为自己已经控制住了眼泪，可是一听到这件事——这么一件愚蠢、疯狂的事——她终于哭了出来。她低头捂着脸哭，啜泣声中带着痛苦和恐惧。

她这一生都自认比别人强，和其他母亲比起来，她总觉得骄傲。一般的小孩到了五岁就晓得讲脏话、玩火柴、破坏东西，可是阿尼五岁的时候跟他一岁时一样乖，别的母亲对她说小孩十岁的时候就有的瞧了。然后她们又说等孩子到了十五岁什么坏事都干得出来，抽大麻、跑摇滚演唱会、交女友、偷车……甚至传染性病。

而在阿尼的整个成长过程中，她一直为他的表现窃窃自喜。她要她的儿子拥有一切她自己小时候该有而没有的东西。她要儿子有最关心他的父母、最好的物质享受（在合理范围内），让他进想进的大学（只要真的是所好学校）。如果你告诉阿尼没什么朋友，而且在学校总是被人欺负，她会告诉你，在她小时候念的教区学校，女生内裤被剥下来拿打火机烧掉，然后跟十字架圣像一起埋掉根本就是司空见惯。如果你再说她的教养策略其实只是满足物质需求，但骨子里跟她痛恨的父亲没两样，你就会看到她抓狂，然后拿她的好儿子来当辩护证据。

可是现在她的宝贝儿子满怀愤怒，筋疲力尽且全身油污地站在她面前，简直就是他外公的翻版，她觉得自己努力建构的世界似乎开始动摇。

"阿尼，我们明早再谈这件事吧，"她努力止住眼泪说，"明早再谈吧。"

"除非你起得很早，"他说，似乎对这件事完全不感兴趣，"我现在上楼睡四个小时，然后还要赶到达内尔车厂去。"

"去干吗？"

他发出奇怪的狂笑声，伸手在吧台上用力拍了几下，好像希望自己能飞起来："你以为我去干吗？我有忙不完的事要做——比你想的要多很多。"

"不行——明天你有课……我……我不准你这么做。阿尼，我绝对不准——"

他转过身来看着她、打量她，她再次被他的眼神吓到。这一幕对她来说仿佛一场不会终止的噩梦。

"我会去学校的，"他说，"我会带包干净衣服，临走前我还会冲个澡，免得同学嫌我臭。放学后我直接回达内尔车厂，我有很多事要做，我相信可以靠自己的能力完成所有工作……当然这可能会花光我的所有积蓄。不过放心，我会继续帮达内尔打工赚钱。"

"阿尼，你的功课……你的学业。"

"哦，那些东西……"他机械地一笑，脸上全无表情，"它们当然也得委屈点。这点我不能骗你，我不能再保证总平均分一定在九十三以上。可是我想大致还过得去，我至少会拿到 C，有些也许可以拿到 B。"

"不行！你要想想申请大学的事！"

他从吧台走向餐桌，雷吉娜看出他有点跛。当他双手扶着桌面，身体向前倾时，雷吉娜心想，他是个陌生人……我儿子对我像陌生人一样。这真是我的错吗？只因为我凡事为他着想吗？真是这样吗？上帝，我求您，让这一切只是场噩梦吧。

"现在，"他专注视线，用缓和的语气说，"我只在乎三件事，第一，克里斯汀；第二，利；第三，好好待在达内尔车厂把车修好，让她跟新的一样。我不会去想大学的事，如果你一定要插手，我就立刻休学。我想这招对你最有效。"

"你不能这么做，"她勇敢地面对他的视线，"阿尼，或许你有理由对我这么……这么残酷……可是我要尽一切所能来改变你自我摧残的弱点，所以你少对我说要休学这种话。"

"可是我真的会这么做，"他回答，"你不要安慰自己说我只是开玩笑。明年二月我就满十八岁了。如果现在你不退出这件事，到时候我就照自己的意思做。你懂吗？"

"上床睡觉，"她流着泪说，"上床睡觉去，你太伤我的心了。"

"是吗？"出人意料地，他居然笑了，"很痛吧？我知道一定很痛。"

说完他便走了。他的步子很慢，身子倾向跛脚的那边。过了一会儿，她听到他上楼时的沉重步伐——那可怕的声音不禁又使她想起她的童年。

她又涌出新的泪水，哭意油然而生。于是她笨拙地起身走向后门，要哭也得找个隐秘的地方。她抬头隔着一层模糊的泪光看着天空中牛角般的月亮。一切都变了，而且就像龙卷风一样突然。她儿子恨她，她从他脸上看得出来——那不是出于一时激动，也不是只有今晚如此。他恨她……这种事不该发生在她宝贝儿子身上，完全不可能……

完全不可能。

她弯着腰开始哭泣，一直哭到泪水顺着它的轨迹越流越顺畅，哭泣声中出现了呻吟，但她没有停止。夜晚的寒气冻疼了她的脚，草地上冰凉的露水沾湿了她身上单薄的睡衣。她又回到屋里，拖着沉重的步子往楼上走。她在阿尼房间门口站了一分多钟，才毅然决定推开门走进去。

阿尼趴在被子上睡着了，连长裤都没脱。他不只是熟睡，看起来好像失去了知觉，他的脸变得又老又恐怖。一束灯光从走廊照进来，刚好照亮了他的肩膀。有一度，她似乎觉得他的头顶快秃了，她不晓得是不是那束光线的关系。接着她又发现他微微张着的嘴里好像没有牙齿。

她全身毛骨悚然，并不自觉地伸手捂着嘴，她赶紧向他走去。

她这一走动，原先投射在床上的影子也跟着移动。她走近床前细看，才认出那还是原来的阿尼。刚才是因为昏暗的光线和自己过于疲累，才会有那么荒谬的错觉。

她瞥向收音机上的电子钟，发现闹钟设在早上四点半。她想把它关掉——她甚至伸手准备这么做了——但她又发现有股力量在阻止她。

最后她只好回到自己的卧室，坐在电话桌旁。她拿起话筒，开始犹豫：如果她半夜三更打电话给迈克尔，他一定会以为家里……

发生了很可怕的事？

她冷笑一声，好像在嘲笑自己。难道没有发生吗？不仅如此，事情才刚开始，而且没人晓得它什么时候才会结束。

她拨了堪萨斯城雷玛达饭店的号码，她的丈夫就住在这家饭店。从二十七年前她离开家乡那栋灰暗的三层楼房外出念大学起直到现在，她从未求助于人。所以当她打电话给迈克尔时，也完全没想到这是她二十七年来第一次向人求援。

28
利探病

我不想跟你吵，
只想问能不能买你的魔法巴士。
我不在乎付多少，
只要能驾着它四处逍遥。
我要它……我要它……我要它……
（你得不到它。）

——谁合唱团

她坐在沙发上，膝盖紧紧并着，两脚斜斜交叉。她穿的是件花毛衣和灯芯绒裙。刚开始她看起来还好好的，可是到了最后她突然哭了。她找不到手帕，丹尼斯·季德只好从床头柜里拿了盒卫生纸给她。

"不要难过，利。"他说。

"我不能不……难过！他好……好久没见我，到了学校又一副疲……疲倦的样子……你……你说他也好久没来这里——"

"他只有要我帮忙的时候才会来找我。"丹尼斯说。

"这话真是狗……狗屎！"她哭着说，然后又突然为自己说出这种话而震惊。泪水滑过那张化了淡妆的脸蛋。她和丹尼斯对望了一会儿，两人都笑了，但那不是真正的笑容。

"机枪嘴有没有见过他？"丹尼斯问。

"谁？"

"机枪嘴。我们学校的安全顾问维克先生——这个绰号是蓝尼取的。"

"哦，他啊——我想他们见过面，前天——就是周一——他找阿尼谈过。可是回来后阿尼什么也不说，我也不敢问。就算问了他也不会讲，他变得好怪。"

丹尼斯点点头。他也很怕阿尼，而且对他无可奈何。根据过去几天利报告的情形来看，阿尼已濒临崩溃。其实利描述的情形只是最近她看到的。当然他可以打电话给维克先生，看看他有什么办法，他也可以打电话给阿尼……只是利说过，这阵子阿尼不是在学校就是在达内尔车厂，即使在家也是睡觉，他爸出去参加某个会议还提前回来，据利说，为了这件事，他们家又起了一次争执。利还猜阿尼随时可能离家出走。

丹尼斯不想在达内尔车厂跟阿尼谈事情。

"我该怎么办？"她问他，"如果你是我，你会怎么办？"

"除了等待，我不晓得你还能怎么办。"丹尼斯说。

"可是这才是最难的，"她答得很小声，丹尼斯几乎听不到她在说什么，她低头扯着裙子上的线头，"我家人叫我和他断绝来往，他们怕……怕赖普顿那帮人再做出什么事。"

"你确定是赖普顿那票人干的，嗯？"

"嗯，每个人都这么猜。坎宁安先生还打电话报警，阿尼叫他别这么做，他说要自己摆平这件事。他们两个被他这句话吓得半死，我也是。警察约谈了赖普顿，还有他的一个朋友，叫威尔奇的……你晓得那个人吧？"

"晓得。"

"还有那个在机场停车场打工的男生……他们也约谈他了。他好像叫——"

"桑迪。"

"对。他们认为他也许跟这件事有关。"

"他是常跟他们一起混，"丹尼斯说，"可是他不像其他人那么坏。利——我要说的是就算阿尼没跟你谈过这件事，也一定跟别人谈过。"

"先是阿尼他妈，再来是他爸。可是我想他们都不知道我跟另一个人谈过，他们对阿尼的问题很……"

"头痛。"丹尼斯接着说。

她摇摇头。"还不止——"她说，"他们两个看起来都好憔悴。我不为坎宁安太太惋惜，因为她很强硬，处处要人听她的——可是坎宁安先生实在很可怜……昨天我放学去他们家的时候，坎宁安太太——她坚持要我叫她雷吉娜，这点我实在办不到——"

丹尼斯笑了。

"你能吗？"利问。

"勉强可以，不过也是过了很久才适应。"

她也笑了，这是她今天来访后第一次真正笑出来："总之昨天我去的时候，坎宁安先生还在学校……我是指他们教书的大学。"

"我知道。"

"她从感恩节之前三天起请了一周假，说她没办法上课。"

"她的气色还好吗？"

"糟透了，"利说，"看起来比我一个月前去时老了十岁。"

"他呢？迈克尔呢？"

"更老，但也更坚强，"利带着犹豫说，"这件事好像让他变得更……更像个男人。"

丹尼斯没吭声，他认识迈克尔十三年了，从来没见过他在雷吉娜面前抬起头，所以他不知道利说的是什么样的情形。坎宁安家的一家之主是雷吉娜，迈克尔只是跟班。家里请同事来开派对时，他是调酒的用人。丹尼斯只记得他玩录音机的样子，面露哀愁的样子……就是从来没看过他像个一家之主。

有一次雷吉娜牵着阿尼走下季德家门口的台阶，而迈克尔在路边的车里等着他们。那时阿尼和丹尼斯都才七岁，丹尼斯的父亲在窗口看了说：女权至上。不知道将来阿尼结婚那天，她是不是还会叫那个傻蛋在车里等他们。或许她可以——

当时丹尼斯的母亲对父亲皱起眉头并瞪了他一眼。他永远忘不了他爸的话和他妈的眼神——他才七岁，可是他知道他爸说的"傻蛋"是什么意思。他也知道迈克尔为什么是傻蛋。从那时候起，他就开始同情迈克尔，一直到现在。

"她刚跟我谈完他就进来了，"利接着说，"他们邀我留下来吃晚餐——阿尼留在达内尔车厂不会回来——可是我告诉他们我得回家。于是坎宁安先生送我回家。回家路上我们自然也聊了很多。"

"他们两个的看法不同吗？"

"也不尽然，只是……坎宁安先生报了警，而阿尼不愿他这么做，坎宁安太太——雷吉娜——又拉不下面子。"

丹尼斯问："阿尼真的想把那辆破车修得跟原来一模一样？"

"我想是的，"她小声地回答，"昨天上午第三节课，他在走廊上对我说今天下午和晚上他要帮它——那辆车换新的保险杠。但我知道他跟那个叫达内尔的越搅越深了。我问阿尼修车要多少钱，他负担得起吗……他说很贵，但我不用担心，他自有办法——"

"慢慢来。"

她又哭了："他说自有办法是因为每周五和周六他都替达内尔打工……我想他帮那王八蛋做的事一定有很多是不合法的。"

"警察问到克里斯汀的事情时，他怎么说？"

"他告诉他们，他看到克里斯汀时就已经变成那个样子。他们问他能不能猜到是谁干的，阿尼说不知道。他们又问他是不是跟赖普顿有过节——他们是指赖普顿拔刀那件事。阿尼说赖普顿把他的午餐打翻在地上用脚踩，后来凯西先生过来解围。他们问他赖普顿是不是说过要找他算账，他说赖普顿是讲过类似的话，但赖普顿这人一向爱放狠话。"

丹尼斯没吭声，静静地看着窗外十一月的天空，他觉得这件事有点不大对劲。如果警察问话时利也在场，那阿尼就不会说谎……但是他把那天实习工厂发生的事形容得就像是普通的打打闹闹。

所以丹尼斯觉得这是个不祥的征兆。

"你知不知道阿尼都为那个叫达内尔的做些什么事？"利问。

"不知道。"丹尼斯回答，不过他总可以猜个八九不离十。他脑中的录音机又开始播放他爸以前说过的那段话：偷车……私烟……违禁烟火……

他端详着利，她的脸实在太苍白了，淡淡的妆粉上出现了几道泪痕。她尽可能迁就阿尼，也许她已经学会如何做个坚强的女孩，如果不是阿尼，也许再过十年她也不会坚强起来，可是这样对事情没有帮助。此外，丹尼斯无意间想起，他第一次发现阿尼脸上的皮肤大有改善，就是在阿尼和利认识前一个月，也就是阿尼买回克里斯汀之后。

"我会跟他谈谈的。"丹尼斯承诺说。

"那好，"她站起来说，"我——我不奢望所有事情都能一成不变，丹尼斯。我知道没有任何事能永远不变，可是我还是爱他……希望你能转告他这点。"

"当然，没问题。"

两人都很尴尬，所以好长一段时间他们都没说话。丹尼斯心想，这该是和利成为好朋友的好机会。他心中一直有种鬼祟的念头在鼓励自己要好好利用这个机会。他仍然深深被她吸引，这是过去他对其他女孩没有的。让阿尼去弄他的车吧，他和利可以趁这段时间增进对彼此的了解，至少他们可以彼此帮助，互相安慰。

在利表明她对阿尼的爱意后的那段尴尬期间，他确信他能成功，因为她太脆弱。也许她正学着做个坚强的女孩，可是这不是学校里的必修课程。他可以对她说些安慰的话——也许只要一句：来这里坐着——她就会过来坐在他床边。然后他们可以多聊一些，或许先聊些愉快的事……说不定再下去他就可以吻她。她的唇是那么可爱，那么富有情感，好像天生就是要让人亲吻。头一个吻算是安慰，第二个是增进友谊，第三个以后她就会把自己交给他了。刹那间，他对自己信心十足，相信一定会成功。

可是他没有说任何话以促使这些事情发生，利也没有。他们心中都有阿尼的影子。

"他们什么时候会让你出院？"她问。

"不晓得我还能不能出去。"丹尼斯说完笑了起来，利也跟着笑。

"说不定哦，"她说，然后又不太好意思地说，"对不起……"

"别这么说，"丹尼斯说，"这段日子朋友常拿我开玩笑，我已经习惯了。医生说要我待到一月，可是我要骗他们，我打算回家过圣诞，在刑讯室里差点被他们整死了。"

"刑讯室？"

"物理治疗室啦，我的背伤差不多好了，但是有几根肋骨正忙着长合——有时候真是痒死人，普飞教练每次来看我都给我带一种帮助骨头愈合的补药。"

"他常来看你吗？"

"常来，可是现在他也不太相信那些补药了，"丹尼斯停了一会儿接着说，"当然我这辈子是不可能再打球了，毕业典礼时我可能还要拄拐杖。乐观的艾洛威医生告诉我可能会跛上几年，不过也可能下半辈子都要跛着走路了。"

"我很难过，"她低声说，"我很难过像你这么好的人还会发生这种事，丹尼斯。说句自私点的话，我在想如果你没发生这件事的话，阿尼那件事或许就不会发生了。"

"这是实话，"丹尼斯夸张地翻个白眼说，"所以阿尼的事应该怪我。"

可是她没有笑。"我倒是开始担心他是不是还能理智地面对这件事，你知道吗？这件事我一直不敢告诉我的家人或他的家人。可是我想他的母亲……这也只是猜测啦……我不晓得车子被砸坏那晚，他对他的母亲说了些什么，但我想他们一定起了很严重的争执。"

丹尼斯点点头。

"这件事实在太……疯狂了！他爸妈说要再给他买辆二手车取代克里斯汀，可是他拒绝了。那天坎宁安先生送我回家时也说要给他买辆新车……他说他愿意把一九五五年就买的股票兑成现金，但阿尼还是拒绝了，理由是他不想接受那么贵重的礼物。坎宁安先生说他了解阿尼的想法，但是阿尼不一定要把它当作礼物，将来他可以慢慢偿还，如果阿尼愿意的话，他甚至可以加利息……丹尼斯，你懂我的意思吗？"

"我知道，"丹尼斯说，"他就是要定了那辆车——克里斯汀。"

"我觉得这是走火入魔。他找定了目标就死咬不放，这不是走火入魔是什么？我怕死了，有时候我也好恨……可是我怕的不是他，恨的也不是他。是那个怪物——不，应该说是那辆烂车，那只老母狗克里斯汀。"

她的脸颊充血，眼睛眯成细缝，嘴角下垂。她的面孔不再美丽，也许连端正都谈不上。照在她脸上的光线那么冷漠无情，把她变得又丑又可怕。丹尼斯觉得她仿佛成了个绿眼妖精。

"你猜我希望发生什么事？"利说，"我希望有人误把他那辆宝贝狗屎车开到废车场去，"她眼中闪着邪恶的光芒，"然后第二天，那个有巨大圆形磁盘的起重机把它吸起来扔进砸锤机里。我希望有人按一下那个按钮，几秒钟后，就会有一个三立方英尺的铁块送出来。这样不是一切都解决了吗？"

丹尼斯没有回答，他仿佛看到有个怪物偷了利的面孔，蜷起尾巴坐在那里。

"这话听起来怪可怕的是不是？好像我希望那些流氓把它砸烂了最好。"

"我了解你的感受。"

"真的吗？"她不太相信。

丹尼斯想起他用拳头捶克里斯汀的仪表板时阿尼的表情，还有他在李勃的车库里坐进车里后产生的幻觉。

最后，他又想到他的梦：克里斯汀亮着车头灯向他冲来。

"我想我真的了解。"他说。

然后两人在医院病房里互相凝视着对方。

29
感恩节

两三小时过去，
油表越来越低，
油箱见底前我们回家吧，
你追不上我，宝贝，你追不上我，
只要你一上来，
我会像阵清风把你甩开。

——查克·贝瑞

    医院的感恩节大餐有专人服侍，时间是上午十一点到下午一点。丹尼斯在十二点一刻享受到了他的大餐——三长条小心切割的火鸡肉、三勺肉汁、一团棒球大小的马铃薯泥（只可惜上面没有红色缝线）、一杯柳橙汁、一小盒黑莓果冻、一份冰激凌，另外餐盘旁边还有一张蓝色小卡片。

    后来他向护士打听才知道，如果附的是黄卡片，大餐的内容就只有两片火鸡肉，没有肉汁，没有果汁，其他都一样。至于红卡片就只有一片火鸡肉和马铃薯泥。

不过丹尼斯还是很沮丧。这种时节太容易令人回想起下午四点左右，妈把油淋淋香喷喷的火鸡端上餐桌，爸在一旁磨他的切肉小刀，妹妹头上系了红丝带，替每个人倒红色的水果酒。他甚至可以想起那股香味，和全家人坐下时的欢笑声。

或许他不该这么一直回想下去。

这是他一生中最沮丧的感恩节。下午他睡了个觉（因为是节假日，物理治疗可以暂停一次），而且做了场有点奇怪的梦：几个护士走进病房，在维生系统和静脉注射器上贴上火鸡图案。

那天上午他爸、他妈、他妹妹都来看过他。他们只待了一小时，而且这是他头一次感觉伊莱恩一直急着要走。卡利森家邀他们去吃感恩节早午餐，而他们家三个儿子当中，有个十四岁的男孩路·卡利森，听说长得很"可爱"。所以受伤的老哥当然就变无聊咯。十二点半时，他们从卡利森家来了个电话，爸有点像是喝醉了——丹尼斯猜当时他正在喝第二杯血腥玛丽，而被妈白了两眼。接电话时丹尼斯刚吃完那道"蓝卡感恩大餐"——这是他入院来头一次在十五分钟内吃完一顿饭——他尽量装出愉快的口气，免得坏了他们的胃口。伊莱恩过来简短说了几句话，听起来就像母鸡咯咯乱叫，也许就是和伊莱恩说过话觉得太疲倦才想睡觉的。

他一直到两点才不知不觉睡着（也可以说到两点才开始做梦），这天医院格外安静，整个建筑似乎只剩个空架子。平日隔壁房间的电视声和收音机声现在也消失了。助理护士笑着把他的餐盘收走，并祝他感恩节愉快，丹尼斯也回祝她，毕竟这也是她的感恩节。

后来他开始做梦，那是场断断续续的梦，醒来时已经快五点了。他睁开眼看见阿尼坐在昨天他女友坐过的那把椅子上。

丹尼斯看到他坐在那里一点也不惊讶，他以为那只是另一场梦。

"是你，阿尼？"他说，"最近还好吧？"

"还不错，"阿尼说，"你好像还没睡醒。要不要来根烟好让你清醒点？"

他膝上放着一个褐色纸袋。丹尼斯昏头昏脑地想，那不是他的午餐吗？也许赖普顿根本没把它踩扁。他设法坐起来，但是弄痛了他的背。于是他开动床边的马达，把床头升高。"老天，真的是你！"

"不然你以为是谁？"阿尼说，"三个头的基多拉？"

"我刚刚在睡觉，我以为我还在梦里。"丹尼斯搓搓前额，好像想驱走睡意，"感恩节快乐，阿尼。"

"你也是，"阿尼说，"他们有没有喂你全套火鸡大餐？"

丹尼斯笑了："他们拿给我吃的东西，就像伊莱恩七岁时在玩的'快乐自助餐'玩具做出来的一样，还记得吗？"

阿尼捂着嘴发出吞咽声："我记得，那东西恶心死了。"

"真的很高兴你来看我。"丹尼斯说道，有一度他差点哭了出来。也许阿尼不晓得刚才他有多沮丧。现在他更下定决心圣诞节前一定要出院了，如果圣诞节还留在这里，他非自杀不可。

"你家人没来？"

"来是来了，"丹尼斯说，"不过又走了。今晚他们还要来——至少爸妈会来。反正来不来都一样。"

"我给你带了样东西。刚刚我骗楼下护士说给你送浴袍来。"阿尼笑了。

"什么玩意儿？"丹尼斯朝他膝上的手提袋点头问道。他发现那不是午餐袋而是一般购物袋。

"呃，我们吃了那只大鸟之后，我把冰箱搜了一遍，"阿尼说，"我爸妈看朋友去了——每年感恩节他们都有些节目。我想晚上八点前大概都不会回来。"

他边说边把袋子里的东西拿出来。丹尼斯看得目瞪口呆。两个铜铸烛台，两支蜡烛。阿尼把蜡烛插上，用印有"达内尔"字样的纸板火柴点燃，然后关掉电灯。接着他拿出四份用蜡纸包着的三明治。

"这是你说的，"阿尼说，"周四夜里十一点半的火鸡肉三明治比感恩节的好吃，因为没有过节的压力。"

"可不是吗？"丹尼斯说，"边吃三明治边看强尼·卡森秀或老电影。可是说真的，阿尼，你不用——"

"别胡说，丹尼斯。我几乎三周没来看你了。幸好刚刚我进来时你在睡觉，否则你非开枪打我不可。"他用手指敲敲丹尼斯的两份三明治说，"你最爱吃的——白火鸡肉加蛋黄酱，还有万达面包。"

丹尼斯看了先是咯咯暗笑，然后忍不住放声狂笑。阿尼知道他把背都笑痛了，可是没用，他就是停不下来。万达面包是他们俩小时候共有的小秘密。

两人的母亲对家里面包的口味都有偏好：雷吉娜买的是"淡食"长形面包，偶尔也换吃"石基"牌粗裸麦面包；丹尼斯的母亲则偏好"罗马餐"的裸麦面包。丹尼斯和阿尼都默默接受母亲准备的食物，可是打心底他们都喜欢"万达"面包。小时候两人不止一次用零用钱买上一长条万达面包和一瓶法国芥末酱，然后偷偷溜进丹尼斯家的车库（或阿尼家的温室——可惜九年前被暴风吹垮了），边吃边看漫画打发一下午时间。

过了一会儿，阿尼也跟着一起笑。对丹尼斯来说，这是今年感恩节最愉快的时光。

丹尼斯的病房室友十天前就出院了，所以他在这间屋里还能享有一点隐私。阿尼把门关上，从袋子里拿出几罐啤酒。

"'万达'永远为我们存在。"丹尼斯说着又笑了。

"永远！"阿尼扔了罐啤酒给他，"开罐见喜！"

"永远。"丹尼斯附和说。两人开始喝酒。

吃完了厚厚的三明治，阿尼又从他的无底袋里拿出两个塑胶盒。他拉开盒盖，盒里立刻现出两个自家烘制的苹果派。

"不行，兄弟，我不能再吃了，"丹尼斯说，"再吃会炸掉的。"

"吃。"阿尼推上前说。

"真的吃不下了。"丹尼斯接过塑胶盒说。他拿起塑胶叉,四口吃光那块楔形苹果派。他先打了个嗝,喝了两口啤酒后又打了个嗝。"在葡萄牙,这是对厨子最大的敬意。"他说。现在他有点头昏眼花了。

"同意。"阿尼笑着站起来。他打开头顶的日光灯,吹熄蜡烛。外面下起不算小的雨,斜斜的雨滴打在窗上,这间屋子看起来又变得冷冷清清的了。对丹尼斯来说,友谊的温馨和真正的感恩节气氛似乎都随着蜡烛的熄灭而消散了。

"明天我会恨你,"丹尼斯说,"我可能得在马桶上坐个一小时,那样我的背会痛死。"

"你还记不记得伊莱恩放屁的事?"阿尼说,两人都笑了,"我们糗她糗得最后你妈不得不把我们赶出门去。"

"那些屁并不臭,但响度相当够。"丹尼斯笑着说。

"像开枪一样。"阿尼点头表示同意。两人虽然都笑了,但那是略带哀愁的笑容。现在回想起七年前那件事,两人只觉得歉疚,已不觉得有当时那么好笑。

对话中断了一会儿,两人各自想着心事。

最后丹尼斯说:"利昨天来过了,她告诉我克里斯汀的事。兄弟,我真为你难过。"

阿尼抬头,脸上原本哀愁的表情突然化成开心的笑容。不过丹尼斯不相信那是真的。

"可不是吗?"他说,"太卑鄙了。不过我可能有点气过头了。"

"任何人都会生气的。"丹尼斯说。他突然发觉屋里的气氛变得很冷。刚才友谊的温馨已悄悄流逝,欢乐的时光总是那么短暂。

"我知道我给我妈带来很大的困扰——我猜利也是。看到车子变成那样,我实在没办法不痛心,"他摇摇头,"发生这种事真是太糟了。"

"你要把它修好吗?"

阿尼脸上立刻掠过一阵光芒——丹尼斯知道这次他是真的兴奋:"当然!我已经把她修好了。丹尼斯,你一定不会相信,如果那天你看到她停在机场的样子，你绝对不会相信我还能把她修好。二十年前的车果然经得起考验，不像现在，看起来是铁壳，其实都是塑胶制品。那辆车根本就是坦克，当然车胎和玻璃是她最弱的地方，他们把轮胎也刺破了。"

"引擎呢？"

"没伤到——连引擎盖都没打开。"阿尼立刻回答。不过那是谎话，他们把引擎伤得很惨。那天阿尼和利看见克里斯汀的时候，分电器盖掉在地上。利认得那是什么东西，因此她把这些都告诉了丹尼斯。现在丹尼斯心里不禁怀疑他们对引擎还动了什么手脚。散热器？如果有人会拿利器刺破轮胎，难道他们不会顺便在散热器上戳几下吗？火星塞呢？整流器？还有化油器……

阿尼，你为什么要骗我？

"那现在你打算怎么办？"丹尼斯问。

"除了花钱还能怎样？"阿尼故意潇洒地一笑，如果不是丹尼斯知道真相，他也许会相信阿尼的笑容是真心的，"新胎、新的风挡玻璃，钣金再修修，就跟新车一样了。"

跟新的一样。可是利说克里斯汀几乎被砸成废铁，论斤卖都不会有人要。

你为什么要骗人？

那一刻，他突然觉得阿尼并不疯狂，现在他给丹尼斯的感觉是鬼祟、狡猾。接着，他头一次有了一种更疯狂的想法：阿尼说谎是为了使某件事在将来听起来比较合理。那件事也许和"再生"有关……但这样想是不是太离谱、太荒唐了？

是不是？

是很荒唐，丹尼斯心想，除非你见过玻璃上的裂纹会缩小这种怪事。

那也许是光线折射造成的错觉，当时你也这么想。

可是光线折射并不能解释阿尼古怪的修换方式，整辆车被他搞得就像新旧零件大拼图，当然它更不能解释丹尼斯在李勃车库里坐进驾驶座时那种奇怪的感觉。还有，自从头一次去达内尔车厂的路上替克里斯汀换过轮胎后，他常产生一种幻想，那就像把一张老车的照片盖在一张新车照片上，但有某个新车的轮胎露了出来。

　　至于阿尼现在为什么要说谎，那更是没有任何理由可以解释……还有他那鬼祟的眼神和提高警觉的样子，好像在存心考验自己的谎言能不能被丹尼斯接受。因此丹尼斯露出放松的笑容："那很好啊。"

　　阿尼警觉的表情僵持了一会儿才化作微笑。"我是运气好，"他说，"情况也许会更糟的，很多事他们都没做——比如在油箱里撒糖，或在化油器里倒糖蜜。我想他们很笨，这点也是我走运。"

　　"是赖普顿那伙人干的？"丹尼斯平静地问道。

　　阿尼又换上提高警觉的表情，但那样子太阴沉，太不像阿尼了。"没错，"他叹口气说，"不是他们还会是谁？"

　　"可是你没去报案。"

　　"我爸报了。"

　　"利也这么说。"

　　"她还告诉你什么？"阿尼尖锐地问。

　　"没什么，我也没追问，"丹尼斯伸出一只手说，"这是你的事，我知道，阿尼，轻松点。"

　　"当然，"他稍微笑了笑，用手在脸上抹了一下，"我的情绪还没恢复。×！我想我大概永远无法完全恢复了，丹尼斯。那天我高高兴兴和利去机场取车，然后看见——"

　　"你把它修好了，他们难道不会再来一次吗？"

　　阿尼的脸色突然像死人般冰冷："他们不会了。"他的灰眼珠像三月的冰，丹尼斯这时很庆幸自己不是赖普顿。

　　"你怎么知道他们不会？"

　　"我要把车停在家里，我已经打定主意了。"说着他再次挂上不自然的笑容，"难道你还有什么妙方不成？"

“我也不知道，阿尼，”丹尼斯说，“只是你好像很确定赖普顿不会再招惹你。”

“我希望他觉得这样就算扯平了，”阿尼冷淡地说，“我们害他被退学——”

“是他自己害自己！”丹尼斯气愤地说，“他拿刀威胁你——老天，那是弹簧刀，不是普通的小刀！”

“我只是说，我希望这件事到此就算扯平了。”他比出两根手指笑着说，“和平。”

“好吧，我同意。”

“我们害他被退学——说得更正确点，是我害的——然后他和他那伙人找克里斯汀出气。一报还一报，到此结束。”

“如果他也这么想就好。”

“我想他是这么想的，”阿尼说，“警察传讯过威尔奇、崔洛尼和赖普顿，我猜他们已经吓得半死。桑迪说不定还差点招认了呢。”阿尼的嘴角向上扬，“他妈的小鬼。”

这一点也不像阿尼会说的话。丹尼斯惊讶得忘了他的伤势，猛然从床上坐起来，然后立刻痛得咬牙切齿：“老天，你好像还在袒护他似的。”

“我不在乎他或他们那伙人做了些什么，”阿尼说，然后又随兴加上一句，“事情过了就算了。”

丹尼斯说：“阿尼，你不是说你的情绪永远无法恢复吗？”

那一瞬间，丹尼斯发现阿尼的脸上布满烦恼和疲于挣扎的痕迹。

可是那表情就像先前提高警觉的眼神一样，很快就消失了。

“但现在我很好，”他说，“只不过你不是世上唯一背部受伤的人。还记不记得我在费城平原赛车场扭伤背那次？”

丹尼斯点点头。

“让你瞧瞧。”他弯腰，把衬衫从裤子里拉出来。这时有种深邃的光芒在他眼中闪动。

他把衬衫掀起来。丹尼斯看见他腰上缠了一条十二英寸宽的绷带，它固然不像李勃腰部的撑架，至少它比较新，也比较干净。可是丹尼斯心想，这种玩意儿都很像，它跟李勃的撑架实在太像了。

"把克里斯汀弄回达内尔那儿的时候，我的背又受了一次伤，"阿尼说，"我完全不记得怎么受伤的，我想大概是把她弄上吊车的时候吧，但我实在不确定。刚开始情况还不太糟，后来就越来越严重。马仕加医生替我开了份处方——丹尼斯，你还好吧？"

丹尼斯的表情有点呆滞，却又带着几分好奇，阿尼眼中有种奇怪的东西一直在那儿跳动。

"总有一天你会把背上那玩意儿拿掉的。"丹尼斯说。

"当然，"阿尼把衬衫塞回裤子里，"如果现在还是征兵制的话，我就可以免役了。"他笑着对丹尼斯说。

丹尼斯尽量不让自己露出惊讶的样子。看着阿尼背上的绷带，他觉得李勃仿佛又出现在他面前。

阿尼的眼神就像一池封冻在三月冰雪下的黑水。那黑色的池水在冰层下荡漾，有点像一个濒临溺死的人在挣扎。

"听着，我该走了，"阿尼轻松地说，"你该不会以为我想在这鬼地方待上一整夜吧？"

"说真的，兄弟，"丹尼斯说，"谢谢你带给我这么愉快的一天。"

他有种很短暂的奇怪感觉，那就是他觉得阿尼好像就要哭出来了。他的眼神已不再跳跃，丹尼斯看到的是诚挚的友谊。接着阿尼诚恳地笑笑："只要记得一件事，丹尼斯，每个人都想念你。"

他把烛台和空啤酒罐收进手提袋里。告别仪式完成，阿尼可以走了。

丹尼斯灵机一动，用指关节敲敲腿上的石膏。"在这儿签个名好吗，阿尼？"

"我不是签过了吗？"

"我知道，可是它又掉了。再签一次好吗？"

阿尼耸耸肩。"有没有笔？"

丹尼斯从床头柜的抽屉里拿了支签字笔给他，阿尼笑着俯身，在石膏上找了块较平整的地方草草写了几个字：

为世界上最大的笨驴丹尼斯·季德签名

——阿尼·坎宁安

签完后，他在石膏上拍了拍，然后把笔还给丹尼斯。"这样可以吗？"

"可以，"丹尼斯说，"谢了，阿尼。"

"感恩节快乐。"

"你也是。"

阿尼走了。过了不久，丹尼斯的父母都来看他，伊莱恩显然是今天玩得太兴奋，所以先回家睡觉了，季德夫妇在回家途中谈到丹尼斯看起来好像很寂寞。

"毕竟在医院里过感恩节，不是什么有趣的事。"季德先生说。

至于丹尼斯，那一晚他花了很多时间比对两个签名，然后陷入沉思。阿尼曾经在他腿上签过一次名，那时丹尼斯两条腿都上满了石膏。头一次他是签在右腿上，因为当时右腿吊在半空中，而这次他签在左腿上。

丹尼斯按铃呼叫护士小姐，并且用尽他的魅力说服她放下他吊在半空中的左腿，好让他比较两个签名。右腿的石膏已经切小，再过七到十天就可以拆下来。阿尼的签名并没有被磨掉——这点丹尼斯说了谎，不过的确差点就被切掉了。

阿尼在右腿上除了签名之外，并没有写其他的字。丹尼斯在护士的协助下，花了番苦心（当然也尝了不少苦头），把两条腿靠拢，这样才好比对两个签名。

丹尼斯研究了半天，用干涩沙哑的声音问护士："你看这两个签名一样不一样？"他几乎辨认不出自己的声音。

"不一样，"护士说，"我只听过比对支票签名，还没听过有人比对石膏签名的，这是恶作剧吗？"

"没事，"丹尼斯感觉一股寒气从胃里一直凉到喉咙，"好玩而已。"他看着两个签名，将它们并在一起仔细比对，只觉得全身发冷，连颈背汗毛都悚然竖立：

Arnie Cunningham
Arnie Cunningham

这两个签名完全不一样。

那个感恩节的夜里突然起了强风，明亮的月光立刻被黑云吞噬。秋末的最后一片树叶被刮落在地上翻滚，发出宛如骨头滚动时的恐怖沙沙声。

冬天已降临自由镇。

30
穆奇·威尔奇

夜已深，天正蓝，
街尾有辆冰激凌车飞快逃窜，
门户砰然作响，
有人尖声嘶叫，
这些你一定都已听到。

——鲍·迪德利

　　感恩节过后的那个周四是十一月的最后一天，那天晚上，杰克森·布朗在匹兹堡市民中心的演唱会卖了个满座。威尔奇、崔洛尼和尼基·毕林汉约了一起去看，可是演唱会还没开始，三个人就分散了。这一晚威尔奇非常愉快。为了这个日子，他收集了三十块钱的硬币，分散在全身每一个口袋，走起路来就像响当当的大扑满。回家不是件难事，因为散场时总有便车可搭。演唱会结束时是十一点四十分，半夜一点十五分他就已经回到自由镇了。

　　他的最后一趟便车是搭到六十三号公路和肯尼迪大道交叉口。威尔奇决定走到范登堡的快乐加油站找赖普顿，赖普顿有辆车，这样他就不必走回家了。从自由镇走到他家还有好长一段路，再说这么冷的晚上去找赖普顿或许还能喝点小酒。

他从交叉口下车后走了四分之一英里路。在冷涩的空气中，荒凉的人行道上只有他鞋跟发出的响声，他的身影在阴森的橘黄路灯下拉长又缩短。还剩一英里路要走时，他发现前面路边停了辆车，排气管正冒着白烟。散热器外面的铁格板映着橘黄色灯光，强烈的车头灯照着他，像在跟他微笑。威尔奇认得那辆车，那是两吨重的普利茅斯，在路灯下显现出象牙白和干凝的血红色，那是克里斯汀。

威尔奇停下来，心中不禁冒出一大串问号——他并不恐惧，至少现在还不到恐惧的时候。它不可能是克里斯汀，完全不可能——他们在芝麻脸车子的散热器上扎了十几个小孔，又在化油器里倒了整整一瓶酒，另外赖普顿还准备了五磅白糖，要威尔奇把手圈成漏斗，好让他把白糖倒进油箱。这些都是赖普顿想出来的，整完了芝麻脸的车后，威尔奇又高兴又担心。经过这么一折腾，那辆车就算还能开，可能也要等六个月之后了。所以这辆车不会是克里斯汀，一定是同款的一九五八年复仇女神。

可是他打心底明白，那就是克里斯汀。

威尔奇呆站在荒僻的街上，掩在长发下的耳朵中只听到怦怦的心跳声。

那辆车面对着他，引擎轰隆隆响着。即使车里有人，面对这么强的灯光也很难看出是谁。它的正上方是盏路灯，风挡玻璃上映着橘黄的灯光，有点像浸在黑水中的防水灯。

威尔奇开始害怕起来。

他舔舔干涩的嘴唇，往四周看看。左边是肯尼迪大道，六车道，在半夜时分看起来像条干涸的大河；右边是家照相馆，招牌上写着"柯达"两个大字。

他把视线转回来。车还在那儿，仿佛在等待着他。

他张嘴想说话，但发不出声音。他又试了一次，终于听到沙哑的嗓音："嘿，坎宁安。"

排气管又冲出一阵白烟，表示克里斯汀在加大油门让引擎空转。

"是你吗，坎宁安？"

他又往前走了一步，鞋底的钉子在柏油路上磨出声响。他的心跳到了喉咙口。他再次回头，总该有别的车路过吧？才半夜一点二十五分，难道肯尼迪大道上一辆车都没了吗？可是的确连一辆车都没有，只有一长排的路灯。

威尔奇清清喉咙。

"你没生气吧？"

克里斯汀的另一组车灯亮了，照得他连头都抬不起来，然后它突然向他冲过来，轮胎在地上磨出刺耳的声音。由于起动的力量太大、太突然，它的尾巴向后一坠，就像狼蹲踞着准备向前扑跃似的。车子前轮跃上人行道冲向威尔奇，底盘磨到人行道边缘，发出恐怖尖锐的叫声，并激起一阵火花。

威尔奇尖叫着往旁边闪躲，克里斯汀的保险杠擦过他的左大腿，剜去一块肉。温热的血沿着裤管一直流进鞋里，现在他才感觉出天气有多冷。

他跳到照相馆门口，摔倒在地，差点撞破玻璃橱窗。再多往左一英尺，他就会掉在玻璃碎片和一堆尼康及拍立得相机之中。

他听到车子的引擎声突然停下来，然后又是恐怖的轮胎声。威尔奇转身，狼狈地喘着气。克里斯汀在水沟前倒车，这时，他可以清清楚楚地看见车子内部，他不敢相信自己的眼睛。

方向盘后面没人。

威尔奇从地上爬起来，心里一阵慌乱。他沿肯尼迪大道往下冲，在前面的市场和干洗店之间有条小巷子，车子开不进去。如果他能冲到那里——

满口袋零钱在他身上叮当作响，二毛五的、一分的、一毛的撞成一团。他的膝盖抬高到几乎撞到下巴，装了钉子的靴子在柏油路上打着急促的节拍，军用大衣左右摇摆，他的影子在后面拼命追赶自己。

车子在他背后倒车，停下来，又倒车，又停下来，然后引擎开始尖叫，轮胎发出哭号——克里斯汀已经掉过头正追着他来。威尔奇高声大叫救命，但他听不到自己的声音，只听到克里斯汀的咆哮。它像个疯狂女杀手，它的尖叫声充斥在世上的每个角落。

现在他的影子不再追逐，而是在前面引导他，而且越来越长。他看见洗衣店的窗内亮着黄灯。

他们居然还没打烊。

在最危急的一刻，威尔奇想突然转向左边，可是克里斯汀好像窥知了他的意图，比他早一步偏向左边。它在加速时撞上了他，当场撞断他的背脊。威尔奇飞到四十英尺外的市场门口，这回又是差点撞破市场的玻璃门。

由于撞击力道太大，他又弹回马路上，并在市场门口的砖墙上留了一大摊血，看起来就像红墨水印。这摊血的照片第二天一定会出现在自由镇的报纸头版上。

克里斯汀停下来，再次倒车。威尔奇躺在人行道边，挣扎着想站起来。可是一点用也没有，他根本不能动。

四盏耀眼的车灯照着他。

"不，不要，"他吐着血和碎裂的牙齿呻吟说，"不——"

满地都是零钱和血迹。威尔奇翻了个身，克里斯汀停在不远的地方，好像在想什么。然后它又冲过来。它撞到他，冲上人行道打个转，又倒着冲下人行道。

它再次撞向他。

再倒车。

再撞他。

大灯依旧亮着，排气管冒出青蓝色的烟。

马路中间的威尔奇已经不成人形，只是一摊模糊的血肉。

它最后一次倒车，在车道中央画了半个圆圈，然后沿着地上的血迹加速直奔离去，引擎的咆哮声回荡在沉睡的房舍间，可是这条街上仅有的几家住户已不再沉睡，电灯纷纷亮起，住在店铺楼上的人家走到窗前看外面发生了什么事。

克里斯汀撞碎了一个前灯，另一个则一闪一灭，上面还沾着威尔奇的血。散热器外的铁格板向内凹陷，引擎盖上到处是凹痕，而每一道凹痕都代表死亡的符号。车篷和尾翼上也是血迹，当它加速离去之际，血滴被风吹得向后飞散。两个消声器中有一个已经坏了，所以排气管也发出嘈杂的噪声。

在车里，秒表继续倒着跑，仿佛克里斯汀又使时光倒流，并使自己回复原来的样子。

首先发生变化的是排气管。

咆哮的引擎声突然减弱，发出的声响不再嘈杂。

车篷和尾翼上的血开始逆着风往前飞散，就像倒放电影一样。

闪烁不定的前灯恢复稳定的光芒，秒表倒回十分之一英里后，原先不亮的车灯也亮了。同时灯罩玻璃在极不显著的叮当声中——那声音就像小孩子摇晃杯中的冰块——又重新组合成完整的一块。

车头盖和两侧车身接着发出砰砰砰的声音，听起来有点像你用拳头捶打钣金，或捏扁空啤酒罐的声音。可是克里斯汀的铁壳并没有凹下去，反而原先凹陷的部分现在都鼓起来了。就算一位有五十年修钣金经验的技师也不可能修复得那么完美。

在那些被吵醒的居民赶到威尔奇陈尸现场前，克里斯汀早已夹着尖锐刺耳的轮胎声转入汉普顿街。这时，车上的血迹已完全消失。它们沿着车篷和玻璃倒流向车头，然后就消失了，接着车身表面的所有伤痕也全部消失。当它悄悄滑向达内尔车厂入口处那块"入内请先鸣喇叭"的牌子时，钣金又砰地响了最后一声，同时保险杠左端的凹痕——那儿正是克里斯汀第一次擦撞威尔奇大腿的地方——也鼓回原来的形状。

克里斯汀看起来又跟一辆新车一样。

它停在漆黑、寂静的厂房门口，车头正对着大门入口。靠驾驶座的遮阳板下，有个塑胶小盒子。在阿尼刚开始帮达内尔把私烟私酒运往纽约州时，达内尔就送了那个小玩意儿给他，好让他进出方便，那是进入达内尔犯罪之屋的金钥匙。

在寒冷清净的空气中，开门遥控器只轻微哼了两声，笨重的大铁门就顺从地打开来，接着另一道卷门也冉冉上升，车道两侧的灯跟着点亮。

仪表板上控制大灯的钮突然自动跳回去，克里斯汀的四个大灯立刻熄灭。它静悄悄地碾过油渍满布的水泥路面，滑向第二十号车位。在它身后的三十秒定时卷门又自动下降关闭，同时车道两侧的电灯也随之熄灭，车库里又是一片漆黑。

克里斯汀的钥匙突然向左转，把引擎关掉，那块烙着"罗兰·李勃"字样的钥匙皮垫吊着摇晃了一会儿，最后摇摆的弧度越来越小终至停止。

克里斯汀静静地停泊在漆黑中，这时达内尔的自助修车厂中唯一的声响就是它的引擎冷却时发出的嗒嗒声。

31
翌日

我有辆一九六九年雪佛兰三九六，

它有改装车头和赫斯特轮胎，

今晚它蓄势待发，

蛰伏在停车场，

在 7-11 店门之外……

——布鲁斯·斯普林斯汀

第二天阿尼·坎宁安没去学校，他说他可能得了流行性感冒，身体不太舒服，可是那天晚上他又对父母说要去达内尔车厂看看他的克里斯汀。

雷吉娜不太想让他这么做，不过没说出来，她相信阿尼一定病得不轻。阿尼脸上的青春痘和雀斑已经完全消失了，可是他也付出了代价，他变得苍白、憔悴，垂着黑眼圈，好像一夜没睡的样子。此外，他走起路来一瘸一拐，使她不禁怀疑儿子是不是吃了什么药。也许他的背伤比他透露的更严重，所以必须吃些止痛药以便继续修理他那辆天杀的破车。可是她又立刻驱散这些想法，阿尼也许真的对那辆车走火入魔了，可是还不至于傻到这种地步。

"我真的很好，妈。"他说。

"你看起来一点也不好，晚餐你几乎一口都没吃。"

"我晚一点再随便吃点东西。"

"你的背怎样了？是不是在达内尔那里抬了什么重物？"

"我的背很好，妈。"这是谎话。他的背疼了一整天，这是自他在赛车场扭伤以来复发最严重的一次（他心想，谁晓得是不是从那次开始才背痛的），他曾经把绷带拿下来过一阵子，可是差点痛得要了他的命。十五分钟后，他又把绷带缠紧，现在他觉得好多了。他知道原因，他要去看她，这才是根本原因。

雷吉娜看着他，除了担忧之外，同时觉得怅然，这是她生平第一次不知该怎么说下去。阿尼现在已经完全脱离她的控制，想到这点她就常有失望、空虚和寒冷的感觉。这一切都只因为她儿子爱上一个女孩和一辆车？就因为这样，所以他要在那灰色的眸子里露出愤恨的眼神？的确是这样吗？其实这件事和那女孩一点关系也没有，对不对？在她心里早就明白问题症结在那辆车。她变得越来越惶恐不安，从她二十年前流产到现在，她都没找过医生，可是现在她发现她又想找马仕加医生开点药来治疗她的神经紧张和失眠。在无数个失眠的夜里，她都在想着阿尼的事，还有时间能如何改变一切。

"你会早点回来吗？"她问。说出这句话时，她知道自己身为父母的权威已完全消失。她痛恨这样，却无法挽回。

"会的。"他说。可是她不太相信他说的话。

"阿尼，我希望你能留在家里，你看起来气色很不好。"

"我很好，"他说，"我一定得去，明天达内尔要送批汽车零件到詹姆斯堡去。"

"可是你病了，"她说，"詹姆斯堡离这里少说也有一百五十英里。"

"不用替我担心。"他在她的脸颊上吻了一下——就像鸡尾酒派对上的熟人间那种不带感情的吻。

他正推开厨房门要出去时，雷吉娜问他："你认不认识昨晚在肯尼迪大道上被车撞死的男孩？"

他转回来看她，脸上没有任何表情。"什么？"

"报上说他是自由高中的学生……"

"哦，你说的是撞死人逃跑的那件事……"

"是啊。"

"一年级的时候和他同堂上过课，"阿尼说，"我想我不算真的认识他。"

"哦，"她稍微放心地点点头，"那就好。报上说他身上携有毒品。阿尼，你没嗑过药吧？"

阿尼向脸色苍白、全神贯注等待答案的母亲笑笑："没有，妈。"

"如果你的背又开始疼的话——我是说，如果真的很疼——你会去看医生，不会自己到药房去乱买药吃，对吧？"

"不会的，妈。"说完，他转身离去。

早先下了一场雪，现在已经融化了大半。在树篱间和屋檐上还留下一片片残雪。可是尽管草坡边缘还覆着白雪，草地却显得格外嫩绿。阿尼走入黄昏中，看见父亲正在清理秋天最后的落叶，他看起来像是个陌生的流浪汉。

阿尼伸手向父亲打了个招呼，表示不想停下交谈，但迈克尔叫住他。阿尼很不情愿地走过去，他不想误了这班公交车。

克里斯汀带来的这场风暴使他的父亲也老了不少，当然，其他事情也占了一部分原因。夏末时他曾试过角逐霍利克大学历史系主任的职位，结果落了个大败。十月份健康检查时，医生说他有初期静脉炎——尼克松就差点因为这种病而送命。因此那年冬天，迈克尔·坎宁安看起来既苍老又憔悴。

"嘿，爸，我得赶公交车——"阿尼说。

迈克尔从棕色的落叶中抬头望着他，夕阳照得他满脸通红。阿尼向后退了一步，因为他发现父亲的神色有点恐怖。

"阿尼，"他说，"昨晚你上哪儿去了？"

"什么——"阿尼张着嘴大吃一惊，然后又慢慢把嘴闭上，"当然在家——你也知道。干吗问我这个？"

"整晚都在？"

"当然，我十点就上床了。到底怎么回事？"

"因为今天我接到警局的电话，"迈克尔说，"昨晚有个男孩在肯尼迪大道上被车撞死，他们为了这案子来询问我。"

"威尔奇。"阿尼说。他深沉、冷静地凝视父亲。如果说刚才阿尼被父亲脸上的表情吓到，现在迈克尔也因为儿子深不可测的眼神而吓了一大跳。

"他姓威尔奇，没错。"

"我想他们那伙人都有点关系，妈还不知道——他也许是破坏克里斯汀的其中一人。"

"我没告诉她。"

"我也没说，我很高兴她还不知道。"阿尼说。

"以后她也许自然会知道，"迈克尔说，"她是个聪明的女人，或许你也注意到了。但我是绝对不会说的。"

阿尼点点头，毫无幽默感地笑笑："昨晚你上哪儿去了？——爸，这话问得很妙，不是吗？"

迈克尔脸红了，不过他没有回避视线。"如果这几个月你能站出来看看自己，"他说，"你就会了解我为什么要这么问了。"

"这话什么意思？"

"你很清楚，这点不用进一步讨论。你自己的行为变得那么古怪，还敢问我这话什么意思！"

阿尼笑了。那是藐视的声音，迈克尔不禁打了个哆嗦。"妈问我有没有嗑药，也许你也想搜我的身。"阿尼的姿势仿佛要卷起袖子，"要不要在我手上找针孔？"

"我不必问你有没有嗑药，"迈克尔说，"我对你很有信心。我只想知道那辆鬼车的事。"

阿尼转身要走，却被迈克尔一把拉了回来。

"把手放开。"

迈克尔放手。"我只想提醒你一点，"他说，"我绝对不会以为你是杀人凶手。可是阿尼，警察马上就要传讯你。这里的人只要看到警察出现就会大惊小怪，对他们来说，警察找上你就表示你有罪。"

"只因为有个醉汉撞死了威尔奇？"

"事情不止这样，"迈克尔说，"有个叫琼金斯的警官打电话告诉我这件事，他说开车撞死威尔奇的人先碾过他，又倒回来再撞，再倒再——"

"好了，不要说了。"阿尼说。他露出恶心与恐惧的表情。迈克尔的感觉跟丹尼斯在感恩节傍晚的感觉一样：这件不愉快的事好像真的跟阿尼扯上了关系。

"实在……实在太残忍了，"迈克尔说，"这根本不是意外，谁都知道这是谋杀。"

"谋杀，"阿尼呆呆地说，"不，我从来没有——"

"没有怎样？"迈克尔厉声问道，他又抓住阿尼的夹克，"刚刚你说什么？"

阿尼看着父亲，他的面孔像张面具。"我从来没想过这会是谋杀案，"他说，"我要说的只是这样。"

"你要知道，"他说，"他们要调查每个有动机的人——不管动机有多小。他们知道你的车被砸了，他们也知道威尔奇那小子可能也参与了。至少他们知道你认为他也有份。琼金斯警官说要找你谈谈。"

"我没什么好隐瞒的。"

"当然，我也这么认为，"迈克尔说，"快走吧，别误了公交车。"

"是啊，"阿尼说，"我该走了。"可是他仍站在原地看着父亲。

迈克尔突然想起阿尼过九岁生日的情景。那天他带儿子到动物园去玩，午餐也在外面吃，下午他们在洼地街一个一九七五年已经烧毁的迷你高尔夫球场打了十八洞。雷吉娜因为支气管炎不能陪他们去，可是父子俩一样玩得很高兴。迈克尔知道那是阿尼最快乐的一个生日，从那天起，他就感觉儿子和他是那么亲近。

他舔了舔嘴唇说："把它卖了，阿尼，为什么不把它卖了？把它修好后就卖掉，或许你还可以赚上一笔，说不定能卖上三千块。"

阿尼脸上又露出那种疲倦而惊恐的表情。夕阳已变成西方天际的一抹橘红，院子已经暗了下来。这时阿尼原先的表情又消失了。

"不行，爸，我不能这么做，"阿尼和颜悦色地说，就像在对小孩说话，"我不能卖了她，因为我已经付出太多心血。"说着他就走了，在阴暗的草地上拖着长长的影子，脚底踩出沙沙的声音。

付出太多心血？阿尼，你到底付出了什么？

迈克尔先低头看着地上的落叶，又抬头看看他的院子。残余的雪片在树篱墙角间闪着亮光。它们屈辱残存，就为了等待更冷的天气。

32

雷吉娜与迈克尔

它实在太美妙，我的四〇九，

我的四行程引擎，双四桶化油器四〇九。

——海滩男孩

那晚雷吉娜很疲倦——这阵子她好像总是很容易疲倦——所以他们九点就上床了。那时阿尼还没回来。他们履行义务似的匆匆做了次爱（最近他们常做爱，可是过程都很机械化。迈克尔不禁怀疑他的妻子是不是拿他的性器官来当安眠药）。事后他们俩躺在自己的小床上，迈克尔假装不经意地问："昨晚你睡得怎样？"

"很好啊。"雷吉娜坦然地说，但是迈克尔知道她在骗人。

"我十一点时起来过一次，阿尼好像很焦躁不安。"迈克尔尽量让自己的口气听起来平淡无奇。其实他心里很慌——今晚阿尼的脸色有点不对劲，可是天色太暗，他观察不出什么名堂。也许是他自己多疑，也许根本没事，可是这个念头像一盏霓虹灯在他脑中闪着，一直不肯熄灭。他儿子脸上是做贼心虚的表情，还是完全只是光线的关系？如果他不能回答这些问题，今晚他就不可能睡好。

"我半夜一点起来过，"雷吉娜说，然后赶紧加上一句，"只是上厕所，顺便去他房间看看。"她笑笑说，"老习惯很难改，不是吗？"

"可不是，"迈克尔说，"的确如此。"

"当时他睡得很好，只是天这么冷，我想叫他起来换睡衣。"

"他穿着内衣？"

"是啊。"

他躺回枕头上，稍稍松了口气，并为自己刚才的想法而羞愧。不过这总是好事。阿尼这孩子不可能杀人，就像他不可能在水上行走一样。他太了解自己的儿子。可是人的思绪——那固执的老猴子——可以制造出任何想法，而且想得越偏激，它似乎就越高兴。迈克尔双手抱着后脑勺躺在床上仰望天花板。他想，也许生命本身就是场噩梦，人的头脑就是符咒。在一个人的幻想中，老婆可以和他最好的朋友发生奸情，最好的朋友可能在背后算计他，儿子则会利用汽车当作杀人工具。

有这种想法实在可耻，最好让那思想的蠢猴赶紧入睡吧。

半夜一点钟时阿尼还在家。雷吉娜不太可能看错时间，因为阿尼床头柜上放的是数位电子钟——雷吉娜不可能把那么大的蓝色数字看错。一点钟时，他儿子还躺在家里，而二十五分钟后，威尔奇家那个男孩在三英里外被车撞死。任何人都不可能相信阿尼能在二十五分钟内爬起来穿好衣服、走出门（而且还要不让当时显然醒着的雷吉娜听见），赶到达内尔车厂去取他的克里斯汀，然后再开车跑到威尔奇遇害的地方去。

在逻辑上绝对不可能。

这么一来思想的蠢猴可满意了，迈克尔不再胡思乱想，他向右翻了个身，不知不觉睡着了。稍后，他梦到九岁大的儿子和他在一望无际的绿野上玩迷你高尔夫，风车和水车都在懒洋洋地旋转……他梦中的这对父子在世上是那么寂寞。孩子的妈在孩子出生时就去世了，这真是最悲惨的事，所有亲友仍记得当时迈克尔有多难过——可是一旦他和儿子回到家，就在他们的小天地中独处，像单身汉那样自己下面吃。饭后，洗过碗碟，他们在餐桌上摊开报纸，父子俩一起组合塑胶模型——它们也有引擎，但不会伤人。

迈克尔·坎宁安不禁在梦中笑了起来，可是在他旁边的另一张床上，雷吉娜却没有他这么开心。她睁着眼等待儿子回来，等不到那声门响，她就无法安心入睡。

她要听到门推开又关上……要听到轻轻上楼的脚步声……要听到儿子卧室的房门被推开，然后她才可能睡着。

也许就算如此，她还是不能安心。

33
琼金斯

嘿，正妹，慢着点，

跟我来……

你说什么？

叫我闭嘴管好自己？

可是宝贝，看到你我就不能自已！

你知道你有多……正，宝贝，

我就爱你这种正妹！

我开什么车？

一九四八年凯迪拉克，

加装福特雷鸟挡泥板，

告诉你，它飙起来可神了，

上路吧，约瑟芬……

——艾拉斯·麦克丹尼斯尔

第二天晚上琼金斯警官在八点四十五分左右，到达内尔车厂去找阿尼。那晚他刚为克里斯汀换好一根新的收音机天线——原来的天线被赖普顿那伙人折断了。从八点半起，他就坐在驾驶座上收听周五晚上的《骑兵队金曲选播》。

起初他只想试试新装的天线会不会有静电杂音，可是马上就收到清晰的怀旧老歌，博比·富勒的《我以身试法》、法兰基·莱蒙与青少年合唱团的《傻人为何坠入爱河》、埃迪·科克伦的《大伙来吧》，还有巴迪·霍利的《舞吧》。他凝视着风挡玻璃，眼神飘散在远方。

阿尼在方向盘后神游，收音机的红色指示灯在仪表板上发出幽灵般的光芒，新装的天线效果非常理想。诚如达内尔所说，他的那双妙手的确能化腐朽为神奇，这一切都应验在克里斯汀身上。把她买回来时，她不过是李勃草坪上的一大块废铁；当阿尼把她从机场拖回来时，她又再度成为废铁。而他却……

舞吧……舞吧，告诉我……

告诉我……不再寂寞……

却怎样？

却把凹痕敲回原来的样子，而且还换了新的天线。可是他并没有到过任何材料行订购风挡玻璃或新的沙发套（然而这两样东西显然都刚换过）。克里斯汀被破坏后，他只打开引擎盖看了一眼，然后就愤怒地把它关上。

可是现在散热器又完好如初，引擎箱闪闪发亮，活塞毫无阻拦地上下运动，发出的声音温柔得像猫打着呼噜。

他做过一场梦。

他梦见李勃穿着发霉的军服，衣服里面是发亮的骷髅架。他的眼睛成了两个黑色的大窟窿（可是里面好像闪着光芒），接着克里斯汀的大灯亮了，车头上似乎钉着一个人影，就像卡纸上的昆虫标本，那个人好面熟。

是威尔奇吗？

也许是。可是当克里斯汀突然加油，在车胎尖锐的摩擦声中向前猛冲时，阿尼看见钉在车头上的那人的面孔化成了溶蜡。过了一会儿，它变成了赖普顿，然后又变成桑迪，最后是达内尔那张肥肥的月亮脸。

不管那人是谁，总之他的表情是惊恐万分。李勃突然把车刹住，用他那只腐烂发黑的手挂上倒挡。车头上的人影跳下来逃跑。阿尼看见李勃的手指上还挂着松动的结婚戒指，就像个大铁环套在枯枝上。克里斯汀再度往前冲，那人仓皇地回头望了一眼，阿尼发现那竟是他母亲……是丹尼斯……是利……是他自己。他扭曲的嘴尖叫着："不！不！不！"

在那一片混乱和震耳欲聋的引擎声中（显然排气管又坏了），他听到李勃胜利的狂笑，那尖锐、恐怖的笑声来自其腐烂的喉咙。李勃张着没有嘴唇只有牙根的口腔，隔着绿色的霉和蜘蛛网说：

"狗杂种，我来了！你喜欢吗？"

接着是克里斯汀碰撞肉体的响声，一副眼镜在黑夜中飞滚翻转。阿尼醒来发现他躺在自己的床上，蜷成一团抓着枕头打哆嗦，时间是午夜两点一刻。他的头一个感觉是大大松了口气。毕竟这是场梦，他还好好活着，李勃死了，克里斯汀也安然无恙，这世上他只关心这三件事。

"可是阿尼，你的背伤是怎么来的？"

有个阴险冷酷的声音在他体内问他，阿尼害怕得不敢回答。

"在费城平原赛车场弄伤的，"他对自己说，"我把一辆废车拉上达内尔的拖车，那杂种突然往后滑，我赶紧用力顶着它，所以把背扭伤了。"可是他真是这样受伤的吗？不！

他和利在机场发现克里斯汀被砸得稀烂，四个轮胎都被刺破的第二天晚上……他一个人在达内尔车厂里修车，并打开达内尔办公室的收音机……现在达内尔十分信任他，理由很简单，因为他帮达内尔运私烟到纽约州，运烟火到柏林顿，还有两次帮达内尔送个棕色扁平包裹到惠灵和一个开道奇挑战者的年轻人换回一个更大的棕色扁平包裹。他怀疑过那是在交易可卡因，可是他不想知道真相。

达内尔把自己的车给阿尼用。那是辆一九六六年的黑色克莱斯勒。另外他还把车厂的钥匙交给他，这样他就可以在所有人都离开后再到车厂来——就像那天晚上一样。总之，那晚阿尼拧开达内尔办公室的收音机，然后……然后……

　　然后他的背又受伤了。

　　他完全想不起来是怎么受伤的。

　　可是他并不想知道，事实上有时候他连车都不想要了。他觉得把车丢掉或许会快乐点，可是他又不敢这么做，因为有股奇怪的力量一直在阻止他（昨晚那场噩梦就是个例子）。

　　收音机突然出现静电干扰的杂音。

　　"没关系。"阿尼对自己喃喃说道。他轻轻抚摩仪表板，有时他也会怕这辆车，也许爸说得对，她改变了他，可是他宁可自杀也不愿把车丢掉。

　　静电干扰消失了，收音机正在播《等一下，邮差先生》。

　　接着他听到有人对着他耳朵说："阿尼·坎宁安吗？"

　　他吓得跳了起来，关掉收音机。他转头，看见一个外表精明的小矮个靠在克里斯汀的车窗上。他有一对深褐色眼睛，脸颊红润——阿尼猜那是在外面冻出来的。

　　"什么事？"

　　"我是鲁道夫·琼金斯——州警局刑事组警官。"琼金斯把手伸进车窗。

　　阿尼看看他，心想他爸没说错。

　　阿尼尽可能向他微笑，并握住他的手，两人结实地握了个手。阿尼说："别开枪，警官，我把武器扔掉就是了。"

　　琼金斯回他一笑，可是阿尼注意到他的眼睛在打量这辆车。阿尼非常不喜欢他的眼神，一点也不喜欢。

　　"哇！我听本地警察说你的车被一群流氓砸得面目全非，可是现在看起来一点也不像。"

阿尼耸耸肩从车里出来。每到周五达内尔车厂总是那么冷清，达内尔很少进来，而且今晚他压根儿就不在。对面十号车位上有个叫盖柏的家伙正在给他的老爷车换消声器，另外车厂里面时时传来气压螺旋钳的旋转声，很可能是某个人正在装轮胎防滑链。如果不是这些人在场，他和琼金斯警官谈事情会方便得多。

　　"现在好多了，跟原来完全两个样子。"阿尼说，他猜想这矮小子一定很聪明，可是无论他有多精，阿尼都能对付他，对了，他到底在担心什么，"主要结构都没坏。"

　　"哦？据我所知，他们用锐器在车身上打了很多洞，"琼金斯说着仔细查看克里斯汀的侧面，"现在好像一点痕迹也没有。你一定是个天才钣金手，阿尼。"他向阿尼笑笑，眼睛又飞快地打量车头和车尾。稍后，他又回来盯着阿尼，然后又再次检查车子。阿尼越来越不喜欢那种眼神。

　　"我是很会修车，可是我也不是万能的，"阿尼说，"如果你仔细看，不难发现一些痕迹，"他指指克里斯汀尾部一小块波浪状皱皮说，"我运气好，找到一些普利茅斯的原厂零件，像后门这整块钣金都是我新换上去的。你可以看得出来油漆色泽都不太一样，对不对？"他用手指敲敲车门。

　　"我看也许要用显微镜才比较得出来，"琼金斯说，"阿尼，在我看来它们是完全一样的。"

　　说着他也敲敲车门。阿尼不禁皱起眉头。

　　"真是天衣无缝，"琼金斯说，他慢慢绕到前面，"真是天衣无缝，阿尼，你不简单，我佩服你。"

　　"谢谢，"阿尼监视着琼金斯，因为他是在借着赞赏的机会找寻车上有没有可疑的擦痕、剥漆，或血迹、毛发之类的东西，他根本是在找寻阿尼谋害威尔奇的证据，阿尼突然了解了他的来意，"琼金斯警官，我有什么地方能为你效劳吗？"

　　琼金斯笑了："老天，别这么正式。叫我鲁迪好吗？"

"当然，"阿尼笑着说，"我能为你做什么吗，鲁迪？"

"有件事很有趣。"琼金斯蹲下检查靠驾驶座那边的大灯，他假装漫不经心地敲敲玻璃罩，又沿着金属框摸了一圈，他的大衣衣摆拖在油渍满布的地上。最后，他站起来说："我们接到有关这辆车的报告是说，它被一群人砸成废铁——"

"嘿，他们没有把她砸成废铁，"阿尼说，他渐渐发现自己面对的是个难缠的角色，他把手搭在车篷上，这样他才会有充实、舒适的感觉，"他们是想把她砸成废铁，只是他们技术太差，没有成功。"

"你一定想到我会问什么，'照片呢？'，是不是？我打电话去镇上警局问了，他们说没有照片。"

"的确没有，"阿尼说，"像我这种年纪的人只能投保第三责任险，就算这样一年也要六百多块。如果我投保了损毁险，我一定会照很多照片。既然没投保，我干吗要这么做？为了日后欣赏而拍些车子被砸烂的照片？"

"是的，我想也不会，"琼金斯说着慢慢逛到车子尾部，两眼拼命找寻碎玻璃或擦痕之类的东西，"可是你猜我所谓有趣是指什么？你居然没有报案！"他猛然抬头用质问的目光看着阿尼——然后又装出一副笑脸，"你居然没报案！我问他们：'该死，是谁报的案？'他们说：'孩子的父亲。'"琼金斯摇摇头，"我不懂，阿尼，我要请你坦白告诉我。一个年轻小伙子花了几个月功夫把一辆旧车修好，现在它总值个两千块——也许五千块了。可是一群不良少年把它砸得稀烂——我实在不懂……"

"我说了——"

琼金斯伸出手无奈地笑笑，这时阿尼竟有个奇怪的念头，以为琼金斯要像丹尼斯一样，每当风头不对时就会比出两根手指，然后说："和平。"

"对不起，是把它破坏得很惨。"

"这么说还合理。"阿尼说。

"总之，根据你的女友说，他们还在你车里的仪表板上留了一堆……那玩意儿，按理来说，你瞧见该会气疯了才对。我想不出你为什么不报警。"

现在琼金斯不再笑了。他很严肃地看着阿尼。

阿尼冷峻的灰眸也勇敢地直视他。

"屎擦得掉，"他终于说，"你要不要我告诉你一件事，琼——鲁迪？"

"当然，孩子。"

"我一岁半的时候用叉子在母亲的古董衣柜上划了很多记号。那个衣柜是她存了五年的私房钱才买下来的。我想我一定把她的宝贝衣柜破坏得一塌糊涂，当然我是一点也不记得了，可是她说她当场就被气哭了。"阿尼露出一点笑容，"直到前两年，我还是不懂她为什么会哭，现在我懂了。也许我长大了，你觉得呢？"

琼金斯点了根烟："我看不出你说这话有什么用意，阿尼。"

"她说她宁可我到了三岁还包着尿布，也不愿意我做出那种事。因为屎擦得掉，剐痕却抹不掉。你把屎用水龙头冲干净，它就不见了。"

"就像威尔奇的死一样？"琼金斯问道。

"他的事我一点也不清楚。"

"真的？"

"真的。"

"以童子军信誉保证？"琼金斯问。这问题很轻松幽默，他的眼神却一本正经。他紧紧盯住阿尼，想逮住他目光犹豫、闪烁的一刹那。

车厂另一端正在装雪链的人用力把修车工具摔在地上，嘴里咒骂着："贱东西、臭婊子！"

阿尼和琼金斯同时转头往那边看，打破了这个僵局。

"当然——童子军信誉，"阿尼说，"我能谅解你的做法，这是你的工作——"

"对，这是我的工作，"琼金斯同意他的说法，"那孩子被车从不同

264

的方向碾过三次，成了一摊肉酱。收尸的人得用铲子把肉渣铲起来才能把现场清理干净。"

"别说了。"阿尼露出恶心的表情。他觉得反胃想吐。

"为什么？你不是说对付屎就是这样吗？用铲子铲走再用水一冲不是很好吗？"

"我跟这件事一点关系也没有！"阿尼大叫。原先在换消声器的车主吃惊地往这边看。

阿尼把声音降低。

"对不起，我只希望你不要烦我，你明知道我跟这件事一点关系也没有。你刚刚检查过整辆车，如果克里斯汀连撞威尔奇三次，这里一定到处都是线索。这种侦探故事我在电视上也看了很多。上汽车修护课的时候老师也说过，要毁掉一辆车的车头，最好的方法就是去撞鹿或者撞人。他是夸张了点，可是没有胡说⋯⋯希望你懂我的意思。"阿尼觉得喉咙非常干，用力咽下一口口水。

"我懂，我当然懂，"琼金斯说，"你的车看起来没问题，可是你有问题。请原谅我这么说，你看起来像在梦游，你的样子真他妈糟透了。"他把香烟踩熄，又说，"你知道吗，阿尼？"

"什么？"

"你说谎说得太快，"他拍拍克里斯汀的车篷，"说得比马跑得还快。"

阿尼看着他，手扶在后视镜上，什么也没说。

"我想关于威尔奇被谋害的事你并没有撒谎，可是关于他们砸你车子的事就很难说了，你的女友说得很详细，说的时候她还哭了，她说所有玻璃都被砸碎⋯⋯对了，顺便请问你，这些新装的玻璃是在哪儿买的？"

"麦康乐，"阿尼赶紧说，"在匹兹堡。"

"收据呢？"

"扔了。"

"他们一定还记得你，这也算一桩大买卖。"

"也许吧，"阿尼说，"可我不敢保证。鲁迪，麦康乐是纽约到芝加哥之间最大的汽车玻璃厂商，他们什么样的汽车玻璃都有，生意也做得很大，而且大部分都卖给旧车。"

"他们那里一定有记录。"

"我付的是现金。"

"可是存根发票上一定有你的名字。"

"没有，"阿尼说，"我以达内尔车厂的名义买的，这样可以打九折。"

"这些话你早就打好草稿了，对不对？"

"琼金斯警官——"

"关于玻璃的事你又在说谎，只是我不晓得事实真相到底是怎样的。"

阿尼气愤地说："如果有人砸烂你的汽车玻璃，你去买新的有什么不对？法律什么时候不准买家付现金、打折扣了？"

"没有，从来没有。"琼金斯说。

"那就别管我的事。"

"还有更重要的一点，你说你不清楚威尔奇的事也是谎话。你一定知道点什么，我要你告诉我。"

"我真的一点也不清楚。"阿尼说。

"关于——"

"我没什么好说的了，"阿尼说，"对不起。"

"好吧。"琼金斯说。他不得不放弃阿尼是嫌犯的念头。他解开大衣扣子，在内袋里找某样东西。阿尼看见琼金斯胸口挂着一把枪，他猜想琼金斯是故意让他看见的。琼金斯掏出一张名片交给阿尼："这两个号码都可以找到我，有事要说的话不要犹豫。任何事都行。"

阿尼把名片收进胸前口袋。

琼金斯围着克里斯汀又绕了一圈。"真是妙手回春。"他转回来看看阿尼说，"你为什么不报案？"

阿尼低沉地叹了口气。"因为我以为事情就可以这样结束了，"他说，"我想他们不会再找我麻烦了。"

"我也这么想，"琼金斯说，"再见了，孩子。"

"晚安。"

琼金斯走了几步又转身走回来。"再多想想，"他说，"你的气色糟透了，懂我的意思吗？你有个好女友，她在为你担心，她为你的车难过。你爸也在为你担心。我从电话里就听得出来。仔细想想再给我回个电话，这样你会好睡得多，孩子。"

阿尼觉得嘴唇颤抖，眼眶里满是泪水。琼金斯的目光如此仁慈。他张嘴——天晓得他会说出什么——可是喉咙一阵酸疼，他又把话咽了回去。不过这样也好，就像一针镇静剂，现在他冷静多了。

"晚安，"他说，"晚安，鲁迪。"

琼金斯面露不解地端详着他，过了好一阵子才转身离去。

阿尼开始浑身发抖，起初是手，接着蔓延到双肩和全身。他伸手找寻车门把手，找了很久才摸到。他把车门拉开钻进车里，沐浴在新椅垫的芬芳气味中。他转动钥匙，仪表板上的指示灯立刻发出淡淡的亮光。他伸手去开收音机。

这时候他的视线停在钥匙皮垫李勃的名字上，那个噩梦又重回脑海。他仿佛看见李勃化身骷髅坐在他现在的位子上，眼睛的大窟窿正对着风挡玻璃，手指抓着方向盘，当克里斯汀撞上威尔奇时，那没有嘴唇的下巴竟然在笑。同时，收音机播着法兰克·威尔森与骑士合唱团的《最后一吻》。

他突然觉得头昏目眩。阿尼爬出车子向车头跑去，脚步声像打雷似的回荡在耳中。他刚赶到排水沟边就开始呕吐——一直不停地吐，直到酸水都吐光了为止。他感觉眼前全是金星，耳中叮叮当当响个不停。

他站在污点斑驳的镜子前看着自己——苍白的脸色、黑眼圈、乱蓬蓬的头发。琼金斯说得没错，他的气色很糟。

可是他的青春痘全部消失了。

他疯狂大笑。无论如何他绝对不会放弃克里斯汀，他永远不会这么做。他——

他又开始呕吐，只是这次什么也吐不出来。

他得找利谈谈。他突然发觉他得找利谈谈。

他走进达内尔的办公室，那里只有墙上挂钟的秒针走动的响声。他连拨两次电话都跳号，因为他的手在发抖。

利本人接的电话，她的声音听起来很疲倦。

"阿尼吗？"

"利，我一定要跟你谈谈，我一定要见你。"

"阿尼，都十点了，我刚洗完澡正要上床……我好困。"

"拜托。"他闭上眼睛说。

"明天好吗？"她说，"今晚不行，这么晚了家人不会让我出去——"

"才十点，而且今天是周五。"

"他们不喜欢我这样常跟你碰面，阿尼。刚开始他们很喜欢你，我爸到现在还很喜欢你……可是他们两个都说你变得有点可怕。"利那边过了很久都没有声音，"我想你的确变了。"

"这是不是表示你也不愿再见到我了？"他问。现在他的胃痛、背痛，全身都痛。

"不是，"她的语气略带责怪之意，"我倒觉得是你不想见我……在学校你不理我，晚上放了学就泡在修车厂。"

"我已经忙完了，"他说，接着他又以痛苦的声音说，"我想把这辆车——哎哟，该死！"他突然觉得背痛难忍，赶紧伸手撑着腰。

"阿尼？"她发觉有什么不对劲，"你还好吗？"

"还好，我的背抽痛了一下。"

"你要跟我谈什么？"

"明天，"他说，"我们开车出去，吃'芭斯罗缤'冰激凌，买点圣诞用品，在外面吃晚餐，七点之前我去你家接你。我发誓明天我一定不会'看起来怪怪的'。"

她笑了。阿尼也舒了口气。"你好笨。"她说。

"这表示你答应了？"

"对啦，对啦，"利说，"我说我爸妈不希望我见你，可这不表示我也不想见你。"

"谢了，"他设法让自己的声音保持平稳，"谢谢你这么说。"

"你约我现在出去是想谈些什么？"

克里斯汀——我要跟你谈她的事，还有我的梦，还有我扭伤背的事。利，我有太多事想告诉你——

背上又是一阵疼痛，就像猫用利爪抓过。

"就是刚刚我们谈的那些。"他说。

"哦，"利犹豫了一下，"那就好。"

"利？"

"怎样？"

"以后我就会有多一点的时间了。我发誓，以后我随时都可以陪你。"现在丹尼斯住院，我只剩下你了，除了……

"那就好。"利说。

"我爱你。"

"再见，阿尼。"

说你也爱我，他突然想大叫，对我说你也爱我，我要你说！

可是他只听到挂电话的声音。

他坐在达内尔的位子上，头垂得低低的，两手抱胸。每次他说爱她的时候，她不需要也这么回他一句，不是吗？他没必要急着求证她对他的感情，不是吗？

阿尼站起来走向门口。明天她要跟他出去，那才是最重要的，他们可以照原定计划去买圣诞用品——车子被那帮狗小子砸坏那天，他们就是打算去买圣诞用品的。他们可以边走边谈，他们可以度过愉快的一晚，到时候她一定会说她爱他。

"她一定会说的。"他喃喃自语走出门口。可是一出了门，克里斯汀就静静地蹲在那里看着他，仿佛发出沉默的否决，仿佛正蓄势待发准备发动猎捕攻势。

阿尼听到自己问自己：你怎么把背弄伤的？你怎么把背弄伤的？你怎么把背弄伤的，阿尼？

他害怕这个问题，更害怕它的答案。

34
利与克里斯汀

小宝贝坐上全新凯迪拉克，

对我说："嘿，老头，

我这一走就不回来了。"

哦，宝贝，请你听我说，

甜心，回到我身边，求你别走。

但她只说："去你的，老头，

我这一走就不回头。"

——冲击合唱团

这天天气很阴沉，雪也不停地下，可是阿尼说的两件事都做到了——他们玩得很高兴，而且他表现得很正常。阿尼去接利时，卡伯特太太也在家，她的态度非常冷淡。阿尼等了很久——二十多分钟——利才下楼。她穿着一件明显衬出胸形的淡褐色毛衣和一条将翘臀包得紧紧的深蓝色长裤。阿尼猜她是故意迟到，但稍后他问利时，她瞪着大眼睛一脸无辜地否认。不过没关系，是他活该。

只要有心，阿尼也可以让自己变成个很可爱的人。在利下楼时，卡伯特太太已经化解了冰冷的表情。她拿了罐百事可乐给阿尼，坐在一边听他讲学校棋艺社里的趣事。

　　"这是我听过的学校社团中最文明的。"她对利说，并向阿尼露出认同的微笑。

　　"无聊透顶！"利说。她搂着阿尼的腰，大声地在他脸上吻了一下。

　　"利！"

　　"对不起，妈，不过他脸上带点口红看起来更可爱不是吗？等等，阿尼，我有卫生纸，别用手擦。"

　　她在皮包里找到卫生纸，阿尼看看卡伯特太太并翻了个白眼。卡伯特太太则捂着嘴笑。

　　他们先去买"芭斯罗缤"冰激凌。一开始阿尼一直担心克里斯汀会出纰漏，要不然就是利会批评他的车。他知道她不喜欢坐克里斯汀，可是这些都是庸人自扰。克里斯汀运转得跟瑞士名表一样顺畅，利的唯一评语就是赞赏它性能优越。

　　"我真不敢相信，"车子驶离冰激凌贩卖亭，转入主车道，驶向门罗镇购物中心时，她说，"你一定下了不少苦功。"

　　"原来损坏的程度没你想象的那么严重，"阿尼说，"要不要来点音乐？"

　　"好啊。"

　　阿尼打开收音机，喇叭里立刻传出杂音和模糊不清的歌声。

　　"可不可以换个台？"

　　"自己动手。"

　　利转到匹兹堡一家摇滚乐电台，节目主持人正在访问歌手比利·乔（Billy Joel），比利·乔正在讨论他认为天主教女孩的性生活开始得太晚的问题。没错，这是周末之夜的《周末派对》节目。阿尼心想，克里斯汀可能马上就要出毛病了，可是她一直平稳地奔驰着。

门罗镇上是热络的人潮，圣诞节的购物狂热已进入紧锣密鼓的阶段。救世军的钟声响个不停，但还不至于对人构成太大干扰，至少他们是播放和谐的"钟乐"，而不是单调、机械式的呼喊："穷人没有圣诞节，穷人没有圣诞节，穷人没有圣诞节。"

他们挽着手逛街购物，可是两只手马上捧满了东西，阿尼还抱怨利把他当牛来用。稍后他们到书店买书时，外面下起了雪。两人在店里隔着落地窗往外看，就像两个小孩一样。阿尼牵着她的手，她也抬头对着他笑。他闻到她身上的香味，然后他把头靠过去，她也靠过来，两人象征性地接了个吻。

这是个愉快的晚上，欢娱的气氛一直持续到利差点送命为止。

如果不是那位搭便车的乘客，利百分百死定了。回家的路上刮着大风雪，克里斯汀跟来时一样平稳。

原先阿尼在自由镇的英国之狮牛排馆订了两个位子，可是逛街耽搁了太多时间，两人商量在肯尼迪大道上的麦当劳随便买点东西吃。利答应母亲八点半前回去，因为家里有客人要来。他们离开门罗镇时，已经八点一刻了。

"这样也好，"阿尼说，"反正我也快破产了。"

他们在十七号公路和肯尼迪大道交叉口碰上那个搭便车的人。那人长发披肩，身上覆满雪花，手上拎着一个旅行袋。

车灯照着那人时，他拿出一个牌子，上面写着：要到自由镇。等车子接近了，他把牌子翻过来。另一面写的是：大学生，没有神经病。

利笑了。她对阿尼说："我们载他一程吧。"

阿尼说："越是说自己没有神经病的人越有问题。好吧，咱们载他一程。"他减速打方向灯，今晚利要他做任何事他都会答应。

克里斯汀缓缓停在路边，轮胎在雪地里一点都没打滑。车子刚停下，收音机里就出现静电干扰声。干扰声消失后，原本播得好好的摇滚乐突然变成了老歌星毕格·鲍柏的《韵感的丝带》。

《周末派对》是怎么了？"利问。这时那位搭便车的人也赶了上来。

"谁晓得！"阿尼说。可是他明白是怎么回事，这种情形以前也发生过。有时不管怎么转选台钮，收音机里放的永远是老掉牙的歌——除非你把它关掉。

他突然觉得，让那人搭便车是个错误的决定。

可是一切都太迟了，那人已经拉开克里斯汀的后门，一股脑儿地钻进来。一阵雪花和寒气随着他冲进车内。

"谢了，老兄，"他叹着气说，"我的手指脚趾都到迈阿密海滩度假去了。我已经冻得一点感觉都没有了。"

"要谢就谢这位小姐。"阿尼说。

"谢谢你，女士。"搭便车的人做出摘帽子的动作说，但其实他根本没戴帽子。

"没什么，顺便帮个忙而已，"利笑笑说，"圣诞快乐。"

"圣诞快乐，"搭便车的人说，"这年头好心的人实在不多，我在大风雪中挥了半天手，可是所有车子都唰一声就过去了。"他以欣赏的目光打量车里的装潢，"好车，老兄，真是辆好车。"

"谢谢。"阿尼说。

"自己装修的？"

"是啊。"

收音机播完了毕格·鲍柏的歌，又换了首里奇·瓦伦斯的《蹦巴舞》。

搭便车的人笑着摇摇头："先是毕格·鲍柏，接着又是里奇·瓦伦斯。今晚播的大概都是死亡之歌。"

"这是什么意思？"利问。

阿尼关掉收音机。"他们和巴迪·霍利在一次坠机事件中罹难。"

"哦。"利小声地应了一声。

或许搭便车的人看出阿尼不太高兴，所以他在后座闭眼冥思，不再吭声。外面的雪越下越大，真正的寒冬已经来了。

最后，麦当劳的拱形霓虹招牌出现在白茫茫的雪花中。

"要不要陪你进去，阿尼？"利问。阿尼沉默得像尊石像。

"我去就好了，"他说着把车转进店门前的停车场，"你要吃点什么？"

"只要汉堡和薯条就好了。"她说。其实她很想下车一起吃一份全套的麦香堡、奶昔还有饼干，可是她的胃口已在瞬间荡然无存。

阿尼把车停妥，招牌上一闪一闪的黄色霓虹灯照得他一副病容。他把手搭在椅背上，回头问："要不要替你带些吃的？"

"不，谢了，"那个人说，"家人正等着我吃晚餐，不能让我妈失望。她是天下一流的厨子，每次我回——"

关车门的声音打断了他的话。阿尼快步走向麦当劳入口，靴子一路踢溅起细的雪花。

"他一向这么开朗吗？"搭便车的人问，"还是有时候他会沉默寡言？"

"他很可爱。"利坚决地说。她突然有点担心。阿尼熄了引擎，把钥匙也带走了，留下她跟一个陌生人在黑漆漆的车里。她可以从后视镜看见他，那披肩的黑发、满脸胡须和深色眼珠都让她想起杀人魔查尔斯·曼森。

"你在哪里念大学？"她问。她紧张得直扯身上的紧身裤。

"匹兹堡。"搭便车的人简短地回答。他抬起头，两人的目光在镜中交会，利赶紧低头看着自己的大腿。她穿这条紧身裤是因为阿尼说他喜欢看女孩这样打扮——也许这是她最紧的一条长裤——甚至比牛仔裤还紧。这时她真希望自己穿的是另一条裤子——只要不会引人遐想的都行。她想叫自己心情放轻松点，可是没办法。阿尼走了，留下她跟陌生人在车里（这算是惩罚吗？因为载他一程是她的主意），现在她怕得不得了。

"不对劲。"搭便车的人突然说，这话把利吓了一跳，不过他的口气很平淡。利隔着店窗看见阿尼正在排队，他排在第五或第六个，短时间内还不可能轮到他。她想要是搭便车的人突然从后面勒住她的脖子……当然她可以摸到喇叭……可是它会响吗？她发现自己在为一些毫无道理的事情担心。她心想，那个喇叭一百次里有九十九次都会响。可是第一百次——也就是最危急的时刻——它一定会发生故障。没有特别的理由……因为克里斯汀不喜欢她。事实上，她相信克里斯汀根本就是痛恨她，这就是最简单的理由。

"对不起，你说什么？"她往后视镜瞄了一眼，发现那人没有往她这里看，心里不禁暗自松了口气。那人摸摸坐垫，再摸摸车顶，又用鼻子四处嗅嗅。

"不对劲，"他摇摇头说，"这车不对劲，我也不知道为什么，只是有种不太好的感觉。"

"是吗？"她问，希望自己的声音听起来还算自然。

"小时候有一次我被困在电梯里，从那次起我就得了幽闭恐惧症。以前我在车里从来不会有压迫感，只有这次……我觉得口干舌燥，我想你划根火柴就可以把我的舌头烧掉。"

他尴尬地笑笑。

"如果不是时候这么晚了，我宁可走回去。"他赶紧加上一句，"希望这么说不会冒犯到你或你的朋友。"利再次抬头看镜子，发现他的眼睛其实一点也不粗野。显然他真的有幽闭恐惧症，而且现在他的长相也一点都不像野兽了。利对自己刚才的胡思乱想感到可笑。

她知道症结都在这辆车上。今晚坐在克里斯汀里，她一直没有觉得哪里不对劲，可是潜意识里还是忐忑不安。现在她只是把不安的心情归咎到这个陌生人身上……一切都是因为这辆车。然而害怕一个搭便车的陌生人是正常的心理，害怕一辆没有生命的车子却毫无道理。它只不过是钢铁、玻璃和塑胶的组合。

"你没闻到什么味道吧？"他突然问。

"什么味道？"

"有点像是臭味。"

"没有啊，我一点也没闻到。"她伸手拉直毛衣，心脏扑腾扑腾直跳，"你一定是受了幽闭症的影响。"

"也许吧。"

可是她也闻到了。在新沙发皮套的味道之外还有种淡淡的臭味……就像坏掉的鸡蛋味。

"介不介意我把窗子摇下来？"

"请便。"利说，她发觉现在要让自己的讲话听起来自然变得很困难。她脑中突然出现昨天早报上刊登的照片，以及下面的一行字：穆奇·威尔奇——车祸被害者。警方表示，这桩车祸可能是场蓄意谋杀。

搭便车的人把窗户摇下三英寸，刺骨的寒风立刻钻进来，驱散了那股怪味。在麦当劳店里，阿尼已经在柜台前面付钱了。利看着阿尼的身影，心想当初她为什么没有先看上丹尼斯。丹尼斯比较有安全感，而且看起来比较正常……

她马上驱散自己的思绪。

"冷的话请告诉我一声，"那个人略带歉疚地说，"我知道我是个怪人。"他叹了口气，"有时候我觉得不该把毒瘾戒了。"

利只好微笑。

阿尼拎着一个白色塑料袋走出来，在路上差点滑了一跤。

"这里冻得跟冰箱一样。"他打开车门时咕哝着。

"对不起，老兄。"搭便车的人在后座说，然后立刻把窗子摇上。利等待那股臭味重现，可是现在她闻到的只有皮垫味。

"这份是你的，利。"他把她的薯条、汉堡和可乐递给她。他自己买了份麦香堡。

"谢谢你们载我这一程，老兄，"搭便车的人说，"你们可以在肯尼迪大道转角让我下车吗？"

"没问题。"阿尼简短地回答。雪更大了，阿尼慢慢把车倒出来。利第一次感觉车轮有点打滑。路上空荡荡的，几乎已经看不到别的车子，幸好离家只有十五分钟的车程了。

气味消失了，利发现她的胃口恢复了。她吞了半个汉堡，喝了几口可乐。前面不远就是肯尼迪大道转角，那里竖了个战争纪念碑。阿尼把克里斯汀停在路边，拉起手刹，以免车子打滑。

"祝你周末愉快。"阿尼说。现在他的心情似乎好多了。利心想，也许他吃了东西心情就变好了。

"也祝你们愉快，"搭便车的人说，"还有圣诞快乐。"

"你也一样。"利说，她又咬了口汉堡，嚼了几下，往肚里吞……那玩意儿卡在喉咙里。她不能呼吸。

搭便车的人下车了，他开门的声音很大，外面的风声像是工厂的汽笛声。

（我知道你一定不相信，可是阿尼，我不能呼吸……）

我噎住了！她想告诉阿尼，却只能发出微弱的气音，而且她知道风声一定遮掩了一切声响。她掐住喉咙想要尖叫，可是她不能呼吸，也叫不出声。

（阿尼，我不能……）

她可以摸到那块汉堡肉，它刚好卡在喉咙里。她想把它咳出来，可是它卡在那里动都不动。仪表板上的绿灯看着她。

（好像猫的眼睛，老天，我不能……呼吸。）

她的胸口开始隆起。她设法咳嗽，却咳不出来。外面的风声遮掩了一切，这时阿尼刚好回头看她。他转头的动作很慢，可是眼睛立刻瞪得鼓了出来。他的声音像雷声一样大，吼道：

"利……你……怎么回事？……她噎住了……老天，她噎住了！"

他缓缓伸出手，却又收了回去，像是惊慌失措得不知如何是好。

（哦，救救我，看在老天的分上，快想想办法，我快死了。我快被一块麦当劳汉堡肉噎死了。阿尼，你为什么见死不救？）

她突然知道为什么了，他不救她是因为克里斯汀不准他这么做，这是它除掉情敌的最好方法，这是种竞争手段。现在仪表板上的绿色指示灯真的成了眼睛——它们要眼睁睁看着她死去。

（妈妈，我要死了，它看着我，它活着活着活着，妈妈，老天，克里斯汀是活的。）

阿尼再度伸手。现在她已经开始剧烈摇摆，嘴唇变紫，眼球突出。阿尼疯狂敲着她的背，口里嚷嚷着。他抓着她的肩膀，显然要把她拖到车外。接着他突然把手缩回来，全身僵直地坐在椅子上不能动弹。

利全身颤抖，那块要命的汉堡肉在她喉咙里鼓动，她可以摸到它，又大又热。她再咳一次，那玩意儿还是卡在那里不动。现在风声停了，一切都停了，她好像不再那么需要空气。也许她已经死了，可是突然死亡对她来说也不是那么糟的事。这一切不像想象中那样糟，只是仪表板上的那些绿眼睛一直盯着她。还有它们的眼神——邪恶、愤怒和得意。

（哦，上帝，我为冒犯您，诚心向您道歉，我冒犯，我我我……）

阿尼从驾驶座探过身来，这时利那边的门突然开了，冷风咻咻刮在她脸上，让她清醒过来，也让呼吸对她来说又变得重要起来。可是那块阻塞物就是不肯移开……它死都不肯动一下。

利被拖到车外，躺在雪地里。她听到阿尼在遥远的地方大声咒骂："你在干什么？把你的手拿开！"

一双粗大的手压在她胸口，风刮在她脸上，雪花在眼前飞舞。

（上帝，请听我这罪人因为冒犯诚心……哦，你在干什么？我的肋骨要断了。）

那双手在她胸口拼命推压，她知道那是陌生人的手。他疯狂地挤压她的内脏，她觉得痛苦不堪。

（你快压断我的肋骨了。）

她感到腹膜往上升，然后喉咙里喷出一块东西掉在雪地里：好大一块湿淋淋的汉堡肉。

"放开她！"阿尼对那人大吼，"放开她，你会把她弄死的！"

利开始大口喘气，她的喉咙和肺仿佛在烈火中燃烧，所以她大口痛快地呼吸着冰冷的空气，完全不知道自己正在流泪。

陌生人放开手松了口气："你没事了吧，小姐？"

阿尼冲上去一把抓住他，那人转向阿尼，披肩的黑发在风中飘散。阿尼一拳挥中他的下巴，把他打倒在雪地里，靴子也溅起一阵雪花。那人躺在地上，身上撒满白糖一样的雪花。

阿尼握拳跟上去，眼中闪露凶光。

她又狠狠吸一口气——她的胸口疼得像被捅了一刀——然后对阿尼尖叫："住手，阿尼，你在干什么？"

他转过来看利，瞪大眼说："你说什么，利？"

"他救了我，你打他做什么？"

由于刚才耗尽了力气，现在她只觉得眼前全是游动的黑点。她大可伏在车上休息，可是她不愿再接近它，也不愿再碰它。仪表板上的确曾发生过奇怪的事。

（那些绿灯变成了眼睛。）

她甚至不愿再去想它。

她踉跄地走到路灯下，像个醉汉般扶着灯杆，低着头喘气。一只关怀的手臂绕过来搂住她的腰。"利，亲爱的，你没事了吧？"

她微微撇头，看见阿尼那张饱受惊吓的脸。她不禁大哭起来。

搭便车的人用衣袖抹抹嘴角的血丝，慢慢向他们走来。

"谢谢你，"利喘着气说，她已经不再疼痛，只觉得刮在脸上的寒风更显刺骨，"我差点噎死，如果不是你，我想我早就死了。"

小黑点又上来了，耳朵里也响起嗡嗡的风声。她低着头想把这一阵不舒服熬过。

"这叫海姆里克腹部冲击法，"搭便车的人说，"在学校自助餐馆工作的人都要学。他们拿橡胶假人让你练习，可是我从来不晓得这套对真人管不管用。"他的声音在颤抖，音调忽高忽低，听起来像是想哭又想笑，即使在微弱的灯光下，隔着层层飞散的雪片，利还是看得出他的脸色苍白得可怕，"没想到有朝一日真的用上了，看样子我做得很好。你有没有看到那块害死人的碎肉喷出去的样子？"他抹抹嘴角的血。

"很抱歉动手打你，"阿尼说，那声音听起来好像快哭了，"刚刚我只是……我……"

"我知道，老兄，"他拍拍阿尼的肩膀，"不是恶意就好。小姐，你确定没事了吧？"

"没事了。"利说。现在她的呼吸频率已恢复正常，心跳也缓慢下来，只是两条腿还是软绵绵的。她心想：我差点就死了，如果不是让那个人搭便车，现在我已经死了。老天，我们差点就没停车——

想到能活下来是那么侥幸的事，她又禁不住大哭起来。阿尼扶着她往车里走，她把头靠在他肩上跟着过去。

"没事的话，"搭便车的人说，"我该走了。"

"等等，"利说，"请问你的姓名？你救了我，我应该知道你的名字才对。"

"巴里·戈特弗里德，"那人说，"很高兴为你效劳。"他再次摘起头上那顶无形的帽子。

"我叫利·卡伯特，"她说，"他叫阿尼·坎宁安。我要再谢谢你一次。"

"谢谢。"阿尼说，可是利听不出他真有谢意。他扶着她坐进车里，那股臭味又迎面扑来。她心中一阵恐惧，心想：那是克里斯汀愤怒的气味——

想到这里，她眼前一花，马上探身出去开始呕吐。

有好一阵子，她眼前的一切事物都是灰色的。

"你确定你真的没事了？"阿尼几乎已是第一百次问她。利知道这一定是最后一次，所以心里也舒畅了点。现在她觉得很疲倦，胸口和太阳穴都有点痛。

"我很好。"

"那就好。"

到了卡伯特家门口，他显得有点焦躁，好像不晓得该不该离去，也许他还要再问一次同样的问题才会安心。屋里温和的黄色灯光轻轻柔柔洒在洁白的雪地上，克里斯汀亮着尾灯停在人行道边。

"你昏倒的时候，我真的吓坏了。"阿尼说。

"我没有昏倒……我只是暂时失去几分钟的知觉。"

"你把我吓坏了，我爱你。"

她严肃地看着他："真的吗？"

"当然是真的！利，你知道我是真心爱你的！"

她深吸一口气。她很疲倦，可是该说的话立刻就得说，因为如果现在不说清楚，明早这一切就会变得荒诞不经，明天第一道阳光出现后，她再说类似的话就会显得神经兮兮。车里的臭味、仪表板上的绿眼睛，还有更疯狂的——那辆车想害死她。

到了明早，即使是她几乎噎死的事，也会只剩下胸口的一点瘀伤。一切都会变得那么不真实。

可是这一切都是真的，阿尼知道。所以一定要现在说清楚。

"是的，我相信你爱我，"她缓慢地说，目光平稳地停在他身上，"可是我不会再坐你的车去任何地方。如果你真的爱我，就把它卖了。"

他惊讶的表情仿佛她刚打了他一巴掌。

"你……你说什么，利？"

他那么惊讶。

他会有那种表情是因为震惊，还是因为罪恶感？

"你听到我说的了，我不知道你愿不愿意放弃那辆车——或许你永远不能——没关系，以后你要跟我出去，我们搭公交车，或走路，或者用飞的。无论如何，我永远不会再坐你的车，那是个死亡陷阱。"

这下好了，她终于说出来了。

现在他惊讶的表情转变为愤怒——最近她常看到这种表情，不只是大事，连小事情也一样。总之，阿尼在对她表示愤怒，而且事情总是跟车子有关，总是那辆克里斯汀。阿尼已经不像阿尼了。

"如果你真的爱我，就把它卖了。"他学她的口气说，"你知道你说话的调调像谁吗？"

"不知道。"

"我妈。你跟她一模一样。"

"很抱歉。"她不愿意自失立场，也不愿就这么转身进屋。如果她不是在这时候想到阿尼的一些优点，也许她已经进屋了。她对阿尼的最初印象——善良、仁慈、有礼、害羞（也许还带着点性感）——改变得并不多。一切都是那辆车，症结在那辆车。她仿佛在看着一种坚强的意志正被邪恶吞噬。

阿尼伸手拢拢满头雪花的乱发，以愤怒的口气说："没错，你差点被噎死在车里，我知道你不高兴，可问题只是出在那个汉堡上。也许问题根本是出在你自己身上，因为你边嚼东西边讲话。要怪就怪麦当劳，谁叫他们的汉堡那么有名，每年都有人被他们的汉堡噎死，你只是运气好一点，没死而已，感谢上帝。可是你不能怪我的车——"

是的，这些话听起来都很有道理，只是阿尼的灰眼珠里面另有文章。他不是在说谎，而是走火入魔了。

"阿尼，"她说，"我累了，胸口又疼，我只有力气再说一句话——你要不要听？"

"如果是关于克里斯汀，那你是在白费力气。"他说，脸上又是那副固执的表情，"怪一辆车子真是太疯了。"

"我知道没道理，我也知道在白费力气，"利说，"但我要你听我说。"

"我在听。"

她又深吸一口气，暂时忘了胸口的疼痛，她往克里斯汀那儿瞧了一眼，看见它正冒着白烟，立刻又把视线移开。现在那两个红尾灯又变得像山猫的眼睛。

"我被噎住的时候……仪表板上的灯……变了……它们变成……我

绝对没有眼花，它们变成了眼睛。"

他笑了，在冷空气中是那么短促、响亮。有户人家拉开窗帘往外看，然后又把窗帘拉上。

"如果不是那个搭便车的人……我已经死了，阿尼。我真的已经死了。"她注意观察他的眼神，并在心里告诉自己，我只说一次，"你说你在学校的自助餐厅打过工，我在墙上看过海姆里克腹部冲击法的说明海报，你一定也见过，可是当时你连试都没试一下，阿尼。你只是拍我的背，那样一点用也没有。我在马萨诸塞州时也在餐厅打过工，他们教你海姆里克腹部冲击法之前，最先教你的一句话就是：拍打被食物噎住的人毫无用处。"

"你说什么？"他提高声音问。

她没有回答，只是看着他。两人的目光短暂交会，然后他那对愤怒、困惑的眼睛立刻转开。

"利，人总有忘记事情的时候，你说得对，我知道那种急救法。可是如果你学过，你也可以救自己。"阿尼用手掌压着自己的胸口示范给她看，"只是在那种危急时刻，人们常常会手足无措。"

"不错，可是你好像忘了一切，你甚至忘了自己是阿尼·坎宁安。"

阿尼摇摇头："利，你需要点时间再想想这些，真的，你需要——"

"我不需要再想！"她说，"我从不相信超自然力量——我永远不会相信——可是我亲眼看见那些眼睛。阿尼，还有……那种臭味，那种腐尸般的臭味。"

他倒退一步。

"你知道我在说些什么。"

"不，我完全不知道。"

"你不敢面对这些事。"

"一切都是你的幻想，"阿尼说，"都是幻想。"

"车里确实有股臭味。还有别的……你车里的收音机只收得到老歌电台。"

阿尼的目光闪烁，嘴角跳动。"你真的很生气？"他冷冷地说。

"是的，我是很生气，"说着她哭了，"你不气吗？"眼泪慢慢沿着脸颊流下，"阿尼，我想我们结束了——我爱你，可是我们不得不结束。我很难过，也很抱歉，你跟你的父母变得像仇家一样……你一天到晚帮肥猪达内尔送货到纽约州跟佛蒙特州，谁知道你送的都是些什么。还有那辆车……那辆车……"

她再也说不下去。她的声音渐渐消失，皮包掉在地上。她哭着弯腰去捡，却连摸都摸不到。阿尼弯下腰去帮她，她一把推开他："不要你帮忙，我自己会捡！"

他站起来，脸色苍白、表情木然又愤怒，眼神失落。

"好吧，"他说，他的声音变得沙哑，眼眶中含着泪水，"你的看法跟别人一样。去吧，去跟他们同流合污！"他在第一滴眼泪掉下来前，便捂着嘴转身离开。

他走向克里斯汀，一路喃喃自语："你们都疯了，去玩你们自己的吧！我不需要你们！我谁也不需要！"

接着，寒风中传来他的怒吼："我不需要任何人！"

他走到车门边时差点滑了一跤。她站在门口，看着他开门坐进去，发动引擎，开亮大灯，然后猛然加油冲出去，后轮激起一片雪花。

她看着尾灯消失，泪水又扑簌簌流下。皮包还在地上没捡起来。

她突然看见母亲出现在身边。她穿着那件蓝色法兰绒睡衣，外面披了件风衣。

"怎么回事，亲爱的？"

"没事。"利哭着说。

我差点噎死，我闻到坟墓里的味道……我猜那辆车有生命，而且一天比一天明显。它毒化了阿尼的思想，附身在阿尼的形体上。

"没事，真的没事，只是跟阿尼吵了一架。可不可以帮我捡起地上的东西？"

母女俩一起进屋，外面继续刮着大风雪。到明天早上之前积雪至少会达八英寸厚。

阿尼开车一直逛到午夜，可是事后完全不清楚自己去了哪些地方。空荡、凄凉的街上积了厚厚的雪，这绝不是个适合驾车兜风的夜晚。克里斯汀虽然没加雪链，却也能在雪地里平稳前进，铲雪车推出的车道不到一会儿工夫就被大雪掩埋了。

收音机开着，播出来的一直是老歌，接着是新闻，艾森豪威尔总统在 AFL-CIO[①] 会议中预言劳工和管理在未来工业体制中将融为一体。摇滚乐手埃迪·科克伦在搭车前往伦敦希思罗机场的途中发生车祸，经急救三小时无效后身亡。苏联再次试射洲际飞弹。从前的电台是一整周都在播老歌，到了周末就更疯狂。

真妙，他居然听到二十世纪五十年代的新闻报道。（真妙，也真疯。）

然后是气象播报，明天会下更大的雪。

接着又是音乐：鲍比·达林唱《稀里哗啦》、艾尼·康杜唱《岳母大人》。车子的雨刮器配合着歌曲打着节拍。

他往右看，李勃就坐在旁边。他穿着草绿色长裤、褪色军服，眼睛的窟窿里还躲了只小虫。

"你一定要让他们付出代价，"李勃说，"你要让他们付出代价，坎宁安，他们每个人都逃不过。"

"是的。"阿尼喃喃地说，克里斯汀哼着歌穿越漫天大雪，并留下深深的车痕，"是的，这些都是事实。"雨刮器左右规律摆动，仿佛在点头。

---

① 美国劳工联合会 – 产业工会联合会（简称劳联 – 产联）。

35
短暂插曲

开那老克莱斯勒去墨西哥吧，小子。

——Z.Z.Top

在自由中学，普飞教练换成了约翰教练，橄榄球队改组成篮球队。可是不该变的还是没变：橄榄球不如人，篮球也一样不如人。球队改组后只有一个人留下来，那就是蓝尼，他精通三项运动，最拿手的就是篮球。剩下的这半年他要有很好的表现，才有希望申请到大学体育系奖学金。

桑迪不声不响离开了自由镇。前一天他还在，第二天就不见踪影。他那四十岁但看起来像六十岁的酒鬼老妈好像一点也不在乎，他那身为葛尼中学吸毒冠军的弟弟也一副无所谓的样子。学校里盛传着浪漫的谣言说桑迪到墨西哥闯天下去了。另一种比较不浪漫的说法是：桑迪握有赖普顿的把柄，为了自身安全着想，只好让自己失踪。

圣诞假期就要来了，学校里也因此显得动荡不安，每当要放长假时都是如此。学生的成绩按惯例要来个圣诞节前跌停板。作业和报告迟迟不交，即使交了也让人怀疑他们是在互相拷贝（毕竟会有多少选修小说的学生那么巧合地把《麦田里的守望者》这本书形容为"战后最火热的青少年经典小说"）。学生开始在圣诞节前的欢愉气氛中吸大麻、接吻。学生旷课、老师缺课，教室、走廊到处挂起圣诞装饰品。

利·卡伯特却一点也不因为圣诞节即将到来而兴奋。她考试有一科没过，打字练习还得了个 D。她无法安心念书，她发现自己会一而再，再而三地想起克里斯汀——尤其是那双猫一样的眼睛，眼睁睁看着她窒息而死。

可是无论如何，圣诞假期前一周，学校里的气氛总是欢愉的。学生犯了错可以放过，平常严格的老师这时给分数也会大方一点。钩心斗角的女孩和从前打过架的男孩也都言归于好。使得气氛欢愉最重要的原因或许是绰号叫"母老鼠"的雷帕克小姐居然也偶尔挂上了笑容。

在医院里的丹尼斯·季德心情还算开朗——他的石膏已经由床头固定式换成可以下床走动式。物理治疗对他来说已不再是折磨，他撑着拐杖摇摇晃晃穿过长廊。两边全是金光闪闪的圣诞装饰和小学一、二、三年级学生的圣诞装饰画。他的拐杖在冷静的长廊中发出砰砰的响声，头顶的扩音器正播着悦耳的圣诞歌。

这一刻是乐曲中的休止符，暴风雨前的宁静，也是繁忙人生中一个平静的过渡期。丹尼斯慢慢走向走廊末端。在这冷清的医院里，它似乎没有尽头。回想过去，丹尼斯庆幸事情当初没有变得更糟。

可是他不知道，更糟的局面很快就要出现。

36
赖普顿与克里斯汀

它自远方而来，
让我毛骨悚然，
我无法抗拒，
也没什么能救我一命，
就算只剩一只眼，
也看得出噩运将临……

——狱友合唱团

十二月十二日周二那天，自由高中篮球队在主场以四十八比五十四输给了海盗队，然而大多数球迷看完比赛走出体育馆进入冰冷的黑夜中时，并不显得有多失望。虽然匹兹堡的体育记者都预言自由队将会再输下一场球，可是球迷并不因此沮丧。他们有值得骄傲的理由：蓝尼在这场比赛中独得三十四分，打破了学校纪录。

然而赖普顿却万分沮丧。

坐在他车里的崔洛尼与史丹顿仿佛也因他而垂头丧气。

在赖普顿被退学的这几个月里，他好像老了好几岁，部分原因或许是他留了胡子。他看起来不再像克林·伊斯威特，倒是有点像《白鲸记》里嗜酒如命的大胡子亚哈船长年轻版。这几周来赖普顿喝了不少酒，也做了不少他已不太记得的噩梦。他只知道自己好几次从午夜梦中惊醒，发现自己正在发抖，而且全身冒冷汗。在梦境中，黑暗和死亡的阴影经常追赶着他。

他摇下那辆伤痕累累的科迈罗的车窗，冰冷的空气立刻钻进车里。他扔出一个空酒瓶，把手伸向后面说："再来一瓶，酒保。"

"立刻奉上。"史丹顿敬畏地说，把一瓶得州司机交到他手中。赖普顿在车里放了一整箱酒，他说这些酒精可以使全埃及的海军瘫痪。

他拧开瓶盖，暂时用胳膊肘把着方向盘，然后猛灌了半瓶酒。他把瓶子交给旁边的崔洛尼，打了个又臭又长的嗝。科迈罗的车灯照着四十六号公路，朝东北方向奔驰，直直穿越过宾州原野。道路两边积满了雪，天空中成千上万的小星星正映着雪地发亮。他正驶向——也许只是喝醉酒到处乱闯——斯昆帝山。如果没有更好的地方让他临时改变主意的话，他打算到山上找个隐蔽的地方清静一下。

崔洛尼又把瓶子传回史丹顿。史丹顿虽然不怎么喜欢得州司机的味道，但还是大口大口地喝，反正醉了就不会在乎味道。他知道明天他会呕吐而且不省人事，可是明天是一千年后的事。史丹顿很高兴能跟他们混在一块儿。他才一年级，对于恶迹昭著的赖普顿，他是又敬又畏。

"那些小丑，"赖普顿说，"一群小丑。你说那场球也能算是球赛吗？"

"一群低能儿童在打球，"崔洛尼同意他的说法，"除了蓝尼。能独得三十四分可真不是盖的。"

"我不喜欢老黑，"赖普顿用那对醉眼打量崔洛尼，"你很欣赏他吗？"

"当然不会，赖普顿。"崔洛尼赶紧说。

"最好是。我看那小子很不顺眼。"

"我有一个好消息跟一个坏消息，"后座的史丹顿突然说，"要先听哪一个？"

"先听坏的。"赖普顿说。他已经喝了三瓶酒，所以完全忘了自己被退学的事。他认为自由中学被打败对他来说是很没面子的事，那群低能球员让他泄气，"坏的先来。"科迈罗以六十五英里的时速在公路上飞驰，两旁尽是绵延的白雪。斯昆帝山就在前面不远处，公路开始往上延伸。

"坏消息是一百万个火星人刚在纽约降落，"史丹顿说，"现在你要听好消息吗？"

"天下没有好消息。"赖普顿咕哝着。崔洛尼很想回过头对那小鬼说赖普顿心情不好的时候，你最好不要想讨他开心，那样会弄巧成拙，最好的方法就是顺其自然。

自从威尔奇在肯尼迪大道上被那个疯子撞死后，赖普顿的心情就一直开朗不起来。

"好消息是他们专吃老黑，尿出来的都是汽油。"史丹顿说完哈哈大笑。他笑了大半天才发现只有自己一个人在笑，于是立刻乖乖闭嘴。他抬头往镜子里瞧，看见赖普顿那双布满血丝的怒眼正盯着他，吓得他直打哆嗦。史丹顿知道自己闭嘴闭得太晚了。

在他们后面三英里远处有对车灯，从这里看过去，就像两个黄色的小星星。

"你觉得好笑吗？"赖普顿问，"你以为这种种族歧视的笑话很有趣吗？你是个老顽固，你知道吗？"

史丹顿嘴角往下垂："可是刚刚你说——"

"我说我不喜欢蓝尼，但我觉得黑人白人一样好。"

他想了想又说："差不多一样好。"

"可是——"

"当心你的嘴，否则我撵你下车，"赖普顿警告他，"不满意的话，你可以在身上挂满'我讨厌黑鬼'的牌子。"

史丹顿如遭雷击，小声地说："对不起。"

"把酒给我，闭上你的嘴。"

史丹顿把酒从后面递过来，他的手还在发抖。

赖普顿一口气把酒喝光，扔了瓶子。他们经过一个指示牌，上面写着离斯昆帝州立公园还有三英里。公园里有个湖是避暑胜地，可是每年十一月至次年四月是封闭期。穿越公园直抵湖边的公路因为要配合冬季的童军露营活动，必须经常靠铲雪车来保持通畅。然而赖普顿找到一条可以不经过公园大门，直接进入公园的捷径，他喜欢喝着酒在僻静的小路上兜风。

后面的车灯已经变成两圈圆光，距离大约在一英里外。

"再给我一瓶，你这个有种族偏见的肥猪。"

史丹顿又递给他一瓶酒，小心翼翼不敢再开口。

赖普顿猛灌几口，打了个嗝，把瓶子交给崔洛尼。

"谢了，我不要。"

"把它喝了，否则你会脑袋开花。"

"好吧，喝就喝。"崔洛尼说，现在他真后悔没待在家里。他接过酒瓶也往嘴里灌。

车子继续往前奔驰。灯光划破黑暗。

赖普顿可以从后视镜看见尾随在后面的那辆车正加速赶过来。他自己的秒表是六十五英里，后面的车至少有七十英里。赖普顿觉得不大对劲，他想起那些记忆模糊的噩梦。仿佛有只冰凉的爪子轻轻压在他胸口。

前面的路分成两条，四十六号公路向东下去，往北的另一条路则直奔斯昆帝州立公园。路边有块醒目的橘红色牌子写着：冬季道路封闭。

赖普顿转向左边，直奔上山，车速丝毫不减。这条路铲得不干净，浓密的树林又阻挡了阳光融雪的机会。车子打滑了几次，坐在后面的史丹顿吓得坐立不安。

赖普顿抬头看看后视镜，期望那辆车转向四十六号公路——毕竟对一般驾驶员来说，这条荒路除了封死的尽头之外，实在是一无所有。可是它以比赖普顿还快的速度转向左边追了过来，现在距离他们只有四分之一英里。它开亮四个大灯，强光直直照进他们车里。

史丹顿和崔洛尼都回头看。

"搞什么鬼？"崔洛尼发牢骚说。

可是赖普顿心里明白。他突然明白了，后面那辆车就是撞死威尔奇的凶车，一定是。杀死威尔奇的疯子现在正在追他们。

他猛踩油门，车子猛地往前冲。秒表指针指向七十，又向右爬向八十。两旁的树林化作黑色阴影向后飞逝。可是后面的灯光并未落后，事实上它还在节节逼近。四个白炽大灯仿佛变成了巨大的眼睛。

"兄弟，你得慢点，"崔洛尼说，他伸手找安全带，他是真的怕了，"这种速度如果翻车——"

赖普顿没有回答。他紧握方向盘，轮番看着前方道路和上方的后视镜，后面的车灯在那面镜子里越变越大。

"前面有弯道。"史丹顿用粗哑的声音说，到了转角时，路边护栏的反光片映着金黄的灯光，他大叫，"赖普顿！弯道！弯路！"

赖普顿换上二挡，那辆科迈罗的引擎立刻发出抗议的怒吼。引擎转速表的指针由六千跳到红线七千，又跌回正常区间。排气管因为引擎逆火而产生一连串爆爆。赖普顿猛打方向盘，车子骤然转弯，后轮在结冰的路面横着滑过。在最危险的关头，他打入倒挡，脚踩油门。当车子左后方扫过路边雪堆时，他放松姿势，随车倾倒。科迈罗横着在雪地滑过，这时候他再加油门。那一瞬间，他以为车子不会有反应，只会继续横着滑出公路，撞上障碍物，然后飞出去。

可是科迈罗居然打直了。

"看在老天的分上，慢一点吧，赖普顿！"崔洛尼哭号着。

赖普顿紧抓着方向盘，隔着那一脸络腮胡发出得意的微笑。那瓶酒还夹在他两腿之间，他布满血丝的眼睛鼓了出来。来吧，你这个疯狂的刽子手，看你能追上来而不翻车吗？

几秒钟以后，尾随的灯光又出现，而且比刚刚更近。赖普顿的笑容凝住了，他感到阉割般的疼痛由两腿一直传到胯下，他平生第一次真正感到恐惧。

赖普顿在后面那辆车跟着急转弯时，往后视镜瞧了一眼。现在他拉长了脸说："它居然没打滑，不可能！这——"

"赖普顿，那到底是谁？"崔洛尼问。

他伸手去抓赖普顿，却被他甩开，指节撞在风挡玻璃上。

"少碰我！"赖普顿说，笔直的路在车灯前方展开，柏油路面不是黑色，而是一片雪白，车子以九十英里的时速奔驰，两边雪堤的高度超过胸口，"这种速度，你最好别碰我。"

"那辆车是不是——"崔洛尼沙哑地问，他没办法再说下去。

赖普顿瞥了他一眼，他那惊恐的眼神使崔洛尼的恐惧如热油般沿着喉咙往上蹿。

"是，"赖普顿说，"我想就是那辆车。"

这儿没有住家，只有山丘似的雪堆和黑影交错的森林。

"它要撞我们！"后座的史丹顿大叫，那声音尖得像女人发出的，在他两脚间的纸箱里的酒瓶已是东倒西歪，"赖普顿，它要撞我们！"

后面的车离科迈罗的车尾保险杠只有五英尺左右，强烈的远光灯让车里亮得都可以读报了。它越来越近，最后科迈罗的车尾发出砰的一声。

科迈罗的屁股扭了一下，两车的距离又稍微拉长一点。赖普顿感觉车子好像腾空飞起，他知道他们差点就打滑了。在这种速度下，车子只要一打滑就会翻倒。

一滴热辣的汗水滚进他的眼里。

车子歪歪扭扭地奔驰，过了好一阵子才平稳下来。

赖普顿一确定自己能够掌握方向盘，便立刻把右脚踩到底。如果后面那辆车真是坎宁安的一九五八年普利茅斯——这不正跟他的噩梦一样吗？——他的科迈罗一定可以摆脱它。

引擎在咆哮，转速表再度指向每分钟七千转。秒表则超过一百英里。两侧雪堆向后飞逝，前面的路况飞向眼前，就像电影的放映速度突然加快。

"上帝，哦，上帝，"史丹顿喃喃自语，"求您别让我死，亲爱的上帝——"

我们砸芝麻脸车子的时候他不在场，赖普顿心想，他根本不晓得那档子事，可怜的狗儿子。如果这时候他得同情一个人，那就是史丹顿了。在他右边的崔洛尼坐得僵直，表情严肃得像墓碑，两眼大得快把整张脸都吞噬了。崔洛尼知道整个事情的经过。

后面的车又追赶过来，后视镜映着刺眼的强光。

它不可能再快了！赖普顿在心中呐喊，绝对不可能！可是它确实越来越快，赖普顿急得像铁笼里的老鼠，他拼命注意有没有岔路可以逃命。一条通往公园大门的小路不久前才从左侧闪过，他别无选择，这条路就快到尽头了。

又是一次撞击，科迈罗剧烈地左右摇晃——这次时速高达一百一十英里。没指望了，赖普顿默默告诉自己。他放开双手抓住他的安全带，把自己扣牢，这是他平生第一次这么做。

这时后座的史丹顿尖叫："噢！上帝，闸门，要撞了——"

科迈罗醉汉似的冲下坡，前面不远处有条岔路，两条路分别成为公园的出入车道。路中央有座水泥安全岛，上面是管理员小屋——夏天时那里会坐一位小姐向进公园的车辆收费。

现在那栋小屋却笼罩在两辆车的强光中。科迈罗继续摇晃，并偏向左边。

"干你，芝麻脸！"赖普顿吼叫道，"干你跟你的老爷车！"

史丹顿在尖叫，崔洛尼双手捂脸。他在人世间所想到的最后一件事就是当心玻璃，当心玻璃，当心玻璃，当心玻璃——

科迈罗一滑，头尾立时转向，现在克里斯汀的大灯直直照入他们眼中。赖普顿开始尖叫，因为他认出那是芝麻脸的车。错不了，只要看那咧嘴冷笑的铁格板就知道。只是，车里没人！那辆车是空的！

在他们撞上小屋前两秒，克里斯汀的车头灯转向右边那条路，以子弹夺膛而出的速度冲进公园入口车道。它撞飞了路边的木栏，碎片的反光面还反射着光芒。

赖普顿的科迈罗倒着冲上安全岛。八英寸高的水泥平台削掉了车底板，只留下一根扭曲的排气管。车尾先撞毁，史丹顿跟着它一起毁灭。赖普顿感觉背上淋下一桶热水，那是史丹顿的血。

科迈罗弹入空中，带着无数满天飞的碎片，转了个三百六十度的弯，然后翻落地面，玻璃摔得全碎，一盏大灯还神奇地亮着。引擎穿过防火板，砸碎了崔洛尼的下半身。滚动的车身静止时，油箱里跟着爆出烈火。

赖普顿还活着，他身上有几处玻璃剐破的伤痕——一只耳朵像动过手术般齐根切掉，在头部左侧留下一个血淋淋的小洞——他的双腿也断了，可是他还活着。他的安全带救了他。一切都平静下来后，他痛苦地慢慢解开安全带。火焰声就像有人在揉纸。他感觉背部发烫。

他想开门，但是门卡住了。

他喘着气从风挡玻璃的大窟窿里爬出来——

——克里斯汀在外面等着他。

它在四十码外，隔着一片雪坡面对他。轰隆隆的引擎声就像一只巨兽在喘息。

赖普顿舔舔嘴唇。他的左胸每当呼吸时就会发出阵阵疼痛——他的肋骨断了。

克里斯汀的引擎怒吼又平息，怒吼又平息，紧张情势就跟他梦境中一模一样。他还隐约听到车里传出猫王唱着《监狱摇滚》的声音。

黄色火光映在雪地里，他的背后已是一片烈火。油箱马上就会爆炸，马上就会——

真的爆了，轰然一声巨响。赖普顿觉得后面有股强大的力量把他猛推出去。他在空中打了个滚，跌落，受伤的左胸刚好冲着地面。他的夹克着火了，于是他在雪里打滚，把火扑灭。现在那辆科迈罗的熊熊火光照亮了半边天。赖普顿跪在地上看着克里斯汀。

克里斯汀的引擎继续怒吼又平息，频率比刚才更紧凑。

赖普顿隔着披散的乱发凝视克里斯汀。那辆普利茅斯的引擎盖在冲过木栏时撞出一些凹痕，车头的散热器正淌着冷却水和防冻剂，就像一只流着唾液的怪兽。

赖普顿又舔着嘴唇。他的背部发烫，仿佛被严重晒伤，他闻到衣服烧焦的味道，可是在惊恐中，他根本不知道他的夹克和衬衫已经被烧成一片黑灰。

"你听我说，"他几乎不知道是自己在说话，"你听我解释，你——"

克里斯汀再度咆哮，向他冲来，它的后轮卷起一片雪花。那凹凸不平的引擎盖就像等着吞噬他的巨口。

赖普顿跪在那里，忍着起身奔逃的冲动，抑制住——他只能设法做到——几乎使自己陷于瘫痪的惊恐。车里没人，这景象任何人看了都会发疯。

在车子撞上他之前的最后一秒，他往左边闪滚。克里斯汀如子弹般从几英尺外擦过。那一瞬间，一股恶臭扑上他的脸颊。紧接着，克里斯汀停下来，刹车灯映得雪地发红。

它掉头，又冲向他。

"不!"赖普顿哀声求饶，他的胸口因此发出剧痛，"不! 不要! 不——"

他往旁边跳开，这次"子弹"更近了，撞掉了一只鞋，也撞断了他的左腿。他像小孩般疯狂地在雪堆里爬，嘴角和鼻孔涌出鲜血，一根折断的肋骨刺进肺部，耳孔里流出的鲜血滑过整个脸颊。

克里斯汀停下来。

它的排气管冒着白烟，引擎一会儿怒吼，一会儿平息。科迈罗的残骸已化成油腻腻的烈焰。刀刃般锋利的刺骨寒风鼓动着一片火海。史丹顿坐在火焰中，脑袋斜斜地垂挂在肩上。

它在耍我，赖普顿心想，它在耍我，就像猫逗老鼠一样。

"求求你，"他呜咽地说，车灯熄灭了，赖普顿脸上的血转成黑色，"求你……我去向他道歉……我在他面前学狗爬……只是求你……求求——"

引擎又开始咆哮，克里斯汀像死神般扑来。赖普顿滚向旁边，这次保险杠撞断他另一只小腿。赖普顿飞向路边的雪堤，砰的一声落在地上。

克里斯汀又掉头。但是赖普顿发现一丝生机。他疯狂地往雪堤上爬，两只早已失去知觉的手拼命往上扒，这时他已顾不得身上的疼痛。后面的灯光越来越亮，引擎声也越来越近。他看见双手扒起的雪片在堤面上映出黑影，他知道那噬人的猛虎就要扑来。

一块坚硬的金属板撞上他的小腿，把他的下半身嵌在雪堤里。他惨叫着挣扎出来，一只鞋子还留在雪堆里。

赖普顿又哭又笑又叫地爬上雪堤，那是公路障碍清除队几天前才用铲雪车推出来的。他在上面摇摇欲坠，随时都要滚下来的样子。

他转过来面对克里斯汀。现在它已经倒向路的对面，后轮旋起一阵雪花，再度冲刺而来。它在赖普顿脚下一英尺处撞上雪堤。雪堆基部坍了一大块，赖普顿跟着摇晃，差点摔下来。克里斯汀的引擎盖撞得变形了，可是这次它连赖普顿的汗毛都没碰到。它在一片飞扬的雪花中倒回去，引擎似乎发出因受挫而愤怒的吼声。

赖普顿竖起中指，得意狂呼："干你！干你！干你！"他边吼嘴里还边喷出鲜血。激烈的喘息为他的胸口带来更大的痛苦，现在他全身几乎都要瘫痪了。

克里斯汀呼啸着又一次冲撞雪堤。

一大片刚刚已被震松的雪堆这次终于坍下来埋住克里斯汀的车头。赖普顿险些跟着滚落。他把手指像钩爪似的吊在雪里才救了自己。现在他咬牙忍着双腿的疼痛，像搁浅在沙滩上的鱼般拼命喘气。

克里斯汀又来了。

"你滚！"赖普顿大叫，"给我滚，你这个烂婊子！"

它又撞上雪堤，这次的崩雪几乎埋住了风挡玻璃和引擎盖。雨刮器在车子退出时，自动把玻璃上的雪堆刷干净。

赖普顿知道再撞一次他就会和雪堆一起滚落到引擎盖上。他向后翻，沿着另一侧雪坡直滚到底，每当他的肋骨撞击地面时，他就发出一声惨叫。他停在松软的雪地上，抬头仰望漆黑的天空和冷峻的星星。他耐不住寒冷，开始打起哆嗦。

克里斯汀不再冲撞雪堤，但是他可以听到引擎转动的声音。它暂时停下来，可是它还在等他。

他看着以夜空为衬底的雪堤，后面的熊熊火光已经减弱了。从撞车到现在有多久了？他完全不知道。会有人看见科迈罗燃烧的火光赶来救他吗？他也完全不知道。

赖普顿同时意识到两件事：第一，他的口中不停冒出鲜血，这样下去他会因失血过多而死；第二，如果明早之前没人来的话他会冻死。

他怀着恐惧爬起来坐在地上。他在想是不是要悄悄爬回雪堤上看看那辆车怎么样了——看不到它反而更令人担心。当他仰头再往雪堤上看时，他的呼吸几乎停止。

那上面站了个人。

只是他并不真的是人，那是具尸骨——一具半腐烂的尸骨。他穿着草绿色裤子，没穿上衣，腰杆上架着撑架。他的脸只是张皱皮包着骷髅，洁白的骨头隔着皮肤还会微微发亮。

"你是罪有应得，狗儿子。"那星光下的鬼影对他说。

赖普顿最后一丝理智也消失了，他疯狂喊叫，两眼突出，长发在沾满血迹和油污的脸上散乱成一片。口中新涌出的血染红了衣领，那个鬼影慢慢走过来时，他挣扎着往后退，两手碰到东西就抓。那具尸体没有眼睛，仿佛蛆虫之类的软体虫刚刚吃光了他的眼珠。此外，他闻到了那股恶臭，那是腐尸的臭味，也是死亡的气味。

李勃把他那腐化成白骨的手伸向赖普顿，并对他微笑。

赖普顿发出尖叫，然后全身抽搐，嘴巴张成 O 形，好像想亲吻那只骷髅手，他捂着左胸向后倒，脚尖踢起一堆雪。他的最后一口气化成一股白烟从嘴里冒出……就像克里斯汀的排气管。

雪堤上的骷髅消失了，而且雪地里也没有留下任何痕迹。

雪堤的另一面传来克里斯汀胜利的呼叫，整个斯昆帝山里都回荡着它的引擎声。

十英里外，遥远的斯昆帝湖边，有个在星光下练习滑雪的青年听到山谷里的回响，他停下来撑着雪杆侧头倾听。

他的背上起了一片鸡皮疙瘩，他知道那不过是辆汽车的声音——在这寂静的冬夜，山里的声响可以传得很远——可是从心底他总是怀疑是某种史前生物复生了，正钻出地壳准备捕杀猎物。也许是只巨狼，或是头剑齿虎。

那声响消失后就没再出现，所以他又继续滑他的雪。

37

达内尔反复思量

宝贝，让我试试你的车，

嘿，宝贝，让我试试你的车！

跟我说，甜心，

跟我说：那感觉究竟如何？

——切斯特·伯内特

　　赖普顿和他朋友在斯昆帝山遇见克里斯汀的那天晚上，达内尔一直到午夜还待在车厂。他的肺气肿那晚特别严重。每当情况恶化时，他就不敢躺下。不过平常他倒是只一上床就打鼾的大狗熊。

　　医生告诉他尽管放心睡觉，肺气肿不可能在睡眠中把人呛死。可是年纪越大就越感觉肺部的压力沉重。他常担心自己会在睡眠中死去。两个半月前教宗若望·保禄一世就是死在床上，第二天早上被人发现时全身都僵硬了。达内尔担心的就是这天：第二天早上被人发现时，他全身都僵硬了。

　　他九点半回到车厂——赖普顿几乎是同一时间从后视镜发现后方

的车灯。

达内尔的财产超过两百万，可是金钱无法再带给他快乐。金钱对他来说不再真实。除了肺气肿外，一切都不再真实。达内尔愿以任何代价让自己忘记肺气肿的事。

有了，阿尼·坎宁安的问题足以使他忘记肺气肿，或许这就是他要阿尼留下替他工作的原因。然而达内尔的直觉不断告诉自己，那孩子是个危险人物，得早点让他滚蛋。他和他那辆一九五八年普利茅斯迟早会出问题。

今晚那孩子不在，学校棋艺社要到费城进行为期三天的全国北部秋季巡回赛。阿尼嘲笑过这件事，从上回赖普顿在车厂找他碴儿到现在，满脸青春痘的阿尼变了很多。

最明显的一点就是他变得尖酸刻薄。

昨天下午，他叼着雪茄到办公室找达内尔（那孩子不晓得什么时候学会了大人的嗜好，达内尔怀疑他的父母不晓得这件事）。他说他一连几次都没参加社里的活动，照惯例应该已经被社团除名了。可是社里的指导老师史洛森坚持要等费城的比赛结束后再讨论他的资格问题。

"我好久没参加活动，偏偏我又是社里棋艺水平最高的，史洛森明白我的重要——哦，狗屎——"阿尼全身抽了一下，两手赶紧撑着腰杆。

"你真的该去看看医生了。"达内尔提醒他。

阿尼向他挤个眼色，那一瞬间他好像老了很多。

"我才不让那些鬼医生再碰我的背，他们只会帮你重绕绷带。"

"你是非去费城不可？"达内尔有点失望，因为阿尼不在的这三天他必须找吉米来代替他的工作，可是吉米那小鬼除了吃冰激凌，啥事也不懂。

"当然。我不能拒绝这个光荣的好机会。"阿尼说着，看见达内尔皱着眉头，于是笑了笑，"别担心，老板。马上就要圣诞节了，过完年之前这里一定冷清得像死城一样。"

这点倒是真的，可是他不喜欢一个小鬼用这种口气对他说话。

"回来后你愿意为我跑趟奥尔巴尼吗？"达内尔问。

阿尼谨慎地看看他："什么时候？"

"这周六。"

"周六？"

"对。"

"跑什么货？"

"你开我的车去奥尔巴尼，就这么简单。亨利·巴克说他有十四辆干净的二手车，我要你去瞧瞧。我给你一张空白支票，如果那些车看起来还像样，你就跟他谈价钱，支票随你填。如果看起来像坨屎，叫他坐甜甜圈滚蛋。"

"我要带些什么货过去？"

达内尔静静打量他一会儿："怕了，小子？"

"不是怕，"阿尼把抽到一半的雪茄在烟灰缸里摁熄，然后抬头用抗拒的眼神看着达内尔，"只是每次做起来心里总是感觉怪怪的。是可卡因吗？"

"我叫吉米做好了。"达内尔直率地说。

"你只要告诉我是什么货。"

"两百条温斯顿香烟。"

"好吧。"

"你确定真要干？"

阿尼笑笑："就当是下完棋的消遣吧。"

达内尔把车停在最靠近办公室的车位上，停车线里漆了几个大字：达内尔专用车位，请勿占用！他从车里出来，用力关上门。肺气肿压迫着他的胸口，他连呼吸都感到吃力。今晚无论如何他都不会躺下，他才不信医生说的。

吉米·赛克斯正心不在焉地拿大扫把扫地，那孩子瘦瘦高高，今

303

年二十五岁，但智能略微不足，使他看起来至少年轻了八岁。他学坎宁安把头发梳成二十世纪五十年代的鸭尾巴，阿尼几乎成了他崇拜的偶像。偌大的车厂里除了扫把在油污地上拖动的声音外，空洞寂寞得就像座废仓库。

"今晚可真冷清，吉米，嗯？"达内尔喘着气说。

吉米回头："是啊，达内尔先生。从一个半小时前哈奇先生过来取车到现在，还没一个人进出过。"

"只是开开玩笑。"达内尔说。这种时候他真希望阿尼在场。跟吉米这小子除了嘘寒问暖，也实在没什么好谈的。或许他该请吉米喝杯咖啡。在这寂寞的晚上，他和吉米及他的肺气肿三者也可以互为良伴，"要不要喝杯——"

他突然停下来，因为他发现二十号车位是空的——克里斯汀不见了。

"阿尼来过了吗？"他说。

"阿尼？"吉米傻乎乎地眨眨眼说。

"阿尼，阿尼·坎宁安，"达内尔不耐烦地说，"你认识几个叫阿尼的？他的车不见了。"

吉米撇头看看二十号车位，皱着眉头说："哦，不见了。"

达内尔笑笑："那小子参加棋艺社的巡回赛去了。"

"哦，真的？"吉米问，"那可真糟。嗯？"

达内尔得压抑着冲动才没把吉米抓起来折成两段，生气会让呼吸困难："他跟你说了些什么，吉米？你看见他的时候，他怎么说？"刚说完这话，达内尔就知道吉米根本没见到他。

吉米好像过了很久才弄清楚达内尔在说什么："哦，我没看见他，我只看见克里斯汀开出大门。那辆车真不错。他把它修得跟新车一样。"

"是啊，"达内尔说，"就像变魔术。"对于克里斯汀，他只能这样形容。他突然打消了请吉米喝咖啡的念头。他看着二十号车位说："你可以回去了，吉米。"

"可是达内尔先生，你说今晚我要值六小时班的。现在还不到十点呢。"

"十点的时候我帮你打卡。"

吉米眼睛一亮，达内尔从来不曾这么仁慈："真的？"

"是啊，真的。把扫帚收起来回家吧，吉米。"

"太好了。"吉米说。在他为达内尔工作的这五或六年里（他忘了到底是几年，这要回去问母亲才知道），这是那老肥猪头一次让他感觉到圣诞节的气氛。

达内尔慢吞吞地走进办公室。他打开咖啡机，在办公桌后坐了下来。吉米放好扫帚，关掉厂里的日光灯，然后穿上他的大衣。

达内尔靠着椅背，开始沉思。

他能在这世上生存下来，全靠他的脑袋，他长得不帅，从长大成人起就是肥猪一个，健康状况也从来没好过。可是他脑筋好，智慧过人，因此他不但能生存，而且总是领先一步。

现在他不禁想到阿尼，自从上次阿尼和赖普顿打架以后，他之所以会帮他、同情他，或许就是因为阿尼满脸痘，而且永远是个输家。这些都使达内尔想起自己受人欺凌的童年。

而且阿尼脑子也很好。

他有好脑子，还有那辆车——那辆奇怪的车。

"晚安，达内尔先生。"吉米站在门外对他说。他停了一会儿，又犹豫不决地说："圣诞快乐。"

达内尔对他挥挥手，吉米便转身走了。达内尔起身，晃着庞大的身躯慢慢走到酒柜前拿了瓶酒，把酒瓶放在咖啡机旁，然后又坐下来。他的思绪倒回四个月前，开始逐月向后回忆。

八月，阿尼把一辆一九五八年普利茅斯废车寄存在二十号车位。那辆车看起来很面熟，当然，那是罗兰·李勃的车。可是阿尼不知道那辆普利茅斯以前在这里停过——他也没必要知道这件事。过去李勃也常替达内尔跑腿……只不过当时达内尔的车是一九五四年的凯迪拉克。车子不同，但后备厢和杂物箱都有同样的夹层，里面藏的是烟火、香烟、酒。那时候还没听过可卡因。大概只有纽约的爵士乐手见过那玩意儿。

八月底，赖普顿和阿尼发生争执，他把赖普顿撵走。他已经对那小子厌烦了。赖普顿那吊儿郎当的样子会影响他的生意。要赖普顿到纽约或新英格兰跑腿时也总是漫不经心。干那档子事大意就相当于危险。赖普顿喜欢开快车，也被开过红单，这些都可能给他带来大麻烦。达内尔不怕坐牢——至少在自由镇他不必害怕——可是毕竟坐牢不是件好事。以前他不会在乎别人怎么想，然而现在他年纪大了。

达内尔站起来倒了杯咖啡并尝了一瓶盖白兰地。他停了片刻，又尝了一瓶盖。他坐下来，从口袋里掏了支雪茄，打量了半天才点火。去你的肺气肿！

清香的雪茄烟绕身旁，面前摆着咖啡和醇酒，达内尔凝视寂静的车厂，又想起更多事。

九月，那孩子要达内尔给他弄张检验合格的贴纸，并借他一块牌照，好让他带女朋友去看橄榄球赛。达内尔答应他了——这真是狗屎，过去自己一张检验合格的贴纸总要卖到七块钱左右。不过那孩子的车看起来还不错，也许噪声大了点，外形也粗旧了点，但它还算得上是辆好车。阿尼真的是妙手。

但说来也奇怪，他并没有真正看过阿尼动手修他的车。

有，还是有，达内尔看过他换车灯、换轮胎。有次达内尔坐在这把椅子上看他换后座椅套，可是从来没人看过他换排气管。阿尼第一次把那辆老爷车开进来时，排气管断了一大截，引擎声震耳欲聋。此外，没人看过他做钣金处理。而现在它却漂亮得像新车。

达内尔知道吉米·赛克斯对这件事怎么想，因为他问过吉米。吉米认为阿尼把大工程都留到晚上所有人都离开后才做。

那他一定是晚上留在这里悄悄做了。因为白天那孩子只是听听收音机，一副游手好闲的样子。

"我猜他都把大工程留着晚上做。"吉米曾经这么说，那口气就像在跟小孩解释圣诞老人如何从烟囱里滑下来。达内尔不相信圣诞老人的故事，也不相信阿尼能在夜间把克里斯汀修复得那么完美。

他又想起两件令他不安的事。

他知道在车子通过检验前，阿尼曾经开着它在废车场四周绕过。他只是以时速五英里的牛步绕着成千上万的废铁兜圈子。谁也不晓得那算不算兜风，达内尔就这件事问过他，阿尼的回答是他在试验前轮会不会摇晃。这件事他瞒不了人。天下没人以五英里时速来试验前轮稳定性的。

所有人都回家后，阿尼就是在干这些事。他一个人留下来就是开着车在废车场里兜圈子。

还有就是那个往回跑的秒表。阿尼曾经略带奸笑地指给他看。那玩意儿以惊人的速度倒着跑。他告诉达内尔车子每走一英里，秒表就倒回去五英里。当时达内尔坦然表示他是大吃一惊。他也替旧车换过秒表，但从没听过秒表会自动往回跑。他绝不相信这种事，但阿尼笑笑说那只是"搭错线"。

是，搭错线。天下最怪的搭错线。

达内尔不相信圣诞老人，但他相信世上常会发生一些怪事。一个功利主义者或许可以利用这些怪现象来做些对自己有利的事。达内尔有个住在洛杉矶的朋友说他在一九六七年大地震发生前看到了亡妻的灵魂。达内尔没特殊理由怀疑他的说辞（如果这位朋友有什么企图，他当然是一个字也不会相信）。他的另一个朋友从在建建筑物的四楼摔下来，躺在医院病床上时，看见多年前死去的父亲站在床边。

达内尔这一辈子听过不少类似的故事，大多数人也都听过。他的态度也跟大多数人一样——很愿意听这样的故事，既不怀疑也不相信，因为说故事的人毕竟不是疯子。他不敢怀疑的原因是没人知道生前死后是什么样子，不相信则是因为他自己从没亲眼见过不可解释的事。

也许这样的事正在发生。

十一月，赖普顿和他的狐群狗党把阿尼的爱车砸得稀烂。当时达内尔看到那辆车，心里还在想：它永远不可能再跑了。它连一英尺都跑不了。十一月底，威尔奇在肯尼迪大道上被谋杀。

十二月，一位州警到车厂来打探消息，他叫琼金斯，在这里逛了半天，并跟阿尼做了次长谈，隔了几天，趁阿尼不在时，他又来打听赖普顿那帮人（包括刚遇害的威尔奇）到底把那辆普利茅斯破坏到什么地步。他很疑惑阿尼为什么说谎。

"你问我有什么用？"当时达内尔隔着一层薄薄的雪茄烟边咳嗽边回答他，"去问那孩子。那是他的车，不是我的。我只不过是把车位租给了他。"

琼金斯很有耐心地点点头。他知道达内尔不是单靠经营自助修车厂维生的人。达内尔心里明白他知道自己平时都干些什么勾当，所以琼金斯不必说出来。

琼金斯点了根烟说："我找你谈是因为我已经跟那孩子谈过了。他不肯说实话，我以为他会说，但我感觉他在害怕什么，所以没说。一旦他撒了谎，你就很难再要他说真话。"

达内尔说："如果你认为是阿尼把威尔奇撞死了，就坦白说出来。"

琼金斯说："我不这么认为。他父母说案发时他在家里睡觉，他们不太可能编一套谎言来掩护他。但我们很肯定威尔奇是砸车的一分子，此外我也非常肯定阿尼对车子损毁的情况保留得太多，这点我非常不明白，说实话，我已经快疯了。"

"那真不幸。"达内尔说，口气中毫无同情之意。

琼金斯问他："告诉我，那辆车到底损毁到什么程度？"

达内尔对琼金斯说："我真的没注意到。"

其实达内尔注意到了一些怪现象，而且他知道阿尼在说谎，他一心只想大事化小，这位警探当然也看出了端倪。阿尼说谎是因为损坏情形可怕到极点，而且完全超乎这位州警的想象。那些不良少年不是砸坏它，而是要毁灭它。阿尼说谎是因为虽然他没有怎么动手去修车，它却变得跟新的一样，甚至比以前还新。

阿尼向警官撒谎是因为事实令人难以相信。

"不可思议。"达内尔大声对自己说。他喝光咖啡，低头看看桌上的电话，伸手去抓话筒，然后又把手收回来。他有个电话要打，可是先把该想的事想完或许会好一点。

除了阿尼自己以外，他是唯一知道有怪事在发生的人：那辆车有再生能力。吉米是个钝头钝脑的孩子，其他人则是进进出出，很少注意车厂里的情形。不过那些常来的顾客对阿尼修车的本领也表示过惊讶，他们最常用的字眼就是"不可思议"，有些人甚至因此显得不安。顾客中有个人叫强尼，这个专靠买卖旧车为生的人就曾仔细打量过克里斯汀。他是全镇——或许是全宾州——最懂车的人，对于阿尼能独自把车修好，他就坦白表示他绝对不相信。当时强尼还笑着说那一定是巫术，可是那笑声毫无幽默感。

达内尔坐在办公室里看着寂静的车厂。每年这时候厂里都是这么冷清。达内尔心想，人们会相信任何发生在眼前的事。从某种程度来说，没有所谓超自然或不正常现象，发生了什么就是什么，事情就是这样。

达内尔想到吉米·赛克斯说的，就像变魔术一样。

又想到琼金斯警官说的，阿尼在说谎，可是天晓得为什么。

达内尔拉开抽屉，找到了记事本。他一页页地翻，最后找到自己歪歪扭扭的字：坎宁安，棋艺社巡回赛，十二月十一日至十三日。费城喜来登酒店。

他拨给查号台，查到饭店电话。电话铃响时，他心里居然有点紧张。

像变魔术一样。

"喂，喜来登酒店。"接线生说。

"喂，"达内尔说，"有支棋艺社的队伍住在你们这里——"

"有好几队。"接线生打呵说。

"我这里是自由镇，"达内尔说，"我想找自由高中一个叫阿尼·坎宁安的。"

"请等等，我查一下房间号码。"

咔嗒一声，对方挂了。达内尔拿着话筒傻傻地等。他靠在椅背上，一副准备久等的样子，办公室挂钟的秒针走了一圈。达内尔心想，他大概不在，即使在，这么晚了——

"喂？"

接电话的声音很年轻，也很好奇。但是错不了，那是阿尼。

"喂，阿尼，"他说，"是我，达内尔。"

"达内尔？"

"是啊。"

"你打电话来做什么？"

"你战况如何？"

"昨天胜，今天平手。找我有什么事吗？"

没错，那是阿尼。

达内尔不会没事打电话找人聊天——就像他不会只穿内衣上街一样。他说："孩子，你有没有纸笔？"

"有。"

"费城北广路有家联合汽车零件厂，你能不能抽空过去看看他们的轮胎？"

"重新翻压过的？"阿尼问。

"不，全新的。"

"我想可以，明天中午十二点到下午三点没事。"

"那好，你去找罗伊·马斯特先生，跟他提我的名字就行了。"

"怎么拼？"

达内尔拼给他听。

"没别的事了？"

"没了……希望你全胜而归。"

"很有可能。"阿尼笑着说。达内尔道了晚安就把电话挂了。

没错，那绝对是阿尼。阿尼今晚在费城。而费城离这儿几乎有三百英里远。

谁还可能有他车子的钥匙？

季德家那孩子。

当然！

只是丹尼斯·季德现在正躺在医院的病床上。

他女朋友？

可是阿尼说过，她没驾照，而且根本不会开车。

那一定是别人。

不可能还有别人，除了达内尔以外，阿尼很少跟任何人接近。达内尔很清楚阿尼从来没把钥匙交给过别人。

像变魔术一样。

真是狗屎！

达内尔靠在椅背上，又点了支雪茄。他凝视着冉冉上升的烟雾，继续想他的问题。他还是想不出答案。阿尼搭校车去费城，可是他的车不见了。吉米·赛克斯看着它驶出大门，但没看见是什么人在开。把这些归纳起来可以得到什么答案？

三小时后，他从沉睡中醒来，车库大门卷起的声音吵醒了他。厂里的日光灯没有亮，只有门后亮了盏走道灯。

达内尔把椅子用力向后一顶，迅速站起来。当他麻木的双腿发出针刺感时，他真的完全清醒了。

克里斯汀慢慢滑进车库，悄悄转入二十号车位。

达内尔几乎不敢相信自己是不是真的醒了。他好奇地瞪着大眼瞧着克里斯汀。

它加了两次油门，崭新的排气管冒出青蓝色的烟。

然后引擎自动熄掉。

达内尔坐下来，一动也不敢动。

他的办公室和车库间有对讲机。上次赖普顿和阿尼打架，他就是从对讲机里听见的。现在他可以从对讲机喇叭里听到引擎冷却时发出的声响。除此之外，他没听到任何声音。

没有人从车里出来，因为车里根本没人。

他不完全相信不可解释之事，是因为他从来没有亲眼见过。而这样的事马上就要发生。

现在终于发生了。

他看见它滑向二十号车位，车库大铁门在它背后慢慢降下，隔绝了外面十二月的寒夜。如果有心理专家听到这件事，一定会说：目击者承认他是在昏睡中突然醒来，见到以上所述情景，这无疑是梦境的延长。无论当事人说他当时感觉如何真实，突然由梦中惊醒的人极可能受外界刺激而在清醒之后继续看见梦境中之幻象……

是的，他们可以这样解释……可是活生生的事实现在正摆在他的眼前。

他看见坎宁安的一九五八年普利茅斯自己从大门外滑进来。转入二十号车位时，方向盘会自动打转。然后他看见大灯熄掉，那台八缸引擎也跟着停止运转。

达内尔像得了软骨病似的站起来走到门边，犹豫了很久才打开门。他沿着车道，经过一长排斜停的汽车，慢慢走向二十号车位。他的脚步声回荡在宽敞的车库里。

他站在那两吨重的车体旁。红白相间的烤漆上没有一点锈迹，风挡玻璃明澈如新，完全不像曾经被人用石头击裂过。

现在唯一的声响就是车头和车尾保险杠上积雪融化的声音。

达内尔触摸引擎盖。果然是烫的。

他拉了下驾驶座门把，门很容易就开了。里面传出清新的皮套味，一切都是新的，新椅套、新装潢、新的蜡香——只是除此之外，还有种令人不悦的味道。达内尔深吸几口气，却还是分辨不出那是什么东西。他想起从前家中地下室里经年久积的蔬菜味，鼻子两侧不禁挤出一些皱纹。

他钻进车里。钥匙没有插在上面。秒表上的里程数是五万二千一百零七点八。

这时候点火器突然转到"点火"位置，引擎又转动起来。

达内尔停止呼吸，心脏剧烈地跳动。他从车里爬出来，奔向办公室找他的呼吸器。他面色如土，掐着喉咙为了那么点稀薄空气而挣扎。

克里斯汀的引擎又停了。

又是一片寂静，只有引擎冷却时啪啦啪啦的声响。

达内尔在抽屉里找到呼吸器，赶紧塞进喉咙，压住扳机，拼命吸气。渐渐地，压在胸口的重量消失了。他沉坐在椅子里，听着椅垫下的弹簧发出抗议的呼声。他用那双肥大的手捂住脸。

除非你看见，否则你不会相信……

现在他看见了。

车里没人，打开车门就有股萝卜腐烂的味道。

达内尔在惊恐之余，首先想到的就是如何把他所知道的转换成对自己有利的条件。

38
裂痕出现

先生，我想要辆，
凯迪拉克四门敞篷。
我要备用大陆轮胎，
我要镀铬钢圈，
我要动力方向盘，
我要动力刹车，
我要够力喷射引擎，
我要短波收音机，
还要电视跟电话，
因为就算在路上，
也要跟你情话绵绵。

——查克·贝瑞

赖普顿的车子残骸周三下午才被公园管理员发现。有位住在斯昆帝山里的老太太打电话告诉公园管理员，说她昨天晚上因为关节炎复发睡不着觉，无意中发现湖边森林里有火光。她不太肯定事情发生的时间，只能推想是十点一刻左右，因为当时她正在看 CBS 周二晚间播映的电影。

周四，地方报纸刊登出科迈罗烧毁的照片，新闻标题：《斯昆帝州立公园发生汽车意外，三人当场死亡》。记者引用州警的话说："很可能是酒后驾车造成的。"因为现场散布着一打以上酒瓶的碎片。

这则新闻震惊了自由高中，毕竟年轻人总是比较不容易接受这类意外消息，更何况马上就要过圣诞假期了。

阿尼·坎宁安尤其沮丧，甚至怀着恐惧。先是威尔奇，现在是赖普顿、崔洛尼和史丹顿。那个叫史丹顿的新生阿尼连听都没听过。他为什么要跟赖普顿混在一起？他们看完球赛干吗往山里跑？

阿尼总感觉他和这件事有关。

从上次争吵到现在，利都没再跟他说过话。阿尼一直没打电话给她——一来是不好意思，二来是为了自尊，当然，他总暗怀着一线希望，利会主动打给他，一切又可以重回以前那样……

以前？在她差点噎死之前？在自己一拳打倒她的救命恩人之前？

可是她要他卖掉克里斯汀。这点是绝对不可能的……是不是？他花了那么多心血和时间，怎么可能说卖就把她卖了？

这是个旧疮疤，他不愿再去想它。那个漫长的周四的下课铃声终于响了。他快步走向学生停车场——其实几乎是用跑的——钻进他的克里斯汀。

他坐在方向盘后，深吸一口气，看着午后第一片雪花飘落在亮丽的引擎盖上。他拿出钥匙发动车子。引擎声十分响亮，他把车开出来，光秃秃的轮胎平稳扎实地碾过雪堆。这种天气应该上雪链的，可是克里斯汀不需要那玩意儿。她的轮胎抓地力是他见过最强的。

他打开收音机，听到薛伯·伍利的歌声，阿尼终于笑了。

只要一坐进这辆车，一切烦恼就都没了。只要手握着方向盘，他就可以掌控自己的情绪。赖普顿、崔洛尼和史丹顿的意外的确令他惊骇和惋惜，尤其今年暑假与赖普顿发生过摩擦，现在他难免因而有罪恶感。可是最简单的事实摆在眼前：这三天他都在费城，事情不可能和他有关。

可是他的情绪就是好不起来。丹尼斯还没出院，利还在胡思乱想——好像克里斯汀长了双手，抓着一块汉堡肉往她喉咙里塞。另外还有件事就是今天他退出了棋艺社。

阿尼漫无目的地在自由镇上兜圈子。收音机里播着怀旧老歌，他脑子里想的是棋艺社指导老师听说他要退出时居然不留他。他的背又在隐隐作痛，但不严重。克里斯汀驶向一大块浓密的黑云。前面的天色已是一片昏暗，大片雪花即将飘落，他赶紧打开车头灯。

他继续兜风。

他又改变了想法，也许赖普顿是罪有应得，死有余辜。他肃清满脑子纷乱的思绪时，赫然发现已经六点一刻了。吉诺比萨店出现在左前方，绿色的霓虹灯管在黑夜中闪亮。阿尼把车停在路边，下了车关上门，横过马路，然后才想起钥匙还留在点火器上。

他又回去拿钥匙……一打开车门，一股利说的那种臭味迎面扑来。现在他无法否认了。

车里的确有臭味，而且就在他离开后才出现——那味道有点像腐肉的臭味，熏得他喉咙发涩，眼泪直流。他一把抢走钥匙，全身颤抖地看着克里斯汀。他第一次对她感到恐惧。

阿尼，这车里有臭味——腐肉的臭味……你心里有数。

我不知道你在胡说些什么……你在胡思乱想。

可是如果她是在胡思乱想的话，那他也是。

阿尼猛然转身，奔向吉诺比萨店，好像有魔鬼在后面追赶似的。

他在店里点了一份并不真的想吃的比萨，并换了几枚硬币，溜进电话亭里打了几通电话。旁边的点唱机正播着他从没听过的音乐。

他先打回家。是迈克尔接的电话，他的声音很奇怪，阿尼心里越发觉得不安。他爸的口气像极了棋艺社的指导老师史洛森。电话亭外经过的一张张面孔就像一只只气球，他不禁怀疑自己是不是在做梦。

"爸？"他不太敢确定地说，"是我……是这样，我忘了时间，对不起。"

"没关系，"迈克尔说，"你在哪儿？达内尔车厂？"

"不——我在吉诺比萨店，你还好吧，爸？你的声音很奇怪。"

"我很好，"迈克尔说，"只是刚把你的晚餐倒进垃圾处理机。你妈正在楼上哭，而你却在外面吃比萨，你跟你的车玩得愉快吧？"

阿尼张嘴，可是没有发出声音。

"爸，"他停了一下才说，"这样说不公平。"

"我想我对你所谓公平或不公平已不再感兴趣。"迈克尔说，"以前你对自己的行为还找得出理由解释，可是过去的一个月左右你已经变成一个我完全不认识的人。你周围发生的事也让人无法理解。你妈也跟我一样。我承认她是个自寻烦恼的人，可是你也的确带给她很多烦恼。"

"爸，我只是一时忘了时间！"阿尼大声吼道，"不要小题大做！"

"你是开车兜风才忘了时间吗？"

"是——"

"每当你举止反常，总是跟那辆车有关系，"迈克尔说，"今晚会回家吗？"

"会——而且比平常早一点，"阿尼说，他舔了舔嘴唇，"我要去趟车厂。我在费城的时候，达内尔托我办了些事——"

"对不起，我对这一点也不感兴趣。"迈克尔说。他的口气冷漠有礼，完全不像父亲在对儿子说话。

"我知道。"阿尼小声说。现在他更害怕了，他几乎要开始发抖了。

"阿尼？"

"怎么了？"他用气音回答。

"到底是怎么回事？"

"我不懂你的意思。"

"坦白告诉我。那个州警今天到办公室找我，他烦了你妈一天又跑来找我。我想他也是不得已。"

"这次他又有什么事？"阿尼气呼呼地问，"那个老浑蛋，这次找我又为了什么事？我要——"

"你要怎样？"

"没什么，"他把没说完的话咽了回去，"这次他又有什么事？"

"赖普顿的事，"他爸说，"赖普顿和那两个孩子的事。你以为他找你还会为了什么？跟你谈巴西政局？"

"赖普顿的事完全是意外，"阿尼说，"为什么他要跟你和妈谈一件完全是出于意外的事？我真的一点也不懂！"

"我也不懂，"迈克尔停了一会儿，"你真的不懂吗？"

"我为什么要懂？"阿尼喊叫着回答，"我在费城，这件事跟我一点关系也扯不上。我去参加棋赛，没有……没有……没有做其他任何事。"

"再回答我一次，"迈克尔说，"阿尼，你是不是有什么话藏着没说？"

他想到车里的臭味，想到利抓着脖子差点窒息。当时他不得不捶她的背，碰到别人噎住的时候，你的直觉反应就是捶背。世上根本就没有什么海姆里克腹部冲击法，因为它还没被发明。而且，事情就注定是该这么结束，在路边……在车子旁边……在他的胳膊间……

他闭上眼睛，整个世界仿佛都在摇晃、旋转。

"阿尼？"

"我没有藏着什么话没说。"他闭着眼睛，咬紧牙关说。

"那好吧，"他爸说，"如果你愿意跟我谈这件事的话，晚上我会在房里。回来的时候别忘了亲你妈一下，阿尼。"

"我会的，听我说，爸——"

电话咔嗒一声挂断了。

他呆站在电话亭里发愣。父亲把电话挂了，你就算喊破喉咙也没有用。

他把口袋里所有零钱掏出来放在金属架上。他拣了一枚一毛硬币，差点掉在地上，最后总算塞进投币孔。他觉得头昏燥热，好像他的肉体已不属于自己。

他拨了利家的电话号码。

接电话的是卡伯特太太，她一听就知道是阿尼打来的。阿尼听出她的口气暗示着，一切都太迟了。

"她说她不想跟你说话，也不想见你。"卡伯特太太说。

"拜托你，卡伯特太太，我只跟她说几句——"

"你做得太过分了，"卡伯特太太冷冷地说，"那晚她哭着回家——她从来没哭得这么厉害过。她说上次和你出去的时候，与你有了某种程度的……经验。我祈求上帝，但愿不是那种经验。"

阿尼差点大笑出声。幸好他忍住了，否则一定不可收拾。利差点被噎死，但她的母亲以为是阿尼要强暴她。

"卡伯特太太，我必须跟她说几句话。"

"抱歉，不行。"

他想找些话说，设法使自己战胜把守大门的妖龙。那种感觉就像一位推销员处心积虑地想进入别人的大门。可是他的舌头就是不听使唤。他一定是全世界最蹩脚的推销员。马上听筒里就会传出咔嗒一声。

接着他听到有人把话筒接过去的声音。卡伯特太太好像在跟利争吵，可是他听不见她们在吵些什么。最后他听到利的声音说："是阿尼吗？"

"利，"他说，"我只想告诉你我很抱歉。"

"我知道，"利说，"我接受你的道歉，阿尼。可是我不能再跟你出去，除非情况有所改变。"

"那要看你要求的情况是什么。"他说。

"我只能——"她的声音远离话筒，但口气变得严厉起来，"妈，请你不要站在旁边好吗？！"过了一会儿，他又听到利的声音，"阿尼，我只能这么说。我知道你或许以为我疯了，可是我还是认为那天晚上你的车子想害死我，无论再怎么理智思考，我还是无法改变自己的想法。我知道怎么回事，阿尼，它已经控制了你。"

"利，请原谅我，你这么说实在是他妈的蠢。她不过是辆车！你会不会拼'汽车'这个词？C－A－R！汽车！"

"它已经控制你了，"她的声音摇摆不定，好像马上就要哭出来，"它已经控制了你，阿尼。除了你自己，没人能够救你。"

他的背突然开始颤动，一阵阵的胀痛传送到他头部。

"我说得对不对，阿尼？"

他没有——也不能——回答。

"把它卖了，"利说，"我求你。今早我在报上看见赖普顿的消息——"

"这件事也扯得上关系吗？"阿尼不高兴地问，"那只是个意外。"

"我不清楚它是什么，或许我根本不想知道。可是即使我不在乎我们之间的关系，我也该为你着想。阿尼，我为你感到恐惧！快把它卖了吧。"

阿尼喃喃地说："利，答应我，永远不离开我，好吗？"

现在她更想哭了——也许她已经在哭，只是泪水还没流下来："阿尼，那你得先答应我，你得先答应我该做的事，我们之间才可能继续。答应我卖掉它，我只求你这件事，没别的了。"

他闭上眼睛，看见利放学沿着红砖路走回家，而克里斯汀正在一条街外等着她。

他赶紧睁开眼，仿佛在漆黑的屋子里见到恶魔。

"我不能那么做。"他说。

"那我们也没什么好谈的了。"

"不，那是两回事，我们——"

"再见，阿尼，学校见。"

"等等，利！"

咔嗒。一片死寂。

那一瞬间，他简直气疯了。他有股冲动，真想拿起话筒砸破四周的玻璃。所有人都跟他过不去、远离他，就像船沉的时候老鼠最先弃船而逃。

除了你自己，没人能够救你。

去你的狗屁！他们全是弃船而逃的老鼠。从棋艺社的史洛森到那些州警，他们全是浑球。谁也不能支使我，我有我自己的方式，我自己的方式，我自己的方式！

阿尼仿佛突然又清醒过来。他瞪大眼睛，拼命喘气，脸色变得苍白。到底怎么回事？刚才他好像完全变了个人。

不是别人，根本就是李勃。

不！这不可能是真的。

他又听到利的声音："我说得对不对，阿尼？"

接着，他突然又听到牧师的声音："阿尼·坎宁安，你愿娶这女人为妻吗？"

可是他并不在教堂，而是置身废车场。四周全是闪亮亮的金属片和排好的露营椅，达内尔站在伴郎的位置上。他的身边没有女人，只有克里斯汀。午后的艳阳照得她金光闪闪，喜气盈然。

然后是他爸的声音："这里发生了什么事吗？"

牧师说："是谁把这女人赐给他的？"

罗兰·李勃像僵尸般从座席间站起来，他在微笑。阿尼回头发现他四周坐的都是死去的人——赖普顿、崔洛尼、史丹顿和威尔奇。史丹顿被烧得焦黄，头顶光秃秃的。赖普顿的下巴不停地滴血，染红了他的衬衫。最惨的是威尔奇，他的胸膛敞开，里面一片模糊。他们都在笑，每个人都在笑。

"是我，"李勃说，他伸伸舌头，一股坟场的恶臭立刻从他嘴里冲出，"是我给他的，他那里有收据可以证明。她是他的，她完全属于他。"

阿尼醒来时，发现自己靠在电话亭壁上呻吟，电话听筒压着胸膛。他挣扎了很久才站稳脚步。他翻开电话簿，找到医院的电话号码。丹尼斯，丹尼斯会在医院里，他一直都在。丹尼斯不会让他失望，丹尼斯是他的救兵。

　　总机接的电话。阿尼说："请接二十四号病房。"

　　线路立刻接了过去，铃声一响，但没人接，就在阿尼打算放弃时，一个女人的声音插进来："二楼 C 区，你找哪位？"

　　"季德，"阿尼说，"丹尼斯·季德。"

　　"季德先生正在做物理治疗，"那女人说，"你可以八点再打来。"

　　阿尼想告诉她不可能——非常不可能——但是他突然只想离开这座电话亭。幽闭恐惧症发作时，就像有只巨大的手压在你的胸口。他还闻到自己的汗味，酸酸臭臭的汗味。

　　"喂？"

　　"谢谢你，我会再打来的。"阿尼把电话挂好，冲出电话亭，零钱撒了一地。有几个人回过头来看他，露出略感兴趣的样子，然后又转回去继续聊天吃比萨。

　　"你的比萨好了。"柜台的人说。

　　阿尼抬头看钟，发现他在电话亭里待了二十分钟。他浑身是汗，腋窝下湿湿黏黏的，两腿不停颤抖，好像大腿肌肉马上就要罢工，不再支撑他的身体了。

　　他付了钱，把皮夹插回口袋时差点松了手。

　　"你没事吧？"柜台的人问他，"你的脸色好苍白。"

　　"我很好。"阿尼说。现在他想吐。他把比萨盒塞在腋下，三两步走出门外。天上的最后一点云都被吹跑了，满天星光闪烁得像一片碎钻。他站在路边，先看看星星，又看看对街的克里斯汀，她正忠诚地等着他。

　　她从不抱怨或争辩，也从不提出要求。你可以在任何时候钻进车身，躺在沙发上休息，沐浴在她温暖的怀抱中。她从不拒绝你，她——她——

她爱他。

没错，这点一定是真的。李勃不愿意把她卖给任何人——甭说两百五十块，两千五百块也免谈——就让她搁在那儿，等候适当人选。等候一个真正……

等一个会真正爱她的人。

是的，就是这样。

阿尼忘了手里还有比萨。他看着克里斯汀，心里一阵骚乱。他爱她、恨她、喜欢她、讨厌她、需要她、想远离她。

（现在我宣布你们从这一刻起成为夫妻，直到死亡将你们分离。）

可是他感到恐惧，恐惧得全身麻木……

（阿尼，那天晚上你的背是怎么弄伤的？是不是因为赖普顿砸毁了你的车？你是怎么把背弄伤的，搞得现在得缠绷带？你是怎么把背弄伤的？）

答案浮现在他的脑海。他奔向克里斯汀，在真相大白前，他要回到车上，否则他会发疯。

他带着纷乱的情绪奔向克里斯汀，就像阴魂飘向坟墓，又像新郎奔向苦等的新娘。

他奔向克里斯汀是因为一旦进了车子，一切对他来说就都无所谓了——他的父母、利、丹尼斯以及那天晚上他是怎么把背弄伤的……克里斯汀被砸烂那天晚上，他把排挡打入空挡，推着四个轮子都瘪掉的克里斯汀回达内尔车厂，他拼命推，耳朵里只听到呼呼的风声，他一直推到汗如雨下，心脏像野马似的奔腾，他的胸口、背脊发出痛苦的哀号。他继续推，他的背胀痛，血管在悸动，可是他还是往前推，他的肌肉陪着四个瘪轮胎一起挣扎。他的双手麻木了，他的背在尖叫、尖叫、尖叫，然后——

他打开车门，扑进车里，一边发抖一边喘气。比萨盒掉在地上，他把它捡起来放在沙发上。现在他渐渐平静下来。他顺手抚摩方向盘的圆弧，然后脱掉一只手套，在口袋里找钥匙。那是李勃的钥匙。

他还记得那晚到底发生了什么事，可是现在已经不再感到恐怖，只要坐在克里斯汀的方向盘后面，再恐怖的经历都会变得奇妙有趣。

一切都变成奇迹。

他终于想起来他是怎么把车从机场推回达内尔车厂的。他才推了一段距离，四个瘪胎就自动充满气，回复成原来的样子。破碎的玻璃又组合起来，车壳上的凹痕也纷纷消失。

他继续推着她前进，直到她的引擎完全恢复正常，然后他发动克里斯汀，驾着她兜风。直到里程表一路倒退，把赖普顿和他同伴所做的一切洗得一干二净，克里斯汀就这么痊愈了。

这有什么恐怖的？

"一点也不恐怖。"有个声音在旁边对他说。

他转头。罗兰·李勃坐在旁边，身穿双排扣黑西装、白衬衫，系蓝领带，西装上斜挂着一排勋章。这套是他的寿衣，阿尼并没有看到他入殓，但他知道这是寿衣。只是李勃变得年轻强壮，一副不容你哄骗的样子。

"发动吧，"李勃说，"咱们兜风去。"

阿尼转动钥匙。克里斯汀碾着厚厚的积雪上了路。那天晚上他推着克里斯汀回去，一直到所有伤痕都自动修复，这才驾着车兜风去。

"听点音乐吧。"旁边的声音说。

阿尼打开收音机，听到老歌星狄昂唱着《独一无二的唐娜》。

"你是不是要吃比萨？"那声音改变语气问他。

"当然，"阿尼说，"来一块？"

"我从不拒绝别人送的东西。"

阿尼用一只手扯开纸盒，拿出一块比萨："来，这是你的——"

他瞪大眼睛，手上的比萨开始颤抖，一丝丝长长的奶酪像蜘蛛丝般垂下来。

坐在旁边的不再是李勃。

那是他自己。

那是五十岁左右的阿尼·坎宁安。他不像八月时第一次和丹尼斯一起见到的李勃那么老，但那老态龙钟的样子跟李勃也差不了太多。他穿着黄色运动衫和油腻腻的蓝牛仔裤，眼镜换成牛角框，后面还绑了系带，头发剪得很短，眼睛布满血丝。他可以感觉到他——说他是幽灵也行——是个寂寞的老人。

他很寂寞，但他有克里斯汀。

他老了的样子跟李勃非常像，简直就跟父子一样。

"你是要开车，还是要这样盯着我？"那幽灵说。接着，他突然在阿尼面前开始老化。铁灰色的头发变白，运动衫变皱变薄，身体扭缩成一团，脸上的皱纹深深陷入肌肤，眼眶深陷成两个大窟窿。最后，除了高耸的鼻梁，脸上只剩一张皱皮裹着骷髅。可是他认得出那是自己的面孔。

"你有没有看到绿色的东西？"那幽灵——不，那八十岁的阿尼·坎宁安一边在克里斯汀的座椅上扭动，一边问他，"有没有看到绿色的东西？有没有看到绿色的东西？有没有——"他的声调越提越高。然后他的皮肤裂开，眼白化成牛奶般的液体流出。他在阿尼眼前老化腐烂。现在他又闻到那股臭味——利闻到的就是这股味道。只是现在更臭。那是他自己死亡的气味。幽灵的白发飘落一地，运动衫领口下的锁骨冲破表皮呈现在他面前，接着，全身的白骨都从皮肤的裂口中挤出来。他的嘴唇在墓碑般的牙齿前面融化消失，露出牙根毕露的口腔。

那是他，那是死去的阿尼·坎宁安，而且他跟克里斯汀一样，又活过来了。

"有没有看到绿色的东西？"他追问阿尼，"有没有看到绿色的东西？"

阿尼开始尖叫。

39

琼金斯再访

防撞杆后风扇窸窣，
同车之人苍白如鬼。
有人说：慢点，我看到车尾灯！
路上标线已根本看不清楚。

——查理·莱恩

一小时后，阿尼把车开进达内尔车厂。他的乘客——如果刚才真的出现过的话——老早就不见了。当然那股恶臭也消失了，这一切或许只是幻象。

达内尔坐在那间玻璃围成的办公室里。阿尼停妥车时按了下喇叭，他也懒洋洋地挥了挥手。

最简单的解释是，那只不过是场梦，一场疯狂到极点的梦。他的三通电话——一通打回家，一通打给利，一通打给丹尼斯——就像三次闭门羹。他变得有点神经兮兮，任何人经过八月到现在的大风暴，都不可能不变成神经病。

（不论贫富，不论贵贱。）

利说话的口气好像他已经疯了一样。不错，他的举止是有不自然的时候，可那是人之常情。如果卡伯特小姐就这么把他当作神经病的话，那她就是跌进了愚蠢的无底深渊。

可是他需要她——即使现在想到她，他都会感到需求的火焰烧过全身。他双手抓紧方向盘，因为那股欲望太强烈了。

但现在他平静下来了，他觉得自己好像度过了最后一道障碍。

那场梦结束时，他发现车子斜停在一条窄路边。他下车看见车后的雪堤被撞坍了一大块，克里斯汀的引擎盖上融了一摊雪。显然他是失去控制，撞上了路边的雪堤。幸运的是当意外发生时，他的灵魂并不在车上。

事后，他坐在车上边听音乐，边隔着风挡玻璃凝视天空中的明月。他不记得到底发生了什么事，也不想去知道。无论刚刚发生了什么事，那是头一次，也是最后一次。这点他非常肯定。

一切都会越来越好。他要修补院子的篱笆——今晚他甚至可以像过去一样跟家人一起看电视。他可以赢回利的心。如果她不喜欢那辆车，无论她的理由多荒谬都没关系。他可以再买辆车，骗她说他已经把克里斯汀卖了。他可以把克里斯汀藏在达内尔车厂，这样不算对不起她。至于达内尔，这周是他最后一次替他跑腿了。如果达内尔以为他是胆小才洗手不干，那就随他去吧。帮人偷运私烟私酒对他申请大学不会有帮助，对不对？

他大笑几声，现在觉得好多了，思绪清晰。回车厂的路上，他把比萨吃了。但有件令他诧异不安的事，少了块比萨，但他决定不把它放在心上。也许刚刚失去记忆时他先吃了一块，要不就是他把它扔到窗外去了。他又大笑了几声。

现在他下车，关上车门，朝达内尔的办公室走去。他想打听一下这次跑腿是干些什么事。他想到过了明天就是圣诞假期，脚步不由得轻快起来。

这时候，车厂的侧门开了，有个人走进来。又是琼金斯警官。

他看见阿尼看着他，赶紧伸手招呼："嘿，阿尼。"

阿尼隔着玻璃看看达内尔，达内尔耸耸肩。

"你好，"阿尼说，"有什么我能效劳的吗？"

"我也不知道。"琼金斯说。他向阿尼笑笑，但他的眼睛扫过克里斯汀，想在它身上找寻伤痕。"你愿不愿意为我做件事？"

"不是很愿意。"阿尼说。他感觉头在渐渐发涨。

琼金斯笑笑，完全没有不高兴的样子。

"只是碰巧经过，你最近怎样？"

他伸出手来，阿尼只是低头看看，丝毫不觉不好意思。琼金斯又把手收回去。他走到克里斯汀面前，再次为它做全身检查。阿尼盯着他看，上下两片嘴唇紧紧抿着。每当琼金斯用手拍打车子时，他的愤怒就加深一层。

"嘿，你干脆买张长期月票算了。"阿尼说。

琼金斯回头用疑问的眼神看着他。

"没事。"阿尼悻悻地说。

琼金斯的目光还是不肯放松。"说来也怪……"他说，"你大概也晓得赖普顿那件事吧？"

去你的，阿尼心想，我才懒得跟这狗儿子鬼扯。

"我在费城参加棋赛。"

"我知道。"琼金斯说。

"原来你真的在打听我！"

琼金斯走回阿尼身边。现在他的脸上全无笑容。"没错，"他说，"我是打听过了。破坏你车子的男孩已经死了三个，另一位遇害者周二晚上显然只是搭他们的车出去玩玩。这实在是不可思议的巧合。所以我当然要打听你。"

阿尼又惊又怒地瞪着他："那件事纯属意外……他们酒后开车又

超速——"

"另外还有辆车涉及本案。"琼金斯说。

"你怎么知道？"

"雪地里留有车轮印，只可惜风雪破坏了大部分痕迹，我们无法取得可靠的证据。但斯昆帝公园入口有间小屋被撞毁，我们发现墙上留有红漆，赖普顿那辆科迈罗是蓝色的。"

他紧盯着阿尼。

"此外，我们在威尔奇的皮肤上取得四片红漆。那些漆片嵌在他的皮肤里。你懂我的意思吗？一辆车要以多大速度冲撞一个人，才会把油漆嵌进他的皮肤里面？"

"那你应该到街上数数有多少辆红色的车，"阿尼冷淡地回答，"我打赌你没走到洼地街就能看到不止二十辆。"

"我还没说完呢，"琼金斯说，"可是我们把漆片样本送到华盛顿的联邦调查局实验室化验——他们那里有所有汽车颜色的样本。化验结果今天才送来。要不要猜猜？"

阿尼心跳加速，太阳穴胀痛："既然你都找上我了，我想一定是'秋红'色——克里斯汀的那种红。"

"答对了。"琼金斯说。他点了根烟，隔着烟雾注视阿尼。他放弃了以幽默方式办案的信条，现在他的眼神冷峻如石。

阿尼用手拍了脑门一下："秋红色，好极了，正是克里斯汀的颜色。可是福特厂从一九五九年到一九六三年出过秋红色的车，此外雷鸟、雪佛兰从一九六二年到一九六四年也出过同色的车。我为了研究这辆车，收集了很多汽车方面的书。没有足够的资料，你就没办法修好你的老爷车。秋红色是非常普遍的颜色，这点我非常清楚，"他凝视着琼金斯警官，"你也很清楚。"

琼金斯没说话，他只是继续注视着阿尼。阿尼从来不曾被人如此注视，但他认得出这种眼神，他相信任何人都能，那是种强烈而坦率的怀疑眼神，若是几个月或是几周前，阿尼会很害怕，但现在除了害怕，他也十分愤怒。

"琼金斯先生，我真不懂你为什么老跟我过不去。你为什么老找我碴儿？"

琼金斯大笑，绕了半个圈子。车厂里除了他们两人外只有达内尔。他的眼神一刻都不曾从他们两人身上移开。

"我为什么跟你过不去？"他说，"'一级谋杀罪'这几个字你听起来如何？"

阿尼不动声色。

"不用怕，"琼金斯边绕圈子边说，"这年头警察不会逼供，也不会威胁。现在也用不着米兰达宣言，我们的阿尼·坎宁安还安全得很。"

"我不懂你在说些什么——"

"你当然懂……你明白得很！"琼金斯对他大吼。他站在一辆黄色小卡车前面与阿尼怒目相视，"砸你车子的孩子已经死了三个，两桩车祸中都留有秋红色漆片，我们有足够的理由相信两件案子都和同一辆秋红色汽车有关。巧的是那几个孩子砸坏的车子的主色就是秋红色。而你却站在这里，推推鼻梁上的眼镜说你不懂我在说些什么。"

"事情发生的时候我在费城，"阿尼冷静下来说，"你不懂这句话的意思吗？"

"小鬼，"琼金斯把烟屁股弹出去，"最糟糕的就是这点。"

"你最好离开这里，不然就立刻逮捕我。因为我要打卡干活儿了。"

"到目前为止我只能约谈你，"琼金斯说，"头一次——也就是威尔奇遇害的时候——你是在家睡觉。"

"这个理由太薄弱，我知道，"阿尼说，"如果早知道会惹上这些麻烦，我会请个朋友来陪我，为我证明。"

"你父母没理由怀疑你编的故事，这点我从他们的谈话中听得出来。可是一个嫌犯的不在场证词的漏洞往往比救世军二手衣的破洞还多。当你开始安排铁一般的不在场证明时，你的嫌疑就更大了。"琼金斯说。

"我的老天！"阿尼几乎尖叫出来，"我去参加棋赛！×！我三年来一直是棋艺社成员！"

"直到今天为止，"琼金斯说，阿尼又呆住了，琼金斯点点头，"是的，我跟你们社里的指导老师——那位史洛森先生谈过。他说前两年你从不错过社里任何比赛，你是他的王牌棋手。可是从今年起你不再参加比赛——"

"我要修车，而且……我交了女朋友——"

"他说这学期前三次比赛你都没参加。他很惊讶这次费城之旅你却报名了，他以为你对下棋已经完全失去兴趣。"

"我说过——"

"是的，你说过你太忙，有了车又有女朋友，年轻人总为这些事情忙。可是你突然参加这次比赛，重拾对下棋的兴趣，然后又在今天退出棋艺社，这点的确让我惊讶。"

"我倒不觉得有什么好惊讶的。"阿尼说。他的声音变得好遥远，几乎被耳中急涌的血流声吞噬。

"胡说。你是在制造响当当的不在场证明。"

琼金斯的吼声震得阿尼脑袋发晕。这个怪物为什么还不快滚？他在胡说。他没有刻意安排任何不在场证明，今早看报的时候，他一样是惊讶万分。他跟这件事完全无关……除非他是在失去知觉的情况下……

（你是怎么把背弄伤的，阿尼？你有没有看到绿色的东西？）

他闭上眼，感觉世界好像脱离了轨道，他看见那张长了绿霉的骷髅脸飘到他眼前说：发动车子吧，咱们兜风去。我们去找那几个砸车的浑小子算账，怎样？我们狠狠地撞他们，好让他们死了以后化妆师还得用镊子拔出嵌在他们身上的漆片。打开收音机，咱们报仇去——

他摸索着向后退，直到触摸到她坚硬、冰凉、结实的外壳。他的知觉又恢复正常。最后，他睁开眼睛。

"不过坦白说，有件事是对你有利的，"琼金斯说，"这次你的表现跟上次不一样，你很坚强，好像你又大了二十岁。"

阿尼笑了。他很高兴自己的笑声听起来还算自然："琼金斯先生，我看你是有点疯了。"

琼金斯没有跟他一起笑："我知道。这件事是我干刑警十年来办过的最棘手的案子。上次我觉得可以完全掌握你，我觉得你有点……我也不知道，大概是失落、心神不定、郁郁寡欢。可是现在你给我的感觉完全不一样，我好像在跟一个不同的人讲话，你比上次更难缠。"

"我该说的都说了。"阿尼说着便往办公室走去。

"我要知道这到底是怎么回事，"琼金斯在后面追问他，"你不说我迟早也会查出来的，你等着吧。"

"请你帮个忙离这儿远点，"阿尼说，"你个疯子。"

他径自走进办公室关上门。屋里充满雪茄味、橄榄油味和大蒜味。他一声不吭地走过达内尔面前，从架子上拿起他的卡片塞进打卡钟。他回过头时，看见琼金斯还站在那里打量克里斯汀。达内尔什么也没说，但阿尼可以听到那大块头喘气的声音。几分钟后，琼金斯才离开达内尔车厂。

"条子。"达内尔打了个嗝。

"是啊。"

"赖普顿的事？"

"可不是吗？他认为我跟那件事有关。"

"你不是在费城吗？"

阿尼摇摇头："没用，他觉得这丝毫不能减轻我的嫌疑。"

他是个精明的条子，达内尔心想，他知道事实是错的。他的直觉告诉他事情另有蹊跷，因此他比一般警探更能接近事实。可是即使再过一百万年，他也不可能了解真相。

达内尔不禁想起那辆空车自己从门外溜进来转入二十号车位，活像个受到遥控的大玩具。接着没有钥匙的点火器会自动转到"点火"位置，那台八缸引擎咆哮一阵，然后又自动关掉。

"如果警方在盯着你，我就不想派你去奥尔巴尼了。"达内尔看着阿尼说。

"我不在乎你派不派我去，但你不用担心条子的事。琼金斯不过是个疯条子。他只关心那两件汽车命案，别的事他不感兴趣。"

达内尔把眼神移开，因为阿尼的眼神就像一只已经猎杀过上千只老鼠的公猫。

"他在注意你，"他说，"我还是叫吉米去好了。"

"你觉得吉米办事比我牢靠？"

达内尔凝视阿尼半晌，然后叹口气说："好吧。可是如果你手上拿着袋子被警察逮到，记得那可是你的袋子。懂我的意思吗？"

"懂，"阿尼说，"今晚有什么活儿要我干？"

"四十九号车位有辆一九七七年的别克。把起动机拿起来检查一下螺线管。"

阿尼点点头离开了。达内尔那对沉思的眼睛从阿尼的背影转移到克里斯汀身上。那孩子自己说了要去，就让他去吧。如果发生了什么事，他一定会挺身扛下来，这点达内尔非常有把握。从前阿尼也许不会这么做，可是现在情况不同了。

他从对讲机里偷听到他跟琼金斯的谈话。

琼金斯说得没错。

这孩子变得坚强了。

他盯着那辆一九五八年的普利茅斯。阿尼要开他的克莱斯勒去办事。他不在的时候，达内尔会紧盯着克里斯汀，他要盯着它，看看到底会发生些什么事。

40
阿尼出事

前后座桶形赛车椅，
所有东西连千斤顶都亮晶晶。
踩下油门，哇……它冲了出去——
只看就好，
可别碰我的宝贝改装车。

——海滩男孩

第二天下午，宾州州警刑事组的琼金斯和马赛两位警官坐在油漆剥落的小办公室里喝咖啡。外面正下着大雪。

"我很肯定就是这周六，"琼金斯说，"过去八个月来那辆克莱斯勒每隔四五周就出动一次。"

"别忘了肥猪达内尔跟你对那孩子所掌握的线索是两回事。"

"对我来说是一回事，"琼金斯回答，"那孩子知道真相，只要他肯说，事情就好办。"

"你是说他有同谋？有人在他去费城参加棋赛时，开他的车撞死那

334

三个男孩？"

琼金斯摇摇头："不是这样。那孩子只有一个好朋友，现在正在医院里。我也不晓得真相到底怎样，反正那辆车和他本人都脱不了干系就是了。"

琼金斯放下咖啡杯，指着坐在桌子对面的马赛。

"一旦我们封锁那地方，我要一组六人的技术员，从头到尾，从里到外好好搜集证据。我要他们把车用升降机顶起来，检查所有凹痕、剐伤、补漆……尤其是血迹反应。我只关心有没有血迹反应，哪怕是一滴血也好。"

"你很不喜欢那孩子对吧？"马赛问。

琼金斯发出令人困惑的冷笑："你知道，刚开始我还蛮喜欢他，而且很同情他。那时候我以为他是有把柄在别人手里，所以替别人掩饰。可是这次我对他讨厌透顶。"

然后他又想了一会儿。

"我更讨厌那辆车，尤其每次我就要套出他的话时，他就不停抚摩那辆车的样子，实在让人觉得不舒服。"

马赛说："别忘了我们要抓的人是达内尔，哈里斯堡的人对你那个少年凶嫌可是一点兴趣也没有。"

"我会记住的，"琼金斯说，他又拿起咖啡杯很严肃地看着马赛，"达内尔只是我的手段。我死也要抓到谋害那些孩子的凶手。"

"但也许这周六他根本不出动。"马赛说。

结果他出动了。

十二月十六日周六早晨，两名身穿便衣的宾州州警坐在一辆日产小货车里，看着达内尔的黑色克莱斯勒驶出车厂，转入街上。他们是重案组探员。那天云层很低，地面的雾气几乎连接着低空的黑云。克莱斯勒亮着雾灯驶去。阿尼是个谨慎的驾驶员。

其中一位便衣警员拿起对讲机说："他刚离开，你们可以待命了。"

他们跟踪那辆克莱斯勒到七十六号公路。当阿尼转向东边通往哈里斯堡的岔路时，他们转向西边通往俄亥俄州的道路。他们会在下一个交流道驶离七十六号公路，转回他们原先的位置——达内尔车厂。

"好了，"无线电里传来琼金斯的声音，"开始煎蛋卷吧！"

二十分钟后，当阿尼正以平稳的五十英里时速奔往东边时，三名警察带足了各项文件，在比尔·亚休住处门口按电铃。亚休穿着睡袍开门，他背后的电视正在播映周末早晨的卡通电影。

"是谁，亲爱的？"他的妻子在厨房问道。

亚休看了警察手中的法院文件，差点就要昏倒。其中一张是法院搜索令，搜索物品为亚休与达内尔个人及其事业有关的一切税务记录。签发者为宾州最高法院检察官。

"是谁，亲爱的？"亚休的妻子又在问。他其中一个小孩跑出来，看见是警察，两只眼睛立刻瞪得大大的。

亚休想要开口，却发现声音变得十分干哑，他的噩梦终于来了。他的这栋房子无法保护他，在普鲁士王市的情妇也保护不了他。他看着眼前三个穿着同款公务员西装、表情冷静的警员，最糟的是，其中一人是联邦烟酒枪械管制署兼毒品管制局的探员。

"据报，你的办公室是在家里。"这个联邦探员说道。亚休心想，这家伙现在几岁，二十六，还是三十？他应该还不需要担心如何让老婆和三个小孩过上好日子的问题，所以他的表情才能那么冷静。一个人只有脑中都是那些冠冕堂皇的名词时，比如法律与公正、正义对邪恶、好人对坏人，才能露出那种表情。

"这项情报正确吗？"这位联邦探员耐心地问他。

"正确。"亚休用干哑的声音回答。

"另外在门罗镇法兰克街一百号也有间办公室？"

"是的。"

"亲爱的，是谁？"安珀从走廊走出来问道。结果当她一看见门廊上站着三个外人，便赶紧把睡袍领口拉紧。此时四周只有电视上的卡通电影发出的声音。

亚休突然感觉松了口气，心想：一切终于要结束了。

他的另外两个孩子好奇地从房间里走出来，想看看周六一大清早会是谁来了，结果看到是警察，两人同时吓得哭了出来，然后立刻奔向电视节目寻求庇护。

琼金斯警官得知亚休家和门罗镇办公室中与达内尔有关的文件都被搜出后，立刻带了六名州警赶往达内尔车厂。虽然就要到圣诞假期了，但车厂每逢周末还是显得格外忙碌。因此当琼金斯拿起喊话器时，大约有两打的脑袋转过来看他，这件事大概够那些人一直聊到明年了。

"我们是宾州州警！"琼金斯用喊话器大声说。车厂里立刻回荡着他的话。虽然是在对众人宣布事情，但他的眼睛还是不由自主地盯着二十号车位上的克里斯汀看。他见过各种杀人凶器，见过各种凶杀场面，在法庭上更是登过无数次证人席，可是现在多看那辆车一眼都会使他毛骨悚然。

旁边跟他一起来的国税局人员皱着眉头看看他，要他继续。他心想：这些人不知道这里发生了什么样的事。但他还是拿起喊话器：

"现在警方要封锁这家车厂！我再说一遍，警方要封锁这家车厂。各位请取走自己的汽车——如果车子正在修理中，请把车留下来，迅速离开此地。本车厂马上就要被封锁。"

他把喊话器关掉时，喇叭传出咔啦一声。

他回头看见达内尔坐在玻璃隔间的办公室里讲电话，嘴里塞了支没点火的雪茄。吉米·赛克斯站在可乐贩卖机旁，一脸困惑惶恐——那模样跟比尔·亚休的孩子快哭出来时差不了多少。

"依照我所宣读的内容，你是否完全了解你所拥有的权利？"问话的警官是马赛。在他背后的车库里，四位便衣人员正在登记被扣押车辆的号码。

"我完全懂。"达内尔说。他的面容冷静，唯一显示他感到不悦的征兆，只有比平常急促的呼吸以及未扣领口扣子的白衬衫里快速起伏的胸膛。同时他手上仍然握着呼吸器。

"在目前这个时刻，你有没有什么要声明的？"马赛问。

"在我的律师到达前，我不做任何声明。"

"你的律师可以到哈里斯堡见你。"琼金斯说。

达内尔轻蔑地瞥了琼金斯一眼，但没说什么。办公室外，更多的便衣警察在每一扇门窗贴上封条，只留下一道侧门。在州警局的封锁状态解除前，都只能从那道侧门进出。

"这是我听过的最疯的事。"达内尔终于开口。

"以后还有更疯的，"马赛诚挚地微笑着说道，"达内尔先生，你会离开这里很长一段时间。也许哪天他们会让你在监狱里开个修车店。"

"我认识你，"达内尔看着他说，"你姓马赛。我跟你的老爸很熟，他是本郡警界史上最狡猾的小人。"

马赛顿时满脸煞白，不自觉地举起手来。

"住手，马赛。"琼金斯说。

"很好，"达内尔说，"既然你们拿我开心，说我可以在牢里开修车店，我就让你们看看——老子在两周内就要重返我的车厂。如果你们不知道我有这本领，那你们就比我以为的还笨。"

他轮番看着两位警官，眼神中满是智慧、讥讽和诡诈之色，接着，他把呼吸器拿到嘴边，深深吸了几口。

"把这团狗屎带走。"马赛命令道，脸色依然苍白。

"你没事了吧？"琼金斯问。半小时后他们坐在一辆没有警徽的福特车里。太阳终于决定露脸，清除一下太厚的积雪，弄得街上一片泥泞。达内尔车厂内静悄悄的。达内尔的一切资料——以及坎宁安那辆重新组装的普利茅斯——都被锁在厂里。

"那肥猪敢骂我爸，"马赛悻悻地说，"我爸是吞枪自杀，一枪轰掉自己的脑袋……我在大学读过……"他耸耸肩说，"很多警察都用这种方法自杀，你知道，逮到黑帮头目狄林杰的那个调查局探员梅文·普维斯后来也是这么死的。看着这些事，有时你还真会纳闷。"

马赛点了根烟，然后一边颤抖，一边吐出一大口烟雾。

"他屁也不懂。"琼金斯说。

"×他妈屁也不懂。"马赛摇下车窗，把烟蒂扔出窗外，然后拿起仪表板上的对讲机，"主机，这是二号。"

"收到。"

"我们的载货鸽怎么样了？"

"正在八十四号州际公路上往杰维斯港行驶。"杰维斯港是宾州与纽约州的交界城镇。

"纽约方面准备好了吗？"

"都好了。"

"再告诉他们一遍，没到米德尔敦时不要动他，我要他们拿到过路费票根当作证据。"

"收到。"

马赛把麦克风挂回去，脸上挂着浅浅的微笑："一旦他过了纽约州界，这案子就成了联邦案件，我们是逮捕他的第一手单位，这不是太帅了吗？"

琼金斯没作声。从达内尔的呼吸器，到马赛的老爸吞枪自杀，这些事一点都不帅。他有种毛骨悚然的感觉，这些丑恶的事情并非就要结束，而是才刚开始。这也许会是个说不完的恐怖故事，除非他现在就把它结束掉。

此外，有种恐怖的感觉和恐怖的意象一直留在他脑中：第一次他跟阿尼说话时，觉得面对的是个正在溺水的人，但再次和阿尼对话时，却觉得像是面对一具尸体。

纽约州西部的云层出现了裂口，阿尼的精神也为之一振。远离自由镇总给他一种开朗的感觉……离得越远越好。他并不会因为想到车厢里藏着非法物品而沮丧，至少这回不是毒品。在脑海的最深处，他常会做一种疯狂的推想：如果把这些私烟扔了一走了之，把这些乱七八糟的事全都抛开，他的生命会有什么变化，又会有何不同？

可是他当然不会这么做，他不可能丢下克里斯汀不管。

他打开收音机，随着一首最近的流行歌哼了起来。十二月的阳光终于钻破云层，照在风挡玻璃上。阿尼忍不住咧嘴笑了。

当一辆纽约州警的车子超过他时，他还在笑。警车顶的扩音器传出了声音："克莱斯勒的驾驶员，请靠边停车。克莱斯勒的驾驶员，请靠边停车！"

阿尼撇头看了一眼，脸上的笑容渐渐消失。他正面对着一副墨镜。那是警察专用的墨镜——它造成的镇压效果胜过一切。阿尼的嘴唇变得很干，他又起了遐想：如果他开的是克里斯汀，他就会踩下油门跑掉……但这不是克里斯汀。他想到达内尔对他说，如果被查获了，他要自己扛下来，他又想到琼金斯，和他那对锐利的棕色眼睛。他知道这件事一定是琼金斯干的。

他希望琼金斯快点死掉。

"克莱斯勒，靠边停下！听到了吗？靠边停下来！"

还有什么好说的？阿尼心里嘀咕着，把车转靠路边。他的胃在翻搅，下体在悸动。他从后视镜里看见自己的眼神——眼镜后方的那对大眼睛不是在为自己惊恐，而是为克里斯汀。他是在为克里斯汀担心。他们会对她怎样？

他的思绪又跳到大学申请表上，他仿佛看见核准栏里盖了一个大印：不准，理由是申请人有前科。法庭上法官俯视着站在被告席上面无血色的他，监狱牢房的铁栏杆后，牢犯中的头头在放风广场上想找块新来的嫩肉，达内尔车厂后方的废车场中，克里斯汀在输送带上准备被送往砸锤机砸成废铁。

他把车停在路边时，那辆警车紧跟着停在后面（另一辆车像变魔术似的出现，停在他前面）。他突然安慰自己：克里斯汀会好好照顾自己。

车上的警察走出来，其中一个手上拿着搜索令。此时李勃刺耳的声音突然从他脑中冒了出来：

她会好好照顾你的，只要你相信她，她就会照顾你。

阿尼在警察走过来开他的车门前，自己开门走了出来。

"阿尼·坎宁安？"其中一个警察问道。

"是的，"阿尼冷静地说，"我超速了吗？"

"没有，"另一个警察说，"不过你有一卡车其他麻烦了。"

第一位警察以标准的军人姿势向前跨上一步："我这里有张由纽约州政府、宾夕法尼亚州政府及美国联邦政府签发的搜索令，准许我们搜索这辆一九六六年克莱斯勒帝王轿车，同时——"

"来头还真不小，是吧！"阿尼说。这时他的背突然一阵剧痛，忍不住伸手扶腰。

听到这么年轻的孩子竟发出老人的声音，那位警察讶异得双眼圆睁，不过还是继续说下去："同时以纽约州政府、宾夕法尼亚州政府及美国联邦政府的名义，没收此次搜索中发现的任何违法物品。"

"很好。"阿尼说。警车顶灯的蓝色光芒相互交错，一切看起来都好不真实，路上经过的车里，人们探出头来看他。可是他一点都不想逃避，也不想把脸遮起来，他此时反而有种放松的感觉。

"孩子，把钥匙给我。"一位警察说。

"为什么不自己上车去拿，狗杂碎？"阿尼说。

"别给你自己找麻烦。"警察说，不过他显然有点惊讶，也有点害怕。比起这孩子骨瘦如柴的外表，他的声音至少比他的实际年龄老了四十岁，而且强悍得多。

他探身到车里拿了钥匙，立刻又有三名警察走到后备厢后方。阿尼心想：他们都知道了。认了吧！至少这件事跟琼金斯在追的赖普顿与威尔奇那伙人的案子无关（他又谨慎地修正，至少没有直接关联），看起来这个事前规划周密的联合行动是针对达内尔在纽约和新英格兰地区的走私行为。

"孩子，"一位警察问，"你愿意回答任何问题吗？还是你要发表声明？如果你要，我可以为你宣读权利。"

"不用了，"阿尼冷静地说，"我没话要说。"

"这对你有好处的。"

"全是专制狗屁，"阿尼微笑说道，"小心点，不然你就等着捅个大娄子吧。"

那警察微微脸红："如果你要这么浑蛋，那该小心的是你。"

克莱斯勒的后备厢被打开了，里面的备胎、千斤顶和几盒弹簧、螺丝、螺帽等零件被搬了出来。一位警察的上半身几乎完全埋在箱盖下，露在外面的只有一双裹着灰边蓝裤的长腿。阿尼一度抱着微弱的希望，希望他们不要发现下面的夹层。可是他立刻打消这念头——这是他身上不成熟的部分，这个部分必须消灭，因为这阵子它只会为他带来伤害。他们一定会发现夹层。发现得越早，这尴尬的场面就可以越早结束。

好像天上的某个神听到了他的心声。那位埋身后备厢里的警察发出胜利的呼声："香烟！"

"好了，"手持搜索令的警员说，"盖起来吧。"他转向阿尼，为他宣读米兰达宣言。念完后他问阿尼："你完全了解自己享有的权利了吧？"

"完全了解。"阿尼说。

"你要不要做任何声明？"

"不要。"

"上车吧，孩子，你被捕了。"

阿尼心想：我被捕了。他差点笑出来。这一切不过是场梦，他马上就会醒来。被捕了！被押进州警的巡逻车，路过的人都从车里探出头来看他……

绝望、幼稚的眼泪，又热又咸地涌了上来，他勉强忍住。

胸口急速起伏——一下、两下。

刚才为他宣读权利的警察将手搭上他的肩膀，阿尼沮丧地把警察的手甩开。如果他能尽快控制自己，一切都会没事的——同情只会让他失控。

"少碰我！"

"随你，孩子。"警察拉开后车门，比了个手势要阿尼进去。

你有没有在梦里哭过？当然有可能——他不就读过，有人会两颊挂着泪水从梦中醒来吗？可是不管这是不是梦，他都不会哭。

于是他想着克里斯汀，而不是想他妈、他爸、利，或达内尔这些背叛他的狗杂种。

他会想着克里斯汀。

阿尼闭上眼，把他苍白憔悴的脸埋在双掌中。只要想到克里斯汀，一切都会变得那么美好。他等心情恢复平静，又坐起来伸头看着窗外的风景。

迈克尔·坎宁安小心翼翼地把电话挂回去，好像生怕只要太用力，它就会把他的二楼书房炸成碎片。

他坐回书桌后的旋转椅上。桌上摆着一台 IBM 打字机和一个印有蓝金两色"霍利克大学"字样的烟灰缸。他在写第三本书的草稿，这本书的研究主题是南北战争中双方著名的铁甲战舰监督者号与梅里美号。电话响起时，其中一页正进行到一半。挂了电话后，他把草稿从打字机里抽出来，放在这摞原稿的最上面。已经打好的原稿上，铅笔修改的记号乱得跟丛林一样。

外面狂风正肆虐着，早上天空虽然阴霾但温暖，到了傍晚时已变为清朗严寒，是典型的十二月天气。稍早融化的雪也结成了坚冰，他的儿子却因走私罪而被捕：不，坎宁安先生，不是大麻，只是香烟——两百条没贴印花的温斯顿香烟。

他听到楼下传来雷吉娜操作缝纫机的声音。他现在应该站起来把门打开，穿过走廊来到楼梯口，走下楼，穿过餐厅，来到放满盆栽，原本是洗衣间但现在改为缝纫间的地方，站在门口等雷吉娜抬头看他（这时她一定戴着那副近距离工作用的半截眼镜），然后对她说："雷吉娜，阿尼被纽约州警逮捕了。"

想到要这么做，他不得不站起来，可是那把旋转椅被他撞翻了，迈克尔及时抓住桌沿，才没跟着一起跌倒。等他扶好椅子时，心脏还在胸口怦怦地跳。

他觉得既失望又懊恼。六个月前一切都好好的，现在儿子却在牢里。事情演变的关键在哪里？他，迈克尔·坎宁安，能够挽回吗？他一边呻吟一边揉搓着脑门和太阳穴："上帝——"

听着窗外风声呼啸，他揉得更用力了。他和阿尼上个月才在窗子上装了防风板，那天天气很好，阿尼先扶着梯子让他上去，然后交换，阿尼在上面，由他扶梯子。他还大声叫阿尼要当心，那时候风好大，吹得满院枯叶翻滚。那是愉快的一天，可是那辆车来了，就像致命病菌般想侵占他儿子的生命。在它来之前，他们也有过愉快的日子，不是吗？

"上帝——"他再度含泪呻吟。

他闭上眼，却仍止不住幻想。同事聚在一起叽叽喳喳谈他家的事，走在路上，认识的人侧头看他。阿尼还差两个月才满十八岁，这样的话，他的名字应该不会出现在报上，可是每个人还是会知道，坏事传千里，名字上不上报没什么差别。

他突然又想起阿尼四岁时疯狂爱上一辆雷吉娜从车库拍卖上买来的红色小三轮车。那辆三轮车轮胎秃了、油漆也剥落了，可是阿尼就是那么喜欢它，他甚至想抱着它上床睡觉。迈克尔闭上眼，看见阿尼穿着吊带裤，头发几乎遮住眼睛，骑着那辆小三轮车在人行道上玩耍。然后，那辆三轮车让他联想到克里斯汀。它的红漆上带着锈斑，它的轮胎磨平了，风挡玻璃因年代久远而起了雾膜。

　　他咬紧牙根，如果有人看到他现在的样子，会以为他是在傻笑。他一直等到能控制自己的情绪了，才毅然起身走下楼，告诉雷吉娜到底发生了什么事。他要把事情告诉她，然后她会告诉他该怎么做——过去一向如此。但在那之前，她会说些令人难过的话，让他觉得他们的儿子已经完全变了一个人。

41

风暴将临

她拿了钥匙走向我的凯迪（拉克），
一跃而上不再回头……

——鲍勃·西格

那年冬天第一场暴风雪在圣诞夜横扫过三分之一个美国。那天早晨的气温是三十华氏度，天色相当明亮，可是收音机的音乐节目主持人频频呼吁还没购买圣诞用品的人，最好中午前就把事情办完。至于打算依照传统习俗赶回老家过节的人，如果不能确定四到六小时内能到达目的地的话，还不如取消计划。

FM104 的节目主持人说："如果您的圣诞夜不想在崩坍的七十六号公路上度过的话，该办的事就现在立刻去办（但其实大部分听众都冷得哪儿也不想去）。"接着，他放了首布鲁斯·斯普林斯汀版的《圣诞老人进城来了》。

中午十一点，丹尼斯·季德终于走出医院（按照医院的规定，他要坐轮椅出医院大楼，然后才可以用拐杖）。当时天空乌云翻滚，太阳带着一圈光环。丹尼斯撑着拐杖往停车场走，父母在两侧护着他，深恐他在雪堆上滑倒。他在自家的汽车前面停下，转头看着大地一片银白。对他来说，出院宛如重生，他觉得自己可以在这里站上几个小时都不嫌累。

下午一点钟，坎宁安家的旅行车驶入利戈尼尔镇郊区。利戈尼尔镇在自由镇以东九十英里处。这时天空已成一片昏黑，气温也降了六华氏度。

他们正要去薇琪阿姨家过圣诞。如果不是阿尼力劝，这趟旅行本来是要取消的。薇琪是雷吉娜的姐姐。这两家人有个不成文的规矩，每年圣诞节如果不在雷吉娜家，就一定要在薇琪家过。今年的计划早在十二月初就定好了。但是在阿尼出事之后，雷吉娜便坚持要取消此行。可是从这一周一开始，阿尼就天天吵着要维持原定计划。

最后雷吉娜和薇琪通了次电话，终于决定依阿尼的意思——主要还是因为薇琪对阿尼的事情并不好奇。这点对雷吉娜来说非常重要。从案发至今八天以来，她时时刻刻都得面对着好奇和同情。那天和薇琪讲电话时她终于哭了，这是自阿尼在纽约被捕以来，她头一次落泪。这阵子她每晚失眠，迈克尔则天天在外面喝酒，回来时不免两眼布满血丝，讲话颠三倒四。她相信她的丈夫已经崩溃了，因此更不允许自己放纵情绪。每天晚上她总要想到三四点才睡。她只准自己想一件事，那就是如何拯救大家。

可是阿尼被捕几天后，雷吉娜在电话中终于崩溃了。薇琪拿自己的例子来安慰雷吉娜。她唯一的女儿专科毕业后就结婚做了家庭主妇，而她的独子则进了技术学校（雷吉娜还曾沾沾自喜地告诉自己：我们的儿子绝不会那么不争气）。而薇琪的丈夫史蒂夫则是保险业务员（这点更让雷吉娜得意）。然而雷吉娜还是不得不对薇琪哭诉，否则她所积压的失望会折磨着她的灵魂。最令她难过的是她觉得在朋友面前抬不起头来，那些多少年来就等着看她摔跤的人，现在可满意了。因此她只能从薇琪那里得到宽慰。打过那通电话后，雷吉娜决定今年仍像往年一样，全家去薇琪的小屋过圣诞。

迈克尔当然从不反对她的决定。

那天迈克尔下楼告诉她阿尼被捕的消息后，她冷静地把缝纫机盖好，然后走到电话机旁展开拯救家人的工作。她从迈克尔面前走过，仿佛他只是件家具。

她先打电话给家庭律师汤姆·施培格，对方一听是刑事案件，便赶紧建议找他的另一位朋友吉姆·华柏。她拨了这个电话，但被转接语音信箱，无法得知华柏律师家里的电话。她坐在电话旁沉思，手指不停在嘴唇上打着拍子。最后她又拨给施培格，向他打听华柏的号码。起初施培格坚持不肯说，最后才勉强告诉她。

她打给华柏，但他拒接这件案子。结果她放下身段苦苦哀求，最后华柏不但答应接下案子，而且同意马上去一趟奥尔巴尼探望被拘留的阿尼，看看能不能想想办法。四小时后，他从奥尔巴尼来了电话。

他说阿尼明天就会被引渡回宾州。警方的主要目标不是阿尼，而是达内尔——以及跟他有生意往来的那伙人。

"他们用什么罪名扣押他？"雷吉娜问。

"谢天谢地，他们还没有给他加上任何罪名。警方在他车上搜出满满一后备厢的漏税香烟，如果我们处理不当的话，他们随时可以加上帮助走私的罪名。坎宁安太太，我建议你和你先生赶快来一趟奥尔巴尼。"

"你不是说他明天就要引渡回宾州了吗？"

"是的，这些都安排好了。如果我们要打一张硬牌，我们应当庆幸他就要被引渡回宾州，现在问题并不在于引渡。"

"那么是在哪里？"

"他们要玩多米诺骨牌的连锁游戏。他们要从你儿子那儿问出达内尔的事，可是他不肯说。我要你们去劝他，不要做对自己不利的事。"

"真是这样吗？"她怀疑地问。

"真是这样！"华柏说，"他们并不想让你儿子坐牢。他家世良好，没有前科，在学校连品行不良的记录都没有。但前提是他一定要跟他们合作。"

于是他们夫妇俩赶到奥尔巴尼。雷吉娜跟着引导人员穿过一条很窄的走廊，四面墙壁都铺了白瓷砖，天花板上的强光灯泡都罩上铁丝网。一路走下去只闻到消毒水味和尿臊味。她简直不敢相信自己的儿子被扣押在这种地方，但愿这些都只是幻象。

亲眼见到阿尼时，她不得不相信一切都是真的。阿尼不是关在囚室里，而是在一间方形房间里，那间屋里除了两把椅子，就只有一张散布着烟头的桌子。

阿尼不动声色地看着她。他的脸瘦了，有点像裹着一层皮的骷髅。一周前他才把头发剪短了（过去几年他都在跟丹尼斯比谁的头发长），现在头顶又有一盏灯往下照，乍看之下有点像个秃子——如果他真的秃了，那一定是他们为了要他招供而剃掉他的头发。

"阿尼。"她叫了一声，向他走去。他却把头撇开，嘴闭得紧紧的。她只好停步站在原地。要是没那么坚强的女人现在一定已经哭了出来。她让自己冷静下来，因为现在只有冷静能帮助她。

她没有冲上去抱他——很显然他也不想——只想坐下来告诉他该怎么做。他拒绝了。她要他和警方合作，他也拒绝。最后她木然地坐在那里，太阳穴发出阵阵胀痛。问他为什么，他还是拒绝告诉她。

"我以为你很聪明！"最后她忍不住吼叫说。她懊恼到了极点，最让她气愤的莫过于当她坚持一件事情时，别人不顺着她的意。自从离家之后，她就没再让这种事情发生过。可是现在……这个吃她奶长大的孩子却不断地让她尝到挫折的滋味。"我一直以为你很聪明，可是你现在笨得一塌糊涂！你是……浑蛋！他们要把你扔进牢里！你愿意为达内尔坐牢吗？他会笑掉大牙的！他会笑你笨，笑你死脑筋！"雷吉娜实在想不出更糟的话来骂他，可是她的儿子似乎完全不在乎她说些什么。

她猛地从椅子上站起来，用力把遮住眼睛的一撮头发往后甩，一副要打架的姿态。她气喘吁吁，满脸通红，阿尼觉得她老了好多好多。

"我不是在为达内尔走私，"他冷静地说，"我也不会坐牢。"

"你以为你是谁？"她厉声问道，不过她的愤怒稍微冲淡了点，因为至少他开口了，"他们在达内尔的车上逮到你，后备厢里又藏满漏税的私烟。"

阿尼心平气和地回答："烟不是在后备厢。它们是藏在夹层下面。没错，那是达内尔的车，因为他叫我开他的车。"

她打量着他。

"你的意思是说，你不知道车里有私烟？"

她受不了阿尼现在看着她的样子，他的脸上从来没出现过这种表情。

"我知道，达内尔也知道。但他们必须设法证明这点对不对？"

她只能惊讶地看着他。

"就算他们想办法证明了，"他说，"我也可以获判缓刑。"

"阿尼，"最后她说，"你在钻牛角尖。也许你爸——"

他打岔说："我不知道你们打算怎么做，但我没钻牛角尖。"阿尼看着她。那对灰色眸子空洞得恐怖，她再也受不了了，于是起身离去。

她走进绿色的接待室，甚至不看她的丈夫一眼。迈克尔正和华柏坐在长凳上。"你去吧，"她说，"去跟他讲点道理。"她不等他回答就走了出去。

迈克尔的运气也不好，他出来时面容沉重，仿佛又老了十岁。

稍后在旅馆里，雷吉娜把阿尼的话都告诉了华柏律师，并问他阿尼的做法有没有可能是对的。

华柏沉思了一会儿。"这倒不失为一种辩护的论点，"他说，"可是前提得是阿尼是连锁骨牌中的第一张牌，这种做法才行得通，可惜他不是。奥尔巴尼有个叫亨利·巴克的二手车商才是主要人物，今天他也被捕了。"

"他说了些什么？"迈克尔问。

"我没办法知道。我和他的律师接触过，可是他拒绝透露，我觉得这不是好兆头。如果巴克说了，那他一定是把责任推给阿尼。我敢打赌他能证明你儿子知道车里有夹层。那样的话就糟了。"

华柏律师轮番看着他们夫妇俩。

"明天引渡他之前，我会再跟他谈谈。我要让他知道，这整件事最后很可能全栽到他一个人头上。"

他们转入薇琪阿姨家那条街时，浓密的乌云飘下了雪片。自由镇也开始下雪了吗？阿尼心想，不知不觉伸手摸摸口袋里的钥匙。很可能已经下了。

克里斯汀还被扣留在达内尔车厂里。这样也好，至少她不会被暴风雪侵袭。他马上就能再见到她。

上周对他来说简直是场噩梦。他爸妈在拘留室里喋喋不休地跟他说了一大堆，他觉得他们都好像陌生人，讲的好像都是外国话。还有那个叫华利还是华什么的律师，不停跟他说所谓骨牌理论，还有什么"房子倒塌前赶快逃开，免得砖瓦全落在你一个人头上"，可是阿尼心里想的只有克里斯汀。

事实越来越明显，罗兰·李勃不是在他体内就是在他附近某处。但阿尼并不因此感到恐惧，他甚至觉得欣慰。但他必须谨慎——并不是因为琼金斯警官，他觉得琼金斯只是怀疑他，侦查的方向却错得离谱。他是以克里斯汀为线索向外推展，而不是把目标集中推向克里斯汀。

可是达内尔……问题可能会出在他身上。是的，他是个危险人物。

那天他的父母探望过他离开后，阿尼又回到拘留室。他出乎意料睡了又甜又香的一觉。当然他也做了个梦——那不算噩梦，却也扰得他心神不宁。从梦中惊醒时，他出了一身冷汗。

他梦见克里斯汀缩小成手掌大小，停在一条玩具跑道上。跑道四周是塑胶质的树木和房子。其中一栋建筑一看就知道是自由高中，另外还有威尔奇丧命的地点——肯尼迪大道……达内尔立在控制盘前，只要转动一枚控制钮，克里斯汀就会开始绕行跑道。他那隆隆的呼吸声仿佛寒冬的暴风。

"你得守口如瓶，小鬼。"达内尔在模型盘上俯身说，"你得守口如瓶，小鬼，因为我掌握了控制盘，我可以——"

他慢慢转动控制钮。

"不！"阿尼惊叫，"不，求你不要这么做！我爱她，求你，这样会害死她！"

手掌大小的克里斯汀开始绕着跑道奔驰，速度越来越快，到了转弯处，她差点因离心力而翻倒。她的引擎发出尖锐悲凄的哀号。

"求你！"阿尼尖叫，"求求你——"

达内尔关掉控制钮，一副很得意的样子。克里斯汀渐渐慢下来。

"在你守不住口风的时候，只要记得克里斯汀在我手中就行了。小鬼，如果你的嘴闭得紧一点，有一天说不定我们还可以并肩作战。"

阿尼伸手去营救跑道上的玩具车，达内尔一掌把他的手打开。

"那些货是谁的，小鬼？"

"达内尔，求你——"

"告诉我。"

"都是我的。"

"记得就好，小鬼！"

阿尼惊醒过来，耳朵里还回响着达内尔的声音，那一夜他再也没有睡着。

达内尔有没有可能知道克里斯汀的事？他从那间玻璃隔间办公室里可以看见很多事，但他知道该如何闭嘴——直到有天他必须公开为止。他也许知道一些琼金斯警官不知道的事。他知道有好几次阿尼根本没有动手，但车自己变好了。

他还知道些什么？

阿尼双脚不禁一阵冰凉，因为他想到赖普顿出事那晚，达内尔很可能留在车厂。事实上不只是很可能，应该说是极可能。吉米·赛克斯有点傻头傻脑，达内尔常放不下心让他自己留在车厂里。

你得守口如瓶，否则我会——

可是就算达内尔知道了，谁会相信他？如果他对别人说威尔奇和赖普顿被害的那两个晚上，克里斯汀自己溜出车厂，有人会相信他吗？警方会相信他吗？他们会笑得内出血而死。至于琼金斯呢？他比其他人都略为接近事实，但阿尼观察过他的眼神，不相信琼金斯会接受这种说法。因此就算达内尔知道了，他又能怎样？

接着阿尼又想到明天或后天达内尔就可以保释出去，那么克里斯汀就会沦为他的人质。他大可以放把火烧了她——他烧过很多车，阿尼坐在办公室里听他说过往事——把克里斯汀烧了以后，废车厂就有现成的砸锤机。他只要把克里斯汀弄上输送带，几分钟后送出来的就是一大块废铁。

可是警察不是封了车厂吗？

可是这没什么用。达内尔是只奸诈的老狐狸，任何事都备有另外一套应变方法。只要他存心想进车厂毁灭克里斯汀，他就一定办得到……当然，他很可能找个专做这种事的人来干这件事——在车里撒上一把火种，再划上一根火柴就够了。

阿尼仿佛看见熊熊烈火，仿佛闻到沙发套烧焦的味道。

他蜷在床上，心跳得厉害，口也干得厉害。

你得守口如瓶，别把我扯进去了……

当然，如果达内尔付诸实际行动，却不小心点的话，克里斯汀自然会教训他。可是，阿尼相信达内尔绝对不是个粗心大意的人。

第二天他被引渡回宾州，以象征性的一千元保释金获得保释，然后在父母的监护下返家。听证会将于一月举行，但已传出风声要组成大陪审团。这件案子在宾州成了头条新闻，虽然报上提到有位"少年"

涉案，但因未成年，警方不得公布姓名。

　　然而全自由镇的人都知道那是阿尼。自由镇做小生意的人不少——例如洗车站、快餐店之类的——但毕竟这是座大学城，大多数人多少都和霍利克大学有点关系。所以大家都很清楚平常是谁在替达内尔跑腿，那天又是谁在纽约州边界被捕并搜出一堆私烟，这就是雷吉娜的噩梦。

　　"你在笑什么，阿尼？"雷吉娜问。

　　迈克尔把车速减慢成步行速度，在大风雪中寻找薇琪家的那栋小屋。

　　"我在笑吗？"

　　"没有吗？"她说着抚摩他的头发。

　　"我真的不记得我在笑什么了。"他的眼神好像看着遥远的地方。

　　保释回到家后，他觉得比以前更孤独。爸妈不愿跟他说话，不知道他们是不晓得该说些什么，还是他们已经根本不想理他。他觉得筋疲力尽，好像灵魂跟躯体分了家。刚回来那天母亲睡了一下午，父亲则在工作间一下打开电刨，一下又把它关上。

　　阿尼坐在客厅看着连播两场的橄榄球季后赛，但根本不知道是哪两队在比赛。第一场是在加州温暖的阳光下进行的比赛，另一场则是在下着雨的泥泞场地中进行的，不过只要看到球员冲来冲去，他就心满意足了。

　　六点左右，他睡着了。

　　而且做了个梦。

　　那天晚上和第二天他都做了同样的梦，梦的内容和达内尔用控制盘威胁他的那次不同。他醒来后很快就把梦给忘了，但他知道梦中有只干枯的手一直指示他逃跑。对，逃跑……梦的内容没别的，只有逃跑。

甚至醒来后，他还在想这个画面：他驾驶着克里斯汀冲过漫天大雪。能见度非常低，他看不见车头以外的景物。狂风不是在怒吼，而是在嘶号、尖叫。然后景观突然改变了，雪片变成了彩纸，风声变成群众的欢呼。克里斯汀正行驶在纽约的第五街上。他们在欢呼，他们欢呼是因为他和克里斯汀已经……已经……

　　逃走了。

　　每次从梦中醒来，他都会想：等到这一切都过去，我就要离开。离开这鬼地方，到墨西哥去。在他的想象中，墨西哥是个艳阳高照而宁静的地方。

　　所以他决定圣诞节要去薇琪阿姨家过。他一心只想远离自由镇。

　　他试着说服爸妈。他爸不成问题，在他妈那里却触了礁。可是周三那天，雷吉娜又突然同意了。他知道她是跟薇琪阿姨商量过后才改变主意的。

　　他相信过了圣诞节，一切都会很顺利的。

　　"到了，迈克尔，"雷吉娜说，"如果不是我提醒你，你又开过去了。来过多少次了，你老是找不到路。"

　　迈克尔咕哝一声，把车转入薇琪家门口的车道。"我看见了。"他以微弱的抗辩语气答道。阿尼心想，他是驴子。她把他当驴子似的使唤，他也觉得自己是驴子。

　　"你又在笑。"雷吉娜说。

　　"我只是在想，我有多爱你们。"阿尼说。他父亲既惊讶又感动地看着他，母亲眼中也闪烁着泪光。

　　他们真的相信他了。

　　浑蛋！

　　圣诞夜那天，到了下午三点，雪仍只是一阵阵地下，不如想象中那么狂暴。气象局的人说暴风雪延迟到来不是好现象，那表示暴风的结构会更紧密，威力也会更强大。据估计，积雪将会由原先预测的一英尺增加到一英尺半，风力也会增强许多。

利·卡伯特独自坐在客厅，她的正对面有棵针叶已开始脱落的圣诞树（在这个家里，她是传统习俗的维护人。过去四年来，她已经四度阻止父亲在家中摆塑胶圣诞树，也四度阻止母亲用鹅或鸡来代替圣诞火鸡）。她一个人在家，父亲和母亲跟史都华一家去参加派对了。史都华是父亲的老板，两人很谈得来，母亲也乐于促进他们之间的友谊。过去十年来他们搬了六次家，最后选中了自由镇。母亲很愿意永远定居此地，而这样她的父亲也能更容易与史都华维持友谊。

她心想：搞得圣诞夜一个人在家，连个男伴都没有。心里越来越不是滋味，于是她猛然起身走到厨房。她瞥了烤箱上的电子钟一眼，并提醒自己如果到了五点他们还不回来，就要把烤箱关掉。

她打开冰箱，看见父亲的啤酒旁边摆了六罐装的可口可乐。她抓了罐可乐，也不管可乐对皮肤不好了。反正今天也不会跟任何人出去，变丑了又怎样？

空洞的房子令她很不自在，过去她从来没有这种感觉。从很小的时候起，她就喜欢一个人留在家，她喜欢这栋屋子。可是现在厨房冰箱和烤箱的怪声、外面的风声、还有她拖鞋踩在地板上的声音仿佛都充满了邪恶。如果事情不曾演变成这样，现在阿尼就会在这里陪着她。她的家人——尤其是母亲——非常喜欢阿尼。当然这只是一开始，现在发生了这些事，如果利再提到他，母亲一定会拿肥皂水叫她把嘴洗干净。可是她还是会想起他。她始终不懂他为什么会变，他又怎么看待分手这件事，现在他好不好。

风声起起落落，没来由地让她想起汽车油门踩下又松开的声音。

她突然起身走进厨房，把可乐倒进水槽。她完全不知道自己是要哭，要吐，还是怎么样。

她发现自己陷入莫名的恐惧中。

毫无理由。

至少她的父母把车留在车库里（车、车、车，现在她的脑中只有车），她不想要父亲喝了三四杯马丁尼后从史都华家开车回来。还好他们家只在三条街外，走路去也不用多久。父母亲走时手挽着手，一路嘻嘻哈哈地走着，看起来就像两个正要去玩雪的孩子。回来时走上这么一段路可以让他们清醒一点，这样对他们也有好处。

风又刮起来了——吹得窗户呼呼作响，然后又突然停了。接着，她突然看见父亲和母亲顶着漫天飞舞的雪花，从大街那头往这里走来。他们互相扶着对方，两人一边嬉笑，一边踩着醉醺醺的步子。父亲好像隔着厚厚的雪衣在搔母亲的痒，否则她不会笑得那么起劲。父亲一高兴起来就会搔母亲的痒，利很讨厌他们这样，因为大人做这种小孩动作只会让人恶心。当然她是爱他们的，即使她讨厌这种事情还是爱他们，或者说，就是因为爱他们所以才会偶尔感到不满。

他们正穿越比烟还要浓的雪和雾，这时他们背后的一片茫茫白雾中，突然亮起两只绿色的大眼睛。它们好像浮在空中……那对眼睛像极了她差点被噎死时在克里斯汀的仪表板上看到的那些眼睛……不同的是，这对眼睛正慢慢扩大……在跟踪她微带醉意、有说有笑，但全然无助的父母。

她深深吸了口气，快步走到客厅。她走近电话，几乎就要伸手拿起来，却又把手抽回。她走回窗边，看着外面飞舞的白色魔鬼，不禁双手紧紧交抱胸前。

刚才她打算做什么？打电话给他们？打到史都华家告诉她爸妈，说她一个人在家胡思乱想，说她看见了阿尼那辆幽灵车，他那铁做的女友克里斯汀正往这儿潜伏？她是不是要告诉他们，她怕得不得了，为了她，为了他们的安全，要他们赶快回来？她是不是正打算这么做？

天真，利，你好天真。

街上铲雪车才清出的车道渐渐被新下的雪掩盖，风雪正逐渐加强。时起时落的寒风拼命刮扫地面的雪花，白茫茫的雾和云被卷成变幻无常的妖魔……

她有预感，一件恐怖的事就要发生了，因为她心中一直存着莫名的恐惧。她知道有事要发生了，她很确定。阿尼因为走私而被捕的消息的确令她大吃一惊，但比起前阵子翻开报纸发现赖普顿和另外两个男孩发生的意外时感受到的震撼，走私案只是小意思。那天看报时，她立刻冒出一个恐怖而又疯狂的想法：克里斯汀。

现在不祥之兆像一大块黑铁似的压着她的心。她完全无法脱离这片阴影。事情发生时，阿尼在费城参加棋赛——这件事她向学校打听过，因此事实真相更是疯狂得让她不敢想象。她不能再想下去，她知道最好的办法就是打开全家的收音机和电视，让家里充满各种声音。这样她才会忘记那辆会发出腐尸臭味的车、那辆仪表板上有绿眼睛的车、那辆企图谋杀她的——

"该死，"她自言自语，"你就不能不想吗？"

她的双臂冒出密密麻麻的鸡皮疙瘩。

她突然转身，再度走到电话旁拿起电话簿。两周前，阿尼在吉诺的电话亭里也做了同样的事——她拨了通电话到自由镇社区医院。一个口气和蔼可亲的接线生告诉她，季德先生已在今早办过出院手续回家了。

利谢过她，把电话挂上。

她呆站在空荡荡的客厅看着圣诞树、一包一包的圣诞礼物，和屋角布置的马槽模型。她沉思了很久，然后打开她的电话本，找到了丹尼斯的电话号码。

"利。"丹尼斯显然十分高兴。

她觉得手中的话筒变得冰冷："丹尼斯……我可不可以跟你谈谈？"

"今天？"他吃惊地问。

她的思绪又是一片混乱。烤箱里正烤着火腿，她得在五点钟关掉烤箱。她爸妈再过不久就要回来，今天又是圣诞节，外面还刮风下雪……她想今晚出去或许会很危险。当她走在人行道上时，漫天大雪中可能会冲出什么东西……任何东西都有可能。今晚不行。就这样出去太危险了。

"利？"

"今晚不行，"她说，"我在帮我爸妈准备晚餐，他们去参加派对了。"

"我爸妈也出去了，"丹尼斯笑着说，"我正在和妹妹玩棋，她还作弊呢。"

她隐约听到有个声音喊着："我才没有！"

别的时候她可能会觉得有趣，可是现在她一点也笑不出来。"过了圣诞节再说吧，也许就周二——二十六号。你方便吗？"

"当然，"他说，"利，是关于阿尼的事吗？"

"不是。"她说，她抓话筒抓得太紧，手指都麻木了，她挣扎了很久才接着说，"不是——不是阿尼，我要跟你谈谈克里斯汀。"

42
风暴开始

它是威风八面的四缸引擎，
它是道路之王一九三二年福特的心脏，
夜幕低垂我将亡命飞驰，
当我迎风前行，只想着你的面容，
看看远方，可见那城市灯火？
来吧爱人，今夜我们一路直下。

——布鲁斯·斯普林斯汀

那天下午五点，暴风已完全笼罩宾州，今年的圣诞夜街上不见人影，商店也提早打烊。大自然在那晚变成了妖妇，圣诞节对她来说毫无意义，她撕光了商业大楼外的圣诞装饰，吹倒了警察局前巨大的圣诞画板，把圣母、圣婴和大群绵羊压在雪堆里，直到一月才被人挖出来。另外她还拔起自由镇公所前一棵四十英尺高的大树，穿过大厅正面的玻璃，把税务局办公室砸得稀烂。事后许多镇民都觉得这实在干得好。

七点钟，所有的铲雪车出动了。每一辆铲雪车后面都跟着几辆汽车，就像母狗带着小狗。犁翻的雪堆把停在路旁的车子半埋在雪中，不到明天天亮，那些车子就会完全被埋住了。缅因街与洼地街口的红绿灯因为电缆被风雪吹断，已失去了作用，附近也陷入一片黑暗。两三个刚下最后一班公交车的行人瞄了四周一眼，又赶紧加快脚步。

八点钟，卡伯特先生和卡伯特太太终于回到家里（利总算松了口气）。宾州的所有电台不断呼吁民众待在家里，不要外出。

九点钟，迈克尔、雷吉娜、阿尼人手一杯热腾腾的朗姆特调（这是姨丈史蒂夫的佳节秘方），和薇琪及史蒂夫围聚在电视机前。宾州高速公路已有四十英里的路段因积雪封闭，午夜之前应该全线都会封闭。

九点半，克里斯汀的车头灯突然照亮了死寂的达内尔车厂，这时整个自由镇除了少数几辆铲雪车外，街上完全看不到任何生命迹象。

寂静的车厂中，克里斯汀的引擎起动又熄灭。

起动又熄灭。

她的排挡打上起步，前座仍是空的。

她慢慢驶出车位。

驾驶座遮阳板上的遥控器轻哼一声，外面的狂风怒吼吞噬了这一点点声响，但那扇大铁门听到了，它顺从地向上卷起，飞窜的雪花立刻溜了进来。

克里斯汀滑出车厂，行驶在雪地里。她向右转入街上，轮胎碾过厚厚的积雪，不会打滑，也没有深陷雪中。

方向灯亮了——那琥珀般的左眼在大雪中闪烁，她向左转往肯尼迪大道。

范登堡坐在他爸开的加油站办公室里，他的双脚和老二都抬得高高的。他正在看他爸的黄色小说，这本的书名颇为煽情：《风流潘咪》。在书里，潘咪差不多跟每个人都有一腿，除了送牛奶的和她的狗之外。不过这会儿牛奶车正开上她的车道，狗正趴在她脚边。这时外面的铃

361

声响起，那表示加油站有生意上门了。

范登堡不耐烦地抬头看看。六点钟，也就是四小时前，他曾打电话给他老爸，问他要不要提早打烊算了——他说今晚的收入连招牌灯的电费都不够付。可是他爸坐在温暖舒适的客厅，板着张臭脸告诉他要十二点才能打烊。范登堡用力把话筒摔回去时心想，如果现实里真有史顾己 ① 这种人，那一定就是他老爸。

他不喜欢晚上一个人留在这里，以前——其实也没多久——他会有很多伴儿在这儿陪他。至少赖普顿会在这里，然后他会像磁铁一样把其他人吸来，每人手里拿着一瓶酒，有时候还会带点可卡因，可是现在他们全都不在了。

只是有时候范登堡却感觉他们还在，有时候（就像今晚）仿佛一抬头就看到他们都还坐在这屋里，崔洛尼在这边，威尔奇在那边，赖普顿在他们两人中间，一手拿着瓶得州司机，耳朵上还夹着半截大麻烟。只是他们三个人的脸色就像吸血鬼一样惨白，眼睛像死鱼般瞪着他，赖普顿有时还会递上酒瓶，轻声说："喝一杯，浑蛋——你马上就要加入我们了。"

这些幻想真实得让他两手发抖，嘴唇发干。

他对那晚砸芝麻脸车子的事非常后悔。每个参与的人都惨遭横死，只有他和桑迪除外。桑迪开着他那辆老野马溜了，没人晓得他去了什么地方。每次像今晚这种值班的时候，范登堡都会想到他也该学学桑迪，找个地方避避风头。

外面的客人在按喇叭催他了。

范登堡把书扔在桌上油腻腻的刷卡机旁，慢吞吞地穿上雪衣。他不禁纳闷，谁会在这种狗屎天气出门。外面风雪交加，他只看见那辆车的轮廓，看不出是什么厂牌，不过从长长的车身可以判断出那不是新车款。

---

① Scrooge，狄更斯著名小说《圣诞颂歌》中有钱但吝啬的财主。

他心不甘情不愿地戴上手套，心里直嘀咕父亲为什么不用自助加油机，要不然现在他也不必吃这些苦头了。这种天气还出门的神经病就该自己动手。

他推开门，又小心地把它关上。如果他松了手，风把门用力关上，玻璃就会震破。外面冷得快把他的屁股冻掉了，他实在低估了这场暴风雪的威力。地上的积雪已超过八英寸，他心想，那辆车一定装了雪链才能在街上跑，如果那小子给的是信用卡，我一定要拆了他的脊椎骨。

他跨过雪地，走向最外侧的加油车道。那浑小子把车停在最远的加油机旁。他抬头瞄了那辆车一眼，但强风把雪花刮在脸上又刺又痛，他又不得不拉低雪衣的兜帽顶着风前进。

他绕过那辆车的车头，走出大灯的强烈光束范围。他走到驾驶座旁，在加油机上方的日光灯下，那辆车呈亮白色和酒红色。他想，如果他只加一块钱，或要我帮他检查机油，我就叫他把它喝了。车窗慢慢摇下来，他把脸凑过去。

"有什么需要——"剩下的"帮忙"两字，瞬间化作苍白无力的高声尖叫："啊——"

车窗里面，距离他的脸不到半英尺处，正坐着一具半腐烂的尸体。他的眼睛是两个大窟窿，嘴唇烂得露出了黄色牙根。他的一只手扶着方向盘，另一只手正要伸出来摸他。

范登堡猛然向后一缩，心脏在胸口加速猛跳。那具僵尸在向他招手，对他微笑，同时车子引擎跟着加速回转。范登堡的喉咙仿佛压着一块热腾腾的石头，怎么样也发不出声音。

"加满，"那僵尸对他说，惊恐之余，范登堡看到他穿的是件长了绿霉的破军服，"加满，狗杂种。"日光灯照着那发黄的牙根，里面还闪烁着一颗金牙。

"来一杯吧，浑蛋。"后座传来另一个声音。赖普顿探过半个身子到前面，拿着一瓶得州司机递了过来。蛆正从他的牙缝和眼球往外钻，稀薄的发根里全是各种小虫。"我想你一定需要喝一杯压压惊。"

范登堡再次尖叫,那声音像子弹似的从他口中射出。他转身往街上跑。那辆车的八缸引擎立刻咆哮起来,他一回头,发现那是克里斯汀,阿尼的克里斯汀。它的后轮卷起一阵雪花往前冲。僵尸不见了——这对他来说反而更恐怖。那僵尸不见了,车子自己会跑。

他一直奔上马路,翻过铲雪车推出的雪堤,滚到堤外。狂风夹着碎冰袭向他的脸。范登堡摔了个四脚朝天,躺在雪地上喘息。

几秒钟后,街上映满了强烈的车灯灯光。范登堡瞪大了眼睛,还没来得及爬起来,就看见克里斯汀冲垮雪堤,像一列火车似的凌驾在他头上。

圣诞夜十点三十分,一辆两吨重的一九五八年普利茅斯驶过自由镇的高原街。她的灯光划过雪花飞窜的黑夜。高原街一带的居民也许会说,那天晚上不可能有任何车——四轮传动车除外——能爬上高原街那条山路。但克里斯汀以三十英里的时速平稳地奔驰在这条路上。她的车头灯探测着前面的路况,雨刮器很有节奏地摇摆。一英尺深的雪面上只有她印下的车辙。但是风雪很快就掩埋了一切。她的前保险杠偶尔会冲开较高的雪堆,把雪花溅得四处飞散。

克里斯汀通过了史丹森路和通往阿尼与利去过的堤防的那条岔路,来到自由高地的最高点,然后开始沿着森林中蜿蜒的山路往山下走。她经过几栋郊区住宅,其中几户依稀可见舒适的客厅内透出灯光与闪烁的圣诞灯饰,有户人家的男主人刚才在扮圣诞老人逗孩子玩,现在正与妻子在客厅喝酒庆祝节日,碰巧从窗口看见了车灯。他指指车灯叫妻子往外看。

"今晚上山来的,八成都没打什么好主意。"他笑着说。

"管他呢,"女主人说,"反正孩子都乖乖待在家里,圣诞老人要送什么礼物给我啊?"

"我们待会儿就知道了。"男主人微微一笑。

顺着山路一直下到山脚，有一栋两层的小房子，那就是达内尔住了三十年的房子。他正裹着睡袍，挺着半月形的大肚子，坐在客厅看电视。他没有真的在看，因为他在解一道复杂的谜题：阿尼、威尔奇、赖普顿，还有克里斯汀。从上次被捕到现在，他仿佛已经老了十岁。他曾告诉马赛警官，两周以内，他要回到车厂继续他的事业。结果他做到了。

阿尼、威尔奇、赖普顿……克里斯汀。

阿尼、威尔奇、赖普顿……李勃？

他常觉得真正使他疲惫、憔悴和恐惧的并不是这次被捕的风波，也不是他的会计师被捕，或国税局查到什么大不了的东西，他现在每天早上出门都要首先看街上，不是因为害怕国税局的人，每天晚上开车回家时频频回头往后看，也不是因为怕检察官办公室的人跟踪他。

关于那晚他亲眼看见的——或者说他以为自己看见的东西，他只能一再说服自己那是幻象……一定是幻象。多少年来，他头一次怀疑自己的感觉。现在回想起来，他深信当时自己一定是睡着了，他所见到的一切全都是梦。

被捕后，他没再见到阿尼，也没跟阿尼通过电话。起初他想，如果那孩子打算松口，他就要用克里斯汀威胁他。阿尼若是跟警方全力合作，他就非得坐牢不可了。有时他也常想，那孩子到底知道多少？他们那些人到底知道多少？赖普顿也为他做过事，但赖普顿对达内尔的事就知道得不多。

可是阿尼跟一般人不同。他知道很多事，而且似乎靠的都是直觉，他也不是那种虚张声势的人。不过有时达内尔有种奇怪的感觉，感觉阿尼好像是他儿子——不过这不表示如果阿尼想让大家一起死的话，他会对阿尼手下留情。我不会心软的。他在心里再次确认。

他点了支雪茄，任何能消除嘴里呼吸器臭味的东西他都欢迎。这阵子，他连呼吸都感到困难。雪茄对他没半点好处，可是到了他这把年纪，也很难改掉什么习惯了。

那孩子什么也没说——至少到目前为止还没说。警方不得已，只好把目标转向巴克——这是律师告诉他的。巴克那老小子今年六十三岁，已经当了爷爷。只要他们答应撤销起诉或给他缓刑，要他三次不认耶稣也没问题。幸好他知道得不多。他只知道私烟和烟火的事，但那只是七分之二。另外还有私酒、赃车、军火（包括机关枪）、来自新英格兰的古董赃物，还有这几年才开始的可卡因。谢天谢地，他们抓到那孩子的时候，他身上不是带着一磅可卡因。

这下可好，他们可逮到他了，不过这次会伤得多重或说多轻，全得看那古怪的十七岁的孩子，或说他那辆怪车了。现在的局面就像用纸牌搭的房子，达内尔小心翼翼不敢多做什么或多说什么，免得让情况变得更糟。

达内尔站起来关掉电视，半截雪茄还叼在嘴里。他该上床了，但上床前或许该喝杯白兰地。他总是疲惫不堪，但躺在床上又睡不着。

他走向厨房……也就是那一刻，他听到外面的汽车喇叭声，短促有力，有点像在命令他。

达内尔僵在厨房门口，慢慢把睡袍腰带系上，然后一直站在原地不动。

又是三声更短更响亮的喇叭声。

他转身把雪茄从嘴里拿出来，慢慢走向客厅，一种似曾相识的感觉如温水般浇遍全身。他还没拉开窗帘往外看，但心里明白那是克里斯汀，他早就知道它会来找他。

它停在车道尽头。隔着飞舞的雪花看过去，它好像裹着薄膜的幽灵，起初达内尔仿佛看见车里有人，可是再眨眨眼，却又发现里面是空的，就像那晚它回到车厂时一样。

叭——叭——叭——

它仿佛正在说话。

达内尔的心跳加速了。他突然转身走向电话桌，该是打电话给阿尼的时候了，他要阿尼把这只邪恶的宠物叫回去。

他才走了一半，就听到引擎在咆哮，那声音像是女人的尖叫。紧接着，他听到沉重的碰撞声。达内尔回到窗前，看见克里斯汀刚刚倒离屋前的雪堤。它的引擎盖上散乱着一大片雪，而且稍微有些撞击的凹痕。引擎又开始咆哮，后轮卷起一阵雪花，整辆车如猛虎般扑上雪堤。大块的雪坍了下来，强风扫起细细的粉末，就像电扇吹散雪茄的青烟。

不可能，达内尔心想，你不可能成功的。就算你冲进车道又怎样？你以为我会出去跟你玩官兵捉强盗？

他走回电话旁，查到阿尼家的号码。他的手指颤抖着，一不小心拨错了号码，他咒骂一声，重新再拨。

克里斯汀仍在怒吼，它开始第三次冲撞门口的雪堤。外面的风雪有如飞沙走石，打得落地窗沙沙作响。达内尔舔舔干裂的嘴唇，尽量让呼吸平缓下来。可是他的喉咙像是被堵住了，发不出声音来。

电话铃声响了三声、四声。

克里斯汀的引擎声划破长空。每当它咆哮一次，紧接着就是巨大的撞击声。

六声、七声。没人接。

"该死！"达内尔用力把话筒摔回去。他的脸色苍白，鼻孔大开，就像森林里的野兽闻到了火的气味。雪茄熄掉了，他把它扔在地毯上，边摸着口袋边走到窗前。他找到了呼吸器，心里总算稍觉安慰。

车灯从窗外照在他脸上，让他无法看清楚。他用另一只手挡住强光。克里斯汀继续冲撞又厚又高的雪堤，一步步向他逼近。他遥望路的尽头，心里期望这时能出现一辆铲雪车把那天杀的怪物撞翻在路边。

可是路上不见人影，只有克里斯汀和那照亮整个庭院的车灯。它渐渐把雪堤冲开，只要再试个一两次就可以过关了。

它又倒回去。

达内尔的喉咙疼得好像已经紧缩成针孔大小，肺里好像再也吸不进空气。他把呼吸器拿出来用。打电话报警，他该打电话报警的，他们很快就会赶来。阿尼的幽灵车不可能进到屋里来，只要他待在屋里就安全了。只要——

克里斯汀又来了，一直加速冲坍了剩余的雪堆，轻而易举从上面飞越而过。现在它已经进了院子，好吧，就算进了院子，它也不可能再……

可是它没有减速，仍然加着油门，铲着草坪上的积雪，带着恐怖的怒吼，对准达内尔面前的落地窗直冲而来。

他踉跄着向后退，撞翻了一把椅子。

克里斯汀撞碎了窗子，雪花和碎玻璃满屋飞散，每一片都映着克里斯汀的强光。屋里顿时灯火通明。它慢慢倒出去，半截前保险杠拖在地上，引擎盖被撞得鼓起一大块，散热器外的铁格板支离破碎，仿佛一头被打落牙齿的巨兽。

达内尔趴跪在地上拼命喘气。如果不是刚才撞翻了椅子跌倒在地，碎玻璃可能已经把他割得遍体鳞伤了。他起身时，睡袍已经松开，在他身后不停拍打。狂风把电视周刊从小几上吹起，飞过整个客厅来到楼梯口，书页被吹得不停翻动。达内尔抓起电话就开始拨号。

克里斯汀一直退出庭院，回到已被压平的雪堤上，然后又冲过来，速度比刚才更快。在它冲来的途中，引擎盖变平了，铁格板又恢复原来的样子。这次更多玻璃和支架碎片飞了起来，整面墙的落地窗连同框架和底部窗台都塌了下来。同时克里斯汀的风挡玻璃也撞碎了，现在那缺口看起来就像巨人的眼睛。

"警察！"达内尔对接线生说。可是他的声音根本传不过去，话筒里只有喘气声和呼呼的风声。他回头向落地窗看了一眼，真不可思议，整面墙都空了，只留下几个骨头似的支架。它不可能进来的，它不可能进来的。

"对不起，先生，请大声一点。"接线生说，"线路的状况不太理想。"

"警察！"达内尔说。现在他连喘气声都没了，他只能发出嘶嘶的气音。上帝，他快窒息了，他的胸口像是上了锁，无法扩张。呼吸器呢？

"喂？"接线生十分困惑的样子。

有了，在地上。达内尔扔掉电话，爬着去抢他的呼吸器。

克里斯汀又来了，这次它撞飞所有剩余的障碍物，完全冲进客厅。它进来了，他可以闻到它排出的废气和炙热的引擎味。

克里斯汀的底盘搁浅在某个东西上面，它向后倒车出去时，发出铁皮撕裂的声音。它的车头全是雪花和碎片，但它还会再来，几秒钟后它还会再来，而且这次它会——

达内尔一把抓住呼吸器，开始往楼上跑。

才跑了一半，它的引擎声又由远及近。他回头看，两手紧紧抱住楼梯栏杆。

克里斯汀像头发了疯的猛兽，连飞带跳从院子里直奔而来。引擎盖被撞飞了，正面望去就像大张着嘴的鳄鱼。最后的残余支架被它一扫而空，四个耀眼的大灯跳跃了一下，克里斯汀又冲了进来，可是这次它没有搁浅，也没有任何障碍物妨碍着它。它身后的墙上留下一个空荡荡的大洞，地毯上横着一根黑色的粗电缆，活像被切断的大动脉。窗帘的碎布条在窗架上随风飘动。

达内尔大声惊叫，可是引擎的怒吼掩盖了一切。克里斯汀顶翻一把笨重的扶手椅，轮胎在光滑的地板上磨出刺耳的尖鸣。达内尔在心中呐喊：冲吧！撞吧！把所有家具全撞进地下室！看你上不上得了楼梯！顿时，他把克里斯汀想成陷阱里的老虎。

克里斯汀横过客厅，在地毯上留下歪歪扭扭的车轮印。然后它撞上楼梯。达内尔被震得靠在墙上，手里的呼吸器脱手而出，一路掉落楼下。

克里斯汀向后倒，底下的地板发出惨叫。它的后保险杠撞上达内尔的索尼电视，显像管发出清脆的爆裂声。它再次扑向前，撞上楼梯侧面，掀起大块水泥板。达内尔感到整栋房子都在震动。现在克里斯汀就在他下方，他可以闻到汽油味，看到那台热腾腾的八缸引擎。它又倒出去。达内尔往楼上爬，胸口为了吸取更多空气而拼命扩张。他抓着喉咙，两眼鼓得又圆又大。

克里斯汀第三次冲过来时，他终于爬上二楼。楼梯的基部已成废墟，一块长形木板掉在引擎箱上，被风扇打成无数飞溅的碎片。现在整个屋里全是废气味，达内尔的耳中只听到那残酷无情的引擎声。

它又退出去，轮胎卷着地毯上的碎玻璃。达内尔心想，上阁楼去，阁楼最安全，对，上阁……噢，上帝……上帝……

他的心窝仿佛刺入一根冰柱，一阵剧痛掠过胸腔，使他全身痉挛。他再也无法呼吸，胸口再怎么扩张收缩也没有用。他摇摇晃晃地向后退，不料一脚踩了个空，整个人顺着楼梯往下滚，两脚从头上翻过，两手挥甩着，蓝色的睡袍跟着飞舞。

他跌落楼下，克里斯汀扑了上去，它撞上他，倒回去，再撞，楼梯的中柱如树枝般折断，再倒回去，再撞。

最后克里斯汀停在客厅中间，好像在观察什么。她的两个轮胎瘪了，第三个也几乎要脱离钢圈，左前侧的钣金凹陷了一大块，红漆上留下一道道的擦痕。

她突然打入倒挡，在引擎咆哮声中倒着冲出客厅，回到院子的雪地上。她的后轮打了几个空转，找到了着力点，然后又越过雪堤，回到路上。此时她的引擎已支离破碎，车身笼罩在青蓝色的油烟中，汽油不停溅洒出来。

排挡又跳回起步挡，但一开始故障的传动系统让车子无法起动，稍后恢复了正常，她才慢慢驶离达内尔的住处。这时候屋里的灯光透过墙上的大窟窿映照着雪地。

她像个老醉鬼，慢慢摇摇晃晃地驶向自由镇。雪下得更大了，风也更强了，克里斯汀带着两个瘪掉的轮胎，行驶起来格外吃力。

一盏撞碎的大灯闪了几下，重新发出光芒，外面的玻璃罩自动组合成原来的样子。

一个瘪掉的轮胎开始自动充气，其他轮胎也渐次复原。

引擎上的油渍消失了。

不顺畅的引擎运转声突然变得圆滑柔顺。

已经失落在达内尔家的引擎盖又重新出现——从风挡玻璃下方到车头慢慢推展开来，仿佛有根无形的针在编织，最初它还是铁灰的金属色，然后慢慢变成朱红，仿佛染上一层血迹。

风挡玻璃上的裂痕渐渐缩小，一直到完全消失为止。

另一盏大灯也亮了，现在她的速度开始加快，摇晃程度也越来越轻微。

她的秒表仍旧平稳地往回跑。

四十五分钟后，克里斯汀回到漆黑的达内尔车厂，悄悄停妥在二十号车位上。外面仍是风雪交加，废车场上的汽车残骸几乎掩埋在积雪中。

车厂里，只有克里斯汀的引擎冷却时发出的响声。

第三部分

克里斯汀

少年的死亡之歌

Christine

43
利来访

詹姆斯·迪恩开一九四九年水星，
小强生·柏纳在卡罗来纳赛场失足，
毕·雷诺斯驾着黑色火鸟，
齐聚凯迪拉克农庄①。

——布鲁斯·斯普林斯汀

　　在利还有十五分钟就要到时，我撑着拐杖走向离门最近的那把椅子，这样她就可以听到我说请进。我拿了本学校指定的书在手上，但一点也念不下去。我又紧张又害怕，另一部分，很大的一部分，则是因为渴望。我想要再见到她。

　　家里没别人。那个暴风雪的圣诞夜利打电话来之后，我私下悄悄地问过爸，二十六日下午可不可以带妈和伊莱恩出去玩。

　　"有什么不行？"爸豪爽地一口答应。

---

①　Cadillac Ranch，美国六十六号公路上以报废的凯迪拉克做成装置艺术品的著名景点。

"谢谢你，爸。"

"可是你欠我一次，丹尼斯。"

"好现实！"

他促狭地向我眨了个眼："这叫有来有往。"

爸并不笨，他问我是不是为了阿尼的事："她是阿尼的女朋友吧？"

"很难说……"因为我也不太确定他们现在关系如何，而且我也有我为难的私人理由，"只能说以前是。现在我就不知道了。"

"出问题了吗？"

"你要我做他的耳目，我失败了。"

"一个躺在医院的人很难再照顾他的朋友，丹尼斯，周二下午我一定会把你妹妹和母亲带出门的。你小心点。"

他走了以后，我一直在想叫我小心点是什么意思，他总不会是担心我拖着一条腿外加半个背部的石膏会强暴利吧？我猜他也发现有什么事不对劲了。

我当然相信有件事非常不对劲，而且如果我知道真相，一定会把屎都给吓出来了。圣诞节那天没出报纸，但匹兹堡的三家电视台都报道了达内尔的事，并且到现场拍摄了新闻影片。我只能说那画面真叫人触目惊心，那栋房子竟然全毁了。我想用"毁灭"这两个字并不为过，因为靠马路的那面墙完全被打通，好像之前有纳粹的虎式坦克从那里通过一样。今早报上的头条新闻是"走私主嫌家中离奇死亡"，另外还附了张残垣断壁的照片，可是你得翻到第三版才会看到另一则较小的新闻。因为达内尔可是"走私主嫌"，而范登堡不过个加油工。

《加油工圣诞夜遭撞毙，肇事者畏罪逃逸》，这则标题下面只有一栏内容。结尾提到自由镇警长研判肇事人可能酒后驾车。但无论记者还是警长都没把这两件相距十英里的命案联想在一起。事实上，在那狂风暴雪的圣诞夜，从俄亥俄州到西宾州的所有交通几乎全部瘫痪了，撞死范登堡的不会是外地的车。我可以把两件命案联想在一起，可是我不愿这么做。今天吃早餐时，爸不也疑惑地看了我两眼，有一度他好像要开口——如果他真开口了，我还不晓得该怎么回答呢。

两点零二分时门铃响了。

"请进！"我大声叫道，并撑着拐杖站起来。

门开了。利探头进来："丹尼斯吗？"

"是我，进来吧。"

她穿了一件亮红色雪衣和一条深蓝色长裤。进门后她把雪衣的帽子往后拉。

"你坐着，"她拉开大衣的拉链说，"这是命令，撑着拐杖这些就免了。"

我扑通一声又坐回椅子上。身上裹了石膏后你才会知道电影里都是骗人的。我记得卡莱·葛伦裹了石膏还能在丽池饭店跟英格丽·褒曼对饮鸡尾酒，那实在是胡说八道。我在想如果你坐下来的时候没有发出很大的声音，就不算真正上了石膏。

"最近还好吧，丹尼斯？"

"还可以，"我说，"你呢？"

"比前阵子好多了。"她低声说完，咬着下唇。通常女孩子对你做出这种动作时，八成是在引诱你，但这次当然不是。

"把雪衣挂起来，自己找个地方坐。"

"好。"我们的眼神交会，她看我的时间似乎久了一点。我把目光移开，心里想着阿尼。

她把雪衣挂好，慢慢走过来。"你家人呢？"

"我叫我爸带她们出门了，"我说，"我想或许……"我耸耸肩，"或许我们该私下谈谈。"

她站在沙发旁边隔着一段距离看我。我不禁再次震慑于她那纯粹的美——那条长裤配上浅蓝的马海毛衣让我想起滑雪装扮。她把头发扎成松松的辫子垂在左肩上。她的眼睛比毛衣的蓝还要再深一点。也许任何人看了她都不免惊叹她是典型的美国美女。只可惜她的颧骨稍高了点，看起来有些骄傲，也许十五或二十代前，她的祖先是维京海盗。

她发现我一直在看她，显得有点不好意思。我赶紧把视线移开。

"丹尼斯，你会为他担心吗？"

"担心？恐惧可能是更适当的形容。"

"你对那辆车了解多少？他对你说了些什么？"

"不多，"我说，"你要不要喝点什么？冰箱里有喝的——"我伸手去拿拐杖。

"坐着别动，"她说，"我来拿。你要喝什么？"

"姜汁啤酒——如果还有的话。"

她走进厨房，我看着墙上的身影。她的动作美妙轻柔，犹如正在跳舞。我的胃里起了些变化，好像里面的东西正在翻搅。我知道这种症状的名称：爱上了好友的女朋友。

"你们家有自动制冰机，"厨房传来她的声音，"我们家也买了一台，真好用。"

"但有时候你一不小心忘了，地板上就全是冰块，我妈每次看到都要疯了。"我说。

她笑了。我听到冰块掉进杯子里的声音，稍后她拿了两杯冰块和两罐饮料走出来。

"谢谢。"我接过我的饮料说。

"不，应该是我谢谢你，"她说，"谢谢你今天愿意跟我谈。如果要我一个人面对这问题，我想我会……我也不知道。"

"别这么说，"我说，"事情还没糟到这种地步。"

"是吗？你知道达内尔的事了吧？"

我点点头。

"另一件呢，范登堡的事？"

原来她也把两件事联想在一起了。

我又点点头："我看过报纸了。利，是克里斯汀跟他们的关系让你不舒服吗？"

她有好长一段时间都没开口，我不晓得她是不打算回答，还是她无法回答。不过我看得出她在挣扎，因为她一直低头看着手上的杯子。

最后，她低沉地说："我猜它想害死我。"

我不知道原先我期望她会回答什么，但绝不是这个答案："我不懂你的意思。"

她说出了她遭遇的故事，起初还有点犹豫，后来就如洪水决堤，一口气全说了出来。你们都晓得那件事，这里我就不重复了。我想她是真的害怕，从她苍白的脸色、断断续续的语调和不时的哽咽，还有不时抱着自己双臂，虽然穿了毛衣但仿佛还是觉得冷的动作都能看出来。她越说我也越害怕。

最后她说到仪表板上的那些绿色灯光变成了眼睛，然后她神经质地大笑，好像想告诉自己这些都是无稽之谈。可是我没有跟着笑，我想起在彩虹旅社的廉价凉椅上，听着乔治·李勃用他干哑的声音告诉我罗兰·李勃、薇洛妮卡和丽塔的故事。我知道如今发生的一切都和那些往事有关，想到这里我不禁毛骨悚然。

她也告诉我她给阿尼——和他那辆车——最后通牒的事，以及阿尼疯狂的反应，那些都是他们最后一次出去后发生的事。

"然后他就被捕了，"她说，"我也开始怀疑赖普顿和威尔奇那些人的死……"

"现在再加上达内尔和范登堡。"

"还不止，"她喝了口姜汁啤酒，又往杯子里倒了些。铝罐碰到玻璃杯，发出清脆的响声。"圣诞夜我打电话给你的时候只有我一个人在家，我越想越怕，我好像看到……我也不知道我到底看到了什么。"

"我想你知道当时看到了什么。"

她揉了揉额头，好像觉得头痛的样子："我看见它在外面，好像在跟踪我的父母。但如果圣诞夜它真的出来过的话，它一定有一大堆事要忙，不会来找我爸妈——"她用力把杯子放在桌上，我吓得差点跳了起来，"为什么我老把那辆车当人看？"她大声叫道，眼泪跟着流了下来，"我为什么老把它当人？"

就在那晚，我很清楚，如果我上前安慰她的话，事情会如何发展……但阿尼夹在我们之间，而我和阿尼已经认识好久，好久了。

可是以前是以前，现在是现在。

我撑着拐杖走向长沙发，一屁股坐在她旁边。沙发垫发出一声叹息，它不是在笑我，不过也差不多了。

母亲在沙发旁的小茶几抽屉里放了盒可丽舒面纸。我抽了一沓给她，她向我道谢，然后我伸出手搂着她，心里带着点罪恶感。

刚开始她有点僵硬……然后就让我把她搂过来靠着我的肩膀。她在发抖，我搂着她不敢动，我们似乎都生怕只要一有动作就会因此爆炸或怎样。对面墙上的钟嘀嗒嘀嗒地响，屋外的阳光照进窗内。圣诞节那天中午暴风雪就已经停了，现在的晴空白云好像根本不承认发生过任何事，可是街上被积雪掩埋的汽车都是铁证。

"那股味道，"最后我终于说，"你确定真的闻到了那股臭味？"

"真的有那味道！"她退离我的身旁转过来看我。我把手收回来，心里有点不满足，但同时又轻松了下来。"像是腐肉的味道……"她突然停下来看我，"你是不是也闻到过？"

我摇摇头，我并没有真正闻到过。

"那你对那辆车究竟了解多少？"她问我，"我看得出你有些话没说出来，你的脸上写得很清楚。"

轮到我沉思了，利有很多线索是我不知道的，反过来说，我的很多线索她也不知道。把两者加在一起，排除主观环境或情感因素以及若干猜测……剩下的仍是令人心惊胆战的铁证。我在想，如果警方知道这一切，他们会怎么处置？答案谁都猜得出来：他们什么也不能做。你能把鬼魂或汽车关进牢里吗？

"丹尼斯？"

"我在想，"我说，"你归纳出什么没有？"

"你还知道些什么？"她追问我。

如果我们把两边的线索加起来，我们就一定要采取行动，或把这件事告诉别人。我们——

我想起我的梦：那辆车停在李勃的车库里，引擎一会儿加速运转，一会儿又慢下来，然后车头灯亮了，轮胎发出尖锐的摩擦声。

我用双手握住她的手。"好吧，"我说，"我告诉你吧。阿尼那辆车的原车主已经死了，他叫罗兰·李勃。有一天我们下工，看见她停在草皮上——"

"你也犯了同样的错。"她说。

"什么？"

"你也说'她'。"

我点点头，但没有因此放开她的手："我知道，有时很难改过来。总之，阿尼第一眼看到她——或它——就爱上了那辆车。而李勃也迫不及待想把车卖给阿尼……当时我并不知道，只是现在回想起来是这样。李勃甚至愿意把车送给他。反正阿尼、李勃、克里斯汀之间好像有某种默契。"

利把手从我掌中抽回，不安地揉揉胳膊肘说："阿尼说他付了——"

"他是付了钱，而且现在还在付。只是不晓得阿尼是不是把他自己全都付出去了。"

"我不懂。"

"我会慢慢告诉你，"我说，"不过那是待会儿的事。首先，我要告诉你关于那辆车的背景。"

"说吧。"

"李勃有妻子和女儿。这是二十世纪五十年代的事。他的女儿死在路边，死因是被汉堡噎住了气管。"

利的脸变得苍白，有一度她好像就要昏过去了。

"利！"我急忙叫她，"你没事吧？"

"没事。"她说，但是她的气色并没有恢复。她的嘴角扭曲得有点怕人，我想或许她是在跟我笑，告诉我她没事。"我很好，"她站起来，"厕所在哪里？"

"走廊尽头，"我说，"利，你的脸色好难看。"

"我想吐。"她冷静地说，转身向厕所走去。她的步态从容，仍是一副舞蹈的姿态，完全不像赶着去吐的样子。可是一走出我的视线范围，脚步声就加快了。接着我听到厕所门被撞开，然后就是那声音。我靠在沙发背上，一手捂着眼睛。

她回来时脸色还是很白，但多少恢复了一点血色。她刚洗了把脸，两颊上还留了些水珠。

"很抱歉。"我说。

"没关系，我只是……吓了一跳。"她勉强笑笑，然后紧盯着我的眼睛，"告诉我一件事，丹尼斯。你说的都是真的吗？完完全全是真的吗？"

"是真的，"我说，"还有更多。但你真的还要听下去吗？"

"我不想听，"她说，"但你还是要说。"

"我们可以当作这些事没发生过。"我嘴里这么说，但心里完全不相信自己做得到。

她犹豫了片刻。"我们若是面对现实……可能会更安全点。"她说。

"他的妻子在女儿死后不久就自杀了。"

"那辆车……"

"……也扯上了关系。"

"怎么会？"

"利——"

"告诉我！"

于是我告诉她了，李勃的女儿和妻子的事，还有他弟弟乔治告诉我的一切。他那无边的愤怒，学校里的小孩嘲笑他的衣服和锅盖头，他进了陆军，一个所有人的衣服发型全相同的地方，那些狗屎不如的上级，老是用国家的钱买昂贵的新车然后来找他修理的人，第二次世界大战，弟弟德鲁死在法国，他的雪佛兰二手车，哈德森大黄蜂。而在这一切的背后，唯一坚定不变的就是，他的愤怒。

利喃喃说道："阿尼也爱这么说。"

"什么？"

"狗屎。"她强迫自己说了出来，同时悲伤地皱着鼻头，露出厌恶的神色，"阿尼也会这么说。"

"我知道。"

我们两个互相看着对方，最后她找到了我的手。

"你的手好冷。"我说。

"我知道。我想我再也暖和不起来了。"

我很想再搂她，但我没有这么做，我不敢。这时我意识到一件很可怕很可怕的事——阿尼不是已经死了，就是被附身了。

"他弟弟——乔治·李勃——没再透露别的事吗？"

"没什么重要线索了。"可是我的记忆再度浮现，就像平静的水面浮出一个气泡：他很暴躁、很偏激，但绝不是怪物。至少，我不这么觉得。现在想起来，我觉得他好像还想再说什么……但又想到我不过是个陌生人。他到底想告诉我些什么？

我突然有个疯狂的想法。但我得暂时把它推到一边……只是它太重了，就像钢琴一样很难推走。但无论如何，我已经看见了它的轮廓。

我发现利很近地看着我，我不禁担心我的表情究竟透露了多少内心的想法。

"你有没有留下李勃先生的地址？"她问。

"没有，"我想了一下，那场葬礼仿佛已经是好久好久以前的事了，"不过我想退伍军人协会那里一定查得到。李勃的葬礼就是他们办的，而且李勃的弟弟也是他们通知的，你问这个干吗？"

利只是摇摇头，站起来走到窗前。我在心中告诉自己，现在是一年中最好的机会了。

她转身时，我再度为她的美丽震惊。只可惜颧骨高了一点点，不然她真是绝世美女，我觉得颧骨高的女人腰带上总该挂把刀或什么的。

"你说你还要告诉我一件事，"她说，"什么事？"

我点点头。现在事情的发展已经停不下来了，连锁反应已经开始了。

"到楼上去，"我说，"我的房间是左边第二间。打开衣橱的第三个抽屉，你得翻开我的内裤。放心，它们不会咬人。"

她笑了——虽然只有那么一点，但总比不笑好："你要我找什么？一袋毒品？"

"我去年戒了，"说完我回她一笑，"今年改嗑安眠药。我还得靠卖海洛因给中学生来维持这个嗜好。"

"说真的，到底是什么？"

"阿尼的签名，"我说，"石膏上永垂不朽的签名。"

"他的签名？"

我点点头："而且是两种。"

她把我要的东西找来了，五分钟后我们又坐在沙发上看着两块正方形的石膏。她把它们并排放在咖啡桌的玻璃面上。这两块方形石膏一块来自右腿，另一块来自左腿，都是我请护士小姐帮我切下来的。

我们一言不发地看着两块石膏。

右边那块的签名是：

Arnie Cunningham

左边那块是：

Arnie Cunningham

利困惑地看看我："这两块是你的——"

"腿上的石膏。"

"你是在开玩笑吗？"

"没开玩笑。我亲眼看着他分别在两条腿上签字。"终于说出来了，我觉得松了口气，总算有人能分享这个秘密。这一阵子我心里总是有个疙瘩。

"可是这两个签名一点也不像。"

"那还用说，"我说，"阿尼变了很多，而且都是从买了那辆鬼车开始的。"我敲敲桌上左边那块石膏说，"这不是他的签名。我从小跟阿尼在一起，我见过他签支票，也见过他家庭作业上的笔迹。这不是他的字，右边那块才是。明天你愿不愿意替我做件事，利？"

"什么事？"

我把我的计划告诉她。听完后她点点头："为了我们两个。"

"嗯？"

"我这么做是为了我们两个。因为只有我们知道真相，我们必须挺身而出做点事，对不对？"

"我想可以这么说，"我停了一会儿问她，"介不介意我问个私人问题？"

她摇摇头，那对蓝色眼睛始终没有从我身上移开。

"这阵子你睡得怎么样？"

"不太好。"她说，"噩梦连连。你呢？"

"跟你一样。"

于是也许基于同病相怜的心理，我情不自禁地搂着她，然后吻她。她犹豫了一下，有一度我以为她要把我推开……可是相反，她把下巴迎上来，我们结结实实地接了个吻。

吻完之后，她看着我。

"我们要对抗噩梦。"我说。我以为我说这话时会显得笨拙而不自然，没想到我的口气竟是那么诚挚。

"对抗噩梦。"她一本正经地重复，好像在说护身咒语。说完，她主动把头靠过来，我们又轰轰烈烈吻了一次。那块石膏在桌上"瞪"着我们。之后，我们过了好久都没有说话。我们俩都明白，刚才发生的事不是儿戏，至少不完全是。我们是在给彼此慰藉，但那的确是不折不扣的性接触，是在青少年激素的影响下完全、急躁、充满情欲的接触。也许我们还能让它变成比单纯的性更完整更美好的东西。

然而，我们的吻带着一丝杂质——我知道，她知道，相信你也知道。那就是一种可耻的背叛感。十八年的记忆又涌回我的脑海——从他教我如何养蚂蚁，和我一起下棋、看电影，他教我的所有事情，还有我在学校里帮他不至于被欺负得太惨的往事。只是到了最后，我还是没能把他救出来。也许感恩节他带火鸡三明治和啤酒给我的那天，是我最后一次看到真正的他——那可怜、疲惫的阿尼。

在这之前，我们从未对阿尼做过不可原谅的错事，也从未做出可能激怒克里斯汀的事。

可是现在两样都开始了。

44
扮演侦探

油管破裂之时，
我正驶在桥上，
公路之上河水之滨，
我已完全溃败，
医生驶下公路，
将我缝补缀齐，
如我不幸将死，
她将至我榻前，
为我盖上薄被。

——鲍勃·迪伦

往后的三周里，我和利扮演起侦探角色，同时也陷入热恋。

第二天她到车管所花了五毛钱，弄到两张车籍资料复印件。

这次利到家里来时，我的家人全都在，伊莱恩一有机会就会偷瞄我们两眼。她很欣赏利，所以过年那周她居然学利扎起辫子。我很想借机糗她一顿，但还是忍住了，也许我已经长大了（其实也未必，因为我还是会踮着脚打开冰箱偷走她留下的东西）。

第二天下午除了伊莱恩偶尔偷瞄我们两眼之外，大部分时间还是只有我们俩在客厅。基于必要的社交礼仪，利一进门我就把她介绍给我爸妈，妈替她冲了杯咖啡，一家人坐着聊了聊。伊莱恩当然是聊天的主角——谈完了她学校的事，她还死不识相地猛追我和利之间的事。起初我很火大，但后来我很高兴。我爸妈都很有礼貌（就拿我妈来说，如果她被送上电椅时不小心撞到为她做死前祈祷的牧师，她都不会忘记向他说声对不起）。而那天下午很明显可以看出他们都很喜欢利，然而另外有件事也同样明显，就是他们都很诧异，而且带着一点不安。我知道他们在奇怪，该把阿尼放在哪里。

当时我和利心里也想到同样的问题。最后，他们选择了做爸妈的碰到疑惑时最常见的做法——把它当作孩子自己的问题，各忙各的事情去了。爸先离开，说他得到地下室的工作间做圣诞节的善后处理，妈接着也说她要上楼写点东西。

只有不识相的伊莱恩还赖着不走，她问我说："哥，耶稣有没有养狗？"

我不耐烦地低吼一声，伊莱恩也学我，跟我对吼。利礼貌地笑笑，自家人开起玩笑时，外人能做的也就只有微笑。

"你快滚吧，伊莱恩。"我说。

"如果我不走呢？"她问。但这只是例行公事，我知道她还是会走的。

"那我就强迫你洗我的内裤。"我说。

"鬼才洗呢！"她站起来做了个鬼脸就走了。

"那是我妹。"我说。

利笑着说："她很可爱。"

"如果你每天跟她住在一起，就会改变主意了。来，看看你带来的东西。"

利把一份影印的车籍资料拿出来放在昨天放石膏的位置。

那是张旧车重新申请驾照的资料卡：一九五八年四门普利茅斯，红白色，申请日期一九七八年十一月一日。下面是阿尼·坎宁安和他父亲的签名：

车主签名：

Arnie Cunningham

父母或监护人签名：

（十八岁以下车主）
Michael Cunningham

"你觉得怎样？"我问。

"跟你昨天给我看的其中一个石膏签名相同，"她说，"问题是哪一块？"

"跟他头一次在石膏上签的一样，"我说，"那是他真正的签名。现在我们看另一张。"

她又拿出一份影印纸放在旁边。这张是新车申请驾照的资料卡：一九五八年四门普利茅斯，红白色，申请日期一九五七年十一月一日——我为这时间上的巧合感到不安。我看看利，发现她的反应跟我一样。

"看看签名。"她低声说。

下面是罗兰·李勃的签名。

车主签名：

Roland D. LeBay

监护人签名：

（十八岁以下车主）

就算不是笔迹鉴定专家，你也可以看出这里的签名方式跟阿尼第二次在石膏上签的相同。虽然名字不一样，但每个字母的写法相同。

利握着我的手，我也紧紧握住她的。

爸在地下室的工作是做玩具。你们听了一定觉得很奇怪，但那是他的爱好。也许不只是爱好——我想过去他一定面临过选择进大学或做个玩具工匠的困扰。如果真是这样，我猜他选择了比较安全的路。

伊莱恩和我当然是最大的受惠者，不仅如此，阿尼每年生日和圣诞节也会收到我爸送的小礼物，不过这些都是小时候的事了。现在爸把他做的玩具送给救世军，每年圣诞节时地下室就成了圣诞老人的储藏室——一纸箱一纸箱的小火车、小汽车、小工具盒、各种动物和木偶（越战最激烈时，他也做玩具兵，但近五年已经不再做了）。圣诞节过后那周，地下室变空了，只留下遍地木灰和满室木香味，这些都会使我们想起那些堆积如山的玩具。

在那一周里，他会做些善后工作——清扫、给机器上油、整理工具——等到来年再开工。

过去三年里，他一共收到救世军三面奖牌，可是他把它们藏在抽屉里，好像羞于让人看见似的。我一直不了解他为什么这么做，但至少我知道他不是因为羞于见人，做玩具没什么见不得人的。

那天吃过晚餐后，我一手撑着拐杖，一手抓着栏杆，痛苦地走向地下室。

"丹尼斯，"父亲既高兴又担心地说，"需不需要帮忙？"

"不用，我自己可以下来。"

他放下扫把，站在一边看我是不是真的可以自己下楼梯："要不要我推你下来？"

"哈哈，真好笑。"

我下来了，半跳着走向一把木椅，然后又是扑通一声坐下去。

"最近觉得怎样？"他问我。

"还不错。"

他把扫起来的木灰倒进垃圾桶，打了个喷嚏，然后继续扫："不疼了吗？"

"还是有一点。"

"走楼梯要小心，如果刚才让你妈看见了——"

我笑了笑："我知道，她会尖叫。"

"你妈呢？上哪儿去了？"

"陪伊莱恩出去买肖恩·卡西迪的唱片了。"

"我以为他已经不流行了。"

然后是一阵沉默，他在那儿扫地，我坐着看他，我知道他迟早会把话题引到某件事情上。

"利以前是不是常跟阿尼出去？"他问我。

"是啊。"我说。

他抬头看我一眼，又继续扫他的地。我以为他要问我觉得这么做真是明智之举吗，或是抢好朋友的女友似乎不是维持友谊的好方法之类的，可是他什么都没说。

"最近很少看到阿尼，你想他是不是扯上那件事，不好意思见我们？"

我相信爸并不这么想，他只是在探口风。

"我也不知道。"我说。

"我想他没什么好担心的，反正达内尔都死了。"他把畚箕在垃圾桶边上敲了敲，里面的木灰全都滑了进去，"我甚至怀疑他们这件案子会不会真的起诉。"

"不会吗？"

"不会，这不是什么大不了的案子。他也许会易科罚金^①，法官也许会训斥他一顿，但没人愿意把一个没有前科，而且就要念大学的孩子送进牢里。"

他投来一个询问的眼神。我从椅子上站起来，突然觉得很不舒服。

"我想大概是吧。"

"除非他已经跟以前不一样了。是不是，丹尼斯？"

"他是变了。"

"你们上次见面是什么时候？"

"感恩节。"

"当时他还好吗？"

我缓缓地摇摇头，突然觉得想哭。以前我也有过这种感觉，但那次我没哭出来，所以这次也不会。我想到利告诉我，圣诞夜她看见父母被克里斯汀跟踪的幻象。我总觉得知道事情真相的人都会有生命危险。

"他怎么了？"

"我也不知道。"

"利呢？"

"她知道的不比我多。但我们在怀疑某些……事情。"

"你愿不愿意跟我谈谈？"

"愿意是愿意，但我想现在先不谈比较好。"

"好吧，"他说，"就暂时不谈吧。"

他继续扫地，扫帚尖触刷地板的声音突然变得很有催眠效果。

"也许你早该跟阿尼谈谈。"

"我想过。"但我不敢跟他当面谈这件事。

又是片刻默然。爸扫完了地，看看四周说："又是焕然一新，是不是？"

---

① 代替刑役的罚金。中国台湾地区规定六个月以下刑役的犯人可以用罚金代替。

"干净多了。"

他笑了笑，然后点了根烟。自从得了心脏病后，他就几乎完全把烟戒了。不过他常在身上放一包，偶尔抽一两根——尤其在他觉得沮丧的时候："屋里变得好空，看起来怪不习惯的。"

"是有点这种感觉。"

"上楼要不要人扶，丹尼斯？"

我撑起拐杖："我不会拒绝。"

他笑笑说："把手给我。"

我把一只手搭在他肩上，觉得又回到了小时候。小时候每次看苏利文剧场睡着了，都是他扛着我上楼，他身上永远有那种刚刮过胡子的味道。

爬上一楼后，他突然说："不介意的话，我想问个算是个人隐私的问题，利是不是不再跟阿尼来往了？"

"可以这么说，爸。"

"那她现在是你的女朋友？"

"我……嗯，我也不知道。这很难说。"

"你是说还不到时候？"

"大概吧。"我觉得很不自在，他八成也看出来了，但他没有松口。

"我这样说对不对？利跟阿尼分开，是因为他已经不再是以前的阿尼了？"

"我想可以这么说。"

"他知道你跟利的事吗？"

"目前为止还不知道。"

他清清喉咙，好像在沉思，然后就不再说什么了。我松了手，撑起拐杖打算走开。没想到爸又开口："孩子，给你个建议，不要让他知道你跟利的事。你在想办法帮助他，对吧？"

"爸，我不晓得我跟利能不能帮上忙。"

"我倒见过他两三次。"父亲说。

"你见过他？"我诧异地问，"在哪里？"

父亲耸耸肩："街上，自由镇也不算大，丹尼斯……他——"

"他怎么样？"

"好像不认识我。他看起来老了很多，脸上的青春痘不见了，可是——"他停了一会儿，"丹尼斯，你觉得他是不是有点精神方面的问题？"

"我也这么觉得。"我真想告诉他还有其他更可怕的事情，只是我说出来的话，爸大概会以为我也有精神病。

"你当心点，"虽然他没提到达内尔的事，但我有种强烈的预感，他已经联想到那件事上了，"当心点，孩子。"

第二天利打电话给我，说她爸要去洛杉矶开年终会议，他们全家都要去避避风雪。

"我妈简直乐疯了，我实在想不出什么理由可以说不，"她说，"还好只去十天，反正学校一月八日才上课。"

"好像蛮不错的，"我说，"好好玩玩吧。"

"你觉得我该去吗？"

"如果你不想去，你就该去检查一下脑子了。"

"丹尼斯？"

"怎样？"

她的声音突然变得好小："你会很小心吧，是不是？我……我最近常想到你。"

说完她就把电话挂了，留下我诧异而又欣慰地拿着话筒。可是我心中的罪恶感还是无法消除，虽然现在暂时轻了一点，但它还在那里。爸问我是不是要帮助阿尼。我扪心自问：我真的在帮他，还是只是抢走他的女友，背了个不义的罪名？如果阿尼知道了，他会怎么做？

满脑子问题搞得我头都痛了。我想或许利离开一阵子对我们都有好处。

二十九日周五是今年最后一天上班日。我打电话到自由镇退伍军人协会，从管理员那里打听到他们的秘书麦坎利的电话号码。我立刻拨了电话过去。对方叫我等等，稍后，话筒里传来一个威严粗犷的声音——那调调好像他曾经跟巴顿将军并肩走入柏林似的。

"我是麦坎利。"他说。

"麦坎利先生，我叫丹尼斯·季德。今年八月你们替一个叫罗兰·李勃的人办过葬礼——"

"你是他朋友？"

"不算朋友，只是认识而已，可是——"

"那我就不必跟你假客气了，"麦坎利说，"李勃那小子是百分之百的浑蛋。如果是我当会长，协会才不会管他的葬礼。他一九七〇年就退出了协会，不过如果他不退出我们也会开除他。那小子是有史以来最出名的大浑蛋。"

"真的吗？"

"他跟你吵完了就一定要打上一架。你不能跟那王八羔子打牌，不能跟他喝酒，你压根儿就不能跟他在一起，因为没人能跟他相处。请原谅我开口就骂人，那小子简直卑劣到极点。你是谁，孩子？"

那一瞬间我突然很想用艾米莉·狄更生的诗回他：我谁也不是！你是谁？

"我有个朋友在李勃死前买了他的车——"

"该死！不会是那辆一九五七年的——"

"一九五八年的——"

"对啦，五七、五八都一样。红白两色。那辆狗屎是他的心肝宝贝，他把它当女人一样，你知不知道他就是为了那辆车离开协会的？"

"我不知道，"我说，"发生了什么事？"

"狗屎！那都是历史了。孩子，也许我快把你的耳朵轰聋了，可是每次一想到那老王八，我的眼睛就冒火。我的双手到现在还留着疤。第二次世界大战期间，山姆大叔在太平洋上耗掉了我三年生命。我们攻打那些鸟不拉屎的小岛。日本人瞪着大眼拿着武士刀冲过来——我想那些刀八成是用麦斯威尔的咖啡罐铸的。冲过日军防线时，在我旁边的小子脑袋都被打穿了。可是大战期间我只有一次见到自己的血，那是在我刮脸的时候……"

麦坎利笑了笑说："妈的，我又来了。我老婆说我是个大嘴巴，一打开就停不下来。你刚说你叫什么名字？"

"丹尼斯·季德。"

"好吧，丹尼斯，我说完了，该你轰我了。你找我干吗？"

"我的朋友买了那辆车，把它修得可以上路……"

"李勃疼死那辆车了，他连老婆都不在乎——你晓得她的事吧？"

"晓得。"我说。

"那是他逼出来的。他们的小孩死了以后，她没有从他那里得到过一丝安慰，我想那孩子在世的时候他也这样对她。抱歉，丹尼斯，我一旦开口就停不下来。我的话就是这么多。你说你找我干什么？"

"我和我朋友参加了李勃的葬礼，"我说，"事后，我认识了他弟弟——乔治·李勃。"

"在俄亥俄州教书那个？"麦坎利打岔说。

"是的。我和他聊了很多。他人很好。我跟他提到我的毕业报告是研究庞德①——"

"谁？"

"庞德。"

"那小子是谁？他也参加了李勃的葬礼吗？"

"不，他是诗人。"

"什么？"

"诗人，已经死了。"

"哦。"麦坎利还是一副大惑不解的样子。

---

① Ezra Pound，二十世纪初期美国诗人。

"总之，乔治·李勃说他可以送我一些庞德的资料，现在我刚好用得上，但当时忘了留地址。我想你们这里可能会有。"

"当然有，只是要查查档案。我痛恨秘书工作，幸好明年七月我就退休了。懂我的意思吧？我再也不用碰那些鬼档案了。"

"希望没给你带来麻烦。"

"哪里的话，退伍军人协会成立的目的是啥，就是为人服务对不对？丹尼斯，把你的地址给我，查到了我就寄给你。"

于是我把姓名地址留给他，并因为给他添麻烦而再三致歉。

"别这么说，"他说，"反正现在也是咖啡时间，闲着也是闲着。"

我笑了。但他的下一句话让我再也笑不出来。

"我坐过李勃那辆车，我一点也不喜欢它。不晓得是什么原因，但我永远不会喜欢它。尤其是他太太……你也知道，想到那件事就让人心里发毛。"

"我相信，"我说，我的声音好像来自很遥远的地方，"他是因为什么事退出协会的？你说跟车子有关？"

他开心地笑了："你该不会真对那些事有兴趣吧？"

"我当然有兴趣。别忘了，我的朋友买了那辆车。"

"好吧，那我就告诉你。那件事说来也蛮有趣的，我们那伙人到现在还不时谈到它。我不是唯一在手上留疤的。总而言之，那是件让人心里发毛的事。"

"到底怎么回事？"

"说来那也是小鬼玩的把戏，大家只是想逗逗他。可是你也知道，协会里没一个人喜欢那老浑蛋。他几乎没有朋友，人人都看他不顺眼——"

我在想，就跟阿尼一样。

"——那天大家都在喝酒，"麦坎利接着说，"我记得当时刚聚会完，李勃那小子讲话比平常还冲。大伙聚在酒吧的吧台那儿，只有李勃在跟安德森吵嘴——好像是棒球方面的事吧。你也不难想象那情形。后来李勃拿了外套站起来就要走了。你知道，那家伙每次回家都是同样的方式，跳进那辆普利茅斯，向后倒一段距离，然后猛加油门，车子像火箭似的冲出去，把停车场上的小碎石溅得半天高。于是桑尼·白乐门那小子想了个鬼主意说是要逗逗他。我们一伙四个人趁着李勃在跟安德森吼叫的当儿，偷偷从后门溜到停车场。我们躲在一栋建筑物的阴影下——谁都知道他会先把车倒到那儿，然后再起动。他总是用女人的名字来叫他的车，我也跟你说过，他简直把那玩意儿当老婆。

"桑尼对大家说：'睁大眼睛，把头俯低，别让他看见了。在我发令之前，大家都不要动。'你也晓得，我们都受过军事训练，这种团体行动最拿手。

"好了，差不多过了十分钟，那老浑蛋从酒吧走出来，醉得跟一只乌龟似的。他一边走，一边伸手在口袋里捞钥匙。桑尼提醒我们：'俯低，准备了！'

"李勃钻进车里，向后倒了一段距离。可真是老天帮忙，他刚好停下来点烟。于是我们趁机冲上去，四个人抓住后保险杠把车子后半部分抬起来，好让后轮悬空。这样他一加油往前冲的时候，车子会停在那儿动也不动，更甭说像平常那么潇洒，溅起满天小碎石了。这种游戏你应该也知道。"

"是的。"我说。这的确是小孩玩的游戏，学校办舞会的时候，我们也玩过这一套，我记得有一回我们就把普飞教练的道奇车抬起来让它后轮空转。

"可是我们吓坏了。他点了烟，又打开收音机。这又是件让我们瞧不起他的事。他爱学年轻小鬼听些热门摇滚乐，好像想证明自己还不至于老得要进养老院。总之，他上了排挡。当然我们看不见他，因为我们都俯得很低，为的是怕他瞧见。我还记得当时桑尼·白乐门在偷笑。事情发生前一秒钟，他还在悄悄问：'各位，后轮离地了吧？'我回答说：'举得比你那玩意儿还高。'桑尼受伤最重，因为他戴了结婚戒指。可是我敢对天发誓，那两个轮子真的悬空了。我们把那辆普利茅斯抬离地面最少四英寸高。"

"结果呢？"我问，我已经可以从故事发展推测出结果了，"发生了什么事？"

"你问我发生了什么事？没什么，那辆车还是像以往那样冲出去，就这么简单！它就像四个轮子都在地上一样，溅起一大堆小碎石，把保险杠从我们手上拉走，同时也带走我们手上的皮跟肉。桑尼·白乐门的中指被剐得只剩一层皮连着，因为他的结婚戒指钩住了保险杠。你应该能够想象，车子这么猛力一拉，那根手指就像开酒瓶的软木塞那样被拔了出来。车子扬长而去的时候，我们还听到李勃在笑，好像他早就知道我们在后面搞鬼。我们事后推想，他是有可能知道的。如果他对安德森吼完了，先撒泡尿再走的话，他就可以从厕所的小窗子看见我们窝在停车场后的墙边等着他。

"这件事当然够让他滚出协会了。我们写了封信要他滚蛋，他自己也提出退会申请。另外再告诉你一件讽刺又有趣的事。李勃死后那次聚会，桑尼·白乐门站起来说我们应该为李勃做点事。他说：'当然，那小子是个卑鄙的狗儿子，可是他也跟我们并肩作战过。我们为什么不能好好替他办个葬礼送送他呢？'所以我们就替他办葬礼了。我想桑尼天生就比我更像个基督徒。"

"你们一定没有完全把后轮抬起来。"我说。我不禁想到十一月那几个小混混砸了克里斯汀之后的下场。他们付出的代价远比剐破手指头大得多。

"我们的确把后轮抬离地面了，"麦坎利说，"溅了我们一身的小碎石是从前轮喷过来的。我一直到今天还搞不懂李勃是怎么整到我们的。总之，这件事就像我先前说的，有点让人心里发毛。我们之中有个叫盖瑞的说，李勃一定是打了加力挡，用四轮传动。可是我不信一般轿车能装那种设备。你觉得呢？"

"不可能，"我说，"我想轿车不可能装那玩意儿。"

"对，没听说过。"麦坎利同意我的说法，"不可能。嘿，我把我的咖啡时间都聊没了，我还有半杯咖啡没喝呢。孩子，找到那人的地址我会给你寄去的。可能要花点时间，但一定找得到。"

"谢谢你，麦坎利先生。"

"我的荣幸，丹尼斯。好好照顾你自己吧。"

"我知道，好好享受，别玩过头^①，是不是？"

他笑了："我们也常这么说。"说完他就把电话挂了。

我慢慢把话筒挂回去，心里一直想着那辆后轮被抬起来却还能跑的车子。有点让人心里发毛，一点也不错，真让人心里发毛。麦坎利手上的疤就是证据。这又让我想起乔治·李勃告诉我的：他的手臂上留下了罗兰·李勃赐给他的一道疤。随着年龄的增长，那道疤也跟着扩散。

---

① 这个双关语是因为荣幸（pleasure）一词也有乐趣之意。

45
除夕夜

耀眼新星横遇死神，
就在他的车上，
原因无人知晓——
嘶吼之轮，闪耀之火，
新星猝然消逝，
哦，他怎能如此逝去？
新星已逝，
传奇永在，
只有原因永远成谜……

——博比·特鲁普

除夕那天我打了电话给阿尼。为了这件事我想了好几天，我实在不想这么做，但我必须见他。我相信我必须亲自再见他一面，才能决定到底该怎么做。当然我也要再见克里斯汀一面。那天吃早餐时我顺便跟爸提了克里斯汀。他说扣留在达内尔车厂的车在还给车主前都拍了照存证。

接电话的是雷吉娜。她的语气生硬而正式："坎宁安家，找哪位？"

"雷吉娜，是我——丹尼斯。"

"丹尼斯！"她又惊又喜地说，一刹那，她的声音又恢复成真正的老雷吉娜，让我想起她做三明治给我和阿尼吃的那些往事，"你还好吧？听说你出院了。"

"我很好，"我说，"你们呢？"

话筒里沉默了片刻，然后她说："你也知道我们家的事。"

"我知道……"

"以前从来没发生过的家庭问题现在全都出现了，"雷吉娜说，"好像早就躲在角落等着我们似的。"

我清了清喉咙，但没说话。

"你要不要跟阿尼说话？"

"好啊——如果他在的话。"

她又停了一下才说："我记得以前每年新年前夜你都要跟他守到十二点跨年为止，你今年会来吗？"

"可不是吗，"我说，"那都是小时候的事了，可是——"

"不，不，"她赶紧说，"丹尼斯，如果阿尼还需要你这个好朋友的话，那就是现在。他……他现在正在楼上睡觉，最近他睡得太多了。还有，他……他没有……"

"没有怎样，雷吉娜？"

"没有申请大学！"她一下爆发了出来，然后又突然降低声音，好像怕阿尼听到，"他连一所大学都没申请！这是他的导师打电话来告诉我的！他的成绩可以申请全国任何一所大学——至少在他惹上麻烦前是这样……"她的声音听起来好像就快哭了。她停了一会儿，等自己平静下来后才说："丹尼斯，劝劝他。如果今晚你能跟他一起过……陪他喝点啤酒……好好劝劝他……"

她停了下来。可是我感觉她还有什么话没说，或许是她不能说。

"雷吉娜，"我说，我不喜欢以前的老雷吉娜，因为她是干涉丈夫和儿子的独裁者，可是我更不喜欢她现在这种心神涣散，随时哭哭啼啼的样子，"放轻松点好吗？"

"我不敢跟他说话，"她说，"迈克尔也不敢。他……他的脾气好大，只要提到某些话题他就会发火。一开始是他的车子，现在是上大学的事。好好劝劝他，丹尼斯，拜托你。"她停了很久，最后沉重地说，"我们好像已经失去了这个儿子。"

"雷吉娜，别这么想——"

"我去叫他。"她突然说。然后就是话筒搁下的声音。这段等待的时间感觉十分漫长。我把话筒夹在下巴和肩膀之间，手指敲着左大腿的石膏。我很想把电话挂了，把这件事推到一边不管它。

最后我听到对方拿起话筒的声音。"喂，哪位？"阿尼很谨慎地问。一股烈焰在我心中燃烧起来：那不是阿尼。

"阿尼？"

"丹尼斯啊！"他回答，那像是阿尼的声音，但口气不对，好像有个陌生人在模仿真正的阿尼。

"今晚你有什么打算？"我问。

"没什么，"他说，"没约会，也没其他事。你呢？"

"我可忙了呢，"我说，"我要带罗珊去二○○○年俱乐部跳舞。你可以一起去，我跳舞的时候你就帮我拿拐杖。"

他笑了一下。

"晚上我去你家，"我说，"我们像以前一样一起跨年。"

"好哇！"阿尼说，他对我的提议非常兴奋——但那还是不像真正的阿尼，"我们一起看盖依·伦巴德的特别节目。好极了！"

我犹豫了一下，不知该怎么说。最后，我小心翼翼地回答："是迪克·克拉克吧，阿尼。伦巴德已经死了。"

"他死了吗？"阿尼一副很吃惊的样子，"哦，哦，对，他是死了。现在改成迪克主持了吗？"

"没错。"我说。我的手得紧紧抓住话筒才能不尖叫出来。我不是在跟阿尼说话，那是李勃。我在跟一个死人说话。

"你都好了吗，丹尼斯？你能开车过来吗？"

"还没完全复原，我会叫我爸开车送我去。"我停了一会儿，勇敢地说，"回家的时候你可以用你的车送我。你方便吗？"

"当然！"他真的兴奋极了，"好极了，丹尼斯！今晚我们就跟以前一样好好玩一场。"

"好啊，"我说，然后，我对天发誓，不知为何，我就这么脱口而出了，"就跟以前在部队一样。"

"没错，就是这样！"阿尼笑着回答，"等你来哦，丹尼斯。"

"好，晚上见！"我把电话挂回去后，全身都在颤抖。我这一生从来没有这么恐惧过。稍后我也曾怀疑或想说服自己，阿尼应该没听清楚我刚才的最后一句话。但不久后，我确定了一件事：李勃已经进入他的身体，不管他是不是死了，他已经占有阿尼。

李勃接掌了阿尼的躯体。

新年前夜的天气清朗而寒冷。我爸在七点一刻把我送到坎宁安家，并扶着我走到后门——毕竟拐杖不是用来在雪地里行走的。

坎宁安家的旅行车不见了，但克里斯汀停在车道上。它那亮洁的红白两色因为敷了一层薄冰而格外剔透柔顺。它是这周才和其他被扣留的车子一起还给车主的。但我只要看见它，心里就觉得阴冷。我不要搭这辆车回家，今晚或以后都不要，我要坐我自己那辆正常的车。

后门的灯亮了。我们看见阿尼的身影从里面走出来。他完全不像阿尼，驼着背、塌着肩，动作迟缓得像老人。我告诉自己这些都是我想象出来的，可是我心里明白，我在骗我自己。

他穿着灯芯绒衬衫和牛仔裤开门迎接我。"丹尼斯！"他说，"我的好兄弟！"

"阿尼。"我说。

"你好，季德先生。"

"你好，阿尼，"我爸说，"最近怎样？"

"还不就那么回事，过新年，一切都是新的。旧的扫出门，新的迎进门。"

"一点也不错。"我爸说。然后他转过来看我："丹尼斯，你真的不要我来接你？"

我很想反悔，可是阿尼在看着我。虽然他的嘴在微笑，他的眼睛却监视着我。"真的不用。阿尼会送我回去……当然那辆破车一定要能发动才行。"

"嘿，嘿，别那样说我的车子，"阿尼说，"她很敏感的。"

"是吗？"我问。

"是的，她很敏感。"阿尼笑笑说。

我回头说："对不起，克里斯汀。"

"这才对。"

有好长一阵子我们三个人就这样呆站在那里，一句话也没说。我跟爸站在台阶底下，阿尼站在上面。这时候显然谁也不晓得下一句该说什么。我很着急——如果没人开口，情势就会变得更敏感了。

"好吧，"最后我爸开口了，"你们俩少喝点酒，如果喝多了就打电话叫我来接丹尼斯。"

"你放心，季德先生。"

"我们会照顾自己的，"我装出塑料般的假笑，"你回家好好睡你的觉吧，爸。你需要好好休息。"

"嘿，嘿，"我爸说，"别这样跟我说话，我很敏感的。"

他转身走了。我撑着拐杖看他离去。他从克里斯汀前面走过，当他发动车子驶入马路时，我稍稍松了口气。

进入坎宁安家的厨房前，我先把拐杖尖端的雪片敲掉。因为屋里铺的是瓷砖地板，如果拐杖上沾着雪，走起路来就会像溜冰一样。我上过这个当。

"你真成了用拐杖的老手了。"阿尼说。他从灯芯绒衬衫口袋里拿出一包雪茄，然后撇着头点火。擦着的火柴照红了他半张脸。

"我宁愿做个门外汉，"我说，"你什么时候开始抽雪茄的？"

"在达内尔那里学的，"他说，"我在爸妈面前不抽。我妈闻了那味道就会发疯。"

但他抽起雪茄绝不像那些刚学抽烟的孩子。看他那样好像已经抽了二十年。

"我们来弄点爆米花，"他说，"你要吗？"

"当然。你这儿有啤酒吧？"

"那还用问？冰箱里有六罐，地下室还有更多存货。"

"好极了，"我这才小心翼翼地在餐桌旁坐下，"你爸妈呢？"

"参加派对去了。什么时候可以拆石膏？"

"运气好的话，可能一月底。"

阿尼拿了一口深锅和一袋玉米、一瓶奶油。"他们在医院里没整死你吧，狗杂种？"

"你都不来看我，还敢怪人家整我？"

"我没带感恩节大餐去看你吗——你还要我带什么去看你？血袋？"

我耸耸肩。

阿尼叹口气说："有时候我觉得你是我的幸运符，丹尼斯。"

"少来这套。"

"不，说正经的。自从你跌断骨头以后，我也开始走霉运。我现在还在霉运期里——就像滚水里的龙虾一样。"说完他哈哈大笑。你完全不会相信一个身陷麻烦的孩子会笑成那样，那是大男人心满意足的狂笑。他把锅放在炉子上，倒了些奶油，然后把玉米加进去。阿尼剪了头发，改变了发型，样子看起来十分陌生。然后他从冰箱里拿了一提啤酒，抽出其中两罐，分别打开罐盖，递了一罐给我。

"敬你，"阿尼举罐说，"祝一九七九年全世界的狗杂种全都早点翘辫子。"

我放下啤酒罐："兄弟，我不能为你说的那句话敬酒。"

我看见他灰色的眼珠里掠过一阵怒气："好啊，那你要为什么敬酒？"

"为我们顺利进大学如何？"我平静地说。

他冷冷地看着我："我就知道她会跟你讲那些废话。我妈是那种为达目的不择手段的女人。丹尼斯，你知道吗？只要给她想要的，叫她去亲魔鬼的屁股她都干。"

我把酒摆在一边，一口也没喝："她可没亲我屁股。她只是告诉我你没申请大学，她很担心。"

"那是我的选择，"阿尼变了脸色，看起来又老又丑，"我爱怎么做就怎么做。"

"所以上大学不在你的计划内？"

"我会念大学的，只是时间问题。如果她问，你就告诉她，我想念的时候就会念，但绝对不是今年。如果她以为我会乖乖在霍利克大学当个新生，像那些傻瓜一样看球赛，在台上加油……那她是在做梦。至少一年内我不会进大学。"

"那你打算怎么办？"

"我要离开这里，"他说，"我要开我的克里斯汀离开这个鬼镇。"他的声音变得又高又尖。恐怖的气息再度降临四周，我压抑不住心中的恐惧，只希望自己的表情还是跟平常一样沉静。因为我不只听到李勃的声音，甚至看到了他的表情。他隐藏在阿尼的皮相背后，就像殡仪馆里泡了防腐药水的死尸。"我要躲过这阵子风头，那狗杂种琼金斯一直盯着我。他最好当心点，否则有人会把他啃了——哈，琼金斯……"

"谁是琼金斯？"我问他。

"管他呢，"他说，"这并不重要。"他背后的奶油已经开始噗噗作响。接着是砰砰声，连锅盖都在震动。"我得把锅摇一摇，丹尼斯。你到底要不要敬酒？反正我是无所谓。"

"好吧，"我说，"就敬我们两个怎么样？"

他笑了。我心头的压力也减轻了点。"敬我们，这倒是个好主意。丹尼斯，敬我们。非得这样不可吗？"

"非得这样不可。"我说，我发现我的声音有点沙哑。

于是我们触罐而饮。

阿尼走到炉边摇着锅，里面的玉米蹦得更起劲了。我又喝了几口啤酒，让那冰凉的液体从喉咙顺流而下。我很喜欢啤酒，而且从来没有因为喝啤酒而醉过，因为我喜欢慢慢品尝。

可是阿尼的喝法就好像明天禁酒令就开始生效似的，玉米还没完全爆完，他已经喝光第一罐了。他把空罐捏扁，向我眨眨眼说："看我学企鹅上篮，丹尼斯。"接着他把空罐投向垃圾桶，罐子擦壁掉进桶里。

"两分。"我说。

"好极了，"他说，"再给我一罐。"

我把酒递给他时心想，他要是醉了也好，这样我就可以打电话叫爸来接我，因为我根本不想坐克里斯汀回家。

可是啤酒好像对他一点影响都没有。他关掉炉火，把爆米花倒进大塑胶碗里，溶了半条人造奶油在里面，又加了点盐："咱们进客厅看电视怎么样？"

"可以啊。"我拿起拐杖撑在腋下——我最近开始怀疑那里是不是要长茧了——然后顺手拎起桌上剩下的三罐啤酒。

"留在那里待会儿我来拿吧，"阿尼说，"当心别又跌断骨头。"他向我笑笑。直到那一刻我才觉得他是真正的阿尼·坎宁安。

跨年特别节目相当无聊，奥斯蒙兄妹唐尼和玛丽唱了几首歌，两人都露着又白又大的牙齿——那玩意儿看起来很友善，却很容易让人联想到大白鲨。电视一直开着，我们聊我们的。我告诉阿尼物理治疗的程序以及医生如何治我的腿，两杯啤酒下肚后，我坦白对他说我很担心这辈子都不能走路了。进了大学不能进橄榄球队我不在乎，但我不能忍受一辈子瘸着腿走路，阿尼听了同情地点点头。

现在我可以停下来告诉你，我这辈子从来不曾度过这么奇特的一晚。我觉得我好像在看一场焦距没调准的电影。有时候阿尼像是真正的阿尼，有时候却又不像。他不时玩弄汽车钥匙，要不就是压压指关节或咬咬大拇指。我喝完两罐时，他已经喝了四罐，可是他一点也没有要醉倒的迹象。

玩钥匙、压指节、咬拇指都不是阿尼习惯的小动作，现在他却一做再做，偶尔才穿插些真正属于阿尼的动作：拉拉耳垂或伸伸长腿之类的。这些表现都让我想到李勃。

特别节目十一点结束，阿尼把电视转到别的台。画面上是一群人正在纽约一家饭店里参加舞会，画面又接到时代广场，广场上已经挤满了人。

"你真的不进大学？"我问。

"一年之内不会。毕业后我要和克里斯汀到加州去，那儿是黄金海岸。"

"你爸妈知道吗？"

他一副很惊讶的样子："不，当然不知道！你千万别说出去。我非这么做不可！"

"去了那里，你打算干什么？"

他耸耸肩："找份修车的工作，我相信我能胜任。"然后他突然说了句让我震惊的话，"我想说服利跟我一起去。"

我立刻被啤酒呛了一口，咳得裤子上湿答答的。阿尼在我背上拍了两下："你没事吧？"

"没事，"我说，"只是啤酒跑到气管去了。阿尼，如果你以为她会跟你走，那你是在做梦。她已经在申请学校了，她要了一大沓表格，我想她是很认真的。"

他立刻眯起眼睛。我有种上当的感觉，那一口跑错路的啤酒害我说出不该说的话来。

"你怎么会对我的女朋友知道这么多？"

我好像突然掉进了陷阱："她跟我说的。她开始这个话题的，你总不能不让她说吧。"

"你们走得很近嘛，嗯？丹尼斯，不会是我想的那样吧？"他很近地盯着我，目光中充满了怀疑，"你不会干那种事吧？"

"放心，我不是那种人。"我撒了个大谎。

"那你怎么会知道那么多她的事情？"

"我们见过面，"我说，"为了谈你的事。"

"谈我的事？"

"谈了一点，"我假装轻松地说，"她说你们为了克里斯汀的事吵了一架。"

这句话没有漏洞，因此他松了口气："那不过是件小事。她会跟我去的。加州有不少好学校，随她念哪一所都行。丹尼斯，我们要结婚、生孩子。"

我尽量设法保持脸部的平静："她知道这些吗？"

他笑了："还不知道！可是她会知道的。我爱她，我不容许任何人插入我和她之间。"他的笑容突然消失，"关于克里斯汀她说了些什么？"

又一个陷阱。

"她说她不喜欢克里斯汀。我想……也许是出于嫉妒。"

这句话也没问题，所以他又松了口气："是啊，一定是因为嫉妒。可是她会跟我走的，阿尼。真爱一向得来不易，她会跟我走的，不要担心。如果你再见到她，告诉她我要打电话给她，要不然学校开学后我会去找她。"

我想告诉他利现在在加州，但又立刻打消了这个念头。我在想如果他知道我吻了他一心想娶的女孩，后果不知会怎样。

"丹尼斯，你看！"阿尼指着电视说。

荧幕上是纽约时代广场的人潮，现在才十一点半，但他们已经聚集起来准备欢送旧的一年了。

"看那些狗杂种！"他捏扁手中的啤酒罐，到地下室又拿了一些上来。我坐在沙发上想着威尔奇、赖普顿、崔洛尼、史丹顿、范登堡、达内尔，还有阿尼——如果他还算是阿尼的话——以及他打算娶为妻子的利。

我不禁又是一阵毛骨悚然。

新的一年终于到了。

阿尼制造了一连串噪声，我们为一九七九年的到来而干杯，然后聊些对双方都无害的中立话题。

盛爆米花的大碗见底时，我终于问出我一直在逃避的问题："阿尼，达内尔的事情你怎么看？"

他看我一眼，又看看电视——荧幕上是一大堆人在跳舞——然后喝了口啤酒说："我想是他的同伙怕他对警方供出太多，所以先灭了他的口。"

"他的同伙？"

"达内尔说跟他生意上有来往的南方黑帮都心狠手辣，可是哥伦比亚人更坏。"

"哥伦比亚人？"

阿尼冷笑："那些提供可卡因的人——哥伦比亚人就干这个。达内尔常说你多瞄他们老婆一眼都会惹来杀身之祸。我想是哥伦比亚人干的。"

"你有没有为达内尔走私过毒品？"

他耸耸肩说："只有一两次，其他几次都是一般的私货。幸好他们抓到我的时候，车上除了漏税香烟外没有别的。达内尔是个卑鄙小人，但有时候人还不错。"他的眼神变得很奇怪，"有时候他还不错，只是他知道得太多，所以会惹来杀身之祸。他们知道他迟早会说些不该说的，所以那些哥伦比亚人就把他干掉了。"

"你想是他们把达内尔干掉的？"

他瞄了我一眼："不然就是南方的黑道，还会有谁？"

我摇摇头。

"再喝罐啤酒我就送你回家吧，"他说，"丹尼斯，今晚我很高兴，真的很高兴。"这话听起来很诚恳，可是阿尼从来不说这种话，"我很高兴，真的很高兴。"以前的阿尼不会这样说话。

"是啊，我也是。"

我不想再喝，但还是拿了一罐。我只是想延迟坐上克里斯汀的时刻，当然我知道那是逃不了的。今天午后我还觉得这件事似乎是个必要的步骤——我要亲自体验那辆车里的气氛。但现在对我来说是疯狂而不要命的做法，我有预感，克里斯汀会知道我和利在想什么。

告诉我，克里斯汀，你能看透别人的心思吗？

我张开嘴，一口把啤酒灌进去。

"阿尼，"我说，"如果你不行的话，我可以打电话叫我爸来接我，他很快就会到的。"

"我没问题，"阿尼说，"我可以走两英里的直线，一步都不会偏，放心吧。"

"我是说——"

"你一定急着想开自己的车，嗯？"

"的确。"

"世上没有比开自己的车更愉快的事，"阿尼眨眨眼对我说，"当然做爱除外。"

那一刻终于到了，阿尼关掉电视，我也撑起拐杖往厨房走。我真希望这时候迈克尔和雷吉娜刚好从外面回来，这样多少可以耽搁几分钟。也许迈克尔会闻出阿尼的满口酒味而由他送我一程。我不断回想阿尼在李勃屋里付车款时，我偷溜进克里斯汀驾驶座的那种感觉。

阿尼又从冰箱里拿出几罐啤酒，说是要在路上喝。我很想告诉他要是保释期间酒后驾车被警察抓到，他会马上回到牢里，可我还是决定什么都别说。

一九七九年的第一个凌晨竟会那么冷，连鼻孔里的湿气都在几秒钟内结成冰片。街道两旁的雪堤堆积成钻石般的小山。克里斯汀停在那里，后车窗凝了一层厚厚的雾气。我看了它一眼，阿尼说达内尔是被哥伦比亚人干掉的，这话听起来很合理，只是黑道杀人多半用枪，了不起把人勒死或从楼上推下来。据说芝加哥黑道头子卡彭曾经用铅心球棒杀过人。可是把车冲进住家把人撞死还是头一次听说。

阿尼说哥伦比亚人很疯，杀人不眨眼。可是他们会疯到这种程度吗？我十分怀疑。

克里斯汀在街灯和星光下发出光芒。如果达内尔的事是它干的怎么办？如果它知道我和利怀疑它怎么办？更糟的是，如果它知道我们正在查证这件事的话怎么办？

"要不要我扶你下楼梯，丹尼斯？"阿尼问我。

"不用，下楼梯我会，"我说，"倒是过雪地的时候你得扶我。"

"没问题。"

我横着走下厨房阶梯，一手撑拐杖，一手扶栏杆。然后阿尼扶我走过院子的雪地。

我们走到车旁，阿尼问我可不可以自己上车，我说可以，于是他放开我，绕过车头走到对面，我伸手拉车门时，已经抱了必死的决心。我觉得那辆车真的有生命，因为门把在我手里的感觉是活生生的。克里斯汀就像一头沉睡的猛兽，它的门把摸起来不像钢铁，而像人类的皮肤。仿佛我可以拧它一把，让那猛兽苏醒过来。

猛兽？

好吧，什么样的猛兽？

哪一种的？或者它只是辆普通的汽车，里面附着恶灵？还是栋会跑的鬼屋？我不知道。我只知道我怕得要命，而且我相信我一定过不了这关。

"嘿，你在干吗？"阿尼问，"你能进去吗？"

"可以。"我用沙哑的声音回答。我拉开门，把背转向座椅，扑通一声坐下。我把左腿像搬家具一样搬进车里，然后把门关上。

阿尼转动钥匙，引擎立刻发动起来，好像它本来就是热的。接着，我闻到那股气味，它来自四面八方，让人想起死亡的气息。

我不晓得该如何向你诉说那十分钟走过的三英里路程。现在坐在这里说故事是不可能像当时那么客观的。当然事后再回想总是搞不清自己所见到底是实景还是幻象，但我可以向你保证，我绝对没有喝醉。刚出门的时候，我也许满脑子都是啤酒蒸发出的酒精，可是坐进克里斯汀后我便立刻清醒过来。

我们好像进入了时光隧道。

有一度，开车的好像不是阿尼而是李勃。他像是刚从坟里爬出来的，已经腐烂到一半的僵尸，骨头上长了绿色的霉，蛆从烂肉中钻出来。我听到嗡嗡声，心想可能是仪表板里某条线发生短路，可是稍后我才想起那可能是苍蝇。当然隆冬季节哪儿可能有苍蝇，然而——

有时候，车里又好像有别人。有一度，我从后视镜里看见后座有个仿佛蜡塑的女人闪着明亮的眼睛瞪着我。她的头发梳成二十世纪五十年代的样式，身上挂满饰品。她的两颊泛着桃红，像擦了腮红。我记得一氧化碳中毒就会让人脸色泛红。稍后我再看向后视镜时，后座换成了一个小女孩，她的脸色发黑，眼珠突出，舌头往外伸。我把眼睛紧紧闭上，再睁开时，我又看到赖普顿和威尔奇。赖普顿的嘴角、下巴、脖子都结着干血块。威尔奇成了一大块烤肉，但是他的眼珠还活生生地动着。

我再次闭上眼，决定不再往后视镜里看了。

我所记得的画面和闻到的气味都像海市蜃楼一样不真实。我就像嗑了药，但又想表现得跟正常人一样，我完全不记得一路上我跟阿尼说了些什么，但我确定我们一路都在聊天。那十分钟的路程我感觉就像一小时那么久。

那是我的地狱之旅。

我说过，我们好像进入了时光隧道。自由镇现在的样子淡化成透明的影像，我感觉时光的死亡之手正伸向我们，想把我们拖入永恒之中。阿尼在没有岔路的地方无缘无故停下来，像是在等红灯，而真正到了亮红灯的十字路口时，他却直直闯过，完全不曾减速。经过缅因街时，我看见希仕达珠宝店和海滨影院，但这两个地方已经在一九七二年都被拆除了，重建为现在的宾州商业银行。沿街停在道路两旁的都是二十世纪五十年代末期的长形车。

"今年会比去年好得多。"阿尼说。我转头，看见他把啤酒罐凑到嘴边。正要把酒喝下去时，那张脸变成了李勃的脸，握着啤酒罐的手指只剩白骨。我愿对天发誓，他变成了骷髅，衣服松垮垮地挂在身上，里面除了骨架之外全都是空的。

"哦，是吗？"我说。满车的腐尸味几乎要把我熏死。

"一点也不错，"李勃说，只是现在他又是阿尼了，我们在十字路口看见一辆一九七七年的科迈罗飞驰而过，"丹尼斯，我只求你离我稍微远一点，别让我妈缠上你。"他又变成李勃，笑起来时嘴里的牙根都露了出来。我觉得头昏目眩、天旋地转，再这样下去我一定会尖叫起来。

我避开那张恐怖的脸，却看见利曾经看见的：仪表板上的灯光全变成了绿色的小眼睛。

噩梦终究会结束。我们停在镇上一处我从没去过的地方，不要说没去过，我发誓我连见都没见过。黑暗中耸立着一栋栋正在建造中的住宅，车灯的尽头有一块巨大的反光牌，上面写着：

枫道产业公司
新建自由镇社区工程——
成家立业的理想环境
欢迎参观

"到了，"阿尼说，"你可以自己下车吗？"

我看看这片没有人烟、覆满白雪的工地，然后向他点点头。在这里下车尽管只能一个人撑着拐杖，但也比待在那辆车里好，我勉强装出虚假的微笑："谢了。"

李勃把啤酒罐扔出车外。

"新年快乐，阿尼。"我摸到门把，打开车门，心想不知我能不能出去，出去以后这双颤抖的手能不能撑住拐杖。

李勃笑着跟我说："丹尼斯，跟我站在同一边，你知道那些对不起我的狗杂种的下场。"

"我知道。"我低声回答，我是真的知道。

我撑着拐杖站起来，也顾不了地上是不是结冰。一离开那辆车，世界就整个变了。那一栋栋住宅都亮起灯光。我家在一九五九年六月买下了枫道产业的房子，到现在一直都住在这里。

我面对着自家的房子，一切又回复为现在的自由镇。我回头看着阿尼，发现他还是原来的阿尼。

"晚安，丹尼斯。"

"晚安，"我说，"回去小心点，别被警察抓到了。"

"我不会的，"他说，"慢走，丹尼斯。"

"放心，我自己可以回去。"

我关上门，心里的恐惧变成深沉的歉疚——我好像把阿尼活埋在那辆车里。我看着克里斯汀消失在街角，这才开始往家里走。院子走道的积雪都被爸铲光了，所以我能自己走这段路。

就要到家门口时，我的两眼一阵眩晕，差点就要当场倒下。我低着头，撑稳拐杖，心想如果我在这里昏倒，就会被冻死在自家门口。

等我渐渐恢复时，一只手伸过来搂住我的腰。我抬头，看见爸穿着睡袍和拖鞋在旁边扶着我。

"丹尼斯，你怎么啦？"

我怎么啦？开车送我回来的是具死尸。

"只是有点头晕，"我说，"没事了。"

他扶着我上门口的阶梯，手臂勾着我的腰。我很喜欢这种感觉。

"妈睡了没？"我问。

"睡了——跨年后她就跟伊莱恩上楼睡觉去了。你是不是喝醉了，丹尼斯？"

"没有。"

"你的气色很不好。"他把门用力关上时说。

我发出一声尖笑，然后眼前又是一片白茫茫……不过这次很快就恢复了。我抬头看见爸充满关怀地看着我。

"到底发生了什么事？"

"爸——"

"丹尼斯，告诉我！"

"爸，我不能说。"

"他到底怎么回事？丹尼斯，告诉我阿尼是怎么回事。"

我摇摇头。我不只是为自己害怕，我为爸、妈、伊莱恩——甚至包括利的家人——感到害怕。

丹尼斯，跟我站在同一边，你知道那些对不起我的狗杂种的下场。

我真的听到了这句话吗？

还是只是我自己心里这么想？

爸一直盯着我看。

"我不能说。"

"好吧，"他说，"我想你只是暂时不能说。但我要先知道一件事，丹尼斯，而且我要你坦白告诉我，你是不是认为阿尼和达内尔以及其他几个孩子的死有关？"

我想到李勃那张腐烂的脸。

"不，"我说的其实也是实话，"不是阿尼干的。"

"好吧，"他说，"要不要我扶你上楼？"

"我自己可以上去。爸，你先上楼睡吧。"

"新年快乐，孩子——如果你要跟我谈的话，我在楼上。"

"没什么好谈的，你睡吧。"我说。

我是不敢谈，不是没什么好谈。

"可是我总觉得你有心事。"他说。

我上了楼，钻进被窝，却一直把灯开着，那是我有生以来感觉最长的一夜。有好几次我都想跑到爸妈的房间，可是每当我下了床，拿起拐杖，却又不自觉地躺下。我怕我会危及他们的安全。

可更糟的是我怕我无法控制自己的心思。

我在床上躺了三四个钟头，当我真正有睡意时，天已经亮了。

46

再访乔治·李勃

在这宿命之夜，
有辆车子沿着铁轨潜行。
我推你离开险境，
你却仍旧奔回……

——马克·丹宁

　　一月五日周五，我收到美国退伍军人协会秘书麦坎利寄给我的明信片，上面用铅笔写着乔治·李勃的地址。那一整天我都把明信片放在屁股后的口袋里，只是偶尔拿出来看一眼。我不想再打电话给他，也不想跟他谈任何事情，我根本不想再管这件事。

　　那天晚上爸妈陪伊莱恩到门罗镇的百货公司买雪橇。他们走了半小时后，我拿起电话，把麦坎利寄来的明信片摆在面前。查号台告诉我俄亥俄州天堂瀑布镇的区域号码是513。我犹豫了一下，拨了513，请那里的查号台帮我查乔治·李勃的电话。我把他的电话抄在明信片上，又犹豫了一会儿，拨了几个号码，又把话筒挂回去。干！我在心中怒吼，干你的李勃！我才不会打电话。这件事到此为止，我不再插手。让阿尼和他的车子下地狱吧。干！

"干！"我连着咒骂几声，回到楼上洗了个澡，然后上床睡觉。伊莱恩他们还没回来，我就已鼾声大作。那晚我睡得很好，这真是难得，因为我已经很久很久没有好好睡上一觉了。

在我熟睡的时候，宾州州警琼金斯被人谋杀了。第二天早上起床，报上头条登着：达内尔走私案侦办刑警遇害。

爸在楼上洗澡，伊莱恩和两个同学在客厅叽叽咕咕，不时爆出笑声，妈在写东西。餐桌上只有我一个人在吃早餐。看到那则新闻时，我差点惊叫出来。利和她的家人明天就要回来，学校后天要开始上课，除非阿尼（或李勃）改变主意，否则他一定会缠上利。

我轻轻把自己炒好的蛋推到一边，我再也吃不下了。昨晚我还想把一切与克里斯汀有关的事推开，就像我现在推开炒蛋一样轻松，现在我觉得我的想法实在太天真了。

阿尼在除夕夜提过琼金斯。报上说琼金斯是侦办达内尔走私案的刑警，记者强烈暗示这件谋杀案是某一犯罪组织所为。阿尼一定会说：又是那些哥伦比亚人。

但我不这么想。

琼金斯是开车在郊外遇害的，报上说：他的车子被撞成了废铁。

（那狗杂种琼金斯一直盯着我。他最好当心点，否则有人会把他啃了……丹尼斯，跟我站在同一边，你知道那些对不起我的狗杂种的下场……）

现在琼金斯果然遇害了。

赖普顿和他的朋友被害时，阿尼在费城参加棋赛。达内尔被害时，他和父母在亲戚家。好个不在场的铁证。我想琼金斯案他一定又有更好的证明。七个人遇害了，他们都可以围着阿尼和克里斯汀站成一圈了。这些被害者和阿尼之间都有共同的关联，这点只要不是瞎子应该都看得出来，可是报上完全没有提到这些。

当然刑警办案往往不会把他们知道的全透露给记者，但我的直觉告诉我，警方不可能把阿尼列为琼金斯案的涉案人。

他还是一身清白。

琼金斯在郊外遇害时到底看到了什么？一辆红白两色轿车？车里也许没人，也许是具腐尸？

我全身冒起鸡皮疙瘩。

一共死了七个人。

这件事必须停止，否则将继续有人遇害。如果迈克尔和雷吉娜不同意阿尼去加州的疯狂计划，他们俩很可能就是接下来的遇害者。如果下周二阿尼突然在教室向利求婚，而她又拒绝的话，当天下午放学后利一个人走在街上时，又会发生什么事？

上帝啊，我真的害怕极了。

妈打岔说："丹尼斯，你一点都没吃。"

我抬头："我在看报。反正也不太饿。"

"你得正常进食，身体才会复原得快。要不要我给你煮碗燕麦粥？"

想到那碗热腾腾的燕麦粥，我的胃就开始翻滚，但我还是摇摇头："不用了，我答应你中午多吃点。"

"一言为定？"

"一言为定。"

"丹尼斯，你没生病吧？你看起来好像累得不得了。"

"我很好，妈。"为了要表现出我的状况有多好，我向她咧嘴笑笑。接着我想到她到门罗镇购物时，刚从车里出来，后面就跟着一辆红白两色的车子。我仿佛看见克里斯汀慢慢加速而来。

"你确定你真的没事？是不是腿又疼了？"

"不是。"

"吃维生素了没？"

"吃了。"

妈离开后，我拿起报纸看着琼金斯的车子被撞成烂铁的照片。

我心想：琼金斯主要感兴趣的或许不是达内尔私货的来源，他是州警，同时他手上的案子一定不止一个，也许他是想找出谁是杀害威尔奇的凶手，也许他——

我撑着拐杖走到书房敲了敲门。

"什么事？"

"很抱歉打扰你，妈——"

"别说傻话，丹尼斯。"

"今天你要进城吗？"

"不一定。问这个干吗？"

"我想去一趟图书馆。"

那天下午三点又开始下雪。我因为看了太久的显微胶片阅读机，感觉头有点痛，但我已经找到我要找的。

琼金斯警官负责侦办威尔奇、赖普顿、崔洛尼和史丹顿被害的案子，如果他没有从这四个人身上联想到阿尼，那他一定是个笨警察。

我向后靠在椅背上，关掉阅读机，闭上眼睛凝思。我让自己当上几分钟刑警，就假想我是琼金斯好了。他怀疑阿尼和这两件谋杀案有关，当然阿尼未必是凶手，但他扯得上关系。他怀疑过克里斯汀吗？也许。电视上的侦探电影里，那些警探对于采证都很内行，连车上的一点泥土和油漆都不会放过。

然后爆发了达内尔走私案，对琼金斯来说这是天大的好消息。他可以关闭车厂，查扣所有车子。也许琼金斯怀疑……

怀疑什么？

我拼命想。我是个警察，我相信各种答案——常情上、法律上、理论上的答案我都能接受。那么，我的疑点会是什么？过了一会儿，我想出来了。

那当然是共犯，我会怀疑阿尼有共犯。没人会怀疑那辆车自己干了那么多件谋杀案。然后呢？

然后车厂关闭，琼金斯带了最好的技术人员替克里斯汀做全身检查，收集蛛丝马迹。琼金斯一定相信车上会留下证据，撞人体并不像撞枕头一样不留痕迹，撞垮雪堤也是。

那么那些技术人员到底发现了什么？

什么也没有。

他们没有发现凹痕，没有血迹，也没有补漆的迹象，此外，保险杠上也没有斯昆帝山公路护栏上的棕色漆片，琼金斯找不出任何证据显示克里斯汀是犯案的凶车。好，现在再跳到达内尔的凶案。琼金斯是不是第二天一大早就赶到车厂去检视克里斯汀呢？如果我是他，我一定会。达内尔家的那面墙也不是枕头，一辆车要想冲进客厅，一定会留下很多创痕，而这些创痕绝不可能在一夜间修复。结果他发现了什么？

克里斯汀好端端地停在那里，上面连一点油漆剥落的痕迹都找不到。

必然的结果是，无论他有多怀疑那辆车，他都会认为自己的推论是错的。

至于克里斯汀为什么不会留下擦痕呢？这点琼金斯就永远不可能明白了。我想起那往回跑的里程表，而阿尼却说搭错线了。我又想到风挡玻璃上的裂痕越变越小，仿佛也是倒着走。然后我又想到除夕夜在车上的噩梦——二十世纪五十年代的汽车、二十年前的自由镇、拆除的影院和正在建造的住宅。

都是搭错线了吗？

我想琼金斯就是因为不完全知道真相才会送命。

一辆新车就像个婴儿，无论你怎么照顾，它都会老化、损坏。这又好比放电影，如果你把影片倒过来放——

"你还需要什么吗？"管理员在背后问我，我吓得差点大叫。

妈在大厅等我。回家路上她一个人滔滔不绝，一会儿谈她的作品，一会儿又谈她学韵律舞的事。我不时点头或回答，心里却想：琼金斯也许从哈里斯堡请来了最优秀的技术人员，但他们为了找一根针，却忽略了大象的存在。当然这也不能怪他们。车子不会倒着跑，就像没人倒着放电影一样。当然汽车的机油里绝不会藏着精灵鬼怪之类的东西。

相信其中之一，就等于相信全部。想到这里，我不禁打起哆嗦。

"要不要开暖气，丹尼斯？"母亲问我。

"随便。"

我想到利，明天她就要回来了。又想到李勃——谁知道他到底算是死了没有？——以及他的欲望（他的欲望到底是什么？只是破坏一切吗）。我想到阿尼斩钉截铁地说他们一定会结婚。我仿佛看见利新婚之夜在旅馆里突然发现阿尼变成腐尸，我可以听到她的尖叫。而挂了"新婚"字牌的克里斯汀在紧锁的旅馆房门外忠心耿耿地等着。它知道利活不久……等她死了，它就可以得宠。

我闭上眼睛，设法驱散这些幻觉，却使自己的思绪越陷越深。

事情始于利需要阿尼，然后发展成阿尼需要利。可是事情并没有就此停止，因为现在李勃又占据了阿尼……

可是只要我插手，阿尼就得不到利。

那天晚上我终于打电话给乔治·李勃。

"是的，季德先生，"他说，"我记得你。我在旅馆房间门口跟你谈了很多。有什么事吗？"他的声音变得好苍老，那口气好像不希望我打扰他似的。

我又开始犹豫。难道我要告诉他，说他哥哥死而复生，他的墓碑并不能结束他对这个世界的恨？难道我要告诉他，他哥哥附在阿尼身上？我是不是要跟他谈灵魂学，鬼魂附身？

"季德先生，你还在吗？"

"李勃先生，我有个问题，不晓得该怎么告诉你。这件事和你哥哥有关。"

他的声音和语气立刻变了："我不晓得有什么事会跟我哥哥扯上关系。他已经死了。"

"正因如此，我才找你。"现在我几乎无法控制我的声音，"我想他没死。"

"你在胡说些什么？"他的声音绷得很紧，而且充满恐惧，"如果你想开玩笑，我向你保证这是全世界最无聊的玩笑。"

"不是开玩笑。让我先告诉你一些你哥哥死后发生的事。"

"季德先生，我有很多作业要改，而且正在写一本小说，我没时间听你——"

"求求你，"我说，"求求你帮助我，也帮助我的朋友吧。"

他停了很久很久才说："说你的故事吧，"然后停了一会儿，他又说，"真是狗屎！"

我告诉他阿尼和赖普顿发生争执，赖普顿砸车报仇的事，然后是那群不良少年遇害；我告诉他里程表往回跑，风挡玻璃的裂痕越变越小；我告诉他每次打开收音机无论你转到哪一台，听到的都是二十年前的老歌——这点似乎激起了一点惊讶的涟漪；我告诉他石膏上的两次签名不同，而其中一次是他哥哥的笔迹；我告诉他阿尼的口头禅跟他哥哥的一样是"狗杂种"；我告诉他阿尼把头发抹上油，向后梳成二十世纪五十年代的发式。我告诉他这一切，只保留了一项没有说，那就是我在新年前夜搭阿尼的车回家的经历。我想要说，但说不出来。直到四年后我写这本书之前，我没对任何人说过那件事。

我说完了，话筒里跟着一片寂静。

"李勃先生，你还在听电话吗？"

"我还在，"最后他说，"季德先生——丹尼斯——我不想得罪你，可是你说的远远超乎任何可能的心灵现象，而且简直有点……"他没说出来。

"疯狂？"

"我不会用这种字眼。根据你说的，你在球赛中受伤，住院住了两个月，痛苦不堪。可不可能这些都是你的幻想——"

"李勃先生，"我说，"你哥哥有没有提过企鹅？"

"什么？"

"比方把废纸揉成一团投进垃圾桶的时候，他会说'看我学企鹅上篮'这样的话。你没听他说过吗？"

"你怎么知道？"然后，没等我回答，他又加上一句，"你见到他的时候，他刚好说过这句话，对不对？"

"完全不对。"

"季德先生，你是个大骗子。"

我没吭声。我在颤抖，因为从来没有一个大人对我说过这种话。

"丹尼斯，很抱歉。可是我哥哥已经死了。他是个郁郁寡欢，也许还有点邪恶的人。可是他死了，一切都不存在——"

"他为什么说企鹅？"我问。

没有回应。

"是不是指卓别林？"

我并不期望他会回答。可是过了一会儿，他说："差一点点。他是指希特勒，卓别林的走路方式跟希特勒的正步有点像。卓别林演过一部电影名叫《大独裁者》，你一定没看过，大战期间这类的片名很多，你太年轻了，不会晓得。可是这些都毫无意义。"

该我保持沉默了。

"真的毫无意义，"他大声说，"那只是幻想，一点意义也没有！"

"这里已经死了七个人，"我说，"你哥哥的往事不是幻想，我这里有签名，这些也不是幻想。我还保留了那两块石膏。李勃先生，你愿意的话我可以寄给你，让你看看其中一块是不是你哥哥的笔迹。"

"也许是有人伪签。"

"你去找个笔迹鉴定家，我来出钱。"

"你也可能造假。"

"李勃先生，"我说，"我的证据已经够多了。"

"你要我怎样？跟你分享你的传奇故事？我不会那么做。我哥哥已经死了，他的车不过是辆普通的车。"我知道他在骗人，即使隔着电话，我也可以感觉到他在骗人。

"我要你解释上一次你跟我说的一些事情。"

"哪些事情？"他的口气相当谨慎。

我舔舔嘴唇："你说他的脾气暴躁、个性偏激，可是他并不是个怪物。然后你好像完全改变了话题……可是我越想越觉得你并没有改变话题。"

"丹尼斯，我真的——"

"如果当时你是在暗示我什么，现在你可以说了！"我大声哭喊，我擦擦额头上的汗，发现我的手上也全是汗水，"我的处境很艰难。阿尼盯上一个名叫利·卡伯特的女孩，只是我认为真正盯上她的不是阿尼，而是你哥哥——你那已经死去的哥哥。现在请你告诉我！"

他叹了口气。

"告诉你？"他说，"告诉你？告诉你那些往事……不，应该说是那些往日疑云……那等于是摇醒沉睡的恶魔。丹尼斯，请不要追问了，我什么也不知道。"

我很想告诉他恶魔已经醒了，可是他心里一定明白。

"告诉我你所谓疑云。"

"我再打给你。"

"李勃先生……求你……"

"我再打电话给你，"他说，"我要先打电话给我妹妹马西娅。"

"如果她愿帮忙，我打给她——"

"不，她不会跟你说的，我们自己也只谈过一两次。丹尼斯，我希望你打听这件事对得起你的良心，因为你等于在揭开一道陈旧的伤疤，让它再次流血。所以，我再问你一次：你确定自己说的这些都是真的吗？"

"百分之百确定。"我说。

"我待会儿打给你。"说完他就挂了。

十五分钟过去了，然后是二十分钟。我撑着拐杖在屋里走来走去，没法安心坐下来。我有两次走到电话前，却不敢拿起话筒，怕的是万一他也同时打给我，但我更怕他根本不打回来。我第三次想要去摸电话时，铃声响了。

"喂？"伊莱恩拿起分机说，"唐娜吗？"

"请问丹尼斯·季德——"李勃的声音又苍老了点。

"是我的，伊莱恩。"我说。

"去你的！"伊莱恩装腔作势地说，然后把分机挂断。

"李勃先生，我是丹尼斯。"我的心扑腾扑腾跳着。

"我跟她谈过了，"他严肃地说，"她要我自己判断，然后做决定。她很害怕，我觉得你我好像在联合恐吓一位与此事完全无关的老太太。"

"但出发点是善意的。"我说。

"是吗？"

"如果我不这么想就不会打电话给你。"我说，"李勃先生，你到底要不要告诉我？"

"我会说的，"他说，"但只能对你说。如果你传出去，我不会承认跟你说过这些话。你懂吗？"

"我懂。"

"那好，"他叹了一口气，"去年暑假我跟你说的那些，其中有一句是谎言，另外一句就我或马西娅的感受而言，也是谎言。我们在欺骗自己，如果不是你，我想我们对于那件路边的意外会一直这样骗下去。"

"小女孩的意外？李勃的女儿？"我紧紧地抓着话筒。

"是的，"他沉重地说，"丽塔。"

"她窒息的经过到底是怎样的？"

"我母亲常说我哥哥是小鬼投胎，"李勃说，"这件事我有没有跟你说过？"

"没有。"

"当然没有。我只说你的朋友最好把那辆车卖了。我不能把话说得太直白，因为如果你相信一件很荒诞的事，你总是不会愿意把它说出来……"

他停下来。我不想催他，要说的他一定会说，不说的催也没用，就这么简单。

"我妈说，他在六个月大之前是个最乖的宝宝。然后呢……她说魔鬼来了。她说魔鬼抓走了她的小孩，她本来的孩子被换走了。她虽然笑着说这些话，但我哥在场的时候，她从来不说，而且她的眼睛里也没有笑意。丹尼斯，我想，这是他那么残暴、无情、偏激的唯一解释。

"有个比我哥大几岁的孩子——我忘了他的名字——常常欺负罗兰。那小子是个天生的恶棍，他碰到我哥就会先问他内裤是不是又一个月没换了。罗兰当然会咒骂他，并挥拳打他，但他个子高手又长，我哥总是被打得满脸是血。那时候罗兰会点根烟坐在角落，哭着等脸上的血凝干。如果我走近他，一定会被他打得半死。

"丹尼斯，有天晚上那个小恶棍的家被火烧了。小恶棍全家都被烧死，只留下一个姐姐全身严重烧伤。警方说是厨房的炉子先起火。那天晚上救火车的警报把我吵醒了，直到我哥从常春藤架爬回房间时，我都没有睡着。他的额头上全是黑黑的油烟，身上全是汽油味。他看我睁着眼睛就对我说：'乔治，如果你说出去，我就把你杀了。'丹尼斯，从那天晚上起我就不断提醒自己，如果我说了他就会杀了我。"

我的嘴好干，胃里好像含着一块铅球，颈背的汗毛像钢刷一样。"当时你哥多大？"我问。

"还不满十三岁，"李勃装作平静地说，"一年后的冬天，几个孩子打冰球发生了争执。有个叫蓝迪的孩子拿球棍把我哥打昏了，我们送他到医院，缝了十二针。一周后蓝迪穿过冰层跌进湖里淹死了，他跌下去的地方标示得清清楚楚是薄冰区禁止溜冰。"

"你是想告诉我你哥杀了他？你是不是想告诉我李勃杀了自己的女儿？"

"丹尼斯，他并没有杀她，千万别这么想。她是窒息而死的。我只是想暗示你，他也许是看着她死而没有救她。"

"你说他把她翻过来，捶她的背，设法让她呕吐——"

"那是我哥在丽塔的葬礼上告诉我的。"乔治说。

"那你还怀疑什么？"

"事后我跟马西娅谈过。只要谈一次，你就知道罗兰的话有问题。那天晚上吃饭时，罗兰告诉我：'我拎着她的双脚，想把她喉咙里那块狗东西弄出来。乔治，可是它卡得太紧了。'而薇洛妮卡对马西娅说的是：'罗兰拎着她的双脚，想把她喉咙里的那块东西弄出来，可是它卡得太紧了。'他们的说辞完全一样，连用的词都一模一样。你知道这让我想起什么吗？"

"不知道。"

"让我想起罗兰从窗子爬进来对我说：'乔治，如果你说出去，我就把你杀了。'"

"可是……为什么？他为什么要——"

"稍后薇洛妮卡写信给马西娅，暗示她说罗兰见死不救。最后丽塔临死时，他把她抱进车里，说是怕她晒太阳，可是薇洛妮卡在信中说他是要她死在车里。"

我不想说出来，但我非说不可。

"你的意思是说你哥把他的女儿当祭品？"

他停了好久好久都没有发出声音。

"那并不是出于他的意识，"李勃说，"他并不是蓄意要谋杀她，一切都是出于下意识。如果你认识我哥，你绝对不会怀疑他信什么邪教或任何一种巫术。他除了自己之外，什么都不信。我的意思是他也许有种不寻常的智能……或是受了什么指示才那么做的。"

"我母亲说他是魔鬼投胎。"

"薇洛妮卡的死呢？"

"我不知道，"他说，"警方判定是自杀。谁知道呢？可是那可怜的女人在镇上也结交了两三个好友，我常常在想，她或许也像写信给马西娅那样，把罗兰见死不救的事透露给朋友，而刚好又被罗兰知道了。想想那句话：'乔治，如果你说出去，我就把你杀了。'当然事情到了今天你已找不出任何证据。但我常常怀疑她为什么要选择那种死法——一个对车子一窍不通的女人，怎么可能晓得要在排气管上接根橡皮管通到车里？我觉得我最好还是别想这件事，想多了晚上会睡不着。"

我开始咀嚼他所说的和没说出口的。他说罗兰有种不寻常的智能，会不会罗兰·李勃把他的超自然能力授予他的普利茅斯？他会不会一直在等待合适的继承者……而现在……

"这些够不够解答你的问题，丹尼斯？"

"我想够了。"我缓缓地说。

"你打算怎么办？"

"我想你也知道。"

"把车毁了？"

"我会试着做做看。"我说。然后我又看看靠在墙上的拐杖，那双该死的拐杖。

"你很可能害死你的朋友。"

"也可能救他一命。"我说。

最后，李勃低声迟缓地说："我想你的机会不大。"

47
背叛

四下全是鲜血与玻璃，

眼下无人，只有我在此地，

沉重冷雨不断滴落，

有个青年躺在路边，

他哭喊着：先生，能不能帮帮我？

——布鲁斯·斯普林斯汀

我吻了利。

她两手抱着我的脖子，身体贴着我。我非常清楚发生了什么事。她稍稍退离我的时候，两眼陶醉地半眯着。我看得出她也非常清楚到底发生了什么事。

"丹尼斯。"她喃喃自语着，我又吻了她。两人的舌头轻柔地接触。有一度，她的攻势变得更威猛，仿佛要把我吃了，然后她喘着气退开，"够了，"她说，"再不停的话我们会以妨害风化之类的罪名被逮捕的。"

这天是一月十八日。我们正坐在我的车里，地点是一家肯德基炸鸡店门口的停车场上。这天对我别具意义,因为今天是我受伤以来第一次回到驾驶座上。早上医生才拆了我左腿的石膏改成绷带,虽然他还是警告我不可以乱动,但我可以看出他觉得我已经快要复原了。我复原的速度比预计的快了一个月。据医生的看法,这是由于他的医术高明;我妈归功于她做的鸡汤和积极正面的思考;普飞教练则认为是他那些补药的功效。

我的看法是:利对我的复原有很大的影响。

"我们得好好谈谈。"她说。

"先让我们找到更多答案再说。"我说。

"先谈,答案可以慢慢找。"

"他又开始了吗?"

她点点头。

从我上次跟乔治·李勃通过电话到现在已经两周了。这期间阿尼又努力和利重建友谊,那热衷的程度让我俩都感到害怕。我把我打电话给乔治·李勃的事告诉了利(我说过,至于新年前夜在阿尼车上看到的,我始终没有告诉任何人),并尽我所能地提醒她,绝对不可以不理阿尼。因为那会引起阿尼的愤怒,血淋淋的经验告诉我们,得罪他的人没有一个能够逃过。

"我觉得我在欺骗他。"她说。

"我知道,"我说,我的口气比我想象的还要强硬,"我也不喜欢骗人,可是我不希望那辆车再次发动了。"

"然后呢?下一步你打算怎么办?"

我摇摇头。

我觉得我像哈姆雷特王子,一拖再拖。我知道我得做件事:那当然是毁掉克里斯汀。利和我也想了不少法子。

头一个主意是利想的——扔汽油弹。她说我们可以往酒瓶里灌汽油,在清晨到坎宁安家去,点燃引线("引线?去哪里弄引线?"我问。"靠得住的卫生棉就可以。"她赶紧回答),扔进克里斯汀的窗子里。

"如果车门锁了，窗户又摇上怎么办？"我问她，"这非常有可能。"

她看我的样子好像我是个白痴："你的意思是不是说，放火烧了阿尼的车没关系，可是打破它的窗子是不道德的行为？"

"不，"我说，"可是谁敢走近它，用铁锤砸破玻璃？你？"

她瞪着大眼看我，牙齿咬着下唇，不知该说什么。

第二个主意是我出的——丢炸药。

利听了连忙摇头说不可能。

"我可以弄到那玩意儿。"我说。我最近还常跟工头布拉德碰面，他还在铁路公司工作，那里的炸药多得可以把匹兹堡三河球场炸上月球。当然我得骗到他的钥匙才能把炸药弄到手，这也是一种背叛，但是只有这样才能解决问题。

"不行。"她说。

"为什么？"我觉得炸药是彻底毁灭克里斯汀的最好方法。

"因为现在阿尼都把车停在家门口，难道你要震破附近人家的玻璃？说不定哪个小孩还会被割伤。"

这点我倒没想到，既然她提了出来，我也觉得蛮有道理的，再进一步想，把炸药准确地扔向目标，炸得它落花流水……那都是电影上的情节，现实生活里似乎不可能做得那么漂亮。但我还是认为这个构想不错。

"如果我们在晚上动手呢？"

"还是太危险，"她说，"说不定你自己会被碎片割伤。"

过了好久我们俩都没吭声。

"用达内尔车厂的砸锤机怎么样？"最后她说。

"跟最前面的问题一样，"我说，"谁把它开到车厂去？你、我，还是阿尼？"

因此事情仍然无解。

"今天是什么事？"我问她。

"他要我今晚陪他出去，"她说，"说是要打保龄球。"前几天是看电影、出去吃晚餐、到他家看电视或讨论功课（见鬼），可以想到的是克里斯汀一定是负责接送的交通工具，"他越来越急切，我的借口已经用光了。如果我们要采取什么行动，那就得快。"

我点点头。拖延的理由一是想不出好的对策，二是我的腿还没复原。现在石膏拆了，虽然医生嘱咐我一定要继续用拐杖，但我试过几次就这么不用拐杖走路，情况比我想象的要好，不过我承认会有点痛就是了。

阿尼是我最好的朋友，但背着他和利约会有种无法形容的诱惑。每次搂着她，抚着她柔软的胸部时，我都有种卑微的胜利感。你能告诉我为什么吗？我想人的背叛心理就像蛇蝎一样，它让你感觉羞愧，却又同时让你觉得刺激。

爱情能够让人的反应变得迟钝，也能降低一个人对危险的警觉。距我和乔治·李勃通电话已经十二天了，现在再回想他说的那些话时已不再令我毛骨悚然了。

我在学校碰到阿尼也不再害怕，我们好像又回到九月、十月他忙着修车的时候那样。我们的谈话简短而愉快，但阿尼那灰色的眼眸里面总藏着几分冷漠。我一直相信雷吉娜会打电话来，哭着向我埋怨阿尼连敷衍都懒得敷衍他们，而且决定永远不念大学。

可是事实并非如此。我从我们的指导顾问那里得知阿尼已经开展宾州大学、杜尔大学和州立大学的申请工作，而这些学校也正是利最感兴趣的学校。这点我知道，阿尼也知道。

两天前的晚上，我碰巧听到妈和伊莱恩在厨房的对话。

"妈，阿尼最近为什么都不来了？"伊莱恩问，"他是不是和丹尼斯吵架了？"

"不，亲爱的，"母亲回答，"我想不会。只是再好的朋友长大了也不会像以前那样天天在一起。"

"我就不会这样。"伊莱恩很有义气地说。

我当时心想，事情也许真像她们说的那样——我在医院期间培养出了和童年好友疏离的心态，当然这也跟克里斯汀的介入有关。

　　我忽略了一个冷冰冰的事实，心底却觉得舒畅，我想这是由于我和利正陷入热恋的关系。我们在学校一起参加活动，在家里一起准备三月的学术性向测验——当然只要一没有人在，我们就开始搂搂抱抱，我们所做的就跟任何情欲正盛的青少年没两样。

　　我觉得我们已经长大成人，不再是小男生和小女生了，所以不屑在漆黑的车里偷偷亲热。但今天实在是例外，因为我刚拆了石膏，总算可以再次亲自驾驶自己的车，于是我在冲动之下打电话约利出来兜风。她当然也欣然答应。

　　所以你也看得出我们有多不谨慎，居然跑到外面来亲热。我们停在停车场上，车子的引擎一直开着，这样暖气就不会中断。我们在讨论如何结束那只母夜叉的生命，但那口气听起来就像在办家家酒一样。

　　因此当克里斯汀出现在后面时，我们俩都没看到。

　　"他准备展开长期攻势了，是不是？"我说。

　　"什么？"

　　"你看他申请的那些大学，难道你看不出他的意图吗？"

　　"我不懂。"她一脸困惑地说。

　　"他申请的都是你要申请的学校。"我耐心地解释。

　　她看着我，我也看着她。

　　"好吧，"我说，"我们从头再来一遍。汽油弹行不通，炸药危险性太高，但是——"

　　利突然发出惊喘，满脸都是恐惧。她瞪着大眼望向风挡玻璃，嘴巴半张着。我顺着她的视线望去，刹那间，我也僵住了。

　　阿尼正站在我的车子前面。

　　他刚把车停在我们后面，走进店里买炸鸡。他没有认出我们，他不可能认出来。天已经完全黑了，我的车子又几个月没洗，他哪儿认得出来？他进店里买了东西又出来……也就是现在……正好看见我和利在车里互相搂着，含情脉脉地看着对方——就像诗里写的一样，这纯粹是巧合——倒霉透顶的巧合。然而直到今天，我都相信是克里斯汀带他来的。

接着我们三人冻结了好长一段时间，阿尼穿着学校的夹克，下身是牛仔裤和长筒靴，脖子上绕了条围巾。他的夹克领子竖起，那一对黑色翅膀正好衬出他一脸由怀疑转成愤恨的表情。拎在他手上的炸鸡盒滑落到地上，但阿尼站着一动也不动。

"丹尼斯，"利喃喃地说，"丹尼斯，噢，老天，怎么办？"

然后阿尼突然跑了，我以为他是要跑过来，拉开车门拖我出去揍一顿。我仿佛看见自己抱着那条还没复原的腿，在阿尼的拳打脚踢下完全没有招架余地。他的嘴唇往两侧垂下，我看过这个表情，但不是在阿尼脸上。

那是李勃的表情。

他没有在我车门口停下，我回头看见他跑向克里斯汀，在那之前，我并不晓得克里斯汀就停在后面。

我打开车门，扶着车子走出去。冰凉的铁皮几乎冻掉我的手指。

"丹尼斯，不要出去！"利大叫。

我刚站稳，阿尼就打开车门坐进他的克里斯汀。

"阿尼！"我叫道，"阿尼！等等！"

他伸出脑袋，眼中冒着怒火，嘴角慢慢咧开。那根本是李勃的脸，同时克里斯汀也像在狞笑。

他握着拳头对我怒吼："你这狗杂种！拿去吧，她是你的！她是狗屎，你也是狗屎！你们好好享受吧，反正你们也没多久可活了！"

炸鸡店里的客人和街上的行人都停下来往这里看。

"阿尼！我们谈谈好吗——"

克里斯汀的引擎立刻开始咆哮，大灯也亮了，那对噩梦中频频出现的巨眼终于照向我，风挡玻璃后的面孔腐化成狰狞的骷髅，充满了罪恶与仇恨。

利大声尖叫，她也看到了，所以我知道那绝不是我的想象。

克里斯汀的后轮溅起一阵雪花，向我猛冲过来。它的目标并不是我的车，而是我。我猜他想把我在两辆车中间挤成果酱。

结果我的左腿救了我一命。我跌了一跤，正好倒回车里，右半身压在方向盘上，碰响了喇叭。然后一阵冷风从我身边刮过，克里斯汀的右侧挡泥板离我不到三英尺。它冲出停车场，一路奔向肯尼迪大道，直到它走远了，我还听到它在加速。

我看见雪地里留下弯弯曲曲的车轮印。它距离我敞开的车门只有三英寸。

利在哭。我把左腿抬进车里，用力关上车门。利蒙着头一边哭，一边把手伸过来。她碰到了我的手就紧抓着不放："车里那个人不是……不是……"

"嘘——利，忘了那件事，现在别去想它。"

"那人不是阿尼！我看到一个死人———副骷髅！"

"那是李勃，"我说，既然事情发生在她眼前，我也只好说了，不过这样反而减轻了我因为和好友的女友在一起而引起的罪恶感，"你看到的就是罗兰·李勃。"

她哭得更厉害了。我把她抱进怀里，尽管左腿阵阵疼痛，心里还是觉得安慰。我抬头看看后视镜，克里斯汀的车位空在那儿。事情既然发生了，我们的计划就不能再拖下去了。过去两周的天下太平、利和我享受背地里相见的喜悦都随着今天这件事而结束了。现在我跟利在一起好像显得很不自然、很虚伪。

我开始担心事情最后的结果到底会怎样。

她抬头看我，脸颊一片濡湿："现在怎么办，丹尼斯？现在我们怎么办？"

"赶快结束它。"

"用什么方法？"

我仿佛在对自己说:"他需要的是不在场证明。所以他离开镇上时,我们就得提高警觉了。我要把它骗进达内尔车厂,把它困在里面,然后把它宰掉。"

　　"丹尼斯,你在说些什么?"

　　"他会离开镇上,"我说,"难道你猜不出来吗?克里斯汀杀掉的每个人都跟阿尼有关系。他知道这点,所以他会让阿尼离开镇上,这样才有不在场证明。"

　　"你说的他是指李勃?"

　　我点点头,利也打了个哆嗦。

　　"我们一定要宰掉它。"

　　"可是用什么方法?丹尼斯……我们该怎么办?"

　　最后我终于想到了一个好方法。

48
准备

杀手已经上路，

脑子犹如蟾蜍蠕动……

——门合唱团

我送利到家门口，并告诉她如果看见克里斯汀出现在街口，一定要立刻打电话给我。

"告诉你又能怎样？你要用火焰喷射器把它烧了吗？"

"不，我用火箭筒。"我说，然后两人都歇斯底里地笑了。

"轰烂那辆妖车！"利附和道。我们虽然在笑，但心里一点也不舒坦。我憎恨阿尼今天看到了我们亲热的样子，我想利也一样。但你还是不得不笑，有时候你就是会被环境逼迫，非得大笑一场不可。

"我该怎么跟家人说？"我们俩都笑够了以后，她问我，"我不可能瞒着他们，丹尼斯。我不想让他们冒着生命危险走在街上却毫不知情！"

"什么都不要说，"我说，"一个字也不要说。"

"可是——"

"第一，他们不会相信你；第二，只要阿尼还在自由镇，我敢用生命打赌，绝不会有任何事情发生。"

"你的生命本来就岌岌可危了，笨蛋！"她低声说。

"我知道，我爸、我妈、我妹不也都是一样？"

"可是你怎么知道，他什么时候离开镇上呢？"

"这点交给我操心，从明天开始你要装病不去上学。"

"不用装，我已经病了。"她忧心忡忡地说，"阿尼的事情到底会怎么样？你到底有什么打算？"

"今晚我会打电话给你。"说着我吻她一下。这才发现她的嘴唇是那么冰冷。

回家的时候，伊莱恩正在穿大衣，打算到面包店买点零食，待会儿看迪斯科大赛的时候磨牙。她本来打算好好嘲笑我，但听到我说要送她去面包店，又马上换上了笑脸。当然她还是免不了怀疑地瞟我两眼，好像我突然对她这么好是不是因为生了什么病。她穿好大衣后问我好不好看，我说如果她再不走，我就要改变主意了。其实我的腿疼得要命，一点也不想送她。我可以跟利说只要阿尼在镇上，克里斯汀就不会杀人，而且我也相信这种判断绝对正确……可是这些并不能让我放心地看着伊莱恩出门。我只能说这是本能反应。我想到伊莱恩走到两条街外的地方去买面包，而邪恶的克里斯汀就像条猎犬似的偷偷跟着她……

到了面包店，我给她一块钱。"带两份可乐跟奶油甜点，一份给你。"我说。

"丹尼斯，你没生病吧？"

"我很好。可是如果你把找的钱拿去打电动，我就打断你的手。"

这句话仿佛真有吓阻作用。她进了店门，我坐在车上等她，心想我们的处境有多艰难，我们不能对任何人说，而克里斯汀的力量又是如此强大。难道我要把爸拉到一边，悄悄跟他说阿尼的车子"自己会跑"，还是我要向警方报案，说有个已经死了的人要杀我和我的女朋友？不可能。现在我唯一能做的就是确定阿尼离开镇上之前，克里斯汀不会蠢动。此外，它不愿有任何目击者看见凶案经过。从威尔奇、范登堡到达内尔……这些人都在僻静的地方遇害，时间都在深夜，而且绝对无人目击。

伊莱恩捧着一大包零食走出来，手上拎着我的可乐和甜点。

"找的钱呢？"我说。

"你真是小气鬼！"说着她把我的两毛钱放进我手心。

"我知道，可我还是一样爱你。"我说。我把她的帽子拉下来，拨开她的头发，在她耳垂上吻了一下。她又惊讶又怀疑，不过最后还是笑了。毕竟我妹妹伊莱恩也不坏。想到她也许会因为我爱上利而横死街头，我就决定非除去克里斯汀不可。

回到家我跟妈打了个招呼就上楼去了。妈问我腿痛不痛，我说很好，差不多要好了。可是一上楼我就先到浴室拿了几颗止痛药吃。然后我到爸妈的房间，因为楼上的电话在这里，然后在妈的摇椅上坐下来。

我拿起话筒，开始打第一通电话。

"丹尼斯！是你！"布拉德兴奋地说，"真是好久不见了。"

我们聊了一阵子，然后我才告诉他我打电话来的目的。

他笑了："搞什么，丹尼斯？你自己做起生意来啦？"

"可以这么说，"我心里想到克里斯汀，"不过只是短期的。"

"可以透露吗？"

"现在还不行。你知不知道谁有那玩意儿可以出租的？"

"丹尼斯，我只知道有个人可能跟你谈这笔交易，他叫约翰·庞巴顿，住在石脊路。他那里的车比卡特的鱼肝油丸还要多。"

"好吧，"我说，"谢了，布拉德。"

"阿尼怎样？"

"我想还不错，最近很少见到他。"

"看到他可别忘了代我问好。"

"我会的。"

"哪天晚上过来，咱们开几罐啤酒聊聊。"

"我会的。晚安。"

"晚安。"

我挂了电话后犹豫了一两分钟。我实在很不想打下一通电话，但又非打不可，这通电话是整个计划的重心。我拿起话筒，拨了坎宁安家的号码。如果是阿尼接的，我就一句话也不说，把电话挂掉。可是我的运气不错，接电话的是迈克尔。

"喂？"他的声音疲倦而又模糊。

"迈克尔吗？我是丹尼斯。"

"嘿，是丹尼斯！"他的精神好像突然来了。

"阿尼在吗？"

"在楼上，他回家后就一直待在房里没出来。要不要我叫他下来？"

"不，不用了，"我说，"我要跟你谈。我也许需要你帮个忙。"

"当然，需要我做什么尽管说吧！"他说，"你帮了我们一个大忙——阿尼决定念大学了。"

"迈克尔，我想他并没有听我的。"

"反正一定是发生了什么事，否则他不会在半个月内申请了三所大学，雷吉娜还说一定是你的功劳，丹尼斯。顺便告诉你个小秘密，她一直觉得对你很愧疚，因为阿尼刚买车的那天，她对你说了些很难听的话。可是你也晓得雷吉娜，她是不轻易跟人说'对不起'的……"

这点我知道，可是我想雷吉娜会知道阿尼对上大学的兴趣，还比不上一头猪对信托基金的兴趣吗？他上大学只是为了跟随利，这点她会知道吗？

"迈克尔，"我说，"如果阿尼要离开镇上的时候，请你务必打电话给我。尤其是在这一两天内，不管白天晚上，我一定要知道阿尼什么时候离开，而且必须要在他走之前告诉我。这件事非常重要。"

"为什么？"

"现在暂时不好解释，反正很复杂，而且说出来你也不会相信。"

对面一片静默。过了很久，阿尼的父亲才小心谨慎地说："是不是跟那辆车有关？"

他到底知道多少，怀疑多少，我完全不清楚。不过可以确定的一点是，他怀疑的程度远远超过一般人——当然达内尔除外。

"没错，"我说，"跟车子有关。"

"我就知道，"他喃喃地说，"我就知道。发生了什么事，丹尼？"

"迈克尔，现在我不能说。如果明后天他打算离开镇上，请你务必告诉我好吗？"

"好吧，"他说，"好吧。"

"谢谢。"

"丹尼斯，"他说，"你说我这个儿子还唤得回来吗？"

这个可怜的老人应该知道事实真相。"我不知道，"我咬着下唇，"我想……现在谈那个还太早。"

"丹尼斯，"他几乎要哭了，"是不是跟毒品有关？是不是？"

"能告诉你的时候我一定说，"我回答，"对不起，现在我只能这么答应你。"

庞巴顿是个和蔼可亲的人。

他话很多，精力十分充沛，跟他谈了几句以后，我的疑惧就完全消除了，原先我担心他不会愿意跟一个小孩交易。但我觉得只要合法，他甚至愿意跟从地狱刚爬出来的魔鬼谈生意。

"没问题，"他频频说，"没问题，没问题。"他是天下最容易说服的人，只要你刚说出什么建议他就连声表示同意。我编了个掩饰的故事，可是我想他一个字也没听进去。他只是把他的价钱告诉我，我觉得他开的价蛮公道的。

"很好。"我说。

"当然，"他表示同意，"你什么时候来？"

"明早九点半——"

"很好，"他说，"明天见。"

"还有一个问题，庞巴顿先生。"

"叫我强尼就行了。"

"好吧，强尼。有没有自动排挡车？"

庞巴顿开心地笑了，由于他笑得太大声，我不得不把话筒拿远一点。他的笑声已经告诉我答案了。

"你说那些宝贝？你一定是开玩笑。怎么，你不会开手排车吗？"

"当然会，我学车的时候就是用手排车。"

"那就没问题了，是吧？"

"只是问问。"我说。我只是担心我的左腿能不能踩离合器，像今晚我只是随便动一动就疼得要了命。真希望阿尼晚个几天再离开镇上，但我知道那是不可能的。我想很可能就是明天，最迟不会超过后天。反正一切都要看我这条左腿争不争气了。"好吧，咱们明天见，庞巴顿先生。"

"谢谢你啦，孩子。我想你一定会喜欢她的，还有如果你不改口叫我强尼，我就要多收你一倍钱咯。"

"当然。"我学他的口气说，并听到话筒里传来一阵笑声。

你会喜欢她的……

又是用"她"这个字——我变得对这些措辞特别敏感……真要命！

接下来是我准备计划中的最后一步。电话簿里共有四家姓赛克斯的，我第二次就找到我要的那家，电话刚好是吉米·赛克斯本人接的。我说我是阿尼·坎宁安的朋友，吉米听了马上变得很兴奋。他很

444

喜欢阿尼，因为阿尼从不逗他或者像赖普顿那样没事在他背上捶一拳，赖普顿还没离开达内尔车厂时，跟吉米共事过一段不短的日子。他想知道阿尼近况如何。我又说了次谎——告诉他阿尼很好。

"那就好，"他说，"自从他被捕以后我常为他担心。我早就知道替达内尔干那些事没好下场。"

"我打电话来就是为了阿尼的事。"我说，"你还记得达内尔被捕以后，他们把车厂关闭的事吗，吉米？"

"当然记得，"吉米叹口气说，"现在可怜的达内尔死了，我也失业了。我妈一直叫我去念技术学校，可是我没兴趣。我想我大概会去做个看门人吧。我舅舅费德是大学看门人，他说这类的工作机会很多，他有个同事最近——"

"阿尼说他们封闭车厂的时候，他把整套扳手忘在里面了，"我打断他的话说，"他说就跟那些旧轮胎挂在一起。当初挂在那里是怕被人拿走。"

"现在还在吗？"吉米问。

"我想还在。"

"多糊涂啊！"

"可不是吗？你也知道一整套扳手要值一百块呢。"

"我想恐怕已经被人偷走了。假如不见了，我敢打赌一定是那些警察干的。"

"阿尼说可能还在，可是他不可能去拿，你也知道他惹上了官司，不敢再回车厂去。"这又是句谎言，可是我不认为吉米会识出破绽。他果然被我唬住，然而唬一个智能不足的人并不让我觉得有多骄傲。

"哇！那我得赶紧去替他拿！明天一早我就去。还好车厂钥匙还在我这儿。"

我松了一口气。我并不想要阿尼的扳手，我想要的是吉米的钥匙。

"吉米！我去拿好了，我要亲自还给阿尼，给他一个惊喜。而且你可能会找不到，我很清楚他放在什么地方，找那玩意儿可能会耗上你一整天呢。"

"说得也是。我找东西的本领最差，达内尔也这么说过。他说我拿了手电筒连自己的屁眼都找不到。"

"他是在逗你。说正经的，我去拿好了。"

"也好。"

"我明天去你那儿借钥匙。天黑前就还给你。"

"这我就不敢应了，达内尔说不要随便把钥匙借给别人——"

"当然，以前是这样。可是现在那里除了阿尼的扳手和一些垃圾之外，什么也没有。那地方马上就要被拍卖了，里面的东西都要扔光。如果我在拍卖后再去拿扳手就会被人当成小偷了。"

"好吧，我想应该不会有事。当然，你一定得把钥匙还我，"接着，他说了句颇令人感动的话，"看到那串钥匙，我就会想起达内尔。"

"我答应一定把钥匙还你。"

"好吧。"他说，"为了阿尼，我相信你。"

上床前，我下楼打了最后一通电话。利像是刚从熟睡中醒来。

"顶多再过一两天我们就可以解决这件事。你不害怕吧？"

"不怕，"她说，"我想我不怕，丹尼斯，你的计划到底是什么？"

于是我全都告诉她了。我解说得很详细，一步一步来，心里期望着她能找出什么漏洞。可是我说完后，她只说："如果不成功怎么办？"

"你也知道全盘计划了，我想不用再画张图向你解说了吧？"

"我想不必了。"她说。

"我不想让你参与，"我说，"可是李勃一定会怀疑我们要设陷阱，所以我们要用很好的饵。"

"我不准你把我排除在外，"她很坚决地说，"这也是我的事。我爱过他，我真的爱过他。一旦你爱上一个人……我想你很难完全忘掉这件事，是不是，丹尼斯？"

我又想起我和阿尼的童年。因为有我，他才不至于一天到晚被人欺负。当我帮他帮得实在厌烦的时候，我也常想：如果没有阿尼，我是不是会活得更好一点？如果我放手让他淹死，我会不会活得更快乐点？答案是否定的。因为有了阿尼，我的童年才会那么愉快，阿尼的童年也少不了我。我们可以说是在公平交易的原则下度过童年的。

"你说得对，"我突然有点想哭，"我也爱过阿尼。但愿现在救他还不迟。"我在心中祈求上帝：让我再救阿尼一次，哪怕是最后一次也好。

"现在我并不恨他，"利低声说，"我恨的是李勃……丹尼斯，今天我们看到的真的是他吗？在车里的真的是李勃吗？"

"没错，"我说，"我想是他。"

"他和他的克里斯汀！"她说，"时候快到了吗？"

"我想快到了。"

"好吧。"她说，"我爱你，丹尼斯。"

"我也爱你，利。"

时候不仅快到了，而且就在第二天——一月十九日，周五。

49
阿尼

我驾着雪佛兰驶在夜路上，
有辆捷豹迎头追来，
他摇下闪亮车窗，
要与我一较高下，
我说："来吧，兄弟，我的引擎状况正好，
我们就从'夕阳美酒'门前开跑。
不过我想玩得更大（如果你够种），
我们就这么一路直下……
直到那死神弯道。"

——简与迪安

　　第二天早上，我开着我的车到吉米·赛克斯家去。我知道这将是漫长而恐怖的一天，事先我还料想在吉米的母亲那里一定会遇到麻烦，还好事实并非如此。我怀疑她的智商是不是比吉米的还要再低一点，一进了门她就邀我跟他们一起吃培根煎蛋（我婉拒了，因为我的胃像

448

是打了无数个结）。吉米在他房间找钥匙的时候，我和赛克斯太太简短地聊了几句，她看到我的拐杖好像觉得很新奇。时间一分钟一分钟过去，我的心里不禁开始恐慌：如果吉米找不到钥匙，整个计划就全泡汤了。

最后他摇摇头走过来。"找不到，"他说，"一定是掉在什么地方了，真倒霉！"

体重足足有三百磅的赛克斯太太说："有没有找过你的口袋，吉米？"

吉米一副恍然大悟的表情，赶紧伸手往裤子口袋里捞。接着，他带着羞愧的微笑，拿出一串钥匙。那钥匙环上吊着一个橡皮煎蛋，我记得门罗镇的饰品店里有卖那玩意儿。

"可给我找到了，你这小浑蛋。"他说。

"嘴巴放干净点，年轻人。"赛克斯太太说，"快告诉丹尼斯哪一把是开大门的。可不许再讲脏话了。"

吉米拆了三把钥匙下来，只告诉我一把是开大门用的，一把开达内尔办公室的房门，另一把开废车场的大门。可是这三把钥匙上都没有贴标签。

"谢谢，"我说，"用完我就立刻送还。"

"帮我跟阿尼问好。"他说。

"一定会。"我说。

"你真的不来点培根煎蛋，丹尼斯？"赛克斯太太问，"我做了很多。"

"谢谢，"我说，"可是我真的该走了。"现在是八点一刻，学校九点上课，阿尼通常八点四十五分到学校——这是利告诉我的。我的时间还够。我撑着拐杖站起来。

"吉米，扶他出去，"赛克斯太太命令着说，"别光站在那儿。"

我正要婉拒，她就挥挥手叫我不要开口："不扶你怎么成？万一你摔了一跤，腿可能又要跌坏了。"说完，她那善良顺从的儿子已经扶着我往外走了。

那天云层很厚，收音机预报说傍晚会下雪。我把车停在学生停车场前排，我知道阿尼总是停在后面。我一定要见他，把那块大饵扔在他面前。然而我一定要确定他远离了克里斯汀才能这么做。只有远离那辆车，李勃才无法加害我。

我坐在车里听音乐，前面的球场看台上已经覆满白雪。我实在很难想象以前每天中午和阿尼在那儿交换午餐的情景，更难想象我曾经戴着头盔、穿着紧身裤、套着护肩和护膝在那里奔驰。那时候我从来没想过受伤这回事。

同学陆续到学校，车子停妥了就三三两两有说有笑地走向教室。我把身子俯低，免得被人发现我坐在车里。一辆校车停在回转道口，放出一大群学生。有几个鬼头鬼脑的男生聚在实习工厂门口抽烟。去年秋天，赖普顿和阿尼就是在那里起的争执，现在回想起来已是遥不可及的往事了。

我的心跳得很厉害，紧张得有点不知所措，我甚至有点希望阿尼不要出现。才刚想到，那辆熟悉的普利茅斯就从大门转进来，以平稳的二十英里车速驶向这里。阿尼穿的是学校夹克，他没有往这边看，只是照例把车停在后排的老位置上。

我有种逃避现实的心理，不断告诉自己把身子俯低，然后他就会像其他人一样从我车子旁边走过。

可是我没有这么做。相反，我推开车门撑着拐杖走出去。教室大楼传来第一声钟响——阿尼比平常稍晚了点。我妈说阿尼是个绝对守时的人，也许李勃不是。

他往我这里走来，书夹在腋下，两眼看着地上。他穿过车缝，暂时被一辆小巴士挡住身影，然后又出现在我的视线中。接着他抬头看见我。

他的目光闪了一下，不由自主地转回去面对克里斯汀。

"离开方向盘你就像没穿衣服一样,是不是?"我问。

他回头看我,嘴角下垂,好像尝到了苦涩的味道。

"你的婊子还好吗,丹尼斯?"他问我。

李勃是个擅长挖苦的人。这点乔治·李勃虽然没有明确表示,却向我暗示过。

我撑着拐杖往前走了两步。

"赖普顿叫你芝麻脸的时候,你感觉如何?"我问他。

他好像有点惊讶,但脸上还是摆出狰狞的邪笑。外面实在太冷,我忘了戴手套,手指都快麻木了。

"还是你喜欢别人叫你屁虫——你忘了小时候的绰号?"我提高声调说,我并不打算对他发脾气的,可是我实在忍不住,"阿尼,你在哪里?李勃那小子是后来才来的,我才是一直陪在你旁边的人。"

他惊讶得退了半步,目光又转回去找寻他的克里斯汀,仿佛在拥挤的车站找寻心爱的人。

"你那么需要它吗?"我说,"你已经陷得无法自拔了对不对?"

"我不知道你在胡说什么。"他的声音变得沙哑,"你抢走我的女朋友,这点永远无法改变。你背叛我……欺骗我……你是卑鄙的狗杂种,你跟那些人一样。"他怒视着我,"我以为我可以相信你,结果你比赖普顿那些狗屎还卑鄙!"他向我逼近一步,"你这个狗杂种,你抢了我的女朋友!"

我也逼向他,还差点滑了一跤。现在我们就像西部片里面临决斗的两个枪手。

"是你自己不要她的,我根本不用抢。"我说。

"你说什么?"

"我说她差点噎死的那天晚上——或者说克里斯汀想害死她的那天晚上——你亲口说你不再需要她。"

"我没说!她在骗你,她在骗你!"

"我在跟谁说话?"

"不重要!"他的灰眼珠瞪得快跟眼镜一样大了,"她在说谎,我早就知道那贱女人会这么说!"

我们又互相逼近一步。他已经气得满脸通红,这正合我的目的。

"阿尼,你已经不是你了,我看了你的签名就知道了。"

"你闭嘴,丹尼斯。"

"你爸说你们家里多了个陌生人。"

"我警告你,少啰唆。"

"为什么?"我厉声反问,"因为我和利知道事情的真相是不是?因为你已经不再是阿尼了是不是?你听得到我说话吗,李勃?站出来让我瞧瞧,我们以前见过面,新年前夜和昨晚在肯德基的停车场上我都见过你。我知道你躲在里面,有种为什么不站出来?"

他出来了,可是这次是以阿尼的形象,只是这样子比骷髅更可怕,阿尼的脸变了,变得又像阿尼又像李勃。

我提醒自己,乔治·李勃跟我说的:他的脾气是我忘不了的,我记得很清楚,他总是那么愤怒。

他走向我,两人之间现在已没有距离可言。他眼中充满怒火,紧紧盯着我,嘴角邪恶的笑容像烙在脸上的记号。

我想到乔治·李勃卷起衣袖,露出那道长疤。我仿佛听到十四岁的李勃怒吼道:以后少挡我的路,你这天杀的臭小孩,听到没!乔治手臂上那道疤就是这么来的,因为他挡了李勃的路。

现在我面对的完全是李勃的脸。他是个不服输的人,把握这点,他是个不服输的人。

"反击他,阿尼,"我说,"他霸占你的身体太久了。打击他,杀了他,让他滚出你的身体——"

他踹我的右拐杖一脚。我挣扎着要站稳时,他又踹我的左拐杖一脚。我摔倒在雪地里,他走过来居高临下地看着我。

"你自找的!"他盛气凌人地说。

"对,我自找的,"我喘着气说,"阿尼,你还记得'蚂蚁农场'

吗？阿尼，你到底在哪里？这卑鄙龌龊的家伙这一生从来没养过蚂蚁，也没有任何朋友。"

突然，那副冰冷僵硬的表情化解了——我不晓得到底该怎么形容才正确。起初面对我的还是李勃那冰冷的面孔，接着又变成疲惫、歉疚的阿尼，然后又变成李勃。不仅如此，他还趁我趴在地上摸索拐杖时一直踢我。接着又是阿尼，我的好朋友阿尼，我还听到他说："噢，丹尼斯……丹尼斯……对不起……真的对不起。"

"现在对不起已经太迟了。"我说。

我找到一根拐杖，然后又找到另一根。我慢慢爬起来，跌倒了两次才撑好我的拐杖。我的双手迟钝得犹如两件笨重的家具。阿尼没有伸手拉我，他只是背着那辆小巴士，满脸惊恐地看着我。

"丹尼斯，我身不由己，"他喃喃地说，"有时候我甚至觉得自己根本不存在。帮帮我，丹尼斯，帮帮我。"

"李勃现在在你体内吗？"我问他。

"他一直都在，"阿尼呻吟着说，"他一直都在！除了——"

"那辆车？"

"克里斯汀……当她开动的时候，他在车里。只有那时候……"

阿尼突然不吭声了。他的头撇到一边，下巴垂在胸口，口水从嘴里流出来。然后他开始吼叫，拼命用头砸身后的小巴士。

"快滚，快滚——滚！"

之后的五秒钟里，他不停颤抖，好像有人把一竹篓蛇倒进他衣服里似的。

我猜想他在反击那个老浑蛋，而且他已暂居上风。可是当他再抬起头时，我看到的是李勃，不是阿尼。

"事情就像他说的，"李勃对我说，"孩子，少管闲事，我或许可以饶了你。"

"今晚到达内尔车厂来，"我说，我的声音干得跟沙子一样，"我们较量一下。我带利，你带克里斯汀。"

"时间地点由我选，"李勃说，并借着阿尼的嘴发出笑声，露出阿尼的牙齿，"现在我不会告诉你，等时候到了，你自然就会知道。"

"再考虑看看，"我装作无所谓的样子，"今晚来达内尔车厂，要不然明天我就跟她把这件事张扬出去。"

他笑了，笑得还真丑："你能去哪里说？精神病院？有人会相信吗？"

"一开始也许不会有人相信，"我说，"李勃，在你那时代如果你说你见了鬼，别人会把你扔进精神病院，从前没人谈飞碟，没人看过《驱魔人》，也没人听说过阿米蒂维尔的那栋鬼屋，不过这年头很多人开始相信这种事了。"

他还在笑，但目光开始变得充满疑虑。我想他是开始害怕了。

"还有一点你不知道，很多人已经觉得这件事不对劲了。"

他的笑容变得更虚了，显然他在担心什么。也许你在一阵疯狂的杀戮之后，就很难再停下来评估你将要付出的代价。

"就算你还有生命，那也不过是被藏在那辆车里的一团秽气，"我说，"你早知道这点，所以你从一开始就计划利用阿尼——说计划也许太抬举你了，因为你根本没资格计划，对不对？你只是听从那邪恶的本能指示。"

他嗤鼻，转身打算离去。

"你再考虑看看，"我在背后叫住他，"阿尼的爸爸已经发现一些端倪了，我爸也是。我想某些警察一定很乐于知道他们的好友琼金斯是怎么死的，而这一切的焦点都集中在克里斯汀、克里斯汀、克里斯汀，迟早有一天会有人用达内尔车厂后面的砸锤机把它砸得稀烂。"

他转过身用充满恐惧与恨意的目光看着我。

"我会不停地告诉所有人，我承认会有很多人笑我，但是我这里留有两块石膏，上面有阿尼的签名——只不过其中之一不是他的笔迹。你也知道那是谁的字。我要把证据交给州警，叫他们找笔迹鉴定专家来比对。然后他们会把注意力放在阿尼身上，当然还有克里斯汀。你能想象那情景吗？"

"小鬼，你唬不了我。"

不过他的目光可不是这么说的，我已经钩住他了。

"我说的都会发生的，"我说，"越来越多的人相信死后有生命。只要我和利把话传出去，很快就会有人把你的车砸成沙丁鱼罐头。我敢打赌，你的车毁灭的那天也就是你离开这世界的时候。"

"你等着看吧！"他冷笑一声。

"今晚我们会在达内尔车厂，"我说，"如果你够强，你可以干掉我们两个。当然事情不会就这么结束，你只是可以暂时苟延残喘，也许你有足够的时间离开这个镇，但我认为你还差得远。我们两个可以把你从这个世界铲除掉。"

我回到车里，刚才我故意拿着拐杖，装出笨拙无能的样子。我亮了几招，或许已经吓到了他——像签名的事就是个例子。所谓见好就收，说多了会露底牌的。但是我又想到有一件事一定会把那小子逼疯。

我用力关上门，然后探出头笑着跟他说："她床上功夫不赖，这点你大概从来不知道。"

他气得发出怒吼向我扑来，我赶紧摇上玻璃，按下门锁。他捶我的车窗时，我已不慌不忙发动引擎。他的五官扭曲，气愤得不知所措。我已完全看不到阿尼的影子，我的好友已经不存在了。我难过得想哭，但我仍装出那副轻蔑、肮脏的笑脸，然后从容不迫地隔着车窗竖起中指。

"去你的，李勃！"我说着开动车子，留下他站在停车场上气得直发抖。我有把握今晚他一定会赴约。

结果马上就能揭晓了。

50
佩托妮亚

有种温暖的东西在眼中流动，

今晚终于找到真爱，

我紧拥着她，印上最后一吻。

——法兰克·威尔森与骑士合唱团

我大约开了四条街才开始出现生理反应。最后我不得不把车停下来，因为我抖得太厉害了。我把暖气开到最大，却丝毫没有帮助。我紧抱双臂，想让自己稍微暖和一点，但我发现我再也温暖不起来了。那张脸，那张恐怖的脸，阿尼被埋藏在里面。他说李勃一直都寄居在他的躯壳里，只有一种时候例外——什么时候？当然是克里斯汀自己会跑的时候！李勃不可能同时出现在两个地方，他的力量还没有那么强大。

我过了好久才渐渐恢复平静。当我再度发动车子时，看了一眼后视镜才发现我哭过了。

九点四十五分，我已到了庞巴顿的住处。那小子真是个大块头，他穿着绿色雨鞋和又厚又重的红黑格夹克，头戴旧帽。我下车时，他刚好在门口仰头看天。

"收音机说还会下大雪，不晓得你是不是还打算出去，不过我还是把她弄来了，看看你满不满意。"

停在庞巴顿门口的那辆车是我平生见过的最怪的。即使隔着那么远，我也闻得到它发出的香味。

若干年前，它是通用汽车的产物——至少那巨大的车头上挂着通用的标志。可是现在它是大杂烩。但有一点不可否认的是它实在巨大无比。它的引擎盖比一般的高个子还高，驾驶座像四方形钢盔。长管形车身左右各有两个轮子，看起来像极了巨型油罐车。

只是我从来没见过有人把油罐车漆成粉红色的。长管的侧面有着两英尺高的哥特式字体：佩托妮亚。

"我真不知道该怎么形容它，"我说，"原来它是干什么用的？"

庞巴顿塞了根烟在嘴里，然后用火柴头在指甲上一擦，点燃一小撮火苗。"活动油库。"他吸着烟说。

"什么？"

他笑了笑。"容积两万加仑，"他说，"佩托妮亚——最了不起的巨无霸。"

昨天打电话给庞巴顿时，我问他有没有重型卡车出租。他说这辆是他所有卡车中最重的。他有四辆砂石车，但全都租出去了，另外还有辆平地机，圣诞节前就坏了。他说自从达内尔车厂关门以后，要维护这些重型车可真困难。

佩托妮亚是辆不折不扣的重型油罐车。

"它有多重？"我问庞巴顿。

他吸了口烟说："净重，还是满载？"

我咽咽口水："现在是空车还是满载？"

他仰头大笑："你想我会出租满载的车吗？不，不，当然是空车，空得只剩一副骨架。你闻闻，她还有香味呢，是不是？"

我抽抽鼻子。它是很香。

"我想它的车况还不错吧。"我说。

"那当然，"庞巴顿说，"试了你就知道。老佩托妮亚的原始资料很久以前就遗失了，现在资料上登记的重量是一万八千磅。"

"净重？"

"当然，"他说，"如果你在州际公路上被拦下来过磅，超过重量的话可就有麻烦了。她的实际重量也许到一万九千磅，我也不太清楚。这车一共有十挡……不晓得你会不会用离合器。"

他用怀疑的目光看看我的拐杖。

"你能踩离合器吗？"

"当然能，"我严肃地说，"只要离合器不太紧。"但我能支撑多久？这倒是问题。

"好吧，这是你的事，我也不便过问，"他含着笑意看看我，"如果你付现金我可以打九折，因为付现金我就不用向舅舅报账。"

我看了看皮夹，找到四张二十块的和四张十块的："你说租一整天是多少？"

"九十块怎么样？"

我立刻付了钱。原先我预计要一百二十块以上。

"你的车怎么办？"

这事我倒没想过："留在这里可以吗？只有今天一天。"

"当然可以，"庞巴顿说，"在这儿放一周都行，我无所谓。但是你得停到后面来。还有，钥匙别拿走，说不定我得移开你的车或什么的。"

我把车停在后面的空地上。那里堆满了卡车零件，上面铺了一层厚厚的白雪，看上去就像海滩上的鲸鱼尸骨。我花了十分钟才完成这项工作。我的动作可以更快一点的，但我不敢动我的左腿，我得留着它对付佩托妮亚的离合器。

我走近佩托妮亚时，胃里仿佛集结着一块黑云。我相信它能制服克里斯汀——只要今晚它肯依约到达内尔车厂来，而且我也能操纵佩托妮亚的排挡的话。我这辈子还没开过这么大的车，不过暑假打工时，布拉德让我操作过几次他的铲土机。

庞巴顿双手插着口袋，站在一旁仔细观察我试车。我爬上驾驶座位外的踏板，正准备拉开车门时，庞巴顿往我这里走过来。

"我上得去。"

"那就好。"

我又把拐杖撑在腋下，呼吸变得又短又急促。我拉开车门，用左手抓着里面的门把，把右腿伸进车里，再用右手把拐杖扔进车里，然后整个人跟着钻了进去。钥匙就插在点火器上，排挡的位置标示在排挡杆上。我关上门，用左脚踩着离合器——还好，不算很痛——然后就这么把佩托妮亚发动起来了。那轰隆隆的引擎声可真够响亮。

庞巴顿走过来。"引擎太吵了是不是？"他大叫着说。

"可不是吗！"我也吼叫着说。

"你知道吗，"他大叫，"我真怀疑你的驾照上有没有'I'。"驾照上有"I"表示你可以驾驶大卡车。我的只有"A"，没有"I"，"A"表示除了自用小客车，你还可以驾驶摩托车。

我向他笑笑。"你信得过就好。"我说。

他也向我笑笑："当然。"

我稍稍踩下油门，佩托妮亚的引擎放了两个屁，那声音就像两枚炸弹在你旁边引爆一样。

"介不介意我问你租这辆车做什么用？当然这不关我的事。"

"你看它最适合做什么？"我反问。

"对不起，你说什么？"

"我要除掉一坨狗屎。"我说。

虽然是空车，但从庞巴顿那里驾着佩托妮亚回镇上也真够叫人捏把冷汗了。那玩意儿实在不好操纵，我的位置是居高临下，迎面而来的车子都从我脚下溜过，从这里看下去只看得见车顶。驶入自由镇时，我简直出尽了风头，仿佛我是条游进金鱼池里的鲸鱼一样。但我想人们会为之注目，多少也和佩托妮亚鲜艳的粉红色有关。

我的左腿慢慢开始痛了，可是一旦驶进市区，我只忙着换挡，根本无暇顾虑我的腿。此外，我的胸和肩也跟着开始痛了，这一定是因为驶入闹市区，我必须不停转方向盘，佩托妮亚没装动力方向盘，转起来可真费劲。

我离开缅因街转入胡桃树街，在西方汽车零件厂门口停车。我小心翼翼从车上爬下来，再关上车门（现在我的嗅觉已经适应了车里的淡淡幽香），然后撑着拐杖走进店里。

我拿了吉米给我的三把钥匙请他们各复制两把，价钱一共是一块八毛。我把配好的钥匙组合好，放在一个口袋里，吉米的钥匙则放在另一个口袋。然后我走到邻街的快餐店。头顶的黑云越来越浓，庞巴顿说得没错，下午会下大雪。

我点了杯咖啡和一碟丹麦奶酥，跟柜台换了些零钱。接着我走进电话亭，把门关好，拨了利的电话号码，铃声才响一次她就拿起了话筒。

"丹尼斯！你在哪里？"

"自由快餐店。你一个人在家吗？"

"是啊，我爸上班，我妈出去买东西。丹尼斯，我……我差点把一切都告诉她了。可是我想到她在路边停了车，还要过马路才能到超级市场……我也不知道，你虽然说过阿尼不离开镇上就没关系，可我还是放心不下。我知道你讲的也有道理，可是你又不可能完全确定。你知道我的意思吗？"

"我知道。"我不也一样？昨晚忍着腿痛送伊莱恩到两条街外买零食，不也是同样的心理？"我完全懂你的意思。"我对她说。

"丹尼斯，事情不能一直这样下去，我会发疯。我们还是照原计划吗？"

"对，照原计划，"我说，"给你妈留一张字条，利。告诉她你要出去一会儿，其他的都不要说。晚餐时间你还没回去的话，你爸妈一定会打电话到我家，然后他们一定会以为我们是私奔了。"

"也许这构想还不赖，"她笑了，"我这就去找你。"

"嘿，还有件事。你家里有没有什么止痛药？随便哪种都行。"

"以前我爸扭伤背用的药还在，"她说，"丹尼斯，你的腿又在痛了吗？"

"一点点。"

"一点点是多少？"

"真的没关系。"

"还能动吗？"

"能动，过了今晚我会好好休息一天，好吗？"

"好。"

"那就快来吧。"

我刚点了第二杯咖啡，她就进来了。她穿了件毛边连帽大衣，下身是洗白的牛仔裤，裤管塞在靴子里，看起来又神气又性感。难怪她一进门，所有脑袋都转向了她。

"你可真帅。"我吻了她的额头说。

她拿了个小罐子给我："你好像还没发烧。你的药在这儿。"

女服务生是个约五十岁、头发灰白的中年妇人。她端着我的咖啡走来："你们两个小鬼为什么不上学？"

"放特别假。"我正儿八经地说。她白了我一眼。

"我要咖啡。"利边摘手套边说。等女服务生走回吧台后，利凑过来对我说："如果我们被督学抓到，那可就精彩了。"

"对，一定很精彩。"我说。嘴上虽然在开玩笑，我们的口气却不那么轻松。我想在这件事结束之前，我们都不可能真正轻松下来。我

461

发现利的眼睛下面发黑，显然昨晚没睡好。

"现在我们怎么办？"

"准备解决掉它，"我说，"等会儿你就会看到我们的马车了，夫人。"

"我的天哪！"利看见巨大的佩托妮亚时，不禁发出惊叹，它停在西方汽车零件厂门口的停车场上，旁边的雪佛兰和大众相比之下简直就像玩具，"这是什么玩意儿？"

"活动油库。"我一本正经地说。

她先是困惑地看看我……然后爆出歇斯底里的狂笑。看她这么开心，我心里也稍微轻松了点。早先我告诉她早上在学校遇到阿尼的事，她脸上的肌肉绷得好紧，嘴唇噘得都发白了。

"我知道这辆车看起来有点怪——"我说。

"何止一点。"她还在笑。

"——可是它一定可以完成任务。"

"我想它可以胜任……我想它没什么不能胜任的，是吧？"

我点点头："我也这么想。"

"我们进去吧，"她说，"我好冷。"

她爬上去，站在踏板上嗅了嗅，回头对我说："好香。"

我笑着说："你马上就不会觉得它香了。"我把拐杖递给她，费了番力气才爬上驾驶座。左腿的疼痛已经减轻许多，我离开餐厅前才吃了两颗止痛药。

"丹尼斯，你的腿好点了吗？"

"不好也得好，晚上全靠这条腿了。"说着我把车门关上。

51
克里斯汀

我总是这么对我朋友说，

约翰（这不是他的本名），四周一片黑暗，

要我们如何对抗，何不买辆大车逃亡？

他说，看在老天的分上，去吧，看看你能逃到何方。

——罗伯特·克里利

我们离开西方汽车零件厂时差不多已经十一点半了。天空开始降下第一阵雪。我把车开往吉米家。吃了止痛药后，操纵排挡轻松多了。

他们家没人，赛克斯太太可能上班去了，吉米可能去领他的失业救济金了。利在她的皮包里找到一个皱皱的信封，把她的地址涂掉，在上方写了"吉米·赛克斯收"几个字，然后把吉米的钥匙放进信封，塞进他们家门口的信箱里。

"下一步是什么？"她回到车上时问我。

"再打个电话。"我说。

我在肯尼迪大道和弦月街交叉口找到一座电话亭，我慢慢爬下卡车，从利手里接过拐杖，一步步走向电话亭。隔着凝满水雾的电话亭玻璃往外看，佩托妮亚就像一只粉红色的大恐龙。

　　我打到霍利克大学，请总机帮我接迈克尔的办公室。阿尼曾告诉我他爸是不折不扣的工蜂，即使吃饭时间也一定在办公室。他说得一点没错，铃声响了两次电话就接通了。

　　"丹尼斯！我刚刚才打到你家！你妈说你——"

　　"他要去哪里？"我的胃里一阵冰凉。直到这一刻，才证实了这一切是真的。先前我总期望事情不会真的发生，但现在我相信今晚的疯狂大决斗是不可避免的了。

　　"你怎么知道他会离开镇上？你一定要告诉我——"

　　"我没时间解释，就算有时间，现在也不能回答你。他要上哪儿去？"

　　他慢吞吞地说："他下了课要和雷吉娜一起去宾州州立大学。上午阿尼打电话给她，问她能不能陪他一起去。他说……"他停了一会儿，好像在想什么，"他说他觉悟了……他有种预感，如果今天下午不去宾大跟他们谈谈，将来他就进不了那所学校。他说他决定要念宾大，如果她陪他去的话，他们就能会见学校的理学院招生委员。"

　　电话亭里很冷，我的手指几乎冻僵了。利坐在高高的车里，焦急地往这里看。我在想，阿尼，你安排得真不赖啊。又一次不在场证明，而且有学校招生委员可以做证。他把母亲当作玩偶，用线操纵她……我不禁为雷吉娜感到难过。

　　"你相信他的话吗？"我问迈克尔。

　　"当然不信！"他说，"如果雷吉娜仔细想想，她也不会相信。会见招生委员是七月份的事，只要缴得起学费，在校成绩又够好，他根本不必现在就跑这一趟。事实上这两样他都没问题，他说得好像现在还是二十世纪五十年代一样。可是……"

　　"他什么时候走？"

"第六节下课她过去接他，两人在阿尼学校见。这是后来雷吉娜打电话告诉我的，她说下午阿尼已经请了假。"

那表示他们大约一个半小时后就要离开自由镇。于是我又问了最后一个问题，其实不问我也知道答案："他们不会开克里斯汀去吧？"

"不会，他们开雷吉娜的旅行车去。丹尼斯，她简直高兴死了……阿尼那孩子居然主动要去宾州州立大学……这消息多令人振奋！丹尼斯，到底发生了什么事？求你告诉我！"

"明天再告诉你，"我说，"我答应你，明天一定说。现在你一定要帮我个忙，这件事生死攸关——包括我的家人、利的家人，还有你……"

"噢，老天！"他的声音听起来好像刚想通了一件事，"每次他一离开镇上——只有威尔奇死的那次例外，那次他是在……雷吉娜看见他在睡觉，我确定她不会骗人……丹尼斯，是谁开他的车去杀人？是谁趁着阿尼不在的时候利用他的车去杀人？"

我几乎就要说出来了，可是电话亭里实在太冷，而且我的腿又开始痛了。如果我说出来，紧接而来的一定又是一大串问题，而最后的结果会令他不敢置信。

"迈克尔，请你注意听我说，"我设法让自己说得缓慢、清晰，"你一定要打电话给我爸和利的爸爸，叫两家人聚集在利家。"我想到她家的砖墙比较坚固，"还有你，迈克尔，你也要待在那里。我和利没有回去或打电话过去前，你们绝对不可以分散，你替我和利转告他们一句话——"我心里盘算着：如果阿尼和雷吉娜两点出发，他的不在场证明要到几点才算"铁证如山"？"下午四点以后谁也不可以外出。记住，下午四点，无论发生什么情况都不可以外出。"

"丹尼斯，我不可能——"

"你一定要做到，"我说，"你要设法说服我爸，还有卡伯特夫妇。迈克尔，你自己也千万要远离克里斯汀。"

"他们直接从学校出发，"迈克尔说，"他说把车留在学校停车场不会有问题的。"

我又意识到他怀疑阿尼在说谎，经过去年秋天那次砸车事件后，阿尼永远不可能再把车停在公共停车场上。

"如果你从窗口看见克里斯汀在外面，避开窗口，知道吗？"我说。

"我知道，可是——"

"请立刻打电话给我爸，答应我，你一定要做到——"

"好，我答应你，可是，丹尼斯——"

"谢谢你，迈克尔。"

我挂断电话，我的手脚冰冷，额头却直冒汗。我用拐杖把电话亭的门顶开，慢慢走入冰天雪地中。

"他怎么说？"利问，"他答应你了吗？"

"答应了，"我说，"我要他们聚在一起，我想我爸会帮忙。如果今晚克里斯汀要杀人的话，目标一定会是我们两个。"

我爬上佩托妮亚，慢慢驶上路。一切都安排好了——我只能做到如此——现在只有等着看事情到底怎么发展了。

我们顶着风雪，驶往达内尔车厂。一点整时，我刚好把车转入车厂前的空地。这栋铁皮建筑如今已荒无人迹，在阴霾的冰雪天里更显得凄凉万分。佩托妮亚及腰的大车轮碾过厚厚的积雪，在车厂的大门前停下。钉在门上的那块木牌还在那里——车位出租，周、月、年均可；入内请先鸣喇叭——跟去年八月阿尼第一次把车开来时完全一样。不同的是旁边的窗子上挂了另一块牌子：暂时关闭。另外，在门口空地上的雪堆中掩埋了一辆二十世纪六十年代的福特野马跑车，看起来就像一座古墓。

"这里荒凉得可怕。"利悄悄地说。

"可不是吗？"我把上午配好的钥匙交给她，"其中一把可以打开大门。"

她拿了钥匙下车走到门边。她开锁时我一直注意两个后视镜，我们好像没有引起特别的注意。我想任何人看见这辆惹人注目的车子心里大概都会猜我们是在干什么不法勾当。

利突然弯腰拉着门的下面，一连试了几次门都没有动一下。于是她走回卡车边上对我说："锁是打开了，可是门拉不上去。我想大概是下面冻在地面上了。"

这下可好，我心想，正式行动的第一步就遇上难关。

"丹尼斯，实在对不起。"她看着我说。

"没关系。"我打开车门，痛苦地爬下车。

"千万小心。"她扶着我的腰慢慢陪我走过雪地，"当心你的腿。"

"是的，妈。"我笑着逗她。

我用身体右侧面对着门，这样我蹲下去时身体的重量可以集中在右腿。于是我就这么蹲下去，左腿伸直悬在空中，左手扶着拐杖，右手拉着卷门下面。我的姿势一定像极了马戏团里的软骨功表演。我用力往上拉，感觉到门稍稍移动了一点点……她说得没错，门下面冻结在地上了。你可以清楚地听到冰块碎裂的声音。

"帮我一起拉。"我说。

利也蹲下去帮我，冰块碎裂的声音越来越大，可是那扇门就是不肯认输。

"快了，"我说，我的脸上流出汗水，右腿因耐不住煎熬而颤抖，"我数一、二、三，然后我们一起用力。"

"好的，你数吧。"她说。

"一……二……三……"

紧接着发生的事是卷门哗的一声随着轨道升了上去，而我也狠狠摔倒在地上，左腿刚好压在身体下面。虽然白雪是块天然的吸震垫，但我还是感觉一束银色闪电从大腿一直传到太阳穴，又倒着传回去。我咬着牙没叫出声来，利跪在旁边，两手扶着我的肩膀。

"丹尼斯！你怎么样了？"

"扶我起来。"

她用了最大的力量才把我扶起来。当我撑着拐杖又站在地上时，我们俩都已气喘吁吁。我的左腿伤势实在不轻。

　　"丹尼斯，你不能再踩离合器了，是不是？"

　　"我还可以，利，先扶我回车上。"

　　"你的脸色白得像鬼一样，我们应该去看医生。"

　　"不，扶我回车上。"

　　"丹尼斯——"

　　"利，扶我回车上！"

　　我们一步一步缓慢地走向佩托妮亚，在身后的雪地里留下深深的足迹。我爬上踏板，打开车门拉着方向盘，利在下面推我的屁股，我感觉到她在发抖。最后我终于上了驾驶座。疼痛为我带来一身热汗。我的衣服湿了，上面沾的雪花也融了。一直到今天我才晓得痛苦也能让你流汗。

　　我把拐杖放好时，那道银色闪电又出现了，我痛得撇着头直磨牙。

　　"丹尼斯，我要到街上去打个电话请医生来，"利吓得脸色苍白，"你的骨头又断了，对不对？"

　　"我不知道，"我说，"但你不能那么做。如果我们不把事情解决了，你我的家人都会有生命危险。你也知道李勃不会罢休，他今晚一定要复仇，所以我们也不能罢休！"

　　"可是，你根本不能开车！"她哭着说。她的帽子掉到背后去了，深棕色的头发上沾满了雪花。

　　"到里面去找个扫把或长棍之类的东西。"我说。

　　"那样有什么用？"她哭得更厉害了。

　　"进去找找看，找来了再说。"

　　她走进漆黑的车厂，失去了踪影。我捧着左腿，设法平息内心的恐惧。如果骨头真的又断了，我这后半生可能都要架着义肢了。可是如果我不能消灭克里斯汀，也许我根本就没有后半生了。

　　利拿了个拖把过来。"这个可以吗？"她问。

"至少可以帮我们把车开进去。待会儿到里面再找更合适的。"

拖把的杆子是用螺丝拧上去的。我用车里的扳手把螺丝拧松，拆下杆子，扔掉拖把头。我用左手握着杆子——又是一根拐杖——把离合器踏板顶下去。可是杆头立刻滑开，离合器踏板又弹回来，杆子这头还差点戳到我的嘴。看来大概还行得通。

"上车吧，我们把车开进去。"我说。

"丹尼斯，你真的行吗？"

"相信我。"我说。

她看着我，迟疑了一会儿，然后点点头说："好吧。"

我等她上了车，用拖把杆把离合器顶下去，打上一挡，再慢慢松开离合器。杆头在松到一半时滑掉了，但佩托妮亚已经平稳地上了路。这辆巨型油罐车碾着积雪，缓缓驶进车厂。

我踩住刹车对利说："我们得找个底部较宽的长棍子。这根拖把杆会滑掉。"

"我下去找。"她说。

利下去后，我坐在车上等她。这儿真是一片凄清，车厂还停了几辆没人要的破车，就像残留在战场上的无名尸骨。白漆画出的车位都空在那里。我看到了二十号车位，赶紧又把视线移开。

墙边的轮胎架差不多也空了，只留下几个磨光的旧胎，就像巨大的甜甜圈。升降机停在半空中，下面摆了个钢圈，对面墙上是大灯校正靶，看起来像两只血丝满布的大眼睛。厂里到处是幢幢黑影，头顶上是纵横交错的暖气管。

这儿简直就像一座坟墓。

利用吉米的钥匙打开达内尔办公室的门。我隔着玻璃看见她的影子在里面走来走去。过去达内尔常坐在里面看着他的顾客享受自己修车的乐趣。利找到了电灯开关，头顶上的日光灯一个接一个亮了，可见电力公司还没把电源切断。待会儿我必须叫她再把灯关掉——我可不想引起外面的注意。不过至少我们可以打开暖气。

她又打开一扇门，暂时从我的视线中消失。我低头看看手表：一点三十分。

过了一会儿，她又拿着一个拖把出来。这个显然要好得多，因为顶端是一条海绵，刚好形成 T 字形推杆。

"这个可以吗？"

"好极了，"我说，"上车吧，我们要办正事了。"

我试了试新的拖把。"好用多了，"我说，"你在哪儿找到的？"

"浴室。"说着她还抽抽鼻头。

"很脏吗？"

"脏死了，到处是烟屁股，角落还有一摞发霉的旧书，那种书连旧书店都不收。"

达内尔身后就留下这么些东西：一栋空车厂、一摞旧书、满地烟屁股。我心中又是一阵凄凉。这里真的是坟墓——李勃和克里斯汀就在这里吞噬了我朋友的意识，夺走了他的生命。

"我真想快点出去。"利看看四周说。

"真的吗？我还蛮喜欢这里。我想搬进来住。"我搂住她的肩，深深看入她的眼睛，"我们可以建立一个小家庭。"

她扬起拳头："你想流鼻血吗？"

"打吧，流点血也值得。其实我也急着离开这儿。"我又试着开动佩托妮亚，新的拖把操纵离合器真的好用多了……至少打一挡时是如此。当然拖把杆有时候会弯曲，我们还需要一根更粗的杆子，不过目前也不敢苛求太多了。

"我们得把灯关掉，"我熄掉引擎说，"开着灯会引人注意。"

她下车关灯时，我把车掉个头，面对大门，慢慢往后倒到达内尔办公室的墙边。现在这巨无霸的鼻头正指着入口。

灯关了，屋里又是黑影幢幢。窗外照进来的光线受到漫天大雪的阻隔，显得昏暗无力。

"丹尼斯，我好冷。"利在达内尔办公室大声对我说，"我找到了暖气开关，可不可以打开？"

"开吧。"我回答。

几秒钟后，车厂里响起呼呼的风声。我靠在椅背上抚摩左腿。我的牛仔裤很紧，平整得没有一道皱纹，可是里面的肌肉在发胀。老天，这种痛楚真难忍受。

利又爬回车上。她告诉我说，我的脸色很糟，我却在回想第一次和阿尼把克里斯汀弄进车厂的种种。我闭上眼睛，泪水差点流了出来。

你没事干只能等待的时候，时间就过得特别慢。我们从一点四十五分等到两点，外面的雪更大了。利下去按下大门开关，铁门缓缓滑下，屋里更暗了。

她爬回车上时对我说："大门边上有个很奇怪的东西——看到了吗？有点像是开门的电子遥控装置，以前我家的车库也有那东西。"

我突然坐直："老天！"

"怎么回事？"

"那是电子遥控装置没错，克里斯汀那里正好有控制器。感恩节那天晚上阿尼来看我的时候跟我提过。你一定要把它破坏掉，利，用刚刚那根拖把杆！"

她又下车，走到大门边，用拖把杆拼命砸那个遥控器。那模样就像个家庭主妇在扑杀天花板上的蟑螂一样，最后遥控器的塑胶壳和玻璃都裂成小碎片掉了下来。

她把拖把杆扔到一边，慢慢爬回车上："丹尼斯，现在你可不可以告诉我，你到底打算怎么样？"

"我不懂你的意思。"

"你懂，"她指指紧闭的大门说，"你是不是想等天黑了再把大门打开？"

我点点头。我要让克里斯汀进来，然后再把门关上，不让它出去。想到刚刚我们差点漏掉那个遥控装置，我不禁捏了把冷汗。

总之，先开门让它进来，再关上门……然后我用巨无霸把它撞得扁扁的。

"好吧，"她说，"这是个很好的陷阱。可是一旦它进来，你怎么再去把门关上？也许达内尔办公室里有什么秘密按钮，可是我没看到。"

"据我所知，办公室里没什么按钮，"我说，"所以到时候你得站在门边的按钮那里把门关上。"我朝大门指了一下，关门钮就在门边，离电子遥控器只有两英尺远，"你要躲在墙边，不能让它看见。克里斯汀进来后，你立刻按下按钮，赶紧往外跑。然后门掉下来——砰的一声！这里就成了陷阱。"

她的脸色阴沉："可是你也被关在陷阱里。"

"除此之外没有其他办法了啊，"我说，"你的动作一定要快。如果门降下来了你还在里面，克里斯汀就会把目标转向你。就算达内尔办公室里有什么按钮——我想你也知道克里斯汀撞毁那面玻璃墙根本不费吹灰之力。你也看到报上登的照片了……达内尔家整面墙都被撞毁了。"

她一脸固执地说："你把车停在门边，它进来后我从车窗伸手按按钮把门放下来。"

"如果把车停在门边，车头就会露出来。它看到这么巨大的车头就不会上当了。"

"我不喜欢这样！"她哭了，"我不要把你一个人留在里面！我被你骗了！"

其实我真的把她给骗了，不过这么做是值得的。我伸手搂她的时候，她稍微表示抗拒，但最后还是把身体靠了过来。"没有别的办法，"我说，"如果我的腿没断……如果你会开卡车的话——"我耸耸肩。

"我很为你担心，丹尼斯，我要帮你。"

"你帮的已经够多了。其实你比我还危险——你要把握好机会，及时冲出去。我只是坐在驾驶室里把它撞扁而已。"

"只希望我们的计谋能够成功。"说着她把头靠在我的胸膛，我也抚着她的秀发。

　　于是我们一直等下去。

　　我可以用我的心灵之眼看见阿尼夹着书本从学校教学大楼走出来，雷吉娜坐在旅行车上等他，脸上容光焕发。阿尼哭着让她拥抱。"阿尼，你这么决定真是对极了……你不晓得我和你爸有多高兴。""是的，妈。""让你开好不好，乖孩子？""不，妈，你开好了。""没关系的。"

　　然后母子两人冒着风雪驶向州立大学，雷吉娜开车，阿尼乖乖坐在旁边。

　　而自由高中停车场上的克里斯汀则静静等着，它要等到天黑，等待雪下得更大。

　　三点半时，利穿过达内尔的办公室去上厕所。我又吞了两颗止痛药。现在我的腿硬得就像铅铸的一样。

　　稍后我不小心打了个瞌睡，我想或许是因为吃了止痛药。一切都变得像在梦中：雪越下越大，窗外的天色越来越昏暗，头顶的暖气管呼呼响着。

　　我好像还和利做爱……不是普通的方式，我的腿根本不可能，我也不晓得那算不算做爱。我好像还记得她在我耳边喘气，我仿佛听到她一再叮咛我要小心。她已经失去了阿尼，不能再失去我。我好像记得一阵喜悦爆发开来，让我暂时忘了痛苦……然后我又陷入昏睡。

　　我知道的下一件事是利拼命摇我，在我耳边一遍又一遍喊我的名字。

　　"呃！什么事？"我惊醒过来，瞪大眼睛转过去看利，就像只猫头鹰一样。我这才感觉到腿痛得就像要裂开一样。

　　"天黑了，"她说，"我好像听到什么声音。"

　　我眨眨眼，发现她一脸惊恐，我朝大门望了一眼，看见入口门开着。

　　"门怎么会——"

"我，"她说，"是我开的。"

"你太大意了，利，"我忍着腿痛坐起来，"如果它进来了——"

"结果它没有进来，"利说，"天才刚黑，雪越来越大。我开了门回来看你睡得正熟，想让你再多睡几分钟。我要等天完全黑了再叫你，不知不觉天已经黑了半小时，而且刚刚我好像还听到什么声音。"

她的嘴唇微微颤抖着。

我看看表，五点四十五分。如果一切顺利，现在我的家人和迈克尔及利的家人都该在一起了。我隔着佩托妮亚的车窗看着黑漆漆的大门入口处。我可以听到寒风飕飕的声音，门外的雪花已经飘进屋里。

"刚刚你听到的是风声，"我说，"风正在外面喧闹呢。"

"也许吧，可是——"

我勉强点点头，不愿她离开安全又温暖的车厢。可是如果现在她不走的话，也许就永远走不了了。我不想她走，她也不想我赶她走，可是待会儿克里斯汀进来的话马上又会倒出去。

然后它会等待更适当的时机。

"好吧，"我说，"但是记住一件事……躲在大门右侧的凹缝里。它来的时候，也许会先在门外停一阵子。"我心想，就像动物凭嗅觉侦察状况一样，"不要害怕，也不要动，不要让它把你给吓出来。冷静地等它进来，然后按下按钮，立刻冲出去，完全懂了吗？"

"我懂，"她喃喃地说，"丹尼斯，这招管用吗？"

"只怕它不来，不怕不管用。"

"在一切结束前我都见不到你了？"

"我想是的。"

她深深看入我的眼睛说："小心点，丹尼斯，"她点点头，"杀了它。不是她，是它，杀了它。"

我们结结实实地拥抱了一次，然后她转身准备离开。她的膝盖不小心把皮包从椅垫上碰到地上。她停下来想了一下，笑着把皮包捡起来，在里面翻找东西。

"丹尼斯，"她说，"还记得《亚瑟王》吗？"

"记得一些。"在我受伤前，利、阿尼和我都选修了英国文学，我记得第一堂课讲的就是亚瑟王。不过利为什么现在问这句话，我实在有点搞不懂。

她终于找到她要的东西。那是一条粉红色的尼龙围巾——起雾的天气女孩子常绑在头上的那种。她把围巾系在我的左手腕上。

"搞什么鬼？"我问她。

"当我的骑士，"她很严肃地看着我，"丹尼斯，当我的骑士。"

我拾起拖把敬了个礼说："当然，请叫我奥萨达爵士。"

"你要开玩笑也随你，"她说，"只是待会儿可别开玩笑，好吗？"

"好吧，"我说，"你要我做骑士，我就做骑士吧。"

她笑了，我心里也觉得好过了点。

"记得那个按钮，千万要用力按，否则门也许下不来，那一切就都完了。别让它逃了，好吗？"

"我知道。"

她下车走向大门，现在即使闭上眼睛，我也能够看见她的背影，在暴风雨来临前，一切都是完美的——一个修长、美丽的女孩，蜂蜜般的秀发、细长的腿、鲜艳的雪衣、褪色的 Lee 牛仔裤、芭蕾舞者般的步态……她一步步远离我，走向大门。

在我的视觉里这一切仿佛变成了慢动作影片，我看见她的臀部左右摇摆，听到她的靴子在沾满油污的地板上踩出回声，我甚至可以听到她身上衣服的摩擦声。她走得很慢，头抬得很高——现在她像是猎物而不是掠食者，就像一匹黄昏时分走近水源的斑马。她好像意识到了危险，如果我们准备好一切等着克里斯汀，它也很可能在等着我们。我想隔着佩托妮亚的驾驶室大叫利，回来，利，快回来，你说得没错，你听到了声音，它就在门外，它关掉车灯躲在雪堆后面等你，快回来，利！

她突然停下来，两手紧握成拳，也就在那一刻，两道强光从外面的雪地里照进来。

利呆住了。她完全暴露在宽敞的空间里，她离大门还有三十来英尺，而且正位于入口中央。就在那一刻，我看见她脸上惊慌、不知所措的表情。

我跟她同样不知所措，所以那紧要关头就在彷徨不定中溜走了，而我们竟没有采取任何行动。接着车头灯向大门口冲来，我隐约可以看见强光后克里斯汀的影子，我可以听到它穿越雪地时引擎的吼声。不知道它在外面等了多久——也许天黑之前它就在那里等着了。雪花落在引擎盖和风挡玻璃上，可是立刻就融化了。它冲上入口的引道，继续加速，那台八缸引擎发出凶悍愤怒的吼叫。

"利！"我大叫，同时转动钥匙，发动佩托妮亚的引擎。

利拔腿继续奔向门边的按钮。克里斯汀进门的那一瞬间，利刚好按下电钮。我听见大铁门顺着轨道滑下的声音。

克里斯汀猛地向右转，冲向利。它沿着墙边刮下无数铁皮碎片，保险杠和墙基之间摩擦出火花和尖锐的声音——那样的效果有点像一大群醉汉在尖声大笑。利闪进凹缝里，可是克里斯汀掉头回来时，她可就没地方闪了，利站在角落喘息，从反方向看来那里不是凹缝，只是个角落，她已经没地方可躲了。门下降的速度出人意料地慢，她或许还来得及奔出门外，但克里斯汀也许会一起追出去，即使门边会刮掉它的车顶，但我相信那样并不能阻止它。

佩托妮亚的引擎也开始怒吼，我拉起大灯开关，两束强光照亮大门，也照亮了利。她仍旧靠在墙边，眼睛瞪得好大。她的大衣在车灯照射下变成奇幻般的蓝色。我有个病态的想法，那就是如果她流血的话，看起来一定会是紫色的。

我看见她仰头往上看了一眼，然后又看看克里斯汀。

那辆普利茅斯磨着刺耳的轮胎声，再次扑向利。墙基上留下的摩擦痕迹现在正冒着烟。这时，我突然发现克里斯汀里面有人，满满一车的人。

在克里斯汀冲向她的一瞬间，利猛然往上一跳，就像脚底装了弹簧似的，我以接近光速的速度推想，她可能是要跳上克里斯汀的车顶。

可是我猜错了，她跳起来抓住了一根钢梁，那根钢梁的作用是支撑九英尺高的轮胎架。我和阿尼头一次来的时候，架上吊满了轮胎，现在却几乎是空的。利抓紧钢梁，又向后翻，就像小时候玩单杠那样。紧接着，克里斯汀的车头轰然一声撞进她背后的墙角。如果利倒翻的动作稍慢一点，她两腿膝盖以下的部分可能都成肉泥了。又是一大堆碎铁皮掉下来，轮胎架上剩余的两个旧车胎也被震了下来，像两个橡皮甜甜圈一样在地上又跳又滚。

克里斯汀退出去时，一整块铁皮被拖出来，刚好砸在利头上。克里斯汀四个轮子都冒着白烟，把它那两吨重的车身从碎铁废墟中拖出来。

你一定奇怪这段时间我都在干什么，其实你根本不能说"这段时间"，这一切只不过是几秒钟的事。克里斯汀进门时，我开始发动佩托妮亚，现在我才刚用拖把杆顶着离合器打上一挡。

利还抓着钢梁不放，但是现在她是倒吊在那里。

我松开离合器，在心中冷静地告诉自己：慢慢放——如果你放得太快而熄火的话，她就死定了。

佩托妮亚起动了，我猛地加油门，然后完全放开离合器。克里斯汀又准备冲向利，它的引擎盖卷曲得只有原来的一半大，剥落的油漆中露出银白闪亮的金属，看上去好像它的引擎和引擎盖之间长了鲨鱼齿。

我在它冲了四分之三路程的时候撞上它的车头，它打了半个转，一个轮胎挤出钢圈，整辆车像头喝醉的野兽，冲向墙边的旧零件堆。它撞上去时发出一声巨响，接着是引擎加速回转的声音。它的整个右前方都凹了进去，但是还能跑。

我猛踩佩托妮亚的刹车才没有撞上利。我没来得及顶住离合器，所以巨无霸熄火了，现在车厂里只有克里斯汀的引擎在咆哮。

"利！"我压过引擎声大叫，"利，快跑！"

她无助地看我一眼。我看见她的头发里有血流出来——跟我想的一样，真是紫色的。她松手跌落地面，双膝跪在地上。

克里斯汀倒出去，又转向她。利爬起来，摇摇晃晃跑了两步，借着卡车挡住克里斯汀和她之间的视线，克里斯汀兜了半圈，撞上卡车的前缘，我的身子跟着剧烈地摇晃了一下，左腿跟着又是一阵肌肉撕裂般的痛楚。

"上车！"我对利大叫，"上车！"我准备替她开门。

克里斯汀退开，从卡车后面绕过来，我只能从后视镜瞥见那子弹般的车影，并听到尖锐刺耳的轮胎声。

利好像有点不省人事，她捂着头上的创口，跟跟跄跄地不晓得该往哪儿走。鲜血正从她的指缝间汩汩流出。她走到佩托妮亚前面又停了下来。

下一幕景象我不想也知道，克里斯汀绕过来后就会一头把利挤死在墙边。

我慌慌张张顶住离合器，扭动钥匙。佩托妮亚咳了几声，没发动起来。我闻到空气中满是汽油味，我加油加得太多了。

克里斯汀又出现在后视镜里。它正冲向利，而利又往回跑，奔出冲撞范围。克里斯汀一头撞上墙基，右前门向外弹开，露出一幅令人毛骨悚然的画面，我捂着嘴尖叫起来。

坐在驾驶座旁像个木偶的那个人原来是迈克尔，克里斯汀倒车出来时，他那低垂在胸腔上的脑袋也跟着甩来甩去。我可以清楚地看见他的脸，他的两颊像涂了腮红，显然是死于一氧化碳中毒。他没听我的劝告，克里斯汀一定是先去过坎宁安家——我也曾猜过它说不定会这么做。迈克尔下班回家，看见克里斯汀——他儿子的一九五八年份普利茅斯——停在家门口。他也许是出于好奇，居然打开车门坐了进去——就像我头一次在李勃的车库里一样。也许他是想检查这辆车到底有什么问题。如果真是这样，在他活着的最后几分钟里，他一定看到了让他不敢相信的画面。克里斯汀是自己发动的吗？然后自己驶入车库吗？也许，也许，谁知道呢？反正迈克尔发现他无法关掉引擎，也无法打开车门，就这么活活被废气毒死了。当然，他也可能是回头看见后座的骷髅而吓昏过去，再被废气毒死的。

这些现在都不重要了，现在最要紧的是如何救利。

她也看见了，她的尖叫声在充满废气的车厂里乱窜，不过这么一吓或许可以使她清醒过来。

她转而奔向达内尔办公室，她一路跑，血也跟着一路洒，连衣领、帽子里都是血——老天，血实在流得太多了。

克里斯汀往后退，留下一圈橡皮垫和一些碎玻璃。当它急转弯追向利时，离心力又使车门关上，迈克尔的身体也被甩向另一边。

克里斯汀对准利后又突然停下，引擎不断加油空转，也许李勃是要享受那最后的胜利感。如果真是这样，我倒很高兴，因为假如克里斯汀直接冲过去的话，利就死定了。我利用那珍贵的一瞬间，再扭转钥匙，口中念念有词——现在回想起来那大概是祷告——这次佩托妮亚顺利发动了。我放开离合器，猛加油门，在克里斯汀起步前一刹那撞上它的侧面。佩托妮亚的保险杠冲进克里斯汀的车壳时，发出金属碎裂的声音。克里斯汀被顶得撞上墙基，车窗全震碎了。但它的引擎还是强健有力，李勃转过来，用充满恨意的目光看着我。

佩托妮亚又熄火了。

我骂出所有我所知的脏话，再度扭转钥匙。如果不是这条讨厌的腿，如果不是在雪地里摔了那一跤，事情现在已经结束了。我可以从容不迫地在墙基前面把它挤扁。

我再次发动时，克里斯汀加足马力，夹着尖锐的摩擦声，从佩托妮亚的保险杠与墙基之间又倒了出来。它的右前轮瘪了，地板上还留下一大块扭曲的侧面钣金。

我一发动便立刻向后倒车，克里斯汀已经倒向车厂另一端，它的大灯碎了，风挡玻璃全部是裂纹，引擎盖拱起一大块并摇摇欲坠。

它的收音机开得很大声，我可以听到瑞奇·尼尔森正在唱《在学校等你》。

我转头寻找利，看见她在达内尔的办公室里往外观望。她的头发染满了血迹，大半张脸也都是红的。血流得实在太多了，我心想，不用说是头部受伤，光这样流血都会把人给流死的。

她瞪大眼睛指指我后面，嘴唇光动却听不到声音。

克里斯汀从大老远加速冲向办公室，中间完全没有阻拦。

我看见它那弯曲的引擎盖又变平了，而且牢牢地护盖着引擎。两盏大灯相继照射出灯光，而且越来越亮。至于那块失落的右前侧钣金，我……我发誓——虽然我只瞥了一眼，但我敢发誓，它又凭空自己编织出一块跟原来一模一样的。然后风挡玻璃上的裂纹也跟着消失了，那瘪掉的轮胎又变得跟全新的一样。

上帝保佑，它完全变成了一辆新车。

它以全速冲向办公室，我打倒挡快速松开离合器，希望佩托妮亚的屁股能挡住克里斯汀的去路，可是克里斯汀抢先一步通过。佩托妮亚向后扑了个空。我没松油门，巨无霸一直往后退，直到屁股顶上了后面堆积如山的零件，发出乒乒乓乓的声响。我从风挡玻璃后面看见克里斯汀以高速撞毁了达内尔办公室的玻璃隔间。

我永远记得接下来的那一幕，我看到的仿佛是放大的画面。利看见克里斯汀咆哮而来，仓皇地后退，淋满鲜血的头发遮住了视线。她撞到达内尔的旋转椅，跌倒在书桌后面，同时克里斯汀也冲进来。巨大的隔间玻璃向内炸开，千万碎片飞溅出去。克里斯汀的保险杠在撞击的一刹那凹了进去，引擎盖向后掀起，飞落到车顶，又弹落到地上，发出巨大的金属撞击声。

它的风挡玻璃碎了，迈克尔的尸体从缺口飞出去，跌在达内尔的办公桌上，然后又滚落到地面，鞋子则飞得老远。

利大声尖叫。

如果她不是跌了一跤，可能现在全身都被玻璃给割烂了。可是当她从书桌后面站起来，她脸上扭曲着恐怖的表情，不停地尖叫，好像已陷入疯狂。迈克尔刚好从书桌滚落到她身上，两手缠着她的脖子。所以利站起来时，迈克尔还缠着她，两人就像在跳华尔兹一样。她的尖叫声就像消防车警铃，她的血还在车灯下反射着光芒，最后她把迈克尔推开，拔腿就往门口跑。

"利，回去！"我大叫，急忙顶住离合器，可是拖把杆折成两段，在我手中的那截只剩五英寸左右，"噢，狗屎！"

克里斯汀从碎玻璃中倒出来，冷却水、防冻剂和机油流了一地。

我用左脚踩住离合器，现在我已不再感觉疼痛了。打排挡时，我用左手扶着左膝，好帮助使力。

利拉开办公室的破门往外跑。

克里斯汀转过去，那变形的车头又对着她。

我猛踩佩托妮亚的油门，怒吼着冲向克里斯汀。我看见一个脸色发紫、吐着舌头的小女孩贴着后车窗看我，好像在求我停车。

我狠狠撞上去。它的后备厢盖飞起来，像张开的大嘴，但它加着油门又跑掉了。它转向利，而利张着嘴狂叫而逃。我看见她大衣的帽子里都是血。

现在我已经能操作自如了。即使事后要锯掉这条腿，我也要继续驾驶这辆车。

克里斯汀撞上墙基，向后弹了几英尺。我踩着离合器，打入倒挡，退了十英尺远，再踩离合器，打上一挡。这时克里斯汀想沿着墙边追赶利，我从它的左侧拦腰撞上。克里斯汀的车门整个向内凹进去，车顶也变形了。驾驶座上的李勃一会儿变成长蛆的骷髅，一会儿又变成脸色苍白的中年人。他一手握着方向盘，一手握着拳头并向我狞笑。

可是它的引擎就是不熄火。

我又倒车。我的腿像是一条炽热的钢板，从脚尖到左腋窝都在发烫。另外，我的下巴、我的脖子、我的太阳穴都痛得要命。

（迈克尔，你为什么不待在屋里？）

（阿尼，实在对不起，我只希望——）

克里斯汀拖着残破的车身，像喝醉酒般又沿着墙边直冲，把堆积的零件碰倒并拖垮了支撑轮胎的钢梁。

我又踩油门，佩托妮亚以最大的冲力撞上克里斯汀的侧面，顶着它一直冲上大铁门。我趴上了方向盘，又弹回座位上。

我看见利蹲在角落里，两手捂着脸。

克里斯汀还不熄火。

它拖着身子慢慢爬向利，就像陷阱里两条后腿都断了的野兽。它一边往前爬，一边慢慢恢复成原来的样子，瘪掉的轮胎又鼓起来了，折断的收音机天线又变成新的，车头、车尾的凹陷部分又鼓起来。我不但看见，而且还听到它复原时发出的声响。

"下地狱吧！"我对着它大叫，我哭了，哭得胸腔一收一胀。我的腿已经不能再动了，于是我用双手撑着左腿去踩离合器。我的视线一片模糊，我感觉到骨头在摩擦。

我向后退，换一挡，踩油门……这时我第一次听到李勃的声音——那高亢、虚假、嫉愤、恐怖、永不止息的号叫声。

"狗杂种！去你的狗杂种！你别碰我！"

"那你就不该找上我朋友。"我想大吼，却只能喘着气发出破碎的声音。

我狠狠撞上它的屁股，钣金瘪进去时，油箱也被挤破了。我看见一丝火光，赶紧用手捂着脸——可是火光又消失了。克里斯汀趴在那里做垂死的喘息，它的引擎响了几次，最后终于停止运转。

顿时偌大的车厂里一片安静，只有佩托妮亚低沉的引擎声。

接着利从老远跑来，一面哭着一面大叫我的名字。我这才发现她的粉红色围巾还绑在我的手腕上。

我低头看看它，突然觉得整个世界都变成灰白色。

我感觉到她在摸我，可是我的脑子已是一片昏黑。几秒钟后，我完全失去知觉。

十五分钟后我醒来时只觉得脸颊又湿又冷。利站在驾驶座旁的踏板上，用一块湿布抹我的脸。我拉住她的手，向窗外吐了口口水，那块布充满油味。

"丹尼斯，别担心，"她说，"我跑到街上，拦了辆铲雪车……把那个人吓得半死，我想他至少要少活十年了……他看见我这一身血，说他这就去叫救护车……丹尼斯，你还好吗？"

"我看起来像还好的样子吗，利？"我轻声细气地问。

"很糟。"说着她哭了。

"那就别问蠢问题，"我咽下喉咙里一块又干又硬的肿块，"我爱你。"

她用最笨拙的方式抱住我。

"他还说他要去报警。"她说。

我根本没听到她在说什么。我的两眼只盯着克里斯汀的尸骸，我想用尸骸来形容它是很贴切的，因为它根本不像一辆车。可是为什么它没有烧起来？一块被挤得凹凹凸凸的车轮圆盘盖滚到很远的地方，看起来像个银色飞盘。

"你拦住那人到现在有多久了？"我用粗糙沙哑的声音问道。

"差不多五分钟了。然后我回来找到这块布，到那边的木桶那里蘸了点水。丹尼斯……谢天谢地，一切都过去了。"

砰！砰！砰！

我仍旧看着那块圆盘盖。

那上面的凹痕又鼓成原来的弧度。

然后它自动滚回残骸，就像一枚大硬币。

利也看见了。她的表情冻结，眼珠向外突，做出"不"的嘴形，却没有发出声音。

"快上车。"我小声说道，仿佛怕克里斯汀听到一样，谁知道呢？或许它真听得到，"从那边上来，我用右脚踩离合器，你帮我踩油门。"

"不……"这次她总算发出了气音，她的呼吸越来越快，"不……不……"

整堆残骸开始震动。这是我生平所见的最怪异、最恐怖的景象。它全身震动着，就像一头还没完全死透的野兽。每块铁皮、每颗螺丝都有节奏地摇摆着。我看见一根弯曲的插销先把自己变直，然后往残骸堆滚了过去。

"上车。"我说。

"丹尼斯，我没办法，"她的双唇颤抖得几乎说不出话来，"我不能……那尸体……是阿尼的父亲，我不能……求求你。"

"你一定要这么做。"我说。

她看看我，又回头看看李勃那婊子留下的残骸，最后她绕过佩托妮亚的车头。克里斯汀身上的一块铁皮滚过去刚伤了利的腿。她惊叫着逃跑。上了车后她问我："我……我该怎么办？"

我大半个身子钻出车窗外，左手抓着车顶边缘，用右脚踩离合器。佩托妮亚的引擎一直低吼着。"无论什么状况，都不要松开油门。"我说。

我右手握住方向盘，放松离合器，佩托妮亚立刻扑向那堆残骸，把它撞得更破、更烂，然后我听到惨叫声。

利用手遮着眼睛说："我不能再做了，丹尼斯！它在惨叫！"

"你一定要坚持下去，"我说，她的脚已经离开油门踏板，现在我可以听到远处救护车的警报声，我用力摇她的肩膀，"利，你得坚持下去。"

"它在对我惨叫！"

"它还没死，我们快没时间了，只要再来几次就行了。"

"我试试……"她喃喃地说，勉强再踩油门。

我打倒挡。佩托妮亚退了二十英尺，我又踩离合器，换一挡……然后利突然哭了："丹尼斯，等等！你看！"

一对母女站在克里斯汀的残骸前面，两人手牵着手，面容悲伤。

我知道那是薇洛妮卡和丽塔。

"她们根本不存在，"我说，"如果她们存在，现在也该是她们回到自己世界的时候了，踩你的油门！"

我放松离合器，佩托妮亚再度往前冲。可是那两个人影并没有像鬼片那样突然消失。她们吓得大声惊叫，身上衣服的颜色淡褪成黑白、透明……然后化成两团光影。

我们又撞上克里斯汀，把残骸撞成废铁。

"不见了，"利呆滞地说，"不见了，她们根本不存在。"

她的声音仿佛来自黑暗的走廊。我倒回去，再撞，倒回去，再撞……一共撞了多少次？我也不知道。我只记得每撞一次，我的腿就抽痛一次。

最后，我抬头看见大门外的空中布满了血。可那不是血，那是映在雪地里的红色闪灯，门外挤了好多人。

"够了吗？"利问我。

我看看克里斯汀——只是它已不再是克里斯汀，它只是一堆扭曲的铁和一摊碎玻璃。

"一定够了，"我说，"让他们进来吧，利。"

她下车时，我又昏过去了。

接下来的记忆就相当破碎了，有些我记得很清楚，有些又一点也想不起来。我记得有人从救护车里拿出一副担架，我记得车顶的日光灯照得我直发冷，我记得有人在说："剪开，你一定要把它剪开，这样我们才能看到。"我记得救护车车顶的样子……那一定是救护车，因为我头上吊着两个点滴瓶，我还记得有人把针戳进我的手臂。

再下去，我的记忆就变得更奇怪了。我知道我不是在做梦——腿上的疼痛证明了这点——但感觉跟在梦里一样。我好像看见妈在哭，接着我又看到爸和利的父亲，他们的表情都很沉重。我知道我躺在医院里，去年我在这里躺了一整个秋天，我认得这地方。

爸俯身，用响亮的声音问我："丹尼斯，迈克尔怎么会在那里？"他们一定急着想知道。我心想：我有个很长很长的故事要告诉你们。

接着卡伯特先生说："小子，你为什么把我的女儿扯进去？"我记得我好像是这样回答他的——"不是我把她扯进去，是她救了你们"。即使半昏迷躺在床上，我还是觉得我的计谋非常成功。

伊莱恩也来了，不过她只来了一会儿，手里拿了个布娃娃逗我。然后我看到利，她拿着那条粉红色围巾，叫我把手抬高，说是要系在我的手腕上。可是我的手抬不起来，我的手就像铅铸的一样。

然后我又看到阿尼，当然那一定是梦了。

他谢谢我救了他，我发现他有个镜片是破的，所以我总觉得有点不对劲。他说："谢了，丹尼斯。现在我觉得好多了。你干得实在不错。"

小意思，我说——还是我想这么说？——可是他不见了。

隔了一天——也就是一月二十一日，周末——我渐渐清醒过来。我的左腿又裹上石膏，还是老位置，但这次用吊架吊着。我看见有个我从没见过的人坐在旁边低头看着平装本的约翰·麦克唐纳的小说。他发现我醒来了，就把书放下。

"欢迎你回到人间，丹尼斯。"他把书页折了个角，合上书本站起来说。

"你是医生吗？"我问。我知道他当然不是艾洛威医生，因为去年我的腿就是他治的。这个人至少比艾洛威医生年轻二十岁，体重也轻了五十磅。

"我是州警，"他说，"理查·马赛。"他小心翼翼地把手伸过来，我只跟他稍微碰了一下而不能握手。我的头很痛，口也很渴。

"我不介意把事情经过全告诉你，"我说，"我也愿意回答你的所有问题。但我想先见医生。"他很关心地看着我，所以我又接着说，"我想知道我还能不能走路。"

"如果艾洛威医生没骗人，"马赛说，"我想你四到六周后就可以下床了。丹尼斯，你的骨头没断，只是严重挫伤，这是医生说的。"

"阿尼怎么样了？"我问，"阿尼·坎宁安——你晓得这个人吧？"

他的目光闪烁不定。

"告诉我，"我追问，"他到底怎么样了？"

"丹尼斯，"他犹豫着说，"我不知道现在是不是告诉你的时候。"

"阿尼……是不是死了？"

马赛叹一口气："是的，他死了。他和他的母亲在高速公路上发生车祸，只是不晓得那算不算意外。"

我想说话，但发不出声音，我指指茶几上的水瓶。马赛警官帮我倒了杯水。我把水喝了，稍微觉得好了点，但只限于喉咙，身体其他部位还是一样难受。

"你说不晓得那算不算意外——这话什么意思？"

马赛说："事情发生在周五黄昏，当时雪并不算大，高速公路的路况是二级——湿、滑、阴暗。从撞击程度可以判断，当时他们车子的时速不超过四十五英里。按理说在那种天气下，他们应该驾驶得非常小心，可是那辆沃尔沃旅行车冲过安全岛撞上对面的联结车，当场爆炸燃烧。"

我闭上眼睛："雷吉娜呢？"

"也是当场死亡。这样也好，他们可能死得没有一点——"

"——痛苦，"我接着把他的话说完，"狗屎，他们的痛苦够多了。"我感觉眼里有泪水，赶紧用力把它逼回去。马赛没有吭声。"他们三个，"我喃喃地说，"三个都走了，哦，老天！"

"联结车司机手臂折断，他说当时旅行车里有三个人，丹尼斯。"

"三个人？！"

"是的，他说他们显然在打斗争执，"马赛用坦然的目光看着我说，"我们只能推断他们载了个不速之客，车祸发生后那人先跑了。"

我知道这不可能，叫雷吉娜让人搭便车，就像叫她裹着床单去参加派对一样。她非常有原则，认定不该做的，她死也不会做。

所以那人一定是李勃，我能确定的一点是他不可能同时出现在两个地方。在达内尔车厂里，他发现大势已去，因此决定放弃克里斯汀，要回到阿尼身上。接下去发生的，就只能凭各人想象了。我想阿尼一定是奋力抵抗他，然后就发生了车祸。

"都死了。"说着我的眼泪终于流了下来。我的力量太微弱了，实在没力气阻止他们。费了那么多苦心，我还是没救回阿尼。

"告诉我发生了什么事，"马赛说，他把小说放在茶几上，靠过来坐在床边的椅子上，"把你知道的一一告诉我，丹尼斯，从头到尾详详细细地说。"

"利怎么跟你说的？"我问，"对了，她怎么样了？"

"她只在医院住了一晚上观察病情，"马赛说，"她受了点脑震荡，头皮缝了好几针，幸好脸上没留任何伤疤。她长得挺不错的。"

"何止挺不错？"我说，"她漂亮极了！"

"她什么也不肯说，"马赛无奈地笑笑，"不肯对我说，也不肯对她父亲说。卡伯特先生对整个经过完全不知情，他困惑得简直要发疯了，利说一切要由你决定。"他深沉地看着我，"因为她说是你结束了这件事，你有权决定说或不说。"

"我没有完成什么了不起的事。"我喃喃地说。我还在想阿尼是不是真的死了。这不可能，是不是？十二岁的时候，我们一起去佛蒙特州露营。我想家，说要打电话叫家人把我接回去，阿尼说如果我这么做，他就告诉全校同学，说我提前回家是因为晚上尿床被抓到了。我们爬到我家后院那棵树上，在树干最顶端刻了我们两人的名字。他常来我家睡，晚上我们一起窝在长沙发上看恐怖片。十四岁时，有天阿尼羞愧地跑来找我，说他做了个春梦，在床上留下一摊湿湿黏黏的东西。当然最常令我想到的，还是他的"蚂蚁农场"。那个跟我一起盖蚂蚁农场的好友怎么可能就这么死了？亲爱的上帝，蚂蚁农场好像不过是几周前的事，他怎么可能就这样死了？我张嘴想告诉马赛，阿尼不可能就这样死了，然后我又把嘴合上。告诉他也没用，他不过是个普通人。

阿尼，我想到，嘿，老兄——这不是真的，对吧？老天，我们还有好多事没做！我们还没一起带女友去露天电影院约会呢！

"发生了什么事？"马赛又问我，"告诉我，丹尼斯。"

"你永远不会相信的。"我说。

"你也许会很惊讶我已经知道了一部分，"他说，"而且我相信我知道的这些事。有个叫琼金斯的警官负责侦办这件案子，他就在离这里不远处遇害，他是我非常要好的朋友。死前一周，他告诉我说自由镇会发生一件没人敢相信的事。然后他就遇害了，我个人觉得这两者之间一定有关联。"

我很谨慎地变换了一下姿势："他跟你透露了什么？"

"他说他揭发了一件很久以前的谋杀案。"马赛直直地盯着我说，"可是现在已经不重要了，他说因为凶手已经死了。"

"李勃。"我喃喃地说。我心想可能琼金斯知道了这件事，难怪克里斯汀要杀他，如果琼金斯知道李勃这名字，那他离事实已经非常接近了。

马赛说："不错，他是提过这名字，"他靠得更近一点，"丹尼斯，告诉你一件事——琼金斯是一流驾驶员，年轻时是赛车手，他在费城平原赛车场还拿过冠军。这儿的每一条路他都走过一百多次，他的道奇车引擎是改过的。我们知道他遇害那晚有人在追他，我想能追上他的，一定不是凡人。"

"没错，"我说，"他不是凡人。"

"我来这里已经两个小时了，就是在等你醒来，昨晚我等到护士赶我才不得不走。我没带速记员来，没带录音机，这儿也没装窃听器，所以你告诉我这件事的时候，可以完全没有负担。这里只有你我两个人。我得知道到底是怎么回事，因为我常去看琼金斯的遗孀和小孩，你懂我的意思吗？"

我想了很久——我猜大约足足有五分钟。他坐在那里让我想。最后，我点点头："好吧。不过你还是不会相信。"

"你说说看。"他说。

我张开嘴，但不晓得从何说起。"你知道，他是个窝囊废。"我说，"像他这种人每个学校至少都有两个，一男一女，这似乎已经成了国际法规。他们是别人欺侮的对象……有时候那些不幸的人可以找到救星，而阿尼的救星就是我。后来他又找到了克里斯汀，利是最后才加入的。"

马赛点点头，意思是要我继续。

"我只是希望你能把顺序搞清楚。"

我喝了口水，然后继续说了两小时。

最后我终于说完了，故事内容没什么高潮，讲了这么多话，喉咙真是又干又酸。我并不要求他相信我，但是我想他总相信了一大半。关于他对其他事情怎么想——比方说克里斯汀和李勃为什么会阴魂不散的事——我就一点都不知道了。

说完后有好长一段时间，我们都没说话。最后他拍拍大腿站起来。"好了！"他说，"你的家人一定急着见你。"

"很可能。"

他拿出皮夹，从里面掏出一张名片，上面印着电话号码："打这电话可以找到我，就算找不到我也可以托人转话。见到利·卡伯特的时候，可不可以请你告诉她，你已经把一切都告诉我了？"

"你愿意的话我就告诉她。"

"她的说法会跟你的一样吗？"

"我想会的。"

他走了以后，我又见过他一次，那是在阿尼一家人的葬礼上。本地报纸都报道了这则不幸的新闻——一家三口分别在两个不同场所车祸死亡。

没一个人提到克里斯汀和达内尔车厂发生的事。

那晚家人来看我时，我的心情已经好多了——我想部分原因是我把心里的话都告诉了马赛。面对他那种人，你会很容易吐露心声。但最让我愉快的是艾洛威医生过来探望我的病情并跟我面谈。他先斥责我没有好好爱惜那条腿，他说下次我应该自己拿锯把腿锯了，省得麻烦大家……不过他也向我宣布（但那口气有几分吝惜），我的腿没有受到严重伤害，不会留下后遗症。离开前他警告我，如果我再不好好爱惜，我可能永远不能参加波士顿马拉松了。

所以家人来看我时，我心里非常愉快。家人好像也很高兴——尤其是伊莱恩，她一直在谈她马上就要来临的大灾难——她的第一次约会。一个满脸青春痘、留着子弹头的小伙子约她一起去溜冰。不过扫兴的是爸坚持要送她去。

他们谈话期间，我注意到妈频频用焦虑的眼神提醒爸，好像怕他忘了什么事。稍后妈就把伊莱恩带出去了。

"到底怎么回事？"爸问我，"利跟她父亲说了些疯话，说什么汽车自己会跑，车上还有些死人……我也不知道，反正他快疯了。"

我点点头，我很疲倦，但我不愿利的家人把她当成疯子。

"好吧，"我说，"她说的只是故事的一小部分。你叫妈带伊莱恩出去喝点东西什么的，好吗？最好叫她们去看场电影。"

"要那么久？"

"是的，要那么久。"

他呆呆地看着我，眼中充满困惑，最后他说："好吧。"

于是我又把故事说了一遍，现在我已经讲第三遍了。人说事不过三，我当然不会再说第四遍。

安息吧，阿尼。

我爱你，老兄。

后　记

　　如果这是个虚构的故事，我一定会在结尾骗你们说我这位骑士终于赢得了美人的芳心，其实那都是电影或小说的情节。利·卡伯特现在已经是利·阿克曼了，她嫁到了新墨西哥州，丈夫在 IBM（国际商业机器公司）做事。她则利用空闲时间做安利直销，不过在她生了一对双胞胎后，我想她大概也没什么空闲时间了，不过我对她的感情还是未曾衰减。每年圣诞节我们都互寄卡片，她的生日我从没忘过，当然我的生日她也不会忘，有时我总觉得事情隔了不止四年。

　　我们之间到底发生了什么事？我也不知道。我们又交往了两年，做过爱（双方都很满意），一起上学（德鲁大学），就像一对真正的情侣。爸把我说的故事告诉她的父亲后，他就不再追问了，不过他一直怀疑我是个怪人。我和利分开后，我相信他们夫妇俩都松了口气。

　　快要分手时，我的心中便已有种预感，这件事对我是很大的打击。我对她的渴望就像你对某些物质的渴望一样，比方说，糖果、烟草、可口可乐——你不可能因为得不到它们而不喜欢这些东西。

　　或许我知道到底是什么原因使我们分开的，那晚在达内尔车厂发生的事成了我俩之间的秘密，情侣间当然要享有共同的小秘密……但不是这种。这件事太疯狂、太可怕，它代表着死亡。好几次我们做完爱躺在床上，身体贴着身体，而李勃的面孔就会出现在我们的脑海里。我吻着她的唇或酥胸或小腹，享受着那份柔情蜜意时，突然会想到李勃并听到他的声音……那可是世界上最好闻的……也许除了女人那里的味道之外……于是我满腔热情便立刻冻结了。

有时我甚至会把利看成李勃。关系再亲密的情侣也未必能永远快乐地生活在一起，很多事情你要花四年以上的时间才能看得更清楚。

所以我们就这么分了。

利大学没毕业就结婚了，参加她的婚礼时我没有一丝遗憾，那小子实在不错，开一辆本田喜美，我想他们俩会过得很幸福。

我上大学后重组橄榄球队的梦想一直无法实现，因为我们学校根本没有球队。所以我每学期都加修很多学分，暑假也参加暑修——过去暑假时我都是在八月的艳阳下练球，结果我提早了三个学期毕业。

如果你在街上碰到我，你一点都看不出来我的腿有毛病。可是如果你陪我走上四五英里路（我每天都要走三英里路，这是所谓物理治疗的一部分），你或许会发现我稍微有点跛。

我的左腿在下雨天或下雪天就会有些疼。

有时候我还是会做噩梦——只是没以前那么多了。我醒来时往往满身大汗，两手抓着左腿，我的膝盖上现在还留了一个硬硬的肉球。谢天谢地，我没有终生撑着拐杖或坐在轮椅上，不过我再也不可能像以前那么喜欢橄榄球了。

迈克尔、雷吉娜和阿尼三人合葬在自由高地墓园里，但除了雷吉娜来自利戈尼尔的亲戚、迈克尔在纽约的亲戚外，很少有人去看他们。

葬礼是在那件疯狂事件结束五天后举行的，三口棺木摆在一起，像是战场上阵亡的士兵，我的心也随着一锹锹泥土深埋在冰凉的地下。"蚂蚁农场"的回忆再也抗拒不了三口棺木带来的冰冷事实，所以我哭了。

我走上前，轻轻把手放在中间的棺木上，也不晓得那是不是阿尼的棺木，我想那已经不重要了。我低着头站了好一会儿，然后听到后面有个人对我说："我们去祷告室吧，丹尼斯。"

我回头，看见马赛警官，他穿着一件黑呢大衣。

"再给我几秒钟的时间好吗？"我说。

"当然。"

我犹豫了一下说："报上说迈克尔死在家门口——他在雪地里滑倒，然后被汽车撞上了。"

"是的。"他说。

"你对记者这么说的？"

马赛犹豫了一下。"这样交代最简单，"他把视线转向利，"她长得不错。"他说，在医院他也这么说过。

"有一天我会娶她。"我说。

"我一点也不惊讶，"马赛说，"有没有人对你说你有副熊心豹子胆？"

"普飞教练好像说过，"我说，"就那么一次。"

他笑了笑："可以准备进祷告室了吗，丹尼斯？你已经在这儿耽搁很久了，忘了这一切吧。"

"说得容易。"

他点点头："我知道。"

"你能不能告诉我一件事？"我问，"我一定要知道。"

"能说的话我一定说。"

"你是怎么——"我必须停下来清清嗓子才能继续说下去，"你是怎么处理那辆车的？"

"我亲自监督他们做的，"马赛说，他的口气有点像在开玩笑，但表情很正经，"我派本地的两位警员，用达内尔车厂后面的那台砸锤机，把残骸砸成那么小一块废铁。"他用手比了两英尺见方大小，"其中有位警员的手被剐伤了，伤得很重，还缝了好几针。"

马赛突然苦笑一下。

"他说那玩意儿会咬人。"

然后他拉着我走向祷告室。我的家人和女友都在那里等着我。

这就是我的故事，除了梦以外，其他都是真实的。

四年了，阿尼的面孔在我脑海中已渐渐淡退，就像相片簿里发黄的照片，我永远不会相信曾经发生过这样一件事。我从少年成长为青年，拿到了学士学位，并在一所中学教历史。我班上有两个学生就是赖普顿那种调调。我还没结婚，但交过不少女友，我几乎把阿尼给忘了。

只有梦里例外。

那些梦并不是促使我把这个故事写出来告诉大家的唯一原因——当然还有别的原因，待会儿我会告诉你们——可是如果我说噩梦对我没有一点影响，那是骗人的。

有一次我梦到我参加阿尼的葬礼，三口棺木摆在那里，但是教堂里一个人都没有。在梦里我又撑着拐杖，我不想走近那些棺木，可是拐杖不听使唤，硬把我拖了过去，好像它自己会走路。我触摸中间那口棺木时，盖子突然弹开，躺在里面的不是阿尼，而是李勃——一具穿着军服的腐尸。一股恶臭扑向我，同时腐尸睁开眼睛，一只长满绿霉的黑手伸向我。我还来不及后退，那具腐尸已经坐起来面对着我，和我相距只有几英寸，他不停问我：没闻过这么好闻的味道吧？这味道好不好闻？除了女人那里……除了女人那里……除了女人那里……我想尖叫，但叫不出声，因为李勃的手已经掐住我的喉咙。

另一个梦更糟，我梦见我在中学上完课，拎着手提包走出教室，准备上下一堂课。刚走出门我就看见克里斯汀停在走廊上——一辆崭新的轿车，闪闪发亮，像是刚上过蜡。车里没人，但它的引擎在运转……油门踩下又放松……踩下又放松……踩下又放松。我听到车上的收音机正播着摇滚老歌，里奇·瓦伦斯、巴迪·霍利、毕格·鲍柏，他们全都在一场坠机意外中过世了。然后克里斯汀发出尖锐的轮胎摩擦声，突然向我冲来，我看见驾驶座上冒出一个骷髅头，脑门上印着一排字：摇滚乐永远不死。

然后我突然惊醒——偶尔会尖叫，而且两手总是紧抓着大腿不放。

可是现在我已经很少梦到这些了，我读了很多心理学方面的书，希望能了解一些我所不能了解的事。我常想，人是不是年纪越大就越不容易做梦？我想现在我已经完全脱离那件事的阴影了。去年圣诞节我寄卡片给利时，一时兴起，在签名后又加上一句：你是怎么忘掉它的？然后趁着还没改变主意时，赶紧寄了出去。一个月后，我收到她寄来的卡片，上面也加了一句：忘掉什么？

同年的圣诞节——好像每年圣诞节都特别容易使我想起那件事——我寄了封信给马赛警官，因为我心里经常在想一个问题，我问他克里斯汀被砸成废铁后拿去做什么用了。

结果我没收到回音。

不过时间是最好的药，我已经不像以前那么常想那件事了，真的。

所以我写了这本书，把一切回忆和噩梦都写出来，然后锁进我的档案柜，让事情有个结束。

可是我写这本书还有别的原因，我说了待会儿要告诉你们，对不对？

他那复仇的决心，那永不止息的愤怒。

几周前我在报上看到一则新闻。那是合众国际社的特稿，我想大概是因为事情发生得太奇怪，也就是这则新闻使我觉得我必须写下这本书。

　　报上说有个叫桑德·盖尔顿的年轻人在加州遇害，我想任何人都很容易推想得出，名叫桑德的人多半昵称桑迪。总之，那个桑迪——或桑德也好——在洛杉矶一家露天电影院工作，有天晚场电影散场后，他一个人在电影院附设的点心店里打点准备打烊。结果有辆车冲破墙闯进店里，撞倒吧台和贩卖机，桑迪试图躲进放映室时被车追上撞死。洛城警方推断他试图躲进放映室是因为他手里拿着放映室铁门的钥匙。那则新闻的标题是：《洛杉矶发生离奇谋杀案》——看完以后，我想到马赛警官对我说的最后一句话：他说那玩意儿会咬人。

　　当然这是不可能的，这件事不可能从头开始。

　　我不时想到俄亥俄州的乔治·李勃。

　　还有他在科罗拉多州的妹妹。

　　以及新墨西哥州的利。

　　可是如果一切又从头开始怎么办？

　　如果它由西向东，一步步开始它的清算工作怎么办？

　　它要留我到最后再……

　　李勃那复仇的决心，

　　他那永不止息的愤怒。

CHRISTINE：Copyright © 1983 by Stephen King
This edition arranged with The Lotts Agency Ltd.
through Andrew Nurnberg Associates International Limited
本著作之中文简体字翻译权由皇冠文化集团独家授权使用。

© 中南博集天卷文化传媒有限公司。本书版权受法律保护。未经权利人许
可，任何人不得以任何方式使用本书包括正文、插图、封面、版式等任何
部分内容，违者将受到法律制裁。

著作权合同登记号：图字18-2017-161

图书在版编目（CIP）数据

克里斯汀 /（美）斯蒂芬·金（Stephen King）著；
种衍伦，程道民译. —长沙：湖南文艺出版社，
2017.10（2024.1重印）
书名原文：Christine
ISBN 978-7-5404-8296-1

Ⅰ.①克… Ⅱ.①斯… ②种… ③程… Ⅲ.①长篇小
说—美国—现代 Ⅳ.①I712.45

中国版本图书馆CIP数据核字（2017）第215697号

上架建议：外国文学·悬疑小说

KELISITING
克里斯汀

著　　者：［美］斯蒂芬·金（Stephen King）
译　　者：种衍伦　程道民
出 版 人：陈新文
责任编辑：薛　健　刘诗哲
监　　制：毛闽峰
策划编辑：陈　鹏
特约编辑：赵志华
营销编辑：刘　珣　焦亚楠
版权支持：辛　艳　张雪珂
封面设计：介末设计
版式设计：李　洁
出版发行：湖南文艺出版社
　　　　　（长沙市雨花区东二环一段508号　邮编：410014）
网　　址：www.hnwy.net
印　　刷：北京天宇万达印刷有限公司
经　　销：新华书店
开　　本：875 mm×1230 mm　1/32
字　　数：445千字
印　　张：16
版　　次：2017年10月第1版
印　　次：2024年1月第2次印刷
书　　号：ISBN 978-7-5404-8296-1
定　　价：65.80元

若有质量问题，请致电质量监督电话：010-59096394
团购电话：010-59320018